L'HÉRITIÈRE DU LOTUS ROSE

DE LA MÊME AUTEURE

La Vallée du Lotus rose, L'Archipel, 2018, Archipoche, 2019.
La Cité du Lotus rose, L'Archipel, 2019, Archipoche, 2020.

KATE McALISTAIR

L'HÉRITIÈRE DU LOTUS ROSE

roman

l'Archipel

Notre catalogue est consultable à l'adresse suivante :
www.editionsarchipel.com

Éditions de l'Archipel
34, rue des Bourdonnais
75001 Paris

ISBN 978-2-8098-3957-9

Première partie

Tango Argentina

Août 1939 – Argentine

1

Jeudi 3 août 1939
Buenos Aires – Argentine

— *Vamos, Princesa*[1], cria le très jeune cavalier à l'oreille de sa monture.

La jument bondit vers l'avant d'un coup de reins suffisamment puissant pour échapper à la mêlée où elle s'enlisait. Il y eut des cris, des mouvements de bras, de talons. Dans la confusion, les chevaux se bousculèrent avec une force qui fit monter dans l'air hivernal une odeur de cuir et de sueur.

Le souffle des *criollos*[2] s'effilochait en vapeur blanche dans un vent du sud-ouest, un pampero[3] sec et glacial qui déboulait des lointaines plaines herbeuses avec une lumière d'orage. D'ici quelques heures, des trombes d'eau s'abattraient probablement sur Buenos Aires, inondant les quartiers les plus proches du Rio de la Plata. En attendant, le vent assombrissait le ciel d'une couleur de plomb qui faisait un contraste d'apocalypse avec la pelouse du terrain de polo.

Les quelques spectateurs amassés en bordure du stade subissaient sans broncher les violentes rafales, tellement passionnés par le jeu qu'ils en oubliaient les picots de glace qui harcelaient leurs joues. Parmi eux, Milo McCorball remonta le col de son paletot militaire. On voyait à ses cheveux blonds coupés très courts qu'il était étranger et à ses galons sur les manches qu'il appartenait à la Royal Air Force britannique avec le grade de lieutenant.

---

1. « Vas-y, Princesse ! », en espagnol.
2. « Créole », en espagnol. Un cheval *criollo* est un cheval d'Amérique du Sud issu du cheval colonial espagnol. Le *criollo* argentin est le plus connu, essentiellement grâce au polo où il excelle.
3. Vent violent qui amène les pluies d'hiver en Argentine.

Depuis quelques minutes, il suivait avec intérêt la horde de gauchos[1] qui se disputaient la balle. Il avait grandi à Calcutta où, comme la majorité des Anglais nés en Inde, il avait joué au polo durant toute son adolescence. Il s'y connaissait donc suffisamment pour apprécier la rencontre et, surtout, sortir le jeune cavalier argentin du lot.

Ce gamin avait un talent insensé et une bonne dose d'inconscience qui attirait d'emblée la sympathie. Il se faufilait entre les maillets de ses adversaires avec une témérité folle, risquant à chaque geste de prendre un mauvais coup. Cette audace provoquait l'enthousiasme chez les spectateurs et Milo, admiratif comme les autres, ne manquait pas de joindre ses applaudissements aux leurs.

Soudain, le jeune joueur réussit une percée. Il emmena la balle en virtuose vers les goals, à petits coups de poignet incisifs. Presque couché sur l'encolure de sa jument pour gagner en allonge, il prit une avance confortable. Ses adversaires le poursuivirent avec un bruit de tonnerre.

L'action se déplaça vers le centre du terrain. Milo avança de quelques pas pour ne rien perdre du jeu. Une lumière jaune irréelle tombait maintenant du ciel. Le fracas des sabots secouait la terre et remontait dans les jambes. Il sourit, heureux de ces sensations qui lui permettaient de presque oublier les quatre jours interminables qu'il venait de passer sur le siège d'un Boeing « clipper » 314 en provenance des Indes orientales. Il avait changé trois fois d'hydravion et avait passé la quasi-totalité du temps à somnoler, le nez tourné vers le hublot derrière lequel défilaient des nuages sans fin. De quoi atténuer considérablement l'excitation qu'il avait ressentie en recevant son ordre de mission !

Il venait de fêter ses vingt-quatre ans et, comme cadeau d'anniversaire, il avait été promu à l'Intelligence Service. Ce voyage en Argentine inaugurait sa carrière. Bien sûr, son rôle ne serait pas aussi important qu'en Europe, où un nouveau conflit avec l'Allemagne était en train de se dessiner, mais il avait tout de même une importance cruciale : d'ici quelques semaines, la

1. En Amérique du Sud, cavalier qui garde les troupeaux de bovins dans les vastes étendues herbeuses de la pampa.

Grande-Bretagne négocierait de nouveaux traités commerciaux avec le gouvernement argentin, en particulier ceux concernant les importations de bœufs et de céréales. Or Londres estimait qu'une nation affamée ne pouvait pas gagner une guerre. Le cabinet ministériel lui avait demandé de trouver des arguments qui feraient pencher la balance du côté anglais. Pour en discuter, il avait rendez-vous à quatorze heures avec l'ambassadeur de Grande-Bretagne, sir Esmond Ovey, et le responsable de l'Intelligence Service local, le colonel Luther Langton.

En attendant, il avait d'abord pensé que réviser une dernière fois son dossier serait une bonne façon de passer le temps. Sauf qu'enfermé dans sa chambre de l'Alvear Palace Hotel, il avait vite compris qu'il ne parviendrait pas à juguler sa nervosité de cette façon : il connaissait toutes ses notes par cœur et tournait en rond. Il avait alors tenté de se changer les idées en lisant le quotidien *La Nación* emprunté à la réception, mais au bout de trois articles, il n'en pouvait plus. Restait plus qu'à mettre sa casquette et à enfiler son pardessus militaire pour aller prendre l'air.

Il n'avait pas eu de chance. Un vent glacial l'avait giflé dès sa sortie de la porte à tourniquet. En maugréant, il avait accéléré le pas. L'hiver argentin était plus âpre qu'il ne s'y était attendu, sans doute parce qu'il était encore trop habitué à la chaleur moite du Bengale-Occidental, qu'il avait quitté en pleine mousson tropicale.

Le nez enfoui dans son col, il avait traversé un élégant quartier résidentiel où il avait admiré des maisons cossues et des rues presque parisiennes. Les jardins débordaient d'araucarias. Plus loin sur l'avenue Alvear, il s'était arrêté devant un arbre gigantesque, qu'une pancarte désignait comme le plus vieux de Buenos Aires. Il s'était même réfugié sous l'immense frondaison en espérant échapper un temps à l'affreux vent cinglant.

Coïncidence amusante, l'arbre en question était un énorme *Ficus elastica* en tous points semblable à ceux qui poussaient en Inde. Même tronc massif large de plus de trente pieds, et même cime qui montait au moins à cent vingt. Sous ses feuilles luisantes, Milo avait tout de suite pensé aux dieux hindous qui n'habitaient pas cet arbre-là alors qu'à l'autre bout du monde, ils remplissaient le tronc, les nœuds, les branches, accrochés en farandole dans des banderoles de rubans, et appelés par les prières des *sâdhus*[1] pour exaucer tous les vœux des croyants.

Il avait continué sa promenade en traversant le *cementerio*[2] de la Recoleta. Comme n'importe quel touriste, il avait flâné dans les allées délimitées par de somptueux caveaux sculptés en déchiffrant les noms des Argentins célèbres qu'on y avait enterrés. La plupart étaient des hommes politiques ou des artisans de la libération, mais il y avait aussi de riches *estancieros*[3] et quelques écrivains. Et aussi Camilla, une jeune femme fusillée à l'âge de vingt ans pour avoir eu une liaison avec un prêtre.

Par la suite, il avait remonté l'avenue del Libertador jusqu'à tomber nez à nez avec le portique d'entrée du Campo Argentino de Palermo, que les habitants de Buenos Aires surnommaient la « cathédrale » du polo. Là, une agitation bon enfant emplie d'odeurs de saucisses et de beignets l'avait attiré. Un cornet de *churros* à la main, il s'était posté en bordure du terrain pour regarder le match.

La rencontre paraissait s'être décidée comme ça, pour le simple plaisir de courser la balle. Les matchs officiels viendraient plus tard, lorsque les gigantesques gradins seraient remplis. En attendant, les cavaliers professionnels s'amusaient avec leurs *petiseros*[4] et il était difficile de distinguer les uns des autres. Tous portaient des tuniques de laine à carreaux, des pantalons en cuir usés et d'inénarrables bérets basques vissés sur leurs chevelures mal peignées. On aurait pu les confondre avec les convoyeurs de bœufs ou de moutons qui, chaque matin, conduisaient leurs troupeaux vers les abattoirs du marché aux bestiaux de Liniers.

Ramenant son attention sur le jeu, Milo baissa la visière de sa casquette pour échapper au soleil inattendu qui jouait à l'esquive avec les nuages et les gratte-ciel bordant le stade. Le galop des chevaux arrachait à la pelouse des mottes filandreuses. Une pluie de terre tombait sur les badauds les plus proches,

1. Ascète hindou qui a renoncé à toutes les attaches de la vie matérielle pour se consacrer à la recherche spirituelle.
2. « Cimetière », en espagnol.
3. Propriétaire d'une vaste exploitation agricole, type ranch américain.
4. Au polo, le *petisero* est celui qui s'occupe des chevaux. Il prépare et dresse les jeunes chevaux en vue du jeu.

qui reculaient machinalement avant de revenir se masser aux extrémités du terrain, près des *palenques*[1]. Leurs exclamations passionnées soulignaient les plus belles phases du match. Le moment était crucial ; les deux équipes étaient à égalité.

Le jeune prodige était toujours en tête. Porté par les cris des hommes et les soubresauts de la terre, il ressemblait à une brebis pourchassée par des loups, sans doute à cause de sa silhouette menue, presque androgyne. À vue de nez, il n'avait pas plus de quatorze ou quinze ans. Malgré ses vêtements grossiers, sa chemise de laine passée dans un pantalon de coton informe, sa veste sans manches en peau de mouton mille fois ravaudée et surmontée d'un foulard noué sur la bouche pour se protéger de la poussière, il réussissait tout de même à afficher une grâce particulière. Ses gestes avaient la perfection d'une danse et le public ne s'y trompait pas. Il ne cessait de lui accorder la faveur de ses cris :

— *¡Vamos, chica, vamos*[2]*!* hurlaient tous les gauchos pour encourager la frêle silhouette.

Le gamin, porté par cet enthousiasme, semblait voler au-dessus de la meute. Un seul adversaire lui collait encore au train, un jeune homme d'environ vingt-cinq ans, dont l'épaisse toison bouclée de bélier noir tombait sur ses yeux, masquant des éclairs d'orgueil et de rage. Voyant que l'adolescent allait rentrer le goal, il eut une exclamation de colère et jeta son maillet dans les jambes de la jument avec une grande violence.

La pauvre bête trébucha en hennissant d'effroi. Son œil roula, blanc et noir. La chute parut inévitable. Tous les spectateurs retinrent leur respiration. Milo tempêta : le coup était irrégulier et criminel !

Pourtant, rien n'était encore joué.

Dans un effort spectaculaire, la jument blessée banda ses muscles et lutta pour retrouver son équilibre. Ses épaules se tendirent. Sa respiration puissante jaillit en vapeur de ses naseaux écartés. Ses jambes piétinèrent à la recherche de stabilité et, sur cet équilibre sculptural d'os et de chair luttant pour ne pas

1. Endroit au bout du terrain où les chevaux attendent et sont préparés par les *petiseros* avant de jouer leurs périodes.
2. « Vas-y, petite, vas-y ! », en espagnol.

s'affaisser, le cavalier ressembla soudain à un jeune dieu inondé de soleil, Hermès ajustant sa flèche.

Resté en selle par un miracle invraisemblable, il se pencha contre le poitrail couvert d'écume et parvint à crocheter la balle. Un cri primal sortit de ses tripes. Il frappa.

— ¡*Vamos!* vociférèrent les gauchos sur le bord du terrain.

La balle fila entre les deux poteaux, validant le point. Aussitôt, les acclamations se déchaînèrent et Milo ne fut pas en reste. Applaudissant à tout rompre, il hurla :

— Bravo ! Quel cavalier !

Dans son enthousiasme, il s'était exprimé en anglais. On le remarqua. On détailla son uniforme de lieutenant de la Royal Air Force avec une soudaine animosité.

— Hé, toi, *che Inglés*[1], que fais-tu là ?

Des gauchos l'encerclèrent, franchement hostiles. Depuis leurs luttes pour l'indépendance contre le royaume d'Espagne, les Argentins n'appréciaient guère les Anglais. À cette époque, ces derniers leur avaient offert une aide militaire en espérant faire de l'Argentine un de leurs dominions. Les insurgés l'avaient vécu comme une trahison et ce sentiment avait perduré après le krach boursier de 1929, lorsque la Grande-Bretagne avait choisi une politique protectionniste. Pour continuer à exporter leur viande, les Argentins avaient dû concéder un abaissement des droits de douane et un quasi-monopole des moyens de transports et des installations frigorifiques[2]. Les nationalistes étaient montés au créneau et, maintenant encore, de nombreux journaux dénonçaient ce qu'ils appelaient un marché de dupe et une soumission au Royaume-Uni.

— Dis donc, *che Inglés*, tu ne peux pas répondre aux questions qu'on te pose ? cracha l'un des hommes à la mine peu engageante.

Milo dévisagea toutes ces faces brunies par le soleil, ces corps qui paraissaient étonnés de ne plus être en selle, à marcher comme des marins revenus sur terre. Dans leur vie, le cheval était tout.

Il répondit à l'instinct, d'une voix apaisante :

1. « L'Anglais », en espagnol.
2. Il s'agit de l'accord Roca-Runciman.

— *Un partido magnífico. Me gusta el polo*[1].

On s'étonna de l'entendre parler espagnol. On hésita, puis, subitement, on trouva qu'il avait raison et on s'apostropha en gloussant : oui, l'action avait été magnifique ! *Madre de dios*, quel goal ! La joie revint, enfantine. On se congratula. On se mit à rire. Allons donc, ce jeune *Inglés*, malgré ses insignes militaires, semblait quand même bien connaître les chevaux. On lui fit une place, on lui tapota l'épaule, et l'un des Argentins osa lui demander :

— Puisque vous êtes anglais, *señor*, vous devez vous aussi jouer au polo ?

— *Un poquito*[2], mais moins bien que ce jeune *caballero*[3] !

Il désigna l'adolescent qui approchait. La moquerie s'étendit sur tous les visages.

— Ce *caballero*, ici, nous l'appelons tous la *Doncella !*

Le mot amusa Milo : *Doncella* pouvait se traduire par « demoiselle », un sobriquet qui faisait sans doute référence à l'allure trop jeune et androgyne de l'adolescent.

D'autres rires éclatèrent, de bons gros rires pleins d'une malice joyeuse. Quelques badauds en profitèrent pour interpeller le gamin.

— *¡Hola, Doncella, bien hecho*[4]*!*

Le gamin était d'une humeur de chien ; sa jument boitait. Le maillet de son adversaire avait entaillé le postérieur droit sur plus de six pouces. Il répliqua d'un ton acrimonieux qu'il était pénible de jouer avec des tricheurs.

L'homme à la toison de bélier l'entendit et ricana.

— Quand le cheval est trop fragile, on ne le fait pas jouer au polo !

La remarque était pure provocation. Le jeune cavalier sortit de ses gonds. Fou de rage, il se rua vers l'impudent en l'agonisant d'injures. L'autre répliqua. Ils en vinrent aux mains. On se précipita pour les séparer, ce qui ne fut pas une mince affaire. L'adolescent ressemblait à un chat sauvage crachant et griffant. On le saisit par les bras, on tenta de le calmer. Dans le feu de

1. « Un match magnifique. J'aime le polo », en espagnol.
2. « Un peu », en espagnol.
3. « Monsieur », en espagnol, avec un sens de courtoisie, distinction, aristocratie.
4. « Bravo », en espagnol.

l'action, il perdit le foulard qui le masquait et le lien qui retenait ses cheveux. D'épaisses boucles brunes coulèrent sur ses épaules, renvoyant des feux sombres lorsqu'un rayon de soleil les effleura.

Milo en resta bouche bée.

Le visage qu'il contemplait n'avait rien de masculin. Au contraire, sa féminité était si évidente, si éclatante, qu'il se demanda comment il avait pu se tromper à ce point.

La demoiselle avait une beauté sauvage et les traits d'un ange. L'ossature était fine, le teint couleur de thé léger, la bouche parfaite et sensuelle, rose comme un bouton de fleur.

— *Goddam*, murmura le jeune homme, complètement subjugué. Voilà pourquoi on l'appelle la *Doncella*, c'est une femme !

L'espace d'une seconde, un regard vert sombre se posa sur lui. Il crut contempler un horizon de sapinettes, celui qu'on apercevait au loin dans les montagnes, rutilant dans la lumière d'un soleil de matin du monde. Magnétisé, il voulut la suivre, lui parler, au moins connaître son nom, mais de lointaines cloches sonnèrent à la volée, lui rappelant brusquement qu'on l'attendait à l'ambassade britannique.

Il vérifia l'heure à sa montre-bracelet, se rendit compte qu'il n'avait plus le temps de rien, certainement pas de conter fleurette à une beauté de passage.

Ravalant sa déception, il rebroussa chemin.

Il l'ignorait encore, mais il venait de tomber irrémédiablement amoureux.

*

Le taxi déposa Milo devant le 2412 de la rue Anchorena[1], juste en face du mur qui ceignait l'ambassade britannique. Après qu'il eut sonné au portail de fer forgé, un concierge vint lui ouvrir pour l'introduire dans une petite cour dallée de pierres roses.

Un arbre dénudé par l'hiver découpait ses branches noires sur le blanc d'un bâtiment à l'aspect massif, haut de deux étages. À gauche, un jardin d'agrément montrait une pelouse qui descendait vers la ramure bleue d'un eucalyptus. À droite,

1. La rue Anchorena est actuellement la rue Dr-Luis-Agote.

un perron encadré par deux ifs taillés en miroir conduisait à une terrasse.

Deux militaires au garde-à-vous l'accueillirent au sommet des marches.

— Bonjour, lieutenant. Le colonel Langton vous attend, vous pouvez entrer.

Milo avança dans un vestibule carrelé de dalles noires et blanches. Un escalier d'apparat menait aux étages, souligné par un tapis de feutre rouge et une élégante rambarde dorée. Dans un angle près d'une fenêtre, une vieille horloge sur pied marquait les secondes. Avec la console de marbre gris chargée d'un bouquet de lis au parfum entêtant, on aurait pu se croire dans un manoir du Devonshire. Il ne manquait que la maîtresse de maison.

— Bonjour, lieutenant McCorball. Je suis miss Vera Hopkins, la secrétaire particulière du colonel Langton. Venez avec moi, ces messieurs vous attendent dans le Grand Salon au premier étage.

La femme avait un visage d'une beauté froide qui la faisait ressembler à une star hollywoodienne inaccessible. Longue, mince et les cheveux auburn, elle portait l'uniforme comme un prêtre sa soutane. Seule différence, elle avait de bien belles jambes au-dessus d'escarpins à talons hauts.

Milo la suivit en se remémorant les détails qu'il avait lus dans son dossier : célibataire, âgée de quarante et un ans, fiancée à vingt ans avec un sergent d'artillerie mort à la guerre quelques heures avant l'armistice du 11 novembre 1918. Ce drame l'avait à jamais dissuadée de fonder une famille. Elle avait préféré se consacrer à son travail et à son pays.

Elle épaulait le colonel Langton depuis près de vingt ans après avoir gravi les échelons qui l'avaient menée de simple dactylographe à collaboratrice de confiance. Elle connaissait tous les dossiers, y compris ceux estampillés « *secret defense* », qu'elle tapait elle-même à la machine. Elle ne déléguait jamais rien, ne faisait confiance à personne. On prétendait qu'elle dormait à peine. Première arrivée, dernière partie, elle assistait à toutes les réunions sans qu'aucun détail ne lui échappât. Sa mémoire était sans faille.

Avant d'ouvrir une porte, elle retint Milo en appuyant légèrement sur son bras pour se hausser jusqu'à son oreille.

— D'habitude, chuchota-t-elle, Son Excellence ne se mêle pas des affaires de l'Intelligence Service, mais vous êtes recommandé par sir Winston Churchill, avec lequel sir Esmond Ovey n'a pas toujours eu des liens très cordiaux. Il tenait donc à vous rencontrer en personne, histoire de sonder l'affaire. Soyez simple et honnête. Le colonel Langton vous soutiendra si nécessaire. Vous vous en doutez, votre mission n'est pas vitale militairement parlant, mais elle demeure tout de même cruciale pour amener à la table des négociations les meilleures options possibles.

Elle le dévisagea intensément durant quelques secondes, sans doute pour vérifier qu'elle avait été bien comprise, puis elle pénétra dans le Grand Salon en lui demandant de la suivre.

Une voix de stentor les accueillit aussitôt.

— Ah, lieutenant McCorball, je m'apprêtais justement à expliquer la teneur de votre mission à Son Excellence. Venez donc nous rejoindre au plus vite.

Le colonel Langton agita une main aimable. À son côté, confortablement calé dans un canapé de soie beige, un homme long et maigre se contenta de froncer les sourcils en regardant sa montre. Lorsqu'il releva le nez, il précisa d'un ton rogue :

— Ne vous étonnez pas d'être reçu dans le Grand Salon, lieutenant McCorball. Je ne vous fais pas un honneur disproportionné, je tiens uniquement à éviter de perdre un temps précieux. Mon prochain rendez-vous est à quinze heures au même endroit. Cela nous laisse moins d'une heure, j'espère que vous irez droit au but.

— Merci de me recevoir, Votre Excellence, répondit Milo.

Il s'approcha des deux hommes, sa casquette de pilote coincée sous le bras. Le vent avait décoiffé ses cheveux courts et il tenta de les discipliner de la main. Durant ses classes, il avait été formé au protocole, il avait donc toutes les compétences requises pour se confronter à un diplomate aussi chevronné que sir Esmond. Il n'en était pas moins nerveux. Il se doutait qu'il était en train de passer un examen d'entrée.

Le colonel Langton s'efforça de le mettre à l'aise. Il lui demanda des nouvelles de Londres.

— Eh bien, dit Milo, je crois bien qu'en ce moment, tous les ministères sont en ébullition.

Il serra les mains en enregistrant d'un même coup d'œil le luxe raffiné de la décoration, les murs tendus de soie crème, le sol entièrement recouvert par un gigantesque tapis d'Orient aux motifs rouges. Des rideaux encadraient deux portes-fenêtres qui ouvraient sur la terrasse. Les drapeaux de la Grande-Bretagne et de l'Argentine se croisaient devant une tapisserie qui représentait un sous-bois possiblement anglais.

— Prenez place, lieutenant, dit le colonel.

Langton était un homme trapu d'une cinquantaine d'années, rasé de près, le cheveu gominé, dont le visage à l'expression martiale était durci par d'épais sourcils gris. À côté de lui, sir Esmond Ovey paraissait filiforme, tandis que son maintien aristocratique était rehaussé par un élégant costume croisé venant certainement de chez Savile Row, à Londres. Sa cravate du même bleu que le drapeau argentin était coordonnée à une pochette de soie. Tout en regardant ses ongles, il affichait une expression de profond ennui qui allongeait son front dégarni.

— Lieutenant McCorball, je vous avoue que sans l'insistance du colonel Langton, qui fait grand état de vos références, je n'aurais pas pris la peine de vous recevoir. Pardonnez-moi d'être aussi direct, mais ce n'est pas la première fois que je dois faire face à des ordres surprenants de la part de Londres. On vous présente comme un analyste de haut niveau et un enquêteur hors pair, rompu au terrain, mais que vois-je en toute objectivité ? Un jeune pilote de la Royal Air Force, frais émoulu de son école et visiblement inexpérimenté dans tous les domaines, y compris celui de la politique. Je ne doute ni de votre enthousiasme ni des événements européens qui focalisent en ce moment toute l'attention de lord Halifax, notre secrétaire d'État au Foreign Office, tout comme je comprends que les meilleurs agents soient actuellement occupés par des missions autrement plus importantes. Il n'empêche, bon sang de bonsoir ! était-il nécessaire de m'envoyer un jeunot dont je ne sais que faire ?

Milo entra dans le débat avec assurance.

— Votre Excellence, vous m'avez demandé d'aller droit au but. Je suis ici parce que Londres compte sur l'Argentine pour assurer le ravitaillement de la Grande-Bretagne en cas de conflit mondial. Il est vital pour notre pays d'obtenir les meilleures conditions commerciales possibles. Je suis chargé d'évaluer les arguments que les Argentins pourraient nous opposer et de proposer des solutions permettant de les contrer.

L'ambassadeur ne perdit en rien sa mauvaise humeur.

— Et que pourriez-vous sortir de vos manches, lieutenant, que mon propre personnel n'aurait pas réussi à jauger ? Vous n'êtes qu'un très jeune homme sorti de nulle part dont personne n'a jugé utile de me préciser les éventuelles qualifications.

Milo posa sa sacoche de cuir sur ses genoux et en sortit une chemise de carton gris. Il tendit à l'ambassadeur une feuille dactylographiée, signée et tamponnée de manière très officielle.

— Votre Excellence, voici les références que mes supérieurs m'ont autorisé à vous transmettre. Comme vous pourrez le constater, le fait que je sois un aviateur est purement anecdotique par rapport au reste de ma formation.

La lettre résumait l'ensemble de son parcours depuis sa sortie de l'université de Cambridge en tant que major de sa promotion. Elle précisait qu'il avait étudié l'exploitation et l'analyse des données, ainsi que les interactions entre l'économie et la sociologie. Cette spécialisation était majeure à l'heure où de nombreux pays choisissaient le fascisme comme solution politique. L'Intelligence Service lui avait donc rapidement proposé un poste d'analyste. Au bout de quelques semaines, le haut commandement, satisfait de ses notes, l'avait incité à suivre une formation « commando » pour coller aux réalités du terrain. Puis Churchill, qui était un ami de chasse de son père et, de manière plus anecdotique, son parrain sur les fonts baptismaux, avait suggéré son nom pour cette mission. L'ancien ministre de l'Armement et des Finances n'avait peut-être plus de poste officiel, mais il continuait à avoir de l'influence en haut lieu. La candidature de Milo avait aussitôt été validée.

— Je parle couramment six langues dont l'espagnol, continua le jeune officier de manière factuelle, et je joue au polo avec un handicap de 5, ce qui me semble être un atout non négligeable en Argentine. Je peux vous le garantir, Votre Excellence, je suis parfaitement formé pour réussir cette mission.

L'ambassadeur lui rendit la lettre, la mine indéchiffrable.

— Vous avez surtout des amis puissants, lieutenant McCorball. Je vois que la signature au bas de vos références est celle de Winston Churchill. La politique est toujours une question d'alliance.

— Pour ma part, sir, je préfère l'action à la politique.

Le diplomate s'adossa pour observer son interlocuteur avec plus d'attention. Ce jeune lieutenant McCorball était peut-être le protégé de Churchill, il n'en possédait pas moins un beau sens de la repartie. De plus, son physique n'était pas en reste, puisqu'il avait l'apparence d'un homme sportif capable de maîtriser n'importe quelle situation. Quant au visage, outre une ossature solide et des yeux bleu de glace qui devaient plaire aux femmes, il attirait surtout l'attention par une expression calme et franche, matérialisée par un sourire qui était sans conteste sa plus grande séduction.

— Je n'entrerai pas dans les détails fastidieux de votre mission, lieutenant, reprit l'ambassadeur, mais j'imagine qu'une de vos attributions est de déterminer si l'Argentine est un pays possiblement nazi ?

La question n'avait rien d'anodin. En cette période délicate, il était important de connaître les pays alliés. Or, l'année précédente, quinze mille personnes s'étaient réunies à Buenos Aires dans l'enceinte sportive du Luna Park pour proclamer leur soutien à l'Allemagne nazie. Des partisans fascistes avaient décoré de drapeaux noirs et rouges les travées, et accroché à chaque rambarde des banderoles ornées de la croix gammée. Tous les journaux internationaux en avaient fait leur une, car il était probable que ce rassemblement fût le plus important en faveur d'Hitler hors des frontières allemandes.

Sir Esmond était un diplomate chevronné. Milo répondit sans tergiverser.

— Nos agents ont récemment mis la main sur des dossiers qui présentent l'Argentine comme un possible rêve d'expansion allemande. Le chancelier Hitler a chargé un département spécialement créé, l'*Auslandsorganisation*, d'organiser le parti nazi outre-mer. Cette structure finance des fermes expérimentales, des écoles privées et même des journaux qui véhiculent l'idéologie hitlérienne dans toute l'Amérique du Sud, allant jusqu'à initier des campagnes antisémites. C'est de cela dont je dois m'occuper.

— Le colonel Langton m'a précisé que vous alliez plus particulièrement surveiller Felipe Ramiro, qui est l'ami intime du gouverneur de Buenos Aires. Ce ne sera pas une mince affaire. Cet homme est à la tête d'une immense fortune. Il possède l'une des plus grosses exploitations agricoles d'Argentine, spécialisée dans la viande de bœuf. Il a des appuis jusque dans le gouvernement.

— Nous avons toutes les raisons de croire que cet homme est un nazi dormant. Il est suffisamment influent pour avoir l'oreille de certains membres du gouvernement. Ses positions politiques font de lui notre principal opposant, un adversaire d'autant plus redoutable qu'il ne défend que ses intérêts personnels.

— Il est le président d'un des plus virulents partis fascistes argentins, le *Partido Fascista*, mais je n'arrive pas à croire que...

— Beaucoup de rumeurs circulent à son sujet. Mon travail va consister à vérifier si certaines de ces rumeurs peuvent être fondées, ce qui nous permettrait de le discréditer.

Esmond Ovey se frotta le menton d'un air songeur.

— Vous pensez à ces rumeurs de camp d'extermination des Indiens ? Personne n'a jamais réussi à prouver quoi que ce soit.

— S'il y a quelque chose à trouver, je le découvrirai.

Les deux hommes se regardèrent, puis l'ambassadeur ajouta d'une voix basse :

— La guerre arrive bel et bien en Europe, lieutenant McCorball, n'est-ce pas ?

Milo acquiesça.

— La question n'est plus de savoir si nous aurons la guerre, Votre Excellence, mais plutôt quand elle se déclenchera.

Le silence revint, rempli du crépitement d'une averse sur les dalles de la terrasse.

— C'est une réponse que j'aurais préférée ne jamais entendre, déclara finalement l'ambassadeur. Nous nous dirigeons vers une époque très sombre.

— Elle l'est déjà, confirma Milo. N'en doutez pas. Des hommes comme ce Ramiro sont là pour nous le rappeler tous les jours.

— Je vous prie de me tenir informé de l'avancée de votre étude, insista encore l'ambassadeur.

— Je vous ferai une copie de mon rapport dès que je rendrai mes conclusions, promit Milo.

Ils se serrèrent la main. Le colonel Langton se leva d'un air satisfait.

— Nous allons faire du bon boulot, lieutenant. N'hésitez pas à me demander toute l'aide que vous jugerez nécessaire.

Mon service est à votre entière disposition. Miss Vera Hopkins vous expliquera au fur et à mesure les éventuelles démarches. Pouvons-nous caler un premier rendez-vous de travail demain à neuf heures ?

— Bien entendu, colonel.

Il prit congé et sortit. Miss Hopkins le rattrapa au milieu de l'escalier.

— Avez-vous des projets pour ce soir, lieutenant McCorball ? s'enquit-elle d'un ton cérémonieux. Peut-être avec des amis que vous auriez l'intention de rejoindre pour le dîner ?

Elle s'arrêta près de l'horloge, attendant une réponse, que Milo lui fournit avec un sourire.

— Je crains de dîner seul ce soir, miss Hopkins… Je ne me rendrai chez les amis de mon père que dans quelques jours, après avoir organisé mon séjour dans les moindres détails.

— Dans ce cas, pourquoi ne m'inviteriez-vous pas à dîner ? suggéra Vera en plongeant un regard insistant dans le sien. Il faut à tout prix que vous découvriez le bœuf argentin. Il est remarquable. Et puis, tenez, je pourrais vous emmener dans une *milonga*. Il n'y a rien de mieux pour s'imprégner de l'atmosphère intime de Buenos Aires.

Milo ignorait ce qu'était une *milonga*. Vera Hopkins précisa :

— C'est un endroit où l'on danse le tango.

— Une salle de bal, donc.

— Une *milonga* est bien plus que cela, lieutenant McCorball. À Buenos Aires, ces établissements sont de véritables institutions. On vient pour y danser, c'est vrai, mais surtout on y parade, on y signe des contrats, on y vend du bœuf et du cuivre. On y brasse aussi des idées subversives. C'est l'endroit parfait pour rencontrer des amis… ou des ennemis.

L'allusion était claire. Milo opina.

— Dans ce cas, d'accord pour une soirée tango dans une *milonga*, miss Hopkins, avec grand plaisir.

— Je viendrai vous chercher dans le hall de votre hôtel à vingt heures, lieutenant McCorball. Soyez prêt et en civil.

Son ton demeurait toujours aussi autoritaire et glacial. Milo la regarda disparaître au fond du couloir en se demandant si elle venait de lui annoncer qu'il était passible du peloton d'exécution ou si elle lui avait vraiment arraché un rendez-vous.

2

Vendredi 4 août 1939
Buenos Aires – Argentine

Le Linda Flor était chichement éclairé, sans doute pour ne rien révéler de la vétusté des murs, du plancher, et des vieilles tables que des centaines de coudes avaient laquées au cours de son existence.

— Venez, dit Vera Hopkins, et elle entraîna Milo vers l'arrière-salle.

Le jeune homme eut un regard circulaire. L'endroit n'offrait guère de différence avec un bar ordinaire qui aurait accueilli des ouvriers à la fin d'une longue journée de labeur. Pour l'atteindre, il fallait d'abord se faufiler dans un couloir sombre puis, après un rideau de perles, pénétrer dans un espace aussi vaste qu'inattendu, peint d'une manière pimpante avec du vert et du rouge.

Là, on s'enfonçait dans des relents de bière et de sueur, de corps échauffés et de respirations accélérées, que noyait la sempiternelle fumée des cigarettes.

On plongeait également dans la musique. Corps et âme.

Milo s'arrêta pour mieux écouter. Aux abords d'une piste de danse au parquet ciré, un piano était accompagné d'un violon, d'une guitare et d'un bandonéon. L'orchestre balançait des notes tristes et langoureuses qui semblaient concentrer toute l'âme bohème de l'Argentine, tour à tour emplies de sanglots puis vives et tumultueuses comme un coup de pampero. Dans l'air enfumé, les danseurs paraissaient être les acteurs d'une immense pièce de théâtre. Leurs gestes languides interprétaient l'humeur changeante de la vie et racontaient l'histoire d'un amour généralement trahi.

— *Soledad, soledad*[1], clama un chanteur d'une voix rauque.

Vera Hopkins appuya son bras sur celui de Milo.

— Allons nous asseoir, nous serons mieux pour discuter.

Elle avait troqué son uniforme contre une robe fleurie qui rendait hommage à sa quarantaine flamboyante. La jupe, soulignée à la taille par un ruban, était formée de larges plis gansés à la façon d'une traîne. Le corsage avait une élégance séduisante, à la fois sage et suffisamment ajusté pour être sensuel. Avec un maquillage sophistiqué et une coiffure aux mèches crantées, la secrétaire du colonel Langton offrait aux regards une beauté semblable aux portraits sur papier glacé de Greta Garbo ou Rita Hayworth.

Milo la suivit jusqu'à une table éloignée de l'orchestre. Ils s'installèrent côte à côte, face au rideau de perles pour mieux surveiller les entrées. Vera sortit un miroir de poche et vérifia une épingle à cheveux. Milo commanda deux Fernet-Branca[2].

Il sirota sa boisson en détaillant les couples qui évoluaient sur la piste de danse. Le tango était animé d'une mécanique admirable, les règles immuables et les gestes codifiés. Il trouva fascinant de voir à quel point tous ces êtres enlacés parvenaient à véhiculer une étrange dualité, celle du désir se heurtant à un irrépressible besoin de liberté.

— C'est le tango, souffla Vera comme si elle était parvenue à la même conclusion. Des couleurs mêlées à des figures. Des froufrous de volants rouges, des envolées de dentelles noires... Un monde de falbalas, paradoxalement très sérieux. Et pourtant..., ajouta-t-elle en refermant d'un geste sec son miroir de poche, le tango est subversif. Savez-vous le danser, McCorball ?

— Guère plus qu'une autre danse de salon.

— Il faudra que je vous apprenne à l'occasion, répondit-elle.

Il continua à regarder la piste. Plus il s'habituait au rythme et aux postures, plus il percevait les différences : certains *tangueros*[3] s'exprimaient avec une gestuelle extravagante et des postures maniérées, d'autres tournaient sobrement sur le parquet, à petits pas lents et délicats. Quelques couples étaient

---

1. « Solitude », en espagnol.
2. Alcool très amer d'origine italienne, à base de plantes.
3. Danseurs de tango.

composés de femmes. D'autres d'hommes, barbe rude contre barbe rude.

— L'amour de la danse n'a pas de frontières, s'amusa Vera Hopkins en croisant son regard déconcerté. Malgré sa sensualité, le tango exprime toujours la même chose : le besoin de liberté. C'est un cri. Alors, hommes ou femmes, qu'importe… Voyez-vous, McCorball, le tango est né ici, sur les rives marécageuses du Rio de la Plata. Il est sorti de la fange pour raconter la solitude, l'errance, la vie faite d'allers et retours. Le temps qui passe et nous vieillit. L'amour qui va, qui vient…

Elle eut un sourire désabusé, puis elle ouvrit son sac à la recherche d'une cigarette.

— J'aurai pu vous amener au Viejo Correo, qui est l'une des plus anciennes *milongas* de Buenos Aires. Ou même à la Confiteria Ideal, l'une des plus mythiques. J'ai préféré vous amener au Linda Flor, malgré son plancher un peu poussiéreux et ses lambris à la peinture écaillée. Savez-vous pourquoi ?

Milo resta impassible. La question n'était que pure rhétorique. Elle prit le temps de sortir une cigarette de son étui. Elle fumait des *Black Cat* Craven "A" dont le paquet rouge était orné d'une tête de chat noir. Il trouva que ces cigarettes lui allaient bien. C'était le même rouge que ses lèvres.

Elle reprit aussitôt :

— Voyez-vous, cette taverne à l'aspect peu reluisant est le lieu de prédilection de la jeunesse dorée de Buenos Aires qui adore venir s'encanailler ici. Tous ces jeunes gens roulent des mécaniques, s'enorgueillissent de côtoyer de véritables voyous, des maquereaux à la petite semaine et des femmes à la moralité douteuse qui font semblant de les accepter dans leur monde. Comme ils ont de l'argent, ils dépensent à foison. Ce faisant, ils attirent autour d'eux une cour digne d'un empereur. Tout le monde y trouve son compte.

Elle mit sa cigarette entre ses lèvres. Milo lui présenta la flamme de son briquet. Elle le remercia d'un regard, tira une bouffée puis rejeta la fumée par-dessus son épaule. Son profil toujours aussi sévère se découpait à contre-jour sur la piste éclairée. Milo avait l'impression d'être projeté dans un de ces films hollywoodiens au décor en carton-pâte. Il attendit patiemment la suite.

Un accord de violon signa la fin d'une série de tangos. On ouvrit les portes donnant sur l'arrière-cour pour laisser entrer un peu d'air frais. Les couples se désunirent, les *tangueras*[1] allèrent s'asseoir, les jambes élégamment croisées dans leurs jupes à volants. Leurs yeux papillonnaient d'un homme à l'autre avec impudeur. Milo fut détaillé dans un flamboiement aguicheur. Il s'adossa à son siège. Ce dévergondage l'amusait.

Vera se pencha vers lui en gloussant.

— Mon petit, ne vous méprenez pas, ces danseuses ne sont pas toutes des prostituées. Dans le tango argentin, ce sont les femmes qui choisissent leur partenaire. Elles observent, elles supputent, elles jaugent les probables qualités d'un danseur, puis elles arrêtent leur choix d'un regard. À l'homme de relever le gant, ou pas.

Elle tira une dernière bouffée de sa cigarette avant d'écraser le mégot dans le cendrier posé sur la table. Elle avait légèrement tourné la tête pour scruter l'autre côté de la salle, vers la porte d'entrée masquée par le rideau de perles.

Sa voix baissa d'un cran.

— Comme je viens de vous le dire, mon cher, le Linda Flor est le quartier général de la jeunesse portègne[2]. Enfin, d'une certaine jeunesse… Avez-vous remarqué ces jeunes gens regroupés là-bas, à la droite de l'orchestre ? Leurs pères sont pour la plupart les ténors du Parti fasciste argentin ou du Parti démocrate national, ce dernier étant un mouvement politique extrêmement conservateur. Tous sont plus ou moins liés au gouverneur de Buenos Aires, Manuel Fresco, qui est un fervent admirateur de Mussolini et d'Hitler. Vous voyez, ajouta-t-elle avec un sourire ironique, nous n'avons pas attendu que Londres nous envoie un spécialiste pour identifier ceux qui flirtent avec le nazisme.

Sans laisser à Milo le temps de protester, elle posa sa main sur la sienne et rapprocha sa bouche de son oreille. Aux yeux de tous, son geste pouvait paraître celui d'une amoureuse, mais sa voix conservait la même froideur, même si le murmure la rendait plus rauque, plus sensuelle.

---

1. Femme qui danse le tango.
2. On appelle les habitants de Buenos Aires les Portègnes. Ce mot vient de l'espagnol *Porteños*, qui signifie littéralement : les habitants du port.

— Ne regardez pas tout de suite dans leur direction, ainsi nous n'aurons pas l'air de parler d'eux. Le plus grand, celui qui est bâti comme une armoire, c'est Benito, un vrai voyou, toujours à exécuter des basses œuvres guère reluisantes. L'autre, celui qui a l'air d'un chef au milieu de ses soldats, c'est Carlos Ramiro, le fils de Felipe Ramiro. L'homme qui vous intéresse.

Le dénommé Carlos Ramiro passa sous une ampoule électrique et Milo reconnut avec surprise l'épaisse chevelure en toison de mouton du cavalier indélicat aperçu le matin même.

— Je l'ai vu au Campo Argentino, chuchota-t-il à Vera. Il jouait au polo sans beaucoup de fair-play.

— Hum, l'argent lui monte à la tête. Il est le fils unique de don Felipe, qui est le premier exportateur de bœufs argentins. Ils possèderaient plus de trente mille têtes de bétail. Sachant qu'un élevage moyen est de cinq cents têtes, vous voyez la différence…

Milo continua à observer le jeune Argentin dont le profil ressemblait, de loin, à celui d'un oiseau de proie. Le nez était busqué, les pommettes saillantes. Des paupières lourdes laissaient filtrer un regard noir et dur, marqué par des cernes sombres. Paradoxalement, le front semblait celui d'un angelot, bordé par des boucles de pâtre grec. Les femmes en étaient folles, il ne cessait de danser.

— Lorsqu'il séjourne à Buenos Aires, Carlos Ramiro est un habitué du Linda Flor, poursuivit Vera. Il s'y affiche ouvertement à la tête d'une bande de partisans. Il est suffisamment intelligent pour ne jamais être impliqué dans les mauvais coups qu'il fomente. Toutes les familles bourgeoises de Buenos Aires le considèrent comme le parti le plus en vue malgré une réputation de débauche et de violence qui lui colle au train depuis l'adolescence. On le soupçonne d'avoir participé au lynchage d'un ouvrier un peu trop proche du Parti communiste, même si cela n'a jamais été prouvé. Il avait quatorze ans à l'époque. Papa le sort de tous les pétrins en arrosant qui il faut. La corruption est hélas le maître mot de l'Argentine.

— Vous connaissez remarquablement bien le dossier de ce jeune Ramiro.

— Je connais très bien tous mes dossiers, jeune homme, répliqua Vera avec un rien de sécheresse. Pourquoi croyez-vous que je sois ici avec vous ? Pour vos beaux yeux ? Le service du colonel Langton surveille les Ramiro père et fils depuis longtemps. Leur dossier est long comme le bras même si nous n'avons pas encore réussi à établir des preuves concrètes. Le jeune Ramiro est très proche de son père. Il participe à toutes les réunions du parti depuis qu'il a douze ans. Ramiro senior est un matador qui aime se pavaner. Il est dangereux comme un serpent, mais le gamin est encore plus vicieux. Les deux manipulent avec aisance une certaine frange politique qui détourne la démocratie argentine vers des idées fascistes. Leur argent alimente la corruption et arrange des élections truquées. Ils vont jusqu'à organiser des conférences sur l'eugénisme. La supériorité de la race blanche est leur péché mignon. Je suis prête à parier que ces rumeurs sur un camp d'extermination des Indiens sont tout à fait exactes.

Elle se tut pour porter le verre de Fernet-Branca à ses lèvres, but une gorgée en regardant son jeune interlocuteur par-dessus le rebord givré de sucre.

Ce dernier lui demanda :

— Que pouvez-vous me dire d'un éleveur américain du nom de Jan Lukas ?

— Jan Lukas, répéta-t-elle lentement en allumant une seconde Craven "A" avant de souffler la fumée vers le plafond en allongeant la gorge d'un mouvement élégant. Difficile de ne pas avoir entendu parler de cet homme… Grosse fortune de la Gold Coast new-yorkaise. Des mines de cuivre en Argentine, dans la région de Catamarca, me semble-t-il. Une société d'import-export d'antiquités orientales basée à Manhattan. Un élevage de chevaux florissant situé à seulement quelques heures de Buenos Aires d'où sortent des *criollos* haut de gamme destinés aux milliardaires qui jouent au polo… Il a une gentille petite famille dont il ne se sépare guère. Lui et sa femme vont parfois au théâtre. Le reste du temps, ils se contentent de recevoir des invités prestigieux dans leur très belle *estancia*[1], la Balandra, où ils s'occupent presque exclusivement de leurs chevaux… En quoi cet homme vous intéresse-t-il ? Je n'ai jamais entendu dire qu'il ait un lien quelconque avec l'un

1. Grande exploitation agricole, d'élevage, en Amérique latine.

ou l'autre parti politique argentin. D'ailleurs, il a toujours la nationalité américaine.

— Jan Lukas est un ami de mon père, avoua Milo. C'est chez lui que je suis invité à séjourner. Je cherche donc à mieux cerner un homme que je ne connais pas personnellement. À ce propos, pourriez-vous me fournir une carte de presse suffisamment authentique pour me servir de couverture ? J'ai prétendu à mes hôtes que j'étais reporter-photographe.

— C'est prendre beaucoup de précautions pour un séjour de politesse, se méprit Vera.

Milo eut un grand sourire malicieux.

— Ignorez-vous que la Balandra est la plus proche voisine de la *Casa del toro*[1], la résidence principale de don Felipe Ramiro ? En fait, j'y serai en séjour d'infiltration.

— Décidément, rétorqua Vera Hopkins en soufflant sa fumée d'un air narquois, il faut croire qu'il n'y a jamais de hasard dans les vies que nous menons. Je comprends mieux pourquoi vous avez été choisi par l'Intelligence Service pour vous occuper personnellement des Ramiro.

— Je n'y suis pour rien, se défendit Milo avec amusement, l'idée vient de mon parrain.

— Votre parrain ?

— J'ai l'infime honneur d'avoir pour parrain sir Winston Churchill.

Elle sursauta, puis éclata de rire. C'était la première fois qu'il la voyait rire.

— Votre parrain est Churchill ? Hum, hum… il faut croire que les vieux fauves ont toujours des idées pleines de sagesse… Eh bien, je pense que votre parrain a raison, vous apprendrez plus de choses à la Balandra qu'à Buenos Aires, où les Ramiro se contentent de jouer presque sagement au polo et au tennis, et à danser le tango. Dans leur propriété, ils se comportent en rois du monde. On dit que le fils élève des dogues argentins et qu'il massacre allègrement les Indiens qui ont le malheur de traverser les terres familiales. D'autres rumeurs prétendent que lui et son père lâchent leurs chiens sur les intrus, et même qu'ils organisent des chasses à courre dont le gibier est parfois

1. « Maison du taureau », en espagnol.

humain. J'ignore la part de vérité dans de telles allégations, mais vous connaissez l'adage : pas de fumée sans feu. Lorsque vous vous approcherez de leur antre, il faudra vous montrer extrêmement prudent.

Milo remarqua d'un ton léger.

— En somme, voilà deux personnalités fort peu recommandables. Pourtant, le fils trompe bien son monde. Il est particulièrement doué pour danser le tango. À le voir, on le trouverait presque charmant.

Carlos Ramiro sortait sans conteste du lot des *tangueros* ordinaires. Avec son maintien orgueilleux et sa stature de jeune athlète, il faisait un danseur plus que remarquable. Dans ses bras directifs, sa partenaire du moment n'était qu'une poupée blonde dont il jouait avec un malin plaisir. Subjuguée, elle se laissait emmener, ployer, tourner comme une toupie sans aucune volonté. Elle peinait cependant à suivre son rythme. Son visage était perlé de sueur.

Vera Hopkins termina sa cigarette.

— Je crois vous avoir montré ce soir tout ce que je pouvais. Désirez-vous que je vous raccompagne à votre hôtel, cher ami ?

Ses yeux étaient une invite, il ne pouvait s'y tromper. Il sourit et se leva, mais se rassit aussitôt. Vera lui coula un regard froissé. Il lui prit la main pour l'embrasser sur le bout des doigts, tout en désignant un homme de très forte corpulence, au faciès asiatique, qui venait de passer le rideau de perles.

— Je crains de devoir m'attarder encore un peu, ma chère Vera. Je connais cet homme et je suis très curieux d'apprendre pourquoi il est ici alors qu'aux dernières nouvelles, il se trouvait encore à la frontière turque.

— Préférez-vous que je vous attende ?

Il l'enveloppa d'un regard lumineux.

— Laissez votre adresse, je vous rejoindrai lorsque j'en aurai appris un peu plus.

Elle inscrivit quelques mots au dos d'un paquet de Craven "A" vide, qu'elle abandonna sur la table.

— Ne commettez pas d'imprudence, dit-elle en s'éloignant de son pas élégant. Je vous attends chez moi. Je vais mettre une bouteille de champagne au frais.

Il fit disparaître le paquet dans sa poche puis reporta son attention sur la silhouette adipeuse qui se dandinait au milieu de la salle. Le visage rond et glabre, les petits yeux porcins et le crâne entièrement rasé à l'exception d'une grande tresse noire qui tombait jusqu'aux reins étaient trop caractéristiques pour qu'il puisse se tromper.

L'homme s'appelait Mogül. Il était d'origine moghole et prétendument mort à la fin des années 1920. Les services secrets britanniques l'avaient repéré récemment à Istanbul pour une histoire de droit commun. Ils l'avaient fiché et Milo avait vu passer cette information parmi toutes celles qu'il centralisait.

Le Moghol n'était rien d'autre qu'un homme de paille au service de la mafia locale, mais un détail avait attiré son attention : il avait été le bras droit d'un célèbre trafiquant d'opium, le baron von Rosenheim, dont on avait retrouvé le corps dans la jungle indienne du Meghalaya. Or, ce baron était d'origine allemande.

Milo était donc particulièrement intrigué de voir l'Asiatique se retrouver en Argentine dans un nid notoirement nazi. Ce ne pouvait être une coïncidence.

Son intuition fut très vite récompensée : lorsque Carlos Ramiro aperçut le Moghol, il cessa séance tenante de danser pour aller à sa rencontre. Les deux hommes échangèrent quelques mots puis l'Argentin tendit une enveloppe que l'Asiatique fit disparaître dans la poche intérieure de son veston. Ils se séparèrent aussitôt. Carlos retourna à son tango. Le Moghol se glissa de l'autre côté du rideau de perles comme si de rien n'était.

Milo suivit son instinct et se leva pour le suivre. Il avait vu l'enveloppe, il la lui fallait.

Il rattrapa Mogül dans le corridor tout en imitant la démarche chancelante d'un ivrogne. Lorsqu'il fut suffisamment près, il feignit de perdre l'équilibre et le bouscula en glissant une main leste pour dérober la lettre. En même temps, il bafouilla une vague excuse d'une voix pâteuse puis s'éloigna en titubant de plus belle. Le Moghol lui décocha un regard furibond. Il ne s'était pas rendu compte du larcin. Après avoir remis son veston en place, il se dirigea vers le restaurant. Milo en profita pour descendre les escaliers qui menaient aux toilettes.

Il décacheta l'enveloppe sous la lumière vacillante d'une unique ampoule électrique et en extirpa un billet de train pour La Plata ainsi qu'une liasse de pesos argentins. Perplexe, il glissa le tout dans sa poche revolver. Carlos Ramiro venait-il d'inviter le Moghol à se rendre chez lui, dans sa propriété de la *Casa del toro ?* Pourquoi ? Et d'où ces deux hommes se connaissaient-ils ?

Conscient qu'il n'aurait pas de réponses à toutes ces questions ce soir, Milo remonta les escaliers avec l'intention de se faire appeler un taxi pour rejoindre V.era.

À cet instant, une belle jeune fille brune passa devant lui, sensuellement moulée dans une robe bariolée qui froufroutait autour de ses longues jambes. Il la suivit d'un regard distrait, troublé par ses gestes de danseuse qui lui paraissaient familiers.

Elle passa le rideau de perles en tournant la tête. Il la reconnut à l'expression insolente de ses yeux, ou plutôt à leur couleur vert sapin si peu ordinaire.

C'était la *Doncella* du Campo Argentino.

Saisi d'une joie qu'il ne s'expliquait pas, il la suivit en se disant que, finalement, il allait rester encore un peu au Linda Flor, à regarder les gens danser le tango.

*

Le couple se disputait.

Carlos Ramiro tenait la demoiselle à la robe bariolée par le bras et la secouait méchamment. Milo entendit distinctement cette dernière s'exclamer :

— Je ne danserai pas avec toi ! Va-t-en. Laisse-moi !

Avant qu'il puisse esquisser le moindre geste chevaleresque, la *Doncella* se dégagea toute seule d'une brusque torsion du poignet. Carlos essaya de la reprendre par le bras, mais elle le repoussa durement avant de s'éloigner d'un pas furieux.

L'Argentin ne s'avoua pas vaincu. Il la poursuivit. Elle se réfugia près d'un groupe de jeunes gens qu'elle semblait connaître, rit un instant avec eux puis choisit un gamin d'à peine dix-huit ans qu'elle entraîna sur la piste de danse.

N'osant croire en sa chance, l'élu sourit aux anges. Carlos Ramiro pâlit sous l'affront. D'un coup de poing rageur, il envoya voler une bouteille d'une table. Ses amis l'entourèrent, tentèrent de le calmer. Il se débarrassa d'eux sans le moindre égard avant de s'engouffrer de l'autre côté du rideau de perles, d'une façon si virulente qu'il manquât arracher la tringle.

L'orchestre entama *Soir de pluie*. Milo songea que la soirée devenait de plus en plus intéressante. Se faufilant près de la *ronda*[1], il continua à observer la jeune fille. Au bras de son très jeune cavalier, elle évoluait dans la foule des danseurs avec une grâce qui la sortait nettement du lot. Les pans rouges et roses de son jupon tourbillonnaient autour de ses superbes jambes gainées de soie noire, laissant voir non sans effronterie sa cuisse jusqu'à la jarretière. Sur le devant, le corsage aux manches longues était sage et pudique. À l'arrière en revanche, un décolleté vertigineux révélait un dos irrésistiblement sensuel, velouté comme du satin, d'une somptueuse couleur de miel clair. Milo eut la main démangée par l'envie de la caresser. Cette fille était une braise qui aurait rallumé n'importe quel feu !

À la fin du morceau de musique, elle abandonna son cavalier malgré l'insistance de ce dernier, pour aller s'asseoir à une table. Une amie l'attendait, une petite brune au teint olivâtre, les cheveux tressés en macarons au-dessus d'oreilles percées par des créoles. Comme n'importe quelles jeunes filles de leur âge, elles se prirent par le bras et se penchèrent l'une vers l'autre pour se chuchoter des confidences. Dans la lumière tamisée de la *milonga*, elles riaient à gorge déployée.

Milo s'adossa ostensiblement à un pilier, suffisamment près pour qu'elles puissent le remarquer. Ce qui ne tarda guère, car elles lui coulèrent très vite quelques œillades impétueuses, tandis qu'elles continuaient de glousser.

Il s'approcha pour l'inviter à danser. Elle cessa tout de suite de rire. Ses grands yeux étonnés se levèrent derrière son éventail. Il tendit la main comme il avait vu faire tous les hidalgos.

— Nous connaissons-nous ? hasarda-t-elle en s'éventant nerveusement.

Elle était encore essoufflée de sa danse précédente. Sa poitrine se soulevait avec un peu trop de rapidité. Il lui offrit un grand sourire espiègle, résolument charmeur.

1. La ligne de danse imaginaire qui circule autour de la salle dans le sens inverse des aiguilles d'une montre et qui symbolise l'évolution des danseurs sur la piste.

— Voici l'occasion de mieux nous connaître, *señorita.*

Il avait parlé en espagnol. Son amie lui murmura quelque chose à l'oreille. Elle la fit taire d'un mouvement d'épaules.

— D'accord, décida-t-elle en se levant et en lui tendant la main.

Son amie chercha cependant à la retenir :

— Es-tu folle ? Personne ne connaît cet homme, comment peux-tu vouloir danser avec lui, tu ne sais même pas d'où il vient !

— Détrompe-toi, Lupita. Je sais que monsieur est anglais. De toute façon, j'ai très envie de danser, ajouta-t-elle d'un air provocateur en laissant Milo la conduire vers la piste. Crois-tu que je vienne à Buenos Aires pour faire tapisserie ?

Ils attendirent le début de la musique. Elle posa cérémonieusement une main sur celle qu'il lui tendait, l'autre sur son épaule. Lui se pencha pour chuchoter avec malice :

— Vous risquez d'être déçue, je ne suis pas forcément un bon danseur.

Son souffle chaud avait glissé sur sa gorge. Elle tressaillit.

— Dans ce cas, pourquoi m'invitez-vous à danser ?

— Parce que vous le désiriez.

Elle se força à rire, mais il vit qu'il l'avait troublée. Il s'en réjouit, raffermit ses appuis. Sous sa paume, son épaule était ferme et chaude.

Une guitare lança les premiers accords de *Libertad*, une chanson d'Agustín Magaldi à la mélodie entraînante. Les couples commencèrent à tourner. Milo guida la jeune fille en une marche voluptueuse, le visage penché vers son épaule. Elle pivota pour lui faire face. Dut lever le nez pour trouver ses yeux bleu de glace, car il était très grand. Il la dépassait d'une bonne tête.

Ils s'observèrent durant quelques secondes.

— Répondez-vous toujours aux caprices des jeunes femmes ? dit-elle finalement.

Elle cherchait à le provoquer. Il la bascula vers l'arrière, un bras arrondi sous ses reins pour la soutenir dans son mouvement.

— Vos œillades étaient-elles un caprice, miss ?

Elle cambra la taille avec volupté.

— Je ne sais pas encore, avoua-t-elle en détournant le visage.

Il la redressa. Elle fronçait délicieusement les sourcils ; il ne se lassait pas de la regarder. En fin de compte, elle était plus proche des vingt ans que des quinze. Il respira avec délice son parfum piquant d'épices et de vanille, une senteur particulière qui lui rappelait celles de son Inde natale. Sa beauté avait quelque chose d'exotique qu'il ne parvenait pas à définir. Peut-être son teint gorgé de soleil, ou ses lèvres charnues, ou encore ses yeux en amande, presque orientaux, immenses, profonds, qu'il avait d'abord cru uniformément vert sapin mais qui, vus de près, brillaient comme l'intérieur d'un jade précieux pailleté d'or.

— En tout cas, monsieur, vous êtes un menteur, reprit-elle. Vous ne dansez pas si mal.

Il frôla son dos nu d'une main caressante. Sa peau avait la douceur d'un pétale de rose.

— Sans doute certaines danseuses m'inspirent-elles plus que d'autres.

Ils tournoyèrent, croisèrent leurs bras, leurs jambes, leurs regards. Pour ces duels-là, le tango était toujours la plus délicieuse des danses. Comme elle semblait craindre de laisser un silence dangereux s'installer entre eux, elle lui demanda encore :

— Au fait, avez-vous apprécié le match de polo de ce matin ?

— Une certaine *Doncella* m'a fait une forte impression.

— Oh, vous savez comment on me surnomme !

— J'essayais de connaître votre vrai nom.

Elle ne tint pas compte de la question implicite et préféra continuer son propre interrogatoire.

— Aimez-vous les chevaux ? Jouez-vous au polo ?

— Je suis anglais. Les Anglais aiment les chevaux et jouent souvent au polo.

— Ah, tant mieux ! jeta-t-elle passionnément.

Il rit.

— Tant mieux que je sois anglais ou tant mieux que j'aime les chevaux ?

— C'est surtout que je n'aimerais pas fréquenter un homme qui ne monte pas à cheval !

Il ralentit le rythme, pour bien accrocher son regard.

— Sommes-nous en train de nous fréquenter ? demanda-t-il sérieusement.

Elle ne répondit pas. Elle le détaillait, l'œil lumineux, la bouche entrouverte, le corps abandonné contre le sien, et il se dit que l'instant était merveilleusement choisi pour échanger un premier baiser. Avec une extrême douceur, il souleva son menton pour l'approcher de ses lèvres.

Des mains les séparèrent soudain. On le saisit par le col en l'étranglant à moitié, on le repoussa trois pas en arrière. Deux hommes l'immobilisèrent. Un troisième avait attrapé la jeune fille qu'il maintenait serrée contre lui. Milo protesta. Il reçut un coup dans le ventre qui le plia en deux, la respiration coupée.

— Monsieur l'Anglais ignore peut-être qu'il est en train de danser avec ma fiancée ?

Des doigts brutaux le saisirent par les cheveux pour l'obliger à relever la tête. Carlos Ramiro se tenait devant lui, les traits tordus par une colère qu'il ne cherchait même pas à contenir.

— Arrête, Carlos, hurla la jeune fille. Qu'es-tu en train de faire ? Pour qui te prends-tu ? Je ne suis pas ta fiancée ! Laisse-nous.

Milo profita de la diversion pour frapper l'Argentin d'un coup de genou dans l'aine. En réponse, un de ceux qui le maintenaient lui lança un uppercut qui le cueillit à la mâchoire.

Il chancela, des chandelles devant les yeux. Reçut encore un crochet dans l'estomac, puis un tranchant sur la nuque. Autour de lui, des femmes crièrent. Des danseurs décampèrent dans une grande confusion. La jeune fille réussit à s'échapper. Milo entendit un juron, puis on le traîna par les bras jusque dans une cour, où on le jeta dans une flaque en riant grassement.

L'eau glacée lui fit l'effet d'une gifle. Il se releva en titubant. Une averse tombait drue. Elle coulait sur son visage, amenant un goût de sang dans sa bouche.

Carlos Ramiro approcha dans un bruit de bottes.

— Je déteste les Anglais, cracha-t-il dans un sourire mauvais. Ils se croient partout chez eux. Ils volent nos terres et notre argent, ils mangent nos bœufs, ils boivent nos vins et séduisent nos filles, et nous, nous devrions nous laisser faire ?

Ses deux acolytes entrèrent dans son jeu avec des rires idiots. Milo essaya d'évaluer leurs positions dans l'obscurité. Il ricana à son tour :

— Côtoyer des Anglais vous apprendrait pourtant un minimum de politesse !

Il escomptait une réaction. Il ne fut pas déçu. Son plus proche adversaire se jeta sur lui en rugissant. Il para le coup avec aisance puis riposta d'un crochet du droit qui cueillit l'autre à la tempe. Ce dernier s'écroula à terre, l'œil vitreux. Son camarade éructa comme une bête. Celui-là était une véritable armoire à glace, aussi haut que lourd. Le fameux Benito, qui chargea comme un taureau, la tête en avant.

Milo l'attendait en position de garde. Il esquiva à nouveau le coup, répliqua d'une torsion au bras. Emporté par son élan, son agresseur fut déséquilibré. Le jeune Anglais en profita pour lui envoyer son poing dans la glotte, puis son genou dans le bas-ventre. L'homme se dégonfla comme une baudruche avant de s'affaler sur les pavés détrempés, totalement inconscient.

Carlos Ramiro eut besoin d'une fraction de seconde pour digérer sa surprise. En revanche, lorsqu'il attaqua, il se montra d'emblée plus aguerri que ses sbires. Visiblement, il était entraîné au combat. Il réussit à atteindre Milo sur la pommette. Ce dernier riposta instinctivement. L'Argentin fut touché à l'estomac. Il tituba vers l'arrière, à demi sonné, mais sortit un poignard de sa manche et le fit passer de droite à gauche avec une dextérité d'habitué.

— Un couteau contre un homme désarmé, quel fair-play ! railla Milo.

L'Argentin bondit en soufflant des narines. Milo sauta en arrière pour éviter d'être éventré. Ils se tournèrent autour, en s'observant mutuellement. Carlos avança d'un pas. Milo recula d'autant. Ils s'étaient approchés d'un réverbère, la lumière qui en tombait se reflétait sur la lame tranchante avec des reflets glacés. Le visage de l'Argentin était figé par la haine. Il attaqua de façon fulgurante. Milo bloqua son bras armé. Les deux hommes s'empoignèrent pour un corps-à-corps. L'Argentin encaissait les coups comme un bélier aveuglé par la rage. Lorsqu'il revint à la charge, il dansait encore sur ses jambes avec une telle vivacité que Milo faillit être pris au dépourvu. Reculant *in extremis*, il trébucha sur un pavé disjoint et ne se rattrapa qu'en s'adossant contre un mur de brique.

Carlos le saisit à la gorge. La respiration coupée, Milo ne put que frapper au jugé.

— Je vais te saigner comme un goret, siffla l'Argentin en avançant son couteau vers sa jugulaire.

Il se tut dans un bris de verre. Ses yeux se révulsèrent et son visage ruissela soudain de mille tessons de bouteille emportés par la pluie. Des rigoles de sang creusèrent des sillons sur son front, sur ses joues. Il relâcha son étreinte. Milo put à nouveau respirer. Avalant de grosses goulées d'air, il repoussa son adversaire qui tomba à genoux, hors de combat. Derrière lui se dressa une robe bariolée raidie par la pluie : la *Doncella* brandissait encore le reste de la bouteille qui lui avait permis d'assommer son adversaire.

Milo croisa son regard écarquillé. Elle paraissait figée par l'effroi. Il avança d'un pas, puis d'un autre. Elle eut un sursaut, se débarrassa du tesson brisé et courut vers lui. Il n'eut qu'à ouvrir les bras pour la recevoir contre sa poitrine. Elle l'étreignit avec force, le visage enfoui au creux de son épaule, puis recula en lui prenant la main. Avec autorité, elle l'entraîna vers l'extrémité de la cour où ils buttèrent contre une vieille palissade.

— Vite, il faut l'escalader, dit-elle en retroussant sans façon ses jupons. Lorsqu'ils se réveilleront, ils ne seront pas de bonne humeur. Je les connais, ils ne me feront pas de mal, mais vous… vous… Carlos voulait vous trancher la gorge !

— C'est fini, retournons plutôt à la *milonga*…, lui dit-il pour la rassurer, mais elle avait déjà commencé son ascension.

— Non, non, je vous en prie, venez. Il ne faut pas rester ici.

Il décida de jouer le jeu, la rejoignit et l'aida à passer par-dessus la clôture. Lorsqu'ils retombèrent de l'autre côté, elle lui reprit la main. Ils s'enfoncèrent dans un dédale de ruelles sombres et glissantes que bordaient des maisons de brique à la splendeur passée. Au siècle précédent, une épidémie de fièvre jaune avait décimé le quartier, et les bourgeois qui y vivaient avaient préféré s'installer plus au nord, dans le *barrio*[1] de Recoleta réputé plus sain. Au fil du temps, avec l'afflux des immigrés de toute l'Europe, les vieilles demeures abandonnées

1. Quartier.

étaient devenues des *conventillos*[1] insalubres, loués chambre par chambre.

Ils couraient toujours. La pluie s'intensifia, achevant de les tremper. Sans prévenir, la jeune fille poussa Milo dans l'encoignure d'une porte où ils se retrouvèrent presque à l'abri. Il la dévisagea au travers de la pénombre. Elle ressemblait à un petit moineau mouillé. Son chignon défait dégoulinait en grosses coulures brunes sur ses épaules transies. Sa robe de bal se plaquait contre son corps, révélant la forme de ses cuisses, de son ventre, de ses seins durcis par le froid. Il ôta sa veste pour la lui mettre sur les épaules.

— Je suis désolé, chuchota-t-il. Elle ne vous réchauffera guère, elle est trempée.

— Je n'ai pas froid, dit-elle.

Elle respirait fort. Un filet de vapeur s'échappait de ses lèvres, de son corps chaud comme une flamme. La pluie continuait à marteler les pavés, les toits. Le silence de la nuit résonnait de ces myriades de gouttes drues. Dans le halo des réverbères, l'obscurité se parait d'un scintillement d'étoiles.

Ils se regardèrent sans savoir quoi se dire. En réalité, ils n'avaient pas envie de parler.

Un autre lien les unissait déjà.

Brusquement, elle se haussa sur la pointe des pieds pour se retenir à son épaule. Sa bouche trouva tout naturellement la sienne, s'y appuya avec exigence. Il sentit sa langue chaude chercher la sienne, la frôler d'une caresse effrontée qui lui fouetta le sang. Il voulut refermer ses bras sur sa taille. Il n'en eut pas le temps. Déjà, elle s'échappait d'une pirouette.

Elle bascula dans la ruelle, dans la nuit, dans la pluie.

— Faites attention à Carlos Ramiro. Il voudra se venger, recommanda-t-elle avant de s'élancer comme on s'échappe des griffes d'un tigre.

Il la poursuivit. Remonta les pavés jusqu'à un angle de rue. Dut se rendre à l'évidence. En quelques secondes, elle avait disparu. Le *barrio* l'avait engloutie dans son labyrinthe de Minotaure. Il ne la voyait plus. Il ne l'entendait même plus courir.

---

1. Type de logement collectif urbain en Argentine, où l'on loue une chambre, pour une salle à manger et une salle de bains communes.

— Je ne sais toujours pas votre nom ! cria-t-il dans le silence crépitant de l'averse.

Sa voix lui parvint en retour, à la fois proche et lointaine. Il avança au jugé, le temps que son rire moqueur aille en s'amenuisant.

— Je suis la *Doncella*, c'est tout ce que vous avez besoin de savoir !

— Comment ferai-je pour vous retrouver ?

Elle ne répondit rien. Il continua à avancer au hasard, arpentant les rues les unes après les autres. Il ne voulait pas s'avouer vaincu. Les briques succédaient aux briques. Des odeurs nauséabondes montaient des ruisseaux grossis par le déluge, qui charriaient des immondices. La pluie tentait de tout laver, mais la misère humaine demeurait.

Il s'arrêta finalement, découragé. Il était frigorifié, trempé jusqu'aux os. Il se rendit compte qu'il était en bras de chemise. Elle avait gardé sa veste en otage.

Cela le fit rire.

Allons donc, le destin qui les avait réunis une seconde fois ne pouvait permettre qu'ils ne se retrouvent jamais. La belle *Doncella* avait une dette : elle devait au moins lui rendre son veston !

3

Mercredi 16 août 1939
Partido[1] de La Plata – Argentine

Un oiseau était couché sur le chemin, à même la poussière, dans une espèce de creux qui lui servait peut-être de nid. Avec ses plumes brunes d'une couleur identique à celle de la terre sur laquelle il s'aplatissait, il était invisible aux yeux de n'importe qui, du renard ou du faucon qui chercheraient peut-être à en faire sa proie, et même du cheval qui avançait d'un pas lent en direction de l'arroyo.

Soumis à son instinct, le volatile demeura immobile malgré l'approche du cavalier. Il était si confiant dans son mimétisme qu'il attendit le dernier moment pour s'envoler. Son long cri de protestation effraya le cheval, qui se cabra.

Milo était en train d'embrasser en rêve une jolie *Doncella* vêtue d'une robe bariolée. Il manqua vider les étriers.

— Tout doux, mon garçon, tout doux ! s'exclama-t-il en reprenant sa monture en main.

Heureusement, le cheval qu'il avait loué à La Plata était une bête placide, heureuse de sortir de son écurie. Déjà oublieux de la perdrix, il avisa une herbe appétissante et tendit le cou pour la brouter. Milo le laissa faire le temps de scruter la route qui filait, rectiligne, vers l'est.

Un paysage plat s'étendait à perte de vue, uniquement ondulé par une lointaine forêt. À la sortie de la ville, le chemin n'avait plus traversé aucune bourgade ni même un simple hameau servant de refuge à un gardien de brebis. Seuls les méandres paresseux d'une rivière étaient venus rompre la monotonie de la plaine, enfoncés au milieu des graminées

1. Unité de division administrative en Argentine.

desséchées comme les éclats d'un miroir brisé. Milo suivait cette coulure monotone depuis près de deux heures. Il était à deux doigts de s'endormir sur sa selle.

À La Plata, une ville qu'il avait trouvée totalement artificielle avec ses diagonales ombrées de tilleuls, il avait loué ce hongre bai à un forgeron installé dans les faubourgs. L'homme lui avait indiqué la route menant à la Balandra, visiblement heureux de faire la conversation à un journaliste :

— Vous verrez, *señor*, cette *estancia* est l'un des plus beaux élevages de *criollos* d'Argentine, avait-il précisé en lissant sa grosse moustache brune. Les chevaux du *señor* Lukas se vendent dans le monde entier, de l'Amérique à l'Angleterre, et même auprès de maharajas indiens. Nous en sommes tous très fiers.

Milo avait arrimé ses bagages à la selle, puis il avait lancé sa monture à travers une banlieue pauvre et ouvrière, faite de bric et de broc. Du linge claquait aux fenêtres. Des cageots vides s'accumulaient dans les coins. Partout, des gamins aux joues sales pataugeaient dans les rigoles. Pour un peu, il se serait cru en Italie, d'où étaient originaires la plupart des immigrés installés dans la région. Cela l'avait ému, car lui-même avait eu une mère pour moitié italienne. Il avait cédé à la nostalgie en achetant un cornet de *chiacchiere*[1] qu'une *mama* faisait frire dans un énorme chaudron.

Au-delà de la gigantesque raffinerie de pétrole YPF[2] qui assurait la majorité des emplois, de maigres rios s'étiraient jusqu'à l'estuaire, survolés par des mouettes. Le vent était une gifle constante.

Très vite, les derniers champs avaient cédé la place à une étendue morne et broussailleuse, émaillée par des étangs qui réfléchissaient le gris du ciel. De loin en loin, un vol de *pirinchos*[3] animait la ligne d'horizon. La pampa était à la fois triste et belle, comme ces airs de tango joués dans les *milongas*.

Il recommença à rêver. Il tenait à nouveau la belle *Doncella* dans ses bras. Il dansait, la peau tiède de son dos nu sous sa paume, le goût de son baiser sur les lèvres. Il l'avait cherchée

1. Beignets italiens.
2. YPF pour Yacimientos Petrolíferos Fiscale.
3. Oiseau à la tête ébouriffée et à la longue queue, vivant en bande (*Guira cantara*).

en vain toutes les nuits. Il était même retourné au Campo Argentino dans l'espoir de la voir rejouer au polo. Les gens qu'il avait interrogés avaient prétendu ne pas la connaître.

— *¿La Doncella?* avaient-ils répété d'un air méfiant. Qui est-ce ? Une fille qui joue au polo ? *No es posible*. Les filles ne jouent pas au polo.

Il ne les avait pas crus, mais avait dû se faire une raison. Elle avait disparu comme un coup de vent évaporé dans l'immensité de Buenos Aires. Pour l'oublier, il avait laissé Vera l'embrasser et même devenir sa maîtresse. Elle était belle, élégante, expérimentée, mais l'amour sans l'amour est-il de l'amour ? La nuit, il caressait son corps parfait, blanc et roux, en lui superposant une autre image. Finalement, il n'avait pas été mécontent de reprendre ses distances.

Talonnant son cheval, il le poussa sur un pont de planches. À cet endroit, la route bifurquait vers le nord au travers d'une lande sauvage d'ajoncs, de roseaux et de graminées jaunies. Des urubus noirs dessinaient des cercles au-dessus d'un fossé. Il les suivit du regard le temps de repérer l'animal qu'ils surveillaient, sans doute un chevreuil ou un gros mouton qui avait dû s'enliser au fond de la ravine.

Lorsqu'il s'approcha, cette bête poussa des beuglements déchirants. Il identifia un veau de deux ou trois mois, encore bien vivant s'il fallait en juger le raffut qu'il faisait. Il arrêta aussitôt son cheval. Il ne pouvait laisser cette pauvre bête agoniser sans au moins essayer de la sauver. Après avoir attaché sa monture à un buisson, il descendit dans le fossé en essayant de ne pas glisser dans la boue.

Le veau le suivit d'un œil blanc de peur. Il était tombé sur le flanc. Une glaise molle l'entravait jusqu'au ventre. Le moindre mouvement semblait l'enliser plus encore.

— Du calme, mon gros, du calme, chuchota Milo en s'approchant le plus possible. Je vais te sortir de là.

Quelques vautours se posèrent sur un arbre mort. Leurs petits yeux brillants observèrent la scène avec un intérêt interminable. Ici comme partout, les charognards savaient attendre la mort avec une patience incommensurable.

Milo se pencha pour attraper la jeune bête, mais ses doigts ne parvenaient pas à saisir le pelage boueux. Le veau lui parut à bout de forces. Après un ultime sursaut, il sembla abandonner la lutte et laissa retomber sa tête. De l'eau brune monta jusqu'à ses naseaux.

Milo comprit qu'il n'y arriverait pas de cette façon. Il décida de remonter pour chercher la corde accrochée à sa selle. La pente était devenue une vraie patinoire. Il dut s'accrocher à des branches pour ne pas glisser en arrière. Ses vêtements furent vite recouverts de limon. Il jura comme un charretier.

Parvenu en haut, il entendit un galop. Un cavalier arrivait à vive allure sur la route venant de La Plata. De loin, il reconnut un gaucho au foulard rouge qui flottait dans le vent et à la selle recouverte d'une sempiternelle peau de mouton.

— Hé, vous ! l'interpela-t-il en se précipitant. Stop ! Arrêtez-vous !

Ses cris chassèrent les vautours qui s'envolèrent lourdement. Le cavalier freina des quatre fers.

— *Buenos dias, señor*. Que se passe-t-il ? Avez-vous besoin d'aide ?

La voix était jeune et polie. Milo se statufia sur place.

— Vous ! s'exclama-t-il, incrédule. Vous !

Il crut être revenu dans son rêve. Comment était-ce possible ? Il était à plusieurs miles de Buenos Aires, en pleine pampa désertique, or il avait devant lui l'adorable visage de la *Doncella !* Impossible de ne pas reconnaître son allure faussement androgyne, son teint bronzé et, surtout, ses yeux superbes, de cet inénarrable vert pailleté d'or qui les rendait uniques.

— Vous, répéta-t-il comme devant l'apparition d'un ange.

La jeune fille s'était figée en ne semblant pas partager son enthousiasme. Au contraire, elle le toisait avec méfiance. Lorsqu'il voulut avancer, elle leva sa cravache d'un air menaçant.

— Vous m'avez suivie ! accusa-t-elle, le teint pâli par la colère. Restez où vous êtes, espèce de goujat !

— Non ! Bien sûr que non ! se défendit Milo. Je vous jure que cette rencontre est un pur hasard ! Vous voyez bien que je suis devant vous sur la route, je ne puis tout de même pas vous suivre en vous précédant !

Il empêchait son cheval d'avancer en levant les bras devant lui, sans parvenir à la quitter des yeux. Il était à la fois réjoui et stupéfait de la revoir. Que faisait-elle ici, seule sur la route comme un gaucho partant rassembler du bétail ? Travaillait-elle dans l'une ou l'autre *estancia* ?

— Laissez-moi passer ! rugit-elle en voulant talonner sa monture pour forcer le passage.

Il attrapa les rênes pour la retenir. Elle leva sa cravache. Il lui lança un sourire à damner un ange.

— Je vous jure que j'ai besoin de vous, *señorita*. Regardez ! Un veau est embourbé dans ce fossé, là, juste en bas. Je n'arrive pas à l'en sortir seul, il faut que vous m'aidiez sinon il va crever.

Lorsqu'elle aperçut la jeune bête en détresse, son attitude changea du tout au tout. Elle sauta de selle et courut entraver sa monture.

— Eh bien, qu'attendez-vous ? jeta-t-elle à Milo qui n'avait pas bronché, médusé par sa vivacité. Allez-vous rester ainsi jusqu'au déluge ? Il faut nous dépêcher. Ce veau risque de mourir d'épuisement. On voit bien qu'il est à bout de forces.

Elle se laissa glisser jusqu'au bas du fossé d'une manière follement téméraire. Milo la suivit avec plus de prudence.

— Que comptez-vous faire ? lui demanda-t-il.

Elle pivota pour le toiser comme s'il était un demeuré.

— Dites donc, vous n'êtes pas très vif, vous ! Que croyez-vous que je veuille faire, sinon sortir cette pauvre bête de là ? Ne m'avez-vous pas demandé mon aide ?

En quelques secondes, le beau rêve de volupté partit dans les limbes du passé et Milo sentit la moutarde lui monter au nez.

— J'ai déjà essayé de le sortir, répliqua-t-il d'un ton sec, mais c'est peine perdue. Il est trop enlisé. Je pensais utiliser une corde. En la passant autour de son cou et en unissant nos efforts, nous parviendrons peut-être à le tirer sur la berge.

— Oui, et en l'étranglant au passage ! s'exclama-t-elle avec consternation. Croyez-moi, ce n'est pas la bonne méthode.

— Et quelle serait la bonne méthode, selon vous, *señorita el gaucho* ?

Elle soupira, tendit la main :

— Donnez-moi ce bout de corde, je vais vous montrer. Il faut le nouer autour de sa poitrine, juste derrière les pattes antérieures. Nous parviendrons ainsi à le dégager sans l'étouffer.

— Et comment comptez-vous vous approcher de lui ?

Sans mot dire, elle envoya valser son chapeau, sa veste en peau de mouton et ses bottes. Milo s'alarma :

— Que faites-vous ?

— Je vous donne une leçon de sauvetage, dit-elle en se défaisant maintenant de sa chemise et de son pantalon jusqu'à apparaître uniquement vêtue d'un vieux *Long John*[1] élimé aux coudes et aux genoux. Il faut s'approcher du veau, il n'y a pas d'autre solution.

Il comprit avec effarement qu'elle voulait se jeter à l'eau.

— Laissez, je vais y aller à votre place, proposa-t-il d'une manière toute chevaleresque.

— Non. Je suis plus légère, je risque moins de m'enliser que vous.

— Et si vous vous embourbiez tout de même ? répliqua-t-il en s'efforçant de ne pas trop regarder ses petits seins fermes qui pointaient vaillamment sous le jersey.

Elle frissonna dans le vent froid, mais leva tout de même un visage moqueur.

— Je pense que vous êtes un gentleman. Vous viendrez me sauver, n'est-ce pas ?

Ils se dévisagèrent avec intensité. Comme au premier soir, quelque chose passa entre eux, une sorte de fièvre qui les liait à nouveau l'un à l'autre.

— Dites-moi, pourquoi vous êtes-vous enfuie l'autre nuit ? demanda-t-il sans aucun à-propos. Je vous ai cherchée partout.

Elle haussa les épaules, se détourna. Il la retint en posant une main sur son bras, hésita, changea finalement de sujet :

— Écoutez, il vaut mieux que je vous encorde. Comme ça, en cas de besoin, je pourrai vous tirer plus facilement hors du fossé.

Joignant le geste à la parole, il lui fit un nœud solide autour de la taille. Elle descendit vers l'eau croupie sans plus tarder, en prenant appui sur des touffes d'iris. Milo fixa ses pieds

1. Un *Long John* est un sous-vêtement chaud en une seule pièce, à manches et jambes longues, comportant une boutonnière à l'avant et parfois un panneau boutonné à l'arrière. Créé à l'origine pour les femmes au XIXe siècle, ce type de sous-vêtement se porte aujourd'hui surtout par les hommes pour les travaux extérieurs ou les activités hivernales. C'est le sous-vêtement emblématique du cow-boy.

nus en croyant que son rêve continuait : elle avait les ongles joliment vernis de rose. Déconcerté, il se dit que cette fille allait le rendre complètement dingue.

Au bas du fossé, elle sauta sans hésiter dans l'eau. Comme elle s'y enfonçait jusqu'à mi-cuisse, elle poussa un cri de saisissement.

— C'est glacé ! expliqua-t-elle lorsqu'il s'inquiéta.

Elle tituba dans la boue avec une volonté farouche. Il admira son courage. Le veau, en revanche, commença à s'affoler. Elle s'efforça de le calmer en lui parlant doucement. Au bout d'un moment, la jeune bête cessa de s'agiter.

— Ça va ? demanda Milo, qui n'en revenait pas.

— Ça va, répondit-elle bravement.

Il ne connaissait aucune fille capable d'agir de la sorte. Elle plongeait dans la boue pour passer la corde sous le corps du veau. Ses mains étaient rougies par le froid. Ses bras s'enfonçaient dans la fange jusqu'aux épaules. Lorsqu'elle réussit enfin à faire un nœud avec la corde, elle claquait des dents.

— Vite, tirez, ordonna-t-elle à Milo, qui s'arc-bouta aussitôt.

Elle joignit ses efforts aux siens. Le veau paniqué avait recommencé à s'agiter, elle devait faire attention à ne prendre aucun coup de tête ou de sabot. Ce n'était qu'un veau de lait, mais il approchait tout de même les deux cents livres. Malgré ses forces déclinantes, il pouvait lui casser un bras d'un mouvement malencontreux.

Enfin, le marécage accepta de rendre sa proie dans un ultime bruit de succion. Le veau se retrouva étalé sur l'herbe détrempée, à respirer comme un soufflet de forge. Milo tendit la main pour aider la jeune fille à sortir de l'eau croupie. Un brusque vent d'orage s'était levé et des rafales les fouettaient méchamment, pourtant ils ne remarquaient rien. Debout l'un en face de l'autre, ils s'observèrent comme s'ils se découvraient pour la première fois.

— Je crois que je suis en train de tomber amoureux de vous, chuchota Milo avec un lent sourire charmeur.

Elle éclata de rire, des étoiles au fond des yeux.

— Vous avez un goût déplorable, monsieur l'Anglais. Dans l'état où je suis, je crains de n'être guère séduisante !

Elle montra le carcan de boue qui la recouvrait tout entière et ils furent pris d'un même fou rire, au point de tomber dans les bras l'un de l'autre en gloussant de plus belle. Pourtant, bien vite, la gêne revint et ils se séparèrent en évitant de se regarder. Elle confectionna un bouchon avec une poignée d'herbes sèches et entreprit d'en frictionner le veau. Milo l'imita et, sous leurs efforts conjugués, le jeune animal retrouva un peu de vigueur. Il redressa le cou, cligna ses grands yeux hébétés, réussit à se remettre debout. Il tremblait encore, mais se curait déjà les narines avec une grande langue rose des plus comiques.

La jeune fille nettoya la marque au fer qu'il avait sur la cuisse, pour identifier son propriétaire. Lorsque Milo vit le cercle surmonté d'une couronne qui était l'emblème des Ramiro, il n'osa pas croire en sa chance.

— Je m'en doutais, confirma la *Doncella*. Ce veau appartient à la *Casa del toro*. C'est la seule propriété qui élève des bœufs de cette race à des lieues à la ronde. Je vais le leur ramener.

— Je vous accompagne, lança Milo, espérant ainsi repérer l'*estancia* des Ramiro.

— C'est inutile, dit-elle en le regardant. J'arriverai à me débrouiller.

Elle tremblait de froid. Il tendit la main pour lui toucher la joue.

— Vous allez attraper la mort si vous ne vous rhabillez pas très vite.

— D'accord, mais ne regardez pas. Tournez-vous !

Il obéit avec docilité, en véritable gentleman. Elle hésita tout de même avant d'oser ôter son sous-vêtement raidi par la boue. Ses joues s'enflammèrent à l'idée qu'il puisse se retourner et la voir nue. Elle essaya de faire vite, mais ses mains étaient tellement gelées qu'elle eut du mal à enfiler ses vêtements. Au bout de plusieurs minutes, elle autorisa Milo à se retourner. Elle avait retrouvé son apparence de jeune gaucho. Seules quelques traces de boue maculaient encore son visage. Il les essuya de l'index puis, s'apercevant qu'elle tremblait toujours de froid, il lui frictionna le dos jusqu'à la faire crier grâce.

— Aïe ! Ouille ! protesta-t-elle en riant. Dieu du ciel, vous étrillez comme un sauvage ! Cela suffit, je ne claque plus des dents. Aidez-moi plutôt à tirer le veau jusqu'à la route. Si j'en juge la couleur de ces nuages, nous aurons bientôt un orage. Il faut nous presser, l'arroyo risque de sortir de son lit et de tout emporter sur son passage.

Sur la route, leurs mains se trouvèrent et ils se tinrent côte à côte sans parvenir à se séparer. En fin de compte, l'orage décida à leur place. Un grand coup de tonnerre éclata au-dessus de leurs têtes, les faisant sursauter. Les chevaux renâclèrent, tirèrent sur leur longe. Presque aussitôt, les nuages crevèrent et le paysage ne fut plus qu'une inondation.

Ils se mirent en selle et partirent vers le nord. Le vent les cinglait. La pluie crépitait dans les grosses flaques du chemin et ruisselait par vagues sur leurs vêtements. Au bout d'un minuscule sentier, la jeune fille arrêta sa jument.

— Je vais dans cette direction, dit-elle simplement.

Milo étudia l'horizon qu'elle lui désignait, mais ne découvrit aucune trace d'habitation. Il avait espéré apercevoir l'*estancia* des Ramiro et fut déçu de ne distinguer qu'une plaine sur laquelle le vent dessinait une houle d'océan.

— Je vous accompagne, répéta-t-il.

Elle se mit à rire.

— Vous êtes têtu, vous ! Je ne sais pas comment cela se passe en Angleterre, *señor*, mais ici, en Argentine, il est très mal vu qu'une jeune fille se promène seule en compagnie d'un homme, à plus forte raison lorsque ce dernier est un étranger.

— Vraiment ? répliqua-t-il non sans ironie. N'est-ce pas ce que vous êtes pourtant en train de faire depuis un moment ?

Elle répondit avec une malice presque naïve.

— Qui nous voit, en dehors de nos chevaux et de ce veau ? Voilà toute la différence.

— Moi qui pensais que vous étiez libre de faire ce que vous vouliez.

Il cherchait à la provoquer, elle riposta en talonnant son cheval.

— Mais je le suis, *gringo* ! Ma liberté, ce n'est pas de faire ce que vous, vous voulez, mais bien ce que moi je veux ! *Adios !*

Il la suivit sur quelques mètres.

— Dites-moi au moins votre nom !

Elle se retourna, et son sourire mouillé de pluie l'atteignit comme une flèche en plein cœur.

— Je m'appelle Lián, cria-t-elle.

— Lián ? Ce n'est pas suffisant ! Comment ferai-je pour vous retrouver ?

Elle ne répondit rien. Elle se contenta d'agiter la main dans l'averse qui redoublait. Il la regarda s'éloigner le plus longtemps possible, jusqu'à ce qu'elle disparaisse dans une savane densifiée par des buissons rabougris. Il aurait pu la suivre, mais qu'aurait-il eu à y gagner ? Cette fille-là n'était qu'un courant d'air. À peine croyait-il la serrer dans ses bras qu'il ne brassait déjà plus que du vent.

Il fit demi-tour en maugréant. L'orage redoublait et il était presque perdu au milieu d'une pampa désolée.

*

Milo eut de la chance. Un gaucho employé à la Balandra le trouva quelques instants plus tard et le guida jusqu'à l'*estancia*. Au bout d'une route rectiligne se dressait maintenant, de manière aussi inattendue que magnifique, une immense demeure cachée par un rideau d'arbres centenaires. Malgré la pluie, le *castillo*[1] ressemblait à une île au milieu d'une pelouse d'émeraude.

L'orage perdurait. De lointains éclairs déchiraient par intermittence le ciel qu'assombrissait l'arrivée du crépuscule. Le cheval de Milo avançait la tête basse, la crinière dégoulinante. Lui-même n'avait pas meilleure mine. Depuis longtemps, l'eau s'était infiltrée dans ses vêtements, inondant son dos, et il grelottait. Lorsqu'il avait franchi le portique de bienvenue qui délimitait l'entrée de la propriété, il s'était cru arrivé. En réalité, le chemin se scindait en deux. Le gaucho avait pris sur la gauche après lui avoir expliqué que la demeure des maîtres se trouvait sur la droite. Le jeune Anglais avait continué à travers une pampa sans fin devenue liquide. Les nuages se déversaient sur la terre. Le monde n'était plus qu'eau.

1. « Château », en espagnol.

Le *castillo* était un véritable château posé au milieu d'un parc arboré. Pour s'en approcher, il fallait d'abord passer devant une chapelle surmontée d'une croix de fer, noyée sous le lierre. Ensuite, on gagnait une allée bordée de palmiers, sans doute des *Trachycarpus* originaires de Chine, réputés pour leur rusticité et plantés depuis si longtemps qu'ils étaient devenus hauts et grêles, avec des palmes en éventail culminant à plus de trente pieds.

Milo fut vraiment étonné par ce qu'il voyait. Il s'était attendu à un ranch perdu au milieu d'une campagne aride, et non à un château digne d'un roi. Malgré le crépuscule qui s'étendait, il pouvait encore admirer les hauts murs de brique rose, la galerie à arcades tournant autour du rez-de-chaussée et les innombrables petits balcons croulant sous une immense vigne vierge, certes effeuillée en cette saison, mais qui devait être splendide en automne. Un donjon crénelé et une multitude de tours achevaient de donner à l'ensemble une élégance de conte de fées.

Milo contourna le bâtiment à la recherche des écuries. Une porte de service était nichée entre une véranda aux allures victoriennes et une terrasse sous tonnelle qui augurait d'agréables déjeuners en été. Milo descendit de son cheval et avança jusqu'au carillon. Une lointaine sonnerie se répercuta dans la bâtisse. Au bout d'un moment, la porte s'ouvrit sur un majordome vêtu à l'anglaise d'un gilet rayé et d'un nœud papillon. Surpris, Milo n'eut pas le temps d'ouvrir la bouche, le domestique l'avait déjà toisé de haut en bas d'un air sévère :

— Pour les écuries, il faut contourner le bâtiment sur la gauche jusqu'à l'aile ouest. Mais sans doute monsieur cherche-t-il plutôt l'*estancia*, où sont élevés les chevaux ? Pour cela, il faut revenir à l'entrée de la propriété, près du portique en bois, et prendre la route secondaire sur la gauche. Je vais prévenir le contremaître par téléphone. Qui dois-je annoncer ?

— Je suis Milo Fillan McCorball. Mr Lukas est prévenu de mon arrivée et normalement…

— Milo ? s'exclama alors une voix féminine provenant de l'intérieur, vous êtes Milo McCorball, le fils de notre cher Jim ? Mais pourquoi ne nous avez-vous pas prévenus de votre arrivée ? Regardez-moi ce temps. Nous serions venus vous chercher à la gare. Vous êtes trempé ! Entrez, mais entrez donc. Ashton, voici Milo, le fils de notre ami Jim, dont je vous avais annoncé la prochaine visite.

Une femme très élégante vint à sa rencontre. Elle était mince dans un corsage à jabot en dentelle et un jodhpur qui mettait en valeur la finesse de sa taille et la longueur de ses jambes. Un simple ruban attachait ses cheveux. Lorsqu'elle souriait, de minuscules rides couraient à la commissure de ses paupières.

— Allons, Ashton, ne le laissez pas sous la pluie !

— C'est que, *missy*, il a aussi un cheval, répliqua le majordome, pince-sans-rire.

La maîtresse de maison éclata d'un grand rire.

— Ah, ça, je n'avais pas vu… Très bien, je m'en occupe.

Sans façon, elle attrapa une cape de toile cirée accrochée à un porte-manteau, l'enfila et s'empara d'un parapluie.

— Suivez-moi avec votre cheval, je vous emmène aux écuries.

— Ne vous donnez pas cette peine, madame, commença Milo. Expliquez-moi juste…

— Taratata ! Ne discutez pas et venez avec moi. Je suis tellement heureuse de faire enfin votre connaissance, mon garçon.

Elle ouvrit son parapluie et s'approcha suffisamment pour passer son bras sous le sien. Il respira une pleine bouffée de son parfum, reconnut une note de jasmin qui lui rappela l'Inde. Elle lui arrivait sous l'épaule, elle n'était pas très grande, mais elle était gaie et pétulante.

— Au fait, je ne me suis pas présentée. Je suis Jezebel Lukas, la propriétaire de ce domaine. Mon mari est encore à l'*estancia*, là où nous élevons nos chevaux, mais il ne va pas tarder à rentrer. Je suis ravie de vous rencontrer enfin. Si vous saviez comme votre père nous a parlé de vous ! Vous êtes sa grande fierté.

Un palefrenier accourut à leur rencontre, sans doute prévenu par téléphone par le majordome. Il emmena le cheval pour le bouchonner et le nourrir. Milo précisa qu'il s'agissait d'une bête de location, qu'il faudrait ramener à La Plata le lendemain.

— Je m'en occuperai, assura le palefrenier avec amabilité.

— Vous auriez vraiment dû nous prévenir, reprit Jezebel Lukas d'un ton désolé. Il aurait été si facile de venir vous chercher avec la voiture. Au lieu de ça, vous arrivez trempé comme si vous aviez traversé le Rio de la Plata à la nage !

Milo eut un sourire d'excuse.

— Cela faisait longtemps que je n'avais pas monté à cheval. Cela me manquait…

— Ah, si vous aimez monter, chez nous, vous serez comblé ! Tous les déplacements se font presque exclusivement avec un cheval. C'est la pampa par ici, ajouta-t-elle avec une petite grimace d'excuse. Les Argentins sont des espèces de centaures qui arrivent même à dormir sur leur selle. Dès demain, Jan mettra une monture à votre disposition. Vous pourrez l'aider à la choisir. Et bien sûr, nous organiserons une grande fête en votre honneur un de ces prochains dimanches ! En attendant, rentrons vite à la maison. J'ai l'impression que la pluie redouble de violence.

Dès leur retour dans le vaste vestibule dallé de carreaux gris, le majordome vint les débarrasser du parapluie et de leurs manteaux détrempés.

— J'ai prévenu Monsieur, les informa-t-il. Il est en route avec notre jeune maître Zachary. En revanche, il semblerait que notre demoiselle ne soit toujours pas rentrée de sa promenade.

La maîtresse des lieux coula un regard contrarié vers la fenêtre la plus proche.

— Pourquoi ne suis-je pas surprise ? Cette enfant n'en fait toujours qu'à sa tête. Elle sait pourtant que je n'aime pas la savoir seule dehors à la nuit tombée. Bon, j'imagine qu'elle finira par revenir trempée comme une soupe et affamée comme une meute de loups. Vous l'avertirez de la présence de notre invité à ce moment-là.

— Bien entendu, *missy.*

— Je passerai peut-être un coup de fil à don Felipe. C'est notre plus proche voisin, expliqua-t-elle à Milo. Mary-Leela n'aime guère aller chez lui, mais avec la soudaineté de l'orage, elle aura peut-être été surprise et eu besoin de se mettre à l'abri.

Elle chassa sa contrariété d'un haussement d'épaules, puis fit face à son jeune invité, qu'elle détailla de haut en bas avec un regain de malice.

— Mon pauvre enfant, je manque à tous mes devoirs d'hôtesse ! Vous dégoulinez. Il vous faut un bon bain chaud et des vêtements secs. Je vais vous conduire à votre chambre. Vous pourrez vous reposer et vous changer. Je vais aussi vous faire amener quelques vêtements de mon mari, vous avez approximativement la même taille, précisa-t-elle en coupant court à toutes protestations. Je crois que vous n'avez pas vraiment le choix, votre bagage doit être complètement trempé. Vous confierez vos affaires à ma femme de chambre, qui s'en occupera. Nous dînons habituellement à vingt et une heures. Cela vous convient-il ?

— Je suis à vos ordres, milady, sourit Milo.

Jezebel Lukas eut à nouveau cet air pétillant qui creusait des fossettes sur ses joues et donnait à ses magnifiques yeux bleu saphir un flamboiement de paillettes. Milo les observa avec une impression de déjà-vu.

— Mon cher Milo, je vous conjure de quitter ce formalisme ! Vous n'allez quand même pas me donner du « milady » par-ci, du « milady » par-là ? Ici, nous sommes entre amis, et non à la cour d'Angleterre. Venez, je vais vous conduire à votre chambre. Nous en tenons toujours plusieurs prêtes pour loger ceux qui veulent nous acheter des chevaux. Comme la Balandra est loin de tout, c'est le moins que nous puissions faire. Acheter un cheval de polo prend du temps, il faut l'essayer pour le connaître... Pour l'instant, la saison est encore calme, vous serez notre seul invité. Les poulains ne naîtront que dans quelques semaines. Vous verrez, vous serez comme un coq en pâte.

Elle l'entraîna à l'étage, en s'appuyant à nouveau sur son bras avec familiarité tout en continuant à lui couler un œil emprunt de curiosité.

— J'ai l'impression que vous avez le même menton que votre père. Et aussi quelque chose dans les sourcils. Sans parler de cet air têtu qui doit venir de vos ancêtres écossais, pour se transmettre ainsi d'une génération à l'autre !

Elle se moquait gentiment, Milo gloussa.

— Je ne crois pas que ce soit un compliment, mon père est assurément l'homme le plus têtu que je connaisse. J'espère ne pas lui ressembler au moins sur ce point !

Elle rit à son tour.

— Vous ne connaissez pas mon mari ! Une vraie tête de bois... Pas étonnant que lui et votre père soient devenus des amis. Lorsqu'il s'agit d'imposer un même point de vue, ils s'entendent comme larrons en foire. Il n'empêche, continua-t-elle en le détaillant d'une manière toujours aussi espiègle, je vous imaginais le cheveu plus… plus écossais.

Cette fois, Milo rit franchement :

— C'est le drame de mon père ! Il rêvait d'un highlander aussi roux que lui, il reçoit un Viking grand et blond. Apparemment, je tiens de ma mère. Elle était d'origine italienne tout en ayant la peau claire et les yeux bleus. Je crois qu'ils n'ont jamais réussi à se mettre d'accord pour les prénoms : Milo est italien. Fillan est écossais pur jus.

— Comment va votre père ? demanda-t-elle avec une gravité soudaine.

— Il va très bien. Il est censé être à la retraite, mais il est incapable de rester inactif. Depuis quelque temps, il se jette corps et âme dans un projet de réserve nationale pour la protection de la faune et de la flore. Lui qui a passé tellement de temps à chasser le tigre, il rêve maintenant de le protéger.

— Je ne suis pas surprise. Il s'est toujours montré très humain. Il me semble d'ailleurs qu'il ne chassait plus que les mangeurs d'hommes…

— Il continue à rendre service lorsqu'on le lui demande.

Elle hocha la tête en signe d'assentiment, puis ouvrit une porte à l'étage. En parfaite hôtesse, elle lui fit visiter une très belle suite, qui possédait un coin salon, un petit bureau, une salle de bains et un vaste dressing. Le sol était recouvert par tant de tapis que ces derniers se chevauchaient en multiples épaisseurs. Une fenêtre donnait sur la piscine, en cette saison vidée de son eau. Au-delà couraient des pâturages jusqu'au Rio de la Plata. Avec l'obscurité grandissante, on ne distinguait pas grand-chose, hormis de lointains scintillements qui indiquaient peut-être l'Uruguay, de l'autre côté de l'estuaire.

Lady Jezebel montra encore le tub, le cordon pour appeler un domestique et la pile de rondins qui servait à alimenter le feu dans la cheminée.

— La Balandra est une très vieille demeure, s'excusa-t-elle, le chauffage se fait encore au bois. En revanche, nous avons depuis toujours l'électricité. Il arrive que l'un ou l'autre orage provoque une panne. En cas de besoin, vous trouverez des bougies dans ce tiroir.

Se retournant, elle lui prit spontanément les mains avec une joie touchante.

— Nous nous réjouissons tous que vous ayez pensé à nous pour ce reportage sur le monde gaucho, même si ce sujet nous a paru assez inattendu vu le contexte international actuel. J'espère que vos lecteurs de *LIFE Magazine* apprécieront de découvrir autre chose que la montée de la guerre en Europe.

Il se coula avec facilité dans son rôle de reporter débutant.

— En réalité, mon reportage n'est pas encore vendu au magazine.

— Oh, je ne doute pas qu'il le soit, lui assura-t-elle gentiment. Ici, vous trouverez une belle matière pour l'alimenter. Et puis, nous allons vous dorloter. Vous savez, votre père m'a un jour sauvé la vie. Je ne l'oublierai jamais. Alors, je vous en prie, ne soyez pas gêné, quelles que soient vos raisons, reportage commandé ou non, vous êtes le bienvenu à la Balandra. Mais nous discuterons de tout cela plus tard. Vos vêtements font de la vapeur ! Changez-vous vite avant d'attraper une pneumonie.

Dès qu'elle eut fermé la porte derrière elle, il se fit couler un bain si chaud qu'il en ressortit avec un teint d'écrevisse.

La pluie continuait à dégouliner contre le carreau. Il s'étendit paresseusement sur son lit en se disant qu'il avait le temps de téléphoner à Vera Hopkins avant le dîner, pour l'informer qu'il était bien arrivé à destination.

En réalité, il n'était pas pressé de lui parler. Il avait juste envie de penser au joli visage de la *Doncella*, et à son envie de l'embrasser, encore et encore.

*

— Milo, je suis heureux de vous rencontrer, déclara Jan Lukas en serrant la main de son invité d'une façon franche et directe. Les aînés ont toujours tendance à se répéter lorsqu'ils voient les rejetons de leurs amis, et je crains de ne pas faire exception à la règle : bon sang de bonsoir ! la dernière fois que je vous ai vu, *son*[1], vous m'arriviez au genou !

1. « Fils », en anglais.

Milo se laissa guider vers le salon en se permettant une grimace.

— M'en voudrez-vous si je vous avoue ne plus me souvenir du tout de cette rencontre ?

Les deux hommes rirent, mais s'observèrent.

Lukas était un bel homme d'environ quarante-cinq ans, presque aussi grand que Milo, avec une silhouette aux épaules larges et au ventre plat, surmontée d'une tignasse brune à peine éclaircie par quelques fils d'argent. Son visage aux traits avenants, pour ne pas dire séduisants, affichait la plupart du temps un demi-sourire qui devait faire fureur lors des réceptions mondaines. Son teint hâlé demeurait néanmoins celui d'un homme habitué à vivre au grand air.

Milo le trouva d'emblée sympathique.

— Normal que vous ne vous en souveniez plus, continua Lukas. Quel âge aviez-vous à l'époque, mon cher Milo ? Peut-être quatre ou cinq ans ? Il me semble d'ailleurs que ce fut notre seule rencontre. Les circonstances étaient hélas éprouvantes, nous venions d'enterrer votre mère au cimetière Saint-Thomas.

— J'avais quatre ans, confirma Milo. Ce jour-là, j'étais très malheureux et je trouvais qu'il y avait beaucoup trop de monde autour de mon père. C'est tout ce dont je me souviens.

Un adolescent vint se joindre à eux. Il avait quatorze ou quinze ans, un corps longiligne et les gestes gauches d'un garçon en pleine croissance.

— Mon fils, Zachary, présenta Jan Lukas.

— Tout le monde m'appelle Zack, précisa le garçon en serrant la main de Milo.

Il portait comme son père un veston de laine très *british*, mais ses cheveux châtains tombaient sur ses épaules à la mode hidalgo. Avec ses trois poils au menton et ses yeux du même bleu que ceux de sa mère, il devait faire se pâmer d'amour toutes les adolescentes de La Plata.

Lady Jezebel vint s'appuyer sur l'épaule de son mari. Elle s'était changée et était très en beauté dans un fourreau de baptiste brodé de grandes fleurs exotiques qui mettait en valeur sa silhouette parfaite. Un sautoir de perles l'agrémentait, retenu sur le corsage par une curieuse broche en or, une sorte d'animal stylisé orné de topazes.

— C'est remarquable, s'exclama Milo en détaillant le bijou avec curiosité. En fonction des jeux de lumière, on voit un tigre ou une fleur de lotus. C'est la première fois que je vois cette sorte d'anamorphose sur un bijou d'origine hindoue. Serait-il possible qu'il s'agisse du fameux pendentif à l'origine de tant de drames dans les années 1920 ? Mon père m'en a parlé à plusieurs reprises, mais je n'ai pas retenu son nom[1].

— Il s'agit effectivement du *Sher-Cîta*, un pectoral de civilisation gupta qu'on dit maudit. Malgré ce que vos yeux prétendent voir, il ne s'agit ni d'un tigre ni d'un lotus, mais du portrait d'un démon dédié à la déesse Kali, qu'on appelle Rakshasa, glissa Jan Lukas en rappelant ainsi, qu'outre être un éminent éleveur de chevaux, il était également un archéologue de bonne réputation qui, durant ses jeunes années, avait sillonné le monde oriental à la recherche d'antiquités rares et précieuses.

— Cet étrange objet serait donc la représentation d'un démon dédié à Kali ? Vous parlez bien de la célèbre déesse hindoue de la destruction, Kali la Noire, pour qui tant de sacrifices sanglants ont été perpétrés dans certaines provinces indiennes ? Porter un tel bijou ne vous fait-il pas peur, lady Jezebel ? remarqua Milo.

La comtesse se mit à rire, un rire doux et joyeux bien qu'un peu facétieux.

— J'ai vécu suffisamment longtemps en Inde pour savoir comment apprivoiser leurs dieux ! Et puis, je vais peut-être vous l'apprendre, mais Kali n'est pas toujours une entité maléfique. Elle a beaucoup souffert des sacrifices faits en son nom. Pour les Hindous[2], elle représente essentiellement la déesse qui détruit tout le mal sur terre.

— Je suis né en Inde et j'ignorais ces subtilités de culte, remarqua Milo avec un sourire étonné.

---

1. Voir *La Vallée du Lotus rose* (tome 1) et *La Cité du Lotus rose* (tome 2), chez le même éditeur.

2. Dans la langue française, les noms désignant une appartenance à un peuple prennent une majuscule, à la différence des adeptes d'une religion, qui s'écrivent avec une minuscule. Tout au long de l'ouvrage, l'auteure a décidé de mettre des majuscules aux noms comme Hindou, Sikh, etc. de façon à les désigner non par leur religion, mais en tant que peuple ou communauté.

Jezebel l'invita à s'installer dans un des profonds fauteuils anglais que le temps avait rendu confortables.

— C'est parce que vous ne vivez pas avec un archéologue, jeta-t-elle par boutade, tout en envoyant à son époux un baiser empli de tendresse. Pour bien comprendre ce que je sous-entends, regardez autour de vous. Impossible d'oublier que nous sommes dans l'antre d'un chasseur de trésors, n'est-ce pas ?

Milo approuva avec amusement. Le salon était effectivement une véritable pièce de musée. Vaste et décoré avec chaleur, il était éclairé par un somptueux lustre de fer forgé d'inspiration moghole, tandis que les murs de plan octogonal étaient garnis soit par des bibliothèques regorgeant de livres, soit par des tapisseries perses et chinoises, ou encore par des tapis turcs accrochés comme des tableaux. Dans un angle, une vitrine imposante offrait à la curiosité une magnifique collection de dieux indiens travaillés dans des matériaux précieux : Ganesh en or, Hanuman en obsidienne, Nâga[1] en jade… L'inventaire semblait sans limites.

Jan continua à disserter sur les divinités hindoues tout en réalisant pour chacun un cocktail au shaker. À l'extérieur, la nuit noire continuait à être agitée par la pluie qui battait de plus en plus fort contre les vitres. Le majordome vint pour fermer les volets, mais Jezebel le retint.

— Non, Ashton, pas tout de suite. Je préfère avoir la possibilité de regarder dehors encore un moment.

Elle s'était levée pour faire quelques pas. Son agitation tranchait avec le sourire qu'elle continuait d'arborer. Lorsqu'elle sentit le regard de Milo posé sur elle, elle jeta tout de go :

— Je suis désolée, je suis un peu nerveuse. Ma fille n'est toujours pas rentrée. Elle est coutumière de ces promenades à point d'heure, mais tout de même, avec l'orage, je préférerais la savoir à la maison.

Jan Lukas vint l'envelopper d'un bras affectueux.

— Je suis toujours étonné que tu ne parviennes pas à t'habituer aux frasques de notre petite Mary-Leela. Tu sais bien que c'est un feu follet qui n'en fait qu'à sa tête. Ce n'est pas la première fois, ni la dernière d'ailleurs, qu'elle rentrera

1. Ganesh est le dieu éléphant, Hanuman est le dieu singe, Nâga est le dieu serpent.

après le dîner. Marisol, c'est notre cuisinière, expliqua-t-il à Milo, Marisol, donc, fera comme d'habitude. Elle lui gardera un bouillon sur le coin de la cuisinière, ou lui préparera un plateau froid qu'elle lui montera dans sa chambre.

— Je sais tout cela, souffla Jezebel en prenant dans ses mains celles de son mari. C'est juste qu'avec cet orage, je ne peux m'empêcher d'être inquiète… C'est le lot d'une mère, je le crains… D'autant plus que cette enfant a toujours été impossible. Depuis qu'elle est toute petite, elle refuse de se plier aux horaires.

Elle s'interrompit, ajouta dans un soupir :

— Bon, je crois qu'il est inutile de l'attendre plus longtemps, nous ne pouvons quand même pas dîner à vingt-trois heures. Passons à table, voulez-vous ? Cela la fera peut-être venir.

Ils gagnèrent la salle à manger où la table était apprêtée comme pour une fête. Sur une épaisse nappe de dentelle blanche rutilaient des couverts d'argent et des verres en cristal de Bohême. Le jeune Zachary s'installa en face de Milo. Depuis quelques instants, il lui posait des questions sur sa vie de reporter. Milo s'efforçait de lui répondre au mieux en espérant ne pas commettre d'impair.

Jan Lukas se permit justement une remarque :

— J'ai été très surpris d'apprendre que vous étiez reporter-photographe. Il me semblait que votre père m'avait un jour précisé que vous étiez pilote de chasse dans l'aviation militaire.

Milo faillit avaler de travers. Il leva les yeux et ne mentit pas.

— C'est exact, je l'ai été durant mon service militaire.

— Ah, jubila le jeune Zachary, comme cela a dû être exaltant d'être soldat ! Quelle sorte de fusil utilisiez-vous, un Lee-Enfield ? Il me semble qu'il s'agit du fusil de prédilection de l'armée britannique.

Cette fois-ci, Milo éclata de rire.

— Je vais vous décevoir, jeune homme. Lorsque j'étais dans l'armée, mes armes les plus usuelles étaient le crayon et le papier !

L'adolescent eut effectivement une exclamation désappointée.

— Tout de même, ne vous entraîniez-vous pas à faire la guerre ?

— Si, bien sûr. Les pilotes ont besoin d'un grand nombre de vols d'entraînement. En revanche, nous n'utilisions que rarement des armes réelles, le coût en aurait été exorbitant.

J'ai été préparé à faire des raids à bord d'un avion de chasse et à piloter un bombardier au-dessus des lignes ennemies. J'ai aussi appris à sauter en parachute, à survivre dans une jungle ou dans n'importe quel pays étranger. Avant chaque vol, je calculais mon itinéraire sur une carte, avec une boussole, une règle et un crayon. D'où ma boutade à propos de mon arme favorite ! Surtout que le gros de mon travail s'était très vite confiné dans un bureau. Je suis analyste de formation. Toute la journée, j'étudiais des chiffres et j'écrivais des recommandations pour mon état-major. Cela ne semble pas très valeureux, mais c'est une tâche importante et nécessaire, sur laquelle repose tout un pan de la diplomatie internationale.

Son jeune interlocuteur grimaça de déception. Comme n'importe quel adolescent de quatorze ans, il rêvait surtout d'action, et non d'aligner des lignes de chiffres fastidieuses.

— Moi qui pensais qu'être un soldat consistait surtout à traquer des ennemis et…

Son père l'interrompit d'un ton sec :

— La guerre n'est amusante qu'avec des soldats de plomb, Zack. Nous ne devrions jamais la souhaiter. Mourir n'est pas un jeu.

Son fils voulut protester, mais sa mère intervint à son tour.

— Écoute ton père, Zachary, il sait de quoi il parle. D'ailleurs, changeons de sujet et passons à quelque chose de plus agréable : le dîner. Pour l'entrée, je vous propose des tranches de *pionono*[1] farci aux crevettes et aux cœurs de palmier. Cette recette est servie traditionnellement lors des fêtes de fin d'année, qui correspondent ici, dans l'hémisphère sud, à l'été, mais notre cuisinière a voulu vous faire honneur, mon ami. Elle a aussi préparé différentes sortes d'*empanadas*[2]. J'espère que ce premier repas à la Balandra vous plaira.

Après quelques bouchées délicieuses, Milo s'apprêtait à complimenter la maîtresse de maison lorsqu'un claquement de talons véhément se fit entendre. Tout le monde tourna la

1. Biscuit roulé farci sucré ou salé. La version sucrée est un dessert. La version salée, à base de fromage frais, de crevettes, de saumon fumé, de câpres et de cœurs de palmier, est une entrée de fête.

2. Petits chaussons de pâte feuilletée fourrés de farce à base de viande, de poisson, de légumes…

tête vers la porte. Une demoiselle s'y encadra dans un grand tourbillon de dentelles blanches et de rubans roses. Jan Lukas et son fils se levèrent avec la même stupéfaction. Jezebel eut une exclamation de soulagement.

— Mary-Leela, te voilà enfin !

La jeune fille, se voyant l'objet de l'attention générale, se figea un instant avant de plonger en une révérence volontairement théâtrale. Sa longue jupe accompagna son mouvement avec la grâce d'une corolle balancée par la brise.

Son jeune frère ouvrit des yeux encore plus ronds.

— Mais que t'arrive-t-il ? lança-t-il, au bord du fou rire. Comment as-tu fait pour trouver une robe dans ton armoire ?

Avec un temps de retard, Milo repoussa sa chaise pour se lever à son tour. Lui aussi affichait une surprise impossible à contenir.

— *¡Señorita!* dit-il en la dévorant des yeux.

Il avait failli ne pas la reconnaître, tant elle était différente de l'image qu'il connaissait d'elle.

Adieu, la sauvage *Doncella* habillée comme un garçon qui galopait sur un terrain de polo ! Adieu, la danseuse de tango dévergondée qui courait la nuit dans les ruelles mal famées du vieux Buenos Aires ! Adieu, la petite Lián à demi-nue qui sauvait les veaux dans les marécages ! Cette fois-ci, il avait devant les yeux une parfaite jeune fille de bonne famille à qui une robe blanche donnait un air d'ange tombé du ciel.

Ébahi, il la détailla de haut en bas de manière assez impolie, le temps de noter la tumultueuse chevelure miraculeusement domestiquée en un chignon piqueté de fleurs de soie. Les épaules menues étaient prises dans d'adorables manches ballons. Une ceinture de satin marquait la finesse de sa taille. Des volants de mousseline soulignaient le très sage décolleté. Enfin, la jupe évasée moussait en plis vaporeux jusqu'à des pieds de Cendrillon chaussés de minuscules escarpins qui parachevaient ce portrait de princesse de conte de fées.

Le jeune homme eut besoin d'une poignée de secondes supplémentaires pour reconnaître définitivement le teint éclatant de santé, le menton pointu, les grands yeux verts tout pétillants d'or, et même la nuque gracile qui soulignait un port de tête toujours aussi arrogant.

— Je craignais d'être en retard, lança la demoiselle avec effronterie, or je vois qu'il n'en est rien, vous avez à peine commencé l'entrée !

Elle jeta à la cantonade un sourire à damner un saint, tout en réussissant à couler vers Milo un regard suppliant qui semblait hurler : « Pour l'amour de Dieu, faites comme si nous ne nous connaissions pas ! »

Il retint une grimace amusée. Ce jeu-là, il voulait bien le jouer, n'était-ce que pour voir jusqu'où elle était prête à aller.

Jan Lukas, apparemment inconscient de ce manège, se pencha vers lui :

— Mon cher Milo, je vous présente ma fille Mary-Leela qui daigne, pour une fois, paraître à table vêtue comme une jeune lady.

— Papa ! gronda la jeune fille en fronçant les sourcils.

Son père ignora l'interruption pour lui préciser que Milo McCorball serait leur invité les prochains jours.

— Tu as dû entendre parler de lui ces derniers temps. Il est le fils de Jim, un ami très cher.

La demoiselle déplia une serviette pour la déposer avec élégance sur ses genoux.

— Bien entendu. Et du coup, bienvenue dans notre *estancia*, monsieur McCorball. Je suis ravie d'apprendre que vous êtes le fils de ce fameux chasseur de fauves au sujet duquel mon père ne tarit pas d'éloges…

Elle avait coulé vers Milo un œil superbement lumineux, mais ce dernier la dévisagea sans sourire. Il venait de comprendre qu'elle savait qui il était de longue date, et qu'elle s'était jouée de lui quasiment depuis le début. Maintenant vexé, il eut juste envie de lui rendre la monnaie de sa pièce.

— J'espère, chère mademoiselle, que vous n'avez rien contre les chasseurs de fauves ?

Elle se servit une copieuse portion de *pionono*.

— Bien sûr que non, monsieur McCorball, ils sont un mal nécessaire.

— Lián ! coupa sa mère d'un ton sévère.

Milo eut un sourire amusé. La joute commençait de suite, or il n'en trouvait pas l'idée détestable. N'avait-il pas quelques comptes à régler ?

— Permettez que je réponde à votre fille, lady Jezebel, dit-il avec un grand sourire avant de se tourner vers la demoiselle. Voyez-vous, *señorita*, je viens d'un pays lointain qui a pour nom l'Inde. Dans cette partie du monde, encore peu industrialisée, la faune est très présente. Je ne vous parle pas de lamas ou de coyotes, mais d'éléphants sauvages, capables de dévaster des villages entiers, de buffles au caractère impétueux dont le poids dépasse la demi-tonne, de meutes de dholes qui arrivent même à grimper aux arbres à la recherche d'une proie, et aussi de grands fauves, des tigres et des panthères parmi lesquels existe encore à l'heure actuelle un grand nombre de mangeurs d'hommes.

Cette dernière phrase faisait généralement son petit effet sur les néophytes, mais autour de la table, seul le jeune Zachary ouvrit de grands yeux étonnés. Sa sœur se contenta de rétorquer, le ton blasé :

— Tous les tigres ne sont pas des mangeurs d'hommes.

— C'est vrai. Il faut néanmoins tenir compte de la situation actuelle, en pleine évolution. L'empire des Indes est un État en expansion démographique. Les villages s'étendent de plus en plus, au point que leurs habitants empiètent sur la jungle pour récupérer des terres agraires. Ils défrichent à tout-va, font des brûlis, labourent. Le territoire naturel des fauves se réduit de jour en jour et les animaux sauvages se retrouvent de plus en plus en contact involontaire avec les populations locales. La plupart du temps, les grands prédateurs n'approchent pas l'homme, qu'ils craignent. Mais il arrive qu'un fauve soit diminué par une blessure. Il peine alors à chasser ses proies habituelles, qui sont les cerfs, les daims, les singes. Poussé par la faim, il découvre vite qu'un homme est plus facile à attraper que le plus idiot des singes. Certains fauves célèbres, comme la tigresse de Champawat ou le léopard de Panar, ont fait chacun plus de deux cents victimes avant qu'un chasseur professionnel ne soit engagé pour les tuer.

— Je sais ce qu'est un mangeur d'hommes, rétorqua Lián avec un certain agacement, tout comme je sais ce qu'est une chasse au tigre. J'en ai tué un l'année de mes onze ans. Je m'en souviens parfaitement. Vivant, cet animal était un véritable seigneur, un roi du monde, je le trouvais beau et merveilleux.

Mort, il n'était plus qu'une chose sale et pitoyable. Ce fut mon seul et unique tigre. Je ne chasse pas pour le plaisir.

Milo ne put cacher son incrédulité :

— Vous avez vraiment tué un tigre à onze ans ?

Sa mère confirma l'exploit.

— Oui, elle l'a fait, c'était vraiment incroyable. Nous étions les invités du maharaja de Mahavir, qui avait organisé de nombreuses réjouissances. Parmi celles-ci, une battue au tigre. Ma fille tenait à y participer. Elle a toujours été un bon coup de fusil.

Milo sifflota d'admiration.

— Bravo, mademoiselle. C'est un très bel exploit. Je comprends cependant que vous n'en retiriez aucune gloire, les chasses organisées par les maharajas sont la plupart du temps de l'abattage à la chaîne, dont on ne retient que le côté sordide. Ne commettez pas l'erreur de les comparer avec le métier de chasseur de fauves. Mon père est un professionnel. Il ne tue pas non plus pour le plaisir.

— Je suis pourtant certaine que des maharajas sollicitent parfois votre père pour qu'il piste l'un ou l'autre fauve afin de le leur servir sur un plateau.

Lady Jezebel interrompit sa fille avec sécheresse.

— Enfin, Lián, quel est ce comportement agressif ? Il était inutile de t'habiller en jeune fille de bonne famille si tu tenais tant que ça à te comporter comme la dernière des écervelées ! Milo, je vous en prie, ne prêtez pas attention aux commentaires immatures de ma fille. Son père et moi aurions dû nous montrer plus stricts concernant son éducation, sauf que voilà, nous avons été faibles, nous lui avons toujours laissé trop de liberté.

— *Bié zhèyàng, Māmā*[1] ! souffla Lián avec humeur.

Lady Jezebel se fâcha définitivement.

— Ah, ça suffit. Tu sais bien que je ne comprends pas suffisamment le chinois pour te suivre sur ce terrain !

Milo afficha un sourire contrit.

— C'est ma faute, *milady*, je n'aurais pas dû orienter la conversation vers un sujet à controverse. J'en suis vraiment

1. « Arrête, maman ! », en chinois traditionnel.

désolé. Parlons plutôt de la Chine. Y auriez-vous séjourné, pour que votre fille sache aussi bien en parler la langue ?

Lián redressa le buste avec fierté.

— Ma nourrice était chinoise, répondit-elle. Je crois bien que j'ai su parler le chinois avant l'anglais. Hélas, je n'ai guère l'occasion de le pratiquer. Il est difficile de trouver un interlocuteur au milieu de la pampa.

— C'est un service que je pourrai vous rendre à l'occasion, mademoiselle. Je ne parle pas le chinois couramment, mais je parviens tout de même à ânonner quelques mots usuels.

— Oh, vraiment ? Et que sauriez-vous dire ? s'enquit-elle avec curiosité.

Milo haussa une épaule amusée.

— Surtout des phrases qui pourraient m'être utiles si jamais je me retrouvais en Chine, comme *nǐ hǎo*.

— C'est effectivement la base, puisque cela veut dire « bonjour », gloussa la jeune fille.

— *Wǒ è le*…, continua Milo avec une lenteur charmeuse.

— Vous venez de dire « j'ai faim », traduisit-elle, et elle fut applaudie par son frère.

— *Gěi wǒ jiǔ*[1], poursuivit Milo, d'une voix qu'il rendait de plus en plus grave et chaude au fur et à mesure qu'il enfermait la jeune fille dans son jeu.

En réponse, elle lui tendit aimablement la carafe emplie d'un vin de Syrah venu de San Juan, que le majordome avait fait servir quelques minutes auparavant pour accompagner le plat de résistance. C'était un vin épais et sombre, tannique, qui avait un parfum caractéristique de violette et de moka. Il rutilait tel un rubis dans les verres tulipe en cristal de Bohême.

Milo en dégusta quelques gorgées, puis captura le regard vert de la jeune fille :

— *Wǒ ài nǐ*[2], chuchota-t-il lentement.

Le feu aux joues, elle demanda à son frère de lui passer le plat de gigot d'agneau. Sa gêne n'échappa pas à sa mère, qui voulut savoir ce que Milo lui avait dit. Ce dernier se mit à rire.

1. « Donnez-moi du vin », en chinois traditionnel.
2. « Je t'aime », en chinois traditionnel.

— J'ai dit à votre fille qu'elle était charmante. Je crains de l'avoir embarrassée. Je ne pensais pourtant pas à mal, ce n'était qu'un jeu de traduction.

Il toisa Lián, la défiant de dire la vérité. Elle plongea le nez dans son assiette et se mit à écraser un petit flan de légumes avec une fourchette agacée.

— J'ai été surprise, bougonna-t-elle. Je ne m'attendais pas à ce que vous connaissiez aussi bien le chinois. Parlez-vous d'autres langues, monsieur McCorball ?

— Je parle couramment l'italien, qui était la langue maternelle de ma mère, et j'arrive à me débrouiller plus qu'honorablement en espagnol, en allemand, en hindoustani et en bengali.

— Parler plusieurs langues est indispensable au voyageur, conclut Jan Lukas. Votre père vous a sans doute montré le bon exemple. Il pratique avec aisance une bonne douzaine de dialectes indiens. Au fait, Milo, comment va-t-il ? Voulez-vous bien nous donner quelques nouvelles ?

Le jeune homme ne se fit pas prier. Il expliqua que son père s'était lancé dans un projet de réserve naturelle dans lequel il mettait beaucoup d'énergie, car ce projet allait à l'encontre des mentalités en Inde. Pour l'heure, il s'efforçait surtout d'aplanir des obstacles autant administratifs que sociétaux.

— Il aurait bien souhaité m'accompagner en Argentine, mais il aurait fallu pour cela interrompre des activités entreprises de longue date, ce qui aurait compromis la réalisation finale. Vous rendez-vous compte, mon père a dû prendre un avocat pour gérer au mieux toute la paperasserie ! Et puis, il court constamment après des mécènes. Il est difficile d'expliquer à l'administration la nécessité de maintenir des habitats protégés pour la faune et la flore. L'Inde essaie de sortir son agriculture de l'archaïsme, c'est compliqué de convaincre les chefs de village de cohabiter avec des animaux qui viennent piller leurs champs, détruire leurs maisons. Tout change tellement vite. Par exemple, les paysans évitaient jusqu'à maintenant de construire leurs greniers à grains sur les routes de migration des éléphants. C'était pure sagesse, et ce savoir se transmettait de père en fils, mais les nouvelles générations refusent d'écouter les anciens, car les greniers à grains doivent se développer pour nourrir une population exponentielle. Il faut de la place, qui empiète sur les territoires sauvages. Dans ce contexte, l'animal devient vite l'ennemi à éradiquer.

La conversation dévia sur l'Inde, et Milo raconta le pays de son enfance. Lián buvait ses paroles. Elle semblait avoir oublié son arrogance pour écouter comme une petite fille émerveillée les manguiers en fleur, le chant mélodieux du bengali rouge, le parfum du jasmin qui pénétrait dans les pièces dès le matin, la mousson qui tombait sur le Gange comme si le ciel, soudain, s'était ouvert pour déverser des chutes d'eau.

— La dernière fois que j'ai été en Inde, soupira-t-elle, c'était pour les funérailles du maharaja de Mahavir et le couronnement de son héritier, le prince Omja Singh, un ami de mes parents. J'ai quelques souvenirs de Calcutta, et même de la jungle, mais ils sont si lointains…

— Si ce pays vous intéresse, pourquoi ne pas refaire un tel voyage ? L'Inde est certes aux antipodes de l'Argentine, mais avec les transports modernes et des amis qui vous y attendent…

Un silence inattendu accueillit la remarque du jeune homme, que Lián se hâta de rompre.

— Disons que, pour l'instant, je n'ai aucune envie de quitter ma chère Balandra, mon unique chez-moi. Les *criollos* sont toute ma vie. Qu'importe le vaste monde, lorsqu'on a tout ce que l'on désire chez soi. N'est-ce pas ?

Malgré cette intervention, le silence perdura un moment. Chacun semblait perdu dans ses pensées, comme si l'Inde avait soudain réveillé d'étranges secrets. Pour le rompre, il fallut l'insouciance du jeune Zachary, ou plus exactement sa gourmandise :

— Ah ! Voici enfin le dessert.

On applaudit avec un peu d'affectation, tandis que la cuisinière amenait sur un plateau d'argent un magnifique gâteau fourré à la confiture de lait et recouvert d'une meringue italienne passée au chalumeau.

— Avez-vous déjà goûté au *chocotorta* ? demanda Lián en tendant à Milo une énorme part du gâteau multicouche.

— Non. Bien sûr que non, répondit-il en lui souriant à pleines dents. Mais rien qu'à le voir, j'en ai une hâte féroce.

*

— Vous êtes un beau menteur, chuchota Lián un peu plus tard dans la soirée, tandis qu'elle avançait un de ses pions. *Wǒ ài nǐ* ne veut absolument pas dire que je suis charmante.

Elle venait d'entamer une partie d'échecs contre Milo. Le feu dans la cheminée craquait agréablement. Un vieux chat roux s'était frotté à leurs jambes avant de s'installer sur un coussin. Elle tenta de se concentrer sur l'échiquier sans vraiment y parvenir. Jamais elle ne s'était sentie aussi idiote et en colère.

Lorsqu'elle était revenue à la Balandra en plein orage, Ashton l'avait informée que ses parents avaient un invité, un certain Milo McCorball. Ce nom ne lui disait rien, mais elle avait tout de suite su de qui il s'agissait et son cœur s'était emballé. C'était quelque chose, de passer d'un inconnu informel à un homme qui attendait au salon !

« Milo McCorball », avait-elle répété à voix basse, avant de courir dans sa chambre pour se changer. Pour la première fois de sa vie, elle avait voulu paraître à son avantage.

Aidée d'Abril, la femme de chambre de sa mère, elle avait mis une robe et des fleurs dans ses cheveux, un léger rouge à lèvres et un peu de fard sur ses yeux. Des bas en soie. Des escarpins minuscules. Un bracelet en perles d'Indonésie que son père lui avait offert pour ses quinze ans et qui, depuis, n'avait jamais quitté son écrin.

Dans le même élan, elle avait étudié avec désespoir ses ongles abîmés à force de sortir les veaux de leurs pièges de boue. Abril lui avait fait une rapide manucure puis l'avait incitée à frotter ses doigts avec une crème empruntée à sa mère. Après ce traitement, ses mains avaient au moins paru plus présentables.

Le miroir lui avait renvoyé l'image totalement inconnue d'une demoiselle sage et apprêtée, qui n'avait rien de commun avec la cavalière qu'elle était le jour, ni avec la *tanguera* délurée de Buenos Aires qu'elle jouait certaines nuits. Elle n'était pas sûre qu'une telle métamorphose fût une bonne idée, mais il était trop tard pour changer quoi que ce soit.

En entrant dans la salle à manger, elle avait tout de suite remarqué l'effet qu'elle produisait, autant sur ses parents que sur Milo McCorball. Elle s'en était sentie à la fois stupide et prodigieusement exaltée. Puis son filou de frère avait lancé une boutade et, furieuse, elle s'était promis de lui faire payer son impertinence au centuple. Il était temps de recadrer cette jeunesse qui ne respectait rien !

À partir de cet instant, la soirée s'était déroulée tout de travers. Inquiète à l'idée que ses parents puissent apprendre qu'elle se rendait dans des *milongas* à leur insu, elle s'était enlisée dans une arrogance qui ne correspondait pas à sa nature. Elle avait soutenu une conversation aussi idiote qu'agressive. Pourquoi avait-il fallu qu'elle aille lui chercher des poux à propos du métier de son père ?

Et lui…

Lui, il l'avait d'abord dévisagée avec des yeux ronds, avant de se fendre d'un sourire ironique. Visiblement amusé par la situation, il n'avait cessé de lui lancer des piques. Jusqu'à cette phrase en chinois, si insolente, si provocante ! Rien qu'en y pensant, elle avait envie de renverser l'échiquier en travers de la pièce et de s'enfuir à toutes jambes jusque dans sa chambre. Ou même dans la pampa. Oui, voilà ce dont elle avait réellement besoin : un bon gros galop en direction de la plage, provoquer l'envol des mouettes et des canards, éclabousser le ciel jusqu'à se retrouver à bout de souffle…

Et oublier l'émoi qu'elle ressentait lorsqu'il posait ses yeux sur elle.

Oublier cette envie de je-ne-sais-quoi, cette tempête intérieure qui agitait son sang, ses mains, ses lèvres…

Elle sursauta lorsqu'il se pencha pour murmurer contre sa joue :

— Je vous renvoie votre compliment, *señorita*. Vous aussi, vous êtes une fieffée menteuse. Depuis quand saviez-vous que j'étais l'invité que vous attendiez à la Balandra ?

Elle piqua un fard, déplaça avec humeur son cavalier et se détourna pour n'offrir à son adversaire qu'un profil buté.

Sa mère avait entrouvert la porte-fenêtre qui donnait sur le balcon pour aérer la pièce. Maintenant, elle se dirigeait vers la bibliothèque, sans doute pour choisir dans sa collection de disques l'une ou l'autre valse qui lui permettrait de donner une leçon de danse à Zachary. Ce dernier la suivait comme un chiot battu. À son âge, évidemment, on ne pouvait que détester la danse de salon.

Dehors, la pluie avait cessé et le ciel, apparemment lavé de son orage, ruisselait d'une clarté de lune. Milo feignait de se concentrer sur sa stratégie, mais il attendait une réponse. Prête à exploser, elle se leva pour regarder par la fenêtre.

Qu'est-ce qui avait changé dans sa vie en si peu de temps ? N'était-elle plus capable d'avoir le jeu en main ? Lorsqu'elle allait avec son amie Lupita dans les *milongas*, elle savait sans problème comment mener les garçons par le bout du nez. Un sourire, un rire de gorge. Donner l'impression de promettre beaucoup, mais ne jamais rien donner. Jouer. Toujours jouer. Somme toute, c'était fort simple…

Sauf qu'avec Milo McCorball, rien ne se déroulait comme elle en avait l'habitude. Pourquoi avait-il fallu qu'elle se jette sur ses lèvres comme une affamée d'amour ? D'accord, après le comportement inadmissible de Carlos Ramiro, elle s'était sentie perdue, trahie, et même en danger. Ce premier baiser n'avait été qu'une façon de se rassurer. De tester si son pouvoir était bel et bien revenu. Mais le second… Celui-là, cet après-midi, elle le trouvait beaucoup moins avouable.

Quelle idiote ! pesta-t-elle intérieurement. *Non mais quelle idiote !*

Un baiser ne voulait rien dire. Mais deux ? Elle frissonna de colère.

Il remarqua qu'elle tremblait. Il remarquait toujours tout. Il se méprit cependant, crut qu'elle avait froid à cause de la fenêtre ouverte. Il ôta sa veste pour la poser sur ses épaules.

— J'espère que celle-ci au moins, vous me la rendrez.

À nouveau, il se moquait. Elle baissa les yeux en rougissant. Chuchota à son tour :

— Je vous jure que je n'ai compris qui vous étiez qu'aujourd'hui, lorsque je vous ai vu sur le chemin qui traversait l'arroyo. Nous recevons peu de visiteurs en dehors des fournisseurs et des clients qui viennent acheter nos *criollos*. Comme vous n'étiez ni l'un ni l'autre, c'était évident, vous ne pouviez être que l'invité qu'attendaient mes parents.

— Et me le dire, non ? accusa-t-il encore, le ton sévère. Vous avez préféré continuer à vous taire, pour mieux vous jouer de moi.

— Non, non, se défendit-elle sans grande conviction. Je n'étais sûre de rien. Et puis, sincèrement, cela change-t-il quoi que ce soit ?

Il s'approcha suffisamment pour que son coude frôle le sien. Elle n'osa pas reculer, de peur de passer pour une mijaurée, mais ce bras chaud collé au sien la troublait.

Milo en fut secrètement ravi. La *Doncella* avait voulu jouer, tant pis si le jeu prenait des proportions qu'elle ne maîtrisait plus.

Il reprit :

— Au contraire, cela change tout, Lián, car cela démontre que vous m'avez pris pour un imbécile. Vous avez voulu me jouer un tour à votre façon, je ne sais pour quelle raison, et je vous accorde que vous avez remarquablement réussi. À aucun moment, je n'ai imaginé que la petite gaucho si délurée avec laquelle je flirtais gentiment puisse être une demoiselle de la plus haute aristocratie !

Elle ne fut pas certaine d'entendre un compliment. Vexée, elle voulut retourner s'asseoir, mais Milo la retint.

Ils étaient seuls dans l'encoignure de la fenêtre. Zachary valsait avec sa mère dans l'autre pièce. Jan s'était rendu aux écuries après qu'un palefrenier fut venu l'avertir de l'agitation anormale des chevaux. Il pouvait donc tout à loisir garder la main de la jeune fille prisonnière dans la sienne et lui caresser la paume.

Soufflée, elle détourna le visage. Il ne vit plus que la courbe gracile de sa nuque, tandis qu'elle fixait la pointe de ses chaussures. De la pièce d'à côté s'élevaient les mesures adoucies de *La Valse des Fleurs*[1].

Il lui releva gentiment le menton de l'index.

— Ne sommes-nous pas stupides de nous chamailler ainsi, alors que nous avons partagé tant de belles choses ? Faisons la paix, voulez-vous, Lián ?

— Présenté de la sorte, ai-je vraiment le choix ? soupira-t-elle.

1. Dans *Casse-noisettes*, de Tchaïkovski.

Il répondit le plus sérieusement du monde.

— Non. Bien sûr que non. Vous n'avez pas le choix. La paix finit toujours par arriver, c'est une règle commune à toutes les guerres.

Il lui souriait avec un charme désespérant. Depuis qu'elle avait dansé avec lui un tango, elle n'arrivait plus à le chasser de son esprit. Elle en avait des papillons partout dans le corps, de la tête aux pieds. C'était fou, mais son parfum lui-même arrivait à lui faire perdre contenance. Un mélange de lavande, d'ambre et de vanille. Si elle s'était écoutée, elle aurait juste enfoui le nez dans son cou, pour respirer le grain de sa peau. Respirer à n'en plus finir.

— Pourquoi m'en voulez-vous, Lián ?

— Je ne vous en veux pas, se défendit-elle.

— Bien sûr que si ! Est-ce à cause de ce que je vous ai dit en chinois ? Vous savez très bien que je ne vous mentais pas.

— Taisez-vous ! Vous parlez trop à la légère de choses que vous ne connaissez pas !

— Je sais reconnaître l'amour lorsque je le vois.

Elle coula un regard alarmé vers la bibliothèque où sa mère était en train d'expliquer à son frère le rythme à trois temps. Résigné, Zachary tentait de faire preuve de bonne volonté, mais il fallait reconnaître qu'il montait mieux à cheval qu'il ne dansait la valse.

Elle refit face à Milo pour souffler :

— Non. Vous ne savez rien de l'amour. Mes parents s'aiment. Vous, vous contez au mieux fleurette. Ce n'est pas pareil. Mais bon, je veux bien faire la paix. En échange, vous me promettez de ne rien dire à mes parents. Ils ne doivent jamais savoir que nous nous sommes rencontrés dans une *milonga* à Buenos Aires. Je n'ai l'autorisation de dormir chez mon amie Lupita que parce qu'ils croient que nous restons sagement chez elle, à jouer aux cartes.

— Êtes-vous en train de me demander d'être complice de votre mensonge ?

— Non, bien sûr que non ! Je vous demande juste de vous taire. Ce n'est pas mentir, que de ne rien dire, n'est-ce pas ?

— Vous arrangez-vous toujours de cette manière avec la vérité ? continua-t-il d'un ton redevenu sévère.

Cette fois-ci, elle ne répondit rien, se contentant de le dévisager d'une manière si ardente que, bientôt, il ne vit plus dans la pièce que son beau regard vert pailleté et la moue adorable de ses lèvres. Il faillit se pencher pour lui mendier un baiser. Se ressaisit à grand-peine. Ce n'était pas le moment de tomber amoureux de la fille de la maison, alors qu'il avait une mission à mener à bien !

Fâché contre lui-même, il la prit un peu trop durement par le bras.

— Inutile d'activer vos sortilèges, mademoiselle la sirène, je ne vous trahirai pas. Je ne suis pas cette sorte d'homme, vous pouvez me croire sur parole. Venez, retournons jouer aux échecs, et fermons cette fenêtre. Vous tremblez de froid dans votre mince dentelle blanche.

Ils reprirent leur partie d'échecs, mais ils ne parvenaient pas à jouer. Ils ne cessaient de se dévisager, à tel point que lorsque Jan Lukas revint des écuries, ils furent heureux de la diversion.

— Avez-vous repéré quelque chose ? s'enquit Milo.

— D'après mon palefrenier, une ombre rodait près des écuries, répondit l'*estanciero* d'un air soucieux. Les chevaux sont effectivement inquiets. Ils piétinent et s'agitent, mais je n'ai rien vu de particulier. Demain matin, j'essaierai de trouver des empreintes.

— À quoi penses-tu ? demanda lady Jezebel venue elle aussi aux nouvelles. Un quelconque rôdeur ?

— Non, plutôt un animal. J'ai mis en place un tour de garde même si je ne pense pas que nous devions nous inquiéter. L'orage rend toujours les chevaux nerveux. La foudre est tombée tout près, sur le vieux *palo borracho*[1] qu'elle a carrément fendu en deux. Depuis, les chevaux ne cessent de tourner et de taper du sabot contre leur box. Dans cet état, tu sais bien qu'ils sont capables de s'effrayer d'une simple chouette !

Il avança jusqu'au bar, choisit un vieux cognac qu'il servit dans deux verres ballon. Il en tendit un à Milo.

— Si vous êtes matinal, pourquoi ne pas accompagner mes enfants demain dans leur tournée d'inspection ? Nos terres

1. Littéralement, « bâton ivre », une référence au tronc renflé. Le nom scientifique est *Ceiba speciosa*. C'est l'arbre national de l'Argentine.

courent jusqu'à l'estuaire et l'aube sur les marécages est toujours féerique. Avec un peu de chance, le ciel sera suffisamment dégagé pour que vous puissiez voir l'Uruguay. J'imagine qu'une telle balade pourrait être utile à votre reportage…

— Excellente idée. J'ai hâte de découvrir l'ensemble de votre propriété ainsi que vos méthodes d'élevage et de dressage. J'ai entendu dire qu'en Argentine, la façon traditionnelle pour débourrer les chevaux était assez spectaculaire.

— Elle est barbare, oui ! s'insurgea Lián en lui coupant presque la parole. Heureusement, ligoter un jeune cheval et le laisser cuire au soleil pendant trois jours pour le débourrer est une pratique qui tend à disparaître. Très peu d'*estancias* acceptent encore de travailler de cette manière. En tout cas, j'espère que ce n'est pas ce genre de torture que vous recherchez pour votre reportage ! Qui pourrait souhaiter voir de telles photographies ? De toute façon, chez nous, vous en serez pour vos frais : à la Balandra, nous ne faisons pas souffrir nos chevaux.

— Les photographies peuvent aussi servir à dénoncer, lui répondit doucement Milo.

Elle ouvrit la bouche pour lui répondre, mais son père intervint.

— N'est-il pas un peu tard pour se lancer dans un débat de société ? Discutez-en plutôt demain. Le départ se fait à six heures, vous aurez tout le temps nécessaire. Auparavant, ajouta-t-il à l'attention de Milo, vous pourrez prendre un solide petit-déjeuner dans la salle commune qui jouxte les cuisines. Il y aura du maté.

— Du maté ? s'étonna le jeune homme. Qu'est-ce donc ?

— Le maté est notre breuvage national, sourit Jan. Une infusion d'herbes plutôt amère, que les gauchos boivent à toute heure de la journée. C'est une véritable institution, une sorte de rituel, qui nécessite un matériel spécial qu'on appelle la *bombilla*. Il s'agit d'une calebasse munie d'une paille métallique. Je vous invite à y goûter mais, rassurez-vous, si vous n'appréciez pas, il y aura aussi du thé et du café.

Il prit une gorgée de cognac, la garda en bouche le temps d'en déguster la saveur, puis enveloppa son invité d'un regard indéfinissable.

— J'ai l'impression que vous ne finirez pas votre partie d'échecs ce soir. Seriez-vous davantage tenté par un cigare, mon cher Milo ? Que diriez-vous si nous allions au fumoir ?

Ce n'était pas une question, mais un ordre. Milo ne s'y trompa pas. Il comprit que Jan Lukas souhaitait l'entretenir en privé.

— Je vous suis, dit-il d'une voix aussi calme que possible.

*

— J'ai pensé qu'il était nécessaire que nous ayons une petite discussion entre hommes.

Jan Lukas venait de s'installer dans un vieux fauteuil club confortable. Il croisa les mains sous son menton en étudiant un instant son interlocuteur.

Sans conteste, le fils McCorball était plus séduisant que son père, qui avait toujours été d'un gabarit un peu trop rustique. Milo, au contraire, était d'une stature élancée, le buste droit, les épaules larges, la mâchoire volontaire et le regard bleu de glace sous une tignasse blonde éclaircie par le soleil. Il souriait facilement, ce qui ajoutait une note de charme à un caractère qui semblait naturellement faire preuve de droiture et de détermination.

Jan eut un élan de sympathie. Il désigna une place en face de lui, puis présenta des cigares dans leur jolie boîte marquetée.

— Les *Romeo y Julieta* de sir Winston, commenta Milo en s'asseyant avec décontraction. J'imagine que c'est mon père qui vous les a envoyés.

Jan sourit. Le jeunot avait de l'aplomb.

— Je me doutais que vous les reconnaîtriez. Avant de les recevoir, j'ignorais que Churchill était votre parrain. C'est une situation peu ordinaire.

— C'est vrai, Winston est mon parrain au moins sur le papier. Mon père l'a rencontré lorsqu'il était encore en poste en Inde. Ils ont gardé des liens amicaux. La chasse aux grands fauves rapproche souvent les hommes : même danger, même bivouac. Pour ma part, je n'ai guère eu d'occasions de rencontrer mon illustre parrain. Nous vivons dans deux mondes différents. Je suis en Inde, lui réside en Angleterre.

— L'arrivée imminente de la guerre en Europe et le fait que vous soyez comme lui officier dans l'armée britannique ont tout de même dû vous rapprocher ?

L'allusion était maligne et perfide. Milo ne répondit pas. Depuis quelques minutes, il avait compris que Jan Lukas avait une idée derrière la tête. Il attendit donc la suite.

L'Américain prit son temps. Il se choisit un havane, qu'il palpa délicatement entre le pouce et l'index.

— Savez-vous que pour apprécier un bon cigare, vous ne devez ni avaler la fumée, ni la respirer ? dit-il enfin, en dévisageant Milo de face. Il faut aspirer la fumée dans votre bouche, la déguster pour découvrir la subtilité de son goût, puis la recracher lentement.

Il tendit la flamme de son briquet et Milo se pencha pour allumer son cigare. Les deux hommes se dévisagèrent au travers de la fumée qui montait. Lorsque leurs havanes furent embrasés, ils reculèrent chacun au fond de leur siège, et Jan Lukas sourit, son cigare entre les dents.

— Il est tard et je ne vais pas tergiverser plus longtemps. Je sais que vous n'êtes pas journaliste, que vous ne travaillez pas pour *LIFE Magazine*, et, surtout, que vous n'êtes pas venu chez moi pour faire un reportage photographique. Vous appartenez toujours et encore au corps de l'armée britannique.

Milo s'efforça de demeurer imperturbable.

— J'en déduis que mon idée de reportage sur les gauchos ne vous paraît pas très intéressante, constata-t-il, pince-sans-rire.

Jan Lukas laissa libre cours à son hilarité.

— Nous savons vous et moi que ce n'est effectivement pas le sujet.

— Mon père a donc jugé bon de vous parler… Que vous a dit-il dit ?

— De vous accueillir chez moi avec bienveillance et de vous aider autant que possible.

Le jeune Britannique ne sut que répondre, aussi Jan continua-t-il avec une certaine douceur.

— Il ne pouvait en aller différemment entre nous, alors j'ai compris qu'il y avait autre chose.

— Ah.

— Soyez rassuré, je n'ai parlé de mes soupçons à personne, ni à votre père, ni à ma femme. Tout est parfait dans le meilleur des mondes : mon ami Jim me contacte pour m'annoncer que son fils unique est de passage en Argentine et qu'il serait heureux que je l'accueille quelques jours chez moi. Évidemment, je le fais de bon cœur. Voilà où nous en sommes.

Milo ouvrit la bouche, mais son interlocuteur l'interrompit une fois de plus :

— En fait, quelle que soit votre motivation et la raison de votre venue dans ma maison, je ne veux rien savoir. Je tiens juste à vous faire comprendre que je ne suis ni naïf ni idiot. Comme cela, les choses sont claires entre nous.

Ils se toisèrent longuement, puis Jan Lukas aspira une bouffée de son cigare, la roula en bouche avec un certain plaisir, avant de la souffler lentement devant lui.

— Je connais votre père sur le bout des doigts. Entre nous, c'est à la vie, à la mort. Je sais qu'il n'aurait jamais accepté de mettre ma famille en danger. Je vous crédite donc d'une certaine confiance, qui découle de ma vieille amitié pour lui. Je devine que vous venez ici à cause de la guerre. Je vous précise donc que cette guerre ne m'intéresse pas.

— Elle finira tout de même par arriver, que vous le vouliez ou non.

Jan Lukas soupira.

— Je suis au courant de ce qui se trame en Europe. Les journaux ne cessent de parler de cette pauvre petite Pologne qui essaie de se défendre, mais qui ne peut rien contre la détermination allemande. Ses alliés français et anglais sont bien seuls. Ils essaient de convaincre Joseph Staline mais l'URSS ne sera pas de leur côté. Dès que les négociations s'arrêteront, l'Europe se retrouvera seule face à l'ogre allemand. C'est inéluctable.

— Précisons peut-être qu'Hitler bénéficie d'une forte complaisance internationale, y compris de la part des États-Unis, contra Milo d'un ton sec. Lorsqu'on voit que le *Times Magazine* l'a élu en janvier dernier homme de l'année 1938 et que Ford lui reverse l'intégralité des bénéfices réalisés sur les ventes de ses automobiles en Allemagne…

Jan Lukas gloussa.

— Vous ne manquez ni de panache ni de culot, Milo McCorball. Je vous répète néanmoins que je ne fais pas de politique. Je suis un simple éleveur de *criollos*. Je n'ignore pas que mon voisin Felipe Ramiro est le président d'un parti politique dont les idées sont très proches de celles des nazis. Je n'ai aucune sympathie personnelle pour cette doctrine, mais ce sentiment n'est pas suffisant pour que j'accepte de me mêler de ce qui ne me regarde pas.

Il se pencha vers Milo et ses yeux gris inflexibles se posèrent dans ceux bleu de glace du jeune Britannique.

— Nous ne nous connaissons pas. Je vous accueille uniquement parce que vous êtes le fils de mon ami Jim. En échange, j'attends de votre part discrétion et retenue. Quelles que soient vos motivations, ne parlez de rien à personne, y compris à mes proches, et surtout pas à ma fille, dont le caractère impétueux pourrait interpréter vos confidences comme un appel à l'aventure. N'impliquez en aucune façon ma famille, martela-t-il encore d'un ton presque menaçant. Ne la mettez à aucun moment en danger.

Milo acquiesça. L'entretien était clos. Il se leva. Jan Lukas le retint.

— Encore une question. D'où connaissez-vous ma fille ? Car vous la connaissiez d'avant ce soir, n'est-ce pas ?

Milo se figea.

— Il n'y a pas de secret, monsieur. J'ai rencontré votre fille sur le chemin menant à la Balandra. J'essayais de sortir un veau embourbé dans un fossé. Elle m'a aidé. Nous n'avons pas eu le temps d'échanger nos noms, l'orage est très vite arrivé. Nous n'avons découvert qui nous étions que ce soir, durant le dîner.

Ils se toisèrent longuement, puis l'Américain cligna d'un œil soudain bonhomme.

— Mon cher Milo, il va falloir cesser de me donner du monsieur à tort et à travers ! Appelez-moi donc Jan. Et bienvenue à la Balandra.

4

Jeudi 17 août 1939
Partido de La Plata – Argentine

À six heures, la Balandra débordait d'activité malgré l'obscurité tenace. La grande majorité du personnel du *castillo* se dirigeait vers les cuisines pour y avaler un maté avec des *choripán*[1]. Les *petiseros* se mêlaient au personnel de la maison dans un silence entrecoupé de plaisanteries. Milo, en tenue d'équitation, chandail et veste de peau retournée, une besace contenant son Leica en bandoulière, s'assit seul à une table sous des regards emprunts de curiosité. On le salua, on chuchota entre soi. On savait qu'il venait faire un reportage pour un célèbre journal américain, on n'était pas étonné, l'*estancia* avait une réputation internationale dont tout le monde tirait orgueil.

Une cuisinière lui servit un café fort. Il l'avala à petites gorgées, écoutant l'air de rien ses voisins de tablée. Les gauchos parlaient surtout de cette bête qui avait tenté de visiter les écuries au cours de la nuit. Certains assuraient qu'elle avait laissé dans la boue des traces grandes comme des soucoupes. Bien vite, la conversation dérapa vers de prétendus fantômes blancs qui galopaient parfois dans la pampa, tandis que d'autres évoquaient des cris qui vous glaçaient le sang.

Milo posa quelques questions adroites, auxquelles répondit Vicente, son voisin de gauche, un *domador*[2] âgé d'une soixantaine d'années. Le visage du vieil homme était marqué par des rides profondes, ses dents étaient à peine plus que des chicots, mais son dos demeurait droit comme celui d'un arbre vert.

1. Sandwich composé d'une saucisse (chorizo) dans un petit-pain.
2. Le dresseur de chevaux.

Il mâchouillait une saucisse en sirotant régulièrement le maté qui tournait autour de la table.

— Des légendes, *señor*, rien que des légendes. Être seul dans la pampa rend superstitieux. On est loin de son foyer, on somnole sur sa selle en surveillant les chevaux, on rêve à une belle fille, on la déshabille un peu, histoire de passer le temps, et le vent se met à hurler. On croit reconnaître une voix de femme, une sirène enjôleuse qui nous fait des sourires sucrés, on la suit parce qu'on a envie de ça, un corps bien chaud couché contre le nôtre, et on se perd dans les marais.

Il y eut des rires. Milo joignit son hilarité à celle des gauchos. Un autre avoua cependant, en baissant les épaules :

— Il y a quand même ces Indiens quarendis qui viennent des montagnes, puis disparaissent soudain sans laisser de traces.

On le fit taire. Parler de ces choses portait malheur. Voulait-il subir le même sort que Pedro Mestizo, l'ancien contremaître, qui s'était tout bonnement volatilisé avec son chien en laissant derrière lui sa roulotte et sa marmite ?

Milo essaya d'en savoir plus, mais personne ne voulut s'étendre plus longtemps sur le sujet. Il finit son café puis se hâta vers les écuries dans la fraîcheur d'un reste de nuit.

Après la piscine vide, un réseau de chemins convergeait vers les prés. Il fut saisi par la vue magnifique, sauvage et désolée, et ralentit le pas. Une brume grise montait du Rio de la Plata, nimbant le ballet des *criollos* partant à l'entraînement d'une beauté de carte postale.

Cinq à sept chevaux avançaient de front, attachés les uns aux autres et tenus en main par leur soigneur placé en selle au centre de la formation. Un deuxième lot le suivait, puis un autre encore, et ainsi à maintes reprises jusqu'à ce que l'horizon entier semblât empli de chevaux.

Ce monde était de silence, uniquement traversé par le martèlement des sabots étouffé dans le sable et les longues respirations puissantes des montures qui amenaient des panaches de vapeur dans une aube encore noire.

Milo sortit son Leica et fit quelques photographies des prés, des poneys[1], des *petiseros*. Il mitrailla aussi le *castillo* et

1. On appelle ainsi les chevaux avec lesquels on joue au polo.

l'horizon, afin de se familiariser au maximum avec la toponymie des lieux.

Tout en continuant à prendre des clichés, il avança vers la charmille qui séparait le jardin d'agrément des écuries. Des voix véhémentes lui parvinrent. Il reconnut celle de Lián et de son frère, et ralentit le pas.

— Il me semble que papa ne serait pas d'accord, soutint le jeune Zachary, dans une envolée de voix en pleine mue, qui sautait du grave à l'aigu.

— Pourquoi voudrais-tu qu'il y attache de l'importance ? répliqua sa sœur. Il tient juste à ce que notre invité fasse le tour du domaine, comme d'habitude. Donc, peu importe que tu sois présent ou non. N'as-tu donc pas autre chose à faire en ce jour de la *San Martín*[1] ? Je sais que tu avais prévu d'aller danser la *zamba*[2] avec Louisa. N'est-ce pas idiot de gaspiller notre temps tous les deux ? Je t'assure que je peux très bien m'occuper toute seule de ce journaliste.

Cette fois-ci, le gamin eut des soupçons.

— Et pourquoi veux-tu à tout prix rester seule avec lui ?

Sa sœur dut lui donner un coup, car il se mit à piailler. Milo rit sous cape.

— Où vas-tu chercher cela, triple imbécile ! continua Lián. Je viens de te dire que ce serait idiot de perdre chacun notre temps alors que je peux m'occuper seule de cette corvée.

— Ce serait bien la première fois que tu te dévouerais pour moi !

— Décidément, avec l'âge, tu deviens un sombre crétin ! Ne vois-tu pas que j'ai sellé Princesa pour recommencer à lui faire faire de l'exercice ? Sa blessure est bien cicatrisée. Avec ce journaliste, la balade sera tranquille, juste une mise en jambes en douceur pour ma belle princesse. Tandis que toi, avec ton Águila[3], je te connais, tu voudras tout faire au quatrième galop, en défiant tout le monde à la course. Je préfère préserver ma

1. Le *Dia de San Martín* est célébré chaque 17 août en Argentine. Ce jour férié correspond à la commémoration de la disparition du général José de San Martín, libérateur du pays, reconnu par les Argentins comme le Père de la patrie.
2. Danse folklorique argentine galante et sensuelle avec un jeu de foulards.
3. « Aigle », en espagnol.

jument. Vas-tu donc laisser Louisa attendre toute la matinée dans votre petite cabane de pêcheur ?

La réponse du gamin se perdit dans un murmure de capitulation et Milo se retint une nouvelle fois de rire. Ainsi, l'adolescent donnait des rendez-vous galants à même pas quinze ans avec la bénédiction de sa sœur ! Finalement, ces deux-là s'entendaient mieux que ne le laissaient supposer leurs constantes chamailleries.

Se décidant à passer l'angle de la charmille, il se dit que la demoiselle avait dû avoir gain de cause, car elle était seule près de deux chevaux dont elle vérifiait le harnachement. Son frère s'était déjà éclipsé.

— *¡Hola!* lança-t-il d'un ton jovial.

Elle le toisa par-dessus le garrot de sa jument. Il s'approcha pour caresser les naseaux que Princesa tendait vers lui.

— S'est-elle remise du mauvais coup qu'elle a reçu ?

— J'avais oublié que vous étiez présent, remarqua Lián d'un ton neutre. Princesa a eu de la chance. Elle ne finira pas estropiée.

Milo étudia la cicatrice encore fraîche, sur laquelle les poils repoussaient tout blanc. La jument ne garderait de l'aventure qu'une simple balzane.

— Elle s'en tire à bon compte. Le coup était vicieux.

Il se redressa pour serrer la main cérémonieuse que Lián lui tendait, la garda dans la sienne un peu plus longtemps que nécessaire, le temps de détailler la silhouette redevenue androgyne, dans des *bombachas*[1] trop larges fourrées dans des bottes informes et serrées à la taille par une bande de cuir ornée de pièces de monnaie. Sur ses épaules, l'éternelle veste de mouton retourné réchauffait une chemise de toile grossière, agrémentée du sempiternel foulard rouge passé autour du cou. Seule coquetterie féminine, ses cheveux étaient nattés avec des rubans qui lui donnaient un air de collégienne, sous une curieuse coiffe de feutre noir qu'il identifia comme étant un béret[2].

---

1. Pantalon de *gaucho*, particulièrement ample, pour permettre une plus grande liberté de mouvements.

2. Les immigrés d'origine basque arrivèrent nombreux en Argentine, et leur couvre-chef, particulièrement bien adapté au climat, fut rapidement adopté. Il est aussi appelé la *boina*.

— J'espère que vous êtes en forme, dit-elle en récupérant sa main avec un peu d'humeur. La balade est tranquille mais assez longue. Notre propriété est vaste. Venez avec moi, il faut que je vous équipe. Nous ne resterons pas forcément sur les chemins.

Elle laissa les chevaux attachés au palenque pour le conduire dans la sellerie. Il y pénétra en respirant avec plaisir la bonne odeur de cuir et de cire qui montait des selles et des harnachements. Contre un mur, des dizaines de maillets de polo étaient alignés avec soin.

Lián lui avait préparé une sorte de jupe de cuir fendue sur le devant, qu'elle appelait *guardacalzónes*. Ce vêtement était destiné à protéger les cuisses des épines lorsqu'ils traverseraient des buissons. Elle le lui attacha à la ceinture, puis lui tendit un poncho, ou plutôt une couverture au tissage grossier en laine de lama, qu'il noua sur les épaules.

— Reste le chapeau. Le soleil est traître même en hiver.

Elle l'habillait comme un enfant, en se reculant parfois pour juger de l'effet. Il se laissait faire sans la quitter du regard. Même en garçon, elle avait une beauté parfaite qui l'émouvait. Il ne pouvait s'empêcher de caresser des yeux le velouté de son teint bistre, la forme de ses pommettes, la délicate structure de son nez, de ses lèvres.

— Arrêtez de me fixer.

Avec un geste agacé, elle lui posa sur la tête un couvre-chef en laine retenu par une ficelle, qu'elle appela *chambergo* comme en Espagne.

Il prit un air innocent.

— Je vous fixe, moi ?

— Vous n'arrêtez pas. C'est inconvenant.

— Inconvenant ? Je vous demande pardon, mademoiselle, mais vous êtes là, devant moi. Où voulez-vous que je regarde ?

— Tout bonnement ailleurs !

Elle repartit vers les chevaux. Il la suivit en riant.

— Vous avez l'habitude de commander. Je vous concède que c'est mignon.

Elle ne répondit pas à la provocation. Lui tendit les rênes d'une jument alezane d'assez petite taille, au regard intelligent bordé de cils fauves.

— Elle s'appelle Bailarín. Elle est facile et courageuse. Vous l'apprécierez, je pense.

— Parce qu'elle est facile ?

Cette fois-ci, la jeune fille se planta devant lui, toutes griffes dehors.

— Parce qu'elle est courageuse, monsieur McCorball. Maintenant, je vous prie de cesser vos sous-entendus oiseux et de rester à votre place. Il n'y a rien entre nous. Après tout, vous n'êtes qu'un journaliste.

Ces mots claquèrent comme une gifle. Le jeune homme tiqua, vexé.

— C'est vrai, vous semblez préférer les voyous de La Boca !

— J'ai déjà eu l'occasion de constater vos talents de caméléon, persifla-t-elle en se mettant en selle. Maintenant, suivez-moi. Et taisez-vous. Il est trop tôt pour avoir les oreilles cassées par vos stupidités.

— Si ma présence vous importune à ce point, pourquoi avez-vous demandé à votre frère de rester seule en ma compagnie ?

— Oh, et en plus vous écoutez aux portes !

— Nous sommes en plein air !

Elle ne se démonta pas.

— J'ai éloigné mon frère parce que je savais que vous feriez une scène de ce genre. Les hommes sont tous les mêmes, un simple marivaudage, et les voilà embarqués sur la Lune.

— Un simple marivaudage ? s'étrangla-t-il. C'est ainsi que vous appelez nos baisers ?

— Un simple marivaudage, répéta-t-elle froidement. Restons juste des amis.

Elle tourna la bride et poussa sa jument vers les prés d'herbe verte au-delà de la ligne des palmiers. Il se hâta de mettre le pied à l'étrier. Du coup, il s'emmêla dans ses *guardacalzónes*, au point de pester et jurer.

— Daignerez-vous au moins me dire où nous allons, *señorita* ? lui demanda-t-il lorsqu'il parvint à la rattraper.

— Mon père souhaite que vous vous familiarisiez avec l'ensemble de l'*estancia*. Je vais donc vous faire faire le tour du propriétaire.

Ils chevauchèrent un moment en silence. Un vol de canards passa dans le ciel, au-dessus de leurs têtes. Milo reprit :

— Continuerez-vous à bouder, ou me donnerez-vous tout de même des explications sur votre élevage ? Par exemple, combien d'hectares fait votre propriété ? Et combien de chevaux avez-vous ?

Elle lui coula un regard sombre, avant de capituler en soupirant.

— Je ne boude pas. Et je suis prête à vous donner toutes les explications nécessaires à la rédaction de votre article. Ce sera une belle publicité pour la Balandra. Notre propriété fait douze mille hectares. Elle se divise en deux pôles. Ici, c'est le *castillo*, où nous logeons. Nous y recevons nos clients. Les chevaux que vous voyez là sont l'élite de notre élite. Nous les entraînons à jouer au polo, nous dressons les plus jeunes. Les après-midi, nous organisons des démonstrations de dressage et de jeu. Venez y assister, vous verrez du vrai polo. Cela vous permettra aussi de vous faire une idée du talent de nos dresseurs. Andres Agustin, le premier propriétaire de cet élevage, avait mis au point une technique de désensibilisation à base de caresses et de chuchotements qui permet d'apprivoiser les chevaux les plus sauvages. Mon père l'a améliorée, et nous obtenons de merveilleux résultats.

Elle ajouta plus tard d'un ton adouci :

— En fait, je vous emmène en tournée d'inspection. L'orage du soir aura certainement fait sortir les arroyos de leur lit ou poussé le Rio à l'intérieur des terres. Les gauchos vont s'occuper des chevaux et du bétail. Pendant ce temps, nous nous assurerons de l'état des clôtures et des pâturages.

Elle prit le trot sur un chemin de sable. Ils passèrent au milieu des *criollos* à l'entraînement, aimablement salués par les silhouettes fantômes des *petiseros* dans le brouillard.

Milo l'écouta parler en prenant des photographies. L'aube avait blanchi la brume. Un demi-soleil pâle se levait au-dessus des herbes figées dans l'humidité de la nuit. Sur un piquet, un oiseau de bonne taille, à la tête ébouriffée, attendait que les chevaux s'éloignent. Il lorgnait avec impatience du côté des crottins fumants tandis qu'une flopée de ses congénères, en apparence plus timides, demeuraient en retrait sur les branches dénudées d'un vieil *espinillo*[1].

— Ce sont des *guiras*, expliqua Lián. On les reconnaît à leur crête orangée et à leur longue queue. Ils sont beaux, n'est-ce pas ?

Il approuva, avant de tendre le bras.

— Et ici, ce sont des champs de luzerne ?

Elle opina.

— Oui. Les cultures sont faites par rotation. On ensemence pendant trois années de suite du blé sur de petites parcelles. Ensuite, on plante pendant cinq à six ans de la luzerne, de l'avoine, de l'orge. Les années suivantes, on laisse la prairie revenir, ce qui donne au paysage cet aspect de bocage. Les meilleures pâtures sont à l'intérieur des terres. Une constante humidité les laisse vertes en toutes saisons. Les haies qui les bordent atténuent les vents et protègent des inondations. Un terrain parfait pour l'élevage. Vous verrez qu'en bordure d'estuaire, les prés sont de nature différente. Ils sont plus sauvages, avec une herbe salée par la proximité de l'océan. C'est le royaume des moutons et des vaches plus rustiques.

Côte à côte, ils avancèrent vers le Rio de la Plata. Le soleil était devenu un disque rouge posé comme une baudruche au-dessus de l'estuaire. Les eaux encore sombres de la nuit réfléchissaient sa clarté en une multitude de vagues roses. Sur une plage étroite couronnée par des herbes jaunes, une écume du même ton venait mourir, languide. C'était désolé, mais beau.

— Nous allons longer la rive durant quelques miles, avant de redescendre plein sud, vers l'*estancia* installée à l'intérieur des terres, expliqua Lián en se mettant debout sur ses étriers pour mieux tendre le bras vers l'horizon. L'*estancia* est notre second site, celui qui constitue notre domaine agricole. En gros, il s'agit d'un ranch qui regroupe tous nos élevages, y compris celui du bétail destiné à notre consommation personnelle. Il centralise aussi les cultures et même une production maraîchère suffisamment conséquente pour fournir notre cantine. La Balandra vit en autarcie quasi complète.

1. Nom local de l'*Acacia caven*, un grand arbuste très répandu autour du Rio de la Plata.

Ils passèrent au milieu d'un fouillis d'arbustes d'où émergèrent soudain les cornes effilées de quelques vaches.

— Tenez, voici justement un de nos troupeaux. Ce sont des Longhorns[1], une race rustique originaire du Texas. Mon père les a fait venir, car elles sont parfaitement bien adaptées aux terres ingrates qui bordent le Rio. Une Longhorn se suffit à elle-même. Elle peut même vêler toute seule.

— Je n'y connais pas grand-chose, glissa Milo subrepticement, mais il me semble que vos voisins, les Ramiro, n'élèvent pas la même sorte de vache que vous. Le veau que nous avons sauvé est très différent des vôtres.

— Vous avez raison, sourit-elle. Les Ramiro travaillent avec une variété écossaise, l'Aberdeen-Angus. Ils produisent de la viande, ils ont donc choisi une race connue pour sa qualité persillée. Leur élevage est beaucoup plus ancien que le nôtre. Leur *estancia* est très typique, c'est l'une des plus vieilles de la région. Elle a été construite comme une citadelle, avec un fossé et des murs fortifiés qui permettaient à l'époque de résister aux raids des Indiens. Ces derniers se montraient très intéressés par le bétail. Ils pensaient qu'ils avaient le droit de se servir. Les colons n'eurent de cesse de les exterminer presque complètement.

Ces informations étaient importantes. Milo poursuivit la conversation avec un intérêt accru.

— Y aurait-il donc encore des Indiens dans la région ? Je les croyais tous réfugiés en Patagonie.

— Il en reste, bien sûr, même si la plupart sont devenus des gauchos. Certaines familles vivent encore en nomades. Tenez, Mauro, l'homme qui vient vers nous, a du sang indien. Son père ou son grand-père, je ne sais plus lequel, était un Indien quechua.

Un cavalier venait effectivement à leur rencontre, bien calé sur l'habituelle selle tapissée d'une peau de mouton. C'était un homme ridé et ratatiné, avec un poncho rayé noué autour du cou, les pieds chaussés de vieilles *alpartagas*[2] usées jusqu'à la trame.

1. Race de vache américaine.
2. Espadrilles des *gauchos*.

Il salua la demoiselle du domaine avec un respect qui ne venait pas uniquement d'une différence de classe sociale, mais aussi de l'appartenance à une même famille, celle des gens du cheval.

— *Hola*, Mauro, répondit-elle avec un grand sourire. Comment s'est passée la nuit ?

Le gaucho se montra ravi d'être interpellé. Il se lança dans un baragouin débité dans un staccato que Milo, pourtant habitué à l'espagnol, eut du mal à suivre. Tout en écoutant distraitement cette conversation peu compréhensible, il se tourna vers l'estuaire. Le Rio de la Plata était en train de se réveiller. À cet endroit, il était si large qu'on aurait pu le confondre avec l'océan s'il n'avait eu cette couleur de terre, grise et brune, qui semblait un prolongement des marécages. De l'océan venaient des vagues crêtées d'écume. Elles se jetaient en file sur une grève encombrée par des troncs blanchis de sel. Dans le ciel encore terne, des vols d'oiseaux passaient en criaillant.

Lián et son employé continuaient à discuter d'un ton vif. Milo poussa sa jument au sommet d'une dune. D'après ses calculs, il aurait dû voir l'*estancia* des Ramiro en faisant face au sud-ouest, mais elle continuait à se dérober à sa vue, comme un secret caché dans des hectares de landes, d'acacias et d'herbes desséchées. Impossible de repérer la fameuse *Casa del toro*, c'en devenait frustrant.

Lián l'appela pour se remettre en route. Elle prit à droite pour s'engager sur un sentier qui descendait vers la plage. Sa conversation avec le gaucho Mauro lui avait laissé un pli contrarié au milieu du front. Milo se rapprocha d'elle en talonnant sa jument.

— Vous avez perdu votre beau sourire. Y aurait-il un problème ?

Elle ouvrit la bouche, hésita, puis haussa les épaules.

— Non, lâcha-t-elle finalement. Tout va bien.

Il ne fut pas dupe, mais n'insista pas. Le vacher lui avait sans doute parlé d'un bœuf blessé ou disparu, voire d'un pâturage devenu impraticable à cause de l'orage. Ces problèmes ne le concernaient en rien.

— Dites-moi, dit-il en revenant à son idée première, qui était de localiser l'*estancia* des Ramiro dans cette immensité morne à l'horizon fuyant. Je m'y perds un peu. Où sommes-nous exactement par rapport au *castillo* ?

Elle tendit le bras vers le lointain, pour découper la propriété en tronçons.

— Ici, nous sommes sur les pâturages que nous réservons aux moutons et aux Longhorns. La végétation est âpre et salée, trop rude pour les chevaux. Vers le sud, en revanche, vous verrez bientôt des étendues verdoyantes, c'est le *pasto verde*, les prés dédiés aux *criollos*. Nous les ensemençons d'un mélange de graminées qui a fait ses preuves au cours des générations : fétuque, phalaris, muhlenbergia... Nous y installons nos poulinières en priorité. Dommage pour vous, pour votre reportage, en cette saison, il ne s'y passe pas grand-chose. Le mois prochain, nous commencerons les premières naissances. Les mises-bas s'échelonnent au fil des semaines, c'est un moment magique que de voir nos poulains gambader gaiement auprès de leurs mères. Tous nos chevaux descendent des *baguales*, ces chevaux sauvages introduits par les conquistadores il y a des centaines d'années, ajouta-t-elle avec fierté. Ils se sont adaptés et ont prospéré. Le terrain a fait d'eux des chevaux résistants, courageux. Un dressage approprié exalte leurs qualités et en fait les meilleurs poneys du monde. Du moins pour le polo. Nous ne nous occupons pas des steeple-chases et autres courses de vitesse. Après tout, ce n'est guère intéressant de faire courir un cheval le plus vite possible. Nous laissons cela aux pur-sang anglais, qui y excellent.

Milo ne releva pas cette dernière pique. Il essayait de mémoriser au mieux la cartographie de l'immense propriété, essayant toujours de localiser les terres des Ramiro. Les distances étaient si grandes qu'il s'y perdait. Il hésitait toutefois à poser des questions plus précises. Il avait promis à Jan Lukas de n'impliquer en rien sa famille.

Tout en réfléchissant au problème, il observait machinalement de grands oiseaux blancs tournoyer au-dessus de quelques rochers bruns étendus sur la grève. La scène était superbe, avec le soleil nimbant de lumière un reste de brume. Il prit son Leica pour immortaliser l'instant. Lián Lukas se mit à rire.

— Je suis certaine que vous croyez qu'il s'agit de gros rochers. En fait, ce sont des lions de mer ! Je les montre toujours à nos visiteurs, qui tombent tous dans le panneau.

Il fut beau joueur, avec un sourire radieux.

— Vous avez raison, je me suis fait avoir. C'est la première fois que j'en vois.

— Venez, approchons-nous.

Les otaries étaient immobiles sur le sable comme des pierres recrachées par le ressac. Il fallait les observer longuement avant de remarquer une nageoire paresseuse en train de gratter un ventre ou de jeter du sable sur un dos. Dans la distance s'amenuisant, d'autres indices de vie apparurent. D'abord une rumeur emplie du bêlement des jeunes, de l'appel des mères et du feulement intempestif des gros mâles, amenée par le vent. Une cacophonie qui fit rire Milo, amusé de sa méprise.

Ils observèrent les animaux longtemps, en se montrant l'un à l'autre les scènes qui les enthousiasmaient le plus, ici un petit recouvert de sable piaillant à la recherche de sa mère, là un mâle au cou puissant se prélassant au milieu d'un groupe de femelles. Bien vite, ils redevinrent complices, comme la veille après le sauvetage du veau.

Lián finit par chuchoter :

— Je suis désolée pour hier soir et pour ce matin. Je me suis montrée désagréable, je ne sais même pas pourquoi. Je... Je crois que j'ai eu peur que vous ne révéliez mon secret à propos des tangos que je vais parfois danser avec mon amie Lupita.

— C'est déjà oublié, Lián. Je ne vous trahirai pas.

— Merci, dit-elle doucement. Je sais que ce n'est pas bien de mentir à ceux qui nous aiment, mais les parents veulent toujours empêcher les enfants de grandir trop vite, alors que pour ces derniers, c'est la seule chose qui importe.

— Mon père faisait de même. S'il avait pu me maintenir petit au point de rester dans une poche, il l'aurait fait.

Ils rirent en se regardant. Leur dispute du matin était loin. Lián continua à parler. Le moment la faisait paraître grave et fragile, avec le vent qui décoiffait ses cheveux et rosissait ses joues.

— Hier soir, j'ai été très touchée de vous écouter parler de l'Inde. Perturbée, aussi.

— Perturbée ? Je croyais que vous aviez vécu en Inde durant plusieurs années...

Elle regarda au loin.

— On me l'a toujours dit, mais en réalité, je n'en sais rien. J'étais très petite. Mon frère est né à Calcutta. Moi, il semblerait que j'ai vu le jour à Singapour.

— Vos parents ont beaucoup voyagé.

— Oui, sourit-elle avec un rien d'amertume. On peut le dire comme ça.

Elle leva son visage vers le ciel pour l'offrir à la caresse du soleil. Milo ne parvenait pas à la quitter du regard.

— Qu'y a-t-il entre l'Inde et vous, Lián ?

— Je... Je ne sais pas, bafouilla-t-elle avec gêne. Certainement rien d'extraordinaire... C'est juste que... Je n'ai aucun souvenir de cette période de ma vie. Mes parents n'en parlent jamais. Ils ne répondent pas à mes questions. Parfois, c'est vrai, j'ai l'impression qu'ils me cachent un secret, comme s'il y avait entre moi et ce lointain pays un lien mystérieux que je ne devrais pas connaître. Mais je suis idiote, dit-elle brusquement, l'air penaud. Vous devez me prendre pour une folle. D'abord, je vous crie dessus, et puis je vous fais ces confidences stupides qui doivent vous paraître prodigieusement ennuyeuses...

Il tendit la main pour la poser doucement sur son bras.

— J'ai perdu ma mère lorsque j'étais très jeune. Je sais donc ce que c'est que d'avoir besoin de parler de quelque chose que les autres ne veulent pas vous voir aborder. Mon père avait trop de chagrin. Et moi, trop de questions. À la longue, cela devient un manque que l'on porte au plus profond de son cœur. Une sorte de cicatrice, voyez-vous. La plaie semble guérie mais la peau est trop fragile et, de temps en temps, ça gratte jusqu'à faire mal.

Elle hocha la tête pour montrer qu'elle comprenait. Le soleil devenait de plus en plus ardent. La journée promettait d'être printanière. Elle sortit une bouteille Thermos d'un sac, tendit à Milo un gobelet rempli d'un thé chaud et sucré.

— Je m'interroge souvent à ce sujet, reprit-elle. Je n'arrive pas à comprendre ce que je ressens pour l'Inde. Je ne sais pas pourquoi, ce pays m'attire et m'effraie tout à la fois. Peut-être parce que je le connais très peu.

— Interrogez-moi, Lián. Je répondrai à vos questions avec plaisir.

— Oh, balbutia-t-elle, les joues enflammées, je ne sais même pas quelles questions vous poser… Je ne me rappelle presque rien, hormis les éléphants et leur peau dure, parsemée de gros poils noirs. Cette peau-là, oui, je la sens encore sous ma paume, douce et cependant rude, piquante… Je vois aussi une jungle immense, sans fin, une cathédrale verte avec des oiseaux partout, et un bruit que je n'arrive pas à comprendre, comme un feu d'artifice qui n'aurait pas sa place au milieu des bois. En fait, ce dont je me souviens le plus, c'est ma mère. Vous l'avez vue, elle a l'air fragile, je peux cependant vous certifier qu'elle est d'un courage peu commun. En Inde, elle m'a protégée de tout.

— Ce sont de beaux souvenirs…

— J'ai souvent l'impression que je devrais me souvenir d'autre chose, mais cela ne vient pas… Et puis je me dis, quelle importance ? Après tout, je ne quitterai jamais la Balandra. Je suis heureuse ici, au milieu des miens. L'Argentine n'est pas mon pays natal, mais j'y ai mes souvenirs d'enfance. Je m'y sens bien. C'est un pays de centaures, comme le répète constamment ma mère. Un paradis pour ceux qui aiment les chevaux. Avez-vous remarqué à quel point les hommes d'ici sont toujours collés à leur cheval ?

Milo écoutait avec un sourire. Il comprenait ce qu'elle voulait dire.

— J'ai le même amour pour l'Inde. Je la trouve magnifique et plurielle, souvent difficile à vivre, mais tellement magique.

Ils burent leur thé avec lenteur, et tandis qu'elle écoutait de toute son âme, de tout son cœur, il parla du jardin qui dégoulinait de pluie au moment de la mousson, des palmes presque trop vertes ployées vers la terre devenue un torrent de boue, et des minuscules ruisseaux qui couraient vers le Gange en emportant tout sur leur passage.

Il parla des singes qui se protégeaient sous les feuilles larges, des rats qui se déversaient en marée brune dans les rues transformées en rivières. Des saris roses et orange abrités sous des parapluies noirs. Des fleurs de lotus perlées de pluie. Du printemps éclatant, de l'herbe redevenue grasse après l'été poussiéreux, âcre, desséché. Du vol incessant des guêpiers qui creusaient leurs nids dans les rives du fleuve. Des pêcheurs qui jetaient leurs filets dans la lumière du soir. Des embarcations de toutes les tailles qui traversaient l'Hooghly en un ballet charmant. Et puis, surtout, de l'empreinte immense du premier tigre de sa vie, trouvée au pied d'un cabanon où vivaient seuls une paysanne et ses six enfants.

— Je crois que j'avais six ou sept ans. C'est un souvenir extraordinaire, cette idée de tigre passant si près des hommes, en véritable roi du monde.

— Votre père vous emmenait donc à la chasse avec lui ?

— À la mort de ma mère, mon père n'a plus voulu que je le quitte. Il craignait de me perdre, moi aussi.

— Est-ce pour cela que vous êtes devenu journaliste ? lança-t-elle sur le mode de la plaisanterie. Pour retrouver un peu de votre liberté ? Votre pauvre père ne doit pas être ravi de vous savoir toujours par monts et par vaux.

Elle souriait pour atténuer son ironie. Elle était jolie comme un cœur au milieu de la pampa ensoleillée, avec son béret basque et ses nattes de collégienne pleines de rubans. Il faillit la prendre dans ses bras pour la chérir comme la chose la plus précieuse au monde, lui promettre la lune, lui donner un baiser plein d'avenir, mais en fin de compte, il n'en fit rien. Il venait de comprendre qu'il n'en avait pas le droit.

Il n'était pas venu à la Balandra pour elle, mais pour quelque chose qui les dépassait tous les deux. Quelque chose de terrible, qui allait broyer l'humanité tout entière, la jeter dans une tourmente où, parfois, il n'y aurait pas d'issue heureuse.

Pris d'amertume, il avala une dernière gorgée de thé, lui rendit le gobelet. L'avenir n'avait rien de serein. Mieux valait se concentrer sur sa mission.

— Jusqu'où vont vos terres ? demanda-t-il à brûle-pourpoint.

Elle perçut son changement, en fut déçue.

— Milo…, commença-t-elle.

Il ne répondit pas. Il s'obligeait à ne pas la regarder. Elle leva la main comme pour le toucher, hésita, puis laissa retomber son bras.

— Venez, dit-elle finalement, en talonnant sa jument. Vous êtes journaliste. Il faut que je vous montre quelque chose.

*

Lián guida Milo vers l'intérieur du pays. Ils traversèrent un arroyo. Les eaux étaient encore épaisses et limoneuses de l'orage. Il n'y avait pas de pont, mais la jeune fille connaissait un passage à gué au milieu des roseaux, qui serpentait de flaque en flaque. Ici, la terre était une désolation torturée par l'hiver, abandonnée de toute humanité, un paysage lacéré par des troncs d'arbres crevés et des branches dressées vers le ciel. Les chevaux allaient lentement, le sabot prudent. Des canards s'échappaient parfois d'un trou d'eau dans un grand fracas. Seuls les capybaras demeuraient immobiles, allongés sur leur îlot d'herbe rase inaccessible, à ruminer des rêves sans fin. Ils ne s'effrayaient même pas de la présence des cavaliers. Ils savaient qu'ils ne vivaient pas dans le même monde. Le leur était une pataugeoire où seuls des chiens auraient, peut-être, pu les poursuivre.

Au bout d'un certain temps, le terrain changea. Les juments mirent pied sur un sol plus sec, encombré d'*espinillos*[1], d'acacias et d'*yerba blanca*[2]. Dans ces futaies rabougries, les protections de cuir étaient indispensables. Sans elles, les jambes des cavaliers et les poitrails des montures auraient ramassé des centaines d'épines.

Il n'y avait plus de sentier. Les futaies arrivaient aux épaules en une masse décharnée qui s'étiraient jusqu'à une lande au relief accidenté. Au bout s'élevaient deux collines. Juste deux mamelons, hauts peut-être d'une quarantaine de yards, une étrangeté au milieu de cette platitude écrasée par l'eau et le ciel.

Arrivée au pied de cette rondeur, Lián se laissa glisser de sa selle et attacha sa jument. Milo s'arrêta à son tour, intrigué. Ils se trouvaient dans une clairière traversée par un ruisseau de boue. Les berges étaient deux murs de terre festonnés par des racines pendantes. Sur le versant en pente douce, la végétation paraissait si dense, si tordue et si sèche, qu'il était probable que même un mouton refuserait d'y paître.

— Quel est cet endroit ?

— Chut. Ne faites pas de bruit. Suivez-moi. Nous allons là-haut.

---

1. Nom local du mimosa du Chili, nom scientifique *Vachellia caven*.

2. Arbuste épineux dont les feuilles sont un remède traditionnel contre les fièvres, nom scientifique *Chuquiraga oppositilofia*.

Ils gravirent une dénivellation de terre meuble d'où s'extirpaient de vieilles souches. Lián avançait avec rapidité mais demeurait sur le qui-vive. Milo la rattrapa près d'un tronc écroulé depuis longtemps, derrière lequel elle s'était accroupie.

— Baissez-vous, souffla-t-elle en le tirant à côté d'elle.

Il se retrouva à plat ventre devant une vallée jaunie par l'hiver. Au loin, une haie de cyprès délimitait un îlot de végétation exubérante dans laquelle se nichait une demeure à l'apparence cossue. Un mur garni de miradors la cernait. De nombreux ouvriers travaillaient aux abords des granges et des étables.

— C'est le moment de sortir votre appareil photographique, chuchota Lián. Je vous offre le reportage de votre vie.

Milo baissa les yeux vers le bas de la colline. Cette partie était morose et déserte, morcelée par des enclos qui couraient jusqu'à des prés un peu plus verdoyants, vers l'ouest.

— Je vous présente la *Casa del toro*, expliqua Lián dans un chuchotis à peine audible. Cette propriété est celle de notre plus proche voisin, don Felipe Ramiro. Le veau que nous avons sauvé hier lui appartenait. Je n'ai pas voulu que vous m'accompagniez chez lui, parce que son fils est l'homme avec lequel vous vous êtes battu au Linda Flor, à Buenos Aires. Il s'appelle Carlos Ramiro. C'est un individu détestable. J'avais peur que vous le rencontriez à nouveau.

— Vous aviez peur pour moi, Lián ? chuchota-t-il d'un ton lumineux.

Elle se tortilla d'un air gêné.

— Ne me faites pas dire ce que je n'ai pas dit. Regardez plutôt par ici. Nous sommes sur la partie arrière de l'*estancia* des Ramiro, celle qu'on ne voit jamais en venant par la route. De l'autre côté, la maison est belle, grande, luxueuse, très bien entretenue dans un agréable jardin. Don Felipe est riche et il aime le montrer. Ici, c'est le cœur de l'exploitation. Tous ces enclos, là, ce sont les parcs dédiés aux grands rassemblements de bétail. Les bœufs y sont triés en attendant d'être transférés vers les abattoirs de Buenos Aires. En cette saison, évidemment, ces enclos sont tous vides. Enfin, presque. Parce qu'il y a quand même *ça*.

Ça, avait-elle dit, d'une voix fêlée par la tension.

Milo se haussa au-dessus du tronc d'arbre pour regarder ce qu'elle montrait. D'abord, il vit une vieille clôture surmontée de barbelés. La terre y était ingrate, remuée par des dizaines de sabots, craquelée jusqu'à la moelle et devenue stérile à force de n'être abritée de rien, ni du soleil implacable, ni du vent déboulant de la mer comme une furie. Sur ce sol misérable, un cheval était étendu, la bouche muselée à un piquet, les postérieurs ligotés. Un sac de jute sur la tête le privait de tous ses repères.

— *Goddam*, cracha le jeune homme entre ses dents. Qu'arrive-t-il à ce cheval ?

Allongée à côté de lui, Lián s'accrochait à une poignée d'herbes avec une force nerveuse qui blanchissait ses doigts, comme pour éviter de basculer vers l'affligeant spectacle de la cruauté humaine.

Elle expliqua d'une voix chevrotante.

— On appelle ça le débourrage au piquet. C'est une façon ancestrale de soumettre les poulains de deux ou trois ans qui n'ont jamais connu la main de l'homme. On l'utilise au fin fond de la pampa, du côté de la cordillère des Andes ou de la Patagonie, là où la survie est plus dure que tout et où les *baguales* sont vraiment sauvages. Cela fait longtemps que j'entends des rumeurs à propos des Ramiro, mais je ne pouvais pas y croire. Tout à l'heure, Mauro m'a dit qu'il était venu sur leurs terres récupérer une de nos vaches égarée pendant l'orage, et qu'il avait été témoin de cette scène. Il m'a fallu en avoir le cœur net. Mauro prétendait avoir vu des hommes amener ce cheval ici, l'attacher et le frapper à coups de *rebenque*[1] jusqu'à ce qu'il s'écroule, épuisé. Ce *yearling*[2] est resté ici toute la nuit, dans l'orage, avec ce sac sur la tête. Il devait à moitié étouffer en essayant de respirer au travers d'un sac mouillé.

Sa voix chevrotait. Elle détourna les yeux, au bord des larmes. La pauvre bête semblait plus morte que vive. Complètement immobile, elle était tellement couverte de boue qu'elle paraissait être une statue enclavée dans la terre.

— Cette méthode primitive n'a aucune raison d'être dans une *estancia* moderne, reprit la jeune fille d'un ton rogue. Ce débourrage est fait pour briser les chevaux le plus rapidement

1. Fouet utilisé sur les chevaux en Amérique du Sud.
2. Jeune cheval dans sa deuxième année.

possible. Sous les coups, ils comprennent vite qu'ils n'ont pas le choix. Soit ils se soumettent, soit ils meurent.

Elle continua en crachant son écœurement.

— Évidement, comme toujours, c'est juste une histoire de *cojones*[1] entre l'homme et le cheval. Un combat complètement idiot, une volonté de domination qui provoque au minimum des blessures, et parfois la mort. Vu le prix d'un cheval, c'est totalement stupide. Bon, faites vite vos photos. Moi, je vais aller le détacher.

Elle voulut enjamber le tronc pour se glisser de l'autre côté, mais Milo la retint par la cheville.

— Où allez-vous ?

— Lâchez-moi ! siffla-t-elle en tirant sur sa jambe maintenue prisonnière. Je vous ai dit que je devais le détacher.

Loin de la libérer, Milo accentua la pression pour la déséquilibrer. La jeune fille s'affala dans l'herbe, se débattit avec rage.

— Que faites-vous ? cracha-t-elle en se tordant comme un serpent. Vous êtes fou ! Je dois aider ce cheval.

Pour la maîtriser, il dut peser de tout son poids sur ses jambes, sur son corps.

— Ce n'est pas le moment, souffla-t-il. Une voiture vient.

Elle se dégagea d'un mouvement d'épaules intempestif, se haussa pour regarder en contrebas. Il avait raison, une camionnette approchait.

Elle roula sur le dos en expirant de rage, les bras en croix, les yeux grands ouverts sur le ciel devenu d'un bleu magnifique. Elle essayait si visiblement de reprendre le contrôle de ses nerfs que Milo posa une main sur son épaule pour l'aider à s'apaiser. Elle se tourna vers lui pour enfouir son nez dans sa veste. Elle n'exprimait plus aucune colère ni arrogance, juste un grand désarroi de petite fille impuissante à changer le cours de la vie. D'un bras, il la serra contre lui, de l'autre, il ouvrit sa besace en bandoulière et sortit le Leica.

Au bas de la colline, le cheval avait lui aussi entendu ses tortionnaires. Il s'agita, leva la tête en aveugle, essaya de bouger ses membres pour se remettre d'aplomb. À la fin, il retomba sur le flanc, à bout de forces.

1. « Couilles », en espagnol vulgaire.

La camionnette était un vieux pick-up Ford. Elle s'arrêta dans un grincement d'essieu. Milo mitrailla la scène, incrédule : une silhouette athlétique venait de descendre côté chauffeur. Impossible de ne pas reconnaître le visage glabre aux pommettes saillantes et le front couronné d'une véritable toison de bélier. C'était le fils Ramiro en personne.

L'*estanciero* était accompagné de deux hommes de main. Le premier avait une stature épaisse et une gueule de brute à demi masquée par un vieux chapeau. L'autre était plus jeune mais d'une mine tout aussi patibulaire. Il sauta du plateau arrière en tenant en laisse trois molosses. Les mâtins avaient le pelage blanc et ras, et une énorme mâchoire de bouledogue qui bavait d'excitation. Ils se bousculèrent en essayant de se mordre.

— *¡Maldita*[1]*!* chuchota Lián avec désespoir. Ils ont ramené leurs chiens. On risque de se faire repérer.

Milo plissa les yeux dans la lumière crue en s'efforçant de mieux détailler la scène. Les molosses avaient approximativement la taille d'un veau en plus râblé, avec un poitrail large et musculeux. Leurs pattes étaient puissantes, leurs mâchoires impressionnantes. À chaque mouvement, leurs babines s'agitaient, roses et noires, laissant voir d'énormes crocs qui ressemblaient aux dents d'un piège à loup.

— Dites donc, chuchota-t-il, c'est quoi ces chiens ? Je n'en ai jamais vu de pareils.

— C'est un croisement fait maison par ces messieurs Ramiro, répondit Lián d'un ton méprisant, une race à mi-chemin entre le *cordoba*[2], un chien très agressif destiné aux combats clandestins, et le *dogo argentino*, récemment créé pour chasser le puma et le sanglier. Une vraie marotte depuis plus de vingt ans. La veille d'une chasse, ils cessent de les nourrir pour les rendre plus agressifs. Si le vent est dans le bon sens, on les entend alors aboyer jusqu'à la Balandra. En revanche, ajouta-t-elle en frissonnant, lorsqu'ils pistent leur gibier, on ne les entend plus. Ils deviennent des ombres meurtrières, avides de sang…

1. « Zut ! », en espagnol.

2. Le *cordoba* ou *perro pelea cordobés*, une race de chien de combat de Cordoue, actuellement éteinte, connue pour son agressivité légendaire.

En bas, les molosses tiraient sur leurs laisses dans un silence qui les faisait paraître encore plus monstrueux. Ils reniflaient l'air et le sol, s'agitaient sur leurs pattes musclées et scrutaient les alentours avec un petit regard mauvais, glaçant.

— On croirait une race sortie de l'enfer ! souffla Milo. Heureusement, nous sommes vent debout, sinon ils nous auraient flairés dans la seconde.

Sa compagne le rassura d'un sourire crispé.

— Ne vous inquiétez pas, Carlos n'osera pas lâcher ses chiens sur nous.

— Je n'en prendrais pas le pari ! Nous sommes sur ses terres. Nous n'avons rien à y faire. Quoi que vous puissiez penser, Carlos n'est pas un enfant de chœur. C'est dangereux d'être ici. Partons. Allez en avant, près des chevaux. Je prends encore quelques photos et je vous rejoins.

— Vous plaisantez, répliqua Lián en s'accroupissant à côté de lui. Je reste avec vous, bien sûr.

Il faillit lui répliquer qu'elle était stupide, qu'il valait mieux qu'elle mette le plus de distance possible entre elle et les Ramiro, puis il haussa les épaules. Après tout, il n'était ni son père ni son frère.

— D'accord, concéda-t-il. Mais baissez-vous tout de même, qu'on ne se fasse pas repérer.

En contrebas, Carlos et ses hommes étaient en train de défaire les cordes qui entravaient les jambes du jeune cheval. Le pauvre animal encore attaché à son piquet avait réussi à se lever, mais il titubait de fatigue. Il n'était pourtant pas encore dompté. Au contraire, il essayait toujours de se débattre, de casser la longe qui le retenait. Les gauchos le cernaient, l'asticotaient en tous sens. Carlos le frappait de son fouet tandis qu'un de ses sbires utilisait un bâton. Celui qui tenait les chiens les excitait pour les forcer à aboyer.

Le cheval avait toujours le sac de jute sur la tête. Fou de terreur, il piétinait sur place et tentait de se cabrer, mais la corde était trop courte. Elle brisait tous ses élans, serrait son cou, l'étranglait à moitié.

Milo observait en silence, blanc de rage. Contre lui, il sentait Lián tressauter à chaque coup reçu par le cheval, comme si elle le percevait dans sa propre chair. À un moment, elle ne parvint plus à en supporter davantage. Elle voulut s'élancer pour intervenir. Milo la retint brutalement. Il en avait assez vu. Mieux valait partir. Saisissant alors la jeune fille par le col de sa veste, il la força à redescendre la pente en même temps que lui.

— Venez. Nous partons.

Elle résista autant que possible, dans un silence dur, tendu. Il la traîna plus qu'autre chose, en la bousculant si fort qu'elle perdait l'équilibre au milieu des herbes et des racines. Lorsqu'il la libéra enfin, au bas de la pente, elle se jeta sur lui en le bourrant de coups.

— Que faites-vous ! Ils vont le tuer ! Nous devons les en empêcher !

Elle criait tant qu'elle risquait d'attirer l'attention. Milo lui emprisonna les poignets pour la maintenir tranquille.

— Mettez-vous en selle et partons. Je suis désolé. Il n'y a rien à faire. Ils sont trois, avec des revolvers à la ceinture et des chiens de combat. Je ne tiens pas à me faire bouffer par un de ces molosses pour sauver un cheval sur lequel je n'ai aucun droit légal.

— Vous êtes un lâche ! cracha-t-elle.

Il la toisa d'un regard méprisant.

— Allez-y vous-même et exigez de votre grand ami Carlos Ramiro de ne plus frapper son cheval ! Et par la même occasion, demandez-lui aussi ce qu'il fait avec les Indiens qui traversent ses terres, et qui disparaissent du jour au lendemain.

Elle recula. Ses yeux verts lançaient des éclairs, tandis qu'elle frottait ses bras endoloris.

— Vous n'êtes pas venu à la Balandra par hasard. Vous menez une enquête. Je suis sûre que vous n'êtes pas un vrai journaliste.

Il sortit une carte de presse de sa poche poitrine, la lui jeta au visage.

— Et ça, c'est quoi ?

Elle ramassa la carte estampillée *LIFE Magazine*, la tint un instant entre ses doigts qui tremblaient, puis la lui rendit.

— Ce n'est qu'un bout de papier. Je ne suis pas dupe. J'ignore ce que vous cherchez, mais je suis certaine que vous ne vous intéressez ni aux chevaux ni à la vie des gauchos en Argentine. Vous êtes un sale petit fouineur et…

À bout de patience, il la jeta contre le poitrail de sa jument, qui renâcla.

— Je comprends que la scène vous ait choquée, Lián, mais nous ne pouvons rien y faire. Vous devez me croire, votre ami Carlos n'est pas un tendre. Il faut partir.

Il la lâcha. Elle demeura sur place, les yeux brouillés de larmes.

— Tout de même, nous aurions dû essayer…

— Vous l'avez dit vous-même, Carlos Ramiro est ici chez lui, sur sa propriété, et ce cheval est le sien. Même si cela nous déplaît, il a le droit d'en faire ce que bon lui semble, y compris de le couper en morceaux si cela lui chante.

Il regrettait de l'avoir bousculée mais il n'avait pas eu le choix, il avait fallu la calmer par tous les moyens.

Elle s'éloigna de quelques pas. Elle était si tendue qu'elle se mit à vomir dans les buissons. Il la rejoignit, posa une main compatissante sur son épaule. Elle se redressa en s'essuyant la bouche avec un mouchoir. Elle était pâle, défaite. Elle évitait de le regarder.

— Lián ? s'enquit-il, inquiet.

— Ça va, répondit-elle avec humeur, en le repoussant. Je vais bien. J'ai juste les tripes retournées. Pas vous ?

Elle revint vers les chevaux, les jambes flageolantes. Ses bottes s'accrochaient dans les ronces qui couraient au sol. Il la prit par le bras pour l'aider.

— Ne me touchez pas, siffla-t-elle en refusant sa sollicitude.

Elle lui en voulait d'avoir raison, de pointer son impuissance. De lui mentir depuis le début. Elle était si fâchée qu'elle marchait sans prêter attention à rien. Lorsqu'elle trébucha, elle ne réussit à garder l'équilibre qu'en se raccrochant à son bras tendu.

— Je vous déteste, lui jeta-t-elle au visage.

— N'avancez pas plus, répondit-il, hors de propos.

Sa voix avait pris un drôle de ton. Elle baissa les yeux pour regarder ce qu'il fixait. Et tressaillit d'horreur en comprenant qu'elle avait buté contre le cadavre d'une brebis à demi dévorée.

*

Les deux jeunes gens revinrent au *castillo* aussi rapidement que possible. À la Balandra, le dernier service du déjeuner était sur le point d'être achevé. Lián avait encore l'estomac retourné et n'eut aucune envie de nourriture, mais Milo fila à la cuisine pour attraper quelques sandwichs de *miga*[1] au poulet et au jambon. Il les avala sur le pouce, assis près de quelques gauchos qui terminaient leur maté lorsque Jan Lukas vint déposer devant lui une tasse de café agréablement parfumé et quelques *alfarores*[2].

Il tenait aussi à la main une grosse enveloppe de papier kraft, qu'il lui tendit.

— Un coursier de l'ambassade britannique l'a déposée ce matin à votre intention.

Milo fourra un biscuit dans sa bouche, puis partit ouvrir le courrier dans sa chambre. À l'intérieur de l'enveloppe, il découvrit un bristol recouvert de l'élégante écriture de Vera Hopkins. Il le parcourut rapidement avant d'étaler devant lui une série de photographies noir et blanc. Les clichés avaient été pris à bord d'un avion de reconnaissance aérienne.

Il passa le reste de l'après-midi à les étudier. Les images quadrillaient toute la région. On voyait deux *estancias*, d'abord la Balandra reconnaissable à sa piscine et à son avenue de palmiers, puis un autre bâtiment, fortifié, qui devait être la *Casa del toro*. Le reste ne montrait que des pâturages, des broussailles et des marécages, et les plages en bordure du Rio.

Il les étala toutes côte à côte, de façon à former une carte géante. Longtemps, il les observa en tous sens, en les tournant et les retournant pour essayer de voir l'invisible.

Juste avant le dîner, quelque chose lui sauta aux yeux. Il retint sa respiration. Un carré sombre s'élevait au-dessus d'une forêt d'acacias.

Or, plus il le regardait, plus il trouvait qu'il ressemblait à un mirador.

1. Littéralement, « sandwich de mie », composé de deux ou trois tranches de pain de mie fourrées d'une garniture.

2. La sucrerie typique de l'Argentine : deux biscuits façon sablé, fourrés avec de la confiture de lait et enrobés de chocolat blanc ou au lait.

5

Vendredi 18 août 1939
Pampa du Partido de La Plata – Argentine

Le souffle monta à près de cinq mètres. Les deux jeunes gens retinrent le leur.

L'énorme baleine franche ondulait entre deux eaux, suffisamment près de la rive pour qu'ils devinent son immense forme sombre. Autour de ce corps semblable à un rocher noir, tout n'était que remous crêtés d'écume et vagues s'entrecroisant. Soudain, une nageoire grande comme deux hommes s'agita joyeusement, avant de retomber dans une gigantesque éclaboussure.

Lián attrapa la main de Milo et la serra dans la sienne. Lui n'osa pas bouger, de peur de la faire le lâcher. Le moment était fragile, comme tous les moments merveilleux. Elle était assise à côté de lui sur le sable froid de la plage. Ils regardaient avec le même émerveillement l'apparition gigantesque et miraculeuse.

Ils étaient partis tôt ce matin pour pister le puma. On ne pouvait laisser un fauve s'en prendre librement au bétail alors que les pouliches allaient bientôt mettre bas. Lián s'était portée volontaire. Elle n'était pas ravie, elle n'aimait pas tuer, mais elle savait que son père et les gauchos étaient occupés à trier les juments. Il était juste qu'elle fasse sa part de travail. Milo, comprenant son dilemme, avait proposé de l'accompagner.

Elle lui en était tellement reconnaissante qu'avant d'arriver au cadavre de la brebis qui servirait de point de départ pour remonter la piste du fauve, elle avait décidé de faire une pause sur une plage en face du Rio de la Plata. Là, sortant une bouteille Thermos de ses fontes avec un air de magicienne, elle avait dit en clignant d'un œil complice :

— Aujourd'hui, j'ai du *masala chaï*[1] fait maison. Je suis certaine que vous l'apprécierez plus que le maté local. C'est une habitude que ma mère a ramenée des Indes. J'adore ça.

— Moi aussi, confirma-t-il avec un grand sourire.

Ils avaient bu l'excellent thé au lait sucré, parfumé à la cannelle et au gingembre, tournés face au Rio de la Plata. Soudain, une tête colossale s'était dressée au-dessus de l'onde. Ils avaient regardé la baleine sauter dans l'estuaire dans un vacarme assourdissant.

— Elles s'aventurent souvent dans le Rio, précisa Lián en chuchotant, comme si elle craignait que la baleine ne l'entende et ne s'en effarouche. Elles mettent bas dans les eaux peu profondes. Je viens souvent les observer.

Sa voix se cassait d'émotion. Sa main tremblait dans celle de Milo. Il ne répondit rien, se contentant de la tenir avec précaution, comme un oiseau fragile tombé du nid. Il craignait de briser la magie de l'instant. La minute était trop parfaite. Calme. Douce. Sereine. Emprunte d'une beauté mélancolique accentuée par de gros nuages chargés de pluie qui voyageaient au loin, bien au-delà de la frontière avec l'Uruguay.

Il était tellement heureux de sentir la jeune fille à ses côtés. De pouvoir l'observer sans qu'elle ne s'en offusque. Elle avait la beauté parfaite d'un camée.

— J'adore l'Argentine, déclara-t-il brusquement, du ton spontané d'un petit garçon.

Elle continua à regarder vers le large, vers les mouettes surgies du ciel pour plonger là où le géant des abysses avait disparu.

— Pourriez-vous y vivre ? demanda-t-elle cependant, en retenant sa respiration.

Milo hésita.

Qu'était-il en train de faire ? Croyait-il être venu à la Balandra pour tomber amoureux ? Il répondit finalement, en choisissant ses mots avec soin :

— Vous savez, Lián, je n'ai pas un métier qui me permet de vivre longtemps au même endroit.

---

1. Terme hindi pour désigner du thé noir très sucré mélangé avec du *masala*, un mélange d'épices, dans du lait bouillant.

Chez la jeune fille, un coin de sa lèvre se mit à trembler. Avait-elle espéré d'autres mots ? Il ouvrit la bouche, puis se ravisa. Il n'avait pas le droit de lui donner de faux espoirs. Il n'était pas maître de son destin. D'ici quelques jours, il repartirait en Inde ou ailleurs. Ses supérieurs lui proposeraient une autre mission. Si la guerre était déclarée, il n'en reviendrait pas forcément vivant. Il était soldat.

Elle se leva brusquement et épousseta le sable qui collait à ses *bombachas*.

— Il faut y aller, dit-elle. Nous devons trouver le puma avant la fin de la journée. Mon père tient à ce que je vous ramène tôt à la maison. Vous savez qu'il donne une fiesta en votre honneur ce samedi. Tous nos voisins seront là. Il ne faut pas manquer ça.

Le moment magique était passé. Ils se remirent en selle. Lorsqu'ils retrouvèrent la carcasse de la brebis, ils virent qu'il n'en restait presque rien, juste des flocons de sa toison disséminée aux alentours, quelques vertèbres rongées et un gros crâne que les mouches achevaient de nettoyer.

— Le puma est revenu pour finir sa proie, expliqua Milo à sa jeune compagne. Ce n'est pas habituel, les pumas abandonnent généralement leurs restes aux charognards, mais celui-ci semble avoir du mal à se procurer de la nourriture. Il est passé ici il y a peu de temps, juste avant l'aube. Regardez, là, le sable n'a pas eu le temps de sécher. Le pourtour de l'empreinte est encore bien net.

Accroupie à ses côtés, elle écoutait et approuvait. Les tresses qui encadraient son visage lui donnaient un air d'écolière appliquée. Il continua son exposé. Il avait pisté suffisamment de tigres et de panthères sous la houlette de son père pour être sûr de ne pas se tromper.

— C'est un mâle d'au moins deux cents livres, regardez la profondeur de l'empreinte. Il est blessé à la patte avant gauche. Là, vous voyez, Lián, il lui manque un doigt sur l'extérieur. C'est récent, la plaie est encore ouverte. Les petites taches brunes, c'est du sang qui perle. Cette bête doit souffrir le martyre. Pas étonnant qu'elle s'en prenne au bétail, qui est beaucoup plus facile à chasser que n'importe quelle bête sauvage.

Ils remontèrent la piste en tenant leurs chevaux par la bride. Milo avançait dans les hautes herbes, les yeux rivés au sol, repérant ici une tige brisée, là des marques à peine imprimées sur une terre trop dure. Il trouva aussi une flaque d'urine et des éraflures laissées par des griffes sur une écorce.

Juste après une crique de gravier, la bête avait obliqué dans la végétation. Milo fit signe de prendre les fusils. Il chuchota :

— Il est tout près. Laissons les chevaux à l'abri de ce surplomb. Je passe devant. Restez sur le qui-vive. Si le puma nous a entendus venir, il peut être en train de nous surveiller. Observez bien les arbres, les rochers. Il aime se jeter sur ses proies d'une certaine hauteur.

Ils avancèrent sur un sol caillouteux. Le silence qui les entourait avait quelque chose de pesant. Les oiseaux semblaient se tenir à distance. Les jeunes gens commencèrent à grimper sur une colline. Les eaux de ruissellement avaient modelé une falaise de glaise friable. Ils préférèrent la contourner. De l'autre côté, la montée était raide. Au sommet, les herbes desséchées se clairsemèrent pour céder la place à un chaos de rochers gris qui devait receler mille cachettes.

Ils s'aplatirent sur le sol, cachés derrière un rebond, le temps d'étudier les lieux. Le froid de la terre montait au travers de leurs vêtements. Ils avaient laissé leurs ponchos suspendus à leurs selles afin de ne pas être accrochés par les épineux, mais ils le regrettaient maintenant, car le vent soufflait de face en enfonçant des dards de glace dans leurs joues.

Soudain, un relent de fauve leur parvint, presque acide.

Là, indiqua Milo d'un geste. Lián prit son fusil, l'arma le plus doucement possible. Elle le pointa, prête à tirer, mais le jeune homme posa la main sur le canon et fit « non » de la tête. D'un regard, il désigna un creux de rocher. Sa compagne arrondit la bouche de surprise.

Sous une dalle de grès qui formait une sorte d'auvent, elle aperçut une femelle en train d'allaiter ses trois petits. Allongés contre son flanc, les chatons tétaient avec vigueur. On pouvait entendre leurs vagissements de plaisir.

Ils étaient minuscules, ils n'avaient même pas la taille d'un lapin. Leurs oreilles ne se dressaient pas encore et leur museau arrondi leur donnait un air attendrissant. De temps à autre, ils lâchaient la mamelle gorgée de lait et on pouvait distinguer leurs yeux d'azur magnifiques, qui prendraient au fur et à mesure de l'âge une couleur plus dorée.

— Je crois m'être fait avoir comme un bleu, souffla Milo, mi-contrit, mi-amusé par la scène touchante. Ce n'est pas le puma que nous avons commencé à pister. Celui-là est beaucoup plus petit et n'a pas de blessure à la patte antérieure. L'autre est un vieux briscard, rusé comme un renard. Un gros mâle, dont le territoire doit englober celui de plusieurs femelles. Se sachant traqué, il aura délibérément croisé son chemin avec celui de cette jeune mère, puis se sera échappé d'un bond sans que je m'en aperçoive. En tout cas, il a réussi à me berner.

— Il a bien fait, chuchota Lián, attendrie. Ces petits sont si mignons...

Ils restèrent longtemps dans leur observatoire, à regarder les chatons finir leur repas. À présent, ces derniers rampaient à droite et à gauche en ronronnant de plaisir, avec leur petit ventre rond bien rempli. Parfois, la mère en attrapait un pour le placer entre ses pattes et le lécher consciencieusement. Lián trouvait alors qu'il n'y avait rien de plus beau que cette grande langue rose qui remontait du cou jusqu'au sommet de la tête en ébouriffant les poils au passage.

Puis tout changea. Quelque chose dans l'air, un bruit, une odeur ? La femelle sauta sur ses pattes en crachant, puis elle bondit férocement. Une flèche l'atteignit à la gorge. L'élan coupé, elle tomba sur le côté, culbuta dans la caillasse puis se releva à l'instinct. Un second trait se ficha dans son œil. Elle fut morte avant de toucher le sol.

Un homme sortit des fourrés. Il portait une culotte de cheval noire et une veste en cuir semblable à celle d'un uniforme.

— Carlos Ramiro, murmura Lián, atterrée.

L'Argentin approcha de la femelle puma. Il vérifia qu'elle était bien morte en lui donnant un coup de botte. Comme elle ne bougeait plus, il mit son arbalète en bandoulière et attrapa l'un des chatons par la queue. Il le fit tournoyer dans l'air, puis le fracassa contre un rocher. Le petit retomba sur le sol. Du sang sortait de son nez et de ses oreilles. Il était mort.

— Non ! hurla Lián.

Elle se rua de sa cachette avant que Milo ait le temps de la retenir. Carlos se retourna. Son premier mouvement de surprise se mua en une expression de joie mauvaise. Tout en regardant ostensiblement la jeune fille qui accourait, il ramassa les deux autres petits et les tua de la même manière affreuse.

— *¡Bastardo !* cria Lián de plus belle.

Aveuglée par la rage, elle se jeta sur le jeune homme. Il la reçut d'une gifle. Elle bascula vers l'arrière, à demi sonnée. Il la retint par le coude pour l'empêcher de tomber, profitant de ce geste pour la serrer contre lui d'une manière équivoque.

— *Mi linda querida*[1], susurra-t-il contre la joue qui portait nettement la marque rougie de ses doigts, que voilà une belle surprise ! Que fais-tu sur mes terres, vilaine petite fille ? Étais-tu par hasard en train de chasser le même tueur de brebis que moi ? Tu arrives trop tard, *mi amor*, tu vois, j'ai résolu le problème. J'ai abattu le gros mâle il y a quelques heures, et la petite femelle à l'instant.

Encore étourdie, elle se débattit tout de même pour essayer d'échapper à sa poigne.

— Pourquoi as-tu tué ces petits ? Ce n'étaient pas eux, les coupables !

— Tu devrais le savoir, *mi querida*, il faut toujours exterminer toute la vermine, pour éviter qu'elle ne prolifère. Sur mes terres, il ne peut y avoir qu'un seul roi.

Il ricana. Elle lui fit face. Et frémit aussitôt d'horreur. Elle le revoyait pour la première fois depuis la fameuse nuit au Linda Flor, or son visage était maintenant parcouru par un atroce réseau de cicatrices. Les plaies étaient récentes, encore rouges et enflammées, recouvertes d'épaisses croûtes boursoufflées qui les rendaient particulièrement laides. Ce réseau atroce balafrait les joues et le front jusqu'à la racine des cheveux.

— Mon Dieu, souffla-t-elle avec un mouvement de recul, en comprenant qu'elle était la responsable de ces blessures, qu'elle lui avait involontairement infligées quelques semaines auparavant, lorsqu'elle l'avait assommé avec une bouteille pour éviter qu'il n'égorge Milo McCorball.

1. « Ma jolie chérie », en espagnol.

Prise par l'effarement, elle retint un hoquet d'horreur et tenta à nouveau de se libérer. Il lui broya le bras pour la faire tenir tranquille. Des larmes de douleur perlèrent à ses yeux. Il la dévisagea un moment avec jubilation, puis changea soudain d'expression. Se penchant, il colla sa bouche contre la sienne et l'embrassa de force. Pleine de répulsion, elle sentit sa salive couler sur ses lèvres et son haleine l'envelopper d'une manière écœurante.

Elle le mordit. Il la gifla une seconde fois.

— Ça suffit ! intervint une voix calme assortie du cliquetis d'un fusil qu'on arme.

Milo venait de sortir de sa cachette. Il avança en prenant soin de placer le soleil dans son dos. Cette habitude de chasseur empêchait de bien distinguer sa silhouette. En même temps, il pointait méchamment la Winchester vers l'Argentin.

— On se calme, Ramiro. On lâche mademoiselle et on lève bien haut les mains. Lián, prends son arbalète et recule-toi. Viens te mettre derrière moi.

Il avait l'habitude de donner des ordres. Sa voix était ferme et claire. La jeune fille obéit par réflexe. Carlos leva lentement les mains au-dessus de sa tête. Malgré la situation qui tournait à son désavantage, il continuait à arborer un sourire narquois.

— Tiens, voilà qu'*el gringo* sort de son trou ! Bien content de te retrouver, *hijo de puta*... Sais-tu que je n'ai pas oublié notre dernière rencontre ? J'y pense même tous les matins en me regardant dans le miroir. J'ai juré que tu me payeras ça un jour.

— En attendant, pose ton arbalète sur le sol, coupa Milo sans s'émouvoir. *Suavemente*[1].

— Ah, ah, tu parles donc espagnol ! C'est amusant, pour un *Inglés*.

Tout en parlant, il tenta de s'emparer d'un couteau qu'il cachait dans son dos, mais Milo était sur ses gardes. Il tira. Un petit volcan de poussière jaillit à quelques pouces des bottes de l'Argentin et le couteau tomba au sol.

— *¡Callar*[2]*!* prévint le Britannique. Sinon, la prochaine balle sera pour ton genou.

1. « Doucement », en espagnol.
2. « Tiens-toi tranquille ! », en espagnol.

Carlos ne riait plus. Son regard se rétrécit en une lueur fielleuse.

— Facile d'être un caïd avec un fusil entre les mains, *el gringo*, persifla-t-il. Je me rappelle que tu faisais moins le fier à mains nues.

La provocation laissa Milo imperturbable.

— Recule jusqu'au rocher et tourne-toi.

Carlos n'eut d'autre choix que d'obtempérer.

— C'est la deuxième fois que tu es sur ma route, *el gringo*, ragea-t-il cependant. Je n'oublierai pas.

— Moi non plus, dit Milo en ramassant l'arbalète et le couteau pour les balancer dans les broussailles, je n'oublierai pas que tu es lâche au point de frapper une femme.

Carlos serra les poings.

— Nous nous retrouverons.

— Certainement, sourit Milo avec froideur. Mais évite de t'approcher de moi aujourd'hui. De nous deux, je suis le seul à avoir encore une arme.

Il entraîna Lián avec lui. Carlos cracha une ultime menace.

— Je te retrouverai toi aussi, *mi amor cariño*[1]. Entre nous deux, tu le sais maintenant, c'est à la vie à la mort !

Elle se figea d'effroi. Milo la prit par le poignet pour la pousser dans l'épaisse végétation. Là, il la força à courir. Il avait hâte de mettre le plus de distance possible entre eux et l'Argentin, et sans doute partageait-elle le même sentiment, car elle galopa sans protester.

Quelques instants plus tard, ils butèrent littéralement contre un cheval attaché à une branche. Un hongre noir pangaré, avec des reflets fauves sur le ventre et l'intérieur des cuisses.

— C'est celui de Carlos, confirma Lián en montrant le cercle surmonté d'une couronne imprimé au fer sur la croupe.

Le cheval tirait nerveusement sur sa longe, les yeux fous. Ils comprirent pourquoi en voyant le puma mort attaché à l'arrière de la selle. L'air était empli de l'odeur du fauve mêlée à celle du sang, qui attirait des mouches par centaines. Pas étonnant que la monture en soit affolée.

Milo s'approcha du cadavre du fauve pour l'examiner de plus près.

1. « Ma chérie d'amour », en espagnol.

— Il lui manque bien une phalange. À voir la plaie, je penche pour une blessure récoltée dans un piège à loup. C'est profondément infecté, ce devait vraiment handicaper cette bête pour la chasse. Votre ami Carlos n'a pas menti sur ce point, il a effectivement tué le puma que nous étions en train de pister.

— Carlos n'est pas mon ami, riposta Lián, agacée du sous-entendu.

— Vraiment ? persiffla Milo en retour, avec mauvaise humeur. J'ai pourtant l'impression que vous le connaissez bien plus intimement que vous ne le prétendez. Ah mais, suis-je bête, j'oublie trop facilement que vous avez le baiser facile !

Sans tenir compte de sa réaction ulcérée, il lui reprit le poignet et l'entraîna sans ménagement. Elle tenta de se libérer. Elle était furieuse des mots qu'il venait de lui cracher. Elle aurait voulu les lui enfoncer dans la gorge à coups de poing, mais il la tenait si durement qu'elle ne pouvait que le suivre, ce qu'elle fit en pestant et trébuchant tandis que ses yeux se brouillaient de larmes de rage.

Après quelques minutes à ce train, ils retrouvèrent leurs chevaux. Milo la libéra. Elle bondit en selle comme poursuivie par le diable et partit tout de suite au grand galop.

— Lián ! cria-t-il. Attendez-moi tout de même !

Elle ne l'écouta pas. Au contraire, elle talonna plus fort sa jument, qui allongea sa foulée. Des larmes furieuses ruisselaient sur son visage, tant et si bien qu'elle prit le premier sentier qui longeait l'arroyo pratiquement à l'aveugle. Sa monture descendit près du cours d'eau dans une giclure marécageuse. Des aigrettes s'enfuirent avec un fracas d'ailes et de cris. Des *carpinchos*[1] détalèrent presque sous les sabots. Elle fit sauter Princesa au-dessus d'un arbre mort.

— Lián !

Il s'élança à sa poursuite. Elle ne se retourna pas. Elle était enragée, triste et honteuse.

N'avait-il pas vu que Carlos Ramiro l'avait frappée à deux reprises et embrassée de force ? Comment cela aurait-il fini s'il n'était pas intervenu ? Qu'aurait osé faire l'Argentin, à se croire seul avec elle dans les broussailles ?

---

1. Nom argentin du cabiai ou capybara, le plus gros rongeur du monde.

Rien que d'y penser, elle tremblait de stupeur et d'effroi. Plus que tout, elle était choquée qu'il ne l'ait pas respectée. N'était-elle pas la demoiselle de la Balandra ? Elle n'avait jamais imaginé qu'elle puisse être un jour l'objet d'une telle convoitise. Elle connaissait Carlos depuis l'enfance. Ils avaient grandi ensemble. Joué aux mêmes jeux. Participé aux mêmes courses. Elle n'avait certes jamais ignoré sa violence lantente, mais elle avait toujours cru qu'elle ne s'exprimait qu'à l'encontre des animaux. Elle le détestait d'ailleurs pour cela, pour la chienne qu'il avait un jour égorgée devant elle, pour le fouet qu'il faisait donner aux chevaux qu'il entendait dresser, pour sa façon cruelle de tuer les jeunes pumas.

Au fil du galop, son sentiment d'hébétude s'éloigna. Elle se rendit compte que certains hommes pouvaient ne pas lui accorder plus d'importance qu'à une bête. Cela décupla sa rage. Elle eut besoin d'un exutoire.

Bouger, crier tout son soûl. Se laver, se purifier. Se jeter à corps perdu dans cette pampa coincée entre l'eau et le ciel, espérer maîtriser ses nerfs dans un galop fou qui permettrait, peut-être, d'arracher de sa chair et de ses lèvres souillées tout l'écœurement qui y demeurait.

— Lián ! Arrêtez-vous ! cria Milo derrière elle.

Elle continua de l'ignorer. Elle ne pouvait pas lui répondre. Elle n'était que colère, frustration, amertume. Lui-même ne valait pas mieux que l'autre ! Comment avait-il pu croire qu'il y avait quelque chose entre elle et Carlos Ramiro ? Cette idée était la pire des trahisons. Elle ne voulait plus jamais le revoir. Qu'il aille au diable, lui et tous les hommes de la terre !

Elle coupa au travers d'un bras mort. L'eau saumâtre monta jusqu'au ventre de sa jument, la mouillant d'une éclaboussure glacée. Elle gravit une dénivellation de terre molle, traversa un champ de stipas dont les gerbes aériennes s'élançaient à la rencontre des nuages. Elle laissait derrière elle une trouée de boue fort visible, même si elle parvenait peu à peu à distancer Milo.

Sans relâcher son effort, elle obliqua vers une plaine alluviale recouverte par des herbes bleues. Il y avait là, dans ce nuage vaporeux, des ruines qui sortaient du paysage comme un décor de théâtre. La chapelle de Santa María del Litoral était abandonnée. Seul son clocher tenait encore debout, un vrai miracle malgré les tempêtes qui déboulaient tous les hivers du Rio de la Plata, malgré la pluie, le froid, le soleil ardent du plein été, et le vent qui hurlait comme un loup, chaque jour, sur cette plaine sans obstacle.

Elle laissa enfin le cheval ralentir à sa guise. Elle avait retrouvé la maîtrise d'elle-même. Les galops avaient toujours sur elle le pouvoir de la guérir de tout.

Elle longea au pas un muret mangé par des orties. Elle n'était pas venue ici depuis une éternité, pourtant, rien ne paraissait avoir changé. Elle reconnut facilement le puits comblé de gravats, le vieil acacia à l'écorce noire et les pierres éboulées qui abritaient dans leurs crevasses tout un monde de serpents et de scorpions.

Enfant, elle aimait venir ici pour jouer à se faire peur. Les gauchos parlaient tout le temps du fantôme qui hantait les lieux, elle avait tenu à vérifier s'il existait vraiment. Elle s'était approchée en sursautant au moindre bruit, espérant voir la terrible madone qui terrorisait la population à des lieux à la ronde. Ceux qui prétendaient l'avoir vue la décrivaient grande et noire. Il s'agissait peut-être du souvenir d'une Indienne des temps anciens, ou d'une esclave échappée de Montevideo.

Haletante, elle descendit de selle et resta un moment le front appuyé contre la douce encolure de Princesa. Elle pensait aller mieux, mais elle tremblait encore. La jument perçut sa détresse. Elle enfouit ses naseaux dans son cou pour la réchauffer de son souffle. Lián ferma les yeux et s'abandonna contre sa force. Les chevaux savent toujours réconforter leurs cavaliers. Princesa était sa meilleure amie. Elle chuchota contre le chanfrein de velours.

— Ne t'inquiète pas. Ça va aller. Oui, ça va aller.

Sans savoir pourquoi, elle la laissa attachée pour avancer vers l'église. Il ne restait que quatre murs et des vitraux brisés. Risquait-elle de voir le fantôme de Santa María del Litoral ? Elle l'espérait presque. Elle avait besoin d'une femme près de laquelle se réfugier.

Tant pis s'il ne s'agissait que d'une apparition.

*

Milo fut distancé dès la traversée de l'arroyo. À partir de cet instant, il n'eut d'autre choix que de suivre Lián à la trace. Heureusement, la jeune fille ne se cachait pas. Elle filait droit devant elle à un train d'enfer, en laissant derrière une belle ligne de boue bien remuée.

Lorsque des ruines apparurent, ruisselantes de soleil, il comprit qu'elle s'était réfugiée là et, effectivement, il vit tout de suite Princesa entravée à l'avant.

Les vestiges étaient ceux d'une vieille église, détruite par une tempête ou un tremblement de terre. Sans doute à cause de son clocher encore vaillant, l'endroit était demeuré un lieu de culte encombré de rubans et de petites figurines de terre cuite qu'on avait accrochés un peu partout. Ici comme en Inde, les croyances les plus païennes perduraient dans les campagnes reculées, échappées du fond des âges pour défier la tutelle des religions plus récentes.

Il mit pied à terre et avança vers la chapelle.

— Lián ? appela-t-il. Lián, où êtes-vous ?

Seule la cloche lui répondit. Un tintement étrange amené par un vent qui, par ici, semblait plus fort qu'ailleurs. Les rubans suspendus çà et là claquaient, lui rappelant les drapeaux de prière tibétains qu'il avait vus lorsque son père l'emmenait dans l'Himalaya.

La chapelle n'avait plus de porte, juste un trou béant et noir, qu'on ne pouvait franchir qu'après avoir escaladé une tombée de tuiles. Un linteau tenait encore debout par miracle, soutenu par des madriers. Milo dut se baisser pour passer en dessous.

À l'intérieur régnait une pénombre grise et poussiéreuse, froide, pleine de ténèbres à peine refoulées par une bougie allumée. Il escalada les décombres dans cette direction. Le cierge était posé de guingois sur l'autel. Il éclairait par-dessous une madone sculptée dans une pierre noire, qui brillait comme de l'ébène.

— Lián, pourquoi ne m'avez-vous pas attendu ? demanda-t-il en s'approchant. Si je vous ai contrariée, je vous prie de m'excuser.

Elle était assise par terre, adossée contre les jupes de la statue. La lueur de la bougie lui donnait l'air d'une apparition féerique. Elle avait déposé près d'elle son sac à provisions, duquel elle avait extirpé des *choripans* et des *empenadas* auxquels elle n'avait pas touché.

De fait, elle ne s'occupait que d'une seule chose : un pot de confiture qu'elle avait ouvert et coincé entre ses genoux. Elle y plongeait régulièrement une cuillère, ramenant à chaque fois une bouchée de ce qui semblait être un caramel onctueux, qu'elle suçotait sans même paraître se rendre compte de ce qu'elle faisait.

— Lián, chuchota Milo. Ça va ? Vous sentez-vous bien ?

Elle ne répondit pas. Elle ne le regarda même pas. Il s'agenouilla à côté d'elle tout doucement. Se força à prendre un ton enjoué.

— Dites donc, chère mademoiselle, vous m'avez emmené dans un drôle d'endroit. C'est la première fois que je vois une église abandonnée.

Elle regarda brièvement autour d'elle comme si elle découvrait le lieu pour la première fois, puis revint à son pot de confiture et engloutit une autre cuillère.

— C'est bon ? hasarda-t-il en ne sachant pas quoi dire d'autre. C'est bien de la *dulce de leche*[1], n'est-ce pas ? Il me semble que le gâteau que j'ai mangé chez vous le soir de mon arrivée à la Balandra était fourré avec cette friandise.

Subitement, elle repoussa le pot et se haussa vers lui jusqu'à ce que ses lèvres se posent sur les siennes. Milo hésita, figé par ce geste inattendu, par cette douceur qui l'envahissait, avant de céder à ce désir qui montait en vagues depuis qu'il l'avait vue pour la première fois au Campo Argentino. Il l'emprisonna dans ses bras, la serra contre lui. Entrouvrit la bouche pour répondre avec passion à son baiser. Sa petite langue divinement sucrée se faufila en lui, se mêla à la sienne en répandant dans tout son corps un merveilleux nuage de saveur. Il crut défaillir de sensualité. Jamais simple baiser ne lui avait embrasé le corps à ce point.

Cela dura quelques secondes, quelques minutes, quelques instants, jusqu'à ce qu'elle se love contre sa poitrine, la joue appuyée contre sa veste en peau de mouton. Il ne voyait plus que son front têtu et ses nattes emmêlées. Il pensa à l'embrasser

1. Confiture de lait, la douceur nationale argentine.

à nouveau, en prenant le temps de lui faire définitivement aimer le baiser, la caresse, l'amour, mais une vilaine voix venait de s'immiscer en lui, lui rappelant qu'il avait d'autres urgences que d'embrasser une jolie petite fille, aussi charmante fût-elle. Bientôt, il partirait. Il quitterait définitivement l'Argentine, le Rio de la Plata, les *estancias* aux atmosphères langoureuses où tous les cavaliers étaient des centaures et les cavalières de belles demoiselles effrontées. Oui, il partirait, mais auparavant, il lui faudrait prendre rendez-vous avec le danger. Il n'avait pas le droit de promettre quoi que ce soit à qui que ce soit. Demain, après-demain, il y aurait la guerre. Et lui, il n'était qu'un soldat.

La boule au ventre, il dénoua les bras qu'elle serrait autour de lui, la repoussa le plus gentiment possible, se leva. Elle recula aussitôt, le visage fermé.

Elle avait compris, mais elle se méprenait.

— Vous m'en voulez pour je ne sais quelle raison ! s'exclama-t-elle.

Il accepta d'endosser le rôle du méchant, pourvu que cela rende les choses plus faciles.

— Vous avez raison, je vous en veux. Vous auriez dû me le dire.

— Vous dire quoi ? demanda-t-elle en se tordant les mains.

— Me dire que Carlos Ramiro avait des droits sur vous !

Elle se leva, toute pâle.

— Parce que vous pensez que les hommes ont des droits sur les femmes ? s'insurgea-t-elle. Carlos n'est que le fils d'un voisin. Rien d'autre. Il n'a aucun droit sur moi. Pas plus que vous, soit dit en passant !

— Vous auriez tout de même dû me dire qu'il était votre petit ami, insista-t-il en forçant sa mauvaise foi. Cela m'aurait évité de me ridiculiser en vous contant fleurette.

— C'est complètement faux ! se récria-t-elle, horrifiée. Carlos Ramiro n'est pas mon petit ami. Il ne l'a jamais été.

— Il vous a pourtant embrassée.

— Eh bien, vous n'y connaissez pas grand-chose en baiser ! lança-t-elle avec sa grande expérience de jeune fille de dix-neuf ans, énoncée d'un ton de maîtresse d'école qui faillit le faire rire aux éclats. N'avez-vous pas vu qu'il m'a embrassée de force ? Qu'il m'a giflée à deux reprises ? Regardez ma joue, elle est encore brûlante. Et ma lèvre ! Fendue jusqu'au sang !

— Je ne vous demande rien, répliqua-t-il pour parachever son rôle de parfait salopard. Vous êtes libre d'embrasser qui vous voulez. Je ne m'en plains d'ailleurs pas. J'avoue avoir trouvé nos échanges bien agréables.

— Oh, dit-elle estomaquée, vous ne vous en plaignez pas ! Et vous avez trouvé nos échanges agréables !

— Je vous l'assure, vos baisers sont loin d'être détestables. Et surtout, *viva la dulce de leche !* goûtée de cette façon-là, c'est encore meilleur que sur un gâteau au chocolat.

Il crut qu'elle allait le gifler et il l'aurait presque souhaité, tant il trouvait qu'il le méritait. En fin de compte, elle n'en fit rien. À la place, elle ramassa le pique-nique, le fourra dans son sac et sortit de l'église.

— Je retourne à la Balandra. Vous me suivez si vous voulez. De toute façon, le puma que nous traquions est mort. Tout est mort. Tout, absolument tout, ajouta-t-elle d'un ton grandiloquent.

Il eut peur d'être allé trop loin. Il la rattrapa près de son cheval. La retint en la prenant par le coude. Elle eut un mouvement de recul. Il la lâcha, s'excusa.

— Pardon, je ne voulais pas vous effrayer.

Ils se regardèrent, puis elle haussa les épaules.

— Ça va, je n'ai pas peur. Je n'ai peur de rien.

— Lián, je préfère être honnête avec vous. Je ne resterai pas longtemps en Argentine. Un reportage est malheureusement vite bouclé. Un jour, bientôt, trop vite, je repartirai.

Elle se détourna. Il avait raison. Elle courait après un rêve.

— Je ne vous demande rien, dit-elle pour se venger un peu. Vous savez, si je vous ai embrassé, c'était surtout pour me sortir le goût de Carlos Ramiro de la bouche. Un peu comme un pansement, vous voyez ?

Il eut un rire silencieux. Elle ne s'avouait jamais vaincue.

— Et si je vous apprenais deux trois trucs pour vous défendre ? dit-il pour la retenir encore un peu. Je me sentirais bien plus utile de cette façon-là que de vous servir de pansement.

— Êtes-vous sérieux ? Vous m'apprendriez à boxer ? Là, tout de suite ?

— Eh bien, techniquement, je n'appellerais pas cela de la boxe, mais, oui, je peux vous montrer une ou deux prises qui pourraient vous être utiles un jour.

Il se rendit vite compte qu'il avait eu une idée redoutable. Durant l'heure qui suivit, ils ne firent que se tourner l'un autour de l'autre, à se toucher de façon plus ou moins intime, bras et corps emmêlés, souffles mélangés. Ce fut horriblement sensuel. Il ne sut comment il réussit à ne lui apprendre qu'à se débarrasser d'un bras qui l'étranglait, à bloquer une gifle ou un coup de poing, comment déséquilibrer un adversaire beaucoup plus grand et plus lourd. Il guidait ses mains, positionnait son corps, plaçait son bras, son genou, son pied, à un endroit précis. Elle apprenait vite. Elle était naturellement sportive, très à l'aise avec les efforts physiques. Il fut facile de lui enseigner comment se désaxer, s'abaisser face à un coup, faire le pas de retrait nécessaire pour éviter d'être frappée.

Il la familiarisa aussi avec les endroits qui pouvaient faire mal.

— Un coup reçu au milieu de la poitrine, au niveau de ce qu'on appelle le plexus solaire, bloque le diaphragme. Celui qui le reçoit a le souffle coupé. Il est momentanément asphyxié. Taper dans le foie est également très intéressant. Cet organe contient une grande quantité de sang qui, chassé d'un seul coup, coupe les jambes de celui qui est touché. Après, il ne faut jamais oublier l'efficacité d'un doigt mis violemment dans un œil, ajouta-t-il avec le même sérieux. Utilisez autant que possible le tranchant de votre main pour taper le cou au niveau de la carotide, la nuque, les articulations du bras, les côtes flottantes… Avec la paume de la main, visez le menton du bas vers le haut. Cela entrechoque les mâchoires et déstabilise quelques secondes. Cela peut suffire pour s'enfuir.

Il lui montra comment fermer le poing et avec quelle partie frapper pour éviter de se blesser.

— Enfin, quelque chose de facile et de très efficace : le coup de genou dans le bas-ventre. Il suffit de lever le genou. Lorsque l'adversaire se plie de douleur, vous le frappez sur la nuque. Normalement, il tombe. Et vous, vous partez en courant.

Ils se reposèrent en buvant le reste de thé contenu dans la Thermos. Elle sirota le sien à petites lampées rêveuses, tout en regardant au loin un vol d'aigrettes blanches.

— Pourquoi êtes-vous venu à la Balandra ?

— Je ne m'en cache pas, vous le savez très bien, je fais un reportage pour un magazine américain, hasarda-t-il en lui coulant un regard perplexe.

Elle se leva, marcha vers son cheval pour ranger la Thermos dans les fontes, s'acharna un instant sur une boucle récalcitrante.

— Vous n'êtes pas journaliste, dit-elle finalement en le regardant droit dans les yeux. De toute la journée, vous n'avez pas fait une seule photographie. Et je ne parle même pas de vos compétences en boxe et autres techniques de corps-à-corps, qui n'ont rien à voir avec ce que je connais du journalisme. Des reporters qui s'intéressent au polo et aux gauchos, nous en avons déjà reçu. *The New York Times*, *The Daily News* et même *The Times of India* venu expressément de Bombay. Vous ne leur ressemblez pas du tout.

— À quoi doit ressembler un journaliste, selon vous, Lián ?

Elle haussa les épaules et se mit en selle. Talonna brusquement sa jument pour la lancer au galop. Il dut faire un pas de côté pour ne pas être renversé.

— Lián ! cria-t-il. Que faites-vous encore ?

— Je ne sais pas la tête que doit avoir normalement un journaliste, monsieur McCorball, s'exclama-t-elle en retenant sa monture quelques secondes, en revanche je vais bientôt connaître celle du perdant de la course jusqu'à la Balandra !

Avec un rire narquois, elle partit comme une flèche.

Il pesta et jura, courut à son cheval et s'efforça au moins de ne pas la perdre de vue.

6

Samedi 19 août 1939
Estancia de la Balandra – Argentine

Deux attaquants face à deux défenseurs.

Les rouges de la Balandra contre les bleus de la *Casa del toro*.

Les autres cavaliers répartis sur le terrain de polo, en plein jeu d'intimidation à cause d'un score serré : trois *goals* à trois. Le prochain qui marquerait ferait gagner son équipe. Les spectateurs installés sur le pourtour étaient déchaînés.

Milo s'efforçait de tenir le rythme. Dès le début de la partie, il avait compris que son niveau ne lui permettrait pas de faire autre chose que guetter en outsider une balle égarée. Une éternité qu'il n'avait pas joué. Impossible d'égaler Jan Lukas et ses coéquipiers. Ces hommes de cheval passaient leurs journées en selle. Pour les aider, il ne pouvait compter que sur l'excellent poney qu'on lui avait prêté, dont la bouche sensible réagissait au quart de tour, et sur sa propre volonté de gagne. Il avait toujours détesté perdre.

Le match était sans enjeu, uniquement organisé pour faire une démonstration. La tension était pourtant à son comble. Jan Lukas misait sur cette rencontre pour promouvoir sa méthode de dressage face à des habitudes traditionnelles qu'il jugeait barbares. Conscient de l'enjeu, il était présent sur tous les fronts, porté par un *criollo* alezan brûlé, musclé comme un sportif de haut niveau.

Le duo fonctionnait à merveille, le talent faisait le reste. Après un frotti-frotta chaotique, Jan réussit à se sortir d'un corps-à-corps tumultueux en embarquant la balle dans son maillet. Milo tenta de le soutenir en bloquant le gaucho qu'il marquait, mais ce dernier, Polito, était un vieux briscard qui devina aussitôt son intention. Il avait été prêté à l'équipe adverse pour faire nombre et il entendait en démontrer à son employeur. Se débarrassant de Milo après une accélération démentielle, il contra Lukas d'un coup de crosse bien placée. La balle dévia vers la gauche, déplaçant les joueurs sur la bordure.

Polito fut tellement surpris d'avoir réussi à damner le pion de son *estanciero*, qui était handicap 7 sur le plan international, qu'il s'excusa à tout-va, braillant à tue-tête des « *Lo siento, Jefe, lo siento*[1] » en rafale, au point d'oublier de surveiller Milo.

Jan eut un signe discret. Le jeune Britannique comprit et déboula dans l'action comme un chien dans un jeu de quilles. Il réussit à s'emparer de la balle et à la faire avancer en direction des *goals*. Devant lui, le champ était vide. Il n'osa pas y croire.

Jan Lukas se dépêtra de l'adversaire qui lui collait aux basques et se positionna de façon à écarter le jeu. Il était le plus talentueux, le seul qui avait participé à de grands tournois internationaux. Tout le monde le surveillait, au point qu'il traînait parfois autour de lui une véritable grappe de cavaliers. Jouant de ce fait, il attira à lui la majorité des rivaux, offrant ainsi à son jeune coéquipier un couloir d'attaque aussi large qu'un boulevard.

Le poney de Milo partit de lui-même au grand galop. Les chevaux étaient aussi des joueurs. La cavalcade devint une tempête. Des mottes de terre giclèrent en tous sens. Seul en tête, Milo était à la fois porté par la grâce et par les cris des spectateurs qui se passionnaient pour ce derby.

Il se pencha en extension parfaite. Frappa. Se redressa pour regarder la balle filer entre les deux poteaux d'osier tressé. Hurla de joie.

Gol ! trépigna la foule.

Milo lui fit face en levant un bras de victoire. Quatre goals à trois ! L'équipe de la Balandra venait de gagner sur le fil à la fin de la dernière *chukka*[2]. Avec un éclat de rire joyeux, il chercha des yeux la robe rouge repérée en début de rencontre, celle de Lián, sa belle fleur exotique.

Elle était perchée sur une barre en bois qui la sortait de la mêlée, accrochée à un poteau comme un petit chat. Elle trépignait de joie en agitant un foulard à la couleur de son

1. « Pardon, chef », en espagnol.
2. Au polo, un match se divise en périodes de jeu, appelées *chukka*.

équipe. Lorsqu'elle vit Milo la regarder, elle lui envoya un baiser, trop heureuse de la victoire qu'il accordait à son père pour le bouder plus longtemps.

Milo lui envoya un baiser en retour. Jan Lukas vint le féliciter botte à botte.

— *Well done, son*[1]. Vous venez de me sauver la mise *in extremis* ! Quelle honte si nous avions fait match nul face à ces éleveurs de viande.

Il riait, soulagé. Déjà, les *petiseros* se précipitaient. Eux aussi riaient, en refaisant le match entre eux.

Jan et Milo se dirigèrent au pas vers le palenque. Un cavalier portant le brassard bleu les rejoignit. Il félicita d'abord le propriétaire des lieux, puis il se tourna vers Milo, le regard plissé par la curiosité.

— Bravo, *señor* McCorball. Pour un *gringo*, vous jouez plutôt bien, mais il est vrai que vous êtes anglais.

Le jeune homme fit face à don Felipe Ramiro.

— Ce fut juste de la chance. Je n'avais pas touché un maillet de polo depuis mes quinze ans.

— Dans ce cas, on va dire que vous avez de beaux restes.

Les deux hommes se dévisagèrent.

Don Felipe était la copie conforme de son fils, en version cheveux argentés. Même profil arrogant d'hidalgo, mêmes pommettes saillantes, mêmes lèvres minces au sourire condescendant, même toison de bélier, dense, crépue, chez le père coiffée cependant vers l'arrière à grand renfort de gomina. Avec son air de vieux beau sanglé dans une redingote qui rehaussait sa taille et élargissait ses épaules, il avait le physique d'un aristocrate évadé d'une autre époque.

— J'imagine que vous avez appris à jouer en Inde ? continua le vieil homme avec un sourire qui montrait des dents réparées à l'or dix-huit carats. Tous les Anglais apprennent à jouer aux Indes.

Milo n'apprécia pas le sous-entendu empli de condescendance.

— Peut-être parce que le polo est né en Asie centrale avant de se fixer en Inde où, effectivement, il est devenu le sport par excellence.

1. « Bien joué, fils », en anglais.

— Le polo est maintenant argentin, trancha Ramiro avec arrogance.

— Cet après-midi, je crains fort que non, corrigea Milo avec ironie. L'équipe gagnante est moitié américaine et moitié britannique.

La remarque frisait la provocation. Don Felipe Ramiro serra si fort les rênes de son cheval que ce dernier se mit à danser sur place. Un moment, il leva la cravache comme s'il allait s'en servir, puis il se maîtrisa.

— J'ai cru comprendre que vous aviez rencontré mon fils Carlos hier, au cours d'une chasse au puma.

— Les nouvelles vont vite au bord du Rio de la Plata.

— Chez nous, le vent s'empare de tous les secrets pour les rejeter au plus vite aux quatre points cardinaux. Celui qui a l'oreille tendue entend toujours beaucoup de choses.

Milo continua avec aisance ce jeu de sous-entendus.

— Dans ce cas, je vais prendre garde à ne pas trop m'épancher.

Il venait de tendre une perche que don Felipe saisit au vol sans grande subtilité.

— Avez-vous donc des secrets à cacher, *señor* McCorball ?

Son regard inquisiteur semblait vouloir transpercer son interlocuteur. Milo eut un lent sourire, heureux d'être arrivé exactement là où il voulait en venir.

— Comme tout le monde, n'est-ce pas ? dit-il suavement.

Les deux hommes se défièrent du regard, œil d'obsidienne contre bleu de glace, puis don Felipe éclata d'un rire qui cherchait à redevenir aimable. En cet instant, la ressemblance avec son fils parut encore plus frappante : c'était la même ironie de nanti se croyant au-dessus des lois, quelles que soient les circonstances. La même certitude de n'avoir jamais de comptes à rendre, ni aux dieux ni aux hommes, hormis peut-être à ce Christ en croix enchaîné sur sa poitrine, et fort opportunément représenté les yeux fermés, sans doute pour ne pas voir tous les péchés des hommes.

— Vous avez raison, *señor* McCorball. Dans la pampa comme ailleurs, le silence est d'or. Vous êtes un homme avisé. Il me plairait beaucoup de vous faire les honneurs de mon *estancia* un de ces jours. Je suis certain que vous y trouverez de quoi alimenter votre reportage sur la vie des gauchos en

Argentine. *LIFE Magazine*, m'a-t-on dit… ? Savez-vous que le bœuf que j'exporte nourrit une grande partie de l'Europe ? Pourquoi n'en discuterions-nous pas ? Tenez, nous pourrions nous retrouver à l'*asado*[1] d'ici quelques instants. Je vous ferai goûter ma viande, vous me direz ce que vous en pensez.

Il s'éloigna sans attendre de réponse, tellement habitué à être obéi qu'il ne pouvait envisager un refus. Milo le suivit des yeux jusqu'à son *palenque*, où l'hidalgo mit pied à terre au milieu des *petiseros* empressés. Trois hommes vinrent lui faire l'accolade.

— Qui sont-ils ? demanda Milo à Jan Lukas, en désignant ce gang de vieux beaux, tirés à quatre épingles dans des costumes trois-pièces superbement élégants, diamants à la boutonnière et cheveux aplatis à la brillantine.

— Les amis intimes de Felipe Ramiro. Le plus grand est Manuel Fresco, le gouverneur de Buenos Aires en personne. Celui avec la panse bien ronde est le sous-gouverneur, Aurelio Amoedo. Le troisième, avec ce visage de faune aux oreilles pointues, est leur homme à tout faire, Marco Ruarez. Lorsque j'ai envoyé mes invitations, ils étaient tous les trois en visite de courtoisie à la *Casa del toro*, je n'ai pu faire moins que de tous les inviter.

— C'est une belle brochette, commenta Milo en détaillant avec soin les trois personnages. Je devrais peut-être aller dîner en leur compagnie, cela pourrait être instructif…

— Eh bien, ce sera pour une autre fois, coupa Jan d'un haussement d'épaules. Notre emploi du temps est serré ce soir.

— « Notre » ? s'étonna Milo.

Jan eut un lent sourire.

— Nous partirons en excursion à vingt-deux heures. À cette heure-ci, tout le monde sera attablé devant les grillades et le vin aura déjà fait son petit effet. Notre absence passera inaperçue, pourvu qu'elle ne dure pas trop longtemps. Un de mes hommes nous avancera une camionnette. J'expliquerai que j'ai un souci avec un de mes enclos. Personne ne se méfiera.

— Je ne comprends pas, dit Milo.

1. Signifie grillade ou rôtissage. En Amérique du Sud, le terme se réfère non seulement à une grillade mais aussi à l'acte social, à la réunion où l'on mange de la viande.

— Il vous faut un guide et un guetteur.

Milo ne répondit pas. Jan Lukas lui fit un clin d'œil canaille.

— Croyez-vous que j'ai organisé cet *asado* dans le simple but de donner une fiesta ? J'ai été soldat sur le front afghan, du côté du renseignement. Je sais comment fonctionnent les Britanniques. Cette nuit, toutes les *estancias* des alentours sont vidées de leurs occupants. Je vous offre un champ libre sur un plateau.

— Il m'avait semblé comprendre que vous ne vouliez être impliqué en rien. Vous ne devriez pas changer d'avis, ce n'est pas une bonne idée.

Jan Lukas le fixa d'un regard gris acier où toute trace d'ironie venait de disparaître.

— Hier, répliqua-t-il d'une voix sourde et tendue, ma fille est revenue à la maison avec une lèvre fendue. Elle m'a raconté la mauvaise rencontre que vous avez faite. Quoi que vous puissiez dire, Milo, ma famille est d'ores et déjà impliquée. Ne refusez pas mon aide, j'ai déjà du mal à ne pas aller casser la figure à ce sale petit morveux de Carlos Ramiro !

— Je ne conduis pas une vendetta.

— Rassurez-vous, moi non plus.

Milo hésita. Pouvait-il vraiment faire confiance à l'ami de son père ? Il pesta intérieurement. Jan Lukas en savait déjà trop et, de toute façon, une si belle occasion ne se présenterait plus. Cette nuit, tous les gauchos des environs seraient effectivement en train de boire et de danser à la Balandra. La pampa serait quasiment déserte.

— Vous ne me laissez pas le choix, répondit-il d'une voix tendue. Nous irons donc ensemble.

— Parfait, jeta Jan avec un grand sourire. Je vous ferai signe lorsque ce sera l'heure. En attendant, profitez au mieux de l'*asado*. Amusez-vous, dansez, mangez, mais ne buvez pas trop. Croyez-moi sur parole, le vin argentin est un grand traître dont il vaut mieux se méfier, *mi amigo*.

— Le vin américain doit bien le valoir, persifla Milo en retour.

Jan Lukas sourit de l'allusion.

— Je ne suis pas votre ennemi, Milo. J'ai une dette envers votre père, je compte bien m'en acquitter ce soir.

*

— Venez danser, Lián.

Milo prit d'autorité la jeune fille par la main pour l'entraîner vers la piste improvisée sur la terrasse. Elle était en train de rire avec trois amies. Elle l'avait vu s'approcher, il en était certain, mais elle avait feint le contraire. Depuis leur retour de la chapelle Santa María, elle l'évitait. Il comprenait son amertume. Il aurait voulu avoir le pouvoir de changer les choses, mais il n'avait pas les bonnes cartes en main. Il en avait eu la confirmation dans l'après-midi même, après une ultime conversation radio avec Vera Hopkins.

Les nouvelles du monde n'étaient vraiment pas bonnes. Hitler menaçait de mettre fin aux négociations secrètes germano-britanniques. Quelques semaines auparavant, Goering avait rencontré des industriels anglais, mais ces entrevues n'avaient débouché sur aucun statu quo. En parallèle, l'Allemagne jouait un évident double jeu avec les Soviétiques en proposant sournoisement un pacte de non-agression. La France s'agitait, parlait de rappeler sous les drapeaux les réservistes de son aviation. L'Europe était plus que jamais une poudrière dont les relents se communiquaient au reste de la planète. Ainsi, en Mongolie, à la suite d'un banal incident de frontière, les Soviétiques et les Japonais étaient à couteaux tirés. L'empereur Hirohito avait plus que jamais l'intention de poursuivre son expansion géographique en Asie.

Au fur et à mesure que Milo déchiffrait ces informations, il n'avait pu s'empêcher de s'interroger sur l'importance de sa propre mission. Que faisait-il donc en Argentine, à essayer d'identifier de vagues nazillons argentins sans grande envergure, alors que le conflit se précisait en Europe ?

La réponse de Vera avait été immédiate : « La Grande-Bretagne ne peut courir le risque de laisser grandir une Allemagne nazie en dehors de ses frontières. Faites ce que vous avez à faire, Milo. »

Il avait passé l'heure suivante à chercher une concordance entre le mirador décelé sur un cliché aérien et la carte topographique de la région. Finalement, il avait délimité une zone et avait tout de suite compris que, ce soir, ce n'était pas l'*estancia* des Ramiro qu'il fallait visiter, mais bien ce sous-bois d'eucalyptus situé au bout de nulle part.

Il en avait tout de suite informé Jan, en lui précisant que d'éventuels prisonniers ne pouvaient être cachés ailleurs.

— Vous cherchez donc des prisonniers ? avait soufflé Lukas en regardant autour de lui pour vérifier que personne ne les écoutait. Êtes-vous en train de me dire que les personnes qui auraient disparu au cours des derniers mois puissent encore être vivantes ?

— L'Allemagne ne cesse de créer des camps de concentration pour parquer les juifs et les opposants au régime. Ces prisonniers travaillent dans des conditions qui laissent peu d'espoir de survie. Il est probable que les sympathisants nazis d'Argentine utilisent un fonctionnement identique. L'idée est bel et bien de se débarrasser des Indiens dont ils convoitent les terres.

— Avez-vous une petite idée de là où nous devons aller ?

Milo avait montré un schéma qu'il avait lui-même tracé. Jan Lukas y avait jeté un œil sceptique avant de conclure :

— De toute façon, cela ne change rien à notre soirée.

En attendant, la fiesta battait son plein. Une foule joyeuse se pressait près des corrals où les gauchos se mesuraient à des jeux d'adresse. On pouvait voir du rodéo et des démonstrations de bolas[1]. Plus loin, le barbecue était spectaculaire. Milo n'avait jamais rien vu de comparable.

Des fosses avaient été creusées et remplies de braises. Audessus, des potences disposées en cercle présentaient des carcasses crucifiées à la verticale, veaux, moutons et bœufs entiers qui grillaient doucement dans un ruissellement de graisse fondue. Le parfum de la viande rôtie se répandait dans l'atmosphère et des enfants étaient assis devant la bonne chaleur pour saliver en avance du prodigieux festin.

Dans une tente chauffée par des braseros, les invités les plus prestigieux buvaient des seaux de champagne français en dégustant des petits fours. À l'extérieur, le jeune Zachary avait mené une démonstration de *cueca*, une danse locale qu'il maîtrisait

---

1. Arme de jet caractéristique des *gauchos* en Amérique du Sud, destinée à capturer des animaux en entravant leurs pattes.

bien mieux que la valse. Il fallait dire que sa motivation n'était pas la même : son amoureuse, la jolie Louisa aux joues pleines de fossettes, lui donnait la réplique en agitant son jupon et son foulard avec une grâce pleine d'ardeur. Milo, à force de les regarder si simplement heureux, avait eu envie de les imiter.

— Allons, Lián, reprit-il d'une voix câline. Laissez-moi vous inviter à danser.

— Je n'en ai pas envie, chuchota-t-elle en essayant de libérer sa main sans provoquer de scandale.

Elle affichait une moue délicieusement butée. Il lui sourit à pleines dents.

— Je vous en prie, *señorita*, ne faites pas l'enfant. Écoutez, c'est un tango. Vous aimez danser le tango, n'est-ce pas ? Je l'ai fait jouer spécialement pour vous.

Après la *cueca*, il avait effectivement demandé à l'orchestre de jouer le *Tango Maria* de Francisco Tárregua, un de ses tangos préférés. Il aimait la nostalgie qui s'échappait des notes pincées à la guitare, et la sensualité presque flamenco des phrasés musicaux. Une sorte de gravité naissait de cette musique, une tristesse magnifiée par les instruments aux sonorités pures, par le soleil en train de se coucher, par le vent frais qui bouffait dans la jupe de sa compagne et gonflait les rubans de ses cheveux.

Elle le dévisageait, maintenant troublée.

— Vous avez fait jouer un tango pour moi ? Monsieur McCorball, vous êtes un traître. Vous savez à quel point j'aime le tango et vous en abusez. Eh bien soit, je vous accorde de danser celui-là, ajouta-t-elle avec un sourire redevenu charmant devant lequel il crut fondre.

Il l'amena au milieu de la piste puis attendit la musique. Il la mangeait du regard, une fois de plus tombé sous son charme de *cameleón*. Après la *Doncella* androgyne et effrontée, au corps masqué par une accumulation de ponchos informes qu'il avait maintes fois rêvé d'effeuiller lentement jusqu'à découvrir une peau dorée comme un trésor, après la *tanguera* effrontée et la demoiselle de bonne famille, il découvrait une jeune fille aux cheveux lissés à l'espagnole, aux yeux de velours rehaussés d'un trait d'eye-liner, au corps ondulant dans une robe élégante réchauffée par un épais châle de Cachemire.

Il les aimait toutes, au point qu'il aurait voulu la serrer dans ses bras, l'embrasser devant tout le monde pour dire, regardez, elle est à moi, mais il dut se contenter de la prendre cérémonieusement par la main et de poser sagement l'autre sur sa taille.

Le satin de son corsage était doux et tiède et le parfum qui montait de ses cheveux un mélange divin de vanille et de rose. Il eut un vertige. Qu'attendait-il de cet instant ? Pourquoi, chaque fois qu'elle lui échappait, s'acharnait-il à la faire revenir ? N'était-il pas en train de s'attacher comme un fou alors que, demain ou après-demain, il lui faudrait retourner en Inde en se séparant d'elle à jamais ?

— Qui vivra verra, chuchota-t-il avec un sourire presque amer.

Elle haussa un sourcil perplexe, mais la musique commença. Tout de suite, il l'emmena dans une marche d'observation. Une façon de se tester, de laisser leurs deux corps se reconnaître. Les autres pas s'enchaînèrent tout naturellement, et l'évidence revint comme lors de la première fois.

Ils étaient faits pour danser le tango ensemble.

Ils ne pouvaient en douter tant leurs mains se trouvaient sans effort, tandis que leurs corps s'épousaient d'une manière charnelle, imbriqués l'un dans l'autre avec une simplicité confondante.

Portés par la musique, tout allait de soi, les *calesitas*[1], les *giros*[2], les *ganchos*[3] et les *volcadas*[4], si bien que les autres danseurs s'écartèrent peu à peu pour leur laisser la place. Leur harmonie était évidente.

Lián avait les paupières à demi baissées, et l'air d'une madone qui entrevoit le péché. Milo affichait des traits imperturbables, mais ses doigts tremblaient parfois, lorsqu'ils s'attardaient sur un creux de rein, un dos, une épaule.

Lorsque la musique cessa, des applaudissements les réveillèrent brutalement de leur transe. Milo se redressa, amusé, heureux, mais Lián s'empourpra. Elle lui lâcha vivement la

1. Figure qui consiste à maintenir la cavalière sur un pied et à tourner autour d'elle.
2. Tours.
3. « Crochet » d'une jambe autour de la jambe du ou de sa partenaire.
4. Mouvement par lequel le cavalier fait s'incliner l'axe de la cavalière vers lui.

main, se sauva en courant. Il voulut la suivre, mais la musique reprenait, et il se fit sèchement bousculer par un *tanguero.*

Carlos Ramiro.

L'Argentin lui siffla à l'oreille d'un air faussement aimable.

— La prochaine fois que nous nous rencontrons, que ce soit dans une vieille ruelle de Buenos Aires ou dans la pampa, je ne vous raterai pas, *señor* McCorball. Restez loin de Mary-Leela Lukas. Elle m'appartient.

Milo haussa les épaules.

— Entraînez-vous d'abord, persifla-t-il. Cela fait deux fois que je vous damne le pion, vous n'êtes pas encore au point. Quand à miss Lukas, elle est libre de danser avec qui elle veut. Désolé si vous n'êtes pas sur sa liste de bal. Je compatis.

Carlos voulut riposter, mais Milo le repoussa et s'éloigna. L'intermède lui avait fait perdre Lián des yeux. Il la chercha en passant d'un brasero à l'autre sans la trouver nulle part. Le cœur torturé, il finit par s'adosser sous les lampions colorés. La voix de la sagesse lui intimait de laisser tomber, sauf qu'il ne parvenait plus à envisager une vie sans elle.

— Mon cher Milo, j'espère que vous êtes en train de vous amuser ? s'exclama lady Jezebel en s'arrêtant devant lui. Tenez, je vous ai amené de quoi grignoter.

Elle lui tendit aimablement une assiette débordant de viandes rôties. Elle souriait, superbement élégante dans une robe ivoire qui mettait en valeur son teint d'Anglaise et le bleu saphir de ses yeux. Elle avait passé dans ses longs cheveux blonds simplement attachés d'un ruban un brin de jasmin qui embaumait.

Il prit l'assiette qu'elle lui offrait en la remerciant d'un sourire.

— C'est un plaisir d'assister à tout cela, les danses, le dressage, le polo… Vous et votre mari avez réussi à la Balandra quelque chose de très beau.

— Oh, la Balandra existait déjà avant que nous ne décidions de nous y installer, dit-elle d'un ton léger. Nous n'y avons amené que quelques fioritures.

— L'amour, peut-être ? laissa-t-il échapper.

Jezebel le regarda le plus sérieusement du monde.

— Tous autant que nous sommes, nous oublions trop facilement que l'amour est à la portée de chacun. Il suffit simplement de le reconnaître, de le laisser approcher, et surtout de vouloir le garder.

— Est-ce aussi simple ? soupira-t-il.

— Non, continua-t-elle sur le même ton extrêmement doux. Ce n'est jamais simple.

Il comprit qu'elle avait deviné beaucoup de choses et ne voulut pas continuer la conversation sur ce terrain de sables mouvants.

— Dites-moi, lady Jezebel, l'Angleterre ne vous manque-t-elle jamais ? Je sais qu'en Inde, les Britanniques ont la plupart du temps du mal à s'habituer au changement de climat, aux autres mœurs…

Elle haussa une épaule charmante.

— Je connais très peu l'Angleterre, j'y ai finalement peu vécu. Il me reste bien là-bas un château de famille, mais je m'y rends peu. Je n'y ai pas que des souvenirs heureux, or la vie défile trop vite pour qu'on s'encombre de mauvaises choses. Je suis partie pour l'Inde très tôt. J'y ai entamé un nouveau départ.

— Mais l'Inde ne vous a pas séduite au point de vouloir vous y installer…

Elle eut une moue nostalgique.

— J'aime beaucoup l'Inde, mais ce pays n'a pas voulu que j'y sois heureuse. Voyez-vous, Milo, l'Inde m'a tout simplement chassée. Jan et moi, nous nous sommes d'abord installés à New York, mais il faut croire que l'Amérique est, elle aussi, un étrange pays. Tout y est possible, et cependant tout y est aussi très compliqué. La société est puritaine et pudibonde, encore plus emplie de préjugés qu'ailleurs, il me semble. Je n'ai pas voulu que ma fille grandisse dans cette ambiance. Je voulais lui offrir l'ouverture sur le monde. Le brassage des cultures.

— Avez-vous trouvé cela en Argentine ? s'étonna Milo, qui pensait, entre autres, à la persécution des Indiens.

Jezebel eut un petit rire qui fit briller son regard.

— Je vois ce que vous voulez dire… Bah, mon mari a dû vous citer cet adage qui dit que tous les Argentins descendent d'un bateau. Ça tombe bien. Nous aussi sommes descendus d'un bateau. Évidemment, tout n'est pas parfait, comme dans n'importe quel pays de par le monde en ce moment. Il y a la corruption, les élections truquées... L'Argentine est un pays qui cherche encore sa démocratie. Cependant, elle possède un merveilleux atout, l'immensité de ses terres. J'imagine que vous vous en êtes rendu compte, on peut chevaucher toute une journée dans n'importe quelle direction sans jamais rencontrer d'autre être vivant qu'un bœuf ou un cheval. Il n'y a pas de frontière. Ou, du moins, elle est très loin, ailleurs. Je n'ai jamais aimé les chaînes. Nous en avons tous mais, ici, j'ai l'impression de les ressentir moins qu'ailleurs. Il se dégage de ce pays une espèce de vérité. Celle qu'on lit dans les nuages, dans les herbes qui ondulent sous le vent. Oh, s'écria-t-elle brusquement, je suis désolée, je vous dis des choses qui doivent vous paraître confuses, et pendant ce temps votre assiette refroidit ! J'espère que vous aimez la viande. Dans un *asado*, il n'y a quasiment que cela.

Elle lui raconta les morceaux qu'elle lui avait apportés, cela ressemblait à un poème : *ojo de bife*, *matambre*, *costillar*, *lomo*, *entraña*[1], une gloire à la viande rôtie avec au centre une coupelle remplie de sauce *chimichurri* qui sentait bon l'ail et l'origan.

Milo l'écoutait tout en essayant de retrouver sur son visage les traits de sa fille. À défaut de la couleur, la forme des yeux était la même, tout comme l'ossature délicate du nez et le volume des pommettes. Mais l'arc des sourcils venait d'ailleurs, ainsi que la sensualité de la bouche, qui était chez Lián beaucoup plus ronde et plus pulpeuse, sans oublier son teint bistre clair, éclatant de soleil et de santé, qui savait si bien rosir de plaisir dans le galop. Ou dans le baiser.

— N'hésitez pas à nous rejoindre à notre table dès que vous le souhaiterez, ajouta Jezebel en s'éloignant. Vous savez que vous êtes le bienvenu.

— Je viendrai sans doute un peu plus tard, répondit-il poliment.

— Si vous cherchez quelqu'un en particulier, essayez peut-être de visiter l'intérieur du *castillo*.

— L'intérieur ? releva-t-il sans comprendre.

1. Dans l'ordre : le cœur de faux-filet, le flanc, la côtelette, le filet, l'onglet.

— Lorsqu'une certaine personne cherche un peu de repos après une danse trop tumultueuse, il lui arrive de se réfugier au salon ou à la salle à manger, précisa Jezebel en souriant d'un air mutin.

— Oh, merci, dit-il en s'éloignant déjà.

*

Après le tango, Lián ne voulut voir personne, ni Milo, ni les invités, encore moins sa mère dont le regard perspicace semblait lire en elle comme dans un livre ouvert. Depuis plusieurs jours, elle ne savait plus où elle en était. Ce soir en était l'apothéose.

Sans même s'en rendre compte, elle se réfugia dans la salle à manger, où elle tourna autour de la table à la manière d'un lion en cage, pliant et dépliant machinalement les serviettes qu'Abril, la jeune femme de chambre de sa mère, s'efforçait de ranger.

Cette dernière s'en aperçut et lui prit gentiment la main.

— Allons, allons, *missy* Lián, il ne faut pas faire cette tête-là. Tenez, mettez-vous dans ce fauteuil et essayez de vous calmer. Les hommes, après leurs bêtises, reviennent toujours.

— Mais je suis calme ! protesta Lián, qui rougit de la remarque au moins autant que de son propre mensonge.

La domestique eut un rire de tourterelle. Elle était jeune et gaie, joliment ronde avec des cheveux noirs tressés et de grands anneaux d'or aux oreilles. Avec son corsage blanc, son jupon multicolore et le ruban de velours noir qui retenait sur son cou une croix ornée de turquoises, elle avait un charme impertinent qui avait poussé lady Jezebel à l'embaucher quelques mois auparavant. « Pour me coiffer le matin, je ne veux pas d'un croque-mort, mais une demoiselle qui me fasse rire, qui soit gaie comme un pinson, et toujours au courant de tous les potins de Buenos Aires ! »

Pour toutes ces choses-là, Abril était parfaite.

Elle venait d'une banlieue pauvre de la capitale. Elle était donc ravie de dormir enfin dans un vrai lit, d'avoir de jolis vêtements et de ne plus s'inquiéter du prochain repas. Pour le reste, elle n'avait peur de rien. Elle croyait à la Sainte Madone et à la chance, celle qui ferait qu'un jour l'un des beaux messieurs qui fréquentaient la Balandra la remarquerait et l'emmènerait sur son beau cheval blanc.

Sa maîtresse s'agaçait parfois de cette attitude trop vénale :

— Ma petite Abril, cesse de te comporter comme une fieffée coquine ou je ne te garderai pas. J'apprécie que tu aies de l'esprit, mais pas au point d'entacher la réputation du *castillo !*

La soubrette, qui idolâtrait lady Jezebel, avait juré ses grands dieux qu'elle ne recommencerait plus tout en répliquant avec rouerie :

— S'il vous plaît, *missy*, laissez-moi quand même croire aux contes de fées !

Car à ces histoires de prince qui épouse la bergère, elle y croyait dur comme fer, et elle aurait bien voulu le dire à la fille de sa maîtresse, histoire de la réconforter.

— Allez, mademoiselle, regardez-moi. Moi aussi, je suis amoureuse. Est-ce que cela me rend triste ? Non, bien sûr que non. Au contraire ! L'amour rend heureuse, mademoiselle. Après tout, il n'y a rien de plus simple : un homme, une femme, et au milieu des papillons dans le ventre !

Lián rougit de plus belle, tandis que la jeune domestique, ravie de son bon mot, se mettait à tourbillonner dans une envolée de jupons colorés, ce qui manqua faire tomber une soupière. Tandis qu'elle la rattrapait, Lián en profita pour s'enfuir. Abril était trop maligne. Elle venait de deviner ce qu'elle-même n'avait pas encore osé imaginer : elle était amoureuse !

Dieu du ciel, c'était vrai.

Comment avait-elle fait pour ne pas le comprendre, alors que depuis quelques jours, elle n'avait qu'une seule envie, être embrassée, cajolée, caressée, serrée dans des bras forts ?

C'était d'autant plus agaçant que pour simplifier l'histoire, elle rêvait d'un homme qui passait son temps à lui parler de son départ. Elle n'était pas idiote. Elle se doutait bien que, tôt ou tard… Mais l'entendre dire, encore et encore, la rendait folle.

Elle soupira, complètement perdue. Elle n'aurait pas dû danser ce tango. C'était la danse de trop. Ses mains sur sa taille, sur ses épaules, sur son dos. Ses yeux rivés aux siens. Son sourire. Oui, ce sourire à damner une sainte. Et ce parfum de fleur d'oranger, sucré et charnel, qu'elle avait juste envie d'avoir dans la bouche… Mieux valait ne pas retourner à la fiesta. Si elle dansait une seconde fois, elle ne répondrait plus de rien.

Elle se cacha dans le salon à peine éclairé par deux lampes d'appoint posées sur un guéridon, marcha jusqu'à la vitrine où son père collectionnait les divinités hindoues. Elle n'était pas venue ici par hasard. Depuis qu'elle était toute petite, elle confiait ses chagrins à ces dieux immobiles, qui savaient écouter comme personne.

Hanuman, Parvati, Shiva, Ganga la regardaient de leurs yeux de lapis-lazuli, la mine bienveillante, le sourire accueillant. Elle appuya son front contre la vitre. Observa avec humeur la demoiselle en belle robe rouge qui s'y reflétait. Elle ne se reconnaissait plus. À qui étaient ces yeux cernés d'eye-liner au point d'en paraître trop grands, trop liquides, et cette bouche passée au rouge qui la faisait presque ressembler à ces statues auxquelles son reflet se superposait ?

Qu'était-elle devenue ? Son corsage trop ajusté l'empêchait presque de respirer. Son Rimmel coulerait au premier rire ou à la première larme. Était-il nécessaire d'être belle de cette façon ?

Pour qui, pour quoi ?

— Je vous cherche depuis des heures.

Elle sursauta violemment. Elle ne l'avait pas entendu venir. Maintenant, elle voyait avec surprise son visage se découper au-dessus du sien.

— Que faites-vous ici ? bafouilla-t-elle.

— Vous pensiez si fort à moi que vous m'avez fait apparaître, la taquina Milo.

De la salle à manger attenante, la jeune Abril laissa échapper un gloussement. Lián lui coula par la porte de communication un regard furibond.

— Je n'ai pas l'intention de vous écouter dire des fadaises ! reprit-elle avec agacement, mais Milo lui attrapa la main pour la caresser avec tendresse.

— Nous ne sommes pas obligés de nous faire la guerre, n'est-ce pas ? lui dit-il d'un ton redevenu sérieux. Nous nous apprécions, ne le niez pas, *meree pyaaree*[1]. Pourquoi ne nous parlerions-nous pas en personnes responsables, tout

1. « Ma douce », en hindi.

simplement ? Lián, voulez-vous que nous nous parlions ? Uniquement parler ? Je ne demande rien de plus.

Elle hésita, coula un regard gêné vers Abril qui pliait ses serviettes dans la pièce à côté tout en continuant à les écouter.

— Je ne sais pas, chuchota-t-elle. De quoi voulez-vous me parler ?

— Eh bien, je pourrais par exemple vous dire que je trouve votre surnom chinois, Liánhuā, vraiment très beau. Vous êtes une merveilleuse fleur de lotus. Je n'oublierai jamais cette fois où je vous ai vue sortir de la boue, comme une de ces corolles…

— Ne faites pas ça.

— Faire quoi ?

— Ces compliments idiots.

Il rit. Il aurait voulu la prendre dans ses bras, l'embrasser à n'en plus finir. Peut-être l'aurait-il fait malgré toutes ses résolutions si cette domestique n'avait constamment louché vers eux. Prenant Lián par la taille, il la tourna vers les dieux exposés dans la vitrine, en chuchotant contre son oreille :

— D'accord, ne parlons pas. Restons simplement l'un à côté de l'autre, à nous suffire de ce moment.

Elle haussa un sourcil agacé, mais ne s'éloigna pas.

— Vous avez bu, c'est ça ? Vous ne dites que des stupidités !

— Ne me regardez pas avec ces yeux de chatte prête à griffer, je vous jure bien que non.

— Qu'êtes-vous en train de faire alors ?

— Je l'ignore, murmura-t-il avec honnêteté. J'ai juste envie d'être là, avec vous. Et je sais que vous en avez également envie.

Elle ne répondit rien et ils restèrent finalement côte à côte, épaule contre épaule, à respirer presque en même temps, gênés l'un et l'autre par une évidence qui s'imposait.

Dans l'autre pièce, la soubrette pliait d'autres serviettes en s'attardant visiblement. Elle semblait vouloir les écouter. Mal à l'aise, Milo orienta la conversation vers un sujet moins intime.

— J'admire la collection de dieux hindous de votre père. Elle est remarquable. Je ne connais pas grand-chose à l'art oriental, mais il faut reconnaître que ces statues sont particulièrement belles.

Lián hésita, puis entra dans le jeu. Il avait raison. Ils aimaient être ensemble. Pourquoi ne pas se parler, tout simplement ?

— Certaines de ces statues sont vieilles de plusieurs millénaires. Mon père a toujours été passionné par l'art asiatique. Dès son plus jeune âge, il a sillonné l'Asie du Sud-Est à la recherche de beaux objets. Maintenant, il s'implique surtout dans l'élevage de chevaux, mais il est toujours propriétaire d'une importante galerie d'art à New York, qui propose des objets archéologiques rares. Ses premiers clients sont les musées. Certains directeurs de collection viennent même jusqu'à la Balandra, dans l'espoir de mieux négocier un prix pour l'un ou l'autre artefact.

— Parvenez-vous à nommer tous les dieux qui nous regardent ? Pour ma part, je reconnais Ganesh, le dieu éléphant. J'ai toujours aimé sa trompe et son ventre débonnaire.

— Celui-ci est en laiton partiellement laqué rouge. Il viendrait de Thaïlande.

— Ganesh est bien le dieu de la sagesse et de l'intelligence, celui qui protège le foyer et supprime les obstacles ? Un de mes dieux préférés.

— Êtes-vous hindouiste, monsieur McCorball ? s'étonna-t-elle.

— Autant que quiconque a vécu en Inde, je crois, répondit-il en la regardant. Vous savez, là-bas, il est impossible d'échapper à cette atmosphère mystique qui se dégage de tout et n'importe quoi, d'un simple endroit, d'un bosquet de figuiers, d'une ruine en bordure du chemin, des *ghâts*[1] qui descendent vers le Gange et jusqu'à la couleur des saris. J'imagine que cela a fatalement déteint sur moi, avec d'autant plus d'importance que mon père, à la mort de ma mère, n'a plus jamais cru en rien. Au lieu d'aller à l'église comme la plupart des jeunes Anglais, moi, je jouais dans la rue avec des fils de paysans hindous et j'apprenais à reconnaître les dieux qu'ils priaient. Mais parlons plutôt de vous, Lián, ajouta-t-il avec un sourire ensorcelant, racontez-moi comment vous avez grandi…

Elle inspira un grand coup. Désirait-elle vraiment lui parler de l'Inde, de ses souvenirs les plus lointains, de ces dieux et ces démons qui avaient tellement hanté sa jeunesse ? Elle avait grandi au milieu de ces statues. Elle ne comptait plus les fois

1. Série de marches qui descendent vers un cours d'eau.

où elle s'était assise devant cette vitrine, pour les observer de longues heures durant, jusqu'à ce que leurs visages bleuis, avec ces lèvres rouges, ces grands yeux blancs et noirs en coquillage poli, finissent par s'animer dans sa tête comme s'ils étaient vivants.

Elle espéra s'en sortir avec une plaisanterie.

— Avec mon père comme modèle, mon approche religieuse fut plutôt archéologique, confia-t-elle dans un sourire d'excuse.

— Vous connaissez donc tous les secrets des dieux.

— Parce que les dieux ont des secrets ? murmura-t-elle, presque méfiante.

Il lui sourit.

— Les dieux en ont toujours, non ? Seraient-ils des dieux sans cela ?

— Oui..., souffla-t-elle en fermant presque les yeux. Les dieux ont toujours des secrets.

— J'imagine que Durga sur son tigre était votre déesse préférée... Elle est pleine de discernement, de générosité. Elle a aussi quelque chose d'une belle poupée, avec son visage parfait, sa couronne recouverte de joyaux et ses innombrables colliers brillants. Vraiment une déesse qui devait plaire à une petite fille intrépide.

Contre toute attente, elle se mit à rire.

— C'est vrai, je jouais avec ces statues comme avec des poupées. Mais ma préférée n'était pas Durga, plutôt celle-ci.

Elle désigna une statue posée sur un piédestal d'ébène, haute d'une trentaine de pouces. Milo se pencha vers la figure noire, aussi surpris que fasciné.

— Votre préférée, vraiment ? Décidément, Lián, vous ne cessez de m'étonner. Cette statue-là est vraiment laide et effrayante. Ne vous faisait-elle pas peur lorsque vous étiez enfant ?

— Vous avez raison, continua-t-elle en riant doucement, elle me faisait très peur. Il faut croire que la peur est délicieuse lorsqu'on est tout petit.

De fait, la statue était particulièrement horrible. Elle représentait un personnage étrange à la tête disproportionnée, muni de membres épais. Assis dans la position du lotus, il exhibait sur son front une couronne de plumes de paon. Son visage formait un véritable masque d'horreur : blanc, avec un mufle d'animal peint en rouge. La bouche était garnie de dents pointues. De ses yeux sourdait la cruauté ; la langue était écarlate et obscène. Les oreilles étaient celles d'une grande chauve-souris, tandis que les cheveux enroulés en escargot formaient une crinière dense. Sur le ventre rebondi reposaient des mains osseuses. Les ongles étaient si longs qu'ils ressemblaient à ceux d'une bête.

— Maintenant encore, cette figurine demeure ma préférée, reprit Lián. Elle est tellement différente des autres.

— J'avoue que je ne reconnais pas ce dieu. Quel est-il ?

— Il ne s'agit pas d'un dieu, mais d'un démon, Rakshasa, une sorte de vampire servant la déesse Kali. Kali, vous le savez certainement, est la forme terrifiante de la déesse Durga, qu'on appelle aussi Parvati. Elle symbolise le pouvoir destructeur du temps. Ceux qui la vénèrent sont libérés de la peur, car elle détruit le mal sous toutes ses formes, en particulier celui qui naît de l'ignorance, de la jalousie, de la passion. Cette statue est l'un des gardiens de son temple. Il est affreux, mais je l'aime bien, parce que je le voyais comme un protecteur. Une sorte de superguerrier à qui rien ne pouvait arriver. Toute petite, je jouais avec lui en cachette. Je n'avais pas le droit de le toucher, mes parents y attachaient beaucoup d'importance, il avait un côté précieux que je n'ai jamais compris. Je n'étais pas très obéissante. Un jour, j'ai même découvert un mécanisme secret qui révélait une cachette.

Milo était heureux de l'entendre enfin se confier.

— Et qu'avez-vous trouvé à l'intérieur ? Un diamant oublié par un maharaja ?

— Vous vous moquez, parce que vous ne me croyez pas ! Regardez, je ne suis pas en train de vous mentir.

Elle ouvrit la vitrine d'un tour de clé, prit la statue du démon Rakshasa dans les mains et l'ausculta d'une manière particulière, jusqu'à ce qu'un cliquetis retentisse, faisant s'ouvrir un minuscule tiroir secret.

— Normalement, le mécanisme nécessite l'utilisation d'un médaillon en relief, dont l'empreinte sert de clé, mais l'engrenage est grippé. Peut-être ai-je joué trop souvent avec ou trop fort, j'étais petite, je ne devais pas faire très attention. En tout cas, aujourd'hui, comme vous le voyez, il n'est plus indispensable d'avoir le médaillon pour actionner le ressort.

— Quelle dommage que cette cache soit vide, constata Milo avec une gentille moquerie. J'ai cru un moment que vous me vendiez du rêve, mais il n'y a jamais eu de diamant de maharaja là-dedans, n'est-ce pas ?

Elle rit.

— Vous avez tort de le prendre sur ce ton, monsieur le journaliste. Dans ce tiroir, il y avait à l'origine une véritable carte au trésor. Cette carte permettait de localiser les ruines d'une ancienne cité indienne, un endroit appelé Pachamashutra qui existe encore de nos jours près de la frontière birmane. J'y suis allée avec ma mère. J'avais quatre ou cinq ans, j'avoue que je ne me souviens pas de grand-chose, hormis d'un temple dédié à Kali, bordé d'immenses statues vénérées par les Thugs. Je me rappelle aussi d'un très vaste étang recouvert de lotus. Dès le matin, sa surface devenait toute rose. On pouvait sentir leur parfum subtil, à la fois frais et légèrement sucré, typique de ces fleurs magnifiques. Plus loin, il y avait une série de mines creusées dans des collines. Ce n'était en apparence que des trous emplis de boue où des femmes pataugeaient, coiffées de drôles de chapeaux. Mais elles en sortaient des pierres, des rubis de la plus belle eau, qu'on dit plus précieux que ceux de la fameuse vallée de Mogok.

— J'adore vous écouter parler de toutes ces vieilles légendes, souffla Milo. Vous les rendez vivantes comme personne.

Elle leva vers lui un regard lumineux, tout brillant d'étoiles.

— Vous vous trompez encore, monsieur McCorball, il ne s'agit pas de légendes. J'ai vu de mes yeux ces trous et ces rubis. Ces gemmes fabuleuses existent réellement. Je les ai touchées. Elles assoient la fortune des maharajas de Mahavir. Depuis des générations, l'extraction de ces rubis alimente les caisses du Palais d'Or de Calcutta.

Un grand fracas l'interrompit. Abril, la jeune femme de chambre, avait enfin réussi à faire tomber du vaisselier la fameuse soupière pourtant sauvée quelques minutes auparavant. Confuse, elle s'accroupit pour ramasser les débris tout en balbutiant mille excuses.

Une fois de plus, Milo n'apprécia pas son regard fuyant ni ses joues trop colorées.

— Voilà ce qui arrive lorsqu'on écoute les conversations des autres, accusa-t-il sévèrement.

— Non ! Non, s'écria la domestique. Je vous assure que je n'écoutais pas !

— Sortez, et laissez-nous ! ordonna tout de même le jeune homme. Et emmenez avec vous ces serviettes que lady Jezebel doit attendre depuis un bon moment, vu le temps que vous avez pris pour les plier !

La mine coupable, Abril s'empara de la pile de linge qu'elle avait effectivement préparée depuis belle lurette et détala sans demander son reste. Elle s'engouffra dans le corridor avec une hâte si fébrile que Milo s'esclaffa dès qu'elle eut le dos tourné.

— J'espère que vous ne m'en voudrez pas d'avoir un peu effrayé votre domestique, ma chérie. J'avais envie de discuter seul à seul, ajouta-t-il en se retournant vers sa compagne. Le prétexte était tout trouvé, n'est-ce pas ?

Ces derniers mots moururent dans sa gorge. Lián avait disparu.

L'insaisissable *Doncella* avait profité de l'incident pour à nouveau s'échapper.

*

Abril s'acquitta de ses tâches domestiques aussi vite que possible. Lady Jezebel lui avait accordé la fin de la soirée pour qu'elle puisse s'amuser en compagnie des autres employés. Elle avait hâte de rejoindre son amoureux. De temps à autre, elle haussait le nez pour essayer de l'apercevoir parmi les convives. Elle était tellement fière qu'il l'eût choisie, tant pis s'il feignait de ne pas la connaître lorsqu'il y avait du monde autour de lui.

Lorsqu'elle aurait fini son travail, elle parviendrait peut-être à suffisamment l'approcher pour l'embrasser derrière une porte, à tout le moins lui chuchoter une proposition de rendez-vous. Il se fâcherait probablement. Il n'aimait pas quand elle se montrait trop familière, mais elle saurait désamorcer sa colère. Une fois qu'elle l'aurait entre les bras, il céderait comme toujours à ses baisers. Elle en était convaincue.

Elle sourit en son for intérieur. Ah, comme elle avait envie de l'embrasser, là, tout de suite ! Elle adorait ses lèvres, qui avaient le goût de l'excellent tabac qu'il fumait. Elle adorait poser sa joue contre le tissu extrêmement fin de sa chemise de soie, parfumée au vétiver. Elle adorait se mirer dans les gros boutons dorés de sa veste ou dans la boucle de sa ceinture brillants comme de minuscules miroirs. Elle riait comme une gamine, devant ce luxe qu'elle pouvait enfin toucher.

Ce soir, en plus, elle lui raconterait cette fabuleuse histoire de cité lointaine, de mines exotiques et de rubis indiens qu'elle avait entendue. C'était si merveilleux et si excitant ! Une fois qu'elle aurait rapporté tous les détails, il comprendrait sa hâte de le revoir et lui pardonnerait son impatience. Après tout, n'était-ce pas lui qui l'avait forcée à postuler à cet emploi de femme de chambre, justement pour qu'elle récolte des renseignements de ce genre ? Il n'allait quand même pas lui reprocher de lui obéir avec tant de promptitude !

Tout en fredonnant un air joyeux, elle mit à la disposition des convives les serviettes qu'elle ramenait, puis elle courut prévenir le sommelier que le vin commençait à manquer. Elle remonta par les cuisines, histoire de se faire servir une assiette de desserts. Elle choisit des *panqueques*[1] à la confiture de lait et une portion de *tocino de cielo*[2] qu'elle fit emballer dans une boîte en carton. Elle pourrait ainsi faire la dînette avec son amoureux tandis qu'ils causeraient.

Elle retourna vers la fête en portant précieusement le carton dans les mains. Une foule de danseurs évoluait sur la piste dans un gai charivari. Les *chacarera* et les *chamané*[3] se succédaient dans des phrasés de guitare entraînants. On claquait des talons, on ondulait des hanches, on tapait dans les mains avec ardeur. Cédant au rythme entraînant, elle se trémoussa avec grâce tout en se faufilant entre les fêtards à la recherche du visage bien-aimé. Au passage, elle distribua sourires et cajoleries aux gauchos qui tentaient de la retenir. Elle était vive et jolie, elle plaisait beaucoup aux garçons, avec ses formes rondes et son grand sourire.

Elle refusa néanmoins de s'attarder, même avec Miguelito, le fils du contremaître, qui était pourtant si mignon avec ses

1. Sorte de crêpes fourrées.
2. Dessert espagnol à base de jaunes d'œufs, inventé pour ne pas gâcher ces derniers après que les blancs ont été utilisés pour clarifier le vin de Xérès lors de sa fabrication.
3. Danses traditionnelles argentines.

jolies boucles d'ébène. D'un pincement coquin sur les fesses, il lui avait fait comprendre qu'il se serait bien laissé prendre à son jeu de foulard lors d'une *cueca* sautillante, sauf que, voilà, elle n'était plus libre. Depuis plusieurs jours, son amoureux était devenu son amant.

Elle arpenta la fiesta en tournoyant du jupon, tellement impatiente de retrouver son bien-aimé qu'elle en oubliait d'être discrète. Quelques jaloux lui demandèrent qui elle cherchait. Elle s'en débarrassa d'un sourire et se rencogna derrière l'orchestre, loin des lampions multicolores.

Elle commençait à désespérer de ne le voir nulle part lorsqu'on la saisit par le poignet pour la pousser contre un mur tout proche.

La surprise faillit lui faire lâcher son carton de desserts.

— Aïe, protesta-t-elle, mais une main se colla sur sa bouche pour la faire taire.

Presque aussitôt, elle respira une bouffée de vétiver et elle reconnut le beau visage aux pommettes saillantes qui se penchait sur elle. Derrière les doigts qui lui faisaient mal, elle sourit. Carlos Ramiro desserra son étreinte. Elle voulut se pendre à son cou, mais il la repoussa sèchement.

— Tiens-toi tranquille ! lui dit-il. Ne t'ai-je pas ordonné à maintes reprises de ne pas t'approcher de moi lorsqu'il y a du monde ?

Il était furieux, comme d'habitude. Elle se tortilla, vexée.

— N'est-ce pas toi qui es venu me rejoindre ? riposta-t-elle ingénument. Moi, j'étais juste là à ne rien faire…

Il la toisa durement.

— Je suis venu parce que tu courais partout en me cherchant avec une telle évidence que, d'ici cinq minutes, tu te serais mise à brailler mon nom à tue-tête.

— Pourquoi as-tu honte de moi ? gémit-elle en retenant ses larmes. Ne suis-je pas assez jolie pour toi ?

Elle colla son petit corps charmant contre lui. Il sembla se radoucir.

— Ne sois pas stupide, *mi patito*[1]. Bien sûr que tu es jolie, t'aurais-je seulement regardée sinon ? Mais il ne faut pas oublier

1. « Mon petit canard », en espagnol.

que tu n'es qu'une petite bonne de rien du tout. Veux-tu que mon père fasse une crise d'apoplexie en apprenant notre liaison ? Tu sais que je ne peux pas lui parler de toi aussi facilement. Il me faut attendre le moment idéal. Je ne veux pas le brusquer.

Elle leva vers lui un regard empli d'espoir.

— Tu vas donc lui parler ? Tu lui diras que tu veux m'épouser, n'est-ce pas ?

— Je le lui annoncerai bientôt, répondit Carlos avec un sourire qui ne monta pas jusqu'au fond de ses yeux.

Abril frissonna. D'une certaine façon, elle n'était pas dupe, mais le rêve était si beau. Elle voulait y croire encore un peu.

Elle avait rencontré Carlos Ramiro quelques mois auparavant, dans une fête des faubourgs de Buenos Aires. Il l'avait invitée à danser et elle avait été tellement ébahie qu'il s'intéresse à elle qu'elle avait voulu croire qu'il était amoureux. Tout de suite, son parfum de vétiver lui avait tourné la tête et elle s'était imaginée en princesse comblée de mille roses.

Elle avait mis un peu de temps à comprendre qu'il avait surtout trop bu. Elle avait préféré chasser ce détail d'un haussement d'épaules. Après tout, elle n'était pas laide. Depuis ses douze ans, depuis que ses seins avaient commencé à bourgeonner sous son corsage, les garçons lui tournaient autour comme des abeilles autour d'un pot de miel. Un Ramiro n'était-il pas un homme comme les autres ? N'étaient-ils pas tous faits de la même façon, avec ce truc qui pendait entre les jambes et ces envies qui leur faisaient baisser le pantalon ? Pleine d'espoir, elle s'était dit que le désir d'un Carlos Ramiro valait bien celui d'un gaucho.

Depuis, elle oscillait entre émerveillement et désenchantement. Carlos était certes un Ramiro, mais il n'avait rien d'un amant mémorable. Après avoir dénudé ses seins pour les tripoter à la hâte, il lui écartait les cuisses d'un coup de genou et la prenait avec une rapidité de lapin. Elle se consolait en se disant que, de toute façon, parmi tous les hommes qu'elle côtoyait, qui auraient vendu leur mère pour un cheval et qui, la plupart du temps, étaient des rustres à la limite du sauvage, aucun n'était capable de tendresse ou de raffinement.

Au moins celui-là, ce fils Ramiro, était un vrai « monsieur », avec du parfum dans les cheveux et des fesses propres. Et puis, d'une certaine manière, il savait vivre : après lui avoir labouré les flancs comme un bélier en rut, il n'oubliait jamais de lui jeter une pacotille en cadeau, un ruban ou un bracelet de perles colorées qu'il sortait de sa poche comme un prestidigitateur.

Une fois, il lui avait même ramené un bouquet de lupins blancs, ces « nobles demoiselles » qui poussaient un peu partout et qu'il avait pris la peine de cueillir lui-même. Elle en avait été touchée au point de se mettre à pleurer. Ce jour-là, la main sur le cœur, elle lui avait tout promis. Y compris de raconter tout ce qui se passait à l'*estancia* de la Balandra, quitte à avoir l'impression de trahir lady Jezebel, qui était si bonne avec elle.

— C'est la dernière fois que je te préviens, siffla-t-il à nouveau entre ses dents serrées. Ne t'avise plus jamais de m'aborder en public !

Décidément, ce soir, il était d'une humeur de chien. Sans doute à cause de ces méchantes cicatrices qui devaient terriblement le faire souffrir. Depuis qu'il les avait récoltées pendant une bagarre dans une *milonga*, il était encore plus sombre qu'avant. Maintenant, il lui broyait l'épaule au point de la faire gémir. Elle leva de grands yeux effarés.

— Pardon, pardon, je ne recommencerai plus ! Je voulais juste te raconter ce que je viens d'apprendre. Je pensais que tu serais content.

— Comme si les ragots dont tu m'abreuves constamment ne pouvaient pas attendre demain !

Elle baissa le nez, et ses longs cils se découpèrent sur la rondeur de sa joue. Il n'en fut pas attendri. Elle balbutia, tout de même rancunière.

— J'imagine que oui, que cette histoire de rubis aurait pu attendre demain…

— Quels rubis ? De quoi parles-tu donc ?

Elle papillonna des yeux. Elle venait enfin de réussir à l'intéresser. Il lui releva le menton presque gentiment. Elle se tortilla de plaisir.

— Je viens d'entendre une conversation entre la *señorita* et leur invité, tu sais, ce journaliste qui est arrivé il y a quelques jours… Ils étaient en train de discuter devant la vitrine où sont exposées toutes ces statues des Indes, qui sont si effrayantes…

Elle se signa furtivement avant de continuer.

— La petite *señorita* parlait de rubis. J'ai fait attention à tout bien écouter. Elle disait qu'elle connaissait un endroit où on pouvait les ramasser par terre, comme des cailloux. Un endroit qu'elle avait vu quand elle était toute petite. Un endroit secret.

Carlos exulta. Il serra la jeune soubrette à l'étouffer.

— *Mi patito*, bravo ! Tu es un bon petit soldat. Tu as bien travaillé. Écoute, nous devons discuter des détails de cette conversation. Va à notre cabane de pêcheurs. Je t'y rejoins tout de suite.

Elle hésita. Elle venait de la ville. Elle n'était pas à l'aise la nuit dans les marécages. Il y avait toujours des bruits furtifs, des lueurs et des fantômes qui l'effrayaient.

— Il fait déjà bien sombre et je…

Il la coupa d'un rire silencieux, en lui cajolant la taille et les seins.

— Allons, tu n'as quand même pas peur ? Je viendrai très vite te retrouver et après, nous parlerons et nous nous embrasserons. N'en as-tu pas envie ? J'en ai très envie, moi.

Elle acquiesça à contrecœur. Elle savait déjà qu'elle ferait comme il voulait. Elle irait à la cabane et elle l'attendrait.

— Brave fille, dit-il en l'embrassant, avant de retourner à la fête sous les lampions.

Elle avait cherché une lanterne puis elle s'était mise à marcher dans l'obscurité. Elle avait pensé que la lumière la rassurerait, mais la petite flamme était si ténue que la pampa paraissait encore plus noire. Très vite, elle sursauta au moindre bruit. Ses minces chaussons de toile qu'elle avait mis pour danser s'enfonçaient dans le terrain marécageux avec une succion désagréable. Elle serra plus étroitement le châle de laine qu'elle avait pris la précaution de jeter sur ses épaules. Elle se disait que cette aventure lui plaisait de moins en moins.

La cabane de pêcheurs était en bordure de lagune, derrière des peupliers au tronc blanc qui la cachait de l'*estancia* même en plein jour. Elle était souvent venue en journée. C'était leur lieu de rendez-vous le plus commode, car l'endroit était à l'écart de toute habitation et ne servait guère. Les pêcheurs y venaient rarement entreposer du vieux matériel.

Sauf qu'à la campagne, le jour n'était pas la nuit.

À Buenos Aires, Abril aimait la nuit. Elle n'avait jamais eu peur des voyous à la petite semaine du quartier de la Boca. Elle en avait même égratigné plus d'un avec le couteau qu'elle glissait à l'époque dans sa jarretière. Ici, en revanche, dans cette prairie obscure, tout lui faisait peur, à commencer par ce faux silence empli de crissements, de grincements et de frémissements exacerbés par la nuit.

Elle hésita à entrer dans le cabanon. Ne s'y résolut qu'après plusieurs minutes passées à grelotter. La porte en bois n'était jamais fermée à clé. À l'intérieur, il n'y avait rien à voler.

Elle leva bien haut sa lanterne. L'endroit était exigu. Contre un mur, on distinguait une étagère avec de vieux bocaux emplis de choses indéfinissables, peut-être des restes d'appât. Dans un angle, des nasses pour la plupart abîmées s'accumulaient en un fatras qui semblait servir de nid à toute une population de campagnols. Elle détourna vite les yeux, à la recherche des filets de pêche entassés en tas, où elle s'étendait pour permettre à Carlos de la prendre.

L'endroit sentait la poussière, le moisi et le poisson mort depuis trop longtemps. Elle se signa.

— *Santa Madre de Dios*, balbutia-t-elle.

Elle attendit, les bras serrés autour de ses genoux. Le vent s'introduisait par les interstices comme autant de doigts gelés qui s'enfonçaient dans sa chair. Elle rapprocha la lanterne, mit les mains en coupe autour. La flamme était insuffisante pour les réchauffer. De la même façon, elle n'éclairait guère les recoins. Des ombres y dansaient. De longues ombres tordues, avec des mains crochues.

Enfin, Carlos se faufila près d'elle. Elle se jeta dans ses bras. Il la repoussa pour la dévisager avec un intérêt qui donnait à ses yeux une lueur effrayante.

— Raconte-moi tout, dans les moindres détails.

Elle fut déçue qu'il ne l'embrasse pas, obéit cependant. Tout de suite, il posa mille questions. Il se passionnait incroyablement pour cette histoire de statue indienne et de rubis. Au début, elle fut ravie de lui répondre. Puis elle trouva le temps long. Carlos lui faisait sans cesse répéter les mêmes détails. Elle n'en pouvait plus. Elle était fatiguée, frigorifiée, et elle avait envie de faire l'amour.

— Ne pourrions-nous pas faire une pause ? demanda-t-elle soudain. Voilà cent fois que je te raconte la même chose. Je suis heureuse de pouvoir te parler de ces rubis, mais pourquoi y accorder une telle importance ? Nous ne sommes même pas sûrs que cette histoire soit vraie…

Carlos lui jeta un regard mauvais.

— Serais-tu en train de me mentir ? grinça-t-il entre ses dents serrées.

— Non ! Bien sûr que non ! s'exclama-t-elle, inquiète de l'expression qui avait envahi son visage. Pourquoi te mentirais-je ?

— Peut-être pour faire ton intéressante ? continua-t-il d'une voix acide.

Ses traits s'étaient mués en un masque glacial. Elle se rappela qu'il avait toujours eu un côté brutal.

— Je t'assure, tout est vrai.

— Bien, dit-il, et il continua son interrogatoire.

Elle regretta de lui en avoir parlé. Elle voyait bien que cela le rendait fou.

— Tu ne comprends rien, *mi querido patito*, tu es tellement ignare, ricana-t-il subitement. Tu sais à peine lire et tu ne t'intéresses à rien, comme des milliers de tes semblables, uniquement heureux de manger à leur faim et de danser le dimanche sur un air de guitare. Comment pourrais-tu comprendre que de grands hommes songent au destin de l'Argentine à la place du peuple stupide auquel tu appartiens ?

Elle le gifla, vexée, mais il la poussa vers le tas de filets de pêche sur lequel elle tomba de tout son poids. Elle poussa un cri, voulut se relever. Il se jeta sur elle, l'écrasant de son corps dur comme de la pierre. Elle se débattit mais il lui malaxa les seins avec une mauvaise grimace. Il l'embrassa dans le cou, mordilla ses oreilles. Finalement, elle fut soulagée qu'il s'occupe d'elle, même s'il n'y avait aucune douceur dans ses gestes. Elle se calma. Il avait raison. Elle n'était qu'une ignorante, une pauvre *chica de la calle*[1] qu'il avait eu la bonté de sortir du ruisseau.

---

1. « Fille de rue », en espagnol.

— Tu sais, continua-t-il en la tripotant. Il faut de l'argent pour gouverner ce peuple ingrat. Beaucoup d'argent. Ces rubis sont une manne inespérée. Avec eux, mon père pourra changer le destin de l'Argentine.

Elle comprit brusquement.

— Tu veux voler ces rubis ! balbutia-t-elle. Mais comment pourrais-tu y arriver, ils sont à l'autre bout de la terre !

Il se pencha sur sa poitrine qu'il avait dénudée, mordilla le téton jusqu'à lui faire mal. Elle gigota mais n'osa pas se dégager.

— Décidément, tu ne comprends rien à rien, *mi patito*, répondit-il dans un rictus qui accentuait ses cicatrices. D'où crois-tu que les Lukas tirent leur fortune ? De leurs *criollos* ridicules ? Non. Bien sûr que non. Ils ont ces rubis. Pour y prétendre, je n'aurai besoin que d'épouser la fille.

Cette fois-ci, elle ouvrit de grands yeux furieux.

— Tu avais promis de m'épouser, moi !

— Voyons, mon petit canard, s'amusa-t-il. Cela ne te suffit-il pas d'être ma chérie secrète, ma jolie maîtresse mystérieuse ?

Non, ce n'était pas ce qu'elle avait imaginé. Elle n'avait pas envie de vivre éternellement dans le péché.

— Je t'aime, s'exclama-t-elle, ne sachant quoi dire d'autre.

Il soupira tandis qu'une lueur étrange traversait son regard.

— Moi aussi, je t'aime, mais dans la vie, il ne faut jamais mélanger l'amour et les affaires. Tu ne parleras de tout ceci à personne, n'est-ce pas ?

Elle ferma à demi les yeux pour contenir ses larmes.

— Pour qui me prends-tu ? Bien sûr que je n'en parlerai à personne. Je ne vais quand même pas crier dans toute la pampa que mon amoureux veut en épouser une autre, parce qu'elle possède des rubis que je n'ai pas. J'ai ma fierté, tout de même.

Il se pencha vers elle en souriant d'un drôle d'air, chuchota contre sa gorge.

— Tu as raison, petite *querida*, je suis certain que tu n'en parleras à personne.

Ses mains remontèrent de ses seins à ses épaules, à son cou. Elle soupira, déjà résignée. Tant pis pour le mariage, de toute façon, elle n'y avait jamais cru. Tout ce qu'elle pouvait encore espérer était de prendre le bonheur comme il venait, tant pis si elle n'avait droit qu'à une jouissance rapide.

Elle ne comprit pas tout de suite qu'elle ne pouvait plus respirer.

Elle eut mal, suffoqua. Ouvrit des yeux démesurés pour dévisager son amant avec autant de surprise que de panique.

Carlos était en train de l'étrangler.

Elle essaya de se débattre, mais il la tenait fermement et elle ne parvenait pas à lutter. Elle ne parvenait même plus à crier. Elle lui griffa les mains un instant, puis perdit toute force. Un voile monta sur ses yeux. Elle s'évanouit.

Carlos s'arc-bouta longtemps sur son corps, en serrant son petit cou. Il l'avait pénétrée et tout en la tuant, il la laboura avec un plaisir atroce. Elle mourut lorsqu'il cria de jouissance.

Il n'avait jamais crié avec une telle force.

Il continua à l'étrangler quelques secondes de plus afin d'être certain de l'avoir bel et bien tuée. Puis il relâcha son étreinte.

Il se redressa, se rhabilla. Ses mains étaient recouvertes de griffures, il devrait porter des gants durant les prochains jours.

Avant de partir, il roula encore le corps contre le mur pour le dissimuler sous quelques filets de pêche. Dehors, la nuit argentine était remplie d'étoiles. Il dépoussiéra ses vêtements d'un geste machinal, renifla une mauvaise odeur de poisson mélangée à celle du stupre, décida de faire un détour par le coffre de sa voiture pour prendre une tenue de rechange.

Il retourna vers la Balandra en sifflotant gaiement.

Il n'avait jamais été aussi satisfait de lui-même.

7

Dimanche 20 août 1939
Estancia de la Balandra – Argentine

— Ma chérie, s'il te plaît, attends-moi.

Lián permit à sa mère de la rejoindre. Comme à l'accoutumée, Jezebel était sublime dans une robe qui allongeait sa silhouette et mettait en évidence son teint pâle de blonde. La jupe avait la forme d'une traîne. La chemise de soie follement originale sous un boléro ajusté lui donnait plus que jamais un air de comtesse anglaise.

Sa fille lui sourit, fière de la voir aussi belle. Jezebel la prit tendrement par les épaules.

— Je cherche Abril, lui dit-elle. Ne l'aurais-tu pas vue ? Je lui ai donné sa soirée, mais j'aurais tout de même voulu qu'elle arrange un peu ma coiffure. J'ai dansé avec trop d'ardeur dans les bras de ton père, et voilà le résultat, mon chignon est fichu !

Elle exagérait. Seules quelques boucles s'étaient échappées du lacis de rubans pour retomber, follettes, sur sa nuque. Lián en tortilla une sur son index, comme lorsqu'elle était enfant et qu'elle avait le droit de jouer avec cette merveilleuse soie mordorée.

— Je suis désolée, je n'ai pas vu Abril depuis un certain temps, répondit-elle en humant la mèche de cheveux blonds parfumée au jasmin. Elle est sans doute avec son amoureux. Elle ne cesse de parler de lui. Je crois qu'elle est vraiment amoureuse.

— Sans doute, soupira Jezebel. Voudrais-tu la remplacer ? S'il te plaît, ajouta-t-elle d'un air suppliant.

Lián n'avait jamais aimé les séances de coiffure, sans doute parce que ses propres cheveux étaient si difficiles à discipliner. Toutefois, elle était fatiguée de danser. Quelques minutes auparavant, elle avait dû, une fois de plus, éconduire Carlos Ramiro qui voulait la contraindre à une *chamané*. Il avait tenté de lui faire oublier sa conduite de la veille en lui offrant une rose, mais elle n'avait pas l'intention de lui pardonner aussi facilement. D'ailleurs, elle le lui avait fait comprendre en lui écrasant les orteils d'un coup de talon bien senti, avant de s'éloigner la tête haute. Elle espérait que cela suffirait pour qu'il cesse de la poursuivre de ses assiduités, mais en sentant son regard furieux peser dans son dos, elle n'en avait guère été certaine.

Au moins, la proposition de sa mère aurait l'avantage de l'éloigner quelque temps de la piste de danse.

— Très bien, ma petite maman, dit-elle en glissant affectueusement un bras sous celui de sa mère. Je vais essayer de réparer les dégâts de mon mieux.

Jezebel afficha une joie d'écolière. Depuis que sa fille avait grandi, elles ne partageaient plus guère de moments d'intimité. Ce qui, avant, avait enthousiasmé la fillette n'intéressait plus la jeune fille. Adieu, les raids à la bibliothèque de La Plata pour emprunter des livres d'images. Adieu, les après-midi gourmands passés à la Giralda, dans le *microcentro* de Buenos Aires, à se goinfrer de *churros* et de chocolat chaud. Adieu, également, les visites dans les musées, les galeries de peinture ou le Jardin botanique. Avec le temps qui passait, qui faisait grandir trop vite les enfants, seul le Parc zoologique demeurait un bastion en sursis, sans doute à cause des balades que l'on pouvait y faire à dos d'éléphant. Lián avait toujours adoré les éléphants.

— Montons dans ma chambre, proposa-t-elle à sa fille. J'ai des épingles sur ma coiffeuse.

Elles allèrent à l'étage en passant sous les grands portraits cérémonieux qui ornaient les murs tapissés de lambris. La plupart étaient des hidalgos hérités de l'ancien propriétaire de la Balandra, campés avec fierté avec leurs chevaux ou devant un alignement de jacarandas. Jan leur avait adjoint les récents portraits de ses parents qu'il avait fait réaliser par un artiste de Buenos Aires à partir d'une vieille photographie. Pour ne pas être en reste, Jezebel avait accroché une toile un peu sombre récupérée dans son château du Gloucestershire, qui représentait sa mère, lady Salomé Elisheva, une belle jeune femme qui lui ressemblait comme une sœur.

— Où est papa ? demanda Lián. Sais-tu pourquoi il est parti en plein *asado* ?

Sa mère lui coula un regard soucieux.

— Comment sais-tu que ton père est absent ?

Lián s'appuya à son bras avec une tendresse accrue.

— Allons, maman, vous êtes toujours tellement collés l'un à l'autre ! Lorsqu'il en manque un, Zack et moi le remarquons immédiatement.

— Oh, se récria Jezebel, ce n'est pas à ce point. Nous ne faisons pas tout ensemble.

— Je t'assure, maman, insista sa fille en se moquant de plus belle. Tout le monde le sait.

Jezebel eut un petit rire gêné.

— Sommes-nous vieux jeu à ce point ? Non, je t'en prie, ne réponds pas à cette question ! Laisse-moi encore quelques illusions… Bah, pour ton père, il semblerait qu'il y ait un souci avec une clôture. Il est allé voir de quoi il retourne.

Elle espéra ne pas montrer qu'elle était inquiète. Lorsque Jan lui avait expliqué la raison de son départ, elle n'avait pas cherché à l'en dissuader. Elle savait d'expérience qu'il n'en ferait qu'à sa tête. Depuis, cependant, un nœud d'appréhension lui tordait les entrailles.

— Il a emmené Milo, ajouta-t-elle simplement, d'un ton qui semblait vouloir tout dire.

Le cœur de Lián bondit dans sa poitrine. Elle chercha à échapper au regard scrutateur de sa mère en grimpant les marches quatre à quatre.

— Pas si vite, Mary-Leela, protesta cette dernière. Je n'ai plus vingt ans, moi.

Lián l'attendit sur la mezzanine. Une musique parvenait du rez-de-chaussée de manière étouffée, ainsi que des odeurs de viande grillée. La fête continuerait jusqu'à l'aube.

— Où sont-ils allés ?

Sa mère évita de la regarder.

— Oh, tu sais, c'est juste un problème avec les juments. Il y en a tout le temps à cette période de l'année.

— Avant, tu avais parlé d'une clôture.

Sa mère baissa les yeux, comme prise en faute.

— Tu sais bien à quel point ton père peut être chevaleresque.

Lián déglutit.

— Sont-ils en train de faire quelque chose de dangereux ? souffla-t-elle. C'est pour ça que tu veux que je reste avec toi ?

— Je t'en prie, ma princesse, cesse de me poser des questions auxquelles je ne peux pas répondre. Contentons-nous d'attendre ensemble qu'ils reviennent. Ils seront vite de retour.

— Nous ne pouvons laisser les invités seuls trop longtemps. Ce ne serait pas très poli.

— Zack est en train de faire le spectacle. Il danse avec cette petite Louisa, qui est mignonne comme un cœur. Nous avons un peu de temps, au moins celui de refaire ma coiffure. Je t'en prie, Mary-Leela, faisons au moins cela.

Lián prit sa mère par la taille et appuya sa tête sur son épaule de manière câline.

— D'accord, garde ton terrible secret d'État. En échange, il faudra quand même me dire pourquoi tu m'appelles constamment Mary-Leela.

Jezebel eut une mine stupéfaite.

— Mais parce qu'il s'agit du prénom que je t'ai choisi ! Pourquoi devrais-je t'appeler autrement ?

— Tout le monde m'appelle Lián, sauf toi.

— Ne fais pas l'enfant. Tu sais bien que Lián n'est que l'abréviation d'un surnom qui t'a été donné par ta nourrice chinoise lorsque tu étais bébé. C'est très mignon, mais je préfère tout de même t'appeler Mary-Leela, qui est ton vrai nom et qui convient mieux à ton âge. Ne trouves-tu pas que c'est un prénom magnifique ? Pour moi, il représente tant de choses merveilleuses...

— C'est la première fois que tu me dis que mon prénom évoque pour toi des souvenirs heureux, s'étonna Lián. Mais peut-être est-ce là aussi un secret ?

Sa mère parut se troubler.

— Mon Dieu, ma princesse, que t'arrive-t-il aujourd'hui ? Tu n'as pas l'air dans ton assiette. Puisque tu le préfères, je t'appellerai Lián, comme tout le monde. Tu sais, je veux juste que tu sois heureuse.

— Pardon, maman, s'excusa la jeune fille avec une petite grimace désolée. C'est une conversation stupide. Tu as raison, je suis un peu sur les nerfs en ce moment.

Sa mère lui embrassa le front.

— Ce n'est rien. Allons plutôt jouer à nous coiffer toutes les deux. Je suis sûre que cela nous changera les idées.

Lián sourit. Elle avait toujours été proche de sa mère, mais il fallait bien reconnaître que, parfois, elle avait l'impression qu'il existait entre elles un secret qu'elle trouvait pesant.

Jezebel entra dans sa chambre et se dirigea aussitôt vers sa coiffeuse. C'était un meuble imposant, recouvert d'une plaque de marbre. Jan le lui avait offert lorsqu'ils avaient décidé de s'installer définitivement en Argentine. Pour le rendre plus glamour, il l'avait fait sertir d'ampoules électriques comme on le voyait parfois dans l'un ou l'autre film hollywoodien.

Lián ôta ses escarpins comme quand elle était petite, pour marcher en bas de soie sur l'épais tapis de Chine qui trônait au milieu de la pièce. Jezebel la contempla avec tendresse tout en glissant derrière ses oreilles quelques gouttes de cette eau de senteur qu'elle fabriquait elle-même, qui mélangeait si divinement le parfum de la violette à celui du jasmin.

— Crois-tu que tu arriveras à remplacer la petite Abril, ma chérie ? Je ne souhaite rien de bien compliqué, juste remettre ces mèches dans le rang, histoire d'avoir l'air moins débraillé.

Sa fille se mit à rire.

— Comme si tu pouvais un jour avoir un air débraillé !

Elle posa ses escarpins près d'un pouf recouvert de shantung fleuri et se pencha vers sa mère pour nouer ses bras autour de son cou.

— Je t'assure que ce petit côté sauvage te va très bien, reprit-elle. Tiens, ne trouves-tu pas que, comme ça, nous sommes au moins assorties par les cheveux ?

Elle avait toujours été secrètement désolée de ne pas plus ressembler à sa mère. Ce soir encore, tandis que leurs reflets s'affichaient l'un à côté de l'autre, elle ne pouvait s'empêcher de trouver son teint beaucoup trop sombre, et ses cheveux trop bruns.

Jezebel lui jeta un coup d'œil perplexe, mais Lián se redressa pour échapper à son attention. Elle feignit d'admirer le tableau accroché sur la droite, qui représentait deux oiseaux bengalis en train de se bécoter. Sa mère eut un soupir vibrant.

— Je vois que tu aimes toujours autant ce petit tableau, dit-elle avec émotion.

— Je trouve que c'est un des meilleurs que tu aies jamais peint.

— Oh, ce jugement est juste affectif, sourit Jezebel. Tu te rappelles sans doute ces oiseaux bengalis que nous avions lorsque nous vivions à Singapour.

— Je ne me souviens de rien de ce temps-là, déclara Lián en se détournant du tableau pour fureter parmi les fards et les onguents que sa mère collectionnait dans de jolies fioles ouvragées.

— De rien, vraiment ? J'ignorais que tu avais tout oublié…

— Maman, c'est un peu normal, je n'avais même pas deux ans.

Elle estima le sujet clos, ouvrit plusieurs boîtes comme lorsqu'elle était enfant, pour découvrir ce qu'elles contenaient. Elle s'amusa même à tester sur le dos de sa main le lait hydratant d'Helena Rubinstein ou la lotion démaquillante de Max Factor. Au bout du compte, elle prit le peigne en écaille et le tourna entre ses doigts d'un air désabusé.

— Je te ressemble si peu, c'est désespérant, jeta-t-elle soudain en coulant vers le miroir un regard empli de frustration. Quoi que je fasse, je n'arrive pas à être élégante. Regarde mes cheveux, ils ont tellement peu l'habitude d'être disciplinés qu'ils refusent même d'être peignés. Impossible de les lisser. Le vent de la pampa en fait une toison de lama. Et mon teint… Ah, mon teint… Pourquoi prend-il si aisément le soleil ?

Cette fois-ci, sa mère se retourna vivement pour lui attraper les mains.

— Mon Dieu, ma petite chérie, qu'es-tu en train de raconter ? Ne vois-tu pas à quel point tu es magnifique ? Pourquoi douter de ta beauté, elle est tout simplement parfaite.

— Tu dis ça parce que tu es ma mère. Je t'assure que tout le monde ne pense pas comme toi !

Sa voix se brisa tandis qu'elle tentait de ravaler ses larmes. Jezebel, stupéfaite, se mit à la bercer en lui caressant tendrement le dos.

— Allons, allons, ma princesse… Que se passe-t-il ? Quelqu'un t'aurait-il dit quelque chose de méchant ? Où est passée la fille forte et rebelle que j'ai toujours connue ? Tu me sembles vraiment à fleur de peau en ce moment… Comment peux-tu penser que tu n'as aucun charme ? Dois-je te rappeler tous ces jeunes hommes qui se précipitent à tes pieds pour exaucer le moindre de tes caprices dès que tu parais ? N'as-tu pas énormément dansé ce soir ? Bien plus que ton amie Lupita, si je ne m'abuse…

Lián ne répondit pas. Le visage baissé, elle s'efforça de discipliner les belles boucles blondes de sa mère à l'aide d'une brosse. Cette dernière en profita pour observer avec attention son reflet penché.

— Hum, c'est à cause de cette histoire avec Carlos Ramiro. Ce petit imbécile mériterait une bonne leçon. Je ne voulais pas qu'il vienne ce soir, mais ton père, sous je ne sais quel prétexte important, a tenu à ne rien changer à nos invitations. S'est-il à nouveau montré violent ? Tu dois me le dire.

— Non, maman. Carlos est vraiment un goujat mais ce soir, il a été relativement correct.

— Cette histoire me chiffonne vraiment. Je vais aller lui parler. Il est hors de question que je laisse ce freluquet te menacer.

Lián ne put s'empêcher de sourire. En regardant sa mère, on pouvait aisément croire, à la voir si blonde, si pâle, qu'elle était un être fragile et énamouré. En réalité, c'était une louve. Tous les hommes du domaine la respectaient au point de donner leur vie pour elle. Elle savait monter les chevaux les plus rétifs et tirer à la carabine avec assurance. Elle aidait tous les ans les poulinières à mettre bas grâce à ses connaissances d'infirmière. On la croyait coquette et superficielle. En réalité, elle était pleine de courage, avec un caractère tenace qui savait tenir tête à n'importe qui. Souvent, Lián la regardait en se demandant ce qu'elle avait bien pu vivre dans sa jeunesse pour être à la fois aussi douce et aussi dure.

— Ça va, maman, je t'assure. Moi aussi, je sais me défendre.

Jezebel continua néanmoins à détailler sa fille avec inquiétude. Elle savait d'expérience que la violence d'un homme pouvait fragiliser la plus forte des femmes. Elle avait vécu un tel harcèlement, il y avait fort longtemps. Elle ne s'en était pas relevée indemne. Pour panser ses plaies, il avait fallu du temps, beaucoup de temps et, surtout, l'amour inconditionnel d'un homme.

Pour elle, il était hors de question que sa fille vive un jour des tourments similaires.

Elle ferma à demi les yeux. Elle aurait bien voulu relancer la conversation sur ce sujet, mais elle ne savait pas comment s'y prendre pour ne pas brusquer sa petite sauvageonne. Depuis toujours, elle avait voulu que sa fille soit le plus libre possible, capable de prendre sa vie à bras-le-corps sans jamais demander d'aide à personne. Elle avait réussi au-delà de toute espérance. Peut-être était-il temps de lui faire confiance ?

Elle soupira imperceptiblement. Décidément, ce soir, elle aussi se montrait trop nerveuse, sans doute parce qu'elle détestait être séparée de Jan. La petite excursion nocturne qu'il avait montée l'inquiétait. Elle craignait qu'il n'ait imaginé une quelconque expédition punitive destinée à avertir les Ramiro de ne plus jamais approcher des siens.

Elle essaya de se détendre en se concentrant sur les mains qui la coiffaient. Elle se remémorait les adorables menottes qui, un jour, là-bas à Singapour, avaient serré pour la première fois son doigt. À cette époque, elle était seule. Elle vivait un moment hors du temps, au fin fond d'une mission française. Un moment infiniment triste, que seule la naissance de sa petite fille avait réussi à ensoleiller. Un moment où son cœur, pris entre deux amours, avait dû faire face à un destin implacable.

Elle sursauta lorsque sa fille se pencha pour lui embrasser la joue.

— *Māmā*, chuchota cette dernière en usant du mot chinois qu'elle utilisait durant sa prime enfance, tu veux bien me dire à quel moment tu as su que tu étais amoureuse de *Bàbà* ?

Bàbà. Jan, évidemment. Le seul père qu'elle ait jamais connu.

Jezebel tripota machinalement le collier de perles qu'elle portait autour du cou. L'heure des confidences avait-elle sonné ? Elle eut un moment de panique. Elle n'était pas prête. Elle ne le serait jamais.

— Pardon, s'exclama sa fille qui avait senti sa réticence, tu n'es pas obligée de répondre. C'est très indiscret de ma part.

— Non, s'empressa de répliquer Jezebel, je peux t'en parler, cela ne me dérange pas. En fait, j'ai tout de suite su que j'étais amoureuse de lui. Sauf qu'à cette époque, j'étais un peu sotte. J'ai refusé de l'aimer.

Lián dut trouver sa réponse passionnante, car elle s'empara du pouf recouvert de shantung pour le rapprocher et s'y installer.

— Tu as refusé de l'aimer ? Mais pourquoi ?

Jezebel eut un long regard rêveur.

— La première fois que je l'ai vu, j'étais très jeune. J'avais seize ans et j'avais toujours vécu dans un pensionnat. D'une certaine façon, je n'étais pas très dégourdie. Tu sais, je n'avais ni mère ni grande sœur qui auraient pu me faire des confidences. Lorsque j'ai vu ce beau jeune homme intrépide, mon cœur s'est emballé comme un fou et je me suis sentie devenir une véritable idiote. Chez certaines femmes, l'amour est une exaltation, chez moi, il m'a mise plus bas que terre. J'ai cru que c'était la fin du monde.

— Mais pourquoi as-tu pensé cela ?

— J'ai cru qu'aimer signifiait une perte de liberté. Mon corps me trahissait, mon cœur me trahissait, mes pensées me trahissaient. J'ai eu peur et j'ai lutté contre l'évidence. J'ai failli gagner, sauf que dans nos vies, il y a souvent une part de destin, contre lequel on ne peut s'élever. Sais-tu que l'homme de ma vie est entré dans la mienne de la façon la plus insolite qui soit ? Il avait raté son embarquement sur le paquebot qui partait en Inde. J'étais à bord. Je l'ai vu courser notre navire à bord d'un bateau à moteur jusqu'à ce que des matelots lui lancent une échelle de corde. D'une façon aussi folle qu'intrépide, il s'y est accroché et il a grimpé le long de la coque de notre navire. Il a manqué tomber, se noyer plus de cent fois. Il aurait pu se briser les os. Crois-moi, ce jour-là, en réussissant cet abordage digne d'un pirate de la Jamaïque, il a enflammé l'imagination de toutes les passagères.

— Mais c'est toi qu'il a choisi, sourit Lián.

Les yeux de sa mère se firent rêveurs.

— Ce ne fut pas aussi simple, ma princesse. Le problème, avec les hommes qui sont beaux, c'est qu'ils plaisent toujours à plusieurs femmes. Heureusement, un coquin de vent m'a aidée : il a fait s'envoler mon chapeau. Jan l'a attrapé et m'a regardée. Je crois que, de ce jour, nous ne nous sommes plus quittés. Bien sûr, nous avons vécu des tas de choses différentes, à des moments différents, mais il demeurait ce fil entre nous, qui nous liait l'un à l'autre, quand bien même nous étions séparés par des milliers de miles.

— Comme ces oiseaux bengalis qui s'aiment pour la vie et ne se quittent jamais plus.

Jezebel tripota son poudrier avec un doux sourire.

— Oui. Comme les oiseaux bengalis qui s'aiment pour la vie.

Sa fille se haussa vers le tableau qui représentait les deux oiseaux amoureux. Elle avait toujours trouvé que la toile dégageait une infinie tendresse.

— L'amour est-il toujours ainsi ?

— Je l'ignore, ma princesse. J'imagine qu'il existe autant de sortes d'amours qu'il y a de personnes qui s'aiment. Entre Jan et moi, ce fut une évidence à retardement.

— Mais tu n'as jamais regretté de l'avoir rencontré ?

— Bien sûr que si. Au début, je le regrettais tous les jours. Je détestais cet homme qui surgissait dans ma vie pour tout bouleverser, pour briser toutes mes certitudes. Il était insolent et moqueur. Il me faisait tellement tourner la tête que j'en avais peur. Tu sais, il est un peu plus âgé que moi. Il avait une expérience que je n'avais pas. Une assurance, une certitude. Une volonté.

— Mais alors, comment avez-vous fait… que s'est-il passé ?

Jezebel regarda vers le lointain, comme si elle revoyait la scène.

— Il s'est acharné à m'aimer, même si ce ne fut pas un chemin facile. Il m'a apprivoisée, de la même façon qu'il murmure à l'oreille de ces chevaux rétifs, pour les habituer à sa présence.

— Tout de même, tu n'as jamais regretté… ? Après tout, tu étais en train de perdre ta liberté…

Sa mère haussa un sourcil étonné.

— Crois-moi, si l'amour t'emprisonne, alors, ce n'est pas de l'amour ! J'espère vraiment ne t'avoir jamais donné cette impression car, vois-tu, ma princesse, une fois que l'amour est accepté, il devient une chose merveilleuse qui illumine l'existence. Depuis que je suis mariée avec… avec ton père, je n'ai jamais regretté quoi que ce soit. Il est la plus belle chose qui me soit arrivée dans la vie, avec ta naissance et celle de Zachary.

Lián se jeta dans ses bras et la serra fort contre elle. Jezebel eut soudain l'impression que des larmes mouillaient son corsage. Prenant le visage de sa fille entre les mains, elle l'examina attentivement.

— Que se passe-t-il, ma princesse ? Pourquoi toutes ces questions ? Es-tu malheureuse ? Est-ce cela que tu essaies de me dire ?

Lián se raidit.

— Non, non…, balbutia-t-elle, avant de retomber dans le cou de sa mère en hoquetant.

Jezebel la berça, ébranlée de la voir pleurer. Sa fille avait-elle déjà pleuré un jour ? Même petite, lorsqu'elle s'écorchait un genou, elle avait toujours serré les dents.

— Ma petite chérie, ma merveilleuse princesse… Il faut que tu me parles. Que se passe-t-il ?

Lián s'écarta et essuya d'un revers de la main les larmes qui coulaient sur ses joues.

— Ce n'est rien, maman. Je suis un peu idiote ces jours-ci.

Elle voulut s'écarter mais Jezebel la retint par la main. Son beau visage venait de s'illuminer d'un sourire, comme sous le coup d'une révélation.

— Mon Dieu, ma chérie, dit-elle soudain avec un ton sucré. Je comprends mieux ce qui t'arrive, ma princesse. C'est à cause de notre invité, ce jeune McCorball.

Elle dut toucher juste, car Lián ouvrit de grands yeux fâchés.

— Maman ! s'exclama-t-elle, ne dis pas n'importe quoi !

Mais sa mère lui caressa les mains avec tendresse.

— Tu sais, j'ai été jeune avant toi. J'ai vu les regards que vous échangez.

— Maman ! répéta Lián, affreusement gênée. Ce n'est pas ça, c'est juste que… que…

— C'est juste qu'il est très beau. Oui, cela aussi, ma jolie fleur de lotus, je l'ai remarqué.

Lián s'arracha à l'étreinte de sa mère.

— Laisse tomber, maman. Il m'a dit qu'il partira bientôt. L'Argentine n'est pas son pays.

— Et cela te rend triste ?

Sa fille remit ses escarpins, marcha jusqu'à la porte en claquant des talons sur le parquet ciré.

— Je ne veux pas en parler.

— Lián, ma chérie…

— S'il te plaît, maman, retournons nous occuper de nos invités. Je pense qu'il vaut mieux que certaines personnes ne remarquent pas l'absence de papa, n'est-ce pas ?

Jezebel acquiesça, affreusement déçue. Sa fille était parfois si dure. Peut-être l'avait-elle rendu trop forte, à force de lui apprendre à l'être ?

8

Dimanche 20 août 1939
Pampa dans le Partido de La Plata – Argentine

— *Shit*, chuchota Jan Lukas d'une manière presque inaudible. J'habite dans la région depuis plus de dix ans et je n'ai jamais soupçonné l'existence de ces bâtiments.

— Chut, souffla Milo McCorball en continuant à regarder en contrebas. Nous parlerons plus tard. Pour l'instant, efforçons-nous de ne pas nous faire repérer.

Ils étaient tous les deux couchés derrière une épaisse touffe d'oyats, dans un sable que le gel rendait craquant. Il faisait nuit noire, mais on devinait tout de même le relief des dunes les plus proches, ainsi que le cours argenté d'un arroyo qui finissait en marécage. Quelques centaines de yards auparavant, ils avaient abandonné la camionnette Chevrolet Chevy Rat Rod en la cachant autant que possible dans un bosquet d'acacias. À partir de là, ils avaient longé à pied une route bien entretenue que doublait une voie ferrée. Tout du long, ils avaient avancé avec précaution, en usant au maximum des caractéristiques du terrain pour se dissimuler. Ils ignoraient encore ce qu'ils risquaient de découvrir.

Une bonne vingtaine de minutes plus tard, ils avaient aperçu une palissade au milieu des eucalyptus. Ils s'étaient aussitôt mis à couvert dans les dunes. Là, ils s'étaient déplacés avec précaution, en faisant attention à ne pas déranger une faune sauvage qui aurait pu trahir leur présence.

Milo avait emmené Jan sur un monticule en slalomant entre les ajoncs qui les fouettaient au passage. Juste avant le sommet, ils s'étaient mis à ramper sur le sable afin d'être certains de ne pas être vus par les sentinelles.

Depuis, ils étaient en planque au milieu des buissons.

Rien ne bougeait. Milo sortit des jumelles de son sac à dos. Avec l'obscurité, il ne voyait pas grand-chose mais ses yeux finirent par s'habituer et il parvint à étudier la configuration des lieux.

Il vit en premier une clôture de seize pieds de haut surmontée de barbelés. Au-delà s'étendait une sorte de no man's land d'environ six pieds de large. Un fossé contournait l'ensemble, puis une seconde palissade, ou plutôt un grillage hérissé de fils de fer. À l'intérieur de cette enceinte, la terre était tellement piétinée que plus aucune végétation ne subsistait.

Des bicoques rectangulaires étaient alignées les unes à côté des autres. Elles étaient montées sur des pilotis qui les protégeaient sans doute des sempiternelles marées ramenées par le rio. Leurs toitures légèrement pentues étaient recouvertes de branches qui les camouflaient du ciel. Milo comprit mieux pourquoi il avait eu tant de mal à distinguer quelque chose sur les photographies aériennes qu'on avait mises à sa disposition.

Le portail d'entrée donnait directement sur la route. C'était un simple sas délimité par des volutes de barbelés. Ces derniers étaient montés sur une structure mobile en bois qui pouvait être déplacée, et permettait alors le passage de véhicules motorisés.

Le long du grillage, des veilleuses diffusaient vers le sol une lumière faible, sans doute atténuée par des caches anti-aériens. Dans cette lueur éparse, on remarquait une enfilade de miradors. Ils étaient distants les uns des autres d'environ quarante pieds à chaque fois.

— C'est un camp d'internement, souffla Milo avec un chevrotement d'excitation, tant il était certain d'avoir localisé son objectif.

— Ces terres appartiennent aux Ramiro, confirma Jan Lukas. Ils sont forcément au courant de l'existence de cette construction.

Milo rangea ses jumelles pour sortir de son sac à dos un fusil en pièces détachées. Il entreprit de le monter tandis que Jan le regardait faire, médusé.

— Vous n'allez tout de même pas les attaquer ?

Milo se permit un sourire tout en reliant la lunette de visée à une sorte de batterie.

— C'est un Sniper Scope T-12, un fusil à visée nocturne inventé par vos compatriotes, chuchota-t-il en creusant le sable pour s'installer plus confortablement. Le principe est encore expérimental mais ça devrait tout de même m'aider.

— Vous êtes un sniper ? demanda Jan, en étudiant le fusil de haute précision.

— Non. Je ne vous ai pas menti, je suis ici en observation, pas en intervention. Ce dispositif permet de mieux voir dans la nuit.

La batterie enclenchait un rayonnement infrarouge qui balayait l'obscurité. L'œil collé au viseur, Milo put étudier de manière plus détaillée les différents baraquements. *A priori*, il s'agissait de simples constructions rectangulaires faites avec des planches de bois clouées. On y distinguait une seule ouverture : une porte munie d'une fenêtre grillagée, cadenassée de l'extérieur. Les prisonniers étaient sans doute enfermés là.

Les lieux semblaient déserts. On ne voyait même pas de sentinelles. Elles devaient somnoler dans leurs miradors. Milo continua son examen vers le cœur du dispositif, une place centrale où il découvrit avec effarement une potence et un tabouret renversé. Un homme pendait au bout d'une corde. Mort, évidemment.

Milo recula la lunette de visée en faisant la grimace.

— Il faudra revenir en journée pour faire des photographies. J'ai besoin de preuves visuelles. Cet endroit semble être une belle saloperie.

Jan Lukas ne répondit rien. Il n'avait pas pu détailler le camp avec la même précision que son compagnon, mais il avait senti les effluves nauséabonds que ramenait le vent. Or, il n'était pas né de la dernière pluie. Durant la Grande Guerre, il avait vu en Afghanistan des charniers qui dégageaient la même odeur méphitique. Impossible de ne pas faire le rapprochement.

Milo continua son observation. Il prenait au fur et à mesure des notes sur un carnet souple. Il fit même des croquis.

Jan l'interrompit en le poussant légèrement du coude.

— Regardez, ça bouge, chuchota-t-il d'une voix très basse.

Milo pointa son viseur sur une des portes du baraquement qui, soudain, avait laissé filtrer un bref éclat de lumière avant d'être refermée. Une silhouette particulièrement épaisse se dirigea vers la palissade. Malgré l'obscurité, il fut facile de voir que ce véritable géant, aussi grand que gras, était vêtu d'un treillis noir sans écusson et de chaussures semblables à des rangers. Sans doute s'agissait-il d'un officier, peut-être même du dirigeant de ce camp prêt à effectuer sa ronde d'inspection.

Cet homme se déplaça effectivement de mirador en mirador. À chaque fois, le manège fut le même : un bref sifflement, puis la réponse de la sentinelle. Les deux hommes échangeaient quelques mots, ensuite l'officier reprenait sa ronde.

Parvenu devant la dernière plate-forme, celle qui était la plus proche de l'entrée, il alluma une cigarette. Son visage apparut dans la lueur tremblotante de la flamme du briquet. Milo reconnut tout de suite l'énorme face ronde, de type asiatique, avec des joues glabres et un crâne entièrement rasé à l'exception d'une natte qui battait dans son dos. Mogül le Moghol, qu'il avait vu à Buenos Aires en train de parler à Carlos Ramiro.

Jan Lukas l'avait lui aussi vu. Son expression devint celle d'un homme regardant un fantôme.

— Vous le connaissez ? chuchota Milo.

Jan prit quelques secondes avant de répondre.

— Non.

Il mentait. Milo ne dit rien. Il démonta son fusil et rangea les pièces dans son sac à dos. Il éclaircirait cette énigme plus tard. Pour l'heure, il avait vu tout ce qui était à voir et il valait mieux décamper avant de se faire repérer.

Ils s'éloignèrent de la même façon qu'ils étaient venus, en rampant sur le sable entre les dunes. Plus tard, lorsqu'ils estimèrent être suffisamment éloignés des barbelés pour ne plus être aperçus, ils se mirent debout et ils allongèrent la foulée.

Une fois revenus dans la Chevrolet, Jan prit le chemin du retour. Milo continua à se taire. L'Américain lui coula un regard incisif.

— Vous n'avez rien à dire ?

— Et vous ? riposta Milo.

Jan affecta de se concentrer sur la route quelques instants, puis il revint à la charge. Milo haussa les épaules.

— Oui, c'est bien un camp d'internement. Je parierais qu'on y parque tous ces Indiens qui disparaissent. Le plan est parfait. Non seulement on récupère une main-d'œuvre à moindres frais, mais en plus, on se débarrasse d'une population que la majorité des *estancieros* considèrent comme un frein à la modernité. On les fait travailler à outrance, on les nourrit à peine et lorsqu'ils deviennent trop faibles pour assurer leur part de travail, on se débarrasse des corps sous une bonne couche de chaux vive. De temps à autre, on calme toutes velléités de résistance en faisant un exemple. On fusille un prisonnier, ou on le pend. J'ai vu une potence au centre du camp. Un homme y était encore suspendu.

Jan serra les dents.

— Je n'arrive pas à y croire. Un tel camp à seulement quelques miles de chez moi…

— En Allemagne, les nazis les construisent à tour de bras. Officiellement, ce sont des camps pour les travailleurs obligatoires, mais des rafles contre les juifs ont commencé l'année dernière. J'imagine que vous avez entendu parler de la nuit de Cristal ? C'était en novembre 1938. Un véritable pogrom, avec de multiples assassinats, des expulsions, des confiscations de biens et, surtout, l'internement de familles juives dans des camps de concentration. Vous savez que les Allemands prônent la supériorité des Aryens et refusent le mélange des races. Dans leur doctrine, ils considèrent les juifs comme des sous-hommes. Ils les forcent à travailler dans des conditions abominables. La torture et les exécutions sont monnaie courante. Je crains que les Ramiro n'aient adopté le même mode de fonctionnement avec les Indiens de la pampa.

— Je n'ai jamais entendu parler de telles exactions, releva Jan. Dans nos journaux, nous lisons surtout les échecs diplomatiques des politiques internationales d'apaisement, ou les comptes rendus des possibles traités d'alliance. On devine l'escalade, mais on ne sait rien de ce qu'il se passe réellement en Allemagne.

— Je vous parle d'informations encore peu connues, presque confidentielles. Depuis que le Reich a promulgué sa loi « pour la protection du sang et de l'honneur allemand » qui interdit sur son territoire les unions mixtes, nos agents infiltrés nous font des rapports alarmants. Partout, y compris dans les territoires récemment annexés comme l'Autriche, les militants nazis s'investissent dans l'aryanisation des biens, en particulier ceux du petit commerce. Avec des harcèlements, des brimades publiques, des violences ou tout simplement des spoliations de biens, ils poussent la population juive à migrer hors des frontières allemandes. Vous l'avez sans doute remarqué, l'actuel flux migratoire allemand qui arrive en Argentine est essentiellement constitué de réfugiés juifs.

— Je ne comprends pas ce que les Ramiro ont à voir avec l'Allemagne ? Après tout, les Indiens ne sont pas des juifs.

— Les Ramiro sont ce que les services britanniques appellent des nazis dormants, des espions établis sur un sol étranger depuis des générations. Ils travaillent à l'expansion de la suprématie aryenne. Ils sont certainement employés par l'*Auslandsorganisation*, un département qui organise le parti nazi dans toute l'Amérique du Sud. Pour ces hommes-là, les Indiens sont comme les juifs, des sous-hommes de race impure.

— Je suis abasourdi. J'étais persuadé que l'Argentine était à mille lieues de la guerre.

Milo eut une grimace.

— L'Argentine restera probablement neutre, mais il est évident que mon gouvernement ne peut laisser des hommes comme les Ramiro étendre leurs idées dans un pays où la démocratie doit encore faire face à la corruption et aux élections truquées. Ces hommes-là n'ont que trop de pouvoir.

Jan Lukas se cramponna à son volant le temps de passer un nid-de-poule. Lorsque la route redevint plane, il reprit :

— Toutes les rumeurs faisant état de chasses à l'homme et d'assassinats sordides sont donc une réalité. C'est atroce. Qu'allez-vous faire maintenant ?

— Je vais prévenir ma hiérarchie. Mes supérieurs décideront d'une éventuelle ligne de conduite.

— Je pourrais armer mes gauchos et…

— Non, coupa Milo d'un ton ferme. Je n'ai aucune autorisation officielle pour une quelconque intervention. Autant que possible, tout doit se passer légalement. Je vous garantie que l'ambassade britannique va mettre la pression sur les autorités argentines, ça, vous pouvez me croire.

— Cette voie diplomatique va prendre des jours, voire des semaines ! protesta Jan. Pendant ce temps, des gens sont encore en vie dans ces baraquements. Les Ramiro possèdent des mines de galène. Je parierais que les rails que nous avons suivis servent à convoyer les prisonniers sur place, puis à récupérer les pierres afin d'en extraire l'argent.

— Je vais tout faire pour accélérer les procédures. En attendant, ne vous en mêlez pas. Pensez à votre famille, à votre femme, à vos enfants. Ce n'est pas le moment de franchir les limites. Nous devons en priorité discréditer ces hommes aux yeux de leurs alliés.

— Dire que ces deux salopards sont en ce moment chez moi, en train de danser la *cuera* et de boire mon champagne. Je les ai même invités à dormir sur place !

— S'il vous plaît, ne changez rien à ce programme. Ne faites rien qui puisse éveiller leurs soupçons. S'ils se sentent découverts, ils risquent de détruire toutes les preuves et de disparaître dans la nature. Il nous faudra alors tout recommencer.

Jan ralentit la Chevrolet pour passer le petit pont de bois qui menait à la Balandra.

— J'ai connu il y a longtemps un baron allemand qui n'avait rien de recommandable. Un trafiquant d'opium de la Belle Époque, une vraie ordure dénuée de scrupules. Sa fortune lui permettait d'avoir des accointances avec le Raj de l'époque. En ce temps-là, vos compatriotes avaient besoin de l'opium pour le jeter sur la Chine et ainsi compenser le déficit commercial que provoquait l'achat de thé et de soieries. Franchement, je ne pensais pas qu'il puisse exister d'homme plus abject que celui-là. Je crois que je me suis trompé.

Milo posa une main amicale sur son épaule.

— Ne vous inquiétez pas. Les Ramiro vont payer. Ce n'est qu'une question de temps.

9

Dimanche 20 août 1939
Castillo de la Balandra – Argentine

L'Indien querandi fit face à Milo. Son visage rond ne montrait que dureté, autant dans les pommettes creusées, dans le nez épaté et dans les lèvres minces qui s'étiraient, parallèles à ses sourcils trop fournis. Les cheveux coupés au couteau retombaient sur son front. La peau usée avait l'apparence d'un vieux masque de cuir.

Cet Indien n'avait plus rien d'humain. Il avait été torturé et mutilé. Les os pointaient sous la chair. Le corps était une enveloppe couverte de plaies monstrueuses.

Milo eut un hoquet d'horreur. Le supplicié tendait maintenant une main décharnée pour accrocher son épaule. Ce n'était pas un appel au secours, ni même une supplique. Il était trop tard. Une corde enserrait son cou brisé.

Milo se réveilla en sueur, le cœur palpitant comme un fou.

Un cauchemar. Il avait fait un terrible cauchemar !

Il s'assit sur le bord du lit, regarda autour de lui jusqu'à se rappeler qu'il était dans sa chambre de la Balandra et que l'Indien suspendu à une corde n'était pas *réellement* dans la pièce.

Ce n'était que le souvenir de l'autre, celui qu'il avait vu pendu là-bas.

Attrapant la carafe d'eau, il but directement à grandes lampées. Puis il se leva et marcha vers la fenêtre. Un grand soleil incandescent filtrait à travers les doubles rideaux. Il frotta son visage dans ses mains. Il s'était couché tard. Au retour de leur petite expédition nocturne, Jan Lukas avait tenu à ouvrir une bouteille d'un *rye whiskey* qu'il faisait spécialement venir du Kentucky. Pas étonnant qu'il ait dormi aussi longtemps. Ils avaient eu besoin de plusieurs verres pour chasser de leurs têtes tout ce qu'ils avaient vu.

Il écarta les rideaux. On était dimanche. Les cloches de la petite chapelle dans le parc tintaient à la volée et les fidèles sortaient de l'office. Leurs vêtements immaculés ressemblaient aux ailes des mouettes au-dessus du Rio de la Plata.

Lorsque les cloches se turent, elles furent remplacées par des clameurs. Il se pencha à la balustrade pour voir ce qu'il se passait. De nombreux cavaliers étaient regroupés sur les prés habituellement réservés à l'entraînement des *criollos*. Certains patientaient, immobiles comme des statues de bronze, mais la plupart caracolaient sur place, mus par une excitation qui se propageait des hommes aux chevaux. Déjà, une poussière ocre montait dans le soleil.

Jan Lukas sortit du *castillo* pour rejoindre ses hommes, veste et bottes en cuir, un vieux Stetson posé sur la tête. Craignant brusquement que l'Américain n'ait levé une expédition punitive, Milo attrapa une chemise puis interpella son hôte :

— *¡Hola, Jan!* C'est quoi toute cette agitation ?

L'Américain lui fit un grand geste du bras.

— *Buenos dias*, Milo ! Pas trop la gueule de bois ? Mes gauchos commencent un jeu de *pato*. En avez-vous déjà vu un ?

— Un jeu de canard[1] ? s'esclaffa Milo, rassuré par cette nouvelle qui n'avait rien de combatif. Non, je ne connais pas.

— Venez me rejoindre. Vous verrez, cela vaut le coup d'œil.

Jan s'approcha des cavaliers qui continuaient à s'agiter sur place. Ils étaient une bonne cinquantaine, des *petiseros* venus pour entraîner leurs *criollos*, mais aussi les *reseros*[2] qui s'occupaient habituellement des bœufs, les *puesteros*[3] au bas de l'échelle, et même les *capataz*[4] montés sur leurs meilleurs chevaux. Tous attendaient, pris par la fièvre du jeu à venir, tandis qu'un cri sauvage montait au-dessus de la mêlée, ajoutant à l'excitation générale.

Dans cette cohue, Milo tomba soudain en arrêt devant deux tresses garnies de rubans rouges qui tressautaient sous un béret de la même couleur.

1. Allusion à la traduction de *pato*, qui signifie « canard », en espagnol.
2. Le « cow-boy » d'Argentine.
3. L'ouvrier dans la ferme.
4. Le contremaître.

— Lián, chuchota-t-il, stupéfait.

La belle *Doncella* était là, au milieu de la bande, toute frêle et minuscule parmi ces gars mal rasés qui la dépassaient tous d'une bonne tête de truand. Elle était pourtant des leurs, montrant la même impatience jouissive, dans sa chemise trop grande aux manches retroussées. Elle aussi surveillait ses adversaires de son beau regard rétréci, les joues colorées par l'excitation.

Dans la lumière incandescente, elle ressemblait à une lointaine princesse orientale. Milo en resta ébloui.

Maintenant pressé, il sauta dans un jeans et enfila ses bottes. Au rez-de-chaussée, il courut à la *cocina*[1] pour avaler un café noir puis se rua vers les prés.

Le temps était printanier. Le ciel affichait un bleu superbe. Milo rejoignit Jan Lukas près d'une barrière de bois. Le coup d'envoi venait d'être lancé.

Il crut d'abord qu'il s'agissait d'un match de polo, puis il remarqua qu'il n'y avait ni balle ni maillet. Pas d'équipes non plus, juste une horde farouche vociférant. L'enjeu était un gros sac de cuir rond, muni de quatre anses qui permettait de l'empoigner avec une relative facilité.

— Alors, bien dormi ? ironisa Jan en lui serrant la main.

— Aussi bien que possible après la cuite que vous m'avez fait prendre, répondit Milo sur le même ton.

— Il paraît que « Bon whiskey ne laisse pas de trace au matin ».

— C'est un proverbe du Kentucky ?

Jan Lukas s'esclaffa :

— Non, une constatation personnelle née de l'expérience !

Ils rirent, mais les regards qu'ils se jetaient demeuraient hantés. Milo se détourna en premier. Il désigna du menton les cavaliers qui soulevaient un véritable maelstrom de poussière.

— Alors, ce *pato* ? De quoi s'agit-il ?

— Vous avez compris que *pato* signifie canard, n'est-ce pas ? Vous voyez le sac ? C'est le *pato*. Il y a peu, les gauchos enfermaient encore à l'intérieur un vrai canard. Un canard vivant, dont seule la tête dépassait. Ils se le disputaient ensuite à la

1. « La cuisine », en espagnol.

sauvage, de manière à mettre en évidence leurs compétences de cavalier.

— C'est un jeu cruel pour ce pauvre canard.

— Comme le *bouzkachi*[1] afghan le fut à l'origine pour la chèvre, approuva Jan Lukas. De toute façon, le *pato* dans sa version la plus violente fut rapidement interdit par les religieux, dès 1739 il me semble. À l'époque, cela faisait des morts pas très chrétiens, des cultures dévastées et des troupeaux dispersés. Il fallut pourtant attendre deux autres décrets, et une menace de travaux forcés pour les contrevenants, avant que le *pato* ne se décide à presque disparaître.

Milo s'étonna :

— Vous autorisez sur vos terres une pratique interdite ?

Jan Lukas eut un demi-sourire.

— L'actuel gouverneur de Buenos Aires vient de le réhabiliter. De nos jours, le *pato* semble être devenu une sorte de jeu codifié, beaucoup plus civilisé que par le passé…

— Semble ? releva Milo, non sans ironie. Le mot est judicieux, ce jeu ne semble pas si civilisé que cela !

— Il est difficile d'interdire complètement une vieille tradition. Un *pato* peut se déclarer spontanément, parce que des gauchos sont en rivalité, parce qu'il y a une querelle à régler ou tout simplement parce qu'ils ont envie de jouer. En contrepartie, je ne tolère ni cruauté ni violence. Chez moi, il n'y a pas de canard dans le sac, cela va de soi. Tout comme il est interdit aux concurrents de se frapper. Du coup, vous allez voir, c'est un jeu de course et d'attrape assez jouissif, que je pratique moi-même de temps à autre.

— Et vous laissez votre fille y participer, remarqua Milo en essayant à nouveau de repérer les deux tresses enrubannées de rouge parmi la cohorte trépidante.

Jan Lukas lui coula un œil amusé.

— Nous ne sommes plus au XIXe siècle, Milo. Le *pato* est un excellent exercice de préparation au polo. Et puis, vous avez déjà eu l'occasion de voir Mary-Leela sur un terrain. Vous avez noté qu'elle excelle avec une balle et un maillet. De

1. Sport national en Afghanistan et dans d'autres pays d'Asie centrale, qui consiste à se disputer le cadavre d'une chèvre empli de sable.

nos jours, le *pato* met en évidence l'adresse d'un cavalier et sa maîtrise d'une monture. Ma fille est capable d'en remontrer à n'importe quel homme.

— En effet, je l'ai vue à l'œuvre. Mais tout de même, cette horde de cavaliers me paraît assez impressionnante…

Jan Lukas lui tapota l'épaule.

— C'est vrai. Mais le jeu va bientôt s'aérer. Il faut amener le sac, la *pelota de pato*, à l'autre bout du pré, tourner autour de ce piquet et le ramener ici après trois passes obligatoires, pour le jeter dans ce panier en osier. Le premier qui y parvient gagne la partie. En gros, c'est du basket-ball à cheval.

Il avait raison, la mêlée s'étirait déjà en longueur. Le *pato* passait de main en main en tête de course. Les figures réalisées par les gauchos pour se l'approprier étaient tellement téméraires que certains concurrents avaient déjà chuté.

— J'ai oublié de vous préciser, les étriers ne sont même pas reliés par une sangle, ce qui rend le ramassage du *pato* encore plus sportif. D'où ces figures assez acrobatiques.

— C'est un jeu plutôt viril, commenta Milo. Y a-t-il d'autres règles ?

— Une seule : le *pato* doit toujours être visible, tenu à bout de bras.

Milo s'accouda sur la barrière en bois pour mieux suivre ce corps-à-corps de titans. Le sac à anses ne se laissait attraper que pour mieux être arraché. Pour le ramasser au sol, un cavalier devait se laisser glisser sur le côté de sa selle, les pieds uniquement retenus par les étriers, à la force de ses cuisses et de ses genoux. Dès qu'il réussissait à saisir le *pato*, il partait au grand galop en se rétablissant, poursuivi par tous les cavaliers de l'apocalypse. Les trajectoires des chevaux se croisaient, les cravaches claquaient au-dessus des croupes des *criollos*. Il y eut des chutes, encore et encore. Le jeu semblait nécessiter une certaine force, mais l'adresse comptait aussi pour beaucoup, y compris dans la manière d'arracher la *pelota* puis, plus tard, de la protéger de son corps pour éviter de se la faire prendre.

— Regardez ma fille ! s'exclama lady Jezebel en rejoignant les deux hommes. N'est-elle pas superbe ?

Elle embrassa Jan avec tendresse, sourit à Milo, puis fit face au jeu en retenant sa capeline d'un geste élégant. Sa fille venait effectivement de jaillir du peloton où elle se tenait jusqu'à présent embusquée. De la main droite, elle accrocha le *pato* tenu par un adversaire tout en poussant son cheval pour croiser les trajectoires. Ce mouvement tendit le bras de son concurrent vers l'arrière si fortement qu'il fut contraint de lâcher prise pour éviter de se déboîter l'épaule.

Tandis que Jan et Jezebel se prenaient par la taille, fiers de leur fille, Milo la suivit du regard, subjugué à son tour. La petite futée s'était légèrement décalée sur sa selle afin de fermer les angles d'attaque. Ses poursuivants n'arrivaient pas à approcher du *pato* qu'elle tenait à bout de bras. Bien qu'elle fût la plus petite et la plus gracile de la horde, elle allait probablement gagner la course. Milo fut saisi d'une admiration sans bornes. Dieu qu'il l'aimait !

Le jeu aurait pu s'achever rapidement si un dernier concurrent ne s'était soudain jeté dans la bataille. Tous reconnurent Carlos Ramiro arrivé au grand galop.

L'Argentin tenta aussitôt d'agripper le *pato*, mais Lián l'avait vu venir. Basculant sur ses étriers, elle se pencha pour protéger sa prise de son dos, utilisant le corps du cheval pour maintenir la distance.

N'importe quel adversaire aurait déclaré forfait, le *goal* était trop proche, mais Carlos Ramiro n'était pas homme à céder la victoire à une femme. Cravachant son cheval qui bondit littéralement, il frappa la jeune fille au visage d'un violent coup de poing. Sous le choc, elle partit en arrière, perdit les étriers et roula dans l'herbe, le corps désarticulé.

— Lián ! hurla sa mère, tandis que Milo sautait déjà pardessus la barrière pour courir vers elle.

Il tomba à genoux près du corps immobile. Au même moment, Carlos Ramiro revenait sur ses pas, ramassait tranquillement le *pato* et le jetait d'un air victorieux dans le panier. Pour la peine, il récolta des sifflements et des cris de colère, mais il ne s'en formalisa pas outre mesure. Il avait gagné. Pour lui, cela seul comptait.

Milo se redressa, prêt à se jeter sur lui pour lui faire ravaler sa victoire, mais Lián eut un gémissement qui le retint. Il se pencha vers elle avec anxiété. Elle avait les paupières closes et une grosse marque sur la joue. Elle ne semblait pas être blessée, mais elle ne bougeait toujours pas.

— Lián, chuchota-t-il. Lián, s'il vous plaît, répondez-moi.

Entendit-elle le son de sa voix ? Elle tressaillit, ouvrit les yeux en dodelinant de la tête. Il fut heureux de la voir reprendre connaissance, mais s'inquiéta tout de même devant son regard vide, incapable de se fixer sur quelque chose. La pauvre était encore bien sonnée.

Jezebel tomba à son tour à genoux près d'elle et la prit dans ses bras.

— Mon bébé, mon amour...

Elle palpa sa fille à plusieurs reprises, ne parvenant pas à croire qu'une telle chute ne lui avait occasionné aucune fracture.

— Ça va, maman, la rassura cette dernière en revenant enfin à elle. Aide-moi à me lever, j'ai juste les jambes un peu en coton.

Son roulé-boulé avait été spectaculaire mais elle allait bien. Un vrai miracle. Milo l'aida à se relever. Sa mère la serra contre elle. De son côté, Jan avait attrapé le cheval de Carlos par le mors et le maintenait sur place d'une poigne de fer. Son visage d'ordinaire si aimable était devenu un masque figé par la colère.

— Ce n'est pas la première fois que vous frappez ma fille, dit-il à l'Argentin, le ton dangereusement calme tandis que ses yeux prenaient un éclat glacial.

Carlos Ramiro essaya de libérer son cheval en le faisant se cabrer, mais Lukas le tenait fermement. En fin de compte, l'Argentin sourit avec insolence.

— Au *pato, el gringo*, tous les coups sont permis. Si une femme prétend quitter sa cuisine pour y jouer, qu'elle s'attende à être traitée comme un homme !

En entendant ces mots, Milo perdit son sang-froid. Il se rua vers l'Argentin qu'il aurait certainement fait tomber de sa monture si Jan Lukas n'avait tout lâché pour le ceinturer.

— Pas de ça chez moi, et toi, Carlos Ramiro, sors de ma propriété. Tu n'es plus le bienvenu. Dégage !

L'Argentin ricana, mais Jan répéta en sifflant entre ses dents serrées.

— Fiche le camp d'ici, avant que je ne prenne mon fusil et te loge une balle entre les deux yeux. Et ne reviens plus jamais sur mes terres, ou je jure que je t'abats comme le chacal que tu es.

Carlos accusa le coup en persiflant.

— Je reviendrai, voisin. Nous aurons alors une fiesta d'un autre genre, assortie d'une publication de bans.

— Fous le camp ! cria Jan Lukas, hors de lui.

Ses gauchos s'étaient rapprochés, prêts à le soutenir, alors seulement l'Argentin recula.

Il partit sans se presser, laissant derrière lui un silence stupéfié. Personne n'avait compris ce qu'il venait de dire. Avait-il parlé de mariage ? Avec qui ?

Consterné, Jan se tourna vers sa fille, que sa mère enlaçait toujours.

— Sais-tu ce qu'il a voulu dire ?

— Non, répliqua la jeune fille, pétrifiée.

— Il vient pourtant de parler d'une demande en mariage, continua son père, le regard durci. Ne me dis pas qu'entre toi et lui… ? Tu es forcément au courant !

— Papa ! s'écria Lián avec indignation. Comment peux-tu penser… croire… ?

Brusquement, elle se dégagea des bras de sa mère et s'enfuit en courant. Jan voulut la rattraper mais son épouse s'interposa.

— Ça suffit, laisse-la ! lui dit-elle. Ce qui vient d'arriver n'est pas sa faute !

— Ne comprends-tu pas qu'il prétend l'épouser ? s'exclama Jan Lukas, incapable de se calmer. Qu'a-t-elle bien pu faire pour que ce salopard imagine avoir des droits sur elle ?

— Pourquoi aurait-elle dû faire quelque chose ? lui répondit son épouse d'une voix sourde. Je connais cette espèce d'homme. C'est toujours la même histoire de domination. Lián est meilleure que lui sur un cheval. Elle le bat au polo et maintenant au *pato*. Il ne le supporte pas. Il l'a clairement dit, il souhaite la confiner dans sa cuisine ! Pour exister, il a besoin d'être le meilleur en tout. Il a toujours été ainsi, même lorsqu'il venait chez nous pour le goûter et qu'il n'avait pas dix ans. Ne te souviens-tu pas de ses caprices, de ses hurlements ? Il n'a jamais supporté qu'on lui tienne tête, homme, femme ou bête. Peut-être est-il amoureux de notre fille, ce n'est pas important, il ne comprend pas qu'elle lui résiste, qu'elle ne veuille pas de lui. Je m'en suis aperçue hier soir durant le bal. Je t'assure, je sais de quoi je parle.

Jan finit par hocher la tête et ils restèrent l'un en face de l'autre, les bras ballants, à ne plus savoir quoi faire, quoi dire. De vieux souvenirs remontaient à la surface, comme si l'existence n'était à jamais qu'un cercle sans fin. Des hommes de cette sorte, qui entendaient prendre tout ce qu'ils désiraient sans jamais tenir compte des autres, il y en avait hélas beaucoup trop.

— Dis-moi juste qu'il ne pourra jamais rien lui faire, le supplia tout de même Jezebel, en appuyant sa tête contre son épaule.

Son mari la rassura en la serrant plus fort.

— Ne t'inquiète pas. Nous sommes là pour la protéger. Écoute, va la rejoindre, ne la laisse pas seule maintenant. Dis-lui que j'ai eu tort de lui parler de cette façon. Occupe-toi d'elle. Vois s'il faut faire venir un médecin pour vérifier si elle n'est pas blessée. Elle a fait une sale chute. Je vous rejoindrai plus tard.

Elle s'éloigna. Il resta seul avec Milo, vers lequel il se tourna.

— J'ai cru deviner que vous aviez avec ma fille une certaine complicité. Pourrais-je vous demander comme une faveur de l'accompagner dorénavant dans toutes les sorties qu'elle voudra faire à cheval ?

Le jeune Britannique comprit ce qu'il craignait. Il acquiesça sans réserve.

— Je ne la laisserai pas seule. Je vous le promets.

Quelques gauchos s'étaient approchés en triturant leurs chapeaux. Le vieux Vicente Barroso parla au nom de tous :

— *Jefe*, si vous avez besoin, nous sommes là. La *Doncella*, c'est comme notre fille. On laissera personne lui toucher un cheveu, qu'il s'agisse d'un Ramiro ou pas.

Il cracha dans l'herbe avec force mépris, comme si Carlos avait été là, devant lui, et tous l'imitèrent.

— *Si, Jefe*. On est tous là.

— *Gracias, gracias*, leur dit Jan en tapant sur leurs épaules avec reconnaissance. Je sais que je peux compter sur vous, que vous serez vigilants. Merci.

— La petite, c'est notre fille à tous, répétèrent-ils. Qui ne l'a pas fait sauter sur ses genoux ? Qui ne lui a pas montré comment mettre une bride ou curer un sabot ?

Ils trouvèrent tous des anecdotes à raconter, et Jan les écouta religieusement. Au même moment, des cris éclatèrent. Ils se retournèrent tous d'un même bloc pour voir le jeune Zachary se précipiter vers eux.

L'adolescent courait presque, en traînant derrière lui sa petite amoureuse en larmes, qui n'en pouvait plus de le suivre à ce train d'enfer. Les deux jeunes gens s'arrêtèrent au milieu du groupe. Pâles et hagards, ils étaient visiblement choqués. Ils avaient tant couru qu'il leur fallut un bon moment avant de retrouver leur souffle et de parvenir à s'expliquer.

Enfin, Zack raconta qu'ils revenaient du petit cabanon de pêche, là-bas, près de la lagune. Ils avaient espéré s'y isoler le temps de se bécoter un peu, loin des regards indiscrets. Jan voulut lui hurler dessus, parce qu'ils n'avaient chacun que quatorze ans, mais le vieux Vicente le retint :

— Il faut les laisser parler, *Jefe*.

Zachary déglutit, puis continua d'une voix rauque.

— Une femme est morte là-bas, papa. C'est Abril. Quand je l'ai vu, j'ai un peu vomi.

*

— Elle a été étranglée, précisa Milo en se penchant sur le cadavre.

Il avait découvert le corps exactement à l'endroit indiqué par le jeune Zachary, c'est-à-dire caché sous des filets de pêche et des nasses à crabe, dans la petite cabane de pêcheurs abandonnée qui ne servait plus guère que comme terrain de jeux à des adolescents en mal de sensations fortes.

La pénombre n'avait pas facilité l'identification, mais Jan Lukas avait allumé son briquet avant d'être formel : il s'agissait bien d'Abril Mesteros, la jeune femme engagée comme soubrette quelques mois auparavant.

Il s'accroupit à son tour près du corps.

— Êtes-vous sûr de ce que vous avancez, Milo ? Ne peut-il s'agir d'un accident ? Cette petite n'avait que vingt et un ans.

Qui aurait pu vouloir la tuer ? Supposons qu'elle soit tombée et que…

— Non, coupa Milo d'un ton catégorique.

Ce n'était pas une chute. Les rougeurs qui marquaient la gorge de la victime parlaient d'elles-mêmes. Jan Lukas écouta son exposé sans parvenir à y croire. Comment une chose pareille avait-elle pu arriver à la Balandra, sa *casa* du bonheur ?

Bien sûr, la vie quotidienne n'y était pas toujours rose. Il arrivait qu'un de ses employés se blesse. Travailler à l'extérieur au fil des saisons, dans une pampa marécageuse qui subissait la sempiternelle furie des éléments, n'était pas un métier facile. Les chevaux et les bœufs qu'il fallait rassembler étaient quasiment sauvages. Un coup de sabot ou de corne pouvait faire de gros dégâts sur une jambe ou un bras. Sans compter les intempéries, les orages et les grandes marées, les coups de vent, les inondations, les mauvaises chutes, et aussi l'ivrognerie des hommes, les bagarres, les coups de couteau. Néanmoins, tous ces incidents faisaient partie de la vie ordinaire et n'avaient rien à voir avec un meurtre. Il devait y avoir une erreur.

Milo haussa les épaules.

— Il n'y a aucune incertitude, assena-t-il. Je ne suis pas médecin mais j'ai reçu une formation médicale de secours lorsque…

Il s'interrompit afin d'éviter d'en dire trop. Jan Lukas baissa d'un ton pour continuer à sa place.

— Je me doute de ce que vous avez appris dans les commandos. Je sais qu'on enseigne aux officiers à reconnaître la gravité d'une blessure pour leur permettre de prendre la bonne décision en connaissance de cause.

Milo n'infirma ni ne réfuta ce propos. Il avait compris depuis longtemps que Jan Lukas n'était pas un *estanciero* ordinaire. Son passé d'aventurier lui collait à la peau.

Il reprit l'examen du corps. Les deux hommes étaient seuls avec la morte. Lukas avait laissé deux gauchos à l'extérieur pour monter la garde. Quelques rayons de soleil se faufilaient par la porte entrouverte. Le reste n'était qu'obscurité et poussière, un tombeau avant l'heure, avec une mention particulièrement macabre pour l'étagère recouverte de vieux bocaux aux contenus mystérieux.

Pas étonnant que des adolescents aient choisi cet endroit pour s'y amuser. Dans un tel décor digne d'un film avec Béla Lugosi, il était facile de rejouer la scène du baiser de Dracula.

Milo tourna la tête de la victime vers la lumière et repoussa les cheveux qui recouvraient la figure. Le corps était glacé. La mort avait dû se produire durant la nuit. Fort de cette certitude, il se pencha pour mieux étudier le visage. Comme il s'y attendait, la peau était congestionnée.

Il livra ses explications à voix haute.

— Vraiment, il n'y a aucun doute, il y a eu étranglement. Le sang a été bloqué, il n'est pas redescendu vers le cœur. Il s'est accumulé, ce qui explique ce gonflement. En même temps que la victime s'asphyxie, la bouche devient bleue, ainsi que les oreilles et les ongles. Sans compter ces marques, là, sur la gorge.

Il mima un positionnement de mains.

— Vous voyez, ces traces sont dues aux doigts qui l'ont étranglée. Ici, ce sont les deux pouces. Là, l'index et le majeur. Ces entailles ont été faites par les ongles qui se sont enfoncés dans la chair. La pauvre s'est débattue, évidemment. D'où ces bleus et ces écorchures tout le long des bras.

Il écarta plus avant les pans du corsage, pour montrer sur le ventre une énorme ecchymose.

— Ceci, c'est la marque du genou qui la maintenait au sol. Et là, sur l'arrière du crâne, ces plaies résultent des chocs répétés de la tête cognant par terre, lorsque l'assassin lui donnait des coups d'assommoir.

Jan Lukas en avait certainement vu d'autres, mais l'exposé lui donna envie de vomir.

— L'assassin voulait donc vraiment la tuer. Je ne comprends pas. Cette gamine était la joie de vivre incarnée. Ma femme l'adorait. Tout le monde l'adorait. Qui a pu l'assassiner ?

Milo secoua la tête.

— Je l'ignore. Un maraudeur, peut-être. À moins qu'on n'ait voulu la faire taire.

— La faire taire de quoi ? réfuta Jan Lukas, non sans une certaine logique. Cette petite était une de nos domestiques, que voulez-vous qu'elle sache qui supposerait un tel geste ?

— J'ai cru comprendre que vous l'aviez engagée il y a peu de temps. Peut-être quelque chose dans son passé ? Ou un amoureux trop excessif ?

— Pour moi, le plus plausible serait que cette malheureuse soit tombée sur la mauvaise personne au mauvais moment. Ce meurtre a pu être commis par n'importe qui. Lorsqu'un *asado* est organisé dans une *estancia*, des gens viennent de partout, y compris des personnes que nous ne connaissons pas. Des vagabonds, des gauchos itinérants qui cherchent à se faire employer. Il faut rester objectif.

Milo avait en tête une autre intuition. Il avait parfaitement reconnu la petite soubrette qui, hier soir, avait écouté si attentivement sa conversation avec Lián.

— Jan, il faut que je vous dise, hier soir, votre fille m'a longuement parlé de mines de rubis en Inde, qu'elle aurait vu enfant près de la frontière birmane. Votre employée a tout entendu et, maintenant…

L'air sidéré, Jan se laissa tomber assis sur un vieux tonneau à poissons.

— Ce n'est pas possible, finit-il par dire. C'est un mauvais concours de circonstance. Un pur hasard. D'ailleurs, pourquoi Lián vous parlait-elle de ces mines de rubis ?

— Nous évoquions juste quelques souvenirs. Nous parlions des dieux hindous et elle venait de me montrer une cachette secrète dans la statuette de ce démon Rakshasa. De fil en aiguille, elle m'a raconté cette histoire de mines…

— Vous voyez, c'est un pur hasard, répéta Jan Lukas.

Milo ne fut pas convaincu, mais il n'insista pas. Ils recouvrirent le corps d'un tissu trouvé sur l'étagère puis ils sortirent. Jan s'apprêtait à laisser les deux gauchos en faction jusqu'à l'arrivée de la police, lorsqu'un des hommes lui tira la manche. Il agita son bras vers la Balandra.

Jan et Milo se retournèrent de concert. Le gaucho s'était mis à hurler :

— *¡Hay fuego, Jefe! Fuego en casa*[1].

*

1. « Il y a le feu, patron ! Le feu à la maison », en espagnol.

Des flammes monstrueuses montaient de la grange. L'incendie avait commencé dans un tas de paille protégé par un auvent en bois. Maintenant, il se propageait dans les ballots accumulés au fond destinés aux litières. Déjà, les quelques braises contenues dans les fumées fouettaient par intermittence le toit des écuries toutes proches.

Lián était sortie du *castillo* dès le premier son de cloche. Aussitôt, elle s'était tétanisée sur place, tellement horrifiée par ce qu'elle voyait qu'elle avait du mal à rassembler ses idées.

Au-delà des haies qui séparaient les écuries du jardin, la cour habituellement réservée aux *criollos* était en proie à un désordre sans nom. Les employés criaient et se bousculaient pour éloigner les chevaux. Poussée, traînée, à demi renversée par ceux qui, comme elle, se précipitaient pour éteindre le feu, elle n'eut d'autre choix que de courir en même temps qu'eux.

Elle tenta d'apercevoir son père ou son frère parmi ces hommes sales et en sueur, aux visages méconnaissables. Elle ne les vit nulle part. Prise de panique, elle dut s'arrêter au milieu de la cour. Près de la sellerie qui séparait la grange en flammes du reste des écuries, Ashton, le majordome anglais, avait tombé son élégante veste cintrée pour tenter de circoncire à grands coups de pelle les brandons qui s'échappaient de l'incendie. Partout, des femmes de chambre côtoyaient des lads et des *petiseros*, les unes piétinant comme des folles les centaines d'escarbilles qui faisaient dans l'herbe un étrange feu d'artifice, les autres frappant à l'aide d'une couverture mouillée les fétus enflammés qui tourbillonnaient dans la chaleur.

Elle comprit vite le problème.

— Il faut sortir les chevaux ! s'exclama-t-elle en agrippant le premier palefrenier qu'elle vit.

Le feu se propageait à une allure folle. En quelques minutes, il atteignit la partie haute du toit. Quelqu'un s'acharnait à faire sonner la cloche, rameutant les gauchos qui accouraient de partout pour prêter main-forte. Certains avaient ramené des prés les citernes qui servaient à abreuver les chevaux et actionnaient les pompes à tout-va face aux flammes. D'autres formaient des chaînes pour se passer les seaux qu'on sortait du puits. Quelqu'un avait mis une échelle contre le toit pour asperger les tuiles. L'eau semblait faire refluer le feu mais ne l'éteignait pas. Les flammes s'intensifiaient, alimentées par les gaz qu'elles dégageaient. L'air remuait comme une tempête.

Lián aperçut sa mère. Jezebel se tenait à l'entrée de la grange, les manches retroussées, le corsage noir de suie. Elle avait pris la direction des opérations d'une voix calme et ferme, comme à chaque fois qu'il fallait faire preuve de courage face à des événements terribles. Avec des ordres logiques, elle regroupait les hommes en équipe et les encourageait de son mieux.

— Tant pis pour la paille ! hurla-t-elle tandis que quelques employés combattaient de façon dérisoire les flammes qui couvaient dans les ballots. On ne peut plus la sauver. Ne restez pas sous l'auvent, il risque de s'écrouler. Venez ici ! Prenez des pelles et creusez une tranchée, là, devant le mur. Il ne faut pas que les braises se propagent.

Enfin, on comprit qu'elle voulait empêcher les flammes de filer à ras du sol jusqu'aux écuries trop proches. On s'activa. On pelleta. On arrosa le sol pour le refroidir.

— Vous, continuez à mouiller le toit, bon sang ! Le feu ne doit pas s'y propager !

C'était déjà trop tard. En quelques minutes, le combat était devenu vain. La charpente extérieure s'embrasait. Les tuiles craquaient, tombaient. Dans les écuries, les chevaux encore prisonniers hennissaient comme des fous. Lián s'accrocha au bras du jeune Alvar, un apprenti gaucho qui courait en tous sens sans trop savoir quoi faire.

— Toi, viens avec moi !

Il obéit sans discuter. Le feu se cantonnait encore au toit mais, tôt ou tard, ce dernier s'effondrerait. Il fallait faire vite. Il était encore possible de pénétrer dans les écuries et d'essayer de libérer les *criollos* prisonniers, même si une fumée pestilentielle envahissait de plus en plus l'allée centrale. Dans quelques minutes, ce serait impossible.

Lián se jeta à l'intérieur presque à tâtons, surprise par la chaleur. Des *petiseros* s'activaient partout, à batailler contre les loquets récalcitrants et les portes coincées que la proximité de l'incendie tordait, rendait brûlants. Elle s'élança vers le fond du bâtiment. Là, il restait des chevaux prisonniers dans leur box. Fous de panique, ils se cabraient, frappaient les portes de leurs antérieurs, ruaient en se jetant avec démence contre les murs.

Le vacarme était épouvantable. Les flammes avaient beau être silencieuses, elles provoquaient un crépitement ininterrompu de bois, le craquellement des briques, le ronflement des gaz qui s'échappaient dans de brèves explosions. Il s'y ajoutait les hurlements atroces des chevaux et le martèlement sans fin de leurs sabots.

Et les cris des hommes impuissants à les sauver tous.

Lián poussa le jeune Alvar vers la gauche tandis qu'elle courait vers l'arrière. Ses yeux la piquaient, elle peinait à respirer dans cette chaleur horrible, dans ces miasmes nauséabonds. À plusieurs reprises, elle dut s'appuyer contre un mur, le temps de reprendre sa respiration. Les briques étaient brûlantes.

Enfin, elle parvint à déverrouiller une première stalle. La jument qui s'y trouvait se rua tout de suite par l'ouverture, manquant lui renvoyer la porte en plein visage. Elle parvint à sauter sur le côté. Se précipita sans attendre vers le box suivant. Défit une fois de plus le loquet pour permettre au cheval affolé de s'échapper. À nouveau, le *criollo* sortit de sa boîte comme un beau diable.

— Êtes-vous folle ? hurla le vieux Vicente en la voyant faire. Sortez de là ! Je m'occupe des chevaux qui restent.

Elle ne l'écouta pas et courut vers le vantail suivant. Le vieux *domador* la tira par le bras d'un geste qui n'acceptait pas la réplique.

— Sortez, *señorita* ! Je vais continuer avec Alvar.

Il lui donna une telle bourrade dans le dos qu'elle faillit tomber. Se rattrapant à une poutre, elle retira aussitôt les mains. Le bois était brûlant. Déjà, le vieux Vicente ne s'occupait plus d'elle. Aidé de son apprenti, il ouvrait les box les uns après les autres. Presque tous les chevaux avaient été libérés. Lián recula. Le brasier venait de passer à travers le toit. Des fragments de faîtière enflammés tombèrent en pluie de feu. Dans le fond, le mur était tellement envahi par une funeste lueur orange qu'il était en train de devenir transparent. Prise d'une nouvelle quinte de toux, elle se plia en deux. Elle n'avait plus la force d'avancer.

Brusquement, on la tira durement par l'épaule. Ainsi guidée, elle tituba tant bien que mal jusqu'à la porte qui donnait sur l'arrière, vers les paddocks où paissaient les juments les plus proches du terme. Un homme continua à la pousser sans ménagement, un gaucho coiffé d'un vieux galurin dont elle ne distinguait pas le visage. Il y avait trop de fumée. Elle était au bord de l'asphyxie. Elle enfouit la bouche dans son bras pour respirer au travers de sa manche. La chaleur était si infernale qu'elle craignait de voir ses mains se couvrir subitement de cloques, avant de fondre comme neige au soleil.

L'homme la prit rudement par son col et la traîna comme un vulgaire sac. À un moment, il la poussa contre un mur pour éviter la chute d'une poutre enflammée. Le fracas indescriptible la fit paniquer. Des chevaux hennissaient de douleur. Ils étaient en train de brûler. Quelques-uns réussirent à s'extraire des décombres. Ils passèrent devant elle, les yeux révulsés au point d'en être blancs, la croupe en feu. Les poils de leurs encolures étaient entièrement consumés.

Lián hurla d'horreur.

La fumée lui rentra dans la gorge, la plia en deux de suffocation. Celui qui la tenait la força de plus belle à avancer. Ils passèrent une porte. À l'extérieur, elle continua de marcher mécaniquement, la poitrine douloureuse, la gorge tellement irritée qu'elle avait l'impression d'avaler des braises à chaque inspiration.

— Merci, dit-elle au gaucho qui ne l'avait pas lâchée. Je vais bien. Ça va.

Elle ne voyait toujours pas son visage, il portait un foulard sur la bouche. De toute façon, trop de fumée les environnait encore. Elle secoua l'épaule pour qu'il cesse de la tenir d'une manière aussi rude.

— Merci, répéta-t-elle en cherchant à s'éloigner du bâtiment en flammes.

Elle avait besoin de respirer de l'air frais, de marcher sur de l'herbe qui n'était pas flétrie par la chaleur. L'homme la retint d'une manière si brutale qu'elle fut reprise par une quinte de toux. Elle cracha de la suie.

Au même instant, un cheval sortit des flammes et elle crut que *Guernica*, la monumentale composition peinte par Picasso, prenait vie devant elle. C'était la même bouche ouverte sur un cri atroce, la même langue pointée dans une expression abominable. Le malheureux animal passa au galop, manquant la renverser. Il n'avait plus de crinière. Le feu l'avait rongée jusqu'à la peau nue, rose et cloquée.

Lián ne put retenir un haut-le-cœur. Elle rendit tout ce que contenait son estomac jusqu'à ce qu'elle n'ait plus de bile à sortir.

À l'autre bout du paddock, les juments mises à pâturer dans les prés s'inquiétaient elles aussi de l'incendie. Nerveuses bien qu'elles fussent à l'abri, elles s'agitaient, pointaient leurs oreilles vers l'énorme fumée noire qui montait dans le ciel comme une tornade et tournaient au fond de leur enclos.

Lián se redressa, le ventre douloureux. Elle essuya sa bouche sur sa manche. Fut à nouveau contrainte d'avancer d'une bourrade dans les épaules. Cette fois-ci, elle protesta. Elle ne se sentait pas bien. Elle avait besoin de temps pour reprendre son souffle. Elle pensait aux chevaux blessés, à d'autres qui, peut-être, agonisaient au cœur des flammes. Elle pensait à son père qui avait mis tant d'énergie, tant de passion à construire cet élevage. Au plaisir qu'il avait eu devant les poulains qui naissaient. Heureusement, la plupart des pouliches étaient dans les prés. Mais les écuries avaient abrité des chevaux précieux, ceux qui étaient les mieux dressés, ceux qui faisaient la renommée de la Balandra.

Elle renifla, le cœur étreint par la panique.

Qu'étaient devenus Princesa, et Pájaro, et Bailarín, et Matón, sans parler de Tigresa, le cheval préféré de sa mère, et Águila, celui de Zachary, avec lequel il ne pensait qu'à faire des courses de vitesse ?

Le gaucho la prit par le coude et la traîna de plus belle. Elle résista en le foudroyant du regard. Elle ne comprenait pas son attitude. Que voulait-il ? Ne comprenait-il pas qu'elle refusait de bouger ? Qu'elle désirait juste pleurer devant les écuries qui brûlaient ?

Il la tira plus fort. Elle se débattit. Une boîte d'allumettes s'échappa d'une de ses poches. Elle la regarda fixement jusqu'à ce que le gaucho l'écrase de son pied. Une idée insidieuse s'empara d'elle. Elle leva la tête. Plongea ses yeux dans ceux de l'homme qui la tenait toujours.

Il comprit qu'elle savait : le feu n'avait pas pris par hasard. Elle n'eut pas le temps de crier, il lui fourra de force un mouchoir crasseux dans la bouche, qui l'étouffa à demi, avant de la jeter sans ménagement sur son épaule.

Elle voulut résister, mais elle respirait mal. Le bâillon la suffoquait. Elle toussa, cracha, elle n'avait plus aucune force. Elle tourna les yeux. Remarqua juste que l'incendie ronflait de plus belle.

Le brasier était devenu une danse jaune, orange, rouge qui montait droit dans le ciel. L'horizon s'obscurcissait. Une nuit artificielle tombait sur le monde.

Elle s'évanouit.

10

Dimanche 20 août 1939
Chapelle Santa María del Litoral – Argentine

Lián se réveilla parce qu'elle avait froid. Elle avait aussi un terrible mal de gorge et l'impression d'un sale goût dans la bouche. Se forçant à ouvrir les yeux, elle se crut face à l'incendie et faillit se mettre à crier. Il lui fallut plusieurs secondes pour comprendre qu'il s'agissait en réalité de la flamme d'une bougie.

Elle était étendue sur une mauvaise planche en bois. Lorsqu'elle redressa la nuque, elle laissa échapper un gémissement de douleur. Tout son corps était courbaturé. Devant elle, en réalité, ce n'était pas une bougie, mais plusieurs. À y regarder de plus près, il y en avait même des dizaines et des dizaines, éparpillées partout et dont l'éclat tremblotant colorait l'endroit en orange.

Elle comprit qu'elle était dans une église. Ou plutôt, dans ce qu'il restait d'une église. Au-dessus de sa tête, il n'y avait plus de toit, juste un trou béant ouvert sur un ciel crépusculaire. Des nuages s'étiraient, noirs sur fond rouge. C'était le soir. Elle s'appuya sur un coude, toussa avec l'impression de mourir, puis parvint à nouveau à regarder autour d'elle.

Les murs alentours étaient écroulés. Les fenêtres en arc roman étaient toutes brisées. Il ne restait d'intact qu'une partie des vitraux au-dessus du chœur en charpie. À ce miracle elle reconnut la vieille église Santa María del Litoral, celle qui tombait en ruine au milieu de la pampa. Elle pensa qu'elle était en train de rêver. Elle y avait emmené Milo McCorball l'avant-veille. Maintenant, elle y était revenue elle ne savait comment. Au-delà des pans de murs, elle pouvait même admirer le coucher de soleil le plus remarquable qu'elle n'ait jamais vu. Des lueurs roses et violettes dessinaient une beauté de fin du monde.

— *Hola, Líder*[1], la *Doncella* est réveillée.

Elle sursauta violemment, se retourna. Un inconnu la toisait d'un air qui la figea d'angoisse.

C'était un vagabond sale et dépenaillé, au visage maigre, aux yeux exorbités, devant lequel, pour la première fois de sa vie, elle ne se sentit pas en sécurité. Il était en train de se curer les ongles avec un poignard de gaucho, l'un de ces *verijeros* typiques des gardiens de bétail, dont la lame affûtée servait habituellement à castrer les bouvillons.

Elle s'assit pour se sentir moins vulnérable. Vérifia que sa chemise était bien fermée, que ses *bombachas* n'étaient pas déchirées. Il continua à la détailler de haut en bas de la même manière désobligeante. Elle le reconnut à ses vêtements couverts de suie et même à ses cheveux sales qui, de près, sentaient le gras rance et la fumée. C'était l'ordure qui l'avait enlevée. Celui qui, sans aucun doute possible, avait mis le feu à la grange de ses parents.

Elle se leva comme un ressort, galvanisée par les souvenirs qui revenaient en bloc.

— *¡Bastardo!* cria-t-elle. À cause de toi, des *criollos* ont brûlé, *¡hijo de puta!*

Elle chercha à lui griffer le visage, mais quelqu'un qu'elle n'avait pas remarqué lui attrapa violemment le bras. Une méchante torsion lui arracha un cri de douleur et la contraignit à se rasseoir. Un homme se dressa au-dessus d'elle. Un vieux beau tiré à quatre épingles dans des vêtements de luxe, le bouc poivre et sel, les cheveux gris frisés comme une toison de mouton.

— Don Felipe, cracha-t-elle avec autant d'écœurement que de mépris. J'aurais dû me douter que seul un Ramiro pouvait être à l'origine de tout ceci !

Le vieil homme demeura impassible. D'un geste autoritaire, il ordonna à son homme de paille de s'éloigner. Le gaucho se leva docilement pour se placer en faction près de la porte d'entrée. Lián voulut à nouveau se lever. En elle, la colère

1. « Chef », en espagnol.

se disputait à la sidération, mais Felipe Ramiro la maintint assise avec une facilité déconcertante. Pour un vieillard, il était encore bien vert.

— Mon père va me chercher, s'exclama-t-elle. Lorsqu'il me retrouvera, il vous fera payer.

L'hidalgo tortilla sa moustache d'une façon désagréable. Elle ne put retenir un frisson. Elle avait beau fanfaronner, elle n'en menait pas large. Elle ne comprenait pas ce qu'il se passait. Une migraine atroce lui vrillait les tempes. Pourquoi le vieux Ramiro l'avait-il fait enlever ? Pour une rançon ? C'était ridicule, la *Casa del toro* était bien plus riche que la Balandra.

— Lorsque ton père te retrouvera, ma chère petite, il sera trop tard.

— Vous ne me faites pas peur ! cria-t-elle. Si vous vouliez me tuer, ce serait déjà fait.

Il ouvrit le bras de manière théâtrale pour lui montrer les cierges allumés qui illuminaient la chapelle comme un arbre de Noël et, plus loin, sur une pierre plate qui avait dû être un autel avant de se briser en deux, d'énormes bouquets de lis blancs dont la fragrance parvenait jusqu'à elle.

— Te tuer ? Quelle drôle d'idée… Cela fait longtemps que je sais mon fils amoureux, même si j'ai d'abord pensé à une tocade d'adolescent. Tu es belle. Bien plus belle que la moyenne des femmes. Les hommes te veulent, pourquoi mon fils ne pourrait-il pas t'avoir ? Je me suis renseigné à ton sujet. Il fallait que je sache si tu es un parti digne de notre famille. Bien m'en a pris. J'ai appris des choses très intéressantes. Ta mère est une véritable comtesse issue de la plus haute aristocratie anglaise. Elle possède aujourd'hui encore des terres ancestrales dans le Gloucestershire. Quant à celui qui te tient lieu de père, il est issu d'une famille de magnats du cuivre dont la fortune colossale a pignon sur rue dans l'État de New York. Sa propriété de la Balandra est prospère, même si l'élevage de *criollos* demeure de facto moins rentable que celui du bœuf. Ses terres jouxtent les miennes. Un bel avantage, puisqu'un jour tu hériteras tout ou partie. Il est bon d'en tenir compte lors d'un projet d'union. D'autant plus que d'autres choses m'ont paru très vite encore plus intéressantes, en particulier tes possessions en Inde.

Lián ouvrit de grands yeux stupéfaits.

— Mes possessions indiennes ? répéta-t-elle. De quoi parlez-vous, don Felipe ? Si vous faites allusion à ces quelques statuettes hindoues que mon père collectionne dans son salon, je vous concède qu'elles ont une certaine valeur. Cependant, je crois que c'est peccadille par rapport à vos propres collections de tableaux flamands.

Felipe Ramiro se pencha vers elle pour lui souffler en plein visage.

— Ta rouerie est presque touchante, mais il est inutile de mentir plus avant. Je suis au courant pour les rubis.

Lián, décidément, n'y comprenait goutte.

— Les rubis ? s'exclama-t-elle. Mais nous ne possédons pas de rubis ! Ma mère a bien un collier mais…

— Je ne parle pas d'un vulgaire collier appartenant à ta mère, mais de tes rubis, ceux qui te reviennent de plein droit parce que tu es une parente du maharaja de Mahavir. J'avoue que ce dernier point, cette curieuse parenté avec un Indien, m'a un temps chagriné, soupira-t-il. Carlos a le projet de t'épouser. Il te fait un honneur extrême, notre famille remonte à la plus vieille noblesse allemande de Thuringe. Je fus donc réticent, en regard de tes origines. Or, mon enquête a révélé que tu étais une véritable princesse indienne et qu'à ce titre, tu possédais de fabuleuses mines de rubis. Une telle dot contrebalance efficacement une éventuelle impureté de ton sang. D'autant plus que tous les scientifiques s'accordent pour dire que l'Inde est le berceau de la race aryenne… N'est-ce pas savoureux ?

Lián dévisageait le vieil homme comme un fou. De quoi parlait-il ? Pourquoi prétendait-il que sa famille venait d'Allemagne, alors qu'il avait toujours clamé être originaire d'Espagne ? Pourquoi était-il en train de dire qu'elle-même avait des parents en Inde et que son sang était impur ? Sans parler de cette histoire de dot, de rubis… C'était complètement insensé.

— Écoutez, don Felipe, reprit-elle le plus calmement possible. Votre histoire est vraiment passionnante, mais je crois qu'il vaut mieux qu'on en reste là. Je vais me lever et sortir d'ici. Ne vous donnez pas la peine de me raccompagner, je saurai retrouver mon chemin toute seule.

Elle se leva lentement, pivota pour s'éloigner sans le quitter des yeux. Il ne bougea pas, même s'il souriait benoîtement. Elle faillit croire en sa chance. Jusqu'à ce qu'elle se heurte à une troisième personne, qu'elle non plus elle n'avait pas entendu venir.

Une bouffée de vétiver lui entra dans les narines. Elle leva la tête, mais elle n'eut pas besoin de rencontrer le regard aux paupières lourdes pour savoir à qui elle avait affaire.

— Carlos Ramiro, dit-elle avec un nœud dans la gorge.

Il tenait une lampe torche à la main, dont le halo éclairait son visage par-dessous. Les cicatrices qui le balafraient y prenaient une couleur pourpre, rappelant des rigoles de vin qui se seraient répandues sur son front, sur ses joues. Elle serra les dents. Elle se doutait que s'il découvrait un jour qu'elle en était responsable, il n'aurait de cesse de se venger.

— Ah, *mi querida*, fais-moi donc un joli sourire, lui jeta-t-il avec une méchante ironie. Je t'amène ta robe de mariage.

Cette simple phrase l'affola bien plus que tout ce qu'elle avait entendu jusqu'à maintenant. Elle eut l'impression que la terre s'ouvrait sous ses pieds. Une véritable sensation physique. Le sentiment de s'enfoncer dans un monde hostile et froid, où tout ce qu'elle avait vécu jusqu'à présent n'avait plus aucune réalité.

Elle n'était plus en sécurité. Elle n'était plus protégée.

Elle avait basculé elle ne savait comment dans un univers étranger, qu'elle ne connaissait plus, qu'elle ne maîtrisait pas.

— Mon Dieu, chuchota-t-elle par-devers elle.

Carlos accentua son sourire. Elle en eut la gorge sèche. Il arborait le même air sadique que lorsqu'il s'apprêtait à dompter un *criollo* à grands coups de *rebenque.* Oui, c'était la même jouissance malsaine, impossible de ne pas s'en rendre compte, elle l'avait suffisamment observé en secret, cachée sur la colline, à pleurer des larmes de rage parce qu'elle ne pouvait pas intervenir.

Sauf que ce soir, le cheval qu'il s'apprêtait à mater, c'était elle.

Prise d'un tremblement incoercible, elle recula jusqu'à retomber assise sur son banc. Une vieille femme suivait Carlos. Telle une harpie aux traits émaciés, elle tenait devant elle une volumineuse robe blanche, pleine de dentelles et de nœuds en satin. Le jupon retombait vers le sol en un foisonnement de volants tandis que le voile de tulle semblait flotter vers l'arrière, à peine retenu par une tiare de roses.

Lián eut un sursaut d'affolement. Ainsi, tout ce qu'avait dit Felipe Ramiro était vrai. Son fils avait bel et bien l'intention de l'épouser ici, dans cette église en ruine, pour elle ne savait quelle raison obscure.

— Es-tu devenu fou ? cria-t-elle en se levant brusquement. Je ne vais pas t'épouser. Ni maintenant, ni jamais !

Il l'attrapa durement par les épaules, lui broya la chair. Prise de panique sous la douleur, elle ne parvenait presque plus à respirer.

— Change-toi, ordonna-t-il en lui jetant la robe dans les bras. Arrange-toi pour être prête quand le curé sera là. Nous l'avons envoyé chercher. Il ne va plus tarder. Josefina va t'aider à t'habiller.

— Sinon quoi ? hurla-t-elle avec démence, révoltée de tout son être.

Il enroula une de ses boucles sur un doigt sans la quitter du regard. Elle secoua la tête pour lui échapper. Il lui attrapa le poignet et, lentement, inexorablement, la força à s'agenouiller devant lui. Les gravats qui recouvraient le sol la meurtrirent. Elle eut un hoquet de rage.

Qu'était-il en train de se passer ? Qu'est-ce qui faisait que, soudain, toutes les règles qui régissaient une société, ses lois, cette notion de bien, de mal, cette politesse convenue, ces sous-entendus tacites, n'avaient plus cours ? À quoi pouvait-on encore se raccrocher, lorsque tout ce qui avait fait un monde s'écroulait ?

Elle le défia du regard. C'était tout ce qui lui restait, sa fierté, son orgueil indomptable, mais il la prit à la gorge et, très lentement, commença à serrer.

Elle battit des yeux, terrorisée. S'accrocha à ses mains. Griffa ses doigts de pierre qui s'enfonçaient dans sa gorge. Elle commençait à se sentir mal, à ne plus tenir droite sur ses jambes… Il desserra son étreinte, elle serait tombée s'il ne l'avait retenue par les coudes.

— Ma chère petite fiancée…

Il se pencha vers sa bouche. Enfonça sa grosse langue pour lui labourer le palais. Elle eut un haut-le-cœur. Elle refusait de tout son corps, de toute son âme cette souillure, mais elle était perdue et ignorait totalement comment elle pouvait lui échapper. Il ajouta alors, d'un air gourmand qui la révulsa.

— Si tu savais comme j'ai hâte de notre nuit de noces, ma petite beauté.

— Tu n'as jamais été amoureux de moi, réussit-elle à chuinter sans même savoir comment, la voix rauque, presque brisée à force d'être enrouée. Tu ne sais pas ce qu'est l'amour.

— Vraiment ? En es-tu certaine, petite *querida* ? Regarde comme tu es devenue belle, avec ta peau d'abricot, tes yeux aussi brillants que des émeraudes, tes cheveux de soie brune... Qui pourrait résister à cela ? Cela fait longtemps que je t'observe, si différente des autres femmes, avec ton caractère de tigresse et ton corps de déesse. Tu m'as toujours fait envie, à danser le tango comme personne, plus droite et plus fière que n'importe qui, avec cette sensualité impossible à égaler. Tu es chaude comme une braise, *tesoro*[1]. Je te veux depuis longtemps. Je me réjouie de savoir que, ce soir, tu seras enfin à moi.

— Je te pourrirai la vie, siffla-t-elle. Tu ne dormiras plus jamais tranquille. Je saurai toujours trouver un couteau pour te trancher la gorge.

Il se pencha pour murmurer à son oreille.

— As-tu oublié ce que je fais aux fauves qui empiètent sur mon territoire ? Il ne peut y avoir qu'un seul chef, or ce sera toujours moi. Passe cette robe maintenant. Je ne veux pas faire attendre le curé.

Lián ne sut que faire. Elle avait le sentiment de se débattre dans un abominable cauchemar mais elle n'était pas encore domptée. Elle ramassa la robe blanche. Cracha au visage de son tortionnaire.

— Je ne sors pas d'un caniveau de Buenos Aires comme ces *putas*[2] que tu fréquentes habituellement. Je ne me changerai pas devant toi, ton père et ton homme de main ! Étrangle-moi si cela te chante, je vais t'apprendre ce qu'est une grande dame.

1. « Trésor », en espagnol.
2. « Putains », en espagnol.

Il leva la main. Elle se raidit, persuadée qu'il allait la frapper. Don Felipe s'interposa.

— Josefina va t'emmener dans un endroit plus discret, lui déclara-t-il.

Elle suivit la servante. Elle n'avait pas le choix. Elle se disait qu'elle avait juste besoin de gagner du temps. Réfléchir. Trouver un plan d'évasion. Sauf que ses jambes étaient devenues du coton. Elle avait un mal fou à mettre un pied devant l'autre. Comment s'enfuir dans ces conditions ?

La vieille au dos cagneux la poussa à l'écart, dans un recoin sombre où la lumière des bougies ne pénétrait pas. Lián détailla l'endroit avec un regain d'espoir. Hélas, les murs à demi écroulés formaient une caverne sans autre issue que celle par laquelle elles étaient entrées. Il devait s'agir d'un patio à ciel ouvert, ou peut-être d'une chapelle privée. Un fatras de ronces et d'orties grimpait à l'assaut d'une fontaine asséchée décorée de chérubins aux fesses rebondies. Le sol était tellement jonché de gravats qu'on ne distinguait qu'à peine la mosaïque d'origine, inspirée d'azulejos[1] andalous.

La poigne autoritaire de la sorcière la dépouilla de sa chemise et de ses *bombachas* comme on écorche la peau d'un lapin. Complètement nue et frigorifiée dans le soir qui devenait de plus en plus sombre, elle se hâta d'enfiler la robe blanche. Les mains crochues de la vieille la tournèrent pour lui serrer le corsage. Lián gonfla au maximum sa poitrine pour conserver un peu d'aisance. Elle fit bien ; Josefina tira sur les lacets avec tant de force qu'elle crut perdre la respiration.

Lorsque ce fut fait, la servante fourragea dans un sac de peau qu'elle portait en bandoulière, duquel elle sortit avec un large sourire jaune une paire de salomés en satin. Elle caressa ces chaussures avec une admiration presque enfantine, tandis que Lián détaillait les souliers, médusée.

Avec un tel ornement aux pieds, il lui serait impossible de s'enfuir. C'était un coup à se faire rattraper en moins de dix secondes. Aussi, pour éviter qu'on ne l'oblige à les mettre, elle profita que la vieille lui tourne le dos pour les jeter de l'autre côté d'un mur, loin, très loin dans un amoncellement de

1. Ensemble de carreaux de faïence décorés en Espagne et au Portugal.

buissons épineux. En retour, la sorcière, furieuse, lui allongea une claque. Elle la lui rendit dans l'élan.

— *¡Cállate, la bruja*[1]*!*

La vieille Josefina ne s'y attendait pas. Elle ouvrit la bouche telle une carpe en manque d'air, faillit tomber lorsque Lián la repoussa méchamment avant d'enfiler à nouveau ses bottes de gaucho, puis demeura dans un coin, la mine mauvaise, à se frotter la joue endolorie.

Lorsque Lián retourna à la chapelle, Carlos patientait face à la stèle garnie de bouquets de lis. Il s'était lui aussi apprêté en passant une jaquette cintrée sur un pantalon gris. Son homme de main montait toujours la garde près de la porte d'entrée. Le vieux Ramiro s'approcha pour attraper la jeune fille par le bras.

— C'est moi qui vous amènerai à l'autel. Vu que votre papa n'est pas là, ajouta-t-il avec un sourire en coin.

Lián en eut les larmes aux yeux. Ce n'était pas possible. Ce simulacre de mariage ne pouvait avoir lieu. Il fallait que quelque chose se passe. Heureusement, le curé n'était toujours pas arrivé. Elle espéra encore. Quel homme de Dieu cautionnerait une telle cérémonie ? Et quand bien même, à supposer qu'il soit lui aussi corrompu, quelle serait la validité d'une telle union, contractée sous la menace ?

Elle essaya de se rassurer. Rien n'était perdu. Elle connaissait parfaitement les lieux. Elle était venue tant de fois jouer ici avec son frère Zachary. Elle se rappelait très bien que, derrière l'autel, juste au pied du mur, existait une fissure qui donnait sur les marécages.

Ce passage était très étroit. Lorsqu'elle avait treize ou quatorze ans, elle s'y faufilait aisément, mais maintenant ? Elle avait grandi, pris des formes.

Elle rumina ses doutes, décida tout de même de tenter sa chance. Aucun des hommes présents ici ne réussiraient à s'y engouffrer. Pour la rattraper, si elle parvenait à s'y glisser, ils seraient contraints de passer par la porte d'entrée et de contourner l'église en crapahutant dans les gravats. Elle gagnerait ainsi quelques précieuses secondes, peut-être même une ou deux minutes qui lui permettraient de plonger dans le champ de

1. « Tiens-toi tranquille, la sorcière ! », en espagnol.

roseaux attenant, et de s'y cacher. La nuit qui tombait ferait le reste. La pampa avait toujours été son alliée. Elle la connaissait comme personne.

Elle reprit espoir. Malgré la légèreté de sa robe de mariée, elle ne sentait plus le froid. Les dizaines de cierges allumés conféraient à l'endroit une tiédeur suffisante, créant par la même occasion une ambiance fantasmagorique qui lui rappelait les ruines antiques vues dans de vieux tableaux de William Turner. Avec la nuit s'épaississant, les ombres qui naissaient des flammes tremblotantes s'allongeaient sur les murs. Les pierres prenaient des volumes grandioses. Lián, oppressée, avait de plus en plus de mal à respirer. Elle se tourna vers le vieux Ramiro pour essayer une nouvelle fois de plaider sa libération.

— Je vous en supplie, don Felipe, il faut me laisser partir. On ne fonde pas une union sur le désaccord, n'est-ce pas ? Carlos et moi, vous le savez, c'est tout simplement impossible.

— Tu ne comprends pas, ma petite. Ce mariage n'est qu'un moyen de mettre les mines de rubis dans notre escarcelle. Pour le reste, ce que Carlos vivra avec toi… Ma foi, je ne crois pas que tu puisses jamais le rendre malheureux. Moi-même, un peu plus jeune…

Il gloussa d'un air explicite en regardant sa gorge, ses seins moulés dans le fin corsage de dentelles. Lián eut une bouffée de honte. Puis les phares d'une automobile passèrent d'une fenêtre à l'autre dans un bruit de moteur. Le curé arrivait. Elle paniqua. Elle devait se sauver maintenant. Après, ce serait trop tard.

Sans réfléchir, elle poussa le vieux don Felipe d'une violente bourrade. Elle y avait mis toute sa rage, il tomba à la renverse au milieu des gravats et ne se releva pas. Son fils se rua vers elle en grondant. Elle respira un grand coup. Elle espérait que les leçons que lui avait hâtivement prodiguées Milo McCorball quelques jours auparavant seraient suffisantes pour porter leurs fruits.

Comme à l'entraînement, elle accrocha la main de Carlos Ramiro et la tira violemment vers elle. Il fut déséquilibré vers l'avant, mis un genou à terre. Elle en profita pour le frapper du coude le plus fort possible, toucha un peu par hasard la mâchoire, suffisamment pour qu'il s'écroule, surpris. Sonné.

Sans perdre de temps, elle ramassa à pleines mains ses jupons qui l'encombraient et contourna l'autel. Dans sa précipitation, elle renversa un vase de fleurs et se meurtrit la hanche. Par chance, le trou qu'elle connaissait n'avait pas été comblé. Il lui parut cependant plus étroit que dans son souvenir, ce qui ne l'empêcha pas de s'y jeter la tête la première. Les pierres rugueuses lui éraflèrent les avant-bras, les épaules. Elle se cogna le front, s'écorcha les oreilles, mais elle tint bon. Enfin, après s'être tortillée comme un vermisseau, elle réussit à déboucher de l'autre côté. Là, elle prit pied au milieu de graminées desséchées. Elle se mit debout en s'aidant du mur puis elle avança en trébuchant au milieu des moellons instables. Des cris rageurs lui parvinrent de l'intérieur de la chapelle. Carlos hurlait à tout-va. Son père le calma d'un éclat de voix froid.

— Au lieu de pester, rattrape-moi cette petite sotte. Elle ne doit pas nous échapper. Je vais chercher les chiens.

Lián en eut le souffle coupé. Ils voulaient lâcher les chiens sur elle. Les *dogos cordobese* qu'ils élevaient depuis des années, en sélectionnant dans chaque portée les individus les plus agressifs, les plus tarés… Elle eut un vertige. Ainsi, les rumeurs que colportaient les gauchos étaient vraies : certaines nuits, d'ignobles chasses à courre retentissaient dans la pampa.

Le cœur battant à tout rompre, elle se jeta sans plus attendre dans le marais. L'eau glacée lui comprima le cœur. Elle pataugea jusqu'à mi-cuisses, empêtrée dans sa robe blanche qui flottait autour d'elle. Pour s'en débarrasser, elle arracha les jupons un à un tout en continuant à avancer aussi vite que possible. Elle ne voyait pas où elle mettait les pieds, la nuit était devenue trop noire, mais lorsque l'eau lui parut moins profonde, elle se mit à courir. Un faisceau de lampe torche balaya la surface de l'étang. Elle faisait trop de bruit. Ils allaient la repérer. Elle se jeta dans la boue, resta immobile sous la surface le temps que la lumière s'éloigne. Elle attendit jusqu'à l'extrême résistance de ses poumons. Elle crut manquer d'air, mais ses poursuivants ne la virent pas.

N'osant croire à sa chance, elle se releva pour se jeter dans les roselières à corps perdu. Ses pieds s'enfoncèrent dans une vase nauséabonde qui semblait vouloir la retenir. Elle grelottait sans même s'en apercevoir. Ses nattes dégoulinaient dans son dos. Son visage était maculé de limon. Lorsqu'elle se retournait, elle voyait les ruines de la chapelle Santa María briller comme une crèche de Noël, toujours et encore trop proche à son goût. Elle courut de plus belle, ses mains s'accrochant à des tiges de roseaux. Ses cheveux s'emmêlaient dans les vieux chaumes. Ses bottes étaient tellement remplies d'eau qu'elle traînait du plomb.

Un canard brutalement réveillé s'éloigna dans un raffut de tous les diables. Elle se crut repérée, glissa à nouveau sous l'eau en évitant autant que possible de faire des remous. Le faisceau de la lampe revint. S'attarda sur les roseaux. Elle entendit des cris furieux. Carlos venait de trouver sa jupe de mariée flottant entre deux eaux. Il jura par tous les diables.

— Elle s'est noyée, crut son homme de paille.

— *¡Idiota!* répliqua Carlos. Ce n'est que son jupon.

Dès lors, il changea de méthode pour l'appeler d'un ton sucré.

— *Mi querida*, reviens avant qu'il ne t'arrive du mal ! Je te promets une vraie cérémonie de mariage. Nous aurons des invités, et des fleurs partout. Nous ferons un immense *asado*, et nous danserons des tangos jusqu'au cœur de la nuit. Reviens, *mi belleza*. Reviens avant que mon père n'amène les chiens. Tu sais que tu ne pourras pas les semer. Une fois qu'ils flairent leur proie, ils ne la lâchent jamais. Viens ma belle *Doncella*.

En retenant son souffle, elle s'enfonça plus loin dans les roseaux. Elle tremblait de froid, de peur. Carlos avait raison, elle ne pourrait échapper aux chiens bien longtemps. Il fallait qu'elle s'éloigne le plus possible. Pour gagner du temps, elle décida de prendre pied sur la terre ferme, de courir à perdre haleine. Tant pis si son corsage blanc devenait visible comme un fanion dans la nuit. Elle devait prendre le risque.

Autour d'elle, les bruits du marais crevaient le silencc : crissements des grillons, hululements des chouettes des terriers, jappement lointain d'un coyote, coassements tout proches des grenouilles et des crapauds qui sortaient déjà de leur hibernation. À l'autre bout du marais, dans la mauvaise direction, la lampe torche continuait de valser sur l'eau, en luciole têtue. Si Lián avait été moins effrayée, moins éperdue, elle aurait pu en rire : parce qu'elle était une fille, ils la croyaient incapable de courir au-delà de cinquante mètres. Les imbéciles ! Elle avait grandi comme un garçon, libre dans sa tête, libre dans son corps. S'il le fallait, elle serait capable de courir jusqu'à la mer.

Elle repartit de plus belle. Elle venait d'imaginer comment, peut-être, échapper aux chiens. L'idée la revigora. Elle galopa aussi vite que possible, en effectuant une boucle au jugé qui la mit en direction du Rio de la Plata. Carlos penserait certainement qu'elle irait en ligne droite jusqu'à la Balandra. Elle allait ruser. Son chemin serait moins direct.

Ce ne fut pas facile. Dans le noir, elle distinguait à peine les obstacles. Elle tomba plus d'une fois dans un trou marécageux, pour se relever en boitant et repartir de plus belle en peinant à mettre un pied devant l'autre. Enfin, elle trébucha sur du sable. Une dune. Elle la gravit à quatre pattes, comme un animal, afin que sa silhouette ne se découpe pas sur le noir du ciel.

En haut, elle s'immobilisa le temps de regarder l'estuaire onduler sous de rares étoiles. Devant elle, des lumières dessinaient sur l'horizon la côte uruguayenne. Elle s'élança en longeant la plage. Cette fois-ci, elle marchait dans les vagues en espérant que cela suffirait à masquer son odeur. Un point de côté bloqua sa respiration. Elle dut ralentir l'allure le temps de le faire passer.

Lorsqu'elle entendit un premier aboiement, elle regarda convulsivement vers l'arrière. Elle crut voir une meute, mais ce n'était sans doute qu'un effet de son imagination. Les chiens étaient trop loin.

À moins que, là-bas, ces silhouettes blanches et bondissantes…

Ils étaient dressés à chasser en silence. Elle paniqua. Ne disait-on pas que, lorsqu'on les entendait, il était déjà trop tard ?

Avec un gémissement d'effroi, elle se jeta dans l'estuaire. L'eau glacée l'enveloppa comme un linceul. Elle nagea de toutes ses forces pour contourner la pointe rocheuse. Crut se noyer plus de cent fois. Comment réussit-elle à échapper aux *baynes*[1] ? La marée lui était bénéfique, le courant la portait.

---

1. Synonyme de baïne, mot d'origine gasconne pour désigner une dépression temporaire parallèle au rivage. On écrivait « bayne » avant 1960, si on se réfère au dictionnaire de Simin Palay.

Elle voulut croire à sa chance. De toute façon, elle n'avait plus le choix.

Elle contourna le cap de la Baleine en s'éraflant sur des hauts-fonds, aborda la côte de l'autre côté des rochers, à bout de forces. Là, elle s'effondra sur une plage, tellement exténuée qu'elle parvint à peine à s'extraire des vagues. Tous ses muscles étaient en feu. Elle s'écroula sur le sable. Roula les bras en croix en respirant comme un soufflet de forge.

Elle n'eut pas le temps d'un répit. De l'autre côté de la presqu'île lui parvinrent des éclats de voix et de brefs aboiements. Elle se crut repérée, se mit tout de même debout. Elle recommença à courir, en mélangeant autant que possible son odeur à celle des lions de mer qui sommeillaient sur la plage.

11

Dimanche 20 août 1939
Castillo de la Balandra – Argentine

Le *domador* Vicente Barroso avançait au pas lent de son cheval, dans la nuit et la brume qui s'échappait du Rio, qui engloutissait toutes les ombres et les dénivelés dans un gris étrange. À droite, à gauche, distants d'une vingtaine de yards à chaque fois, ses hommes étaient répartis sur une ligne ténue qui avalait les miles comme une gigantesque tenaille. Tous chevauchaient sur la pampa marécageuse, harassés après l'incendie qu'ils avaient eu tant de mal à éteindre, presque endormis sur leur selle mais se réveillant tout de même en sursaut pour appeler à tour de rôle.

Ils criaient d'un ton rauque qui avait du mal à sortir de leurs gorges, sans doute parce que, déjà, ils n'attendaient plus de réponse. La journée était maudite. La *Doncella* de la Balandra avait disparu, leur petite demoiselle qu'ils avaient tous vue grandir, leur cavalière émérite, celle dont ils étaient si fiers d'avoir réussi à lui apprendre le métier. Tous se rappelaient ce temps si proche encore, lorsqu'elle leur arrivait à peine au-dessus du genou et qu'elle les observait au travail avec ses grands yeux attentifs. Ces yeux-là, si beaux, si sérieux, qui savaient écouter comme personne, ils avaient tous eu envie de leur parler.

Où étaient-ils maintenant ?

Rien qu'en y pensant, les hommes allaient les épaules basses et la respiration pesante. Leur cœur espérait encore, il fallait bien cela pour avancer, mais leurs craintes s'enlisaient devant les mauvais coups du sort accumulés : la macabre découverte dans la cabane des pêcheurs, le corps d'Abril Mesteros qui avait été si vivant, avant, lorsqu'ils rêvaient tous de le lutiner, et qui n'était plus rien ce soir, à peine une forme cachée sous un drap, trop lourde à porter.

Cette nuit, dans ce brouillard, ils craignaient tous que leur *Doncella* n'ait subi le même sort. Ils n'avaient plus d'espoir. C'était une nuit de sorcière, une nuit où chacun s'attend à voir la *Llorona* surgir de derrière un bosquet, ses bras décharnés tendus vers l'avant pour mieux vous agripper et vous enfoncer dans le marais. Une nuit où le chien des Enfers ne pouvait que hurler.

D'ailleurs, à force de tendre l'oreille, ils l'entendaient galoper là-bas, dans la pampa la plus sauvage.

— *La noche del diablo*[1], grommela Vicente, un œil à demi endormi, mais l'autre bien ouvert, espérant encore trouver la silhouette menue si familière, que tous craignaient de ne pas revoir.

En fait, il était tellement tendu vers le lointain qu'il ne vit pas l'ombre noire et blanche se jeter sous son cheval. Astaban fit un écart. Vicente Barroso parvint par réflexe à empêcher les sabots de retomber sur le petit corps recroquevillé. Déjà, il appelait les autres, la patronne surtout, qui allait de l'un à l'autre en les suppliant de retrouver sa fille. Lorsqu'elle le vit agiter les bras, de loin, elle lança son cheval au galop. Lui, en attendant qu'elle le rejoigne, sauta de selle et repoussa le *criollo* en pesant sur son épaule.

Il se pencha vers la petite demoiselle en craignant le pire et il faillit ne pas la reconnaître. Même, il crut à une apparition. Dans la nuit, elle était toute fragile, presque nue dans des lambeaux de robe qui ne cachaient pas grand-chose de ses bras, de ses seins, de ses cuisses. Ses tresses défaites retombaient sur son visage.

Il la toucha précautionneusement. Elle était si froide qu'il eut peur qu'elle soit morte, mais elle s'accrocha à lui, les yeux grands ouverts, alors il ôta son poncho *calchaqui*[2] pour l'enrouler dedans.

— Elle vit, cria-t-il pour les autres, avant de l'installer devant lui sur sa selle, en la serrant d'un bras fort pour qu'elle ne glisse pas comme une poupée de chiffon.

1. « La nuit du diable », en espagnol.

2. Poncho de l'ethnie Valles Calchaquies, généralement marron avec des bordures bordeaux.

Elle retrouva quelques réflexes, mais elle ressemblait surtout à un petit animal apeuré, un de ces *mara del Chaco*[1] qui détalaient sous les sabots des gauchos, et que ces derniers attrapaient avec leurs bolas. Comme eux, elle était agitée d'un tremblement ininterrompu. Le vieux Vicente songea que sans le martèlement des sabots de son *criollo*, il aurait entendu son cœur cogner dans sa poitrine.

— Ça va aller, dit-il du ton qu'il prenait lorsqu'il caressait un cheval sauvage pour l'habituer à sa main. *Todo va bien.* Tout va bien.

Elle hocha la tête et il la sentit peu à peu s'amollir. La tension de ses bras, de son dos, retomba lentement. Elle s'abandonna contre son épaule. Des larmes coulaient sur ses joues en silence. Il la serra plus fort dans son poncho.

— Ça ira mieux lorsque tu te seras réchauffée, *mi pequeña Doncella*, ajouta-t-il de sa voix si particulière.

Les premiers gauchos arrivèrent. L'un tendit sa calebasse, Vicente la prit pour qu'elle puisse aspirer le maté à la paille. Le breuvage était à peine tiède, mais cela suffirait pour l'instant. Déjà, il avait l'impression qu'elle claquait moins des dents.

D'autres les rejoignirent, et les questions fusèrent dans un grand chahut, jusqu'à ce que les chevaux s'écartent pour laisser passer la comtesse accompagnée du *señor* McCorball.

Jezebel arrêta son cheval si près de celui du vieux Vicente que les poitrails des deux *criollos* se heurtèrent.

— C'est ma fille ? cria-t-elle. C'est elle, n'est-ce pas ?

Malgré la nuit, son regard brillait d'une angoisse qui serra le cœur de chacun. Les gauchos se signèrent.

— *Si, señora*, lui répondit Vicente d'une voix rassurante. C'est bien notre petite *Doncella*. Elle va bien. Elle est vivante.

— Dieu merci, souffla Milo McCorball.

Jezebel ne put rien ajouter. Elle luttait pour ne pas s'effondrer. Ses nerfs la lâchaient. Elle était à bout de forces. Depuis qu'elle avait appris la disparition de sa fille, elle ne faisait que marcher en équilibre au bord de la folie. Toute la soirée, elle avait prié et supplié elle ne savait même pas qui. Elle n'avait

1. Cobaye halophile, rongeur semblable au mara de Patagonie, se plaisant dans les marais salants d'Argentine.

jamais cru à aucune bondieuserie mais là, elle se disait qu'un tel miracle valait bien une messe à la cathédrale de l'Immaculée-Conception de La Plata.

— Ma chérie, ma petite chérie, répétait-elle en boucle.

— *Māmā*..., chuchota Lián comme lorsqu'elle était toute petite, en tendant une main qu'elle essayait de ne pas faire trembler. Ne t'inquiète pas... J'ai juste un peu froid, c'est tout...

Jezebel sentit des larmes perler à ses paupières. Elle reconnaissait bien là sa fille, sa jolie fleur de lotus, mais surtout sa courageuse, sa petite guerrière...

Ils prirent le chemin du retour.

Le vieux Vicente n'osait pas aller trop vite. Il craignait de meurtrir la jeune fille, il ignorait si elle était blessée. Dans le noir, il n'était pas facile de se faire une idée. Il donna des ordres. Quelques hommes partirent en avant, Milo se joignit à eux. Il fallait prévenir le *Jefe* et son fils qui patrouillaient plus à l'est. Le brouillard avala les cavaliers d'un coup. Sous le poncho, Lián fermait les yeux, s'amollissait. À plusieurs reprises, le *domador* la secoua. Il ne fallait pas qu'elle s'endorme. Dormir, quand on a eu trop froid, n'est jamais une bonne chose.

À la Balandra, les employés accoururent dès que les sabots des chevaux claquèrent dans la cour. Jezebel sauta de selle. Elle s'était ressaisie, elle put donner des ordres :

— Il me faut de l'eau chaude ! Des serviettes et des ciseaux ! Du thé bien chaud avec du miel ! Vite.

Jan et son fils arrivèrent au même moment. Le premier vint prendre sa fille des bras du *domador*.

— Merci, lui dit-il d'une voix enrouée. Merci de l'avoir retrouvée.

Vicente acquiesça. Ce n'était rien. C'était normal.

— Il faut la monter dans sa chambre, coupa Jezebel. Il faut la réchauffer.

Jan grimpa l'escalier quatre à quatre. Elle le suivit de la même façon. Milo et Zachary restèrent dans le vestibule en ne sachant quoi faire. Plus tard, l'adolescent partit chercher du maté brûlant à la cuisine. La calebasse passa entre les gauchos qui attendaient tous en silence, le béret à la main. Avec leurs espadrilles crottées, ils n'osaient pas bouger. Ils avaient peur de salir les si beaux tapis.

À l'étage, Jan ouvrit la porte d'un coup de pied, déposa sa fille inerte et glacée sur le lit. Lorsqu'il se redressa, ses yeux tombèrent en arrêt sur les lambeaux du jupon et l'étrange corsage blanc tout déchiré qu'elle portait.

— C'est quoi ça ? aboya-t-il. Comment est-elle habillée ?

— Jan, il vaut mieux que tu sortes. Laisse-nous entre femmes. Tiens, envoie-moi Rosa et Helena. Et fais monter un peu plus de bois. Il faut chauffer cette chambre à fond.

Il ne parvint pas à bouger, alors Jezebel le prit par le bras pour le pousser doucement vers la porte.

— Souviens-toi, j'étais infirmière. Je sais ce qu'il faut faire. Elle est vivante. C'est tout ce qu'il faut retenir.

Il acquiesça. Sortit. Serra les mains sur la rambarde tandis que des murmures à peine audibles montaient du rez-de-chaussée. Les gauchos attendaient, regroupés en cercle pour faire circuler le maté. Milo McCorball était avec eux. Jan se décida à descendre. Il fallait rassurer tout le monde.

— Ma fille va bien, répondit-il aux regards qui se braquèrent sur lui. Elle n'est pas blessée, elle est juste épuisée. Elle a eu terriblement froid. Ta mère s'en occupe, ajouta-t-il pour Zachary. Elle sait quoi faire. Ne t'inquiète pas.

— Ne faut-il pas appeler le Dr Aguilera ? suggéra l'adolescent, avec un certain à-propos.

Jan secoua la tête. Les joues trop blêmes de sa fille le hantaient comme un cauchemar. Il se frotta le front, rejeta vers l'arrière ses cheveux que le brouillard avait humidifié.

— Ça va aller, ta mère ne m'a rien dit à ce sujet. J'imagine que ta sœur a juste besoin de repos. Laissons-lui le temps.

Les gauchos partirent, et les minutes commencèrent à s'écouler. Zachary suçotait la *bombilla* du maté d'un air absent. Milo s'efforçait d'afficher une patience qu'il était loin de ressentir. Les événements étaient graves. D'abord le meurtre, puis l'incendie, puis l'enlèvement de Lián. Il ne croyait pas aux coïncidences. Dès la première heure, il informerait par radio ses supérieurs de l'Intelligence Service. Il craignait que sa couverture n'ait été démasquée. Il n'avait pas le droit de mettre davantage cette famille en danger.

Jan Lukas faisait les cent pas comme un lion en cage. Il regarda passer l'eau bouillante et les bassines, les serviettes qu'on avait mises à chauffer près du poêle dans la cuisine, les briquettes qui allaient réveiller le feu dans la cheminée. Au fond de lui, une colère montait, menaçait de déborder. À force de penser à la mort de la petite Abril, à l'incendie et aux gauchos blessés, à sa fille qu'on avait enlevée, il avait une furieuse envie d'envoyer son poing dans une porte.

Soudain, il remarqua que son *domador* était revenu, silencieux comme une ombre, avec son chapeau entre ses grandes mains calleuses, et son air à ne pas savoir quoi dire. Derrière lui, une silhouette maigre n'osait pas avancer.

— Vicente ?

Le vieux *domador* tortilla la bouche d'un air gêné.

— J'ai ramené la *bruja curandera*, commença-t-il de son ton traînant. Si vous êtes d'accord, bien entendu, *Jefe*.

Jan hésita.

La *bruja* Quirós était la chamane du coin, une guérisseuse que les gauchos sollicitaient autant pour jeter des sorts que pour se soigner, une Indienne chiriguano qui était un jour venue du Paraguay avec seulement un baluchon sur l'épaule, et qui était restée.

Jan lui avait accordé un lopin de terre où elle cultivait son potager et quelques simples qu'elle faisait sécher. Parfois, il l'engageait pour soigner un cheval, toujours à la demande du *domador*. Elle arrivait dans ses jupes bariolées, faisait beaucoup de simagrées, des gestes et des incantations qui impressionnaient les gauchos. Ces derniers étaient toujours trop crédules, à voir la magie partout, dans l'air et sur la terre, mais il fallait reconnaître que ses pommades étaient efficaces.

Jan croisa son regard. Des yeux noirs derrière une frange mal coupée. Un visage presque beau, affiné par une quarantaine plus proche de l'ascèse que de la bombance. Il se rappela que Lián l'écoutait avec attention lorsqu'elle lui montrait une feuille velue de sa main délicate. Pour soigner la blessure de Princesa, elle avait suivi ses conseils, et la jument avait guéri.

— D'accord, dit-il brusquement. Je vais le proposer à ma femme.

Il conduisit la *bruja* à l'étage, toqua à la porte.

Dans la chambre, il faisait une chaleur de four. Rosa attisait le feu en permanence. Lián était enfouie dans un lit qui semblait la noyer. Elle avait été déshabillée, lavée à l'eau tiède, enveloppée de serviettes chaudes. Helena bassinait les couvertures pour les réchauffer. Lorsqu'elles virent la *bruja*, elles sc signèrent toutes les deux, mais elles hochèrent la tête.

— *Está bien*[1], déclara la Quirós en jetant à la scène un regard circulaire.

Elle sortit une poudre de son sac, la mélangea à un peu de thé au citron et au miel.

— Ça va l'aider, dit-elle en croisant le regard de Jezebel.

Cette dernière acquiesça. Elle avait vu la chamane à l'œuvre, elle savait qu'elle connaissait les plantes et les remèdes. Elle s'assit sur le rebord du lit, chercha la main de sa fille. Maintenant que tout semblait se calmer, la tension l'empoignait brutalement et elle respirait difficilement. D'un geste, elle demanda aux deux domestiques de sortir. Elle voulait rester seule avec l'Indienne chiriguano.

Ensemble, elles firent boire à Lián la potion, puis elles l'auscultèrent. Cette dernière n'avait aucune blessure, à l'exception d'un hématome sur la pommette, et de nombreuses écorchures.

Jezebel hésita, mais il fallait aller jusqu'au bout. Elle demanda si on l'avait forcée.

— Non, affirma la *bruja* qui avait pensé la même chose, parce qu'elle était une femme et que les femmes, partout dans le monde, partout dans n'importe quelle tribu, pensent à cela en premier. Elle a juste très froid. Elle a beaucoup couru. Et aussi beaucoup nagé.

— Nagé ? s'étonna Jezebel.

Quirós montra des algues prises dans les cheveux.

— Le Rio de la Plata.

Jezebel en fut estomaquée. Qu'est-ce qui avait forcé sa fille à se jeter dans le Rio de la Plata ? Elle devinait un danger terrible, un effroi sans nom.

— Mon Dieu, que t'a-t-on obligée à faire ? chuchota-t-elle.

Peu à peu, la jeune fille reprenait des couleurs. Son corps se réchauffait, ses membres se détendaient. Elle s'abandonna sous

1. « C'est bien », en espagnol.

les couvertures. Elle respirait de plus en plus calmement, avec une profondeur rassurante. Dans la chambre, tout tournait autour de cette respiration qui montait et descendait.

Plus tard, elle ouvrit les yeux, chercha la main de sa mère. Elle commença à raconter. Les mots s'entrechoquaient, se mélangeaient. Parfois, ils n'étaient qu'un souffle, tant ils étaient terribles. Durant tout ce temps, Jezebel serra dans la sienne la petite main de sa fille qui tremblait.

Elle écouta jusqu'au bout, incrédule. Livide.

À la fin, la *bruja* ouvrit la bouche sur une grimace qui était sans doute un sourire.

— *Es bueno*, conclut-elle. Maintenant que tout a été dit, on peut la laisser dormir. Le mal est sorti de son corps. Elle va aller mieux.

Elle lui fit boire une autre potion, qui amena du rose sur ses joues, puis Jezebel put s'absenter le temps d'aller donner des nouvelles.

Aux trois hommes qui l'attendaient, elle raconta de bout en bout cette histoire folle, invraisemblable, monstrueuse. Les autres l'écoutaient sans parvenir à y croire. Au milieu du récit, Jan en avait assez entendu. Il voulut armer ses hommes et se rendre à la *Casa del toro* pour demander des comptes aux Ramiro.

Jezebel le retint en s'accrochant à son bras.

— Je n'ai pas fini. Écoute-moi jusqu'au bout.

Elle continua à dire ce qu'elle savait. Les traits de son mari semblaient se durcir à chaque mot. Ses pupilles devinrent deux couteaux tranchants.

Quand elle se tut, tout ne fut plus que silence.

C'était un silence qu'on ne savait pas comment rompre, parce que les mots, n'importe lesquels, étaient tous vains.

Finalement, Milo s'approcha suffisamment pour accrocher le regard du maître de maison.

— Allons dans votre bureau, Jan. Je dois utiliser votre émetteur-récepteur pour contacter mes supérieurs. Ensuite, nous parlerons.

Jan hocha la tête.

Il était pâle comme un mort.

*

Depuis le début de sa mission, Milo McCorball communiquait de manière codée par radio-émetteur avec ses supérieurs de l'Intelligence Service. Conformément aux ordres, il s'astreignait à faire un rapport quotidien et, la plupart du temps, son agent de liaison était Vera Hopkins.

Il était près de minuit lorsqu'il se pencha vers le micro en mettant des écouteurs. Après quelques crachotements, la T.S.F.[1] retransmit une voix ferme et claire. Vera semblait ne jamais dormir.

La conversation dura plusieurs minutes. Lorsqu'elle prit fin, Milo arracha ses écouteurs et les laissa sur la table. Il fit face à Jan Lukas. Ce dernier venait de se verser un Woodford du Kentucky qu'il faisait tournoyer dans son verre avec un air morose.

— Je vous en sers un ? proposa-t-il.

Milo accepta un doigt de ce bourbon merveilleusement parfumé à la vanille et au caramel. Il était tard, la journée avait été remplie de mauvaises nouvelles, un peu d'alcool l'aiderait peut-être à exposer clairement ses idées. Il s'apprêtait à aborder un sujet délicat, mais nécessaire.

Jan lui tendit le verre.

— Alors ? lui dit-il comme s'il avait senti son embarras. Que va-t-il se passer maintenant ?

— Je viens de faire un rapport circonstancié des événements. Il est peu probable que les drames de la journée soient liés de près ou de loin à mon enquête, mais mon contact préfère ne prendre aucun risque. Il va informer notre hiérarchie et organiser mon exfiltration d'Argentine. Je vais certainement quitter la Balandra dans les prochaines heures.

— Ah, rétorqua Jan, la lippe maussade. Vous nous quittez après avoir jeté un pavé dans la mare.

— Jan, à ce sujet…

Il s'interrompit brusquement. On venait de frapper à la porte. Le battant s'entrouvrit et Jezebel se faufila dans le bureau en affichant un sourire penaud. Elle s'était changée, elle avait

1. Abréviation de Télégraphie Sans Fil.

troqué son pantalon contre une robe d'intérieur en satin ornée de grands oiseaux exotiques sur laquelle elle avait jeté un châle réalisé au crochet. Elle avait paradoxalement l'air aussi fatigué qu'apaisé.

— J'ai envoyé Zack se coucher, dit-elle doucement. Lián s'est endormie. Elle va bien.

Elle hésita un instant, puis jeta tout de go :

— Je sais que vous tenez à discuter entre hommes, mais je n'arrive pas à rester seule. Je pense tout le temps à ce qui s'est passé. Je ne parviens pas à trouver le sommeil. Puis-je demeurer avec vous ? Je me ferai toute petite dans un coin. Je fermerai les yeux et les oreilles, promis juré.

Son mari lui ouvrit les bras, elle s'y réfugia en enfouissant son visage dans sa chemise.

— Ne t'inquiète pas, ma chérie, la rassura-t-il. J'ai demandé aux hommes d'instaurer des tours de garde. Je te promets que, maintenant, plus personne ne peut venir à la Balandra sans qu'on le remarque. Au matin, je préviendrai la police et sans doute aussi l'ambassade américaine. Je suis prêt à remuer ciel et terre pour que ces salauds ne s'en sortent pas impunément.

Ils restèrent ainsi, longuement enlacés, unis comme un seul roc. Ils ne semblaient plus se soucier de ce qui les entourait. Milo fut profondément touché par leur complicité, leur évidente tendresse. Il se leva pour les laisser seuls, mais Jan le retint à l'instant où il posait la main sur la poignée de la porte.

— Ne partez pas, Milo. Nous devons discuter. Nous pouvons d'ailleurs le faire devant ma femme, je ne lui cache jamais rien. Je lui ai parlé de notre petite expédition de la nuit dernière, ainsi que de votre rôle un peu… particulier.

— Bien, dit Milo en se rasseyant dans un des vieux fauteuils club. Je puis donc à mon tour parler sans détour. Vous l'aviez compris, j'étais venu ici en mission, elle est aujourd'hui terminée. J'ai découvert la preuve de ce que j'étais venu chercher. J'ai transmis toutes les informations dont je dispose à mes supérieurs, qui vont prendre le relais de manière officielle. L'ambassadeur met un point d'honneur à s'occuper lui-même du dossier. Les Ramiro ont de nombreux appuis politiques qu'il convient de ménager. Néanmoins, tout est lancé. Don Felipe et son fils vont probablement être poursuivis par la justice de ce pays. Nous devons néanmoins comprendre que cela prendra du temps.

— Combien de temps ? demanda Jan d'un ton abrupt.

— Nous en avons déjà discuté, plusieurs jours, plus vraisemblablement plusieurs semaines. Si nous voulons des résultats probants, le dossier ne peut être monté à la légère.

— Ce qui veut dire, en langage non diplomatique ?

— Que les Ramiro ne seront pas mis hors d'état de nuire avant un certain temps, précisa Milo avec un sourire amer. À moins qu'il ne soit prouvé leur rôle éventuel dans l'assassinat de votre jeune domestique.

— Tout de même, il y a l'enlèvement de ma fille !

— Quelle preuve avons-nous, hormis son récit ?

— Vous mettez en doute la parole de ma fille ? s'étrangla Jan Lukas.

— Bien sûr que non ! Ne me faites pas dire ce que je ne dis pas. Mais vous connaissez les tribunaux, les avocats... Ce sera sa parole contre celle d'un homme puissant, un éleveur riche à foison qui exporte sa viande dans le monde entier, un président de parti politique important, avec de nombreux partisans, qui est d'ores et déjà en bonne place pour la prochaine élection présidentielle. Vous le savez, en Argentine comme ailleurs, la parole des femmes est toujours sujette à caution. On minimisera l'enlèvement, on parlera de la passion amoureuse du fils, somme toute assez attendrissante. Il y aura des témoins pour dire qu'elle était mal vêtue, et même peu vêtue, qu'elle était trop libre, à côtoyer les gauchos sans se soucier du qu'en-dira-t-on.

— Est-ce cela qu'on reproche encore maintenant aux femmes, de vivre libres et heureuses ? Est-ce cela que vous pensez de ma fille, Milo McCorball ? s'exclama Jezebel en se levant à moitié, la main serrée sur le cœur, le visage devenu plus pâle que la normale.

— Non ! Bien sûr que non ! s'écria Milo. Mais je connais le langage des tribunaux. Croyez-moi, empêcher les Ramiro d'agir ne sera pas simple.

— J'ai moi aussi de puissantes relations, précisa Jan Lukas.

— Je vous dois une autre information, qui devrait achever de vous rendre prudents. Ramiro n'est pas le vrai nom de ces deux hommes. Mon contact à l'ambassade m'a confirmé ma première intuition, à savoir que ces gens sont ce qu'on appelle des nazis dormants. Ils s'appellent Rammler. Nos agents ont retrouvé la trace administrative de l'entrée du père en Argentine au début de ce siècle, alors qu'il s'appelait encore Philip Rammler. Sympathisant fasciste depuis le début, il a bénéficié d'un important soutien financier de l'Allemagne dès la fin de la Grande Guerre. Son rôle s'est précisé avec l'arrivée d'Hitler au pouvoir. Depuis, il n'a cessé de tisser un réseau de relations susceptibles d'aider l'expansion nazie. Au fait, avant que vous ne me le demandiez, son fils s'appelle Karl. Karl Rammler.

Après un temps de réflexion, Jan questionna avec pragmatisme :

— Très bien. Pensez-vous qu'ils peuvent encore s'en prendre à ma fille ?

Milo hésita.

— Je ne sais pas trop quoi vous répondre, je ne suis pas un spécialiste en psychologie. La seule chose qui m'a paru évidente, c'est la fixation que fait Carlos sur votre fille. Je l'ai vu la harceler à maintes reprises, et ce, toujours avec une grande violence. Si c'était ma fille…

— Oui ? insista Jan. Que feriez-vous si c'était votre fille ?

— Je m'efforcerais de la mettre à l'abri quelque temps. Il ne faut pas oublier qu'il y a aussi cette curieuse histoire de rubis.

L'allusion amena un moment de silence. Jezebel, prise d'une idée soudaine, se leva brusquement. Elle était devenue blême et nerveuse. S'excusant, elle sortit de la pièce avec vivacité. Ils l'entendirent descendre les escaliers d'un pas prompt.

Jan allait la suivre mais elle revint presque aussitôt, essoufflée de s'être tant dépêchée. Refermant la porte derrière elle, elle s'y adossa. Son teint paraissait encore plus pâle, comme sous le coup d'une trop forte émotion.

— Je suis descendue au salon, bafouilla-t-elle. J'ai pensé, je ne sais pas pourquoi… c'était juste une intuition… Notre statue a disparu, ajouta-t-elle, la voix vibrante d'angoisse et de fureur. La statue du démon Rakshasa.

Elle tomba dans les bras de Jan.

— Ce cauchemar ne prendra-t-il donc jamais fin ? Mais qui peut encore être au courant de cette histoire ? C'est du passé, tout le monde est mort, n'est-ce pas ? questionna-t-elle en levant les yeux vers son mari. Tu m'as dit que tu l'avais vu mort de tes propres yeux !

— Je ne t'ai pas menti, *darling*. Le baron von Rosenheim est bel et bien mort dans cette lointaine jungle du Meghalaya.

— Mais alors ? Comment est-ce possible ? Qui sait encore pour ces fichus rubis ? Car il faut bien que quelqu'un en ait parlé aux Ramiro, n'est-ce pas ? Sinon, d'où connaîtraient-ils cette histoire ?

Jan resta silencieux. Jezebel le dévisagea avec intensité. Elle connaissait si bien son mari qu'elle vit tout de suite à son expression que quelque chose le chiffonnait.

— Jan ? interrogea-t-elle.

Il la regarda douloureusement.

— En fait, je ne t'ai pas tout dit.

— Jan !

— Mogül n'est pas mort. Je l'ai vu hier.

Jezebel fut tellement atterrée qu'elle sembla s'affaisser sur elle-même.

— Mogül, l'âme damnée du baron von Rosenheim, balbutia-t-elle d'une voix ténue, les yeux agrandis par l'épouvante. Il a donc survécu et il revient pour venger la mort de son maître.

Jan la rassura maladroitement.

— Chérie, je t'assure que s'il voulait se venger, ce serait fait depuis longtemps. En fait, plus j'y pense, plus je crois qu'il est revenu pour les rubis.

12

Lundi 21 août 1939
Rio de la Plata – Argentine

La nuit s'achevait, morne et tourmentée. Un firmament lourd formait un couvercle au-dessus de l'estuaire, bouchant l'horizon jusqu'à la rive d'en face. Un éclat inattendu venait de se faufiler entre deux nuages, une lumière qui annonçait le début de l'aube dans une inondation jaune. Cédant à ce signal, les mouettes s'élevaient entre le ciel et la vague. Leurs cris aigus donnèrent au paysage un air de vacances au bord de mer avant l'heure, tandis que l'hiver assombrissait autant le paysage que les cœurs.

Lián resserra contre elle son gros poncho. Le vent venait du large et remontait le Rio de la Plata, cherchant à lui couper le souffle. Avec ses doigts glacés, il lui jetait au visage une humidité poisseuse de sel et d'écume. Elle regarda en arrière, vers l'intérieur de la salle d'attente, en se demandant si elle y serrait plus à l'abri, puis elle haussa une épaule. En fin de compte, elle n'avait pas envie de s'enfermer dans ces murs de béton où il était de toute façon à peine moins venteux qu'à l'extérieur. L'endroit la choquait, avec ces ivrognes crasseux ronflant sur les bancs, au milieu de leur urine et de leur vomi. À cette heure-ci, évidemment, il n'y avait personne d'autre. Il était encore trop tôt pour n'importe quel voyageur.

Milo se tenait debout près de l'entrée, appuyé contre un mur d'un air taciturne. Il ne cessait de regarder l'heure à sa montre-bracelet. Lui aussi guettait la venue de l'aube. Le départ du ferry était prévu à sept heures.

Lián serra les dents pour retenir un sanglot. La nuit qui s'achevait était sa dernière en Argentine. Dieu qu'elle était triste. Comme elle aurait voulu pouvoir revenir en arrière, remonter le temps, dire non à tout ce qu'on lui avait imposé.

Elle savait pourtant que cela n'aurait servi à rien. Elle avait dit non, mais personne ne l'avait écoutée.

Tout s'était décidé très vite. Sa mère était venue la réveiller au milieu de la nuit. Éberluée, elle avait regardé les aiguilles phosphorescentes de son réveil indiquer minuit et demi. Ensommeillée et encore toute courbaturée de sa mésaventure de la soirée, elle s'était laissée habiller comme une enfant. *Bombachas*, chemise, pull de laine, grosse veste de peau, poncho, chapeau. Lorsqu'elle était descendue au salon en se forçant à avaler les quelques cookies que sa mère avait glissés dans ses mains, elle avait retrouvé toute sa famille qui l'attendait : son père, raide et tendu ; Zachary presque en pleurs ; et aussi Milo, le visage fermé comme une huître.

Elle avait tout de suite pris peur. Son instinct lui dictait que quelque chose de peu réjouissant allait advenir. Elle ne s'était pas trompée. À partir de cette seconde, rien de ce qu'elle avait entendu ne lui avait plu.

Milo s'était chargé en premier de lui donner des explications, tandis que sa mère lui avait tenu la main comme pour éviter qu'elle se noie. Ce faisant, elle la serrait si fort qu'elle en avait mal. Pourtant, elle n'avait pas bronché. Avec tout ce qu'on lui disait, elle avait eu besoin de cela, de cette force d'une mère, pour ne pas perdre pied.

Milo avait commencé avec gravité.

— Lián, je vais partir, je dois retourner en Inde.

Elle avait ouvert la bouche mais n'avait pas eu le temps de parler. Il avait continué avec quelques mots qui l'avaient tout à fait assommée.

— Je vous emmène avec moi. Vos parents sont d'accord. Je leur ai promis de prendre soin de vous durant le voyage. Lorsque nous arriverons à Calcutta, je vous confierai à votre marraine, la duchesse Olga Marushka Obolenski. Vous resterez chez elle un certain temps, peut-être quelques semaines, au pire deux ou trois mois. Ce sera comme des grandes vacances.

— Je ne comprends pas, avait-elle simplement dit.

Son père avait pris le relais en se lançant dans un exposé confus d'où elle n'avait réussi à sortir que des mots en vrac dénués de sens : rubis, Mogül, démon, Rammler. Au-delà de son incompréhension, elle avait surtout perçu la panique de ses parents et ce sentiment, plus que tout, l'avait pétrifiée.

Jusqu'à présent, sa mère et son père avaient toujours été là pour la maintenir droite sur son chemin de vie. Ils l'avaient empêchée de vaciller ou de s'inquiéter. Ils avaient été son gouvernail, sa force, sa joie, son avenir. Toutes ses certitudes. Or, en cet instant terrible, elle constatait qu'ils n'étaient pas infaillibles. Qu'ils avaient eux aussi des angoisses, des doutes, des moments de faiblesse. Qu'ils ne seraient pas toujours là pour la protéger.

Sa mère s'était penchée pour l'embrasser, la serrer dans ses bras. Elle s'était laissé faire, devinant peut-être à ce moment-là, que c'était aussi cela, grandir et vieillir, devenir adulte : consoler ses parents de ne plus être un enfant.

Non, avait-elle néanmoins pensé. *Non*, avait-elle même hurlé à l'intérieur de son cœur. *Je ne veux pas.*

Mais vouloir n'était plus suffisant.

— Écoute, ma chérie, comme te l'a dit Milo, d'ici quelques semaines, lorsque cette affaire sera retombée dans les oubliettes, tu reviendras en Argentine. Nous pourrions même, pourquoi pas, te rejoindre en Inde. Ne serait-ce pas une bonne idée ? Cela fait si longtemps que nous n'y avons pas été.

Sa mère avait souri, pauvre petit visage triste qui essayait en vain de jouer l'enthousiasme. Lián avait coupé net ses efforts :

— Pourquoi n'y allons-nous pas tous ensemble un peu plus tard ? Ou maintenant ?

Son père avait posé une main sur son épaule. Elle avait pensé, « comme cette main est lourde ».

— Tu pars cette nuit, c'est une nécessité. Ton voyage a été organisé de manière totalement secrète. Tu comprends, nous voulons profiter de l'enlèvement dont tu as été victime pour faire croire à tes ravisseurs que tu as disparu dans les marais. Ils imagineront ainsi que tu es morte. Nous pensons que cette idée te protègera suffisamment, surtout si tu es loin de nous.

Mais l'Inde, tout de même… n'avait-elle pu s'empêcher de penser, tandis que son père glorifiait maintenant le rôle de Milo.

— Tu sais, tu peux le remercier, il a tout organisé en un temps record. Il a même eu l'idée de demander à ses supérieurs l'autorisation de t'emmener dans son bagage.

La formule l'avait choquée. Ainsi, elle n'était qu'une valise dont on se débarrassait à l'envi. Cela faisait mal.

— Je ne veux pas partir. Je ne veux pas vous quitter. Je ne veux pas abandonner la Balandra. Ni mes amies de Buenos Aires. Ni mes chevaux. Ni les poulinières qui vont bientôt mettre bas...

L'énumération n'avait pas de fin, mais son père l'avait coupée d'un ton sans réplique.

— Il le faut, ma chérie.

Ils ne lui laissaient pas le choix. Alors elle avait tenté une autre défense.

— Et pourquoi me faudrait-il obéir aux ordres de Mr McCorball ? Pourquoi est-ce lui qui décide de ce que je dois faire ? Qui est-il donc, en vérité, hormis une personne qui ne fait que nous mentir depuis le début ?

Elle avait laissé éclater sa mauvaise humeur à loisir, l'exagérant même un peu, mais ses parents avaient gardé un silence coupable. Ils se regardaient l'un l'autre avec tristesse. C'était tout ce qu'elle avait obtenu, ce chagrin désolé.

— Vous ne pouvez pas m'obliger à partir aux antipodes ! avait-elle encore hurlé. Je ne bougerai pas d'ici.

Sa mère s'était mise à pleurer. Elle se rappelait son propre départ d'Angleterre, lorsque son tuteur l'avait fait venir à Calcutta pour la marier de force à un homme qu'elle ne connaissait pas. Prise d'un remords angoissé, elle avait manqué s'écrouler de chagrin, et Jan l'avait prise contre lui pour la soutenir.

— Voyons, *darling*, avait-il dit d'un ton raisonnable, en lui embrassant la tempe avec douceur. Ce n'est pas la même chose. Nous ne la jetons pas en pâture à un mari imposé, nous ne faisons que l'éloigner quelque temps pour la protéger. C'est notre rôle de parents.

Et moi, qui me console ? avait pensé Lián d'une manière injuste, en les regardant s'enlacer.

Sa figure avait dû tellement refléter sa détresse que Milo, qui ne la quittait pas du regard, avait deviné son angoisse et, s'approchant d'elle, lui avait doucement effleuré le poignet.

— Je serai là, avec vous, lui avait-il assuré. Je ne vous ai pas toujours tout dit me concernant, c'est vrai, et je vous prie de m'en excuser, mais je vous certifie que je ne suis pas le méchant de l'histoire. Je vais vous mettre hors de danger. Je vous protégerai. Il ne faut pas vous inquiéter, cette mauvaise histoire ne durera pas, j'en suis persuadé. Ce départ n'a rien de définitif, il ne faut pas être triste. Le mieux est de faire comme si vous partiez en vacances, répéta-t-il une fois de plus.

Elle n'avait pas su quoi faire, entre le gifler ou tomber dans ses bras. Cette idée stupide n'était-elle pas la sienne ? Ils s'étaient affrontés du regard. Du moins, c'était ce qu'elle avait fait, car lui était demeuré aimable, à la fois grand, fort et doux. Elle avait baissé les yeux en premier. Furieuse. Perdue.

Il lui avait pris la main pour la serrer dans la sienne.

— Il faut y aller. Nous avons déjà perdu trop de temps. La réussite de ce plan ne tient qu'à sa vitesse d'exécution.

Elle s'était retrouvée dans les bras de son frère Zachary, pour le serrer à tout rompre.

— Occupe-toi bien de Princesa, lui avait-elle recommandé.

— Je te le promets.

Elle avait voulu lui dire autre chose, mais les mots ne venaient pas. Lui pleurait sans se cacher. Il n'avait que quatorze ans. Elle avait essuyé ses larmes, forte pour deux.

— Ne la fais pas courir trop vite, avait-elle ajouté, en se cachant derrière des choses banales qui n'avaient pas plus d'importance que cela. Tu sais qu'elle est encore en convalescence.

— Je ne suis plus un enfant, avait-il sangloté.

— C'est vrai, avait-elle souri, la voix brisée. Tu es plus grand que moi.

Ils avaient ri, au milieu de leurs larmes. Puis elle avait embrassé son père, sa mère. Cette dernière l'avait agrippée de toutes ses forces. Milo avait dû la prendre par le bras pour les séparer.

— C'est la seule solution, avait encore répété son père, comme s'il cherchait à se convaincre lui-même. Ce n'est que provisoire. Nous allons bientôt nous revoir, et nous rirons de cette nuit, qui nous paraîtra si absurde avec le recul. Tu es forte, ma fille. Tu es courageuse. Tout va bien se passer. Cela me rassurera de te savoir loin des Ramiro. Tu verras, l'Inde est merveilleuse. Mais tu le sais déjà, n'est-ce pas ?

Des chevaux attendaient dans la cour, sellés, harnachés. Sur le pas de la porte, tandis qu'ils se mettaient en selle, ses parents s'étaient soudain disputés.

— Il faut lui dire, avait prétendu son père.

— Non ! Je t'en prie, non, avait supplié sa mère d'une voix hagarde.

Lián avait à nouveau senti planer ce secret qui la concernait, qu'elle avait côtoyé comme un fantôme tout au long de son enfance, sans jamais parvenir à découvrir de quoi il s'agissait.

— Me dire quoi ? avait-elle crié.

— Rien d'important. Tu as de la famille en Inde. Tu n'y seras pas seule.

— Je le sais bien, mais il y a autre chose, n'est-ce pas ? Dites-moi ce qu'il y a !

Aucune réponse n'était venue. Elle avait reniflé, essuyé ses joues dans sa manche avec un mouvement de rage. Son père avait voulu ajouter quelque chose, sa mère lui avait posé la main sur les lèvres pour le faire taire.

— S'il te plaît, non, avait-elle chuchoté, pas comme ça, pas maintenant.

Lián était restée avec cette image de sa mère, le teint pâle et les yeux bleus grands ouverts sur une angoisse qui ne venait pas uniquement de son départ, et qui lui faisait balbutier des promesses sans fin :

— Je viendrai te chercher dès que je le pourrai. Bientôt. Bientôt.

Le cœur enflé par trop de larmes, elle avait jeté autour d'elle un dernier regard circulaire en enregistrant tout ce qui était possible. La Balandra. Les hautes tours de grès rose. Les lumières aux fenêtres. Le parvis un peu austère. Les chemins dans le jardin. Et même cette désagréable odeur d'incendie qui flottait encore dans l'air et qui ajoutait à l'hallucination.

Ils étaient partis. Presque aussitôt, elle s'était retrouvée dans un trou noir. La nuit était sans étoiles. La campagne obscure qu'ils traversaient en direction de Berriso avait englouti la moindre de ses pensées. Elle vivait un cauchemar dont elle ne parvenait pas à se réveiller.

Ils avaient galopé une bonne demi-heure. Au port d'Ensenada, près de l'énorme raffinerie YPF, ils avaient abandonné leurs chevaux, les effarouchant même pour qu'ils repartent seuls vers leurs écuries de la Balandra. Ensuite, ils avaient attendu sur le bord d'un chemin.

Lián ne pipait mot. Milo se contentait de demeurer à ses côtés, lui aussi silencieux, puisque c'était ce qu'elle avait imposé.

Une vieille guimbarde à la carrosserie sale et brinquebalante était venue les ramasser. À l'intérieur, un paysan se rendait sur un marché à Buenos Aires, le coffre chargé de vieux légumes d'hiver entassés dans des sacs. Avec son air de ne pas y toucher, il appartenait à un réseau d'exfiltration britannique. Milo avait tout organisé par radio juste avant leur départ.

Serrée sur la banquette dans une odeur de poussière et de sueur, Lián avait dit adieu aux lumières électriques de la raffinerie, puis à celles de La Plata. Le paysan les avait laissés près de la gare du Retiro, à Puerto Madero. Le *Dársena Norte* servait de départ aux ferries en partance vers l'Uruguay.

L'endroit était sale, fatalement désert au milieu de la nuit. Au-dessus de leurs têtes, une rangée de grues métalliques semblait monter la garde. Elles grinçaient toutes dans le vent.

Milo l'avait emmenée vers le terminal. Le reste de la nuit avait été abominable. Il avait fallu s'étendre sur un banc qui sentait l'urine. Peut-être était-elle tout de même parvenue à s'endormir ? Elle ne s'en souvenait plus.

Milo avait continué à veiller. Il attendait. Lián l'observait, la langue démangée par des questions qu'elle refusait de lui poser parce qu'elle avait décidé de bouder.

Elle lui en voulait terriblement. Peut-être simplement parce qu'il avait le tort d'être là, à l'accompagner dans ce voyage qu'elle refusait de toute son âme. En elle, rien n'était bien clair.

Puis elle avait vu arriver cette petite Simca 5 couleur sorbet à la pistache, et l'élégante femme qui en était sortie, aussi parfaite qu'une star de cinéma alors qu'il n'était pas six heures. Magnifique chevelure auburn, eye-liner, taille de guêpe serrée dans un tailleur cintré, maturité victorieuse et sourire éclatant tourné vers Milo qui se hâtait de la rejoindre.

À cet instant précis, Lián avait détesté le jeune homme de bout en bout.

*

Vera Hopkins arriva à la *Dársena Norte* et aperçut tout de suite Milo McCorball qui la guettait. Elle se gara devant le bâtiment réservé à la compagnie des ferries puis coupa le moteur de sa Simca.

Elle observa le jeune homme tandis qu'il approchait, le trouvant encore plus beau que dans ses souvenirs, avec sa haute stature sportive, sa démarche décidée et ses cheveux blonds qui s'ébouriffaient dans le vent. Elle faillit sortir de sa réserve habituelle pour le saluer d'un grand geste de la main, avant de se rendre compte qu'il n'était pas seul. Contrariée d'avoir oublié ce détail, alors qu'elle était au courant puisqu'elle avait tout organisé, elle posa les deux mains sur le volant en s'efforçant de se composer un visage impassible.

Entre ses cils, elle étudia la jeune fille qui arrivait à son tour d'un pas traînant, la lippe boudeuse. En dehors de cette figure peu aimable, la demoiselle avait tout pour être charmante, si l'on exceptait l'abominable tenue de cavalier gaucho qu'elle portait. Cette rusticité aurait enlaidi n'importe quelle femme, mais la petite s'en tirait tout de même pas mal, en réussissant à afficher quelque chose d'indéfinissable qui attirait.

Vera Hopkins renifla, furieuse de s'être montrée si naïve. Elle venait de comprendre que Milo en pinçait pour cette gamine. Certes, il n'y avait entre eux aucun geste équivoque, aucune marque de tendresse, et elle aurait pu se tromper, sauf que pour ces choses-là, l'instinct d'une femme devine immédiatement que l'homme qu'elle aime ne pense plus à elle.

Elle accueillit son ancien amant d'un ton aussi froid que possible.

— J'espère que tu as de bonnes raisons d'utiliser les facilités proposées par notre gouvernement.

— Bonjour Vera. Je ne pensais pas te voir en personne.

— Je m'occupe toujours de mes missions jusqu'au bout, répliqua-t-elle, sarcastique. Mais tu n'as pas répondu à ma question.

— Je te présente Mary-Leela Lukas-Tyler, la jeune fille qui a été enlevée par les Ramiro hier après-midi. Comme je l'ai expliqué par radio, elle a réussi à leur échapper par on ne sait quel miracle. Si elle reste en Argentine, elle continuera à courir un grave danger. Elle pourrait à nouveau être enlevée et même servir d'otage dans l'histoire qui nous concerne. J'ai promis à ses parents de la mettre à l'abri.

— Milo, l'Intelligence Service n'a pas pour habitude de mêler des civils à ses affaires.

Il la regarda durement, et elle en eut le cœur serré.

— Tu sais très bien que je suis autorisé à voyager avec un membre de ma famille. Si la présence de cette jeune fille te pose un problème administratif, tu n'as qu'à indiquer dans tes registres qu'elle est ma fiancée.

Vera Hopkins s'efforça de conserver à la discussion un tour professionnel.

— Très bien. Il faut vous changer. La valise est dans le coffre. Faites-le tout de suite, avant que les voyageurs pour le ferry ne soient trop nombreux. Tu n'as qu'à emmener ta protégée dans les toilettes. Si elle a besoin d'aide, je viendrai.

Milo récupéra la valise et repartit en prenant la jeune fille par le bras. Vera détailla cette dernière en lui trouvant la mine toujours aussi boudeuse et l'œil incendiaire.

Des yeux magnifiques, pensa-t-elle cependant, à son corps défendant. *Non seulement cette petite dinde est belle, mais en plus elle semble avoir du tempérament. J'espère qu'elle se rend compte de ce que Milo est en train de faire pour elle. Et aussi qu'elle ne posera pas de problème durant le voyage.*

Elle pianota nerveusement sur le volant, tandis que le couple pénétrait à l'intérieur du terminal. Elle trouvait les jeunes gens bien assortis. Milo dominait sa compagne de sa haute taille, directif avec élégance, mais la demoiselle n'était pas en reste. En dépit de ses vêtements rustiques, elle avait quelque chose dans l'allure, un je-ne-sais-quoi d'insolent, qui lui faisait cambrer les reins avec autant de sensualité que de morgue, et qui la tenait près du jeune lieutenant dans une attitude bien plus intime que ne le laissait supposer leur manière de se comporter.

Sont-ils amants ? se crispa Vera, le cœur mordu par la jalousie.

Elle décida que non, même si elle devinait entre eux un lien indéfectible, une même inclination de cœur, un même désir.

Ils s'aiment, voilà ce qu'il y a !

Son sang battit plus fort à ses tempes. *Dieu que j'ai été sotte ! Comment ai-je pu croire qu'un automne puisse redevenir un printemps ?*

Pour se donner une contenance, elle sortit son poudrier et se colora les joues d'un peu de rouge. Au moins, que Milo n'ait pas honte en la voyant et qu'il ne se demande pas pourquoi il lui avait un jour accordé l'aumône de lui faire l'amour. C'était la seule élégance qui lui restait.

Les jeunes gens revinrent après s'être changés. Dans leurs vêtements simples, pour elle un tailleur de jersey brun assorti d'une cape de drap noir, pour lui un complet veston sous un pardessus, ils avaient maintenant l'apparence d'un couple ordinaire prêt pour leur voyage.

Milo s'accouda à la Simca. Sa compagne s'était éloignée vers la bordure de la darse, où elle s'appuya contre un banc. Sans songer à s'asseoir, elle retenait son petit chapeau pour éviter qu'il ne s'envole. Elle feignait de regarder vers le large, vers le soleil qui embrassait l'eau d'une coulure de mercure, mais Vera, qui continuait à l'observer de manière aiguë, remarqua qu'elle ne cessait de porter à Milo des regards lourds de ressentiment.

— J'espère que tu ne regretteras pas ta décision, dit-elle au jeune homme lorsqu'il se pencha par la vitre de sa portière. Cette petite ne semble pas ravie de l'aventure que tu lui imposes.

— Elle s'y fera. Elle n'a pas le choix. De toute façon, cela ne durera que quelques semaines, le temps que les Ramiro soient définitivement mis hors d'état de nuire. Tu sais, je te suis reconnaissant d'avoir tout organisé en si peu de temps.

— C'est mon boulot, répondit-elle froidement. De toute façon, j'imagine qu'à aucun moment tu n'as pensé que je puisse avoir envie de te faire des adieux plus intimes…

Il se pencha légèrement vers elle.

— Vera, mon séjour en Argentine devait être bref. Je ne m'en suis jamais caché.

Elle soupira. Il avait raison. Elle lui avait accordé du bon temps, il en avait profité. Elle avait eu le tort de s'attacher démesurément à lui, contre tout bon sens. Elle n'allait quand même pas, en plus, lui faire une scène ridicule.

— Je suis désolée, reprit-elle en fourrageant dans son sac pour sortir une Craven "A".

Il lui présenta son briquet. Elle tira une bouffée en regardant dans le rétroviseur la petite silhouette brune qui affrontait le vent du large comme la figure de proue d'un navire.

— Au moins, maintenant, elle a l'air d'une Anglaise respectable, même si son teint est un peu sombre. Avant de monter dans le ferry, tu lui diras de changer de coiffure. Ces tresses ne conviennent pas à une femme prétendument mariée. Et essaie de lui faire quitter cette mine renfrognée. Elle a trop l'air d'un chat sauvage… Bon, voici vos passeports et tous les documents nécessaires, ajouta-t-elle en lui tendant un paquet recouvert de papier kraft et fermé d'une ficelle. À partir de maintenant, vous êtes un couple d'industriels britanniques en voyage de noces. Essaie de bien la briefer à ce sujet, qu'elle ne commette pas d'impair avant que vous ayez franchi la frontière. Il serait dommage que les Ramiro apprennent qu'elle est encore en vie, après tout le mal que nous sommes en train de nous donner pour leur faire croire le contraire.

— Ça ira, la rassura-t-il. Je m'occupe d'elle.

— Dans le paquet, tu trouveras aussi de l'argent pour acheter les billets de ferry et vous payer un bon déjeuner.

Elle tira une autre bouffée de cigarette, puis la recracha aussitôt, en faisant une moue désabusée.

— Pour rejoindre Montevideo de l'autre côté du Rio, il faut trois bonnes heures avec le bateau. Quelqu'un vous attendra pour vous amener au Clipper[1]. Le décollage est prévu à dix-huit heures. J'imagine qu'on s'est tout dit.

— Vera…

Il voulut l'embrasser, mais elle détourna le visage.

— Non, je t'en prie. Ce n'est plus le moment de regarder vers le passé. Tourne-toi plutôt vers l'avenir. Je te souhaite d'être heureux. Adieu, Milo.

Elle remit le contact, remonta la vitre en tournant la manivelle. Elle le regarda une dernière fois, puis démarra la Simca.

*

---

1. Surnom donné au Boeing 314, un hydravion utilisé de 1939 à 1945 en voyage long-courrier.

Lián n'avait pas voulu s'approcher du couple. Elle avait parfaitement conscience que son attitude était infantile, mais dans ce voyage, tout la révulsait. Alors, cette femme sortie elle ne savait d'où, qui arrivait belle et indépendante dans son automobile, le visage aussi sophistiqué que sur un écran de cinéma, elle n'avait pu s'empêcher de la considérer d'emblée comme une ennemie. Son instinct redoutable de femme amoureuse lui avait fait deviner que le couple était amant. Pour s'en convaincre, il suffisait de voir comment Milo se penchait avec familiarité par la vitre baissée, avec son front qui frôlait celui de la belle conductrice. Comment avait-il pu l'embrasser à la Balandra, en lui murmurant qu'il l'aimait, alors qu'il avait déjà une maîtresse ?

Elle en fut blessée. Depuis le début, il ne faisait que lui mentir. Elle laissa sa colère s'accumuler. Enfler son cœur. Pourrir la moindre de ses pensées. Lorsque la femme repartit dans son automobile, elle n'en pouvait plus de cette situation de faux-semblants.

Elle accueillit Milo d'une phrase définitive :

— N'ayez aucune crainte, je vais obéir à mes parents. Je vais vous suivre en Inde. En revanche, une fois arrivée là-bas, lorsque j'aurai retrouvé ma marraine, je vous garantis que je ne vous parlerai plus jamais de ma vie.

— Je comprends que vous soyez bouleversée…, commença-t-il pour concilier les choses.

Elle le coupa, pleine de courroux et de rancœur.

— Non, vous ne comprenez pas ! Vous m'obligez à quitter mes parents, mon frère, mes chevaux, mon univers, mais cela ne vous suffit pas, vous continuez tout de même à me mentir !

Une corne de brume la fit sursauter. Le ferry à quai annonçait son prochain appareillage. Les moteurs étaient allumés, de la fumée sortait maintenant de l'unique cheminée. Des employés ouvrirent le guichet. D'autres déployèrent la passerelle et balayèrent une dernière fois le pont. Deux pélicans bruns prirent lourdement leur envol pour s'éloigner de tout ce raffut.

— Venez, Lián, il est temps d'embarquer, dit simplement Milo lorsque la sirène se tut.

Elle comprit qu'elle n'avait pas de prise sur lui, qu'il absorbait toutes les colères sans jamais rien répondre, et cela la désespéra. Elle aurait voulu se disputer. Crier et hurler. Finalement, elle le suivit en silence, les épaules baissées.

La traversée du Rio de la Plata n'eut rien de mémorable. Il y avait de la houle à cause du vent. Durant plusieurs heures, elle ne regarda rien d'autre que ce gris infini ourlé d'écume.

Montevideo était une ville pleine de monuments baroques et de parcs couronnés par des palmiers royaux. Après le déjeuner, ils longèrent la Rambla jusqu'à l'embarcadère de l'*Americana Clipper*. La passerelle d'embarquement descendait sur quelques marches pour se mettre au niveau de l'eau, où elle finissait en pont flottant.

L'hydravion était un monstre de métal gris, long de cent cinq pieds, avec une envergure de géant de cent cinquante pieds garnie de quatre moteurs en étoile. Son corps robuste était capable de flotter même en pleine mer. Ses flancs étaient ornés de minuscules hublots. Une quarantaine de passagers étaient en train d'embarquer pour voyager de nuit, dans des couchettes individuelles.

— Non ! s'exclama soudain Lián en s'arrêtant devant les marches qui descendaient vers l'eau.

Voir l'hydravion lui faisait réaliser le côté inéluctable de son départ. Ce fut au-dessus de ses forces. Elle fut prise d'une panique terrible et faillit se mettre à hurler.

— Non, répéta-t-elle en réussissant à parler presque calmement. Je ne veux pas.

Milo était déjà sur le pont flottant. Il revint vers elle. La regarda avec une douceur qui la prit en traître. Elle secoua la tête pour redire non, encore et encore, alors il lâcha la valise et tendit les bras. Elle se jeta contre sa poitrine, s'y accrocha comme si elle se noyait.

— Cela ne change rien, hoqueta-t-elle en enfouissant son terrible chagrin dans son imperméable. Je continuerai tout de même à vous détester.

Il la serra plus fort en souriant paisiblement.

— D'accord, répliqua-t-il. Détestez-moi autant que vous voulez, moi, je vous promets que je serai toujours là pour vous, ma chérie.

Deuxième partie

Le maharaja de Mahavir

Septembre 1939 à juin 1940
Bengale-Occidental – Inde

13

4 septembre 1939
Calcutta – Inde

« La guerre est déclarée. »

Le gros titre s'étalait en gras sur le quart de la première page du *Times of India.*

Lián frissonna devant ces mots, grands, noirs et méchants qui lui sautaient au visage. Dans le couloir qui venait de l'office, deux femmes en sari raclaient le carrelage de leurs balais. Ce va-et-vient doux et hypnotique s'accompagnait du frôlement de leurs pieds nus sur le sol et du cliquetis métallique des bracelets de cheville en cuivre et en argent qui s'entrechoquaient. Tous ces petits sons du quotidien, somme toute assez rassurants, se fondaient dans le lointain tintamarre qui venait de la cuisine, celui des casseroles et des pots qu'on déplaçait pour préparer le petit-déjeuner. Il fallait tendre l'oreille pour percevoir les bruits qui venaient de l'extérieur, en particulier les « léo » retentissants des paons laissés en liberté dans le parc.

Lián prit le journal pour le lire au calme. Elle avait le temps, sa marraine, Olga Marushka, avait l'habitude de faire la grasse matinée. Elle sortit sur le perron tandis qu'une averse menaçait. Elle courut sur la pelouse jusqu'au petit kiosque qui surplombait l'Hooghly. Là, elle s'installa sur son banc favori, face à l'immensité du courant. Une araignée téméraire avait tissé sa toile à l'angle sous le toit. La mousson qui n'en finissait pas l'avait perlée de pluie.

Depuis qu'elle était arrivée à la Villa Gullabee[1], elle avait fait de cet aimable pavillon perdu en bout de jardin son refuge préféré. Très vite, l'endroit était devenu dans cette maison

1. Peut se traduire par la Villa Rose.

inconnue le seul où elle se sentait à la fois loin de tout, au calme et en liberté.

Il était pourtant bien rustique, ce cabanon en bois tellement ouvert aux quatre vents que le soleil y chassait l'ombre, et la pluie le sec. D'habiles charpentiers l'avaient construit sur pilotis au milieu d'un terrain marécageux recouvert de roseaux, en bordure du fleuve. Ainsi avancé, il ressemblait à une île au milieu de l'eau, ou à un bateau luttant contre le courant. Le soir, des moustiques l'envahissaient. Il fallait brûler de la citronnelle dans de petits braseros pour empêcher les insectes d'être trop opiniâtres.

On y descendait par un pré d'herbe rase émaillé par de rares bosquets de frangipaniers. On avançait ensuite sur un ponton joliment ouvragé, décoré par des arabesques en teck. Une fois assis, on avait une vue circulaire qui allait de la villa de pierres roses jusqu'au parc Maidan, de l'autre côté de la clôture. Là-bas, au-delà de l'immense terrain destiné aux manœuvres militaires, quelques arbres concurrençaient les flèches de la cathédrale Saint-Paul.

Très vite, l'œil butait sur le fort William et sa construction en étoile. Des soldats y faisaient de l'exercice à toute heure du jour, au milieu de quelques troupeaux de chèvres qui servaient à tondre l'herbe. Tout cela était calme et ordonné. Séculier.

Sur la gauche, c'était une autre histoire. Une végétation foisonnante qui s'étendait aussi bien en hauteur qu'en largeur était laissée à l'abandon. Devenue une sorte de jungle urbaine, elle tapissait des terrains en friche qui faisaient le bonheur des grenouilles et de quelques hérons se promenant au milieu des hangars et des entrepôts à moitié désaffectés.

Dans ces baraquements presque en ruine, construits pour la plupart de bric et de broc, des marchandises de toutes sortes étaient tout de même stockées en piles improbables. Elles attendaient leur embarquement sur les barges qui descendraient le fleuve jusqu'au port de Calcutta, avant de partir pour l'Europe ou les Amériques.

L'Europe qui entre en guerre, pensa Lián, la bouche affreusement sèche.

Elle regarda vers l'Hooghly pour essayer de se raccrocher à quelque chose d'immuable et de rassurant. À cette heure-ci, seulement six heures, le principal bras du Gange entré dans son delta était magnifique.

Elle remarqua d'abord le ruissellement du soleil sur l'eau jaune et limoneuse, qu'un tel accru de lumière semblait rendre d'or. Puis les files multicolores des Indiens vêtus de rouge, de jaune, d'orange, sortirent de l'ombre des figuiers pour s'étirer en procession dans la brume grise jusqu'au *ghât* le plus proche. Ces silhouettes semblaient former dans le paysage des hachures de couleurs.

Après s'être un temps attardé sur leurs ablutions, avec les étoffes mouillées qui se plaquaient contre les corps et les cheveux rejetés en arrière dans un flamboiement de gouttelettes, le regard de Lián continua jusqu'au milieu du fleuve avant de tomber en arrêt sur le ballet incessant des bateaux.

Là, ce n'était qu'un foisonnement d'embarcations de toutes sortes et de toutes tailles, avec parfois des voiles blanches comme de la craie qui semblaient le reflet des goélands dans le ciel.

Lián s'accouda, à nouveau fascinée par le spectacle de cette multitude grouillante. On y trouvait de tout, du petit navire militaire qui patrouillait d'amont en aval comme un chien gardant le jardin jusqu'aux gros bananiers bardés des pavillons de la United Fruit Company[1]. Il y avait aussi des *ganjas*[2] ventrues, longues de soixante pieds, chargées de jute et de coton. Et même un sampan égaré de Malaisie qui remontait le courant avec paresse, ses belles voiles déployées en une image plutôt rare, car d'ordinaire ces bateaux ne tenaient pas bien la haute mer. Enfin, il y avait d'énormes barges appelées *patilés*, qu'un équipage en équilibre sur des planches poussait à la perche en formant de véritables trains, si lourds que le point de flottaison flirtait avec le ras des flots.

Pour Lián, cependant, l'extraordinaire venait des centaines de petites embarcations qui sillonnaient l'Hooghly en tous sens, ces canots, *dingas*[3] à voile, annexes de tous bords, barcasses ou

1. La plus importante société commerciale dite « bananière », qui deviendra en 1989 la Chiquita Brands International.
2. Sorte de boutre ou voilier traditionnel qu'on trouve entre l'Arabie et l'Inde.
3. Barque traditionnelle avec un mât penché vers l'avant et une voile à antenne.

dinghies[1] non pontés, sans oublier ces coracles[2] primitifs tissés en osier. Ceux-là, surtout, étaient stupéfiants, car précaires et besogneux.

Elle trouvait presque effrayant de voir cette cohorte silencieuse se croiser avec grand péril, se maintenir à flot par pur miracle dans les vagues nées des hélices des cargos ou échapper en virtuose aux grosses roues à aubes des quelques vapeurs hérités du début du siècle et qui remontaient des Sundarbans.

C'était là, dans cette frénésie d'embarcations, que l'hydravion qui l'avait amenée d'Istanbul s'était posé. Accrochée au hublot, elle avait trouvé prodigieux qu'aucun naufrage ne soit survenu : pour prévenir ces petites gens qui ne semblaient guère faire grand cas de leur propre survie, le pilote s'était contenté d'un vol de reconnaissance au-dessus du fleuve avant d'effectuer son demi-tour et de se poser sur le courant en albatros malhabile. Ses ailes avaient tangué dans une gerbe d'écume sale. L'eau avait éclaboussé jusqu'à la vitre et Lián avait eu un mouvement de recul involontaire, comme si ce pays, avant même de la connaître, ne lui offrait d'emblée qu'une idée de rejet.

Voilà.

Elle était arrivée en Inde de cette façon, avec pour premier contact cette eau sale qui dégoulinait sur la vitre de l'hydravion.

Ensuite, cela avait été l'odeur méphitique qui montait du fleuve, lorsque l'équipage avait ouvert la porte pour permettre aux passagers de débarquer. Un relent de vase et de poissons pourris, lourd, fort et putride, plein de remugles nauséabonds qui semblaient sortir des remous aquatiques comme de l'intérieur d'une tombe.

Puis il y avait eu la chaleur, et cela avait été un autre choc.

En septembre, la mousson s'amenuisait, mais elle conservait de beaux restes. Tous les jours, il pleuvait à verse, et pourtant on crevait de chaud. Une chaleur retenue par un couvercle, moite, dense, épaisse, quasi liquide. Une chaleur qui se posait sur la peau devenue eau et qui dégoulinait des tempes à la gorge, pour mouiller le dos plus sûrement qu'une averse.

---

1. Petite embarcation à fond plat typique de Calcutta.
2. Embarcation très légère, de forme ronde ou ovale, constituée d'un tissu ou de vannerie enduite de goudron.

Lián s'épongea le front avec un mouchoir puis étala le *Times*. Elle commença à lire. Sur la une, le journaliste ne s'embarrassait pas de préambules : à onze heures précises, le dimanche 3 septembre 1939, la veille donc, le Royaume-Uni avait déclaré la guerre à l'Allemagne. Auparavant, Hitler avait rejeté l'ultimatum que les Britanniques lui avaient lancé après son invasion de la Pologne. La France avait surenchéri à dix-sept heures, puis le gouverneur des Indes, Victor Alexander Hope, avait à son tour déclaré la guerre au IIIe Reich. À 21 h 30, l'Inde était entrée de plain-pied dans un conflit qui n'aurait dû être qu'européen.

Comment était-ce possible ?

Lián repoussa le journal d'un geste irrité. Elle ne connaissait pas grand-chose à la politique internationale mais en tant que personne un minimum sensée, elle n'était pas ravie d'apprendre qu'elle était dorénavant en guerre.

Elle regarda autour d'elle en essayant d'imaginer ce qui avait changé. Y avait-il un avant et un après ?

Le fleuve n'avait pas bougé. Il continuait à onduler, recouvert de brume matinale. Dans cette pâleur d'aube mouillée, ruisselante de pluie, aujourd'hui était identique à la veille.

Même constat auprès des Indiennes en saris multicolores qui descendaient lentement faire leurs ablutions du matin. Qui, parmi elles, avait entendu parler de la guerre ? Qui s'en souciait ? Et qui, parmi ces hommes maigres en *dhotî*[1] blanc, ces pêcheurs remontant leurs nasses, ces navigateurs ou ces matelots au service des chalands qui voguaient sur l'Hooghly de façon immuable, jour après jour, qui pensait au conflit mondial ?

On l'appela, elle se retourna pour apercevoir sur le perron la longue silhouette d'Olga Marushka Obolenski en déshabillé de soie. Comme la Russe lui faisait de grands gestes, elle répondit d'un signe puis remonta vers la maison.

— J'ai fait servir le petit-déjeuner dans la véranda, lui annonça la duchesse. Profitons autant que possible du tambourinement de la pluie avant que la mousson cesse.

1. Vêtement porté par les Hindous et constitué d'une longue bande d'étoffe drapée autour des hanches et passée entre les jambes.

Elle l'accueillit d'un baiser sur la tempe. Lián se prêta de bonne grâce à ce rite même si elle ne savait quoi penser de cette familiarité. Elle se souvenait à peine de sa marraine. Lorsqu'elle l'avait aperçue à sa descente de l'hydravion, garée près du débarcadère qui faisait face aux bureaux de la Maison de la marine, elle avait eu l'impression de la rencontrer pour la première fois.

La Russe se tenait debout dans son véhicule décapotable d'une extravagante couleur prune, une luxueuse Delage D8 120 version cabriolet carrossée par Henri Capron. Avec un air à la fois élégant et insouciant, elle portait une tenue blanche au moins aussi originale que sa voiture, faite d'une jupe-culotte évasée dans le bas, largement inspirée des tenues pyjama des années 1930, et complétée par un corsage en jersey souple à col marin. L'ensemble était parachevé par une gigantesque capeline et des lunettes de soleil en forme d'œil de chat.

Lián s'était sentie bien misérable dans sa modeste tenue de voyage, fripée comme un torchon. Et puis, le chic d'Olga lui avait rappelé celui de Vera Hopkins. À croire que toutes les femmes, au-delà de la quarantaine, n'avaient d'autre but que de ressembler à une star de cinéma !

Elle avait pourtant été soulagée de se savoir attendue. Durant tout le voyage, qui avait duré trois jours abominables et s'était déroulé dans une promiscuité désagréable avec des passagers n'ayant d'autre passe-temps que manger, dormir, s'épier et se chamailler, elle avait eu le temps de s'angoisser.

Tout du long, Milo McCorball s'était montré désespérément indispensable. Lors de leur dernière escale, il s'était même arrangé pour télégraphier à Calcutta. À qui et pourquoi, elle n'avait pas osé le lui demander, elle était toujours fâchée. En revanche, en voyant Olga l'attendre au débarcadère, elle avait été agréablement surprise.

Elle n'avait pu s'empêcher de s'exclamer :

— Est-ce à vous que je dois la présence de ma marraine ?

Milo avait repoussé son feutre vers l'arrière d'un air un peu canaille. Elle l'avait trouvé beau, peut-être encore plus que d'habitude, sans doute parce que c'était l'heure des adieux et que, soudain, elle n'était plus sûre de rien.

— J'espère ne pas avoir pris une décision qui vous déplaît, lui avait-il répondu. J'ai pensé que ce serait mieux.

Il souriait, à la fois moqueur et tendre. Elle avait failli lui rétorquer qu'elle était tout à fait capable de se débrouiller par elle-même. Et puis, elle avait préféré être honnête.

— Je vous remercie. Vous avez bien fait. Je suis soulagée de ne pas me retrouver seule dans ce pays étranger.

Il s'était courbé vers elle, la mine à nouveau sérieuse, et elle s'était efforcée de graver à jamais ses traits dans ses pensées, d'abord le front haut, aimablement recouvert par des cheveux décolorés de soleil, puis les yeux bleu de glace, les joues marquées par quelques plis de rire, les mâchoires carrées, anguleuses, rêches d'une barbe de trois jours, et enfin le menton, peut-être un peu fort, mais qui donnait une assise à ses lèvres calmes et plutôt charnelles.

— Je ne vous aurais pas laissée seule, avait-il soufflé d'une voix rauque. Il faut que vous le sachiez, Lián, je serai toujours là pour vous. S'il y a quoi que ce soit, et même si, tout simplement, vous éprouviez juste le besoin de voir un… un ami, faites-moi prévenir. Mon bureau est au fort William. Je crois que nous serons quasiment voisins. Lorsque nous regarderons le ciel, nous le verrons de la même façon.

Elle avait hoché la tête sans trop savoir quoi répondre. Ils s'étaient regardés, et bien qu'elle fût encore troublée par tout ce qui s'était récemment produit, ces mensonges qu'elle ne voulait pas lui pardonner, elle avait senti un élan perdurer. Il en allait ainsi depuis la première seconde où ils s'étaient vus. Une attirance difficile à contrecarrer.

Perçut-il la même chose ? Lui aussi semblait hésiter.

— Lián…, avait-il commencé d'une voix émue, en espérant peut-être fissurer cette carapace qu'elle lui opposait depuis trois jours. Lián, ma chérie…

Elle s'était mordue l'intérieur de la joue pour demeurer impassible. Lui tendre une main froide, exagérément distante.

— Au revoir, monsieur McCorball.

Il avait répondu à son salut avec formalisme, visiblement déçu.

— Au revoir, mademoiselle Lukas.

Il l'avait tout de même retenue pour lui embrasser la joue. Elle avait fermé les yeux, puis s'était forcée à reculer.

— Au revoir, avait-elle répété d'un ton bravache.

Voilà, c'était fait. La seconde suivante, elle se précipitait vers sa marraine qui observait la scène de loin.

— Quel beau jeune homme… s'était exclamée Olga en l'embrassant avec effusion. Ne veux-tu pas que nous le déposions quelque part, ma chérie ?

— Non.

Sans rien ajouter, Lián s'était installée dans la Delage. Olga l'avait dévisagée en fronçant les sourcils d'une manière perplexe.

— N'as-tu pas des bagages ?

— Non.

— Bien. D'accord.

La Russe s'était glissée derrière son volant. Elle avait démarré le moteur et le cabriolet avait paru bondir en avant. Lián s'était accrochée à la poignée de la portière en regardant vers l'arrière la silhouette de Milo McCorball qui allait en s'amenuisant. Le jeune homme avait fini par disparaître dans un tournant. Elle avait serré les dents pour ne pas crier à sa marraine de s'arrêter.

Olga continuait à se concentrer sur la route. Elle évita une chèvre d'un coup de volant avant de s'exclamer avec beaucoup d'enthousiasme.

— *Velikiye bogi*[1] ! Comme je suis heureuse de t'avoir avec moi ! Tu es devenue une superbe jeune fille. Te souviens-tu un peu de moi ?

— Non.

Olga avait pincé les lèvres. Elle avait ôté ses lunettes de soleil pour les jeter dans le vide-poches. Ses yeux d'une fascinante couleur d'or s'étaient posés sur sa jeune passagère.

— Bien, avait-elle dit d'un ton volontairement calme. Je crois que cette journée ne va être facile pour personne.

Elle avait affecté de se concentrer sur la route et son visage avait pris la netteté d'une médaille se découpant sur le paysage qui défilait. Lián l'avait étudiée à la dérobée. La duchesse approchait sans doute des cinquante ans, mais sa beauté demeurait saisissante, quoique assez particulière, avec des pommettes

1. « Grands dieux ! », en russe.

hautes, très marquées, une bouche immense, très rouge, et surtout ces yeux fabuleux, en amande presque oblique et légèrement bridés, qui lui donnaient un air de princesse tartare. Cette originalité exotique était accentuée par des cheveux noirs, raides et lisses, coupés court à la garçonne.

— Moi qui pensais que je serais toujours ta petite *tetushka*[1] chérie... On devrait interdire aux enfants de grandir !

Elle avait ri, s'amusant toute seule de son bon mot. Sans trop savoir pourquoi, Lián avait été émue aux larmes. Elle s'était effondrée dans le giron de cette femme qu'elle ne connaissait pas avec un hoquet désemparé. Olga avait juste eu le temps de garer la Delage sur le trottoir pour éviter de provoquer un accident.

— Ça va aller, ma chérie, l'avait-elle réconfortée en lui tapotant le dos. Je suis là maintenant. Nous allons beaucoup parler, et tout va s'arranger. Au moins, tes parents vont-ils bien ?

Lián avait hoché la tête avec un nouvel accès de larmes, alors elle l'avait serrée contre son cœur dans une envolée de *Shalimar*, un luxueux parfum de chez Guerlain. Au bout de quelques minutes, Lián avait réussi à se ressaisir. Elle s'était redressée et avait accepté le mouchoir de sa marraine pour s'y moucher bruyamment.

Le reste du trajet avait continué en silence. Olga ne voulait rien brusquer. Lián ne parvenait pas à parler. Elle regardait, effarée, ce Calcutta qui était son premier contact avec l'Inde. La Delage passait sur une route boueuse, envahie par des flaques d'eau crépitantes de pluie. Des immondices s'accumulaient partout, peuplés de rats. Ailleurs, des chiens errants, maigres et blancs. Et aussi des vaches du même ton, aux corps affreusement tordus.

Sans parler des gens. De la misère crasse. Des mendiants couchés sur les trottoirs, adossés à des réverbères, la main décharnée tendue vers l'avant par habitude. Des femmes accroupies devant des fourneaux de rue, dans la vapeur de leurs fritures. D'autres qui passaient avec des paniers sur la tête, et des enfants qui couraient en portant eux aussi des ballots. Des marchands ambulants avec des fruits étalés sur un simple tissu, joliment arrangés du plus petit au plus grand. Des pyramides

1. « Tata », en russe.

de mangues, de papayes, de melons, et d'autres choses totalement inconnues. Des religieux vêtus d'orange qui passaient au son de leurs clochettes. Des *sâdhus* entièrement nus, recouverts d'une croûte de cendres. Et ce convoi mortuaire, avec un corps posé sur une civière de branchages, dont le bras se balançait d'avant en arrière à chaque cahot.

Lián connaissait la misère de Buenos Aires. Lorsqu'elle allait danser avec son amie Lupita, elles traversaient parfois des quartiers souffreteux et insalubres, où il n'y avait pas le tout-à-l'égout ni l'électricité, et où les maisons ne tenaient debout que par miracle. Elle savait que sa mère s'occupait de bonnes œuvres et que son père parrainait des enfants pour tenter de les extraire des bandes de voyous qui fleurissaient dans les faubourgs. Mais là...

La misère indienne semblait faire partie du paysage.

De temps à autre, Olga lui indiquait un point de vue remarquable ou un monument célèbre, mais elle ne l'écoutait pas. Elle avait basculé dans un autre monde, hypnotisée par les couleurs et les odeurs qui montaient de la rue, ces relents de toutes sortes qu'elle identifiait par à-coups : fruits avariés, corps mal lavés, sueur, graisse rance, poisson crevé, chien mouillé, pourritures abjectes et indéfinissables, et tout à coup, le parfum divin d'une palissade recouverte de jasmin, qui donnait simplement envie de crier : je veux m'arrêter, je veux respirer !

Olga conduisait en l'observant à la dérobée. Elle avait tout de suite reconnu les traits surgis du passé, ce visage de fantôme qui sourdait du teint bistre, des yeux vert foncé et de cette chevelure brune, cette toison invraisemblable dans laquelle on rêvait de plonger les mains pour jouer avec la sensualité de ces boucles magnifiques.

— Tu lui ressembles, avait-elle brusquement chuchoté.

Lián lui avait coulé un regard surpris.

— Je ne crois pas avoir hérité quoi que ce soit de ma mère.

Olga s'était raidie. Ces quelques mots avaient suffi à tout lui faire comprendre.

— Ta mère ne t'a donc rien dit ?

Elle venait d'arrêter la Delage devant l'immense portail doré d'un véritable palais des mille et une nuits. De l'autre côté des grilles, un parc à la française couronné de palmiers montait à l'assaut d'un bâtiment si blanc qu'il ressemblait à un dôme de Chantilly. Déjà, des gardes enturbannés se précipitaient pour ouvrir le passage. D'autres se mettaient au garde-à-vous en présentant leurs fusils.

— Qu'aurait-elle dû me dire ?

Olga s'était tournée vers sa passagère, troublée, indécise. Son pied jouait avec la pédale de l'accélérateur. Elle n'avait pas répondu. De toute façon, Lián ne la regardait pas. Elle levait le nez vers les dômes blancs et resplendissants, visiblement impressionnée.

— Où sommes-nous ? avait-elle demandé.

— Devant le Sun Mahal, le Palais d'Or du maharaja de Mahavir. Tu ne t'en rappelles pas non plus ?

— Non.

La grille était grande ouverte. Les gardes s'étaient postés en haie d'honneur pour permettre à la Delage d'avancer. Olga avait eu une dernière hésitation avant d'embrayer la marche arrière. Elle avait manœuvré pour faire demi-tour à grands coups de volant nerveux.

— *Da*, ma petite chérie. Nous allons donc laisser le temps au temps. Y aller avec beaucoup plus de douceur.

— Je ne comprends pas.

La Russe avait eu un sourire plein de commisération.

— Écoute, je vais finalement t'emmener chez moi, à la Villa Rose. Pour une première approche de l'Inde, je crois que ce sera mieux que ce grand palais rempli de courants d'air. Je téléphonerai à ton oncle pour lui dire que j'ai changé d'avis. Ne t'inquiète pas. Il est coutumier de mes revirements. Je l'ai habitué très tôt à mes caprices.

— J'ignorais que j'avais un oncle, avait déclaré Lián d'un air songeur, en fouillant dans ses souvenirs à la recherche d'une idée volage qui refusait de se fixer.

Olga avait laissé couler un joli rire de gorge.

— *Moy golub'*[1], as-tu donc oublié que je suis mariée ? Si je suis ta tante, c'est bien parce qu'il y a un oncle, non ?

Sur cette logique un peu fourbe, elle l'avait ramenée chez elle pour l'installer dans une très belle chambre tapissée de

1. « Ma colombe », en russe.

soie ivoire. Avant le dîner, les domestiques étaient tous venus s'incliner devant elle pour lui souhaiter la bienvenue. Une main un peu artiste avait dessiné au milieu du vestibule un *aplana*[1], une fleur de sable coloré destinée à la protéger des influences néfastes.

Lián avait été surprise de tant de falbalas.

La première nuit, elle avait eu du mal à s'endormir. Elle écoutait les rumeurs d'une ville qu'elle ne connaissait pas et les bruits d'une maison pareillement inconnue. Du jardin montaient les cris étranges d'une faune dont elle ignorait tout. À deux heures, elle s'était levée pour contempler à travers les volets un parc inondé de lune et, plus loin, le cours argenté de l'Hooghly.

Puis les jours étaient passés, et elle s'était acclimatée à tout. D'abord à la chaleur, à laquelle son corps s'était résolu avec une facilité déconcertante. Pour le reste, sa curiosité naturelle avait été un moteur admirable. Peu à peu, elle avait renoué avec sa bonne humeur habituelle.

Tout lui était une source d'émerveillement ou d'étonnement. La cuisine, les épices, les parfums des currys et des tandooris. Les domestiques en sari, silencieuses comme des ombres de couleur. Leurs « *Namasté* » respectueux dès qu'elles la croisaient. Leurs rires silencieux, et leurs yeux qui n'osaient pas vraiment se poser sur elle. Et aussi le régisseur en turban blanc accouru dès le premier jour, qui lui avait souri en semblant attendre qu'elle le reconnaisse.

— C'est Babou Sadhur, mon intendant depuis plus de trente ans, avait précisé Olga. Te souviens-tu de lui ? Il t'emmenait à la chasse au serpent parce que tu voulais à tout prix nourrir notre petite mangouste. La pauvre, elle a été attrapée par un aigle, là, sur la pelouse, juste devant mes yeux. Nous n'en avons jamais eu d'autre.

Non, elle ne se souvenait pas. Ni de lui, ni de la mangouste, ni du reste.

Un cri véhément la sortit soudain de ses souvenirs. Un petit homme aux jambes un peu courtes venait de surgir de

1. Nom donné dans l'est de l'Inde au *rangoli*, dessin fait par les femmes sur le seuil de leur maison, dans la cour ou dans les temples, destiné à protéger la famille et le lieu sacré.

la maison. Il la cherchait depuis une demi-heure. Il était tellement soulagé de l'avoir retrouvée saine et sauve qu'il ne cessait de s'incliner.

— *Hay Raaja-kumaaree*[1] ! Vous ne devez pas sortir de votre chambre sans moi. Je suis votre garde du corps. S'il vous arrivait quelque chose, je serais responsable. On me coupera la tête.

— Je n'ai pas besoin d'un garde, répéta-t-elle une fois de plus.

Elle s'était fâchée avec Olga à ce sujet, lorsque sa tante lui avait présenté ce personnage au corps sec et aux membres disgracieux, qui portait un poignard en travers de la poitrine et un sabre recourbé à la ceinture.

— Voici Sookthi, il sera ton *anga-rakshak*[2]. Ton garde du corps. C'est un Sikh. Il protègera ta vie au mépris de la sienne.

— C'est une plaisanterie ? s'était exclamée la jeune fille. Je ne veux pas de garde du corps !

— Tu ne peux pas refuser, ma chérie. C'est un cadeau du maharaja de Mahavir, ton oncle. On ne refuse pas un cadeau du maharaja.

Abasourdie, Lián avait dû s'incliner. Elle s'était tout de même écriée :

— Ce fameux tonton, il faudra quand même me le présenter. J'ai hâte de pouvoir lui dire ce que j'en pense.

Olga avait éclaté d'un grand rire.

— Ma chérie, cela viendra en son heure. Je peux d'ores et déjà te dire que tu n'imagines pas à quel point il va apprécier ton franc-parler !

---

1. « Noble princesse », en hindi.
2. « Garde du corps », en hindi.

14

16 et 17 septembre 1939
Calcutta – Inde

Les jours devinrent des semaines. Tout doucement, Lián cessa de se morfondre au fond du kiosque au bord de l'eau. Elle était jeune et ardente, elle avait besoin de bouger, de faire de l'exercice. Elle explora d'abord son univers le plus proche : la Villa Gullabee. Les jours de soleil, elle se rendait dans le jardin. Les jours de pluie, elle traînait dans les cuisines. Elle n'avait pas trouvé de quoi faire du maté (qui connaissait le maté en dehors de l'Argentine ?), mais le thé que la duchesse faisait venir de Darjeeling lui parut excellent.

Et puis, elle découvrit le samovar.

Son mécanisme était très simple : il y avait le corps et la théière. Celui d'Olga était un vieux modèle en argent doré qui fonctionnait au charbon de bois. On introduisait ce dernier dans la colonne centrale, on remplissait le corps d'eau et la théière de thé. Cette dernière était ensuite posée au sommet du samovar. Après une bonne trentaine de minutes, la vapeur d'eau commençait à chauffer la théière, suffisamment pour infuser le thé qui s'y concentrait. Par la suite, et tout au long de la journée, il suffisait de verser un peu de ce thé concentré dans une tasse, et d'ajouter de l'eau chaude pour le doser selon son envie.

Elle venait donc régulièrement se servir en thé russe et en profitait pour observer la cuisinière et ses aides. La gastronomie indienne ressemblait à une alchimie mystérieuse. Tant de goût, tant de saveurs… Elle était bien sûr habituée aux épices, puisque sa mère avait ramené de son séjour en Asie de nombreuses recettes, mais là… Tout n'était que curry, poivre et gingembre, cannelle et clou de girofle, cardamone, safran, curcuma. Il y avait la couleur. Il y avait le parfum. Sans parler des légumes étonnants dont elle n'avait jamais entendu parler : gombo, courge serpent, aubergines de toutes les tailles et de toutes les couleurs, feuilles de moringa, taro, pomme éléphant, rhizomes de lotus.

Le lotus surtout la fascinait. Ne lui devait-elle pas son surnom ? Depuis qu'elle avait admiré cette fleur en vrai, elle aimait l'idée d'en être une. La fleur des dieux. Celle qui sortait de la fange pour offrir au monde la perfection de ses corolles pures, délicatement parfumées.

Un vrai symbole.

Olga tenait à lui faire plaisir par tous les moyens. Chaque semaine, elle envoyait chercher au marché un bouquet de ces superbes fleurs, qu'elle disposait au milieu du salon dans un vase chinois. Elle demandait aussi à la cuisinière de confectionner régulièrement, et un peu en avance sur le calendrier, ces fameux *mooncakes*, les gâteaux de lune chinois dont elle se souvenait que Lián, enfant, les adorait.

Très vite, le temps passé à la Villa Gullabee s'écoula dans une douce quiétude. La guerre n'y était qu'un écho brumeux. Pour se confronter à cette réalité, il fallait lire les journaux. Les journalistes s'y entendaient toujours pour faire entrer dans le cœur des vivants des tragédies dégoulinantes. Sous leurs titres gras et noirs, et souvent racoleurs, le récit des affrontements ressemblait à un mauvais feuilleton.

Ainsi, le 3 septembre, tout Calcutta apprit-il que là-bas, à l'autre bout du monde, un sous-marin allemand avait torpillé le paquebot britannique *SS Athena* en le prenant pour un cargo armé. Il l'avait coulé et, parmi les mille quatre cents passagers, cent douze étaient morts. Le *Times of India* avait titré : « Début de la bataille de l'Atlantique ». Dès lors, les déclarations de guerre à l'Allemagne s'étaient succédé. D'abord le Népal le 4 septembre, puis l'Afrique du Sud le 6 et le Canada le 10. Le 17 septembre, les Russes avaient envahi la Pologne orientale conformément à l'accord germano-soviétique qu'ils avaient signé avec Hitler.

— Sales traîtres rouges ! avait hurlé Olga en parcourant l'article sans décolérer, parce qu'elle n'avait jamais digéré la spoliation de ses biens lors de la révolution, vingt ans auparavant.

Pour essayer d'apercevoir quelque chose de cette guerre, Lián regardait vers le fort William, dont les palissades jouxtaient la propriété. Sur les terrains d'exercice, elle guettait une effervescence inhabituelle mais ne remarquait rien. Les militaires indiens commandés par leurs officiers anglais continuaient à faire leurs entraînements matinaux avec la même régularité. Les couleurs de l'Empire continuaient à être hissées chaque aube.

Lián s'accoudait à la fenêtre de sa chambre, qui était à l'étage et lui offrait une vue panoramique sur le fort. Le front appuyé au carreau, elle essayait de reconnaître parmi les minuscules silhouettes qui traversaient l'esplanade celle mince et sportive de Milo McCorball.

Elle pensait tout le temps à lui.

La nuit, surtout, lorsqu'elle se réveillait en sueur, le ventre habité par d'étranges langueurs. Privée de sommeil, elle rêvait à ses baisers. Les yeux mi-clos dans la nuit bleue, elle s'enfonçait dans la moelleuse exigence de sa bouche, au point d'en avoir les sens tout retournés. Les joues en feu, elle permettait à sa main de faire semblant d'être une autre. Elle imaginait des caresses, elle effleurait timidement ses seins, ses reins, ses cuisses. Lorsqu'elle finissait par s'endormir, elle était vaincue d'amour, et ses pensées à la lisière du sommeil lui promettaient que demain… demain…

Demain, elle n'osait rien de plus.

Elle se réveillait en travers de l'édredon, le corps vide de tout. Malgré la température tropicale, elle ne parvenait pas à se réchauffer. Son cœur était glacé. Elle ressassait sa rancune en l'assortissant d'une peur nouvelle.

Milo était un soldat. Sa vie était-elle en danger ? Irait-il au front ? Était-il déjà parti ?

Que se passerait-il si elle apprenait un jour qu'il avait été tué et qu'elle n'avait pas pu se réconcilier avec lui ? En porterait-elle le poids sur la conscience toute sa vie ?

Elle essayait de se rassurer en se disant que cette guerre, l'Inde la remarquait à peine. Les domestiques n'en parlaient jamais. Jour après jour, ils continuaient à vaquer à leurs tâches quotidiennes sans montrer ni peur ni intérêt. Ils chuchotaient, riaient, se parlaient, se disputaient. Une guerre qui se déroulait ailleurs, quelle importance ?

On en était là. Les jours passaient. Le temps changeait. Un reste de mousson s'effilochait au fur et à mesure que les derniers nuages se délitaient dans la chaleur de l'horizon. Les parapluies noirs sur les saris roses ne s'ouvraient plus pour se protéger de la pluie, mais de l'ardeur du soleil. Les jours s'imprégnaient d'une nouvelle clarté lumineuse. Une sorte de printemps tropical, qui faisait éclore les fleurs dans les jardins, lourdes de couleurs resplendissantes.

Lián traînait avec les jardiniers. Elle admirait l'exubérance des plantes exotiques, la grandeur des palmes, la croissance volubile de la moindre tige. Les petites bêtes la fascinaient. Elles lui paraissaient toutes plus extraordinaires les unes que les autres.

Babou Sadhur était heureux de l'intérêt qu'elle portait à la nature. Il la faisait appeler dès qu'il dénichait quelque chose qui risquait de lui plaire. Il lui montra ainsi le cobra royal qui vivait dans un tas de bois sous le bosquet d'*Umbrella Tree*[1] et les œufs d'une paonne trouvés de l'autre côté de la mare de rétention d'eau.

Pour le reste, il suffisait à Lián de regarder autour d'elle. Par exemple, l'escalier grouillait de petits lézards dès qu'un rayon de soleil perçait. Ils étaient si nombreux qu'il n'était pas rare d'en trouver un tout desséché, que les roues de la Delage avaient malencontreusement écrasé. Le matin, les aigrettes venaient les déloger avant de se percher sur de vieilles souches en bordure de l'Hooghly.

— Tu étais pareille quand tu étais petite ! s'exclama Olga en la voyant un jour asticoter un gros scarabée bleu d'une brindille. Tu n'as jamais eu peur de rien.

Lián ne répondit pas. Sa marraine se trompait. Tout le monde avait des démons. Elle préférait juste ne pas en parler. Raconter ses peurs, c'était leur accorder une réalité. Il valait mieux éviter d'y penser.

De jour en jour, elle se rempluma. Elle allait mieux. Elle oubliait ses cauchemars nés des Ramiro. Son teint retrouva sa fraîcheur, ses yeux brillèrent à nouveau d'une multitude de paillettes. Olga s'en réjouit, au point de décréter qu'il était temps d'aller faire les boutiques de Chowringhee.

---

1. « Arbre parapluie », en anglais. Il s'agit le plus souvent de *Schefflera arboricola*.

Depuis son arrivée, Lián n'avait pour se vêtir que le triste tailleur qu'elle portait à sa descente de l'hydravion. La duchesse lui avait prêté quelques tenues, mais sa filleule était plus mince et plus élancée, avait une silhouette de danseuse. Son corps avait la longueur et la souplesse ondulante d'une tige de lotus, en cela son surnom lui allait à merveille. Elle marchait comme on danse, le port de tête altier et la nuque légèrement rejetée vers l'arrière, avec un mouvement qui déliait sa gorge, mettait en avant sa poitrine menue et pointait son menton de manière effrontée. Sa marraine la trouvait sublime.

Lián, en revanche, ne savait pas trop quoi penser d'elle. La Russe avait une façon un peu forcée d'être tout le temps gaie et enthousiaste. On l'imaginait aisément frivole au point de ne se soucier que du rouge de ses ongles. Pourtant, elle était capable d'arpenter ses plantations de jute du matin au soir pour vérifier un problème de parasite ou de renvoyer sèchement un paysan qui la volait. Elle n'avait pas peur de patauger dans la boue, les bouses de vache et les fientes de poulet. Elle savait aussi manier une machette avec dextérité, en tout cas suffisamment pour couper elle-même les premières feuilles des agaves sisal qu'elle avait fait venir du Mexique, et dont elle expérimentait la culture. De la même façon, elle surveillait la fabrication de ses sacs en jute, vérifiait leur qualité sans passe-droit puis enseignait avec beaucoup de simplicité son savoir-faire à une employée nouvellement arrivée.

Elle était extrêmement fière de ses lévriers. Elle les avait ramenés de Russie lorsqu'elle avait fui les Bolcheviques et, depuis, elle sélectionnait les plus beaux pour procéder à des accouplements. Elle revendait les portées aux maharajas des alentours, car ces derniers étaient friands de ces chiens qui excellaient à poursuivre les panthères. Durant la belle saison, elle organisait des courses dans un stade qu'elle avait fait spécialement aménager d'après les croquis d'un ingénieur américain. Elle invitait alors tout le gratin indien et anglais, et même un peu malais, pour montrer l'excellence de ses chers *borzych*[1].

Lián s'habituait à sa faconde. Lorsqu'elle parvenait à oublier qu'elle était en exil, elle trouvait son séjour très divertissant.

1. « Lévrier », en russe.

Olga était une tornade des plus réjouissantes. Elle avait toujours mille projets en tête, et des idées à foison dont elle étudiait sans arrêt la faisabilité. Malgré cela, elle trouvait encore du temps à consacrer à son passe-temps favori, qui était d'arpenter les boutiques de Chowringhee Road.

Elle finit par y amener sa protégée pour qu'elle puisse s'y choisir une garde-robe.

*

Les deux femmes allaient, bras dessus, bras dessous, devant les palaces de Chowringhee et les boutiques nichées sous des arcades. Les étalages des commerces de bijoux, de menus objets, d'alcools, de vêtements et de châles de Cachemire, de montres, de tapis, d'antiquités, de lustres et de boîtes de toutes sortes s'offraient à la curiosité des passants. La pluie avait définitivement cessé. Des gamins en haillons les suivaient en proposant de porter leurs achats contre quelques roupies. Sookthi, le garde du corps, les chassait en roulant de gros yeux méchants, mais ils revenaient toujours, comme un banc de pigeons affamés. Ils savaient que les roupies étaient dans les bourses des *memsahibs*[1] et il était dans l'ordre des choses qu'eux veuillent des roupies.

Lián essaya des robes, des jupes, des pantalons et des corsages froufroutants à n'en plus pouvoir. Elle ne savait que choisir, tout lui allait. Elle était de ces femmes qui rendent n'importe quel vêtement seyant. Pourtant, elle ne désirait rien d'autre qu'un simple jodhpur et une chemise en coton, et peut-être, pour les journées vraiment caniculaires, une fraîche robe fleurie.

Olga se récria :

— Voyons, cela ne suffit pas ! Tu as un rang à tenir. Il te faut impérativement des robes de journée, des robes de cocktail, des robes de soirée, des tenues de sport pour jouer au tennis et au golf, des maillots de bain lorsque nous irons nous baigner au bord de la mer, des jodhpurs pour nous promener avec les chiens et même des dessous à la dernière mode, car une femme se doit d'être séduisante de la tête aux pieds. D'ailleurs, n'oublions pas les chaussures !

1. Femme blanche étrangère de niveau social élevé, vivant en Inde.

— Je ne vois pas quel rang j'ai à tenir, protesta Lián. Je n'ai pas le titre de ma mère, qui est comtesse. Moi, je suis juste la fille de mon père. Rien de plus.

Olga n'en démordit pas.

— Justement, ma chérie ! Cesse d'oublier aussi facilement que tu es une princesse.

Lián se demandait parfois si sa marraine ne perdait pas la tête. À la septième boutique, elle se rebella.

— Ça suffit, j'ai essayé suffisamment de vêtements. Je n'en peux plus.

Olga se résigna à l'emmener dans un salon de thé huppé, pour dévorer des scones à la marmelade d'oranges. Une armée de serveurs en tenue amidonnée, les boutons astiqués, la taille sanglée, les installèrent dans de confortables fauteuils Louis XIV capitonnés de velours. Les tables étaient juponnées de lourdes nappes de lin. Les couverts étaient en argent, les tasses de porcelaine fine. Dehors, en face, de l'autre côté de la rue, une cohorte de mendiants étaient couchés sur leur *gamchha*[1], à somnoler à même le trottoir. Les *lungis*[2] étaient crasseux, les corps amaigris, les visages creusés comme ceux de morts-vivants. Ces êtres transparents n'avaient aucune possession et ils n'en auraient jamais. Ils ne récoltaient que l'indifférence de ceux qui les contournaient ou les enjambaient. Lorsqu'ils se levaient, ce n'était que pour uriner dans le caniveau ou, au mieux, aller déféquer derrière un lampadaire.

Brusquement, Lián n'eut plus faim. Le contraste était trop violent, entre les jolies tables dressées pour le goûter et ces misérables dans la rue.

— N'y a-t-il rien à faire pour aider ces pauvres gens ? demanda-t-elle à Olga, qui haussa les épaules d'un air fataliste.

— L'Inde est un pays où la tradition séculaire est encore très importante. Ce que tu prends pour des mendiants sont la plupart du temps des sages qui ont fait vœu de pauvreté et qui vivent dans l'ascèse. Les autres sont des Intouchables.

— Des Intouchables ?

1. Serviette traditionnelle indienne.
2. Vêtement traditionnel du sous-continent indien, en forme de jupe.

— Des esclaves perpétuels dévolus aux besognes les plus rebutantes, comme vider les latrines, trier les ordures, travailler dans les abattoirs… Ces tâches impures sont leur seul héritage. Malgré l'instruction, malgré les progrès de la science et des esprits, malgré ce Gandhi qui prend fait et cause pour eux, il est très difficile de changer les mentalités. Cette démarcation sociale est ancrée dans une société doublement millénaire. Ces pauvres gens naissent ainsi, et ils mourront de la même façon, avec cette tare imprimée sur le front. Intouchable de père en fils, Intouchable de mère en fille. Intouchable jusque dans la tombe. La pauvreté est une glue qui ne les lâchera jamais. Leur seul espoir est de renaître dans une caste supérieure, car les Hindous croient en la réincarnation.

Lián découvrait une Inde qu'elle ne soupçonnait pas. Elle pressa sa tante de questions.

— Les castes supérieures ? La réincarnation ?

— L'Inde ancestrale est organisée en castes sociales. Lorsqu'un Hindou meurt, il renait en fonction de ce qu'il a accompli au cours de sa vie. S'il a été bon et sage, il renaîtra dans une caste supérieure, et ainsi de suite jusqu'à l'état de grâce. Au sommet de la hiérarchie se trouvent les érudits et les religieux, puis les rois ou les guerriers. Après s'étirent la cohorte des commerçants, des artisans, des paysans. La dernière caste est celle des serviteurs. Enfin, hors castes, il y a les *Dalits*[1], les Intouchables. Ceux-là sont en-dessous du dessous, dédiés aux tâches rebutantes que je t'ai expliquées. Ils sont alors considérés comme impurs, et personne ne veut les approcher, sous peine d'être contaminé et de devenir à son tour un Intouchable.

Lián regarda longtemps par la fenêtre, en se disant qu'il n'y avait pas que la guerre, pour donner aux hommes l'occasion de ne rien faire de bon.

*

Lián s'habitua à l'Inde, mais elle continuait à se languir de sa famille, de sa vie à la Balandra, des chevaux et même du maté, qu'en son temps elle n'avait pourtant guère adoré. Pleine

1. *Dalit* signifie « opprimé ».

de nostalgie, elle pensait de plus en plus à Milo. Après tout, n'était-il pas son dernier lien avec l'Argentine ?

Bientôt, il lui manqua et elle eut envie de le revoir, de lui parler, d'entendre sa voix un peu rauque, si rassurante, et même de sentir la chaleur de ses bras autour d'elle.

Pour l'oublier, il aurait fallu qu'elle puisse monter à cheval. Aucune tristesse, aucune colère ne résistaient longtemps à un bon galop tumultueux au fin fond de la pampa. Son corps en était toujours revenu lavé de tout.

Mais comment faire sans cheval ? Olga n'en possédait pas. Elle n'était pas férue d'équitation, préférant mille fois ce qu'elle appelait ses chevaux « vapeur ».

— J'en parlerai à ton oncle dès que je le verrai, lui promit-elle lorsque Lián lui en toucha un mot. Il collectionne les étalons comme d'autres des capsules de bière. Tu adoreras visiter ses écuries. Il faut juste patienter encore un peu.

Le maharaja était en voyage au fin fond du Sikkim, pour une visite de courtoisie auprès d'un de ses lointains cousins. Il n'était pas prévu qu'il revienne avant plusieurs jours.

— Voire plusieurs semaines, soupira Olga. Tu comprends, ils sont là-bas entre hommes. Ils n'ont rien d'autre à faire à longueur de journée que d'aller à la chasse au tigre, à s'amuser avec leurs éléphants et à pêcher le *Golden mahseer*[1]. Omja met toujours un certain temps à se lasser de cette vie idyllique…

L'absence prolongée de son époux la rendait caustique. Lián n'osa pas insister. Elle venait de trouver un vieux vélo dans la remise où les jardiniers entreposaient leurs outils. Sa peinture était écaillée mais il était en état de marche. Elle l'essaya aussitôt. Pour renouer avec son habitude d'aller et venir à sa guise, il était parfait.

L'enfourchant, elle l'essaya aussitôt et faillit tomber de surprise. Son garde du corps s'était mis à la suivre au pas de course, l'œil effaré mais la volonté farouche. Y voyant enfin un moyen de se débarrasser de cette ombre constante qui poussait le zèle à dormir chaque nuit en travers de sa porte, elle pédala plus fort.

---

1. Poisson prédateur aux écailles dorées, devenu très prisé avec l'arrivée des pêcheurs britanniques au XIXe siècle. *Mahseer* signifie « grande bouche ».

Sookthi accéléra la cadence. Du coup, elle descendit l'allée pour s'engouffrer dans la rue. Elle s'était engagée dans une course, elle ne faisait plus attention au paysage, ni aux boutiques de rues, ni à l'encombrement des voitures sur les ponts. Elle guettait l'instant où son garde du corps, à bout de souffle, cesserait enfin de la poursuivre.

Une heure plus tard, il n'avait toujours pas abandonné. Impressionnée par sa résistance physique, et aussi prise de pitié par ce qu'elle lui faisait endurer, elle ralentit l'allure pour l'interpeler.

— Pourquoi me suis-tu ? Je n'ai pas besoin de toi. Retourne à la Villa.

— Non, non, *Devi*[1], s'écria-t-il en haletant. Ne me renvoie pas, je dois te surveiller, sinon on me coupera la tête.

Elle éclata de rire.

— Ne dis pas n'importe quoi ! Personne ne va te couper la tête.

Il s'entêta. Répéta la même chose, encore et encore, avec une angoisse qui lui faisait courber les épaules comme sous le coup d'un châtiment divin tombant du ciel.

Lián se résigna. Elle revint à la Villa Gullabee et fouilla la remise jusqu'à dénicher un second vélo, qu'elle lui tendit.

— Tiens. Il sera plus facile de me suivre avec ça.

Sookthi la dévisagea, consterné. Il n'osait pas avouer qu'il ne savait pas faire de la bicyclette. Où aurait-il bien pu apprendre ?

Lián décida de lui donner des leçons. Cette fois-ci, leurs rôles s'inversèrent. Elle courait, lui pédalait. Ils rirent beaucoup. Elle le trouvait très drôle, assis à califourchon sur la selle, avec son turban rouge qui tressautait et son grand sabre qui battait sur sa cuisse.

Très vite, il se débrouilla suffisamment pour qu'elle puisse se lancer dans de véritables explorations. De bon matin, elle partait en emmenant un pique-nique en bandoulière. Dans le quartier, les commerçants et les jardiniers s'habituèrent à la voir passer. Ils la saluaient à chaque fois avec beaucoup de respect.

---

1. « Majesté », en hindi.

— *Raajeswaree ! Raajeswaree*[1] ! criaient les petits cireurs de chaussures devant la Banque orientale du commerce.

Elle leur faisait des signes de la main avant de tourner à pleine vitesse devant le temple de Shiva. Sookthi la suivait en parlant sans arrêt. Il n'était pas très beau, avec sa petite taille, ses bras trop longs et son visage ordinaire mangé par une barbe peu soignée, mais il compensait cette disgrâce par une âme de conteur. À toute heure de la journée, il avait toujours une bonne histoire à raconter. Il prétendit ainsi que, quelques années auparavant, Chowringhee était un simple village coupé du fleuve par une jungle hantée de tigres. Lorsque les Britanniques la déboisèrent, ils chassèrent les fauves et créèrent la large étendue herbeuse du Maidan, dont Calcutta était très fière.

Lián écoutait, mais n'en croyait rien. Imaginer des tigres se promenant ici comme chez eux, elle trouvait cela quand même exagéré.

L'une de ses destinations préférées était le bord de l'Hooghly, près du Tolly Canal qui jetait ses eaux noires dans celles jaunes et limoneuses du fleuve. Elle aimait regarder ces arabesques de couleurs qui tourbillonnaient avant de se mélanger.

Ces jours-là, lorsqu'elle se sentait d'humeur paresseuse, elle s'installait sur un ponton, les jambes dans le vide, pour observer les pêcheurs en *dhotî* jeter leurs filets au milieu des bateaux. Ils ramenaient de petits poissons argentés tout frétillants, qu'ils versaient aussitôt dans des paniers d'osier. Parfois, un poisson-chat se tortillait, noir, avec une bouche énorme.

Les autres jours, Lián suivait le Strand, qui était à cet endroit un promontoire placé entre le fleuve et le fort. Cette chaussée servait de promenade aux *ayahs*[2] accompagnées de leurs marmailles britanniques. Occupées près de leurs landaus, elles laissaient les grands frères courir après des ballons et les petites sœurs ornées de rubans sautiller dans des cerceaux. Des marchands ambulants vendaient des glaces et des bonbons. Certains proposaient même des tours de poney.

Lián ne s'y attardait pas. Elle préférait partir à l'aventure dans les ruelles commerçantes qui jouxtaient l'avenue principale.

1. Formule de respect pour saluer une princesse.
2. Terme indien pour désigner une « nounou ».

Tout l'étonnait tellement qu'elle en oubliait les mauvaises odeurs. Elle poussait souvent jusqu'au nord du Maidan, pour contempler le Raj Bhawan, la demeure des gouverneurs de l'Inde. Elle longeait ensuite l'enfilade de manoirs plus somptueux les uns que les autres, dont elle aimait regarder les jardins exotiques débordant de palmiers et de bougainvillées. Partout, le jasmin embaumait. La mousson l'avait arrosé ; le soleil réveillait les fleurs. C'était un véritable débordement, avec des parfums comme des flaques évanescentes, qui se mélangeaient aux sucres vanillés des frangipaniers.

Le lendemain, elle changeait de cap pour aller vers le sud, vers les Jardins zoologiques d'Alipore. Son enclos préféré était celui d'Adwaita, une tortue géante des Seychelles prétendument née en 1750, qui avait été offerte au zoo en 1875. La plupart des cages étaient exiguës, elle en ressentait un peu de pitié, même si elle appréciait de découvrir cette faune indienne qu'elle ne connaissait guère : ours noirs de l'Himalaya, tigres et léopards, cerfs d'Eld, lions d'Inde, chats pêcheurs, rhinocéros du Népal, *nilgais*[1], macaques et langurs.

À force de faire de l'exercice, elle retrouva la forme. Son teint reprit son beau ton de caramel doré. Ses yeux brillaient comme des émeraudes. L'appétit revint, et avec lui une certaine insolence.

Olga en fit les frais lorsqu'elle lui recommanda d'être prudente après avoir écouté le récit de sa récente expédition à Kalighât, où la jeune fille avait été impressionnée par les bûchers funéraires.

— Je n'aime pas te savoir seule dans de tels endroits, lui dit-elle.

Lián ne voulut pas avouer qu'elle était encore hantée par la vision des corps humains brûlés à la chaîne dans des effluves sordides, ni par les sacrifices de chèvres à la gloire de la déesse Kali, que des fidèles pratiquaient sur les marches du temple avec une telle frénésie religieuse que le sang coulait en rigoles. Elle se hérissa sous la mise en garde.

— Comme s'il m'arrivait d'être seule ! assena-t-elle d'un ton bravache. Ne suis-je pas constamment surveillée par mon garde du corps ?

1. Variété d'antilope indienne, aussi appelée *blue bull.*

— Tout de même…, voulut insister Olga.

Lián la coupa sèchement.

— Tout de même quoi ? Je n'ai pas le tempérament à jouer au golf ou au cricket, et encore moins à me prélasser sur une serviette au bord d'une piscine. Les clubs m'ennuient. À la Balandra, j'aidais au rassemblement des chevaux et des bœufs et je participais aux poulinages. Je ne suis pas en porcelaine ! ajouta-t-elle d'un ton grandiloquent. Déjà qu'ici, il n'y a pas de cheval…

Olga lui accorda un rire, mais un petit rire mordant.

— D'accord, je suis maladroite. C'est parce que je jongle en permanence avec deux idées : celle de te laisser une certaine liberté et celle de te rappeler que tu es une princesse sous ma responsabilité.

— N'exagérons rien. Ce n'est pas parce que ton mariage a fait de toi une maharani que, moi, je deviens une princesse.

Cette fois, Olga se troubla.

— Je ne parle pas de moi, mais de toi ! Tu ne sais donc vraiment pas ?

— Savoir quoi ?

La Russe ouvrit la bouche, prête à se lancer dans des explications au débotté, avant de se raviser soudain. À la fin, elle se contenta de murmurer :

— Non, rien. Rien d'important pour l'instant.

Lián hésita. Ce n'était pas la première fois que sa marraine lui taisait quelque chose. S'agissait-il du même secret caché par ses parents ? Elle faillit poser la question, puis elle eut peur et elle préféra garder le silence. Les secrets n'étaient pas tous bons à connaître.

Cependant, cette idée la rongea tellement que Calcutta lui parut au fil des jours moins attrayante. Le brave Sookthi s'en aperçut et, triste pour elle, tenta de la dérider avec ses pitreries habituelles.

— Regarde, *Devi*, sans les mains ! hurla-t-il comme un adolescent trop vantard, en croisant les bras sur sa poitrine et en roulant de grands yeux blancs au-dessus de sa barbe noire.

Évidemment, ce qui devait arriver arriva. Le vélo rencontra une ornière, provoquant la chute de Sookthi le clown.

Lián soupira. En fait de garde du corps, elle n'était pas certaine d'avoir hérité le meilleur ! Ils rentrèrent à la Villa pour soigner le genou écorché. Olga parlait au téléphone dans le vestibule. Jamais elle n'avait eu le regard aussi brillant et le teint aussi resplendissant. Lorsqu'elle raccrocha, elle était si excitée qu'elle courut partout dans la maison en tapant dans ses mains.

— Vite, vite ! Il faut que tout soit parfait, le maître arrive ce soir. Vite, il faut des pétales de rose pour son lit et de l'eau parfumée à l'orange pour remplir l'aiguière. Vite, que ses vêtements soient rafraîchis et repassés, et que le petit Vijay aille aux cuisines voir ce dont on a besoin. Qu'il courre au marché ramener ce qu'il manque. Qu'on fasse des *naan*[1] à la pistache, ce sont les préférés du maître. Et qu'on prévoit du *gatta curry*[2], des *rasgullas*[3] à la rose et de la crème de mangue. Le maître aura faim. Tout le monde le sait, on mange mal, lorsqu'on voyage en train.

1. Sorte de pain indien.
2. Petites boules de farine de pois chiche cuisinées dans une sauce au curry.
3. Dessert traditionnel du Bengale fait de boules de lait caillé macérées dans du sirop à la rose.

15

18 septembre 1939
Calcutta – Inde

Des ailes frottaient contre la vitre en faisant un raffut de tous les diables. Lián s'assit dans son lit. Elle crut d'abord qu'un oiseau était entré dans sa chambre. Son regard glissa vers les aiguilles du réveil. Minuit six. La lune nimbait la nuit d'une lueur argentée qui s'infiltrait par les persiennes. L'oiseau s'était faufilé sous le rideau. Il montait et descendait, totalement paniqué. À chaque fois, il essayait de prendre du recul, mais il revenait toujours se heurter au carreau. Il semblait mesurer entre sept et huit pouces de long et était très énervé.

Lián repoussa son drap et enfila ses mules. Elle n'alluma pas la lumière pour ne pas risquer de perturber l'animal, mais lorsqu'elle s'en approcha, elle s'empara d'un magazine par précaution. Après réflexion, il ne pouvait s'agir d'un oiseau. Plutôt une chauve-souris, si elle en jugeait son vol erratique. Elle avait dû entrer dans la pièce lorsque les femmes de chambre l'avaient aérée. Après avoir passé le jour à dormir, elle s'était réveillée avec la nuit.

Lián écarta le rideau très doucement pour ne pas l'effrayer davantage. Malgré l'obscurité, elle discerna tout de suite les énormes ailes rouges et brunes, marquées de nuances plus claires tirant sur le jaune. Il s'agissait d'un papillon ! Un gigantesque papillon. Elle n'en avait jamais vu d'aussi grand. De plus, les motifs de ses ailes faisaient penser à des serpents[1].

Rassurée, et somme toute assez amusée, elle entrouvrit la fenêtre et repoussa le volet. Un croissant de lune apparut, auréolé d'un halo blafard. L'insecte s'envola aussitôt dans la nuit argentée.

---

1. Il s'agit d'un des papillons les plus grands au monde, l'*Attacus atlas*.

La jeune fille le suivit un instant des yeux avant de refermer l'espagnolette. L'incident lui servirait de leçon ; elle vérifierait dorénavant sa chambre avant de se coucher. Après tout, il aurait pu s'agir d'une bête plus dangereuse, une araignée ou un scorpion.

Elle se recoucha, mais le sommeil la fuyait maintenant. Après s'être un moment tournée et retournée, elle alluma la lampe de chevet et commença à lire le roman d'Agatha Christie, *Mort sur le Nil*, qu'elle avait pris sur les rayonnages de la bibliothèque d'Olga. Très vite, elle eut du mal à se concentrer. Plus elle lisait, et plus elle se rendait compte que les personnages nés de l'imagination de la célèbre romancière anglaise avaient tous dans leur existence des tiroirs remplis de secrets. Comme elle.

Cette idée la rongea tellement qu'elle décida d'interroger Olga dès le lendemain. Qu'importait ce dont il s'agissait, elle préférait savoir.

Éteignant la lumière, elle essaya de se rendormir. La nuit n'avait rien de silencieux. Du couloir venait le ronflement de Sookthi qui continuait à dormir sur une natte de l'autre côté de la porte de sa chambre. À cela se rajoutaient les craquements des murs ou des meubles. Le tic-tac d'une lointaine horloge. Les palmes du cocotier qui s'agitaient contre la façade. Soudain, elle s'aperçut qu'une musique s'échappait du rez-de-chaussée. Olga ne dormait pas non plus. Elle avait même allumé son électrophone et passait en boucle une de ses chansons favorites, *September Song,* interprétée par Tony Martin d'une voix de crooner emplie de nostalgie.

Lián n'hésita plus. Elle sortit du lit, enfila son déshabillé et se faufila hors de sa chambre en prenant des précautions infinies pour ne pas réveiller son garde du corps. Puisque ni elle ni sa marraine ne dormaient, pourquoi ne pas parler du fameux secret, là, tout de suite ?

Au fur et à mesure qu'elle descendit l'escalier, des éclats de voix lui parvinrent. Olga devait s'adresser à l'un de ses chiens, *Grafinya*[1] ou *Yabloko*[2], ses deux barzoïs préférés, les

1. « Comtesse », en russe.
2. « Pomme », en russe.

seuls autorisés à dormir dans la maison. Lián se glissa jusqu'au salon dont la porte entrouverte laissait filtrer un rai de lumière. Là, elle butta contre deux bottes cavalières abandonnées sur le dallage avant de découvrir un peu plus loin un veston sport jeté à même le sol.

Perplexe, elle continua à avancer machinalement. Olga fredonnait « *It's a long, long while from May to December*[1] » d'une voix charmeuse, pleine de rires contenus. Un homme lui répondit soudain. La duchesse russe n'était pas seule.

Gênée, Lián allait rebrousser chemin lorsqu'elle entendit Olga parler de sa mère.

— Je crois que Jezebel ne lui a jamais rien dit.

Elle se figea. Sa marraine parlait-elle d'elle ? Dans ce cas, qu'aurait dû lui dire sa mère ?

L'homme s'exclama :

— Es-tu en train de me dire que la petite ne se rappelle de rien ?

Il s'exprimait dans un anglais harmonieux quoique teinté d'un accent indien un peu âpre. Olga lui répondit d'une voix de chatte câline.

— Devons-nous vraiment en parler ce soir, *moya lyubov'*[2] ? Nous ne nous sommes pas vus depuis des semaines, franchement, j'avais en tête un autre genre de conversation…

Elle eut son fameux petit rire de gorge, et cela dut lui permettre d'obtenir gain de cause, car un frottement de tissu assorti de soupirs emplit bientôt le silence. Lián, le feu aux joues, comprit que le mari d'Olga, le fameux maharaja de Mahavir, Omja Singh, était enfin revenu du Sikkim.

Son premier mouvement fut de s'éclipser, mais un irrésistible élan de curiosité la poussa à se pencher vers l'entrebâillement de la porte, pour tenter au moins de voir à quoi ressemblait un prince indien. Elle découvrit une silhouette haute et bien découplée, assez semblable à celle de son père autant par la taille que par la stature. Comme aurait pu l'être Jan Lukas en pareille circonstance, le maharaja était vêtu à

1. Paroles de la chanson « *September Song* », qui signifie : « C'est long, long, de mai à décembre. »
2. « Mon amour », en russe.

l'occidentale d'une chemise en soie entrouverte sur un buste musculeux et d'un jodhpur crème qui moulait avantageusement ses belles cuisses de cavalier. Son visage était brun, glabre, et plutôt séduisant dans la maturité de sa quarantaine. Le sourire qu'il offrait à Olga était large et immaculé, et ce détail remémora à la jeune fille un souvenir qu'elle avait conservé, celui d'un homme qui lui faisait des tours de magie lorsqu'elle était enfant.

Troublée, elle voulut s'éloigner, mais la conversation reprit.

— Allons, mon amour, ne te fais pas prier, dis-moi ce que tu penses d'elle. Ne me fais pas languir plus longtemps !

La duchesse passa les bras autour du cou de son royal époux et l'embrassa à petits baisers légers.

— Tu la verras demain. Tu te feras alors ta propre opinion.

— S'il te plaît, *priye*[1], précise-moi au moins si elle ressemble à son père ?

— Il y a un air de famille, c'est indéniable, chuchota Olga. Cependant, son teint est beaucoup plus clair et ses yeux sont d'un vert étonnant. Peut-être la ressemblance vient-elle de la forme de sa bouche, ou de l'abondance de ses cheveux ? Elle a une chevelure remarquable, de magnifiques boucles brunes qui lui tombent jusqu'au milieu du dos, dans lesquelles on a immédiatement envie de plonger les doigts pour les brasser à foison. Elle est belle, Omja. Elle est même très belle. Et elle a aussi beaucoup de caractère.

— Tu dis qu'elle a les yeux verts ?

— Oui, vert foncé, comme les sapins de l'Himalaya.

— Mais d'où vient ce vert ? Personne dans notre famille n'a les yeux verts. Mon frère les avait noirs pétillant d'étoiles…

— Arrête, Omja, s'écria Olga d'un ton de reproche. Il n'y a aucun doute, elle est bien la fille de ton frère. Demain matin, lorsque tu la verras, tu comprendras qu'il ne peut en être autrement. Son sourire est exactement celui du Charu que j'ai connu.

Entendant ces mots, Lián manqua défaillir. Ses jambes semblèrent s'amollir et son cœur parut cesser de battre. Elle se mordit la lèvre jusqu'au sang pour vérifier qu'elle n'était pas

---

1. « Ma chérie », en hindi.

en train de cauchemarder. Or, la douleur lui parut bien réelle. Tandis que le maharaja reprenait la parole, elle continua à l'écouter avec une fascination désespérée.

— Ne crois-tu pas que Jezebel aurait pu dire la vérité à sa fille ? Pourquoi ne l'a-t-elle pas fait ? N'aimait-elle pas mon frère ? S'il n'avait pas été assassiné, ils se seraient certainement épousés. Mon père n'y était pas opposé, il tenait à ce que mon frère soit heureux. Et Charu était tellement amoureux…

Cette fois-ci, Lián ne pouvait plus faire semblant de n'avoir pas compris. La main tremblante, elle poussa la porte et entra dans le salon. Olga et le prince indien se tournèrent vers elle dans le même mouvement stupéfait. Elle les regarda l'un après l'autre. Son teint était devenu gris.

— De quoi êtes-vous en train de parler ? coassa-t-elle d'une voix si bouleversée qu'elle en était méconnaissable.

Olga s'élança vers elle, mais la jeune fille recula d'autant.

— Qu'avez-vous dit à propos de mon père ? s'écria-t-elle, à bout de nerfs.

— *Moy Bog*[1] *!* commença Olga d'un ton affolé, je suis désolée, je ne voulais pas que tu l'apprennes ainsi, ma petite chérie. Viens t'asseoir, nous allons t'expliquer…

Lián lui jeta un regard flamboyant.

— Je ne veux pas d'explications, je veux que tu me dises que ce n'est pas vrai !

Elle se tut, mais en réponse, elle ne reçut qu'un silence éloquent. Alors, ployant le buste comme sous le coup d'une gigantesque tempête, elle pivota et sortit de la pièce d'un pas hagard.

— Ma chérie ! voulut la retenir Olga, mais la jeune fille se précipitait déjà dans les escaliers, grimpait à l'étage et se réfugiait dans sa chambre, dont elle tourna la clé deux fois dans la serrure.

Olga la suivit et tambourina à sa porte.

— Ouvre-moi, ma chérie, nous devons parler. Pardon, ma petite colombe. Ouvre. S'il te plaît, ouvre.

Omja Singh vint la rejoindre.

— Veux-tu que j'ouvre cette porte d'un coup d'épaule ? demanda-t-il d'un air déconcerté.

1. « Mon Dieu », en russe.

Olga recula en secouant la tête. Son visage avait pâli jusqu'aux lèvres.

— *Net, net*[1]… Laissons-la plutôt se ressaisir. La pauvre petite chérie, quel choc pour elle ! Nous lui parlerons demain, mais comment réparer ? *Moy Bog*, Omja, hoqueta-t-elle en se cachant brusquement derrière ses mains, pourquoi avons-nous eu cette conversation idiote ? Quand Jan et Jezebel le sauront, ils vont nous détester et ils auront bien raison ! Nous nous sommes conduits comme des sots irresponsables… Nous aurions dû attendre de recevoir une lettre, un mot d'explication. Nous aurions alors su quoi dire et quoi faire…

1. « Non, non ! », en russe.

16

19 septembre 1939
Calcutta – Inde

Une tempête n'aurait pas fait plus de bruit dans sa tête.

Lián se jeta sur son lit. Au début, elle ne pleura pas. Elle était assommée. Elle ne parvenait plus à penser. Puis des sanglots montèrent avec une violence incroyable. La colère. La frustration. La fin du monde. Tout ce qu'elle avait jusqu'à présent cru n'était en réalité qu'un mensonge. Son *Bàbà* adoré n'était pas son père. Or, il le savait et il ne lui avait rien dit. Il avait menti. Tout comme sa mère.

Les traîtres !

Elle eut un vertige. Elle ne parvenait pas à y croire. Du plus lointain qu'elle se souvenait, Jan Lukas avait toujours été son père, à la relever lorsqu'elle tombait, à souffler sur son genou écorché, à lui offrir son premier chien. Son premier poney. Son premier cheval. À lui apprendre à monter, à seller, à brider. À jouer au polo et aux échecs. À boire du maté entre hommes. À tirer à la carabine, à pister un coyote, à reconnaître l'*espinillo*[1] du *palo verde*[2] là-bas, dans la pampa. À lui raconter des histoires de pirates malais, de chasses au trésor, d'aventures orientales. À danser le tango. À être forte et courageuse à chaque instant de la vie, la tête bien droite devant sa conscience. À n'avoir peur de rien. Jamais. Et aussi à commander aux gauchos d'une voix ferme et juste, parce qu'elle était la demoiselle de la Balandra, la petite princesse du Rio de la Plata.

Il lui avait offert son premier hot-dog et son premier tour de manège. Il taillait ses crayons de couleurs avant l'école. Il

1. *Acacia caven*, arbuste.
2. *Cercidium*, arbuste.

l'avait emmenée au musée, au cinéma, à Coney Island et même à la patinoire voir les Rangers[1] de New York.

C'était lui, le tout premier, qui l'avait mise sur un cheval à Singapour, lors de son mariage. Une photographie témoignait de ce bonheur parfait. Sa mère y posait, merveilleuse dans une robe de dentelles blanches. Son père se tenait droit et fier, avec ce fameux demi-sourire dont il avait la spécialité. Et elle, toute petite au milieu d'eux, à peine un an et déjà assise sur un énorme cheval bai, les jambes nues tellement écartées que tout le monde en riait, car le cheval était trop gros, et elle trop petite.

Leur première photo de famille. Un énorme mensonge.

Elle hoqueta encore, les yeux pleins de rage.

Je n'ai plus de famille. Je n'ai plus rien, pensa-t-elle.

Elle se leva pour aller dans la salle de bains et faire couler de l'eau fraîche sur ses poignets. Elle mouilla un linge pour se tamponner le front. Elle était atterrée des souvenirs qui, brutalement, revenaient en force.

Le premier concernait les funérailles du vieux maharaja de Mahavir. Elle avait onze ans, pourquoi avait-elle oublié cet événement ? Lorsqu'ils étaient partis en famille en Inde pour rendre à cet homme un dernier hommage, tout le monde lui avait pourtant expliqué qu'il s'agissait de son grand-père. Pourquoi n'avait-elle rien compris à ce moment-là ? Était-ce parce qu'elle n'était qu'une enfant et qu'elle avait surtout retenu le décorum des diverses cérémonies ? Dans les rues de Calcutta, la procession funéraire lui avait paru impressionnante. Un véritable fleuve humain escortait la dépouille jusqu'au fleuve pour qu'il y soit lavé avant d'être mis sur un bûcher. Le fils héritier, un Omja Singh nettement plus jeune, avait répandu les cendres dans l'eau sacrée en récitant des mantras. Le soir, des milliers d'Indiens avaient allumé des lumignons qui avaient dérivé au fil du courant, dans un scintillement de lumière superbe.

Oui, de cela, elle se souvenait maintenant. Tout comme elle se rappelait Omja Singh, l'héritier du défunt maharaja, cet oncle vu à l'instant, qui avait certes un peu vieilli mais

1. Une des six équipes de hockey sur glace à l'origine du championnat de NHL (National Hockey League), fondée en 1926 à New York.

demeurait semblable à l'homme qu'elle avait connu. À cette époque, elle le trouvait aimable et souriant. Il jouait avec elle aux échecs et au poker, en lui apprenant le bluff et les mains les plus hautes.

Pourquoi lui avaient-ils tous menti ?

Elle fulminait tellement qu'elle avait l'impression d'étouffer. De se heurter à des murs qui la retenaient prisonnière. Elle avait besoin de prendre l'air. De s'échapper.

Très vite, cette idée devint une obsession.

À la Balandra, il lui aurait suffi de seller un *criollo* et de galoper jusqu'à s'écrouler de fatigue. En Inde, fichu pays, elle n'avait pas de *criollo*, juste un vélo. Qu'à cela ne tienne ! Pédaler l'aiderait tout aussi bien à se calmer.

Sans plus réfléchir, elle se vêtit à la hâte d'un pantalon et d'une chemise. Enfila un blazer et des espadrilles. Elle tressa ses cheveux, enroula cette natte sous un panama. De loin, elle pouvait passer pour un garçon. Tant mieux, elle ne voulait pas qu'on la reconnaisse.

Elle fourra encore quelques affaires dans la sacoche en bandoulière qui lui servait habituellement pour son pique-nique, ajouta son passeport et toutes les roupies dont elle disposait. Au dernier moment, elle se souvint de son garde du corps. Pour éviter qu'il ne la suive, elle eut l'idée de passer par la fenêtre.

Un énorme jasmin s'élevait jusqu'à sa porte-fenêtre. Les branches risquaient de craquer sous son poids, mais les jardiniers avaient retourné la terre toute la journée pour la rendre meuble. Elle se laissa glisser le long du treillis tandis que les lévriers aboyaient dans le chenil. Pour gagner du temps, elle sauta souplement sur le sol puis courut jusqu'à la remise où elle enfourcha son vélo. Vers l'est, une lueur pâle annonçait déjà l'aube. Elle pédala de toutes ses forces. Elle n'avait pas de but précis. Elle avait juste besoin de se dépenser physiquement.

Après avoir erré un moment dans le quartier résidentiel, dont le labyrinthe était émaillé de jardins, elle tomba sur le Tolly Canal qu'elle longea jusqu'à l'hippodrome. Dans la nuit finissante, tout était différent de ce qu'elle connaissait. Le moindre bâtiment était gris et sans relief. À travers un rideau d'arbres, elle distingua le réservoir d'eau potable. La mousson l'avait rempli à ras bord. Plus tard, elle butta contre une barrière en bois rouge et blanche abaissée sur la route. Désorientée, elle mit pied à terre. Elle était arrivée à fort William sans s'en rendre compte.

Un planton dans une guérite l'aperçut et lui fit signe de s'en aller. Elle profita de l'arrivée d'un groupe d'officiers pour s'approcher de lui et lui demander s'il connaissait le lieutenant McCorball. Il lui répondit d'un ton aboyé qu'il ne connaissait pas tous les officiers du fort, qu'elle devait partir à présent.

L'un des officiers avait entendu la conversation. Il se retourna.

— Vous demandez après le lieutenant McCorball ? Je le connais. Si vous désirez lui parler je peux aller le chercher.

Soudain, elle se sentit confuse. Qu'était-elle en train de faire ? Ne ressemblait-elle pas à ces filles de joie qui demandaient après des soldats ? Elle secoua la tête et fit faire demi-tour à son vélo.

— Non, jeta-t-elle par-dessus son épaule. J'ai changé d'avis. Au revoir.

Lorsqu'il rejoignit ses camarades, elle entendit leurs rires décroître dans la nuit. Pleine de honte, elle longea le bas-côté en poussant sa bicyclette. Elle aurait dû partir mais, pour quelque obscure raison, elle répugnait à s'éloigner. Elle ne savait de toute façon pas où aller. Lorsqu'elle aperçut un banc de bois sur un carré de gazon, elle s'y assit et enfouit son visage dans ses mains.

L'aube éclatait en mille feux mais elle ne voyait rien. Elle attendait sans trop savoir quoi. Des oiseaux lançaient des trilles au-dessus de sa tête. Des paons crièrent dans le lointain. Tous saluaient le soleil naissant. Elle était triste à mourir.

— Bonjour, Lián.

Elle leva la tête, incrédule. Rencontra ses beaux yeux bleus posés sur elle, empreints d'une douceur qui pétillait. Combien de soldats vivaient au fort William ? Vingt mille, trente mille ? Quelle part de chance extraordinaire lui permettait de le rencontrer là, aujourd'hui, maintenant ?

— On est venu me prévenir, reprit-il d'une voix calme et douce. On m'a parlé d'une jeune fille avec un vélo, qui était habillée comme un garçon. Je ne sais pas pourquoi, j'ai tout de suite pensé à vous.

Elle se leva. Un rêve. Voilà ce qu'elle était en train de vivre. Un rêve fou et incroyable. Elle le dévisagea avec tant de surprise qu'il ne fut pas certain d'être reconnu.

— C'est moi, dit-il en haussant un sourcil hésitant.

— C'est vous, répondit-elle en souriant maintenant.

Il parut soulagé de sa réponse, de son sourire.

— Allez-vous bien ? Que se passe-t-il ? Voulez-vous que je vous ramène chez vous ?

Elle n'osa pas lui dire qu'elle venait de s'enfuir de la Villa Rose. Exposé comme cela, ce projet était devenu bien idiot.

— Oui, répondit-elle. Je veux bien.

Il prit le vélo pour le pousser à sa place. Elle marcha à côté de lui, les yeux baissés. Il lui coula un sourire qui demeurait inquiet.

— Lián, êtes-vous venue parce que vous vouliez me voir ? Que se passe-t-il ? Auriez-vous un problème ? Vous savez que vous pouvez compter sur moi si tel était le cas.

— Tout va bien.

Il s'arrêta pour la forcer à le regarder.

— Lián, il est six heures. Vous êtes venue seule à vélo pour demander après moi à l'une des sentinelles du fort William. Vous avez eu beaucoup de chance de tomber sur un officier qui me connaissait. Vous savez, si vous désiriez me voir, il aurait suffi de téléphoner. Nous aurions convenu d'un rendez-vous. Je vous aurais emmené au restaurant ou au cinéma où nous aurions pu discuter de manière plus conventionnelle.

— Oui, bien sûr, dit-elle en rougissant. Sauf que je n'y ai même pas songé.

— Songer à me voir ou songer à me téléphoner ?

— Je… Je ne voulais pas vous voir, bafouilla-t-elle.

Il éclata de rire.

— Vous êtes douée pour me faire perdre mes dernières illusions en une seule phrase !

Elle rougit de plus belle.

— Ce n'est pas ce que je veux faire.

— Mais vous le faites.

— Non, je n'ai rien fait de semblable. Ne me faites pas dire ce que je n'ai pas dit.

— Lián, vous ne m'avez pas l'air dans votre état normal. Êtes-vous sûre que ça va ?

— Oui. Je vais bien.

— Très bien. Asseyez-vous sur le porte-bagages. Je vais pédaler. J'ai l'impression que vous n'avez pas beaucoup dormi cette nuit.

Elle porta les mains à son visage.

— Vous dites cela parce que vous me trouvez affreuse. Je n'ai même pas mis de rouge à lèvres.

Il la dévora d'un regard empli de tendresse. Comment pouvait-elle penser cela ? Elle était encore plus belle que dans ses pensées, avec cet air tendu qui la faisait paraître fragile, et ces cernes de mauvaise nuit qui rendaient ses yeux encore plus brillants. Rien qu'en la regardant, il parvenait presque à l'imaginer dans ses bras, abandonnée après l'amour dans une fatigue de femme comblée.

— Je vous trouve magnifique, déclara-t-il simplement.

Ils restèrent un moment silencieux, à nouveau conscients de ce lien qui se tissait entre eux, qui leur semblait plus fort qu'avant. Puis, avec un hochement de tête, il lui désigna l'arrière du vélo.

— Allez, petite *Doncella*. Asseyez-vous, je vais vous ramener à votre tante.

Elle s'installa à califourchon. Il appuya sur les pédales en faisant tanguer le vélo. Elle retint son chapeau pour ne pas le perdre d'un coup de vent.

— Tenez-moi fermement, ordonna-t-il. Je préférerais que vous ne tombiez pas.

Elle obéit timidement. Il insista, elle le serra plus fort. Le soleil était devenu un disque rouge qui les suivait. Sa lumière d'incarnat émergeait des toits en chassant les dernières ombres bleues de la nuit.

Lián soupira, posa sa joue contre la veste d'uniforme. Le drap était rêche mais il fleurait bon la lessive et ce léger parfum de fleur d'oranger qu'elle aimait tant. Elle ferma à demi les yeux. Elle aurait voulu que cet instant ne finisse jamais. Elle le tenait entre ses bras. Elle devinait le mouvement de ses muscles, sa force de jeune sportif. Il riait, et son rire lui faisait du bien. Elle rit avec lui, pour rien, pour tout. C'était un rire qui célébrait leur jeunesse, et aussi la joie de leurs retrouvailles.

— Avez-vous déjà vu des singes ? demanda-t-il subitement, en l'emmenant sur le chemin de terre cahoteux qui longeait le canal.

Il lui montra les petites silhouettes affairées qui vivaient au milieu d'un temple en ruine. Lorsqu'ils approchèrent, elles se réfugièrent en piaillant au sommet d'un manguier. Les branches s'agitèrent, se balancèrent. Les feuilles tombaient en pluie.

Milo s'arrêta pour qu'elle puisse mieux les observer. Il expliqua qu'il s'agissait d'entelles, qu'on appelait aussi langurs sacrés. Ils étaient d'un gris pâle presque blanc, avec des poils ébouriffés au-dessus des sourcils, et de jolis visages sombres comme des masques. Leurs gros yeux ronds dardaient à travers les ramures vernissées d'un air étonné. Finalement, ils s'habituèrent aux humains et reprirent le cours de leur vie de singe. Ils commencèrent à manger les fleurs du manguier, faisant dégringoler de minuscules pétales. Lián regardait cette pluie jaune tourbillonner. Elle avait reposé sa joue contre la veste de Milo, pour mieux respirer au même rythme que lui.

17

Dimanche 24 septembre 1939
Calcutta – Inde

Le maharaja de Mahavir était un homme majestueux à la haute stature. À l'approche de la cinquantaine, son beau visage harmonieux conservait des traits peu empâtés, à peine ridés aux commissures. Il affichait en toute circonstance, même au cœur de l'agacement, un self-control aussi nonchalant qu'aristocratique, forgé par une éducation princière sans faille. Au poker ou au backgammon, il était un adversaire redoutable.

Lorsque Lián le rencontra pour la première fois depuis qu'elle était arrivée en Inde, il arborait une barbe de la veille et de grosses boucles brunes retombaient sur son front de manière désinvolte. Nu-pieds, il portait un pantalon et une simple chemise blanche dont l'échancrure révélait son torse musclé et sa peau glabre et brune. Il incarnait l'archétype du romantique délicieusement exotique, et elle comprit aisément pourquoi sa marraine en était folle. Lorsqu'il souriait, la pièce semblait s'illuminer et tout le monde avait envie de lui plaire. Il n'avait pas besoin de donner des ordres. Les domestiques étaient entièrement dévoués à sa noblesse antédiluvienne, au point d'anticiper ses moindres désirs.

Lián fut très impressionnée. Quel maharaja ! Secrètement fière de savoir qu'il était son oncle, elle continua cependant à lui battre froid. Elle lui en voulait pour ce qu'il lui avait involontairement révélé. Elle n'avait pas l'intention de lui pardonner de sitôt.

De toute façon, tandis que Milo pédalait et qu'elle était assise sur le porte-bagages, la joue appuyée contre son dos, à l'écouter respirer, elle avait eu le temps de réfléchir. Elle avait décidé que l'homme qui l'avait élevée serait à jamais son seul et unique père. L'autre, cet inconnu qu'on entendait lui balancer dans les pattes, elle n'en voulait pas. De toute façon, il était mort. Fin de l'histoire.

Lorsqu'elle revint à la Villa Gullabee, Omja Singh l'attendait. Il voulut tout de suite lui parler. Elle refusa.

— Je n'ai rien à dire, contra-t-elle d'emblée. Je vais tout simplement oublier ce que j'ai entendu cette nuit et faire comme si de rien n'était. Je n'ai qu'un seul père, l'homme auprès duquel j'ai grandi. Il m'a élevée, il m'a protégée, il m'a tout appris. Je n'ai pas d'autre père que lui.

— Quoi que tu puisses penser, lui répondit le maharaja avec sévérité, tu es une princesse hindoue de sang royal, avec des devoirs et des responsabilités. Qu'importe que tu sois d'accord ou non, les règles devront toujours être respectées.

Lián se cabra aussitôt.

— Les parents offrent leurs racines culturelles aux enfants. Moi, mes parents m'ont appris à être américaine, anglaise et même un peu argentine. Je ne serai jamais une Hindoue, ne vous en déplaise !

Elle était sortie du salon la tête haute. Son oncle avait voulu la rattraper, il n'avait pas l'habitude qu'on lui réponde de cette manière-là. Olga l'avait retenu par l'épaule en l'amadouant d'un sourire.

— Allons, mon chéri, accorde-lui le temps de s'habituer à cette idée. Si on venait te dire que ton père n'était finalement pas le maharaja de Mahavir, comment réagirais-tu ?

Il grommela.

— Je continuerais à tenir mon rôle.

— Parce que tu es un souverain important et que tu as été éduqué dans ce but. Mais elle ? Laisse-la vivre sa vie comme elle l'entend. Après tout, tu n'es que son oncle.

Omja Singh finit par accepter ce statu quo. Lián, de son côté, dissimula ses angoisses derrière un air bravache, avec son petit menton relevé d'un air insolent pour ne pas montrer à quel point elle était troublée. Certes, elle avait décidé qu'elle n'était pas hindoue, et qu'elle ne le serait jamais. Mais tout de même…

Elle interrogea son miroir. Elle étudia son teint. La forme de ses dents. L'arc des sourcils. Elle remarqua qu'elle avait le même sourire immaculé que le maharaja. Que sa peau brunissait naturellement au soleil. Et ses cheveux ! D'où venait cette crinière épaisse qui lui battait les épaules dans un foisonnement de boucles indociles ? Sa mère était blonde et Jan…

Des larmes coulèrent sur ses joues. Voilà qu'elle l'appelait déjà par son prénom… C'était terrible ! À l'intérieur de sa poitrine, elle ne sentait plus qu'un grand vide. Lui avait-on arraché le cœur ?

La semaine passa, difficile à vivre. Lián était pleine de fièvre. Elle dormit peu, réfléchit beaucoup, pleura quelques fois. Tout ce qu'elle avait cru important ne le paraissait plus autant. Le monde avait changé, à moins que ce ne fût elle. Elle écrivit à sa mère. Une petite vengeance personnelle pleine de mots méchants qu'elle chiffonna et jeta à la corbeille après l'avoir relue. Malgré la situation, elle ne voulait pas faire de peine à sa mère.

Dans sa lettre suivante, elle hésita. Devait-elle poser des questions ? Elle décida finalement que non. Poser des questions, c'était y attacher de l'importance. Or, non. Elle avait décidé que rien ne changerait dans sa vie.

Elle reprit son stylo-plume et se contenta de raconter l'Inde, ses couleurs, ses parfums, et toutes ces petites choses qui d'habitude forment une vie ordinaire mais qui, à l'étranger, prennent un ton extraordinaire.

Le samedi suivant, le téléphone sonna et Olga décrocha. Elle parla un moment, rit beaucoup. Lorsque Lián revint du jardin où elle avait cueilli quelques gros bégonias rouges pour faire un centre de table, la duchesse l'accueillit d'un sourire de conspiratrice.

— Ton beau lieutenant anglais vient de téléphoner. Il voulait t'inviter ce dimanche pour un pique-nique au zoo. Je lui ai dit que tu étais libre. Ai-je bien fait ? ajouta-t-elle d'un ton roublard.

Lián passa par toutes les couleurs de l'émotion.

— Mais pourquoi as-tu accepté ce rendez-vous à ma place ? finit-elle par balbutier. Tu aurais quand même pu me demander mon avis.

— Oh que non ! gloussa la duchesse russe. Si je t'avais consultée, tu aurais refusé. Or, je crois que ce rendez-vous te sera salutaire. Au moins, tu penseras à autre chose lorsque tu te promèneras en sa compagnie. Un homme comme lui, franchement, si on n'y pense pas d'une certaine manière, c'est qu'on est faite pour entrer dans les ordres !

Lián ouvrit une bouche stupéfiée mais préféra ne pas relever. Olga était parfois incroyablement dévergondée.

*

Le dimanche, la journée fut belle, chaude sans excès, avec un ciel d'un bleu somptueux que troublaient à peine les lointaines fumées des usines métallurgiques du nord de Calcutta.

Lián hésita entre une robe printanière à la jupe fleurie et un coordonné plus sophistiqué en crêpe de Chine blanche, avec de petites manches épaulées et une jupe à godets. Au dernier moment, elle se décida pour un ensemble d'un joli ton crème à pois roses. Le tissu était frais et les volants froufroutaient joliment autour de ses jambes nues.

— Excellent choix, roucoula Olga qui l'assistait dans son essayage, étendue paresseusement sur le sofa de sa chambre pour feuilleter avec distraction un magazine féminin. Celle-ci met en valeur ta silhouette et rehausse l'éclat de ton visage. Quand on choisit une robe, il faut toujours regarder la forme du décolleté. C'est lui qui valorise la beauté d'un visage. Celui-ci est joliment carré et pas trop profond, il fait un superbe écrin à ton cou de cygne et à la finesse de tes traits.

Lián étudia son reflet dans le miroir en pied en fronçant les sourcils. Elle était loin de partager l'avis de la duchesse. Cette semaine avait été rude et elle ne se reconnaissait pas. Où était la jolie sauvageonne aux joues éclatantes de santé, qui galopait dans la pampa, libre comme l'air, avec ses deux nattes qui lui battaient dans le dos ? Aujourd'hui, elle n'avait en face d'elle qu'une jeune femme au visage inquiet et aux yeux trop grands, trop verts, qui mangeaient sa figure. Elle trouva qu'elle avait maigri. Ou vieilli. Peut-être les deux.

— Mon Dieu, chuchota-t-elle par-devers elle. Il ne va plus m'aimer, il ne me reconnaîtra même pas !

Olga vint lui embrasser la joue.

— Allons, allons, ne fais pas la sotte !

Mais Lián ne l'écoutait pas. Elle s'angoissait toute seule.

— Je vais annuler ce rendez-vous. Je ne ressemble à rien sans mon cheval. Et comment le séduire sans danser le tango ? Comment provoquer de l'émotion sans les baleines que nous regardions jouer dans le Rio et sans le vent qui nous coupait le souffle…

Elle ne pouvait pas lui plaire, ici, dans ce pays qui n'était pas le sien. Elle n'avait aucune consistance au milieu de ces couleurs épicées, devant cette herbe trop verte, si verte qu'elle éblouissait les yeux.

— Cesse de dire n'importe quoi, la gronda gentiment Olga. Et mets un chapeau. Aux Indes, une dame ne sort jamais sans chapeau.

Lián s'empara d'une grande capeline en paille. Sa marraine la corrigea aussitôt.

— Tss, tss, il faut prendre un petit chapeau. Les grandes capelines n'incitent pas au baiser.

La jeune fille crut avoir mal entendu. Olga se mit à rire.

— Allons, ne fais pas cette tête de mijaurée. Je commence à te connaître et je suis persuadée que tu es beaucoup plus effrontée qu'il n'y paraît. Ton beau lieutenant, tu le veux ou pas ? Moi, à ta place, je n'hésiterais pas. Il est très séduisant. Grand et bien fait, le corps souple et agile, les épaules enveloppantes. Mmm… Et les yeux… Quel regard ! Peut-être aurais-je dû lui proposer de plutôt t'emmener à la piscine. En maillot de bain, je pense qu'il est à tomber.

— Olga ! protesta Lián, les joues en feu.

L'impertinente duchesse eut un petit rire de gorge.

— Allons, allons, ne me dis pas que tu n'as rien remarqué… Je sais qu'il te plaît beaucoup.

— Olga, c'est juste une promenade au zoo ! se récria Lián.

À cet instant, un bruit de moteur remonta l'allée du jardin. Lián se précipita au balcon. Une petite Morris Eight décapotable venait de se garer devant le perron dans un crissement de gravier.

— C'est lui, chuchota-t-elle, le cœur battant à tout rompre.

Olga la prit par la taille pour lui embrasser le front.

— Tu es parfaite. Tu vas beaucoup lui plaire.

Mais Lián ne l'écoutait plus. Elle s'empara d'une écharpe, vérifia dans le miroir que son petit chapeau n'avait pas bougé, puis respira un grand coup avant de se jeter dans les escaliers.

Dire que j'avais juré de ne plus jamais le revoir, pensa-t-elle soudain.

Il l'attendait près de son automobile verte aux garde-boue noirs. Elle faillit se jeter à son cou. Peut-être sentit-il son élan ? Lorsqu'il lui prit la main avec beaucoup de douceur, il la garda dans la sienne plus longtemps que nécessaire, en la dévorant d'un regard heureux. Il riait un peu.

— Savez-vous que je me suis demandé toute la nuit comment vous seriez habillée ? J'hésitais entre vos bonnes vieilles *bombachas* tout élimées et cette superbe robe décolletée dans le dos que vous portiez à Buenos Aires pour danser le tango.

— Ma robe à pois ne vous plaît-elle pas ? s'alarma-t-elle aussitôt, en lissant d'un geste nerveux le volume de sa jupe qui ondulait dans la brise.

Il rit de plus belle.

— Bien sûr que si ! D'autant plus que c'est une excellente nouvelle.

— Une excellente nouvelle ? releva-t-elle sans comprendre.

— Puisque vous cherchez à me plaire, j'en déduis que vous n'êtes plus fâchée contre moi.

— Oh ! Mais je ne cherche pas du tout à vous plaire, monsieur McCorball. Je… J'avais juste très envie d'aller au zoo. Voilà.

Il lui ouvrit la portière avec un hochement de tête entendu, siffla le temps de s'installer au volant et de démarrer la Morris.

Après quelques instants de silence, il la regarda de face.

— Vous savez, Lián, lui dit-il, quoi que vous puissiez penser, je ne vous ai jamais menti. Les journalistes mènent des enquêtes. Moi, j'ai fait la même chose, sauf que je n'avais pas le droit de vous en parler.

— Ne cherchez pas à vous défausser. Vous n'étiez pas un journaliste. Votre mensonge était là.

— N'est-ce pas une simple question de vocabulaire ? Lorsque vous m'avez demandé de ne rien dévoiler de votre petit secret à vos parents, je crois me rappeler que c'était justement l'argument que vous aviez mis en avant.

— Vous êtes insupportable ! Je me demande pourquoi j'ai accepté ce rendez-vous.

Il la dévisagea gravement.

— Voulez-vous que je fasse demi-tour pour vous ramener devant le perron ?

Elle ouvrit la bouche, puis finit par agiter la main, fataliste.

— Non. J'ai toujours très envie d'aller au zoo. Tant pis, emmenez-moi. Je m'accommoderai de vos mensonges.

Il lui décocha un sourire éblouissant tout en s'engouffrant dans Garden Reach Road. Elle demeurait agacée, mais elle ne put se retenir de rire.

— Nous sommes quittes. Moi aussi, je vous ai menti. Je suis heureuse de vous revoir aujourd'hui.

Il lui caressa brièvement la main, puis se concentra sur sa conduite. Ils venaient de passer le pont suspendu au-dessus de la crique Adi Ganga. L'Hooghly avait ce matin une couleur de mercure réfléchissant le soleil.

La Morris s'engagea au sud et Lián aperçut le petit bidonville perché sur pilotis au-dessus du Tolly Canal. Plusieurs constructions s'étaient écroulées lorsque la mousson avait fait monter les eaux et le courant avait tout emporté, planches, briques et marmites. Maintenant, les habitants revenaient fouiller les décombres à la recherche de quelque chose à récupérer.

Milo prit à gauche devant les deux temples de Kali. Il roula au ralenti parmi la foule qui se pressait dans la rue sans se soucier des automobiles. Un foisonnement de saris s'attardait devant les marchands de fleurs. Les corbeilles empiétaient jusque sur la chaussée en débordant de pétales flamboyants. Le jaune des œillets d'Inde, le rouge des chrysanthèmes, le blanc des jasmins caressaient les yeux dans la vive lumière de la matinée déjà bien avancée. Des femmes étaient assises à même le sol sur le parvis du temple. Elles tressaient des colliers destinés à la déesse. Plus loin, un escalier métallique descendait jusqu'à l'eau noire, entièrement décoré par des guirlandes de fleurs orange. Un saint homme était installé devant des lumignons. Il fermait les yeux, en pleine méditation. Près du pont, des enfants avec de petits ventres ronds pataugeaient dans les herbes inondées à la recherche de silures, de *catlas*[1] et de grenouilles.

Milo tourna sur Alipore Road. De grands manguiers aux belles feuilles vernissées ombrageaient une partie de la chaussée.

---

1. La *catla* est le nom hindi d'un poisson proche de la carpe.

Il trouva à se garer près du bureau de poste. En face, l'entrée du Zoological Garden était facilement reconnaissable à sa grille en fer forgé.

Milo se chargea du panier de pique-nique dans lequel avaient été rangés des sandwichs, des fruits, une Thermos de thé et des boissons fraîches. Ils prirent des tickets et remontèrent en bavardant l'allée centrale bordée de palmiers.

— Chaque fois que je viens dans ce zoo, je ne peux m'empêcher de penser que le projet de mon père, qui est de créer une réserve animalière, a tout son sens dans notre monde moderne. L'idée est de délimiter un endroit sauvage où les animaux seraient libres de vivre à leur rythme, dans un environnement dépourvu d'ingérence humaine. L'Inde est en pleine expansion démographique. Elle cherche constamment à étendre la superficie de ses terres agraires. Les jungles et les savanes broussailleuses sont brûlées pour récupérer des sols cultivables. La cohabitation avec la faune sauvage est de plus en plus difficile. Je crois vous avoir déjà raconté qu'à Darjeeling, par exemple, de nombreuses plantations de thé sont placées en dépit du bon sens sur les pistes de migration des éléphants. Tous les ans, les troupeaux les empruntent, tant pis pour les plants de thé, tant pis aussi pour les villages qui ont la mauvaise idée de grignoter sur ces chemins. De plus en plus, les matriarches, les vieilles femelles qui mènent les troupeaux, s'agacent des hommes qui s'installent sur leur route. Elles ordonnent à leur troupe de raser le village et, en quelques heures, tout est détruit. Les villageois peuvent s'estimer heureux lorsqu'il n'y a pas de victimes. Mon père est persuadé que la création de réserves naturelles résoudrait ces problèmes, pourvu que leurs emplacements soient choisis judicieusement.

— C'est un projet magnifique. Votre père a-t-il déjà une idée de l'endroit où il souhaite installer sa réserve ?

— Les discussions avec le vice-roi s'éternisent. Dans ce pays où la famine existe encore, où les princes sont extrêmement attachés à leurs privilèges et où les priorités, évidemment, ne sont pas forcément tournées vers la faune et la flore quand l'humain est encore si fragile, il est très difficile de monter un tel projet. Le gouvernement fait face en ce moment à la montée des nationalismes. Il y a encore beaucoup trop d'attentats, de massacres entre Hindous et Musulmans. Sans oublier la guerre qui engendre à présent d'autres priorités. Quand le riz du Bengale peine à nourrir à la fois les troupes et la population, il est quasi impossible de se poser en défenseur de la faune sauvage.

— Je trouve encore plus extraordinaire que votre père, qui est un chasseur célèbre, se positionne de cette façon. N'est-ce pas paradoxal ?

Milo sourit légèrement.

— Cela arrive parfois, lorsqu'un chasseur a vu trop de massacres… Mon père a connu cette époque où il était fréquent d'abattre trente tigres au cours d'une seule journée. Les maharajas avaient l'habitude d'organiser des chasses pour honorer leurs invités. Plus le rang des convives était élevé, plus il fallait de tigres. Sans parler du braconnage. Les rhinocéros sont devenus extrêmement rares en très peu de temps, à cause des trophées.

— En avez-vous déjà vu un ? Je veux dire, un rhinocéros sauvage ?

— J'ai vu beaucoup d'animaux grâce à mon père. Certains étaient rares comme la panthère des neiges, le lion d'Asie, l'ours lippu… Mes premiers éléphants sauvages m'ont beaucoup marqué. Je devais avoir une dizaine d'années. J'accompagnais mon père, il sécurisait des villageois dont le métier était de capturer des éléphants sauvages. Pour cela, ces indigènes utilisaient des *kumkis*, des éléphants déjà domestiqués et dressés. Ils les emmenaient dans la jungle et lorsqu'ils repéraient un troupeau, ils les utilisaient pour isoler des éléphanteaux déjà sevrés et les capturer. Ces jeunes captifs étaient enfermés dans de solides cages où ils pouvaient à peine bouger. Les *mahouts*[1] disaient qu'il fallait briser en eux l'esprit de l'éléphant sauvage. Après, le jeune éléphant acceptait son *mahout* toute sa vie.

— Il me semble que la méthode employée est la même que pour débourrer les *criollos* en Argentine. Pourquoi ne m'avez-vous pas dit que vous connaissiez cela, lorsque je vous ai montré le supplice de ce pauvre cheval ?

1. Synonyme de cornac.

— M'auriez-vous écouté, Lián ? lui répondit-il avec beaucoup de douceur, en l'enveloppant dans son regard bleu glacier. Vous étiez en train de vous mordre les doigts devant cet animal qu'on frappait. Je n'allais quand même pas surenchérir en vous parlant de mes éléphants…

Elle rougit et s'élança jusqu'au pavillon des reptiles. Une porte de bois sculpté ouvrait sur un intérieur circulaire où l'air était moite. Ils déambulèrent dans une odeur de feuilles pourries et de déjections difficilement identifiables, en admirant les cobras, les vipères et les pythons. En sortant, ils s'arrêtèrent devant l'enclos des tigres du Bengale. Les fauves marchaient de long en large au fond d'une fosse, maigres et efflanqués, le poil râpé et les membres trop grêles.

— Évidemment, ils sont plus beaux dans leur milieu naturel, chuchota Milo.

— M'emmènerez-vous dans la jungle ? mendia soudain Lián, en posant sa tête contre l'épaule du jeune homme.

Il ne bougea pas, craignant qu'elle ne s'écarte. Il était heureux de respirer le parfum qui montait de ses cheveux, ce petit bonheur de vanille poudrée de violette qui ressemblait à un bonbon.

— Je vous emmènerai, promit-il d'une voix basse et rauque.

— Nous ne chasserons pas, n'est-ce pas ? Je ne veux plus chasser. Jamais.

— Non, bien sûr que nous ne chasserons pas. Nous nous contenterons de nous mettre à l'affût et nous regarderons. Je vous emmènerai au trou *Sabuja Jala*. Cela veut dire « eau verte », en bengali. J'y vais aussi souvent que possible, je sais que les tigres aiment s'y baigner lorsqu'il fait très chaud. Vous verrez, ce sera un spectacle splendide, un tigre orange et noir, sur cette flaque de lentilles vertes. Nous resterons jusqu'au soir, pour que vous puissiez entendre les feulements des mâles dans le crépuscule, et les aboiements d'inquiétude des petits cerfs muntjacs.

Elle fermait à demi les yeux afin de ne plus voir ce pauvre tigre dont la silhouette souffreteuse était hachée par des barreaux, mais plutôt imaginer un fauve plus puissant, qui régnerait sur sa jungle comme un roi.

Ils pique-niquèrent sur un banc de bois, face au lac. Milo avait amené des sandwichs au concombre et au poulet, très britanniques, mais aussi des petits pains italiens qu'il appelait *focaccia*, dans lesquels il avait mis des lamelles de jambon sec. Ils firent bombance en regardant les canards mandarins se faufiler entre les cygnes blancs et noirs. Des paons s'approchaient furtivement par l'arrière, pour picorer les miettes qui tombaient. Ils riaient en continuant à se raconter des histoires qui parlaient d'éléphants blancs, de panthères des neiges et de chats pêcheurs dont les chasses nocturnes étaient si fantomatiques que les indigènes avaient appelé leur technique la « *Matumeeda unna pilli* », l'« embuscade du chat silencieux ».

Ils picoraient des cubes de fruits, ananas, mangues, papayes, enveloppés dans des feuilles de bananier, lorsque Milo lui demanda à brûle-pourpoint si elle souhaitait faire la connaissance de son père, Jim McCorball, le fameux chasseur de tigres.

— Il n'habite pas très loin d'ici, dans le quartier de Victoria Mill. Il a une petite maison bleue en bordure de l'Hooghly, juste en face du Jardin botanique. C'est un quartier assez populaire, avec un marché bengali et des maisons bourgeoises presque cossues qui sont surtout habitées par des indigènes. Mon père n'a jamais aimé les quartiers résidentiels anglais. C'est un vrai highlander, *rough*[1], comme on dit chez nous. Il est beaucoup plus à l'aise avec les petites gens, les villageois, les pisteurs, ceux avec qui il peut partager un bivouac, même s'il a côtoyé les grands de ce monde, des Anglais, des Américains et des maharajas. Vous verrez, notre maison est loin d'être aussi somptueuse que la Villa Gullabee, mais le jardin est beau. Je suis certain qu'il vous plaira.

Elle hésita, le regarda en coin en essayant de deviner ce qu'il pensait. Il lui sourit, lui prit la main et la porta à ses lèvres.

— Mon père serait vraiment heureux de vous revoir. Il vous a connue enfant. Il m'a dit qu'il se rappelait une fillette vive et délurée, toujours en mouvement. Je lui ai dit que vous n'aviez pas beaucoup changé.

Elle l'écoutait sans y penser. Elle se rendait surtout compte de sa bouche chaude qui s'attardait sur l'intérieur de son poignet, et cela la rendait heureuse.

1. « Rugueux », en anglais.

— Êtes-vous d'accord ? chuchota-t-il, avant d'ajouter d'un ton tentateur : je vous promets au moins de la limonade bien fraîche, et peut-être même un lassi à la rose. Venez, je vous en prie. Vous ferez plaisir à un vieil homme qui vous a un jour connue…

— D'accord, dit-elle simplement.

*

Jim McCorball appartenait à cette race d'Anglais qui préféraient vivre de la même manière que les indigènes qui les entouraient. Il n'était pas pauvre, mais il n'avait rien de riche non plus. Lorsqu'il avait épousé la mère de Milo, une métisse italo-indienne dont il était éperdument amoureux, il avait loué un confortable bungalow dans le quartier populaire de Victoria Mill, en bordure de fleuve, face à la lointaine verdure du Jardin botanique. Il n'avait jamais déménagé.

Sa vie était ici, du moins lorsqu'il n'était pas en train de crapahuter dans l'une ou l'autre jungle asiatique à la poursuite d'un mangeur d'hommes. Il avait pris l'habitude de se réveiller aux cris du muezzin de la mosquée toute proche et de se coucher dans les mantras du temple de Shiva à l'autre bout de la rue. Il faisait ses courses dans le bazar bengali deux pâtés de maisons plus loin, s'asseyait chez le barbier penjâbi pour se faire coiffer et raser, et employait un gamin de la rue pour aller lui chercher du bois, des pains de glace et le journal. En échange, il lui donnait une poignée de roupies et, une fois par an, une chemise et un short puisés dans les vieilles affaires remisées au fur et à mesure que son fils grandissait.

Dans ce quartier, il était connu de tous et tout le monde le respectait, car il avait un jour abattu d'un seul coup de pistolet un léopard qui avait bondi sur un terrain vague où jouaient des enfants. Le fauve avait saisi dans sa gueule une fillette de trois ans et l'avait emportée sans prendre la peine de la tuer sur place, gêné par les cailloux que lui lançaient les autres gamins. Alerté par ses voisins, Jim s'était lancé à sa poursuite et avait tué le fauve d'une balle en pleine tête. La fillette s'en était tirée avec un bras cassé et des plaies plus ou moins profondes sur le torse. Amenée à l'hôpital tout proche, elle avait survécu. Jim était dès lors devenu un héros.

Depuis, dans le quartier, on l'appelait le *Shikaaree*[1] ou, encore, avec une moquerie affectueuse, le *Laal Baal*, ce qui signifiait en hindoustani le « Cheveux Roux ». Comme on voulait lui faire plaisir, et qu'on connaissait son goût bizarre pour la faune sauvage, on lui amenait tous les éclopés qu'on trouvait au fond des jardins, ceux qu'on avait d'abord un peu battus parce qu'ils faisaient peur : des crapauds et des grands insectes, des cobras, des rats ou des mangoustes.

Il soignait et relâchait autant que possible, mais il gardait parfois l'un ou l'autre compagnon, trop apprivoisé pour retourner vivre dans la brousse. La maison était donc devenue au fil des ans un petit zoo presque plus amusant que celui d'Alipore, car les animaux y étaient tous en liberté.

Aux yeux de ses compatriotes, Jim McCorball n'était pas vraiment ostracisé. Du moins, il ne l'était pas autant que ces pauvres Blancs qui vivotaient dans la populace, ces matelots enfuis de leur bord pour les mirages d'une prostituée, ces fermiers misérables endettés par le fisc, ces voyous de tout acabit venus trafiquer plus ou moins légalement dans le port de Calcutta. On tolérait son originalité, car sa renommée avait franchi les frontières. On admirait le fait qu'il ait chassé avec Roosevelt et Churchill et, à ce titre, on continuait à l'inviter lors des grandes réceptions mondaines. On aimait l'écouter raconter des histoires de *maneaters*[2]. Néanmoins, il se trouvait toujours parmi les convives l'une ou l'autre pimbêche qui chuchotait dans son dos. On n'oubliait pas qu'il avait un jour dérogé aux convenances en épousant selon les rites locaux une jeune fille métisse appelée Claudia, dont le père était un Rajput de la caste des Kshatriya[3].

— Mon père a rencontré ma mère après qu'il eut sauvé ma grand-mère d'une cérémonie de *sati*, expliqua Milo tandis que la Morris traversait allègrement quelques faubourgs pauvres de Calcutta en direction du nord-ouest. Savez-vous de quoi il s'agit ?

1. Le « chasseur », en hindi.
2. « Mangeurs d'hommes », terme sous lequel on désigne les animaux, tigres ou léopards, qui s'attaquent à l'homme.
3. Caste des nobles, des guerriers.

Lián écoutait avec fascination cette biographie digne d'un roman. Elle secoua la tête. Non, elle ignorait ce qu'était un *sati*. Milo lui précisa qu'il s'agissait d'un rite funéraire cruel, qui remontait peut-être à l'Antiquité.

— À la mort de son époux, la veuve s'étend à côté de la dépouille sur le bûcher funéraire. Normalement, un parent doit venir la chercher avant que le feu ne soit mis pour la ramener vers la vie. Il s'agit souvent du frère ou du cousin du défunt, qui épouse alors la veuve pour s'occuper d'elle. Sauf que, très vite, cette cérémonie est devenue un moyen facile de débarrasser la belle-famille d'une bouche à nourrir inutile. Pour cela, ne suffit-il pas de laisser la veuve sur le bûcher ?

— Mais c'est atroce ! s'exclama Lián, horrifiée.

— En Inde, une veuve est considérée comme une paria. Traditionnellement, une femme pure et fidèle est censée protéger son mari de la mort. Si ce dernier meurt, elle est implicitement reconnue coupable dans sa pureté. Alors, elle est traitée comme une Intouchable. Cette honte est tellement ancrée dans l'esprit de la population que la plupart des femmes préfèrent encore maintenant se jeter dans le feu d'un bûcher plutôt que de vivre en exclue de la société.

Il gara la voiture devant une maison peinte en bleu et ajouta sans transition :

— Nous sommes arrivés.

La maison n'était pas si petite que cela. Elle s'étendait sur quatre niveaux. Le rez-de-chaussée se voyait à peine, tant il était enfoui dans un jardin luxuriant fermé par de hautes palissades. Les deux étages suivants étaient ornés de balcons soutenus par de fines colonnades. Le toit-terrasse était ombré par des canisses et garni de bougainvillées en pot. Le jardin continuait vers l'arrière jusqu'au fleuve Hooghly dont on apercevait le cours jaune et lent, puissant, au travers d'une frénésie de palmes, de feuilles géantes et d'orchidées accrochées aux arbres. Sur le côté, un mur tapissé d'un énorme jasmin faisait office de séparation avec le voisin.

— C'est beau, reconnut Lián avec admiration en franchissant le portillon d'entrée.

Dans la cour devant la maison, elle aperçut une fontaine agrémentée d'un bassin où évoluaient des carpes chinoises rouges et jaunes au milieu de lotus. L'air était doux, protégé du raffut de la rue par un écran d'héliconias. La jeune fille s'y sentit tout de suite à l'aise.

Jim McCorball vint à leur rencontre d'un pas rapide, la main tendue en avant. Il était vêtu en toute simplicité d'un bermuda et d'une chemise kaki. Cela la fit sourire, parce qu'il était exactement comme elle l'avait imaginé : petit, râblé, roux.

— Mary-Leela ! Ma chère petite Mary-Leela...

Il la détailla de la tête aux pieds avec un œil bleu pâle empli d'une curiosité admirative, et Lián accepta cet hommage en continuant à sourire. Elle ne se souvenait pas de lui et elle le regretta confusément, car il était remarquable. Pas très grand, mais le corps dense, costaud. Aucun embonpoint, un ventre aussi plat que celui d'un jeune homme, des avant-bras bronzés, musclés, épais, et en fin de compte l'air d'un bon gros géant sans en avoir la taille, avec des rides sur le front davantage dues aux intempéries qu'à l'âge.

Il lui raconta tout de suite qu'il l'avait portée sur ses épaules pendant des jours et des jours, pour la sortir de la lointaine jungle du pays des Nuages où elle était perdue.

— Tu avais quatre ans, tu étais toute frêle, toute mignonne, et tellement courageuse.

Il la tutoyait, plein de bonhommie. Elle jugea qu'il avait la soixantaine. Quelques fils d'argent entrecoupaient une abondante chevelure rousse visiblement réfractaire à tout peigne. Ses mains attiraient l'attention. Elles étaient fortes, larges comme des battoirs, calleuses, avec des attaches épaisses. Elle les imagina sans peine écorcher un cerf tout juste abattu.

Qu'avait hérité Milo de lui ? Lián les détailla l'un après l'autre, amusée de constater que le père était large là où le fils paraissait presque trop élancé. Cependant, le regard était le même, de ce bleu pâle assez particulier qu'on voit parfois dans les glaces des hautes montagnes, un bleu à peine plus qu'un reflet insondable qui s'accordait à merveille à leur sourire doux et charmeur.

À force de les observer, elle retrouva aussi dans leurs gestes la même lenteur, la même mesure réfléchie du chasseur habitué à vivre à l'affût d'une proie des journées entières, et à ne s'exprimer que par économie.

— Je peux vous proposer de la limonade ou un lassi, et aussi un doigt de porto.

Il était revenu au vouvoiement, peut-être parce qu'elle n'était plus tout à fait l'enfant qu'il avait connue. Elle le regretta presque. Il était de cette race d'hommes dont on avait d'emblée envie de côtoyer l'intimité rassurante. En cela, Milo lui ressemblait.

Elle accepta une limonade après s'être installée sur la terrasse coincée entre des bananiers. Une grande perruche verte vint se poser sur la table et marcha entre les verres en guettant les assiettes qui arrivaient. Une vieille femme la chassa aussitôt.

— Elle reviendra, *nonna*[1], tu le sais très bien, gloussa Milo. La gourmande attend les miettes de gâteaux. C'est ma grand-mère, ajouta-t-il en se penchant vers Lián. La mère de ma mère.

Lián ne put s'empêcher de regarder la vieille femme avec étonnement. Il s'agissait donc de cette veuve que Jim McCorball avait un jour miraculeusement sauvée du bûcher…

Elle était âgée, très âgée, et ridée comme une peau d'éléphant. Malgré cela, elle conservait une beauté délicate qui lui venait peut-être de son ossature fine ou du très beau sari rose pâle bordé de mandarine dans lequel elle se drapait. Son teint était mat, ses yeux clairs. Ses cheveux étaient blancs comme neige depuis longtemps, mais encore épais et joliment coiffés en un chignon piqueté de fleurs de jasmin. Lián lui trouva une jolie ressemblance avec ces statues chinoises en porcelaine qu'on trouvait dans les bazars du port.

— Elle m'a élevé à la mort de ma mère, continua Milo d'un ton doux. Elle est d'origine italienne même si cela ne se voit guère. *È vero che sei italiana, nonna*[2] ? ajouta-t-il en se tournant vers la vieille dame en souriant, et cette dernière hocha la tête, en répondant dans la même langue chantante :

— *Oh, questo era molto tempo fa. Ora sono solo tua nonna*[3].

La grand-mère en question était tombée amoureuse d'un Rajput qui le lui avait bien rendu. Comme il était le seul

1. « Grand-mère », en italien.
2. « N'est-ce pas, grand-mère, que tu es italienne ? », en italien.
3. « Oh, c'était il y a très longtemps. Maintenant, je suis juste ta grand-mère », en italien.

homme parmi une foisonnée de sœurs, de tantes et de cousines, cet homme amoureux avait décidé d'épouser l'Italienne sans tenir compte des traditions ancestrales. Et pour faire taire les cris des femmes, il avait menacé de couper les vivres à la première qui s'élèverait contre cette décision. Les sœurs, les tantes et les cousines s'étaient inclinées, mais la rancœur avait couvé. Elles n'acceptèrent jamais la jeune étrangère. Lorsque son mari mourut dans un accident, elles l'accusèrent d'avoir apporté le mauvais œil et elles la poussèrent à respecter le *sati*. Sans Jim McCorball, elle serait morte sur le bûcher, et sa fille avec.

Jim les avait toutes les deux recueillies. Il avait trente ans, Claudia en avait quinze. Il l'épousa le jour de ses dix-huit ans. Deux ans plus tard, ils eurent un fils qu'ils appelèrent Milo Fillan.

Pour clore l'histoire, Jim montra à son invitée une photographie un peu jaunie, sur laquelle une jeune femme au regard mélancolique souriait en regardant l'objectif bien en face. Lián se sentit soudain proche de cette belle jeune femme, qui était finalement comme elle mi-indienne, mi-européenne. Elle espéra de tout son cœur qu'elle ait connu le bonheur.

— Venez, mademoiselle, je vais vous montrer la maison.

Le salon était plongé dans la pénombre. Typique des demeures coloniales de l'ancien temps, il était décoré de boiseries sculptées. Partout, des trophées empaillés garnissaient les murs : têtes de rhinocéros et de buffles, tigres et panthères, bois de cerfs, serpents enroulés sur des bambous. Des collections de papillons remplissaient les vitrines. Des râteliers sous clé répertoriaient des armes de toutes sortes : des carabines, des poignards hindous aux curieuses lames à gouttière, des sabres orientaux qui venaient peut-être du Pakistan. Des lances étaient réunies en fagot dans un coin. Un pupitre en bois d'acajou croulait sous de vieux livres poussiéreux, achevant de donner à la pièce l'air désuet d'un cabinet de curiosités très *old english*.

Lián s'arrêta devant l'impressionnant florilège de fusils. Ils étaient de toutes les sortes et de toutes les origines : un Mosin-Nanant de la Russie impériale, une très vieille arquebuse de Fauré Le Page datée du XVIIIe siècle, une carabine Sharp de la guerre de Sécession, mais aussi et surtout des fusils de chasse performants, Winchester, Mauser et Lee-Enfield. Elle s'attarda à déchiffrer les petites étiquettes de laiton gravées qui indiquaient les noms et la provenance.

Jim McCorball, amusé par son intérêt, finit par lui tendre un Lee-Enfield n° 4 à la crosse de bois simple, presque rustique, mais joliment patiné par l'usage.

— Je vois à votre tête que vous tirez un peu. Voici une arme de belle précision que Milo utilise pour s'entraîner. Si un jour vous souhaitez tirer sur quelques cibles, je pourrai vous le prêter. J'ai aménagé au fond du jardin un couloir de tir. Avec un silencieux, les voisins ne se rendent jamais compte de rien.

Il gloussait, comme s'il évoquait un bon tour joué aux autorités. Milo rit avec lui.

— C'est vrai, Lián, nous pourrions revenir un de ces prochains jours et nous amuser à tirer.

Elle regarda le jeune homme, heureuse de l'entendre assurer qu'ils se reverraient, qu'ils auraient d'autres rendez-vous.

— Pourquoi pas, approuva-t-elle. Cela me plairait de pouvoir à nouveau tirer.

Jim tourna vers son fils un visage redevenu grave.

— Il faudra aussi lui apprendre à utiliser un pistolet. Par les temps qui courent, ce serait plus prudent.

— Ne me dites pas que vous pensez que la guerre puisse parvenir jusqu'à nous ? questionna Lián avec une surprise inquiète.

— Je ne pense pas forcément aux Allemands, répondit le vieux Jim le plus sérieusement du monde. Les nazis sont loin et ils ont trop à faire avec le reste de l'Europe. En revanche, dans notre coin, nous devrions nous attendre à l'arrivée des Japonais. Leur île est trop petite, ils ont besoin d'expansion. Ils ne se contenteront pas de la Chine.

Lián fut troublée. La guerre, elle l'avait un peu oubliée, ces derniers jours.

— La Chine, c'est loin, dit-elle avec raison.

— C'est vrai, la Chine, c'est loin, agréa Jim McCorball. Mais qu'est-ce que loin veut dire, alors que nous avons maintenant des avions ? De toute façon, je ne demandais pas à Milo de vous apprendre à vous défendre à cause de la guerre, qui est pour l'instant une réalité essentiellement européenne. Je me méfie beaucoup plus des heurts résultants des courants indépendantistes indiens. Le sous-continent oscille depuis trop longtemps entre luxe et dénuement, entre splendeur et détresse. Il est sur le point de sombrer dans un affrontement civil. Malgré leur alliance au Congrès national indien, les Hindous et les Musulmans demeurent des antagonistes.

— Que voulez-vous dire ? s'étonna la jeune fille.

Elle se sentait idiote de vivre dans une atmosphère confinée, loin de tout, loin des rumeurs de la rue et des Indiens. En fait d'indigènes, elle n'avait rencontré que les domestiques qui servaient Olga depuis des années et les quelques commerçants du quartier.

Jim la dévisagea tranquillement.

— Lorsque le buffle d'un paysan musulman s'égare par exemple sur le champ d'un voisin sikh, le premier va chercher sa bête. Immanquablement, ça tourne en bagarre et, deux heures plus tard, il y a cent personnes mortes à cause d'une émeute réglée à coups de faux et de sabre. Des incidents de ce genre arrivent partout, tout le temps, dans la campagne, mais aussi à Bombay, à Calcutta…

— *Dad* ! intervint Milo, est-il vraiment nécessaire de parler de cela ?

— Mon fils craint que je vous effraie, reprit Jim. Il ne vous a pas connue lorsque vous étiez petite et que vous galopiez dans la jungle, la vraie, celle qui recouvre les montagnes du lointain Meghalaya. Il ignore à quel point vous étiez une enfant débrouillarde et courageuse… Êtes-vous alarmée par ce que je viens de dire, Mary-Leela ?

— En fait, c'est surtout que je ne comprends pas…

— La situation est fort simple. En Inde, un courant nationaliste lutte depuis de nombreuses années pour s'émanciper de la tutelle britannique. Ce courant a trois têtes. D'abord Mohandas Gandhi, dont vous avez dû entendre parler. Il est dans tous les journaux. C'est un adepte de la non-coopération, de la non-violence et, surtout, il souhaite rendre l'Inde aux Indiens. Gandhi est une personnalité vénérée du peuple, qui le nomme affectueusement *bapuji*[1]. Selon mon propre jugement, qui n'engage que moi, j'estime qu'il est un homme sincère quoique imprévisible, capable d'idées géniales et puis, l'instant d'après, de proférer une parole qui anéantit tous les efforts des négociateurs venus à sa rencontre. C'est un *guru*, comme l'Inde sait tellement en produire. Son assistant est aussi un de ses disciples. Il s'appelle Nehru. Celui-là est un leader du Congrès. Il est très différent de Gandhi. Il hait la religion, mais apprécie les sciences, la culture. Ce n'est pas un adepte de la non-violence. Le troisième nationaliste est le Musulman Muhammad Ali Jinnah. Lui, c'est un homme hautain. Il est plus gentleman anglais que moi ! Il porte le monocle et raffole du caviar et des vins de Bordeaux. Ces trois hommes sont alliés pour une cause qu'ils jugent commune, mais celui dont j'ai parlé en dernier commence à faire cavalier seul, car il refuse de faire vœu de pauvreté. Lui, les vaches sacrées, il ne veut pas les vénérer, il veut les manger.

— Ne s'agit-il donc que de cela, d'hommes qui se disputent pour des vaches ?

— Cette guerre est idéologique, mademoiselle. Elle existe depuis des millénaires.

Lián ne sut que répondre. Ces paroles lui avaient donné le tournis. Elle était anglaise avec, depuis peu, un père indien. Où était sa place dans cette complexité sociale ?

Milo sentit son trouble et voulut redonner à la conversation un ton plus léger. Il attrapa un chaton à la curieuse silhouette, qui tournait autour d'eux depuis un moment. La petite bête ressemblait à un croisement de chat domestique et de raton laveur, avec un museau aplati.

— C'est un *manul*, un chat de Pallas, expliqua-t-il en le présentant à Lián, qui le caressa aussitôt. Celui-là est encore très jeune, nous l'avons trouvé au pied de l'Himalaya il y a seulement quelques semaines. Mon père essaie de lui préserver son instinct de chasse, il souhaiterait le relâcher lorsqu'il sera adulte. Peut-être dans la fameuse réserve qu'il essaie d'organiser…

Lián tourna ses grands yeux vers le chasseur repenti :

1. « Père », en hindi.

— J'essaierai de parler de ce projet à mon oncle. Je trouve que c'est une idée merveilleuse.

Jim lui avoua qu'il en avait déjà discuté avec Omja Singh, qui était un ami de longue date, mais que ce concept de réserve naturelle avait vraiment du mal à se frayer un chemin dans les consciences politiques.

Milo se tourna à cet instant vers sa compagne.

— Je vous ai promis de vous montrer le jardin, Lián. Voulez-vous que nous y allions maintenant ? Je vous ramènerai ensuite à la Villa Rose, il commence à se faire tard.

— Je vous laisse y aller seuls, dit Jim McCorball en leur faisant ses adieux. Revenez quand vous voulez, mademoiselle. J'aime lorsque la jeunesse vient dans cette maison.

Elle le lui promit avant d'accompagner Milo sur un petit sentier discret qui se faufilait entre d'épais massifs de cannas et des clérodendrons paniculés. Immédiatement, elle fut émerveillée. Le jeune homme ne lui avait pas menti : ce jardin était magnifique.

Il avait été conçu en longueur et en espaliers afin de former de part et d'autres des ambiances différentes. Ici, on rencontrait un banc de pierre moussue. Là, des pas japonais traçaient un cheminement au milieu d'un foisonnement de grosses feuilles rondes. Là encore, on s'enfonçait jusqu'aux genoux dans des flaques de gros bégonias rhizomateux.

Ils débouchèrent dans une alcôve d'ombre, avec en arrière-fond un rideau sonore de bambous et de fougères qui se balançaient dans une douce brise. Au-dessus de leurs têtes, les feuilles luisantes d'un arbre litchi déversaient de menus éclats de lumière en véritable pluie de soleil.

Milo retint Lián par l'épaule. Elle lui fit face. Elle savait ce qui allait se passer. Elle l'attendait depuis longtemps. Tous les gestes, tous les événements de la journée n'avaient existé que pour converger vers ce moment-là.

Il se pencha, lui effleura les lèvres. Elle ferma les yeux. Sa caresse était celle d'une plume délicate. Il l'adossa contre l'écorce lisse d'un jeune goyavier. Ses bras l'emprisonnèrent. Il l'avait déjà embrassée, là-bas, en Argentine, mais là, c'était différent, ce n'était plus un baiser qu'il lui volait, c'était le point d'orgue d'un élan qu'elle avait attendu tout au long de la journée.

Ils entrouvrirent la bouche en même temps. Elle sentit son souffle chaud la pénétrer. Un feu bondir dans ses veines. Elle fondit d'un plaisir fou et doux, qui enserra ses tempes et son ventre, son cœur et jusqu'à ses mains devenues toutes molles. Brusquement, elle eut conscience de n'être plus qu'une chair femelle portée par le désir. Une vague. Mais pas une de ces vaguelettes alanguies qui finissent sur une grève de manière brève. Non. Plutôt un rouleau majestueux, blanc d'écume, fort comme un cheval sauvage, qui remontait le Rio de la Plata depuis l'océan à chaque tempête.

Les yeux clos, elle s'abandonna à la bouche voluptueuse rivée sur la sienne. Extatique, elle ne voulait plus qu'une seule chose, qu'il la touche, qu'il la caresse, et que le temps s'arrête pour que ce baiser ne cesse jamais.

Il la serra contre son torse. Il promenait ses mains sur sa taille, sur l'échancrure de ses seins. Le baiser interminable s'alanguit et elle se blottit en petite chatte contre lui. Ses narines s'enflaient dans sa chemise. Elle respira le parfum de sa peau. Lui, faisait courir ses doigts dans ses cheveux en y mettant un charmant désordre. Elle faillit se mettre à pleurer tant l'amour la submergeait.

À nouveau, ils s'embrassèrent. Ce fut aussi doux qu'un bonbon. Puis il recula, raisonnable pour deux, en véritable crève-cœur.

— Je dois vous ramener, mon impétueuse. Ma permission s'achève ce soir. Je suis attendu au fort William avant la nuit.

Elle appuya sa joue contre sa poitrine, le serra entre ses bras de toutes ses forces. Elle n'avait pas envie que le beau songe s'achève.

— Restons juste un peu, mendia-t-elle, en sirène tentatrice.

Il sourit dans ses cheveux, pour masquer sa joie de la voir enfin l'accepter.

— Voulez-vous donc me faire passer en cour martiale ?

— Non, bien sûr que non ! s'horrifia-t-elle.

Cette fois-ci, ils s'embrassèrent pour se dire adieu.

— Je vous téléphonerai, promit-il. J'aurai bientôt une autre permission et nous nous reverrons. Nous irons en excursion vers les Sundarbans pour essayer de voir un tigre, ou alors à Chandernagor et à Bansberia, pour visiter les deux magnifiques temples hindous. Ou encore, si vous préférez, nous irons manger du crabe rouge sur les plages dorées de Mandarmani, en bordure de l'océan Indien. Les hibiscus seront en fleur. Ce sera magnifique.

Elle rêvait, les yeux grands ouverts. Il lui fit encore un baiser, puis il la ramena à la Villa Rose. Le soleil basculait déjà dans un crépuscule d'encre violette.

Au salon, Olga était en pleine effervescence au milieu d'un amoncellement de malles et de valises. Ses deux lévriers s'étaient réfugiés sous la table de la salle à manger d'où ils observaient le remue-ménage d'un œil consterné. Les femmes de chambre couraient partout, les bras chargés de piles de vêtements soigneusement pliés. Dans le jardin, un paon blanc salua le coucher de soleil d'un cri sonore.

— Que se passe-t-il ? s'exclama Lián en enlevant ses gants. À quoi riment tous ces bagages ?

Olga eut un petit rire de gorge.

— J'ai oublié de te le dire ce matin, ma chérie, nous allons nous installer au Sun Mahal pour quelque temps. Le Palais d'Or est somptueux en cette saison. Tu vas tellement t'y plaire !

Lián lui jeta un regard morne. Sa joie de la journée lui parut étrangement douchée.

— Il est hors de question que je m'installe dans un quelconque gynécée !

Olga se mit à rire de plus belle.

— Décidément, tu me connais bien mal, ma jolie poupée. Comment peux-tu croire un seul instant que je puisse avoir envie d'une prison dorée ? Nous donnerons des fêtes somptueuses. Nous partirons en excursion avec tout le tralala propre aux maharajas. Et puis je te rappelle, toi qui te languis tant de tes chevaux, qu'il y a dans le palais de ton oncle de très belles écuries, et même une équipe de polo.

Des chevaux…

Lián retrouva le sourire. Bon, d'accord, cette journée magnifique finissait en apothéose.

18

Octobre à décembre 1939
Bengale-Occidental – Inde

Depuis leurs baisers, Lián se sentait dolente. Pour la première fois de sa vie, elle cédait à une langueur dont elle ne connaissait rien. Tour à tour transportée d'une joie à nulle autre comparable et, l'instant suivant, triste à se tordre les mains, elle eut très vite le sentiment de vivre détachée de la réalité. Tout était vain, rien ne l'intéressait. Elle ne faisait qu'attendre.

Malgré les promesses que Milo lui avait faites, il ne put venir la voir avant plusieurs semaines. Il appartenait à l'armée. Il était d'autant moins libre de ses mouvements que la guerre, cette grande dévoreuse, était déjà à l'œuvre. Avec ses miasmes putrides et ses idées nauséabondes, elle amenait dans l'esprit des hommes des rumeurs confuses et une dangereuse excitation.

En Inde, pourtant, le conflit demeurait un tumulte lointain. Il fallait les articles des journaux pour apprendre aux Anglais exilés si loin de leur terre natale qu'un cuirassé de la Royal Navy avait été coulé par un sous-marin allemand en ne laissant que trois cents survivants. Qu'Hitler avait lancé des offensives contre les forces franco-britanniques. Que le partage de la Pologne se confirmait entre l'Allemagne et l'Union soviétique. Que Varsovie avait dû subir le bruit des bottes de la Wehrmacht.

On s'inquiéta tout de même de la nouvelle police secrète nazie appelée Gestapo qui semait la terreur dans les pays conquis et on s'indigna de la *Schutzstaffel*[1] qui réclamait de

1. Plus communément appelée SS. Organisation du parti national-socialiste, qui peut se traduire par « escadron de protection ».

faire porter aux juifs une étoile jaune. On applaudit les troupes canadiennes débarquant en Angleterre en soutien, ainsi que le traité d'alliance signé entre la France, le Royaume-Uni et la Turquie, destiné à conforter la Méditerranée dans son rôle de porte ouverte entre l'Occident et l'Orient. À ce sujet, on montra même un peu plus d'enthousiasme que pour le reste : les exportateurs se sentaient rassurés de voir que le commerce ne cesserait pas entre l'Inde et l'Europe.

Lián ne s'occupait guère de ces événements. Elle n'avait que faire des grands desseins des hommes. Elle pensait simplement à sa mère, à son père, à son frère, qui étaient loin en Argentine et qu'elle risquait de ne pas revoir rapidement. En même temps, elle se demandait si ce n'était pas une bonne chose. Depuis peu, elle était partagée entre deux sentiments contradictoires : l'envie de les rejoindre et le besoin de rester là où était Milo. Choisir aurait été un crève-cœur, d'autant plus qu'elle connaissait déjà sa réponse. En quelques jours, ses impératifs avaient évolués, ils n'étaient plus ceux d'une enfant. Le soir, elle s'endormait en rêvant à une bouche, à des bras forts, à une présence la dominant tout entière. Elle avait froid et chaud. Son corps était vide, dans un atermoiement insupportable.

Où était-il ? Que faisait-il ? Pensait-il à elle comme elle pensait à lui ?

Très vite, elle fut tellement rongée par cette attente que s'occuper d'un déménagement, même de manière superficielle, ne fut pas une mauvaise idée.

Tous les ans, Olga partait s'installer dans le Palais d'Or durant les grandes chaleurs, tandis que Calcutta se vidait de sa population la plus fortunée, réfugiée dans des maisons de campagne ou de montagne à la recherche d'un peu de fraîcheur. Avec la moiteur grandissante, la capitale du Bengale devenait morose et peu sûre. Les murs épais du Sun Mahal proposaient une sécurité que la Villa Gullabee ne pourrait jamais garantir.

— Je préfère vous savoir avec moi, ma chérie, avait dit Omja en embrassant avec délicatesse la main de la duchesse russe. La guerre en Europe ne devrait guère nous affecter, sauf que les ligues nationalistes s'en agitent tout de même.

Montrons-nous prudents, venez toutes les deux dans mon Palais d'Or. J'ai déjà fait préparer vos appartements.

Un matin, les malles furent enfin déclarées prêtes et les deux jeunes femmes prirent dans la Delage la tête d'une incroyable procession de charrettes à bras et de vélos attelés à des remorques, eux-mêmes suivis par des hommes à pied portant des ballots sur la tête. Olga avait tenu à emmener toute son opulente garde-robe ainsi que ses deux lévriers préférés et sa femme de chambre favorite. Elle avait décidé que Babou Sadhur, le régisseur de la Villa Gullabee, resterait à la propriété avec les autres domestiques pour gérer le quotidien et s'occuper du chenil.

Elles traversèrent la ville du sud au nord, en longeant parfois l'Hooghly, jusqu'à parvenir à une campagne de roches brunes parsemée de verdure. Olga se montrait tendue. Elle avoua qu'elle était nerveuse à l'idée de revenir s'installer au palais. Elle adorait son mari, et son rôle de maharani lui plaisait beaucoup, mais la vie au Sun Mahal était si codifiée qu'elle avait vite l'impression d'étouffer.

— Bah, précisa-t-elle comme si elle se parlait à elle-même, dès que nous en aurons assez, nous reviendrons à la Villa Rose. Tu le sais, n'est-ce pas ma petite chérie, que l'homme qui entendra m'emprisonner n'est pas encore né !

Elle riait toute seule de ce qu'elle considérait comme une plaisanterie. Elle avait compris de longue date qu'elle était suffisamment amoureuse de son maharaja pour demeurer *ad vitam æternam* à ses côtés, y compris enfermée dans un sérail comme une vulgaire odalisque de harem, pourvu que cela lui garantisse l'amour éternel.

Lián écoutait ce babil en regardant la succession de champs étaler son camaïeu coloré : coton et blé, colza, patates douces, choux et gombos, sorgho. Le printemps était là, gorgé des eaux déversées par la mousson. Le riz commençait à germer, amenant ce vert incroyable sur les terrains inondés. Des vaches blanches au dos bossu traversaient la route sans prévenir, avec une lenteur de souveraines. Plus loin, des bandes de singes détalaient presque sous les roues, les mains pleines de fruits volés parmi les offrandes des sanctuaires. De grands marabouts, ces cigognes laides, avançaient d'un pas séculier sur le bas-côté à la recherche de petits animaux écrasés.

Enfin, les deux femmes passèrent les hautes grilles dorées qui s'ouvraient sur un château de carte postale. Une coupole gigantesque, très haute et très blanche, tranchait avec le bleu du ciel. Elle était encadrée par des tours élancées terminées en flèches dorés, à l'éclat éblouissant. On s'en approchait par une avenue bordée d'arbres taillés en topiaire surmontés par une enfilade de palmiers.

La Delage traversa encore un parc à la française peuplé de paons, de perroquets multicolores et de petits daims, puis la façade immaculée apparut, resplendissante de soleil comme un diamant posé dans un écrin d'émeraude. L'air parut plus doux. Partout, des canaux débouchaient sur des fontaines et des jeux d'eau murmuraient à l'infini.

D'instinct, Lián devina que le Palais d'Or des maharajas de Mahavir allait lui imposer son propre écoulement du temps. Elle se demanda si elle devait s'en réjouir ou non.

— Au moins, soupira-t-elle, j'espère que nous pourrons sortir de ces grilles à notre convenance ?

Olga sursauta.

— Voyons, ma chérie, que vas-tu encore penser là ? Nous ne sommes pas des prisonnières. Omja tient seulement à nous rendre la vie plus facile. Toi et moi sommes ses petits trésors. Je suis sa maharani, tu es l'unique princesse de ce royaume. Sais-tu que ton grand-père a eu vingt-trois petits-enfants, parmi lesquels tu es la seule fille ? Omja est très fier que tu sois sa nièce. Tu vas voir, il va nous gâter outrageusement. Je ne sais pas ce que tu en penses, mais moi j'adore ça, ajouta-t-elle avec son beau rire de gorge.

Lián ne répondit rien. La Delage couleur prune venait de s'arrêter devant le perron d'honneur où elles étaient attendues. Omja Singh vint les accueillir en personne tandis qu'un majordome vêtu de jaune canari donnait des instructions péremptoires à la bonne vingtaine de domestiques accourus pour s'occuper du défilé des malles. Des fleurs avaient été répandues sur les marches en signe de bienvenue. Leurs couleurs vives formaient des arabesques si merveilleuses que Lián fut presque désolée de les fouler du pied.

Son oncle portait une tenue de golf décontractée, avec une casquette posé de guingois sur son abondante chevelure brune. Il les embrassa toutes les deux avec joie puis, affichant ce beau sourire immaculé qui était sans doute sa plus grande séduction, il leur fit gravir les marches jusqu'à l'*iwan*[1] d'inspiration perse qui protégeait la porte monumentale. Sur l'esplanade, des gardes coiffés de turbans rouges et armés de longues hallebardes décorées à l'or fin s'écartèrent pour les laisser passer.

À l'intérieur, une agréable fraîcheur semblable à celle d'un mausolée les accueillit, ainsi qu'une nuée de petites servantes enjouées.

— *Namasté, Namasté,* s'exclamèrent-elles en chœur en s'inclinant à maintes reprises.

Dans ce vestibule haut de trente pieds, encadré par deux escaliers monumentaux, le visiteur était tout de suite happé par une atmosphère majestueuse quoique surannée. Lián fut impressionnée par les proportions titanesques. Elle leva le nez pour admirer les arcs de la coupole décorés d'une mosaïque bleue. Elle avait le sentiment d'entrer dans un musée.

— Tout le rez-de-chaussée du palais a été conçu pour que des éléphants puissent y entrer, lui glissa son oncle avec un sourire accentué.

— Un palais pour de vieux éléphants, ironisa-t-elle un peu.

— Non, petite princesse chérie, répondit-il sur le même ton. Le Sun Mahal est en vérité le palais d'un monarque qui n'a jamais voulu se séparer de ses éléphants.

Elle hocha la tête. Elle était en train de vivre un rêve extravagant.

*

Pour son premier jour dans le palais, Lián se réveilla à l'instant précis où le soleil rouge émergeait en un disque de lumière des lointains sommets d'ocre brune. La scène se découpait parfaitement dans l'encadrement de la porte-fenêtre ouverte sur une galerie. Des rideaux de mousseline légère ondulaient dans la brise, voilant et dévoilant cette aube de conte de fées.

---

1. Élément d'architecture consistant en une haute salle voûtée, fermée sur trois côtés et béant sur le quatrième, comme un porche monumental.

Presque aussitôt, alertées par quelque signal secret, une douzaine de suivantes envahit la chambre. Elles papillonnèrent autour du lit dans un silence peuplé de pieds nus et de rires étouffés.

— *Suprabhaat, sundar raaja-kumaaree*[1].

Lián n'avait pas dormi dans une simple chambre, mais dans un vaste appartement composé de deux pièces hexagonales. L'une était garnie de ce lit à baldaquin pourvu d'une moustiquaire et de quelques meubles en bois sombre, l'autre servait de salon grâce à de confortables sofas recouverts d'une épaisse soie rouge. Le reste de l'ameublement était composé de coussins et de tapis précieux, de tableaux et de tapisseries, de céramiques à taille d'homme, de malles de cuir italien et de paniers tressés en sisal dont elle n'avait pas encore eu le temps d'explorer tous les contenus.

Ces belles pièces ouvraient par de hautes fenêtres sur un paysage de collines hachuré de plantations vertes. Les champs ressemblaient à une mer végétale animée par la houle, ponctués par des maisons de pisé. On ne voyait plus Calcutta, on la devinait cependant très proche. Hier soir, alors que Lián peinait à s'endormir, elle avait longuement écouté le vent qui soufflait de l'océan Indien et qui lui ramenait les rumeurs de la ville, celles des voitures, des trains et des klaxons.

— *Aapke liye chai, raaja-kumaaree jee*[2].

Une jolie petite Indienne au teint de caramel bruni, gracieusement drapée dans un *dupatta*[3] cramoisi, s'inclina devant elle. Elle s'appelait Nila et, tous les matins, elle serait le premier visage que Lián verrait au réveil.

Elle lui tendit respectueusement une tasse de porcelaine fine dans laquelle elle avait versé un Assam[4] à l'arôme puissant. Le fort goût malté avait été adouci par un soupçon de lait et de sucre.

Lián s'assit sur le bord du lit pour en boire quelques gorgées. Aussitôt, une autre servante se pencha pour enfiler ses

1. « Bonjour, jolie princesse », en hindi.
2. « Voici votre thé, princesse », en hindi.
3. Longue écharpe longtemps symbole de modestie en Asie du Sud-Est.
4. Le thé d'Assam vient de plants de théiers cultivés en Inde dans la région appelée Assam. Ce thé n'est pas issu du cultivar habituel, dont le nom latin est *Camellia sinensis*, mais d'une variété propre, appelée *Camellia assamica*.

pieds dans des mules. Une troisième était occupée à jeter des poignées de pétales de rose qu'elle puisait dans un panier posé sur sa hanche. Les fleurs tombaient avec une délicatesse de poème sur les marches de marbre blanc qui permettaient de descendre du lit. Ce parfum de rose froissée se mêlait avec douceur à la saveur du thé un peu âpre.

Lián sirota sa boisson en se disant qu'elle était en train de vivre un moment qui dépassait tout entendement. Aucun des récits faits par sa mère ne l'y avait préparée.

La soirée de la veille avait pareillement été mémorable. Omja Singh, pour faire honneur aux deux femmes, avait organisé un repas d'apparat tout rutilant de flambeaux. Les invités triés sur le volet n'étaient que des rajas, des nababs, des zamindars[1] et des sultans décorés de tant de diamants qu'ils ressemblaient à des présentoirs de chez Chaumet. Lián était tellement impressionnée qu'elle devait parfois penser à refermer la bouche.

Ce matin, l'impression d'être projetée dans un autre monde continuait à perdurer. La jeune fille s'aperçut vite qu'elle ne pouvait bouger sans s'attirer le concours d'une domestique. Lorsqu'elle se leva, une quatrième Indienne se précipita pour la draper dans un châle. Une cinquième la guida avec des courbettes aimables vers une table juponnée de blanc que des serviteurs silencieux avaient dressée sur la terrasse-galerie, à l'abri d'un auvent.

En quelques minutes, le soleil devint une boule incandescente. La fraîcheur de la nuit s'estompa dans une tiédeur qui réchauffait encore agréablement les épaules. Lián fut invitée à se rincer les mains avec une eau parfumée de quartiers d'oranges, présentée dans une aiguière posée sur un plateau d'argent. Puis elle fut installée devant un petit-déjeuner pantagruélique impossible à terminer.

Lián n'avait jamais connu la pauvreté, bien au contraire. Jan Lukas était un magnat du cuivre et un marchand d'antiquités mondialement réputé. Sa mère était l'héritière d'une vieille famille anglaise à qui des terres agricoles, dans le Gloucestershire, fournissaient de solides revenus. Même l'élevage des *criollos*

1. Membre de l'aristocratie terrienne en Inde.

était rentable, bien qu'il se fût plus agi d'un art de vivre que d'une réelle source de rémunération.

Dès que ses parents s'étaient installés à la Balandra, ils avaient tenu à élever leurs enfants dans cette droiture, ce bonheur simple proche de la nature, cette fraternité du travail qui permettait aussi de faire vivre décemment une multitude de familles employées au service des chevaux. L'argent n'était jamais dépensé en caprices inutiles. Les *estancieros* mangeaient de la même façon que les gauchos et les seuls chichis autorisés l'étaient pour honorer un invité venu choisir des chevaux. Les clients étaient toujours des hôtes de marque qu'il fallait honorer.

Dans un tel contexte, Lián n'avait jamais manqué de rien, ni de l'essentiel ni du superflu. Elle disposait des dernières nouveautés à la mode, tel ce mange-disque importé de France ou cet appareil photographique ramené des États-Unis. Elle pouvait aussi exhiber des toilettes exquises que sa mère faisait confectionner chez les couturières de Buenos Aires les plus réputées même si, la plupart du temps, elle préférait enfiler de vieilles *bombachas* bien râpées, tellement plus confortables pour aller à cheval.

Au Sun Mahal, le luxe lui parut une démesure qui confinait à l'art de vivre. Tout était prodigieusement raffiné. Tout dégageait un charme grandiose. Tout était vaste, immense, sans fin. Partout, les perspectives avaient de la majesté et les ouvertures étaient calculées pour offrir des vues sublimes. La plus humble décoration était sophistiquée jusqu'à l'extravagance. Plus Lián regardait autour d'elle, plus elle avait l'impression de vivre quelque chose de fou.

Pendant son petit-déjeuner, une nuée de soubrettes s'activait dans sa chambre. Elles firent le lit, battirent les coussins et les draps. D'autres balayèrent le sol ou dessinèrent autour d'une fontaine intérieure les habituelles arabesques de sable coloré qui étaient à la fois un hommage et un signe de bienvenue. Des caméristes vinrent lui présenter les tenues qu'elles avaient triées pour elle en fonction de la météo. Lián choisit un jodhpur blanc assorti d'une chemise en soie brodée et d'une paire de bottes cavalières. Dès qu'elle serait prête, elle partirait à la recherche des fameuses écuries dont lui avait parlé Olga.

Elle n'était cependant pas au bout de ses surprises. Dès qu'elle eut bu la dernière gorgée de son thé, on l'emmena dans la salle de bains, qui était une autre pièce vaste et charmante, agréablement ouverte sur un jardin privé débordant de jasmin. Près du tub aux dimensions hors norme, une femme plus âgée que les autres surveillait les domestiques qui apportaient des bassines d'eau chaude. Elle était drapée dans un magnifique sari rouge et parée avec raffinement de colliers, de bracelets et de tours de chevilles. Tout en vérifiant régulièrement la température du bain, elle préparait les savons, les huiles, les onguents et les parfums.

— *Suprabhaat, hay devi*[1], lui dit-elle en s'inclinant, puis elle frappa dans ses mains et Lián fut réellement transposée dans un autre siècle.

On la dépouilla de ses vêtements sans qu'elle puisse protester, on l'étendit nue sur des coussins pour l'épiler et la frotter avec un savon parfumé au santal. Elle voulut au moins se couvrir d'un linge, mais l'incroyable ballet des petites servantes continuait, et elle dut se soumettre à toutes celles qui la lavaient et lui démêlaient les cheveux.

Enfin, tout fut fini, les domestiques disparurent et elle se retrouva brusquement seule, debout au milieu de la pièce, tout étourdie par ce qui venait de se passer mais vêtue, coiffée et maquillée. Elle se tourna vers un miroir en pied pour détailler son reflet.

La chemise et le jodhpur lui allaient à ravir. Elle aimait porter ces vêtements masculins qui allongeaient sa silhouette de danseuse et lui donnaient une impression de liberté qu'elle ne ressentait pas dans une robe trop apprêtée. Satisfaite au moins sur ce point, elle sortit sur la terrasse. Un début de migraine lui enserrait les tempes. La table avait été desservie mais on avait laissé à sa disposition quelques sucreries sous cloche et de l'eau parfumée au citron. Elle s'en versa une timbale avant de s'accouder à la rambarde de marbre blanc. Maintenant que la trop nombreuse domesticité s'était éloignée, elle entendait mieux les bruits assourdis du palais. Elle tendit l'oreille, pleine de curiosité. Une lointaine musique née d'un sitar[2] ou d'un

1. « Bonjour, noble princesse », en hindi.
2. Instrument de musique à cordes pincées.

dilruba[1] donnait la réplique à des oiseaux inconnus. Le vent jouait dans les palmes avec un bruissement lancinant. Tout était si calme qu'elle sursauta lorsque la porte s'ouvrit et qu'un frôlement de pieds nus approcha dans son dos.

— *Namasté !* lança une voix joyeuse.

Elle soupira. Elle venait de reconnaître la jeune Deeba, sa servante attitrée, celle qui, toute la nuit, avait dormi au pied de son lit sur une simple natte de raphia. Comme une esclave. Comment son oncle, tellement fier d'avoir vécu en Angleterre, osait-il exiger de son entourage une telle servitude ?

— Noble *Devi*, avez-vous soif ? Avez-vous faim ?

Lián venait de quitter la table mais à nouveau des plateaux d'argent défilaient, garnis de boissons et de mets de toutes sortes.

— Assez, cria-t-elle, incapable d'en supporter davantage. Assez !

Elle se précipita vers la porte. Dehors, deux gardes se mirent au garde-à-vous. Incrédule, elle marqua le pas. Ces deux hommes à la carrure athlétique portaient un turban cramoisi à aigrette doré et des armes d'un autre âge. Des gardes du corps, encore et encore !

Elle s'élança dans un couloir au hasard. Toute cette valetaille lui emboîta le pas.

— Je n'ai pas besoin de vous ! les invectiva-t-elle en se retournant.

Ils s'inclinèrent. Elle pensa s'être fait comprendre, mais ils n'obéirent pas. Elle courut pour leur échapper. Ils s'élancèrent derrière elle. Elle crut devenir folle. Très énervée, elle tourna à droite, à gauche, dans une succession d'arcades pleines d'ombre, de coupoles et de corridors noyés dans une clarté éblouissante. Elle ne s'arrêta qu'à bout de souffle, pour se rendre compte qu'elle s'était perdue au milieu de l'immensité.

Soudain, le sol parut trembler.

Elle était debout au milieu d'une galerie de haute dimension. Des colonnes soutenues par des statues de lions se hissaient à plus de vingt pieds jusqu'à un superbe plafond à caissons. La vibration lourde et régulière se propageait du sol à ses pieds.

1. Instrument de musique à cordes frottées, semblable au sitar.

La jeune Deeba la tira sur le côté. Au même moment, un coup de vent amena une odeur de foin et de fauve. Lián tourna la tête. Et se figea sur place, la bouche arrondie de stupéfaction.

— Mon Dieu, s'exclama-t-elle.

Cinq éléphants guidés par des *mahouts* avançaient lentement dans sa direction. Ils étaient immenses, aussi denses qu'une masse de granit et de la même couleur grise que l'architecture millénaire au sein de laquelle ils se déplaçaient.

Elle avança hypnotisée vers les géants qui approchaient. La petite Deeba voulut s'interposer mais elle la repoussa.

Un jour, on m'a offert un éléphant, se souvint-elle.

Les pachydermes la regardèrent venir de leurs petits yeux bordés de cils clairs. Le premier était le plus grand et le plus âgé. Il tendit la trompe pour la renifler. Les *mahouts* crièrent et les éléphants s'immobilisèrent dans l'agitation de leurs pieds lourds.

— Il ne faut pas rester là, supplia la petite Deeba. Les éléphants doivent être préparés pour la fête. Il faut les laisser passer.

Lián ne l'écoutait pas. Elle était impressionnée par la taille, la densité, la couleur de la peau maculée de taches roses, la puissance du souffle qui sortait du thorax en faisant un bruit d'océan.

L'éléphant lui frôla le visage, le cou, les cheveux, s'attarda autour des oreilles et des yeux. Elle ne bougea pas. Elle se souvenait qu'elle n'avait jamais eu peur des éléphants.

19

Janvier à mai 1940
Bengale-Occidental – Inde

Olga prêta sa Delage à Lián et celle-ci prit l'habitude de se promener presque tous les jours avec la voiture. Cela lui fit un bien fou. Elle eut l'impression de renaître à la vie.

Le protocole princier lui imposait toutefois une obligation : être en permanence escortée par deux gardes du corps. Les siens s'appelaient Kunwar et Tushar et ils étaient sikhs. Ils étaient aussi d'une taille impressionnante et comme ils ne savaient pas conduire, ils se serraient sur la banquette arrière avec le plus de dignité possible, leurs sabres posés en travers de leurs genoux et le turban au vent. Lorsque la capote était déployée, l'habitacle était si exigu pour leurs immenses carcasses qu'ils devaient rester la tête courbée.

Les premiers jours, Lián trouva leur présence si saugrenue qu'elle tenta de négocier, mais son oncle Omja se montra intraitable. On lui avait confié sa nièce, elle était donc sous sa responsabilité. Il ne transigerait en aucune manière : les deux gardes étaient une mesure de prudence mais aussi de respect dû à son rang princier.

— Ne te plains pas, ajouta-t-il d'un ton sévère. J'aurais pu t'adjoindre un régiment à cheval, conformément aux exigences du protocole.

Frémissant à l'idée de cette menace, Lián s'était inclinée. Elle avait du mal à accepter son statut de princesse royale. Elle refusait de changer quoi que ce soit à son mode de vie émancipé.

— Voyons, il n'est pas question de cela, assura sa marraine. Ton oncle ne veut pas t'empêcher de vivre à ta guise, il est juste inquiet pour toi. Tu sembles l'avoir oublié, mais quand tu étais petite, tu as été enlevée. Nous avons eu très peur. À l'époque, les enlèvements contre rançon étaient monnaie courante. Peut-être as-tu entendu parler du bébé Lindbergh ? Le pauvre fut kidnappé et retrouvé mort. Sans le courage de ta mère, tu aurais certainement subi un sort similaire.

Lián ne se souvenait de rien.

— Cela peut se comprendre, reprit Olga. Devant des choses trop difficiles à vivre, l'esprit décide parfois d'oublier, pour se protéger. Le jour de ton kidnapping, ta nourrice chinoise et le garde du corps que tu adorais ont été assassinés devant toi. Ces terribles événements furent un choc pour nous tous, alors, s'il te plaît, n'en veux pas trop à ton oncle de se montrer sévère. Il a perdu beaucoup trop de membres de sa famille, son oncle, son jeune frère qui avait à peine vingt ans... S'il devait t'arriver quelque chose, je crois qu'il en deviendrait fou.

— Allons, voulut la rassurer Lián, nous ne vivons plus à la même époque !

— C'est vrai, riposta Olga Obolenski d'une voix soudain dure. Tu as raison. Maintenant, nous sommes en guerre.

Les jours suivants, Lián accepta de rencontrer d'autres membres de la famille. On organisa une fête un après-midi, pour lui présenter un nombre incroyable de tantes plus ou moins éloignées. On lui apprit aussi que ses plus proches cousins étaient les fils qu'Omja Singh avait eus d'un premier mariage. Actuellement, ils étudiaient en Angleterre. On lui raconta qu'elle avait déjà joué avec eux lorsqu'ils étaient enfants, mais de cela non plus, elle ne se rappelait pas.

Elle ne réussit à se lier avec personne. Outre la barrière de la langue, elle ne parvenait pas à se trouver des points communs avec ces femmes qui se cachaient constamment derrière leurs voiles en osant à peine parler ou rire. Elle préféra donc continuer à se promener en voiture avec ses deux Sikhs. Elle s'était habituée à leur présence. Elle y trouvait même un certain panache. Il n'était pas si désagréable que cela d'être protégée par deux géants qui portaient en permanence un *kirpan*[1] en travers de la poitrine et se désignaient sous le terme de *Khālsā*, ce qui signifiait « pur » en persan.

1. Poignard recourbé.

Les Sikhs étaient un ordre chevalier qui n'obéissait pas au principe des castes. Ils n'étaient pas superstitieux et ne croyaient pas aux idoles. Ils portaient la barbe et de longs cheveux retenus par un peigne, soigneusement enroulés dans un turban. Avec leur arme rituelle qui accentuait leur air féroce, ils permirent à Lián d'explorer les rues les plus pouilleuses de Calcutta en toute sécurité.

Les premiers jours, elle ne s'éloigna guère du palais et se contenta d'arpenter la campagne environnante. Les paysages étaient magnifiques. Elle s'arrêtait souvent pour les contempler. Aussitôt, les deux gardes se précipitaient hors de la voiture avant qu'elle n'en sorte, pour battre les herbes avec des bâtons.

— *Snake, snake*[1], répétaient-ils dans leur mauvais anglais, en roulant des yeux blancs et noirs.

Lián se moqua d'eux à plusieurs reprises. Elle les accusa de chercher à l'effrayer, alors ils attrapèrent un serpent pour le lui montrer. Ce n'était qu'un *dhaman*[2] assez commun, mais il ressemblait à un cobra et sa morsure était réputée douloureuse. Les deux hommes le manipulèrent avec précaution. Agacé, le reptile grognait comme un chien.

Lián accepta la leçon. Dorénavant, elle éviterait de marcher dans les hautes herbes sans que celles-ci n'aient été copieusement battues.

Durant ce temps, elle eut peu de nouvelles de Milo. Elle supposait qu'il n'était pas libre de ses mouvements à cause de la guerre. Elle avait appris qu'un accord militaire avait été confirmé entre l'Allemagne et le Japon, tandis qu'un pacte commercial s'était conclu entre l'Allemagne et l'Union soviétique. De temps à autre, elle recevait des mots d'amour écrits à la hâte sur un bristol, accompagnés d'un bouquet et d'autres menus présents, une écharpe, un bracelet. Elle essayait de lire entre les lignes, mais il n'y avait rien à déchiffrer, hormis des « je vous aime » et des « vous me manquez » qui lui serraient le cœur.

Elle poussa ses excursions de plus en plus loin. Elle s'était habituée à l'Inde, à sa chaleur et à sa poussière. Tout l'intéressait.

---

1. « Serpent », en anglais.
2. Variété de serpent appelé *ratsnake* en anglais, et serpent rat en français.

Elle observait mille scènes champêtres. Un homme conduisait deux bœufs attelés à une charrue, avec son compagnon debout sur le soc pour l'aider, par son poids, à mieux pénétrer la terre déjà sèche, déjà trop dure. Quatre femmes drapées dans leurs voiles colorés se rendaient au puits avec des amphores en équilibre sur la tête. Deux zébus dont on avait peint les cornes en bleu tiraient une carriole en bois chargée de bottes de roseaux. Une femme assise sur le bord de la route vendait des piments et des aubergines soigneusement alignés sur une étoffe jaune.

L'Inde était un panorama de myriades de couleurs. Un tableau changeant d'une vue à l'autre.

Après la campagne, Lián visita les beaux quartiers, généralement réservés aux Anglais. Le Victoria Memorial. Les musées, les cathédrales et les églises. Les rues ombragées par des figuiers, les maisons admirables, les jardins à la française et à l'anglaise, et ceux, abandonnés depuis longtemps, qui envahissaient des façades encloses d'un volubilis de lianes, au point que le végétal paraissait s'incruster dans la chair des pierres.

Elle s'enhardit dans des boulevards frénétiques d'automobiles, de tramways, de vélos, de pousse-pousse, de piétons et d'ânes. On poussait des charrettes à bras. On tirait des chariots. On portait des sacs, des cageots, des pots de terre, des pots de fer, des boîtes et des baluchons. On était seul ou à plusieurs.

Au-dessus pendaient des fils électriques qui semblaient ne servir qu'aux moineaux et aux singes. Les façades des immeubles étaient sales et décrépies. Un veau fouillait les détritus déversés dans le caniveau. Des hommes transportaient avec mille précautions une déesse multicolore aux huit bras. Plus loin, des rats éventraient des sacs de farine posés à même le trottoir.

Le fleuve était une autre fascination.

Tôt le matin, ses eaux s'écoulaient comme de l'or fondu, embrasées par un soleil neuf. Le soir, son ruban devenait d'un gris de plomb, lourd et sale, tout encombré de choses flottantes dont on ne parvenait pas à toujours déterminer la nature. Autour de ces déchets de toutes sortes, branches arrachées à la jungle, lianes enchevêtrées, scories jaunâtres râpées de la berge, un brusque bouillonnement indiquait parfois un festin de poissons.

Lián regardait alors, captivée par l'horreur, une main morte, blanche et gonflée, qui se dressait au-dessus du courant avant de sombrer mollement dans les remous.

L'Hooghly n'était qu'un vaste cimetière.

*

Un jour, en explorant la vieille ville, Lián eut une mauvaise impression, non à cause de la populace misérable qu'elle côtoyait, à laquelle elle s'était hélas habituée, mais parce qu'elle avait la désagréable sensation d'être surveillée.

Quelqu'un la suivait, elle en fut certaine.

Cette impression perdura, même lorsqu'elle changea de quartier, au point que cela lui devint vite une obsession. Décidant d'en avoir le cœur net, elle fit semblant d'examiner une écharpe de soie sur l'étalage d'un marchand et profita d'un mouvement de foule pour se retourner.

Il la toisait de l'autre côté de la rue, comme un fantôme sorti d'une tombe.

Un gros visage lunaire au teint jaune et aux yeux enfouis sous des paupières lourdes. Un corps adipeux, large comme une armoire, épais et monstrueux, avec des replis gras sur le ventre et les cuisses, et des mains larges comme des soucoupes.

Surtout, une tresse noire s'échappait de son crâne rasé. En fait, elle le reconnut à cela, à cette natte de Chinois.

Il eut d'abord le réflexe de s'éloigner, puis il parut changer d'avis. Il se plaça alors au milieu de la rue pour la dévisager de son petit regard mauvais. Un sourire malveillant étira ses lèvres étroites. Il leva un doigt épais comme une saucisse pour le passer sur sa gorge, d'une oreille à l'autre, en un geste de menace universelle qui le fit rire silencieusement.

Elle eut peur et s'enfuit en courant. Le soir, elle en parla à Olga qui l'incita à se confier à Omja Singh.

Ce dernier écouta son récit confus et angoissé d'une oreille distraite. Il ne sembla pas accorder d'importance à l'incident.

— Les gardes n'ont rien remarqué, ils m'en auraient parlé.

— Mais je l'ai parfaitement reconnu ! protesta-t-elle. Je suis certaine qu'il s'agit de l'homme qui m'a enlevée lorsque j'étais enfant ! Un tel physique ne peut pas s'oublier.

Elle se tordait les mains d'angoisse. Son oncle lui répondit sèchement :

— Il n'y a pas à t'inquiéter. Cet homme est mort en même temps que celui qui l'employait. Crois-moi, cet incident est clos de longue date.

Fâchée de ne pas être prise au sérieux, elle demeura sur ses gardes, mais Omja Singh semblait avoir raison. Elle avait dû rêver. Elle ne revit plus jamais l'affreux Moghol.

*

Lián continua ses errances. Un jour, le hasard la conduisit devant une maison bleue. Elle reconnut immédiatement la haute palissade soignée, les quatre étages coquettement décorés de jasmin ainsi que l'ombre verte du jardin courant jusqu'au fleuve.

Se rangeant sur le bas-côté, elle se tint indécise un moment, les mains posées sur le volant. Son pied jouait distraitement avec l'embrayage. Peut-être Jim McCorball obtenait-il plus de nouvelles de son fils qu'elle-même n'en recevait ? Oserait-elle aller lui en demander ?

Elle se décida sur un coup de tête. Sortit de l'automobile et traversa la rue, suivie par ses deux gardes du corps. Le portail s'ouvrit tout de suite. La *nonna* la regarda, avec son sourire doux et son parfum d'ylang-ylang.

— Bonjour, dit Lián. Je passais et…

— *Ciao signorina*, répondit la vieille femme avec un geste de bienvenue. *Per favore, entra*[1].

Elle s'effaça pour la laisser passer. Lián pénétra dans la cour en retrouvant la même impression de quiétude que la première fois. Elle ôta ses lunettes de soleil pour les ranger dans son sac à main. Sourit à la silhouette vêtue d'un short et d'une chemise entrouverte sur un maillot de corps qui avançait vers elle.

— Ma petite Mary-Leela ! Je suis tellement heureux de vous revoir. Je me demandais justement si vous oseriez revenir comme je vous l'avais proposé.

— J'y ai souvent pensé, mais je craignais de vous déranger.

1. « Bonjour, mademoiselle. Je vous en prie, entrez », en italien.

Jim McCorball éclata de rire.

— Je vous ai connue moins timide ! Les enfants ne devraient pas grandir. Venez, allons nous asseoir.

Il la guida vers une véranda victorienne qu'elle n'avait pas remarquée la dernière fois, sans doute parce qu'elle était accolée à l'arrière de la maison. L'air y sembla plus frais qu'à l'extérieur.

— C'est à cause de l'ombre des manguiers, expliqua Jim McCorball en la faisant s'asseoir dans un fauteuil en rotin garni d'un coussin fleuri. Elle est si dense qu'elle rafraîchit l'atmosphère.

Ils se trouvaient au milieu d'une multitude de pots de fleurs d'où s'échappaient des feuilles extraordinaires. Une bonne odeur de terre et de citronnelle froissée exaltait les narines. Çà et là, des cages de bambou étaient posées sur des étagères ou accrochées à des poternes. Par tous ces détails, Lián avait l'impression d'être transposée dans une époque révolue. Elle n'aurait pas été surprise de voir venir à leur rencontre une jeune femme vêtue d'une robe charleston à franges et d'un petit chapeau cloche.

— Cet endroit est des plus charmants, soupira-t-elle en s'enfonçant paresseusement dans les coussins. À écouter les gazouillis de vos oiseaux, on ne peut que les imaginer heureux…

— La plupart reviennent de loin. Les gamins du quartier voulaient tellement me faire plaisir qu'au début, ils grimpaient aux arbres pour les dénicher. Heureusement, j'ai réussi à leur faire comprendre que ce n'était pas ce que je voulais. Je m'apprête à relâcher ces deux-là au fond du jardin. Ce sont des mésanges qu'on appelle « Sultane ». Voulez-vous m'accompagner ?

Elle le suivit.

— Aimez-vous les oiseaux, Mary-Leela ?

— Je m'y connais surtout en chevaux, mais je crois me rappeler que ma mère a un temps possédé un couple de bengalis, vous savez, ces oiseaux qu'on dit inséparables. Mais je vous en prie, monsieur McCorball, appelez-moi Lián. Tous mes amis m'appellent Lián, Milo le premier, ajouta-t-elle en regardant son interlocuteur avec hardiesse.

Il hocha la tête.

— Je me doutais que vous veniez pour avoir des nouvelles de mon fils. Je crains de ne pas en avoir plus que vous, j'en suis désolé. Il n'a pas eu de permission depuis la dernière fois. Les temps sont durs, c'est la guerre.

— Oui, c'est la guerre, reprit-elle en écho. C'est triste.

— J'ai l'impression qu'il tient beaucoup à vous, ajouta le vieil homme à brûle-pourpoint.

Elle lissa d'une main sa jupe un peu froissée. Son cœur venait de faire un bond fou dans sa poitrine.

— Nous avons partagé beaucoup de moments difficiles, avoua-t-elle simplement.

— Je sais, Milo m'a raconté deux ou trois petites choses. Vous êtes une jeune fille très courageuse.

Elle se frotta les mains l'une contre l'autre avec embarras. Il changea de sujet.

— Au fait, avez-vous reçu des nouvelles de vos parents ? Savez-vous s'ils vont bien ?

Elle se rembrunit.

— Je n'ai pas non plus eu de nouvelles. Les lettres circulent mal.

— Ne soyez pas inquiète, Lián. La guerre n'ira pas jusqu'au Rio de la Plata. Les Argentins préfèreront rester neutres.

Elle sursauta en entendant cette remarque.

— Je n'avais pas imaginé que l'Argentine puisse entrer en guerre ! Que se passera-t-il si elle décide de se ranger au côté de l'Allemagne ?

Jim mit un drap sur la cage qu'il comptait déplacer pour éviter d'effaroucher les oiseaux puis la leva à bout de bras.

— Je n'aurais pas dû vous parler du conflit. Ma femme avait l'habitude de me traiter d'éléphant dans un magasin de porcelaine. C'était il y a près de vingt ans, je suis toujours aussi maladroit. Oublions tout cela et allons plutôt libérer ces petits coquins…

Ils sortirent dans le jardin et s'enfoncèrent dans la végétation dense. Au passage, elle reconnut le jeune goyavier contre lequel Milo l'avait adossée pour l'embrasser. Elle inspira un grand coup pour mieux cacher son émotion. Si elle avait été seule, elle se serait précipitée vers l'arbre pour l'enlacer, elle aurait appuyé sa joue contre l'écorce douce et elle serait restée là jusqu'à la nuit, le corps lourd de trop d'amour.

Ils libérèrent les mésanges sultanes au fond du verger puis ils revinrent dans la véranda. *Nonna* leur servit du thé. Elle avait posé sur la table un album de photographies un peu jauni.

— Milo *bambino*, sourit-elle en caressant la couverture cartonnée.

Ils sirotèrent leur boisson en regardant les photographies. L'instant fut des plus joyeux. Milo avait les traits d'un poupon joufflu, puis d'un bambin avec de bonnes joues, puis d'un gamin sportif qui jouait au ballon et faisait du vélo, tirait à la carabine, nageait dans un torrent au pied de l'Himalaya. Sur la dernière image, il portait un uniforme de la Royal Air Force et affichait un sourire éblouissant.

Lián était saisie de le voir aussi beau.

— Avant que vous ne partiez, je voudrais vous offrir un cadeau, lui dit Jim en partant chercher une curieuse boîte de bois incrusté de nacre.

Il la posa sur la table, souleva le couvercle. À l'intérieur, un très joli revolver avec une crosse en bois d'acajou reposait sur un velours rouge.

— C'est un colt Hammerless Pocket. Je vous avais promis une arme, la dernière fois que nous nous sommes vus. J'ai trouvé ce modèle de petite taille qui ne pèse pas trop lourd. Il n'est plus tout jeune, mais il a été bien entretenu et il tire juste. J'ai préféré vous choisir un modèle efficace plutôt qu'un joujou plus féminin, qui aurait ressemblé à un tir de pétard mouillé.

Lián ne sut que dire. Le cadeau était embarrassant. Pensait-il qu'elle puisse se promener avec ça dans son sac ?

— Estimez-vous vraiment qu'il soit nécessaire que j'aie une arme sur moi ?

— C'est juste une mesure de précaution, Lián.

Il partit chercher une pile de journaux. La plupart étaient écrits en hindoustani. Lián n'en avait jamais vu de semblables. Ils ne ressemblaient en rien au respectable *Times of India* que lisait Olga et la majorité des colons.

Jim lui désigna quelques images. Elle détailla les foules d'indigènes qui avançaient sur des routes poussiéreuses.

— Ce ne sont que des manifestations pacifiques, contra-t-elle.

— Je cherche uniquement à vous inciter à la prudence. En l'absence de Milo, je me sens responsable de vous.

Elle lui désigna les deux Sikhs installés sur un banc, à quelques pas de là.

— Mon oncle m'a fourni une garde rapprochée.

— Omja Singh sait mieux que quiconque à quel point l'Inde est une poudrière qui finira par exploser. Il n'empêche, vos gardes du corps uniquement armés de sabres risqueraient de ne pas être suffisants contre une foule en délire.

Lián haussa les épaules.

— Pourquoi cherchez-vous à m'effrayer ?

— Telle n'est pas mon intention ! Je voudrais juste vous faire comprendre ce qu'il se passe en Inde en ce moment. Les gens sur ces tabloïds réclament l'indépendance. Ils ne veulent plus obéir à personne, certainement pas à des dirigeants qui collaborent avec l'Angleterre et engrangent de l'argent pour leur seul profit. C'est tout le paradoxe du sous-continent : les Indiens continuent de croire aux castes, mais ils ont de plus en plus de haine pour leurs princes.

— Je me promène tous les jours dans les rues de Calcutta, je n'ai rien remarqué de tel.

— C'est parce que vous n'allez pas dans les rues sordides, les impasses misérables, les bidonvilles où les gens agonisent sur le trottoir dans l'indifférence générale. Vous ne voyez pas la misère.

— Détrompez-vous, lui dit-elle doucement. Je ne suis pas de ces Anglaises qui s'enferment nuit et jour dans leur club en buvant des cocktails. Je vois la misère, j'ignorais en revanche que c'était la faute des Britanniques.

— Ce n'est pas aussi simple, répondit le vieux chasseur. Les nationalistes indiens ne cessent de répéter à ce peuple crève-la-misère que tout irait bien mieux s'ils étaient leurs propres maîtres. Certains mensonges sont plus doux à l'oreille que d'autres. Gandhi et ses amis sont les premiers à le savoir, ils vendent au peuple une illusion de liberté. Des millions de personnes les suivent pour le simple espoir d'un après idyllique. Sauf qu'en Inde, il restera toujours les famines, les sauterelles, la poussière, les moussons, les tremblements de terre, les castes injustes et les traditions terribles.

— Tout de même, ce Gandhi n'essaie-t-il pas de changer les mentalités ? Ne refuse-t-il pas, par exemple, le principe des castes ?

— Ce n'est pas un combat qu'il gagnera. Nous-mêmes, Britanniques, nous nous y sommes cassé les dents. En ce moment, une seule certitude se dessine, celle d'un conflit entre les Hindous et les Musulmans. La guerre retarde les choses, ou les envenime, c'est selon.

— Pourquoi me dites-vous toutes ces choses ?

— Mon fils vous aime beaucoup alors, s'il vous plaît, prenez ce colt et mettez-le dans votre sac. Cela nous rassurera tous les deux. Si le maniement d'une telle arme ne vous est pas familier, nous pourrions aller ensemble au club de tir. Je vous apprendrai. Tenez, nous sommes vendredi, que diriez-vous de la semaine prochaine ? Mardi ?

Lián se mit à rire devant une telle hâte, mais elle se mit à réfléchir. Quelques jours auparavant, lorsqu'elle s'était sentie suivie, elle aurait été rassurée d'avoir cette arme dans son sac. Elle accepta pour cette raison. Et aussi pour avoir une excuse de revoir Jim McCorball et ainsi continuer à avoir des nouvelles de Milo.

— D'accord, promit-elle. Je viendrai mardi.

Elle rentra au Sun Mahal avec le crépuscule. Une lumière dorée nimbait le paysage, donnant à l'herbe verte des reflets jaunes.

Olga l'attendait dans sa chambre. Elle avait enlevé ses chaussures pour s'étendre sur son lit, où elle passait le temps en feuilletant des magazines de mode. Lorsqu'elle l'entendit arriver, elle se retourna pour lui offrir un grand sourire rouge.

— Ah, te voilà, ma chérie. Viens donc t'asseoir à côté de moi, ajouta-t-elle en tapotant le lit à côté d'elle.

Lián se laissa tomber à côté d'elle en soupirant.

— Je suis fatiguée. Je vais aller prendre un bain.

La Russe regarda sa filleule à travers sa frange brune d'un air mutin.

— Tu as raison, ma colombe, il faut te faire belle ce soir. Ton oncle donne une réception et il est indispensable que tu sois présente.

Lián eut un petit geste indifférent.

— Je viens de dire que je suis fatiguée. Je n'irai à aucune réception ce soir.

Olga se pencha au-dessus d'elle. Ses yeux dorés cherchèrent ceux de la jeune fille.

— Tu ne m'as pas bien entendue, ma chérie. Je viens de te dire que, ce soir, ta présence est IN-DIS-PEN-SA-BLE.

Lián roula sur le côté pour échapper à son attention.

— Et moi, je n'ai pas envie de servir de décoration de table à mon oncle ce soir. J'ai envie de me coucher tôt.

Olga se coula souplement contre elle et appuya sa joue contre son épaule d'un air de chatte câline. Elle tira sur les peignes qui retenaient la lourde chevelure brune de sa protégée, joua avec les boucles défaites jusqu'à leur redonner tout leur gonflant.

— Crois-moi, souffla-t-elle d'une voix langoureuse, en humant le doux parfum de vanille que ses gestes libéraient dans l'air, ce soir, tu me remercieras à genoux d'avoir insisté. Je te prédis une surprise. Une surprise qui te rendra folle de joie.

*

Le Sun Mahal ne méritait jamais autant son nom de Palais d'Or que la nuit. Judicieusement éclairé par tout un système de lanternes, il devenait un véritable soleil et paraissait encore plus impressionnant qu'en plein jour.

Omja Singh, maharaja de Mahavir depuis la quatorzième génération, avait pleinement conscience de la fascination que son palais exerçait sur les Britanniques. Ce soir, pour recevoir des invités qu'il entendait impressionner, il avait fait installer des torches supplémentaires qui illuminaient toute la façade. Sur le *thakurdalan*[1], six de ses plus beaux éléphants patientaient, peints de couleurs vives. Les pachydermes impressionnaient toujours les Européens. L'époque où la puissance d'un maharaja se mesurait à son nombre d'éléphants n'était pas tout à fait révolue.

Il attendait la visite du vice-maréchal McRoy et de deux officiers subalternes. Il ignorait la raison de leur venue, mais

1. Plate-forme destinée aux cérémonies.

il avait appris que plusieurs de ses amis tels le maharaja de Bîkaner ou le raja d'Udaipur avaient, eux aussi, dû faire face à de récentes ingérences de la part d'officiers britanniques. Ce McRoy participait sans doute de la même logique. Peut-être cherchait-il à sonder son opinion sur la montée du nationalisme ou à déterminer l'effort de guerre qu'il serait prêt à consentir en tant que prince de l'empire ?

Omja savait que les pensées des Britanniques étaient comme des meubles à tiroirs, toujours emplis de surprises. Il avait donc jugé préférable de recevoir ces trois officiers chez lui, dans son *rajbari*[1].

Voilà pourquoi il se tenait maintenant au sommet des marches avec, sur sa droite, un orchestre traditionnel accompagné de quelques danseuses et, sur sa gauche, deux colosses tenant en laisse ses deux guépards apprivoisés. Derrière, les six éléphants formaient un mur impressionnant. Partout, des domestiques se tenaient prêts à amener des rafraîchissements aux invités dès qu'il en donnerait le signal.

Il enveloppa sa femme et sa nièce d'un regard satisfait.

Olga était évidemment sublime en maharani étincelante de mille rubis. Elle portait une composition audacieuse faite sur mesure par Jeanne Lanvin juste avant la guerre, qui s'inspirait à la fois des saris indiens et des motifs russes chers à son cœur d'exilée. À ses côtés, Lián était très élégante dans une robe bustier grand soir qui découvrait ses épaules admirables. Le ton rose de la faille de soie rehaussait admirablement son teint couleur de thé léger. Ainsi apprêtée, elle était d'une beauté charmante et naturelle qui lui allait à ravir.

Ils n'eurent pas longtemps à attendre. Une limousine Daimler bicolore venait de s'arrêter devant l'escalier monumental. Sur un signe d'Omja, des serviteurs se précipitèrent pour ouvrir les portières. Trois uniformes bleu-gris sortirent de l'automobile. Mettant leur casquette sous leur bras, les officiers gravirent les marches du Sun Mahal pour présenter leurs hommages au maharaja.

Tout de suite, Lián sourit comme du fond d'un rêve. Parmi les subalternes du vice-maréchal McRoy, elle venait de reconnaître Milo McCorball.

1. Maison royale, généralement construite par les riches Bengalis autour de Calcutta.

Elle ne l'avait pas vu depuis des semaines. Ce temps avait été si long qu'elle s'était souvent demandé si elle l'aimait encore. Elle s'apercevait en cet instant que oui, plus que jamais. Comment avait-elle pu en douter ?

Ils se serrèrent la main avec cérémonie.

— Comment allez-vous, mademoiselle Lukas ? lui demanda-t-il avec un grand sourire chaleureux qui la fit fondre. J'espérais tellement vous revoir ce soir, ajouta-t-il dans un murmure en la regardant droit dans les yeux.

Omja Singh les guida tous vers une galerie éclairée aux flambeaux. À nouveau, des domestiques se précipitèrent pour leur présenter des aiguières d'eau parfumée destinées à se laver les mains. La table avait été dressée dans une pièce décorée à l'occidentale. Les meubles étaient de style élisabéthain, les tableaux venaient de Somerset House à Londres, les bibelots avaient été achetés à Notting Hill. Tout avait été pensé pour ressembler à ces demeures de marchands bengalis prospères qui entendaient rivaliser avec les riches Anglais. Une seule habitude indienne avait été conservée, celle du *punkah*[1] accroché au plafond. Au-dessus de la table, il brassait l'air moite de la nuit dans un lent balancement de plumes d'autruche, unique moyen d'amener un peu de fraîcheur en ce début d'été torride.

Le vice-maréchal McRoy marqua aussitôt son étonnement.

— Employez-vous encore des *punkah-wallahs*[2], Votre Altesse ?

Omja se mit à jouer avec un interrupteur en affichant une mine réjouie.

— J'ai fait passer le palais au tout électrique il y a quelques années, vice-maréchal. Il faut vivre avec son temps.

Lián fut placée à droite de McRoy et en face de Milo. Elle en fut heureuse. Les deux jeunes gens n'étaient séparés que par un bouquet d'anthuriums roses. C'était presque rien. Leurs regards pouvaient se rencontrer avec une merveilleuse liberté.

---

1. Grand éventail d'Orient consistant en un écran de toile, d'osier ou de plumes que l'on suspend au plafond et que l'on actionne au moyen d'une corde et d'une poulie.
2. Serviteurs chargés d'agiter ces éventails géants en tirant régulièrement sur une cordelette.

— Êtes-vous une parente de Jan Fenimore Lukas, le joueur international de polo ? s'enquit McRoy en se penchant vers elle.

— C'est mon père.

La conversation dériva sur le polo. On parla des qualités nécessaires à un bon poney et Milo McCorball évoqua la méthode de dressage à base de caresses et de chuchotements qu'il avait découverte lors de son voyage en Argentine.

Lián avait l'impression qu'il ne parlait que pour elle. Elle l'écoutait de toute son âme, de toute sa sensibilité, en buvant son visage, son sourire, ses gestes.

Toute la tablée fit honneur à des plats cuisinés à l'anglaise, accompagnés de vins français. La conversation dériva ensuite vers le cricket, qui était moins populaire à Calcutta que dans d'autres villes indiennes, sans doute à cause du climat difficile de la région.

Puis McRoy s'extasia devant les barzoïs qu'Olga avait fait coucher à ses pieds.

— Ces chiens paraissent frêles et fragiles, et cependant, Votre Altesse, vous assurez qu'ils sont capables de tenir tête aux plus grands fauves de l'Inde. Une panthère, peut-être, mais un tigre du Bengale ? Permettez-moi d'en douter.

Olga eut un sourire incandescent et se lança dans l'énumération des qualités de ses lévriers. Parler de ses chiens avait toujours été l'un de ses sujets favoris.

— Je vous ferai parvenir une invitation pour ma prochaine course, conclut-elle aimablement. J'en organise une tous les ans sur la piste que j'ai fait construire dans le parc de ma Villa Gullabee. Vous aurez ainsi l'occasion de juger sur place. Je gage que mes barzoïs vous étonneront.

Au dessert, la discussion rebondit sur la guerre. Lián ne trouva pas le sujet passionnant, mais elle était prête à écouter n'importe quoi pour continuer à être proche de Milo.

Le vice-maréchal McRoy fut le premier à lancer les hostilités. Après tout, il était venu pour ça.

— Votre Altesse, êtes-vous au courant des dernières actualités ? Avez-vous entendu parler de cette récente rencontre entre Mussolini et Hitler au cœur des Alpes ?

— Ma foi, autant que n'importe qui, répliqua le maharaja en enfournant un bonbon bengali en entier.

— Vous savez donc que le premier s'est engagé auprès du second à entrer en guerre au moment opportun. Le conflit s'étend. Il sera bientôt mondial.

— Bah, contra Omja en se faisant servir le thé, pour l'instant, les actes de guerre se cantonnent au nord de l'Europe et à l'océan Atlantique. Il est encore tôt pour parler de conflit mondial. Mussolini peut bien signer ce qu'il veut, il n'est pas près de bouger le petit doigt pour aider Hitler. Pendant ce temps, l'Union soviétique se rétracte et annonce sa neutralité. D'après ce que j'en vois, cette guerre est surtout tripartite : l'Allemagne contre le Royaume-Uni et la France.

— Vous oubliez un peu facilement que l'Inde et les autres dominions ont aussi déclaré la guerre à l'Allemagne ! assena McRoy en ponctuant sa phrase d'un sourcil sévère. Ne me faites pas croire que vous êtes de ces Indiens qui écoutent avec intérêt les voix de la cause indépendantiste ?

Omja Singh eut un petit rire sec.

— Vous savez parfaitement ce qu'il en est à mon propos ! N'avez-vous pas des espions jusque dans mon palais ? Je suis un prince du Raj. Qu'aurais-je à gagner à flirter avec d'autres alliances ? Mon unique ambition est de maintenir à mes proches le train de vie qui correspond à leur statut et de garantir un héritage à mes fils.

— Je me méfie des personnes qui prétendent ne pas faire de politique. Peut-être que tout serait plus clair si vous pouviez nous prouver votre fidélité au Raj de manière, disons, plus substantielle… ?

Omja se pencha vers le vice-maréchal avec un sourire amusé. Il ne s'était pas trompé. Lui et l'officier anglais étaient enfin arrivés au sujet principal de cette rencontre. Partout dans le sous-continent, les Britanniques étaient en train de sonder les princes de l'empire, sans doute pour clarifier des situations parfois trop ambiguës et, éventuellement, ramener qui de droit dans le bon chemin. Les amis d'Omja l'avaient alerté à bon escient.

— Vous possédez déjà toutes les garanties que vous réclamez, vice-maréchal McRoy. Que faites-vous des impôts que je paie à l'empire concernant mes plantations de coton, de sisal, de jute et d'huile de palme ? Et ceux qui viennent de mes usines et de mes actions de chemins de fer ? Sans oublier ceux de mes plantations de thé à Darjeeling et de mes immeubles de rapport ? Mon épouse et moi participons activement à la vie de ce pays. Nos fils étudient dans vos meilleures universités en Angleterre. Notre famille soutient les bonnes œuvres et de nombreuses entreprises culturelles. Et je ne vous parle pas de nos dépenses pour organiser des réceptions où tout le gratin britannique, excusez-moi, semble se précipiter avec plaisir. Même le vice-roi est heureux de s'y divertir !

— Là n'est pas le sujet, Votre Altesse. Nous sommes en guerre et la guerre suppose un effort de guerre… Avec du riz, par exemple.

— Du riz ? Quel riz ?

— Le riz nécessaire à nourrir notre armée.

Omja Singh perdit un peu de son calme.

— Vous ne pouvez pas réquisitionner tout le riz disponible, coupa-t-il sèchement. Vous risqueriez de provoquer une famine.

— Nous avons besoin de ce riz, insista le vice-maréchal.

— Quitte à laisser mourir les gens de faim ?

— C'est la guerre, Votre Altesse. Que croyez-vous qu'il se passe à Londres en ce moment ? Là-bas aussi, la nourriture manque cruellement. Les Allemands bombardent la ville presque toutes les nuits. Les Londoniens meurent par centaines.

Omja le coupa d'une main autoritaire.

— Je prends note de vos arguments. Il faut sauver les Londoniens. Très bien. Je vous donnerai du riz, mais je ne vous donnerai pas TOUT mon riz. Il faudra vous contenter de cette réponse.

À cet instant, Milo McCorball toussota légèrement pour attirer l'attention. Voyant que tous les regards se tournaient vers lui, il prit la parole.

— Nous savons les efforts que vous consentez, Votre Altesse. Ils sont conséquents et nous vous en remercions. Le vice-maréchal McRoy a évoqué la question du riz, mais peut-être pourrions-nous trouver un accord sur un autre terrain ? J'aimerais vous parler d'un projet qui me semble également important. Si vous me permettez, je vais vous en esquisser les grandes lignes ce soir, et nous en discuterons de manière plus détaillée lors d'un prochain rendez-vous.

Il avait réussi à capter l'attention. Omja l'incita à poursuivre d'un geste.

— Je vais au préalable vous exposer mon analyse du conflit actuel, continua donc Milo, afin que nous ayons la même vision des choses. Pour l'Inde, je puis d'ores et déjà vous affirmer que la guerre ne viendra pas d'Allemagne, mais du Japon. L'empereur Hirohito a des visées expansionnistes qui résultent de deux postulats. Le premier concerne sa vision du monde asiatique, qui est clairement déterminée par la prétendue supériorité du peuple japonais. Le second découle de l'embargo décidé par les États-Unis, qui rationne son pays en pétrole et en caoutchouc. Après les réussites du Japon en Chine et en Corée, ce dernier vient de subir un échec retentissant sur la frontière russo-mongole. Cette partie du monde lui est maintenant fermée. Il lorgne donc du côté du Pacifique et de l'Asie du Sud-Est. Pour résumer, le Japon vise dorénavant les possessions françaises et britanniques.

— Hum, assura aussitôt Omja Singh, j'ignore si ce scénario risque ou non de se réaliser, mais il est évident que je ne laisserai pas les Japonais s'approcher de mon pays.

Milo hocha la tête.

— Je n'ai aucun doute à ce sujet. Voici donc ma seconde analyse. La Chine est en ce moment plus ou moins coupée en deux. D'un côté le Mandchoukouo, État fantoche mis en place par le Japon. De l'autre, l'alliance entre Tchang Kaï-chek et les communistes chinois. Jusqu'en 1938, les Chinois recevaient une importante aide militaire de l'Allemagne, mais cette aide a été coupée depuis que l'Allemagne a signé un traité avec le Japon. Les Russes soutiennent encore les Chinois, histoire de protéger leurs propres frontières, mais cela ne va pas durer. Notre propre gouvernement assure également une aide économique importante aux insurgés chinois pour qu'ils continuent de se battre contre le Japon. Or, jusqu'à quand pourrons-nous maintenir notre route d'approvisionnement ouverte ? J'ai pensé qu'il était indispensable de créer un nouveau poste militaire à la frontière birmane. Pas une petite guérite comme nous en avons des dizaines, mais une vraie base aérienne. Des avions, ajouta-t-il en martelant chaque mot pour signifier leur importance. Voilà ce que nous devons amener là-bas, Votre Altesse. Des avions.

Il y eut un silence, puis Omja Singh esquissa un vague sourire.

— Et bien sûr, vous avez pensé à moi pour vous céder une portion de terrain...

— Bien entendu, ces terres resteront votre entière propriété. Nous avons juste besoin d'une autorisation temporaire, le temps que durera le conflit.

— Et à quelle partie de mes terres pensez-vous plus particulièrement, lieutenant McCorball ?

— Votre Altesse, l'endroit qui me paraît le plus stratégique serait situé en bordure du Meghalaya, près de la frontière birmane. Il n'y a rien, là-bas, qu'une jungle dense et tellement pluvieuse qu'on l'appelle le pays des Nuages. Pas de cultures, pas d'industries. Il y aura peu de répercussions.

Contre toute attente, Omja Singh protesta d'une manière virulente.

— Que dites-vous ? Des gens vivent dans cette jungle ! Une partie de ma famille est originaire de ces peuples adivasis[1]. La mère de mon frère venait d'un de ces villages. Mon frère lui-même, le prince Charu, a grandi là-bas. Un de mes cousins y vit encore à demeure. Et une très grosse partie de mes revenus vient de cette région.

Lián, qui écoutait distraitement cette conversation, eut à cet instant une véritable révélation. Le Meghalaya n'était-il pas cette contrée où se cachait la cité perdue de Pachamashutra et, par conséquent, les mines de rubis qui avaient excité la convoitise de Carlos Ramiro ? Elle pâlit. Se pouvait-il que l'intérêt de Milo pour cet endroit ne découle pas uniquement d'une stratégie militaire ?

La gorge soudain sèche, elle se fit servir un verre d'eau. Milo lui jeta un bref regard avant de se tourner à nouveau vers son hôte.

— Je me tiens à votre disposition pour discuter de tous ces points ultérieurement, Votre Altesse. Ce soir, il est peut-être un peu tard pour un débat de ce genre.

1. Peuples aborigènes de l'Inde.

Omja Singh approuva.

— Vous avez réussi à susciter mon intérêt, lieutenant McCorball. Je vous recevrai donc pour vous entendre m'exposer votre projet plus en détail.

Olga semblait avoir attendu cette conclusion avec impatience. Elle se leva d'un air enjoué et proposa d'aller prendre le café dans le patio.

— Nous y serons plus au frais. Vice-maréchal, m'offrez-vous votre bras ?

Ils sortirent dans le jardin. Lián suivit le mouvement général avec un temps de retard. Toute cette conversation l'avait un peu ébranlée. En chemin, elle arracha une feuille de citronnelle pour la froisser entre ses doigts. La fraîche odeur monta dans l'air, mêlée à celle du jasmin omniprésent. Elle ralentit encore. Loin devant, son oncle guidait ses invités à travers un dédale de feuilles géantes. Il montrait les fontaines cachées dans la verdure, les bassins qui abritaient des carpes koï, les orchidées qui croulaient des branches. Olga et McRoy lui donnaient la réplique, talonnés par l'insignifiant lieutenant Hodgson. Milo avait disparu.

Effarée, elle se haussa sur la pointe des pieds… et fut saisie par les épaules. Des lèvres brûlantes se posèrent sur sa nuque. Elle demeura immobile, les yeux mi-clos, à respirer par à-coups le parfum de fleur d'oranger qui concurrençait maintenant le jasmin du jardin, tandis que les mains de Milo répandaient sur ses épaules nues une chaleur terrible et cependant douce, si douce.

Avec un soupir tremblé, elle lui fit face, noua ses bras autour de son cou et trouva ses lèvres à l'instinct, comme une source d'eau fraîche.

— Lián…, chuchota-t-il contre sa bouche, et elle sentit son souffle pénétrer en elle.

Sa pression se fit plus intense, sa caresse devint une exigence. Ils s'embrassèrent longuement et un abîme de sensations échauffa leurs corps.

Un craquement sur les gravillons du sentier les fit sursauter. Elle l'attrapa par la main pour l'entraîner dans les bosquets. De grandes feuilles les giflèrent au passage, elle se retint pour ne pas éclater de rire. La terre avait été arrosée dans la soirée.

Elle était meuble et s'enfonçait agréablement sous les semelles. Il l'enlaça à nouveau. Il ne se lassait pas de la regarder. Elle leva vers lui son beau visage de madone exotique.

— Tenez-vous à boire du café maintenant ? demanda-t-elle le plus sérieusement du monde.

Dans la nuit densifiée par les bosquets environnants, elle le devinait à peine. C'était une sensation très troublante de ne percevoir de lui que la régularité un peu accélérée de sa respiration et l'éclat de ses yeux pâles posés sur elle avec une merveilleuse attention.

— Non, répondit-il dans un grand sourire éblouissant. Je n'y tiens pas tant que cela.

— Alors, venez, chuchota-t-elle en l'entraînant.

Sans lui lâcher la main, elle courut dans un foisonnement végétal jusqu'à l'immense galerie réservée aux éléphants. Il la suivit sans poser de question. Il aimait sa spontanéité, sa manière de colorer la vie et d'amener de l'imprévu dans la nuit.

Sur le *thakurdalan* face aux escaliers, les éléphants attendaient patiemment le départ des invités, installés devant un ballot de foin. Ils étaient enchaînés à de grands anneaux rivés au mur de la même manière que les chevaux des chevaliers étaient naguère attachés à l'entrée des châteaux forts. Leurs *mahouts* somnolaient, étendus à même le sol dans la lumière déclinante des torches. Lián passa au milieu d'eux à la recherche de Riddhi, le cornac qu'elle connaissait. Elle le trouva tout recroquevillé dans son *longhi*[1], à se réveiller en clignant ses gros yeux étonnés.

Elle palabra quelques secondes, puis revint vers Milo qu'elle guida jusqu'à l'éléphant. Une trompe curieuse vint les palper. Lián murmura, heureuse :

— Je vous présente Hātirāj, le roi des éléphants. Mon éléphant.

— Qu'avez-vous en tête, ma chérie ? lui demanda Milo en riant.

Elle n'eut pas besoin de répondre, le *mahout* leur amenait une échelle. Lián rassembla le volume de ses jupes dans une main et grimpa avec aisance jusqu'à l'*howdah*[2].

1. Vêtement indien, version colorée ou imprimée du *dhotî*.
2. Palanquin spécifique aux éléphants en Inde.

— Allez, venez, chuchota-t-elle en tendant la main vers Milo pour qu'il la rejoigne. Vous souvenez-vous ? Un jour, je vous ai emmené dans les bas-fonds de Buenos Aires. Aujourd'hui, je vous enlève de la même façon, sauf que je vous promets à la place une promenade buissonnière au pays des éléphants.

Il la suivit sans hésitation. Le *mahout* avait défait les chaînes et s'installait à califourchon derrière l'immense crâne. Le pachyderme s'ébranla. Son pas nonchalant longea la galerie qui conduisait au *chandni*[1].

— Que va penser votre oncle ? chuchota Milo.

— Est-ce vraiment important ? répondit Lián.

Elle levait vers lui son beau visage illuminé par les étoiles. Ses yeux étaient devenus deux lacs sombres chatoyants de mille reflets. Dans la nuit veloutée, ses lèvres avaient la sensualité d'une corolle. Il prit son visage entre ses mains pour caresser de ses pouces la douceur offerte de sa bouche. Ses petites dents aiguës le mordillèrent presque sans pitié, comme pour le punir de la trop longue attente qu'il avait imposée.

— Lián… ma belle fleur de lotus… Lián, mon amour…

Il était tendu de désir. Il se demandait comment il avait réussi à vivre loin d'elle aussi longtemps, puis il comprit qu'il n'avait pas vécu. Il s'était contenté d'avancer de jour en jour, en laissant le temps filer sans but.

Maintenant, tout était revenu à sa place. Elle était là, à portée de ses bras. Il n'eut qu'à arrondir l'épaule pour l'accueillir contre lui. Il frôla ses lèvres, goûta sa bouche. Au-dessus de leurs têtes, la galerie sous arcades était maintenant devenue un ciel d'encre bleu marine.

L'éléphant les emmena sur le chemin de ronde de son lent pas balancé. La lune tombait sur les bâtiments séculaires, révélait des niches et des balcons, des bas-reliefs sculptés d'animaux étranges, de fleurs géantes et de dieux à demi nus. Toute cette lumière cascadait du ciel sur l'eau noire du réservoir en lui donnant des reflets d'argent.

Quelque part, un rossignol commença à chanter. Ses phrases flûtées et mélodiques donnèrent à la nuit un air de symphonie.

1. Réservoir d'eau construit en cimenterie.

Au bord du réservoir, le palanquin continuait à avancer en oscillant de droite à gauche, comme un conte oriental qui n'a jamais de fin.

20

19 juin 1940
Les Sundarbans – Inde

En juin, Milo reçut le grade de capitaine et obtint une permission pour fêter cette promotion. Il proposa à Lián un pique-nique dans la brousse. Il n'avait pas oublié qu'il avait promis de lui montrer un tigre en liberté.

Il vint la chercher dans un véhicule tout-terrain de l'armée. Il avait avec lui un panier en osier garni de sandwichs et d'une bonne bouteille de champagne.

Elle lui sourit, belle et malicieuse. Elle portait un jodhpur et une chemise d'homme nouée à la taille auxquels elle avait rajouté des brodequins à tige montante. Son panama était garni d'un foulard qui la protègerait d'éventuels moustiques. Il fut heureux de voir qu'elle avait pensé à tout.

— J'ai eu toutes les peines du monde à me débarrasser de mes gardes du corps, avoua-t-elle en s'asseyant sur le siège avant. Mon oncle est vraiment intransigeant sur le sujet.

— N'a-t-il pas raison ? répliqua Milo. Je trouve normal qu'un homme veuille protéger les membres de sa famille, n'êtes-vous pas de cet avis ?

Elle lui glissa un regard espiègle.

— Puisque vous semblez le préférer, je peux encore demander à mes deux Sikhs de nous accompagner !

Il lui montra la banquette arrière sur laquelle reposaient une carabine et un couteau coupe-coupe. Il avait aussi rangé un revolver dans son holster.

— Il n'y aura pas de problème de sécurité aujourd'hui. Comme vous pouvez le voir, je me suis organisé en conséquence. En revanche, ma chérie, continuez à obéir à votre oncle les autres jours. Calcutta est loin d'être une ville sûre.

— Cette mauvaise réputation est très exagérée, remarqua-t-elle. Je m'y promène souvent et je n'ai jamais eu aucun problème.

— Parce que vos gardes du corps veillent sur vous ! Vos deux Sikhs appartiennent à la suite du maharaja de Mahavir, qui est encore très respecté par son peuple. De plus, ils ont un physique impressionnant. Face aux Bengalis, qui n'ont pas une très forte stature, ils n'ont qu'à rouler les yeux pour que, pfft ! plus personne n'ose vous approcher.

Lián gloussa.

— Il faudra expliquer cette théorie à votre père, qui ne semble pas la partager. Encore récemment, il a tenté de me démontrer qu'ils ne servent pas à grand-chose, car ils n'ont pas d'armes à feu.

— Mon père est un homme simple, il ne croit pas au pouvoir de l'apparat. Moi qui suis dans l'armée, je puis vous assurer que cela compte… De toute façon, n'a-t-il pas un peu réussi à vous convaincre ? J'imagine que vous avez sur vous le colt qu'il vous a offert, n'est-ce pas ?

Elle tapota le sac qu'elle portait en bandoulière.

— Je lui ai promis de ne jamais m'en séparer. C'est un serment qui pèse plus d'une livre, j'espère qu'il se rend compte du sacrifice que cela représente. À moi les courbatures après une journée de randonnée ! Il n'empêche, ajouta-t-elle d'un ton un peu plus sérieux, nous plaisantons, mais je vous avoue que depuis qu'on m'a suivie, la détention de cette arme me rassure.

Milo eut tout de suite un regard alarmé.

— De quoi parlez-vous ? Qui vous a suivie ?

— Hé, continuez à regarder la route, vous allez renverser un rickshaw ! Je n'aurais pas dû vous en parler. Ce n'était rien d'important… Il y a quelque temps, j'ai pensé… j'ai cru que l'homme qui m'avait enlevée lorsque j'étais petite était revenu pour me surveiller. J'avais aperçu dans la rue un Asiatique assez corpulent et cela a tout de suite fait remonter chez moi quelques mauvais souvenirs. Lorsque j'en ai parlé à mon oncle, il m'a affirmé que c'était impossible, que cet homme était mort il y avait longtemps.

Milo fut troublé par l'anecdote. La description qu'elle venait de faire correspondait en tout point au Moghol qu'il avait vu en Argentine et que Jan Lukas avait clairement identifié. Or, il était impossible que deux hommes puissent exister avec ce même physique de sumo.

Ruminant son inquiétude, il décida toutefois de ne pas évoquer cet incident plus longtemps. Lián en était encore visiblement troublée. Mieux valait la rassurer.

— Vous avez raison, Lián, il s'agissait probablement du fruit de votre imagination. Avec ce que vous avez vécu ces derniers temps, ce n'est pas étonnant. Des traumatismes peuvent réveiller de mauvais souvenirs. Or, vous venez de changer de vie et vous avez perdu vos repères. Vous ne vous sentez plus en sécurité. Regardez-moi, ma chérie. Essayez de ne plus penser à tout ça. J'ai l'intention de vous faire passer une merveilleuse journée.

Elle lui sourit, rassérénée. La journée promettait effectivement d'être splendide. Le ciel était d'un bleu céruléen comme on en voit rarement à Calcutta. Après être passé devant Kalighât en direction du sud, ils quittèrent les quartiers urbains de Tollygunge et de Rajpur pour rouler dans une campagne souriante parsemée de hameaux. Ils devaient sans arrêt slalomer entre des bœufs attelés à des charrettes chargées de pastèques ou de mangues. Des femmes marchaient avec d'énormes ballots de fourrage sur la tête. Des chèvres dormaient sur la chaussée. Partout, les champs dessinaient un patchwork de couleurs vives.

Au bout de plusieurs miles, le paysage changea. Les cultures cédèrent du terrain au profit d'une savane de hautes herbes jaunes parsemée d'arbres à écorce noire. Lián contemplait tout cela avec un doux bonheur. Milo lui expliquait les paysages, les animaux sauvages. Il racontait son Inde natale avec mille et une anecdotes savoureuses. Il était un conteur hors pair et elle, elle voulait tout savoir.

Ils s'arrêtèrent à Gosaba, en face du fleuve qui, à cet endroit, s'écartelait en tellement de bras qu'il ressemblait symboliquement à une déesse hindoue. De toute façon, il était depuis toujours la déesse Gangâ, fille du roi de l'Himalaya divin, épouse de Shiva, et purificatrice de tous les péchés.

L'eau de l'Hooghly devenait à la fin de son parcours d'un bleu sale étiré en un lac si vaste qu'il tutoyait l'horizon. Sa seule frontière était une forêt brillante et moutonnée, qui la cernait de toutes parts.

Une fois stationné, Milo attrapa un gamin dans la bande dépenaillée qui les observait. Lui offrant quelques roupies, il lui demanda de surveiller la voiture pendant leur absence.

— Pas de chèvre ni de poules sur le siège, ordonna-t-il avec beaucoup de sérieux. Et pas de singes qui jouent avec le volant. Si la voiture est propre à notre retour, tu auras encore la même somme. D'accord ?

Le gamin fut ravi de l'aubaine, mais Lián eut du mal à retenir un fou rire.

— Craignez-vous vraiment que des poules attaquent votre véhicule ? s'exclama-t-elle en s'emparant de son sac. D'où voulez-vous qu'elles viennent ? Il n'y a rien alentour, pas même une maison, rien que cette terre sèche, poussiéreuse, qui deviendra de la boue à la première averse.

— Riez tout votre soûl, lui répondit Milo en clignant de l'œil. Vous rirez moins lorsque vous verrez à notre retour votre siège recouvert de fientes de poulet et de crottes de biques.

Il se chargea du panier de pique-nique tandis qu'une fillette venait tendre timidement à Lián une fleur d'hibiscus. La jeune fille lui offrit en échange un biscuit sorti de sa musette puis piqua la corolle éclatante dans sa tresse. Lorsqu'elle se redressa, Milo l'observait.

— Je regrette de ne pas avoir emmené mon Leica, souffla-t-il. Vous êtes très belle.

Déroutée par son ton admiratif, elle se moqua gentiment.

— Parce que vous savez vraiment utiliser un appareil photographique ? Vous ne faisiez donc pas semblant ?

Il saisit les armes posées sur la banquette arrière.

— Vous avez raison, *uphaas pari*[1], dit-il en se saisissant des armes posées sur la banquette arrière, je suis plus à l'aise avec une carabine.

— Vous m'avez promis qu'on ne chasserait pas !

— Je vous l'ai promis, Lián, je ne me dédie pas. Mais la jungle n'est pas la pampa. Mieux vaut s'y aventurer armé d'un bon fusil.

1. Littéralement « merveilleuse/féerique moqueuse », en hindi.

— Et comment font ces enfants ? Ont-ils des fusils cachés dans leurs culottes ?

La dévisageant, il appela l'un des gamins. Le petiot approcha. Il avait le dos tordu et l'un de ses bras pendait, inerte, le long de son corps. Le jeune homme s'accroupit pour se mettre à sa hauteur et lui posa quelques questions en bengali. Le gamin hoqueta une longue histoire en montrant le fleuve à plusieurs reprises.

— Ça va, railla Lián de plus belle. Je vous vois venir, avec votre comédie. Vous allez me dire que ce gamin a été blessé par un tigre alors qu'il est juste en train de vous raconter qu'il aime attraper des grenouilles !

Milo eut un regard grave.

— L'accident a eu lieu il y a deux ans. L'enfant était dans le bateau de son père. Ils traversaient pour aller chercher du miel dans la mangrove. Personne n'a vu le tigre. Il nageait et puis, soudain, il a jailli de l'eau comme un diable. Il a crocheté le bras de l'enfant et il l'a entraîné dans le fleuve. Le père a eu le réflexe de lui frapper la tête avec sa godille. L'animal était jeune et inexpérimenté. La surprise lui a fait lâcher le gamin et s'enfuir. Le petit a survécu, mais, depuis, il est estropié. Il ne parviendra plus jamais à utiliser son bras. Bon, venez, nous nous sommes suffisamment attardés. À notre tour de traverser.

Après une telle histoire, elle ne put s'empêcher de regarder l'eau avec l'inquiétude la plus vive.

— Vous voulez traverser alors que les tigres sont capables de nager ?

— Il n'y a rien à craindre, Lián. Ces pêcheurs vont nous emmener en pirogue.

Elle étudia les longues embarcations de bois qui, au milieu du courant, paraissaient bien frêles et bien fragiles.

— N'y a-t-il pas de bateau plus gros ?

— À vous entendre, on pourrait croire que vous avez peur.

— Bien sûr que j'ai peur ! Vous venez de dire que des tigres sortent de l'eau pour attraper des enfants.

— Eh bien, vous n'êtes plus une enfant, n'est-ce pas ?

Il riait encore lorsqu'ils s'installèrent dans une embarcation qui tanguait dans le courant. L'autre rive n'était qu'un enchevêtrement d'arbres directement ancrés dans l'eau par de puissantes racines. Ce parterre boueux était hérissé de jeunes pousses rectilignes, semblables à des javelots fichés dans le sol.

— La mangrove des Sundarbans, annonça Milo.

Les pêcheurs les déposèrent près d'un ponton de bois tout vermoulu qui craquait lorsqu'on marchait dessus. Milo leur demanda de venir les chercher au milieu de l'après-midi. Pendant ce temps, une femme tendit à Lián deux masques de papier mâché. En même temps, elle la gratifia d'un long discours auquel la jeune fille ne comprit rien, hormis qu'il fallait en mettre un sur l'arrière de la tête.

— Pourquoi veut-elle que nous les portions ? questionna-t-elle lorsque les pêcheurs s'éloignèrent.

Elle tournait et retournait avec perplexité le mince masque sur lequel était peint un visage orné d'une grosse moustache.

— Il faut savoir qu'un tigre chasse à l'affût et qu'il attaque généralement sa proie lorsqu'elle lui tourne le dos. Ainsi, il a peu de chances d'être repéré et sa victime risque moins de lui échapper. Les habitants des Sundarbans croient donc qu'il faut mettre ces masques sur l'arrière de leur tête pour se protéger du tigre qui n'osera pas les attaquer, car il pensera que celui qui le porte est toujours de face.

Lián ne pût retenir une grimace.

— Franchement, avec tout ce que vous racontez, admettez qu'il faut du cran pour oser vous suivre !

— Ma petite chérie, sourit-il en l'enveloppant dans son regard de velours, je vous rappelle que vous vouliez voir un tigre vivant. Cela se mérite.

Elle le trouva si beau avec son teint bronzé et son feutre de baroudeur qu'elle se haussa pour lui voler un baiser, puis elle s'échappa avant qu'il ne referme ses bras sur elle.

— On y va ? dit-elle en avançant vers un minuscule sentier. J'ai hâte de voir votre tigre.

Le chemin était à peine visible. Il avait été tracé par des pêcheurs et des cueilleurs de miel, peut-être même par des buffles sauvages. Très vite, le silence qui tombait des frondaisons eut quelque chose de solennel. Leurs pas résonnaient étrangement. Puis le bourdonnement des insectes et les trilles des oiseaux revinrent.

La lumière tombait des cimes des palétuviers comme au travers des vitraux d'une église. Seule cette espèce d'arbres parvenait à survivre ici, dans le sel constamment ramené par les marées. Très vite, le paysage se boucha et devint incroyablement monotone. Le fleuve disparut derrière une hachure de troncs. Lián se demandait comment Milo parvenait à se repérer dans ce fatras. Les feuilles étaient toutes dures et brillantes. Les branches avaient la même forme noire et biscornue. Sur le sol, les souches formaient toutes des racines en éventail.

Elle perdit en peu de temps son sens de l'orientation. Elle avait l'habitude des vastes plaines sous un horizon en fuite constante, et non d'un mur végétal duquel il fallait se dépêtrer pour ne pas rester prisonnier.

Milo, au contraire, semblait être dans son élément. De temps à autre, il lui désignait l'empreinte d'une sandale ou même celle d'un pied nu, qui indiquait que des indigènes osaient bien s'aventurer jusqu'ici. Elle regardait cette misérable preuve de civilisation en se demandant quelle folie, ou quel besoin impérieux, poussait des hommes à défier la mangrove des Sundarbans.

Milo lui fournit une explication en lui montrant les restes d'une ruche sauvage. Les villageois venaient pour le miel. Ils avaient grimpé sur cet arbre pour faire tomber les rayons de cire. Ils en avaient mangé quelques-uns sur place, telles de délicieuses friandises, puis ils avaient ramené le reste à leur famille.

Dans cet univers coincé entre l'eau et le ciel, la marche était harassante. Des fourmis chutaient des branches. Des crabes grimpaient aux arbres. Des poissons grenouilles[1] marchaient sur les racines. L'étonnement donnait à la jeune fille l'envie de s'arrêter à chaque pas.

Soudain, Milo lui fit signe de garder le silence. Il chercha d'où venait le vent, puis imposa un détour pour arriver près d'un bras de rivière. Là, il désigna une construction de bois accrochée dans les airs, face au point d'eau.

— Comment saviez-vous qu'elle serait là ? chuchota Lián, abasourdie.

1. Poisson capable de vivre provisoirement à l'air libre, appelé périophtalme.

— Cette plate-forme est entretenue par de nombreux pisteurs et chasseurs. Elle sert d'affût.

Il lui montra une échelle sommaire, passa devant elle pour enlever les toiles des araignées et les amas de feuilles qui risquaient de cacher des insectes venimeux, et même des serpents. Lorsqu'elle le rejoignit, elle eut le souffle coupé par la vue qui donnait sur la rivière. C'était magnifique. L'eau s'écoulait dans un doux glougloutement, sous le berceau formé par des branches entrelacées. Quelques trous épars d'eau stagnante étaient recouverts par des algues vertes. La lumière glissait des cimes en rais mouvants, scintillants.

— Je préfère vous prévenir, Lián, nous avons très peu de chances de voir un tigre aujourd'hui. Ces fauves ne viennent au point d'eau qu'à l'aube ou au crépuscule. Il est très rare qu'ils s'y aventurent dans la journée. Notre seule chance est qu'aujourd'hui, il fait chaud. Un tigre aura peut-être envie de se rafraîchir. À partir de maintenant, essayons d'éviter de faire du bruit. Si notre fauve arrive, il le fera de face, par le petit sentier que nous voyons là. Il se désaltérera à cette plage minuscule. On y voit encore ses grosses empreintes.

Ils s'installèrent et attendirent, silencieux. Ils étaient assis à même le plancher sommaire et inconfortable. Milo s'était adossé au tronc, le fusil à la main. Il avait attiré Lián contre lui, pour l'envelopper de ses bras. Elle avait ôté son chapeau. Elle sentait son menton appuyé sur sa tête, son souffle régulier qui descendait dans ses cheveux. La chaleur grimpait avec les heures. À chaque brise, la végétation exhalait des senteurs vertes et florales. De la terre mouillée montait une odeur de feuilles en décomposition. Au-dessus, les oiseaux voletaient d'une cime à l'autre. Milo montra les *pittas*[1] au ventre chamois et au dos vert, et aux ailes arc-en-ciel. Un tantale indien avança lentement sur la rive en contrebas, en balançant sa silhouette de cigogne chauve à la recherche de petits crabes. Son gros bec fouilla la vase, attrapa une proie et l'avala en rejetant la tête vers l'arrière.

Soudain, il s'envola tandis qu'une bande de macaques passaient en trombe dans un raffut de voyous. Une pluie de feuilles tomba dans la rivière.

1. La brève des palétuviers ou *pitta mangrove* (nom latin : *Pitta megarhyncha*).

À midi, quelques *chitals*[1] vinrent peureusement se désaltérer. Après avoir admiré leur robe tachetée se confondant avec les jeux d'ombre et de lumière du sous-bois, les deux jeunes gens décidèrent une pause-déjeuner. L'aventure leur creusait l'appétit, ils se régalèrent de sandwichs tièdes et dégoulinants. Lorsque Milo déboucha le champagne, le « plop » provoqua dans les futaies une brusque panique. Des *barasinghas*[2] étaient venus boire en catimini, sans qu'ils les entendent approcher. Maintenant, la troupe s'échappait en cavalcade au-dessus de l'eau, dans des sauts aériens auréolés de gerbes étincelantes.

Milo avait amené deux flûtes. Ils trinquèrent comme des nababs au-dessus de la rivière, les yeux dans les yeux, émus de l'instant magnifique qui les rapprochait. Milo attira la jeune fille contre lui. Ses lèvres avaient le goût du vin pétillant et aussi celui du sel, amené par la brise et l'océan tout proche. Ils s'embrassèrent avec une langueur sensuelle, en se caressant le cou, la gorge, le dos. Puis Milo recula pour murmurer contre la bouche de la jeune fille un « chut » très doux, à peine audible, un petit souffle de vent qui la fit soupirer de plaisir. Comme elle n'avait pas compris, il lui tourna la tête lentement, pour lui montrer la rivière en contrebas, puis il appuya sa joue contre la sienne, en chuchotant :

— Regarde.

Il la laissa admirer, le souffle court, la majestueuse silhouette qui avançait d'un pas royal entre les palétuviers.

Le tigre.

Il était venu, comme le jeune homme l'avait prédit. Il marchait sans bruit, le pas feutré. Il était énorme, d'une puissance épaisse qui roulait sous son pelage orange. Dans le paysage, on ne voyait que lui, au point que la jungle parut se taire, les oiseaux comme les insectes, parce que le roi était là.

Le fauve avança jusqu'à la rivière et se baissa pour laper l'eau claire. Un instant, il n'y eut d'autre bruit que cette langue sur l'eau, clap-clap-clap, dans un temps complètement immobile.

Puis le tigre traversa la rivière. Le cours d'eau n'était pas profond, aussi s'y coucha-t-il, en se roulant et en feulant de

1. Nom indien du cerf axis. Son nom, *chital*, voudrait dire « avec des taches ».
2. Cerf des marais, se déplaçant en très grande harde de femelles et de faons.

plaisir. Son ventre était blanc. Ses rayures se confondaient avec les ondulations du courant.

Un instant, il joua comme un gros chat avec les éclaboussures, se vautra de plus belle dans le courant, puis soudain, alerté par on ne sut quoi, il se tapit dans la rivière et leva les yeux vers la plate-forme d'où le couple l'observait. Ses yeux jaunes croisèrent ceux des jeunes gens. Froids. Énigmatiques. Sourds d'une violence parfaite. Lián en eut la respiration coupée. Elle n'avait jamais croisé le regard d'un fauve. Ce fut une expérience extraordinaire et terrifiante. Instinctivement, elle sentit qu'il était l'ultime prédateur. Une force parfaite devant laquelle elle ne pouvait être qu'une proie.

Une peur atavique remonta dans son corps, renouant avec cette terreur qu'avaient dû connaître ses lointains ancêtres un jour descendus de leur arbre. Elle pensa aux gens qui avaient été tués par les mâchoires d'un prédateur, le corps labouré par des griffes, la gorge vagissant d'une terreur abjecte avant de perdre conscience dans un flot atroce de sang.

Elle se retrouva le souffle court, prête à crier, puis le tigre disparut soudain. En trois bonds, il quitta la rivière et s'enfonça dans les bois avec comme unique preuve de son passage, quelques branches se balançant mollement.

Elle ne se rendit compte qu'à cet instant que Milo avait épaulé son fusil, prêt à toute éventualité.

— Mon Dieu, ne cessait-elle de répéter. Mon Dieu, mon Dieu, mon Dieu. Il aurait pu nous attaquer, n'est-ce pas ?

Ils restèrent encore à observer les oiseaux, mais plus rien n'avait la même saveur. Des *chitals* revinrent boire. Le signe que le tigre avait bel et bien disparu. Il était tard. Il fallut reprendre le chemin du retour. Lián sursautait à chaque bruissement de feuilles. Elle avait l'impression de voir des rayures partout. En fin de compte, elle fut heureuse que Milo ait amené son fusil.

— Lorsque j'ai tué mon tigre, ce n'était pas la même chose, avoua-t-elle un peu plus tard. Il y avait foule. Les rabatteurs criaient, les éléphants barrissaient. Des paysans tapaient sur des casseroles, sur des bouts de bois. Le tintamarre était tellement humain, pour nous tellement rassurant. Lorsque le tigre est sorti des hautes herbes, il n'était qu'une chose effrayée. Bien sûr, il était grand et puissant, et il avait attaqué un *mahout* sur un éléphant, en baroud d'honneur. Mais ce n'était plus le roi de la jungle. C'était une pauvre âme abandonnée, qui savait qu'elle allait mourir. Je l'avais lu dans ses yeux. Alors que là, le regard de ce tigre… Celui-là, oui, celui-là était un fauve en chasse. Maintenant, je comprends l'excitation que ressentent les chasseurs.

— L'excitation que ressent un chasseur n'est qu'un leurre, lui répondit Milo doucement. Une fois la bête tuée, il ne reste rien, que la mort. La traque est un piège. Il y a certes l'excitation de la poursuite, la certitude du bon droit, l'émulation entre deux intelligences humaine et animale, la tension d'un jeu malsain. Sauf qu'en fin de compte, l'âme du chasseur est tuée en même temps que sa proie. La mort est toujours laide.

Lián l'écoutait passionnément, tout en se demandant s'il parlait d'un tigre qu'il avait un jour chassé, ou d'une autre sorte de proie, un homme peut-être, qu'il lui faudrait un jour tuer à cause de la guerre.

*

Les deux jeunes gens revinrent au ponton vermoulu en fin d'après-midi. Ils hélèrent les pêcheurs et attendirent à l'ombre que ces derniers viennent les faire traverser sur leurs petites pirogues. Une insidieuse mélancolie les gagnait en même temps que le soleil descendait à l'horizon ; il allait bientôt falloir se séparer.

Milo s'installa au volant dans un silence préoccupé. Après avoir lancé le moteur, il se concentra un instant sur la route et ses innombrables nids-de-poule. Sa compagne en profita pour observer son profil de médaille romaine.

— Lián, commença-t-il, il faut que je vous parle de quelque chose d'important.

Elle se raidit. Le ton de sa voix s'était chargé d'une gravité qui n'augurait pas d'une bonne nouvelle. En un éclair, tous les doutes qu'elle avait encore à son encontre revinrent la hanter. Elle pensa au projet qu'il avait dévoilé à son oncle, cette histoire de base militaire à la frontière du Meghalaya.

Ne s'intéressait-il pas d'un peu trop près aux rubis dont elle avait un jour eu l'imprudence de lui parler ?

— Si vous cherchez à me soutirer des informations concernant ces mines que j'ai visitées lorsque j'étais enfant, je vous arrête tout de suite, je ne sais rien. Mieux vaut vous faire une raison, vous n'obtiendrez pas d'avancement dans votre carrière grâce à moi !

Milo sursauta de surprise. Il évita un troupeau de chèvres au milieu de la route en donnant un brusque coup de volant et en profita pour arrêter la voiture sur le bas-côté, à l'ombre de bambous. Se tournant alors vers sa passagère, il remarqua son air renfrogné, boudeur. Elle fixait un point au-delà de l'horizon, refusant de le regarder. Il la prit par l'épaule pour la contraindre à lui faire face.

— Je ne comprends pas l'allusion que vous venez de faire, Lián.

— Vous ne comprenez pas ? s'exclama-t-elle, outrée. Êtes-vous en train de nier que vous êtes devenu capitaine grâce à ce projet de base militaire que vous voulez monter dans le Meghalaya, dont l'idée agrée tellement vos supérieurs ? Croyez-vous que je n'ai pas remarqué que lors de notre dernière soirée au Sun Mahal, mon oncle, vous et le vice-maréchal McRoy, vous étiez comme des paons en train de faire la roue ?

— Je ne comprends toujours pas, Lián. De quoi m'accusez-vous ?

— Vous et McRoy n'êtes venus à cette soirée que pour rouler des mécaniques. Pour montrer à mon oncle que, tout maharaja qu'il est, il n'en demeure pas moins, pour vous autres Britanniques, un imbécile de *wog*[1] qu'on doit mater à coups de trique !

— Lián ! De quoi parlez-vous ? Qu'êtes-vous en train de dire ? Nous n'avons rien contre le maharaja Omja Singh, bien au contraire. Nous l'avons toujours considéré comme l'un de nos princes les plus fidèles. Sauf que l'Angleterre est en guerre. Il est normal que nous regroupions nos forces et que nous signions des accords avec nos alliés.

1. Terme injurieux pour désigner un Indien.

— Pour parvenir à vos fins, vous avez presque accusé mon oncle d'être un traître ! continua-t-elle, le visage pâli d'une colère qu'elle ne s'expliquait pas elle-même.

— Lián, vous ne devriez pas vous mêlez de cela.

— Pourquoi ? Parce que je suis une femme ? Parce que je ne comprends rien à la guerre ? Vous avez raison, je n'y comprends rien ! Je me refuse à comprendre des actes qui visent à tuer d'autres hommes. Je n'ose même pas imaginer ce qu'il arriverait si le riz venait à manquer pour nourrir la population.

— Vous mélangez tout, Lián. Pour le riz, je peux vous rassurer tout de suite, j'ai moi-même envoyé une note à Churchill. Je vous promets que l'Angleterre ne veut pas d'une famine en Inde.

Il la tenait à bout de bras, en la secouant presque alors que quelques minutes auparavant, il n'avait eu envie que de l'embrasser. À la fin, le ridicule de la situation lui apparut dans son entier et lui fit dire avec amertume :

— Nous ne nous sommes pas vus depuis des jours et tout ce que nous trouvons à faire, c'est de nous disputer à propos de sujets qui ne nous concernent pas. J'aurais préféré que vous gardiez de cette journée le seul souvenir du tigre, si beau dans la mangrove, et aussi, pourquoi pas, celui de mes baisers. Lián, suis-je prétentieux en osant affirmer que nous nous aimons ? Pourquoi nous déchirons-nous ?

Elle hésita.

— Peut-être parce que j'ai l'impression que vous vivez dans un constant jeu de cache-cache ?

Il éclata d'un rire incrédule.

— Lián, vous inversez les rôles ! De nous deux, le caméléon, c'est vous ! Un jour déguisée en garçon, le soir même habillée comme une courtisane et la fois suivante accoutrée en petite fille modèle ! Ne serait-ce pas plutôt à moi de ne pas m'y retrouver ?

Ils se toisèrent avec des éclairs au fond des yeux, puis il se radoucit le premier, pour dire d'un ton volontairement raisonnable.

— Lián, j'ai un métier qui ne me laisse pas libre de mes actes, mais vous savez très bien que vous pouvez me faire confiance. Je vous aime. Je ferais tout pour vous. Toute la journée, j'étais mal à l'aise car j'hésitais à vous dire quelque chose que j'ai appris par crainte de vous effrayer. Or, je me rends compte que je n'ai pas le choix. Si je me tais, vous allez encore m'accuser de mensonge, alors qu'en réalité, je cherche uniquement à vous protéger.

Elle maugréa.

— Je ne suis pas en sucre. Dites-moi de quoi vous voulez me parler.

Il hésita encore.

— J'ai eu des nouvelles de Carlos Ramiro.

— Ha, souffla-t-elle.

Le nom l'atteignit dans le ventre, comme un coup de poing. Elle avait eu tort de se prétendre solide. En fonction des circonstances, elle ne l'était pas tant que cela.

— Continuez, réussit-elle tout de même à dire.

Il lui révéla qu'il avait eu entre les mains un rapport indiquant que Carlos Ramiro avait été vu à Berlin. Lui et son père avaient réussi à fuir l'Argentine avant que les autorités ne décident de les arrêter. Il précisa que don Felipe était décédé lors de la traversée de l'océan Atlantique. Leur navire avait fait naufrage au large de Madère des suites d'une attaque aérienne britannique. Carlos en était sorti indemne, ainsi que l'Asiatique de forte corpulence qui l'accompagnait.

Lián pâlit d'un coup.

— Je ne m'étais pas trompée, c'est bien ce Mogül que j'ai vu à Calcutta il y a quelques semaines. Pourquoi ne me l'avez-vous pas dit ce matin, lorsque nous en avons parlé ?

— Je n'ai pas voulu vous gâcher la journée.

Elle resta silencieuse quelques instants, puis elle s'efforça de sourire bravement.

— Pourtant, vous m'en parlez maintenant.

— Ma première intention était de me taire, mais lorsque vous m'avez parlé de cet Asiatique qui vous suivait, j'ai pensé qu'il valait mieux que vous soyez au courant. En Allemagne, Carlos a multiplié les entrevues avec des proches du Führer. Les troupes nazies viennent de défiler à Paris. Les Allemands sont très occupés avec la France. Nous ignorons s'il a obtenu gain de cause.

Lián l'écoutait, glacée jusqu'à la moelle. Depuis l'atroce nuit argentine, évoquer Carlos Ramiro la plongeait dans une angoisse qu'elle avait du mal à maîtriser. Comprendre aujourd'hui que l'Argentin avait bel et bien des liens avec les nazis achevait de la paniquer.

— Tout de même, chuchota-t-elle par-devers elle, pour essayer de se rassurer, l'Allemagne est loin de l'Inde.

Milo assena sans ménagement :

— Nous ne pouvons compter sur ce fait. Carlos n'est plus en Allemagne. Je vous en parle pour que vous me promettiez d'être prudente. Ne sortez pas sans vos gardes du corps et surtout, ayez toujours sur vous le colt que vous a offert mon père.

Elle comprit soudain beaucoup de choses.

— Je sais que vous lui avez demandé de me donner cette arme. Vous craignez que Carlos vienne à Calcutta.

Il hésita imperceptiblement.

— Je pense effectivement qu'il ne va pas laisser tomber cette affaire de rubis. Il a peut-être réussi à échapper à la prison, mais il est ruiné. Il va continuer à s'intéresser à vous. Le fait que vous ayez vu son complice à Calcutta me conforte dans cette idée. J'insiste vraiment, demeurez prudente dans vos déplacements. Ne soyez jamais seule. Continuez aussi à vous entraîner au tir. Je tiens à ce que vous soyez capable de vous défendre si nécessaire.

Elle le regarda avec gravité.

— Je vous le promets, je vais m'entraîner au tir. Je vais le faire non parce que j'ai peur, mais parce que cela me fera penser à vous chaque fois que vous ne serez pas avec moi.

Il fondit littéralement devant cette merveilleuse déclaration d'amour et la prit dans ses bras pour l'embrasser de tout son cœur.

— Rien ni personne ne nous empêchera de vivre, n'est-ce pas ? murmura-t-elle en répondant à ses baisers, encore et encore.

*

Les jeunes gens franchirent le portail du Sun Mahal au crépuscule. Milo remarqua tout de suite des changements.

Des *durwans*[1] supplémentaires avaient été déployés à l'entrée tandis que d'autres étaient disséminés dans le parc, plus ou moins cachés dans les bosquets ou derrière des arbres. Bien que cette mesure l'étonnât, il n'en parla pas à Lián. Il estimait qu'elle avait eu son comptant d'émotions pour la journée.

La jeune fille le guida vers une entrée à l'usage moins officiel que le grand perron d'honneur. Masquée par un jardinet planté de roses, cette porte d'une taille raisonnable était joliment sculptée et gardée par deux *wallahs*[2] impassibles.

— C'est par ici que j'accède à mes appartements, expliqua Lián sur le ton du secret. Là-bas, dans le bâtiment qui sert de remise, j'ai à ma disposition un vélo et la Delage prêtée par ma tante. Je peux jardiner par ici et jouer au tennis sur les courts que vous apercevez derrière ces arbres. On se croirait presque dans un cottage anglais, n'est-ce pas ?

C'était très exagéré. La façade de l'*haveli*[3] n'avait rien d'une fermette du Sussex. Elle montait à une hauteur vertigineuse, décorée par un nombre incalculable de balcons et d'alcôves inspirés des plus grands palais rajpoutes. Entre les fenêtres à arc cintré et les moucharabiehs joliment ajourés, plusieurs galeries à colonnades couraient, sculptées de bas-reliefs et surmontées de coupoles dorées. Aucun doute n'était permis, on était toujours devant le Sun Mahal, le fabuleux Palais d'Or des maharajas du Mahavir. Cette aile était juste un peu plus privée que les autres.

Milo descendit du véhicule en même temps que sa compagne. L'heure de la séparation avait sonné et il regrettait de la quitter. Elle ressentait la même chose, car elle ne cessait de parler pour retarder au maximum ce moment. Elle lui montrait les roses entretenues à grand renfort d'arrosage, la pelouse presque aussi verte que celle d'un manoir anglais. Les lévriers d'Olga que cette dernière laissait libres dans le parc s'approchèrent en remuant amicalement la queue. Lián joua un instant avec eux en les agaçant d'un ruban.

1. Gardiens indiens.
2. Serviteurs.
3. Palais fortifié construit par une puissante famille de l'aristocratie indienne.

À cet instant, le *munshi*[1] du maharaja sortit du palais et se précipita vers eux en les saluant à maintes reprises. Cet homme encore jeune, au visage agréable et aux yeux brillants de malice, servait le souverain en tant que secrétaire et aide de camp. Lorsqu'il informa Milo que Son Altesse Royale souhaitait le rencontrer immédiatement, ce dernier eut une mine soucieuse, avant de se tourner vers Lián pour prendre congé.

— Le devoir m'appelle, lui dit-il.

Il lui embrassa la joue d'une manière conventionnelle, mais elle tourna la tête avec espièglerie et le baiser tomba tout naturellement sur sa bouche. Cédant à l'élan, il la prit dans ses bras et la serra sur son cœur. Chaque séparation leur coûtait de plus en plus.

— Lián, ma chérie, après la guerre…

— Oui ? chuchota-t-elle, en levant vers lui ses beaux yeux vert sapinette, graves, brillants, emplis d'attente.

— Lián, reprit-il dans un murmure passionné, avant de s'interrompre parce que au-dessus d'eux, au milieu de la façade du palais, le maharaja Omja Singh en personne les toisait, tout raide sur un minuscule balcon.

Le jeune homme eut un mauvais pressentiment. Son aveu passionné mourut au fond de sa gorge. Il se contenta de proposer à Lián de la retrouver le dimanche d'après.

— Que diriez-vous d'aller faire une croisière sur le Gange ? Au moins, nous pourrions respirer un air un peu plus frais par ces temps de canicule.

Elle accepta avec un sourire radieux. Déjà, ses servantes l'entouraient avec des rafraîchissements de toutes sortes. Elle lui coula un clin d'œil entendu.

— Mon devoir de princesse m'attend également.

Avec un dernier signe de la main, Milo suivit le *munshi* à l'étage. Lián le héla une dernière fois pour lui envoyer mille baisers avant de s'évanouir dans l'ombre d'une galerie. Milo sourit. La journée avait été magnifique.

1. Mot persan utilisé comme titre de respect pour une personne maîtrisant les langues. Par extension, en Inde britannique, un *munshi* était un administrateur, un secrétaire, un comptable ou un aide de camp.

Peu de temps après, il fut introduit dans un cabinet de travail aux dimensions royales. Les fenêtres agrémentées de rideaux en mousseline étaient ouvertes sur le soir qui demeurait torride. Milo s'immobilisa devant un bureau d'acajou massif disposé au milieu de la pièce. Le meuble était presque entièrement recouvert par une carte de relevés topographiques. Il reconnut les tracés du Meghalaya, de l'Assam et d'une portion de la Birmanie. Posés en piles éparses sur le dessus, différents journaux dont le *Statesman* et le *Times of India* étalaient leurs gros titres : « La France continue la résistance » ; « La France a derrière elle un immense empire » ; « La France n'est pas vaincue ».

Il s'empara d'un quotidien et parcourut rapidement l'introduction. La veille, le 18 juin, un jeune général français nommé Charles de Gaulle avait lancé un appel radiophonique qui incitait la France libre à poursuivre la lutte contre l'envahisseur allemand. Il promettait d'organiser la résistance aux côtés de l'Angleterre, où un gouvernement libre s'était constitué.

— Que pensez-vous de ces nouvelles ? lui demanda à brûle-pourpoint le maharaja revenu de son balcon. Les pronostics que vous avez faits il y a quelques jours étaient d'une clairvoyance admirable. Je vous félicite, ajouta-t-il d'un ton ambigu. Mais il est vrai que vous êtes le filleul de sir Winston Churchill, notre nouveau Premier ministre depuis le 10 mai. À ce titre, vous devez être au courant de beaucoup de choses.

Les deux hommes se jaugèrent d'emblée. Le maharaja était au sommet de l'échelle sociale indienne. Extrêmement riche, ce prince indien gouvernait son peuple comme un demi-dieu. Il avait à l'égard du Raj britannique une réserve que l'on pouvait tout à la fois qualifier d'amicale et de prudente. Milo se souvenait l'avoir rencontré à plusieurs reprises, lorsque, petit garçon, il accompagnait son père dans ses chasses pour porter les fusils de quelque personnalité importante. Lors de ces escapades loin de tout décorum ou protocole, Jim McCorball et Omja Singh avaient toujours fait preuve, l'un pour l'autre, d'une connivence qui dépassait la simple amitié. Néanmoins, Milo avait parfaitement conscience que cette complicité ne s'étendait pas jusqu'à lui.

— Comme vous pouvez le lire, reprit le souverain du Mahavir, la France est définitivement vaincue. Son gouvernement a démissionné et les Allemands sont les vrais maîtres du pays. Nous savons, vous et moi, ce qu'une telle défaite signifie pour les possessions françaises en Asie du Sud-Est. Dorénavant, l'Inde n'est plus entourée d'alliés, mais d'ennemis. J'ai donc pensé qu'il serait intéressant de vous demander de m'expliquer en détail votre projet de base militaire près de la frontière birmane.

Milo n'avait évidemment pas son dossier de travail sur lui, qu'il laissait dans le coffre de son bureau à chaque permission. Néanmoins, l'occasion de conclure quelques avancées significatives lui parut suffisamment importante pour qu'il souscrive d'emblée à la proposition du prince indien.

Omja Singh s'en déclara satisfait. Il tint cependant à marquer son territoire avant d'entamer toute discussion.

— Savez-vous que je me suis renseigné sur vous, capitaine ?

— C'est de bonne guerre, Votre Altesse, répondit Milo du tac au tac. J'en ai fait autant à votre sujet.

Le maharaja tiqua sous l'insolence, avant d'arborer un sourire bref.

— Vous êtes bien le fils de votre père. Vous avez la même manière directe d'aborder les choses. Bien. Voici le relevé topographique du Meghalaya, ajouta-t-il après l'avoir invité à se rapprocher de la carte. Pourriez-vous dès à présent m'indiquer la localisation précise des terres que vous destinez à votre future base militaire ?

— Ici, précisa Milo en traçant du doigt un périmètre qui englobait l'extrême sud-est du Meghalaya.

Omja Singh se pencha vers la carte pour étudier cette portion de territoire avec soin. Cette fois-ci, il était vêtu à l'indienne d'une *kurta pajama*[1] traditionnelle en soie ornée d'une *chikan*[2] en fil d'or. Le ton rose dragée mettait en valeur son teint de terre cuite et son physique athlétique. Son visage entièrement glabre était mâture et d'une fermeté impressionnante, avec un regard d'aigle, un nez busqué légèrement épaté et des lèvres

1. Une *kurta* est une chemise sans col, un *pajama* un pantalon indien.
2. Style de broderie traditionnelle.

charnues dont la sensualité était atténuée par une expression sévère. Rien qu'en le dévisageant, on devinait que cet homme était habitué à commander.

Il détailla longuement la région que le jeune officier britannique lui avait désignée, puis il se redressa.

— Je suis surpris. J'avoue que j'ai un temps cru que vous vous intéressiez à un objectif autre que militaire.

— Pourquoi ferais-je cela ? répliqua Milo en le dévisageant avec franchise. Je connais de longue date le lien qui vous lie à mon père, tout comme je suis au courant des rubis que vous lui versez pour le remercier de son aide et aussi, sans doute, pour un peu acheter son silence… Je ne suis pas en train de monter une chasse au trésor. Puisque vous vous êtes renseigné à mon sujet, vous devez savoir que mon père veille encore maintenant à verser sur un coffre de banque à mon nom la quasi-totalité des pierres qu'il reçoit. Donc, concernant le Meghalaya, mon objectif est purement militaire. L'endroit est une place stratégique que nous ne pouvons ignorer.

Omja Singh le sonda un instant du regard, puis reporta son attention sur la carte.

— Très bien. Vous pensez donc à la forêt Saipung… C'est un des lieux les plus humides de l'Inde, encore plus que la forêt des Nuages pourtant proche. Êtes-vous certain de votre choix ? Vous serez loin de tout, là-bas.

Milo profita de la question pour préciser qu'il était surtout intéressé par le lac Kamal Beel.

— Il fait huit cents yards de large pour mille cinq cents de long. J'ai déjà fait plusieurs reconnaissances aériennes. La rive est découpée et quelques îles émaillent la surface mais, globalement, le tirant d'eau reste praticable en toute saison pour un hydravion. De plus, la végétation aux abords immédiats n'est pas très dense. C'est de l'herbe assez courte, d'où émergent parfois quelques grands arbres. Y entretenir un terrain d'atterrissage ne nécessitera pas un énorme travail de défrichage.

— Vous serez à la frontière de l'Assam. Pourquoi ne pas vous installer directement dans cette province ? Elle est beaucoup plus civilisée et je peux vous fournir une recommandation pour le raja de Churachandpur, qui est un ami.

— L'Assam ne m'intéresse pas, Votre Altesse. Cet État est bien trop peuplé. Au contraire, une base militaire sur le lac Kamal Beel n'impacterait guère la vie des autochtones, les adivasis y étant peu nombreux et de surcroît nomades. J'ai bien étudié le problème, cette situation géographique permettrait une surveillance aérienne primordiale. Le lac n'est qu'à soixante miles de Shillong, la capitale du Meghalaya, et à moins d'une centaine d'Imphal, en Assam. Nous n'aurions aucun problème d'approvisionnement.

Omja Singh ne broncha pas. Sa silhouette se découpait sur la fenêtre emplie d'une nuit bleue, hiératique comme seul pouvait l'être un homme dépositaire d'une royauté établie depuis des siècles. Un domestique entra en catimini pour allumer l'électricité et déposer quelques rafraîchissements sur une table basse. Il disparut avec un *praanam*[1] silencieux exécuté à reculons. L'ambiance du bureau, bien que meublé à l'occidentale, était la même que celle du palais tout entier : hors du temps et de toute agitation, emprunt de cette douceur orientale qui pouvait être à la fois un réconfort et un piège.

— Le Meghalaya intéresse l'humanité depuis des siècles, reprit le maharaja. C'est une contrée mystérieuse, où il reste de nombreux secrets à découvrir. Elle a toujours excité la convoitise des explorateurs.

La nuit était tombée d'un coup, comme souvent dans les tropiques. L'air continuait à être moite. Milo sentait la sueur couler dans son dos. Il redressa la tête. Il n'aimait pas le sous-entendu qu'il percevait encore dans la voix de son interlocuteur.

— Je vous l'ai déjà dit, je ne m'intéresse qu'à l'importance stratégique de la route birmane qui monte vers la Chine. Nous sommes en guerre. Ma génération a d'autres chats à fouetter que de s'occuper d'une antique cité perdue et des éventuels trésors qu'elle renferme. Tout ça, avouons-le, n'est rien que de l'histoire ancienne.

— Face à des gemmes précieuses, la convoitise des hommes n'a pas de limites. Ces mines sont une propriété privée depuis longtemps gardée par tout un peuple de guerriers. En tant

1. En Asie du Sud, salutation respectueuse faite en mettant les paumes ensemble.

que souverain du Meghalaya, je ne laisserai personne s'en approcher.

— Je m'en doute. C'est d'ailleurs une des raisons qui ont motivé mon choix. Si vous acceptez ma proposition, Votre Altesse, nous serions alors deux à protéger cette région. N'aurions-nous pas chacun à y gagner ? Bien entendu, cette conversation est d'ordre privée et ne sera pas consignée dans mon rapport.

Omja Singh eut un lent sourire.

— Vous êtes un négociateur avisé. Asseyons-nous, je vous prie. Mon serviteur vient de nous amener quelques rafraîchissements. Aimez-vous le lassi ?

— Je suis né en Inde, Votre Altesse, mais vous le savez déjà.

— Dommage que cela ne suffise pas à créer une ouverture entre nos peuples. Il y a fort longtemps, nous avons tous cru qu'un échange culturel serait possible. Il y avait de la curiosité de part et d'autre et puis, soudain, tout a été corrompu.

— Je suis particulièrement bien placé pour témoigner qu'un échange entre nos nations demeure possible. Mon père est écossais, ma mère était italo-indienne.

— L'amour est effectivement une ouverture possible, chuchota Omja Singh en fermant à demi les paupières. L'amour peut nous inciter à brasser nos cultures, pourvu que nous lâchions prise aux conventions. J'ai moi-même épousé une Russe blanche et j'en ai fait ma maharani. Cela me fut facilité parce qu'il s'agissait de secondes noces et que j'ai déjà un fils héritier.

Il se tut et Milo en profita pour avaler quelques gorgées d'une boisson à la mangue délicieusement rafraîchissante.

— Vous êtes le fils d'un ami très cher avec lequel j'ai partagé de terribles aventures, je vais donc être honnête avec vous, reprit Omja Singh. Vous m'avez convaincu, j'ai décidé d'accéder à votre requête concernant la construction de cette base militaire près du lac Kamal Beel. En tant que prince de l'Empire britannique, il est juste que je participe autant que possible à l'effort de guerre. J'émets cependant une condition.

Milo se raidit, attendant la suite. Le prince indien chercha son regard.

— Vous êtes très proche de ma nièce, capitaine.

Du haut de son balcon, il les avait bel et bien vus s'embrasser. Milo sut tout de suite ce qui allait se jouer dans les prochaines minutes.

— Oui, dit-il simplement.

Omja Singh continua à le dévisager. Il appréciait la pondération du jeune officier britannique, son intelligence, sa droiture. En temps ordinaire, il ne se serait pas mêlé de la vie privée de sa nièce. Sauf que la guerre était là, et avec elle son cortège d'embarras et de difficultés.

Hier soir, son ami Indrajit Inesh était venu clandestinement lui présenter deux chefs de partis indépendantistes bengalis. Ces hommes se prétendaient non violents. Ils espéraient le rallier à leur cause. Au début aimables et érudits, ils avaient changé de ton lorsqu'ils avaient compris qu'il demeurerait fidèle aux engagements pris par ses ancêtres envers les Britanniques.

— Qu'avons-nous à attendre d'un traître à notre peuple, qui autorise les femmes de sa famille à faire la putain auprès des soldats britanniques ? avaient-ils craché, l'œil menaçant.

Omja Singh avait compris l'avertissement. Il les avait chassés de chez lui, puis il avait donné des ordres pour doubler la garde.

Hélas, le mal était fait. Il craignait maintenant pour les siens. L'époque était trouble. Tous les jours, il apprenait l'un ou l'autre massacre, ici dans un village musulman, là dans un hameau hindou. Les nationalistes ne parvenaient pas à s'entendre entre eux. Même les leaders politiques se disputaient : le mahatma Gandhi prônait un retour aux valeurs traditionnelles tandis que son homologue musulman, Muhammad Jinnah, réclamait la création du Pakistan. Il n'avait pas le choix, il devait protéger tous les membres de sa famille. Y compris sa nièce, dont il avait la responsabilité en attendant qu'elle retourne chez ses parents.

— Vous allez cesser de fréquenter la princesse Mary-Leela.

— N'est-ce pas à elle d'en décider ?

Omja se leva et se planta devant le jeune capitaine. Il était grand et animé de la certitude héréditaire de son bon droit. Toute son attitude, toute sa gestuelle traduisaient son rang princier. Milo se leva à son tour, aussi calmement que possible. Les deux hommes se toisèrent sans aménité durant plusieurs secondes, puis le maharaja, sentant que les choses risquaient de s'envenimer, changea de tactique. Se frottant le front d'une main lasse, il dit :

— Je ne suis pas votre ennemi, Milo. Je vous apprécie. Je vous ai connu en culottes courtes, vous auriez pu être l'ami de mes fils si les circonstances l'avaient permis. Je comprends que vous éprouviez des sentiments pour ma nièce. Réfléchissez cependant. Qu'avez-vous à lui offrir ? Je ne parle même pas de votre train de vie, qui n'est que celui d'un jeune officier, tandis qu'elle est à la fois l'héritière d'une famille américaine de la Gold Coast et une princesse du Raj. Non, je vous parle plus prosaïquement de la guerre que nous nous apprêtons à vivre. Nous savons vous et moi que le conflit va se rapprocher de l'Inde. Vous êtes un soldat. Vous irez combattre. Que se passera-t-il si vous êtes blessé ? Tué ? À quel point aimez-vous ma nièce, capitaine ? Êtes-vous prêt à en faire une veuve ? À imposer à votre enfant de vivre sans père ? Avez-vous réfléchi à cela ?

Milo déglutit avec difficulté.

Oui. Il avait déjà réfléchi à toutes ces questions. Il y réfléchissait même tous les jours. Lorsque la guerre avait été déclarée, il s'était évertué à espacer ses relations avec la jeune fille. Il avait espéré qu'en la voyant moins, il se guérirait d'elle, mais le destin ne cessait de les réunir et, à chaque fois, il replongeait dans son amour.

Le temps ne changeait rien à l'affaire. Il avait besoin d'elle. De son sourire. De l'éclat de ses grands yeux verts. De la moue délicieuse de sa bouche. De sa joie de vivre. De ses baisers. De sa main sur son épaule, tout simplement.

Il ferma brièvement les yeux. Omja abattit son dernier atout.

— Si vous continuez à la fréquenter, vous la mettrez en danger.

— À cause de vos amis activistes ? répliqua Milo dans un ultime sursaut d'orgueil.

Omja Singh demeura impassible.

— Ce ne sont pas mes amis. Ils menacent ma famille.

— Nous pouvons en parler à la police et à l'antiterrorisme.

— Non. Vous autres, Britanniques, vous croyez être capables de changer les choses mais, en réalité, vous ne pouvez rien.

Combien êtes-vous ? Les Indiens sont des millions. Lorsque vous en pendez un, cent se lèvent à sa place. Je ne ferai rien qui risque de mettre en danger ma famille et j'ose espérer que, vous aussi, de votre côté, vous n'aurez pas l'inconscience de prendre une telle responsabilité.

Milo comprit qu'il était vaincu. Omja Singh avait raison. Il n'avait pas le droit de faire courir le moindre risque à celle qu'il aimait. D'ici quelques jours, il irait dans le Meghalaya pour superviser la construction de la base militaire. Il y resterait des semaines. Peut-être des mois. Combien de temps durerait la guerre ? Avait-il le droit d'exiger qu'elle l'attende ?

— Très bien, céda-t-il finalement, la bouche emplie d'un goût amer. Mais puisque nous en sommes à marchander comme au Bara Bazar, je vais moi aussi poser une condition. Protégez-la de vos activistes, mais aussi de ses ennemis. J'ai de bonnes raisons de croire que ceux qui l'ont contrainte à fuir l'Argentine se trouvent maintenant en Inde.

— Pourquoi pensez-vous que je l'ai fait venir au Sun Mahal plutôt que de la laisser à la Villa Rose ?

— Connaissez-vous au moins tous les détails de l'affaire ? Lián vous a-t-elle parlé de l'homme qui l'a effrayée il y a quelque temps ? J'ai toutes les raisons de croire qu'il s'agit d'un nommé Mogül, que vous connaissez de longue date…

— Croyez-moi, coupa le maharaja. Cet homme n'est plus un problème.

— Que voulez-vous dire ?

Le prince indien ouvrit un tiroir de son bureau et en sortit une série de photographies qu'il étala en éventail.

— Ce problème-là vient d'être résolu.

Milo se pencha vers les clichés. Tous montraient une ruelle sordide au crépuscule. Une de ces impasses comme on en trouvait partout dans les quartiers populaires de Calcutta, encombrée de détritus et de déjections humaines ou animales. Sur le sol de terre battue était étendu un corps, énorme, obèse, au crâne rasé à l'exception d'une longue natte. D'autres clichés montraient ce même corps sous d'autres angles et, surtout, la face ronde, de type asiatique, aux traits congestionnés, aux yeux exorbités et à la bouche ouverte comme une fente laissant échapper une langue noire, hideuse. Un cordon de soie tressée était incrusté dans son gros cou.

— Comme vous pouvez le voir, Mogül est cette fois-ci réellement mort. Une victime de plus à mettre à l'actif des Thugs.

Milo leva le nez des photographies. Son regard éloquent montrait à quel point il trouvait cette mort trop opportune.

— Les Thugs ? s'exclama-t-il avec une totale incrédulité. Êtes-vous en train de parler de cette confrérie d'assassins qui n'existe plus depuis au moins cinquante ans ?

— Je vous garantis qu'il s'agit bien là d'un meurtre perpétré par les Thugs.

— N'importe qui aurait pu étrangler cet homme…

Omja Singh eut un sourire froid.

— Non. Pas n'importe qui. Cet homme était corpulent, lourd et très fort.

— D'après ce que je vois, il n'a guère pu se défendre.

— La technique est imparable. Un complice s'adresse à la future victime tandis que l'assassin arrive par derrière, positionne le cordon puis se retourne en maintenant la prise d'étranglement. La victime bascule en arrière sur son dos et ne parvient plus à se défendre. En quelques secondes, elle perd connaissance. En quelques minutes, elle est morte. Comme vous pouvez le voir, la protection de ma nièce est entre de bonnes mains.

Milo se redressa, la bouche sèche.

— Est-ce vous qui avez fait assassiner cet homme ?

Omja Singh rassembla les photographies et les jeta à nouveau dans le tiroir de son bureau.

— Avez-vous déjà réfléchi au rôle des princes indiens dans cette vaste organisation qu'est le Raj britannique ?

Milo ouvrit la bouche mais le maharaja continua aussitôt :

— Dans toutes les sociétés humaines, qu'elles soient libertaires ou non, la notion de justice n'est qu'une mascarade. L'important n'est pas d'exercer la justice, ni même la liberté, mais la volonté du statu quo. Les princes indiens ont été maintenus en place pour garantir un équilibre. Quoi que nous puissions faire, quelles que soient nos excentricités ou nos psychopathologies, tous nos actes seront étouffés, pourvu que nous continuions, envers et contre tout, à servir l'équilibre général. Mais je vois que je vous mets mal à l'aise… Je vous rassure donc, je n'ai pas fait tuer cet homme, même si j'attendais ce moment depuis des années. Mon jeune frère a été assassiné d'une balle en pleine tête après un violent passage à tabac, or ce Mogül était son tortionnaire. Alors, oui, je me réjouis de sa mort, même si d'autres que moi se sont chargés de l'éliminer, en l'occurrence ces Thugs qui poursuivent depuis longtemps leur propre vendetta. Soyez donc rassuré, capitaine McCorball, ma nièce n'a plus rien à craindre de cet homme. Elle n'a plus besoin de votre protection. Ne l'approchez plus. L'Inde veille définitivement sur les siens. Dès demain, mon secrétaire vous fera parvenir un contrat concernant les terres autour du lac de Kamal Beel, dans la forêt de Saipung. Vous pourrez lancer la construction de votre avant-poste militaire. Je vous souhaite un bon voyage et une pleine réussite.

Milo se leva. Tout avait été dit, il n'y avait rien à ajouter.

Il salua, comme assommé. Un *wallah* de service l'attendait pour le raccompagner vers la sortie. Ils traversèrent un dédale de couloirs et de galeries silencieuses. Milo ne parvenait plus à réfléchir. Il avait obtenu gain de cause, le vice-maréchal McRoy et ses supérieurs de l'état-major seraient satisfaits.

Et pourtant…

Le jeune homme s'arrêta pour s'appuyer à une console. Dans un miroir usé, il croisa un visage pâle, dont il ne reconnut ni les yeux hagards, ni la mine désabusée. Un instant, il essaya de se convaincre qu'Omja Singh avait raison.

Qui était-il ? Qu'avait-il à offrir à la jeune fille qu'il aimait en cette période de guerre, hormis un avenir triste ?

Quelques minutes plus tard, il s'installa au volant de sa voiture, passa les grilles du Sun Mahal en accélérant comme un fou.

Il avait un goût de fiel dans la bouche.

Troisième partie

Un typhon sur le Gange

1940 – 1942
Bengale-Occidental – Inde

21

Fin 1940, début 1941
Calcutta – Bengale-Occidental – Inde

Bang. Bang.

Lián ôta le fusil de son épaule, calme et satisfaite. Elle venait d'aligner cinq cibles à cent mètres avec un Lee-Enfield à lunette de visée. Elle avait mis longtemps à s'habituer à l'arme qui tirait un peu trop sur la gauche, mais maintenant, elle l'avait bien en main.

Jim McCorball la félicita. Elle hocha la tête, fière de montrer au vieux chasseur ce dont elle était capable. Les autres tireurs présents sur le pas de tir la toisèrent en laissant échapper quelques commentaires cauteleux. Elle les ignora. Ici, dans ce milieu très masculin, on ne l'acceptait pas, ce n'était pas nouveau. Au mieux, on la tolérait, au pire, on affichait une condescendance très paternaliste plus blessante que n'importe quelle injure. Tant pis, elle s'en contenterait.

De toute façon, le ton avait été donné dès le premier jour lorsque le propriétaire du club, Trevor Millians, un Anglais au visage chevalin perlé de sueur, s'était précipité pour les accueillir avec des courbettes onctueuses. Soutenu par les habitués qui observaient la scène par-dessus leur journal ou leur long drink, il avait commencé d'un ton mielleux :

— Monsieur McCorball ! Je suis vraiment désolé, mais mademoiselle n'a hélas pas le droit d'accéder à notre club qui est réservé aux hommes…

Le vieux Jim avait cloué l'indésirable sur place d'un regard impérieux.

— Est-ce précisé dans le règlement ?

— Eh bien, sir, je suppose que oui… Après tout, ce ne serait guère convenable et…

— Montrez-moi donc le règlement, monsieur Millians. Bien entendu, s'il s'avérait qu'une telle directive était écrite noir sur blanc, miss Lukas-Tyler et moi-même nous y conforterions comme il se doit.

Le chasseur avait joué comme au poker, main, bluff et gagne, et remporté la mise. Les statuts du club étaient effectivement lacunaires : les fosses de tir n'étaient pas interdites aux femmes pour la simple et bonne raison que personne n'avait imaginé qu'une lady puisse vouloir y aller.

Millians avait épongé son front inondé de sueur avec un mouchoir. Son teint avait verdi. Sa grimace obséquieuse s'était tordue. Alentour, quelques membres éminents du club s'étaient levés pour crier au scandale. Ils avaient menacé d'annuler leur souscription annuelle mais rien n'y avait fait. Le règlement avait été vérifié ligne par ligne. Il s'était avéré clair et net. Lián, parrainée par le prestigieux chasseur de fauves, avait été autorisée à s'entraîner à la carabine et au revolver deux fois par semaine.

Elle s'était prise au jeu et, très vite, avait commencé à gagner des concours. Elle était excessivement douée. Lorsqu'elle obtint sa quatrième médaille, la presse locale se fendit d'une colonne élogieuse sur la « prodigieuse » miss Lukas-Tyler, qui raflait la mise aux hommes. Face à une telle publicité, l'attitude de Trevor Millians changea du tout au tout. Affichant une mine encore plus confite que d'habitude, il autorisa la jeune fille à prendre dorénavant ses rafraîchissements en terrasse alors que, jusqu'à présent, il avait surtout exigé qu'elle ne se fasse pas remarquer. Bien entendu, le salon et le fumoir continuaient à lui être interdits, mais c'était tout de même une victoire.

Lián aurait pu rire de ces chicaneries, sauf qu'elle n'avait le cœur à rien. Depuis son excursion dans les Sundarbans, Milo n'était pas revenu la voir. Elle l'avait attendu le premier dimanche en vain, puis le deuxième et même le troisième. Les jours avaient filé sans qu'elle ne reçoive du jeune homme la moindre nouvelle. Ni lettre. Ni coup de téléphone. Rien.

Des questions avaient commencé à tourner en boucle douloureuse dans sa tête. Où était-il ? Que faisait-il ? Était-il seulement à Calcutta ? Son père lui-même ne semblait rien savoir. Milo donnait l'impression de s'être volatilisé dans la nature.

Les semaines devinrent des mois. Lián s'étiola sans même s'en rendre compte. La guerre était dans tous les esprits. L'Inde vivait au rythme des journaux qui distillaient des nouvelles aussi lointaines qu'alarmistes. On apprit avec stupeur que la France vaincue avait voté un gouvernement de collaboration avec l'Allemagne. Que Londres et Berlin se bombardaient allègrement depuis que des obus avaient été largués par « erreur » sur la capitale britannique. Que la Manche et l'Atlantique étaient le théâtre de batailles navales meurtrières, qui coulaient même des navires civils et tuaient nombre de matelots.

La guerre s'installait, empuantie de mauvaises nouvelles. L'arsenal de la Royal Artillery installé dans le quartier Dum Dum, dans le nord de Calcutta, intensifiait ses fabrications d'armes et de balles. Des industriels spécialisés d'ordinaire dans l'acier commençaient à pressentir l'intérêt d'une reconversion. Ils lançaient les uns après les autres des chaînes destinées à produire des obus, des roquettes, des grenades et des mortiers. Olga, elle-même, avait dû s'adapter à la demande en élaborant une nouvelle gamme de sacs en toile de jute. Ces derniers n'emballaient plus seulement du riz ou du charbon, mais aussi d'énormes balles de coton destiné à la fabrication de nitrocellulose[1].

Un jour, tout de même, une des suivantes de Lián lui apporta un bristol. Un gamin des rues l'avait déposé à la porte du palais. Les mots étaient laconiques. Ils avaient été hâtivement tracés.

« Ma chère Lián, c'est la guerre. Ne m'en voulez pas. Milo. »

Voilà. C'était tout.

Aucun baiser. Aucune marque de tendresse. Aucune promesse. Aucune explication.

Incapable de comprendre ce que cela signifiait, Lián avait avalé d'un trait la gorgée de cognac qu'Olga lui avait tendue. Milo avait-il décidé de l'abandonner ? La reniait-il ? Une tristesse terrible avait pesé sur ses épaules. Elle avait cru manquer d'air.

Dès lors, le temps s'était écoulé, morne et lent. Lián s'était recroquevillée dans ses souvenirs. Tout se fondait dans la forme

1. Explosif dérivé de la cellulose, présent à haute dose dans le coton, et utilisé dans les munitions.

du visage aimé, dans ses yeux bleus de glace, son sourire tendre et malicieux. Le poids de ses mains sur ses épaules. Ses doigts dans ses cheveux. La douceur de ses lèvres. Parfois, elle croyait l'apercevoir dans la rue ; ce n'était jamais lui.

Elle continua à croire qu'il lui reviendrait. Il n'avait pu l'abandonner. Un jour, bientôt, il s'approcherait de cette manière douce et forte à la fois, qui n'appartenait qu'à lui. Il l'emmènerait en promenade dans un éclat de rire. Ils se parleraient. Ils s'embrasseraient. Elle en rêvait tellement que la nuit, cela la réveillait, torturée par le désir, avec l'envie folle de ses mains sur son corps qui l'attendait.

Son exil indien lui pesait de manière indescriptible. Les nouvelles ne franchissaient plus l'Atlantique. Que devenaient sa mère, son père, son frère ? L'incertitude était terrible. La gentillesse d'Olga ne suffisait pas à compenser son angoisse. Elle se sentait seule comme jamais. Le Sun Mahal était immense et immémorial. Il pesait comme un mausolée. Les corridors étaient un labyrinthe digne du Minotaure. Les pièces se succédaient, vides, antiques, peuplées de fantômes sculptés dans la pierre, des dieux et des déesses qui se tordaient en pose lascive sur les murs, les plafonds, les colonnes. Tous les usages étaient emplis de non-sens. Les moindres règles, même les plus anodines, ne correspondaient à rien de ce qu'elle connaissait. La tradition avait le poids d'un passé séculaire. Chaque jour, elle marchait dans le noir, en aveugle qui ne comprenait plus rien au monde.

En mai, la mousson éclata avec une violence d'apocalypse. Du jour au lendemain, la pluie se déversa du ciel en trombes emportées. Les crues envahirent les bas quartiers. Lián n'avait jamais rien vu de semblable : les rats sortaient par troupeaux des maisons, les serpents nageaient entre deux eaux, les gens pataugeaient dans une fange brune agrippés à des parapluies qui ne servaient à rien. Les chaussures étaient inutiles. Le monde allait pieds nus. Au-delà de Chandernagor, des effondrements de terrain firent des dizaines de morts. Les cadavres avaient été emportés par un torrent de boue jusqu'à l'océan.

Les Indiens multiplièrent leurs offrandes au fleuve. Des corolles écarlates et des lumignons tourbillonnaient dans les flots en furie. La population n'avait pas d'autre solution pour apaiser la colère de la déesse Gangâ que celle de la religion.

En octobre, les nuages commencèrent à s'effilocher. Le ciel s'éclaircit. L'Hooghly regagna sagement son lit. La terre reprit une texture de poussière. Le mahatma Gandhi lança une autre campagne de désobéissance civile. Il clamait aux foules que l'Inde devait refuser de participer à un combat pour la démocratie alors qu'elle en était elle-même privée.

Cependant, tous les Indiens ne pensaient pas comme lui. Certains estimaient qu'il était immoral de s'en prendre aux Britanniques durant la guerre. D'autres exigeaient au contraire d'en profiter, d'aller plus loin, plus fort. Les autorités laissaient faire, trop concentrées sur d'autres combats. À Londres, les bombardements s'intensifiaient, faisant des centaines de victimes. L'Allemagne avait lancé son plan Barbarossa pour envahir l'URSS. En Lybie, une guerre du désert commençait. Plus près, en Orient, le Japon venait de récupérer le Laos et le Cambodge après avoir envahi l'Indochine française. Milo n'était toujours pas revenu. Lián avait fini par comprendre qu'il ne voulait plus d'elle. Elle avait cru mourir, puis elle l'avait haï.

Elle avait repris ses promenades, toujours flanquée de ses deux gardes du corps. Elle avait besoin de bouger, de s'agiter. La colère l'avait sortie de sa prostration.

Parmi les nombreux quartiers qu'elle visitait, le Chandannagar Strand était son préféré, sans doute parce qu'il offrait un magnifique point de vue sur l'Hooghly.

Elle marchait un moment sur la plage, au milieu des *ayahs* indigènes entourées d'enfants roses et blonds, puis s'installait sur un banc, à l'ombre du curieux monument qui ressemblait à un dais posé sur des colonnes de pierre. Elle regardait le lent écoulement du fleuve, à moins que ce ne soit le lent écoulement des heures. Les bateaux passaient, lents et minuscules. L'eau avait une couleur grise, comme le reflet d'un ciel triste. En fermant à demi les yeux, elle pouvait presque croire qu'elle était revenue sur les rives du Rio de la Plata. La nostalgie lui étreignait alors la poitrine au point de l'empêcher de respirer et elle se levait pour courir vers les *saperas*[1].

1. Chasseurs et charmeurs de serpent.

Ces derniers étaient alignés devant une haie de jasmin en fleur. Coiffés de turbans orange vif, ils jouaient du *pungi*[1] en marquant la cadence de leurs pieds nus. Devant eux, les petites têtes brunes émergeaient de paniers en osier. Le soleil jouait sur les écailles, révélant un œil jaunâtre et fixe. La musique se faisait dramatique et le public, le bon public qui avait vu la scène mille fois, retenait son souffle.

Attiré par les vibrations de l'air jouées par les charmeurs de serpents, le cobra royal continuait à se dresser. Il était spectaculaire avec son ventre clair, son capuchon déployé et ses sifflements de colère. Les enfants blonds et roses poussaient des cris d'effroi avant d'enfouir leur visage dans les jupes colorées des nourrices, qui les berçaient avec tendresse.

Lián revenait au Palais d'Or la tête farcie de cet exotisme de rue. Elle se jetait les bras en croix sur son lit pour regarder pendant des heures les pales des ventilateurs qui tournaient au-dessus de sa tête. Elle écoutait en boucle des tangos sur son mange-disque. Nila et Deeba, ses deux suivantes préférées, tentaient de la dérider en lui amenant des fleurs et des sucreries, et même un perroquet apprivoisé qui faisait le pitre pour mendier des cacahuètes. Elle avait l'impression de poser pour l'odalisque de Manet ou de Matisse.

Après le dîner, Olga s'arrangeait pour la garder un peu avec elle. Elle lui parlait de tout et de rien, passait en revue les nouvelles colportées par les journaux. Avec sa faconde et ses « r » qui roulaient dans sa bouche, elle se moquait de Staline, cet « âne bâté » qui avait cru jusqu'au bout à son alliance avec l'Allemagne.

— Quel imbécile ! s'écriait-elle en levant les bras au ciel. Ah ça, pour envoyer des petites gens dans les goulags, il est toujours là, mais pour damner le pion à l'autre moustachu, non, vraiment, il n'y a plus personne !

Elle se calmait en sirotant un gin-fizz, puis elle changeait de sujet, évoquant cette fois-ci l'autre drame de sa vie : les grands couturiers qu'elle affectionnait, Jeanne Lanvin, Balenciaga, Molyneux, qui, dans un Paris occupé, étaient contraints à réduire leur activité.

1. Sorte de clarinette indienne utilisée par les charmeurs de serpent.

Pour s'occuper, elle découpait de vieux catalogues de *Vogue*, taillait des crayons de couleurs comme un enfant avant la rentrée des classes, puis griffonnait des modèles extravagants ornés de plumes et de fourrure, dans lesquels on l'imaginait sans peine en favorite de harem ou en princesse tartare.

Lián la laissait parler. Elle n'avait rien à dire. Elle n'avait envie de rien. En fait, en dehors de l'équitation, sa seule bouée de sauvetage était le club de tir.

Plus le temps passait, plus elle appréciait cette ambiance masculine qui sentait le cuir, le tabac froid et le vieux bourbon, où chaque chose paraissait âpre et sévère. Sur le pas de tir, l'air était saturé de soufre et de métal surchauffé. Les détonations claquaient, dures, méchantes. La jeune fille s'amusait de parvenir à damner le pion à ceux qui tentaient de se mesurer à elle, ces vieux colonels à la retraite, ces quelques gendarmes à la moustache arrogante et, surtout, ces « gentlemen » oisifs, les pires de tous, qui ne venaient que pour fumer leur cigare en éclusant du gin. Sous leurs yeux condescendants, elle chargeait les balles dans son fusil et tirait. Carton plein à chaque fois. Elle les toisait, impériale. Elle avait maté des *gauchos* en Amérique du Sud, elle n'allait pas se laisser impressionner par une poignée d'Anglais sur le retour d'âge !

Jim l'encourageait. Jim lui prodiguait des conseils précieux. Au fil des jours, il s'était développée entre eux une amitié sincère. Elle appréciait la présence du vieux chasseur, son soutien, son calme olympien. Sa façon paternelle de se pencher sur son épaule pour vérifier son angle de tir.

Il ne laissait rien passer. Il se montrait dur et exigeant, réussissant à la pousser dans ses limites. Après l'entraînement, elle le ramenait à la maison bleue et restait avec lui le temps de boire une limonade et d'écouter ses récits de chasse. Elle aimait l'entendre raconter ses souvenirs. Assise dans un rocking-chair, elle le laissait l'emmener dans une jungle lointaine qu'elle avait l'impression de reconnaître.

Au début de sa carrière, Jim McCorball avait pisté des buffles, des cerfs sambars, des rhinocéros et même des éléphants. Par la suite, il s'était spécialisé dans le tigre et le léopard, puis dans les mangeurs d'hommes. Son plus grand exploit avait été de traquer pendant près de trois semaines la célèbre tigresse de

Châlihampar, qui avait fait deux cent quarante victimes avant qu'on ne lui demande d'intervenir. Son moment le plus terrible avait été de construire un affût près des restes de la dernière victime du léopard de Srijapur, une fillette de treize ans dont les parents voulaient à tout prix récupérer le corps à demi dévoré. Cette décision, avouait-il, avait été la plus horrible à prendre dans sa carrière.

Il racontait donc, et Lián entendait dans sa voix une rage, une révolte face à l'indicible. Parfois, elle s'installait sur la balancelle sous le manguier et elle fermait les yeux pour mieux imaginer le tigre. L'animal investissait tellement son esprit qu'elle croyait sentir son relent de fauve et entendre le craquement des herbes sèches sous ses pattes. Elle percevait le raclement des griffes sur l'écorce d'un arbre. Elle avait même l'impression de respirer une odeur de sang, elle en avait le goût sur la langue et la couleur dans les yeux, tandis que le soleil filtrait au travers de ses paupières closes.

Le silence du jardin se confondait avec le silence de cette jungle imaginaire, tout emplie du pépiement des oiseaux et du souffle du vent dans les branches. La *nonna* en profitait pour s'asseoir à côté d'elle. Elles se prenaient avec affection par le bras. La plus âgée caressait les cheveux de la plus jeune en souriant doucement. Elles ne parlaient pas la même langue, elles ne partageaient finalement que des silences, mais un absent les liait l'une à l'autre, et c'était bon à prendre, cette chaleur qui rassurait.

Sur le piano dans le salon trônaient de vieilles photographies. La jeune fille venait s'y accouder. Elle était triste de ne posséder aucun portrait de l'absent. Leur relation avait été si brève qu'ils n'avaient pas eu le temps de la poser sur une pellicule.

22

8 décembre 1941
Calcutta – Bengale-Occidental – Inde

La lune avait la pâleur d'un fantôme au-dessus des centaines de lumignons qui balisaient le Sun Mahal. Lián avança d'un pas léger sur la galerie aux proportions hors norme habituellement empruntée par les éléphants. Sa robe de soirée, tout en voile et mousseline de soie, s'enroulait autour de ses jambes avec une douceur parfumée de vanille. L'arôme sucré montait dans l'air, parvenant presque à chasser le relent fauve des pachydermes incrusté dans les vieilles pierres.

À la première bifurcation, elle quitta le chemin principal pour descendre dans les jardins et se glisser vers l'étang qui servait de réservoir d'eau. Là, elle longea le belvédère en contournant la rive sud puis rejoignit le ponton de marbre qui avançait au milieu de l'onde. Les astres du soir se reflétaient sur la surface dansante. Dans la lueur des torches qui balisaient les alcôves garnies de coussins, on devinait des nuées d'éphémères, ces malheureux insectes qui ne vivent qu'une seule nuit, le temps d'aimer. Attirées par cette provende, des chauves-souris traversaient les nuées en rasant l'eau de leurs longues ailes noires.

Au bout de l'estrade, la jeune fille ôta ses sandales perlées d'or et s'assit en faisant tremper ses pieds nus dans l'eau sombre. La fraîcheur la saisit jusqu'au cœur. Elle soupira. Ferma à demi les yeux.

Une musique indienne lui venait de la lointaine salle de réception. Elle crut entendre des voix et des éclats de rire échappés de conversations mondaines.

La soirée célébrait le retour miraculeux des deux fils d'Omja Singh. Âgés respectivement de vingt-trois et vingt et un ans,

Lokesh et Ratan avaient le sourire éclatant de leur père et l'œil caressant d'une mère trop tôt disparue, dont on pouvait admirer un portrait à l'huile accroché dans la galerie des ancêtres. Ils revenaient d'Oxford où ils étaient étudiants, l'un en sciences politiques, l'autre en économie. Avec l'entrée en guerre de la Grande-Bretagne, ils avaient demandé à leur père l'autorisation de s'engager auprès des forces alliées mais Omja Singh le leur avait formellement interdit. Par la suite, craignant peut-être qu'ils n'outrepassent ses ordres, ce dernier avait fait jouer ses relations pour les rapatrier en Inde au plus vite.

L'entreprise avait été difficile à organiser. Les combats faisaient rage partout dans le monde, aussi bien en Atlantique qu'en Méditerranée, en Europe de l'Est et de l'Ouest, et même sur le continent africain. Les deux jeunes gens avaient quitté l'Angleterre dans un cargo battant pavillon portugais. À Madère, ils avaient embarqué à bord d'un bananier à destination du Congo belge. Là, ils avaient réussi à traverser l'Afrique jusqu'à Zanzibar dans un vieux Douglas DC-1 qui datait de 1932. Enfin, après maintes aventures qui les avaient laissés amaigris mais enthousiastes, ils avaient rallié Bombay où ils avaient sagement pris le train jusqu'à Calcutta.

Réjouie de ce dénouement heureux, Olga Marushka avait tenu à leur souhaiter la bienvenue par une fête royale. Comme elle n'avait jamais pu concevoir, elle avait reporté tout son amour maternel sur ces deux petits qu'elle avait connus à cinq et sept ans. Pour qu'ils soient fiers et heureux de revenir chez eux, elle n'avait rien laissé au hasard.

Des lampions colorés avaient été accrochés aux moindres balustrades, des rubans ornaient les arbres et les colonnes de marbre. Une masse incroyable de pétales de roses avaient été déversés sur les marches au point de les noyer sous ce velours délicat. Partout, le sable des esplanades avait été ratissé avec soin et les dalles balayées et lustrées.

À l'intérieur du palais, des brûle-parfums distillaient leurs arômes de fleur d'oranger et de cannelle. Dans les pièces d'apparat rutilantes de mille feux, les serviteurs vêtus de blanc présentaient avec style des plateaux d'argent recouverts de victuailles alléchantes, du *shukto*[1], des *chingri*[2] au curry, des fleurs de banane réduites en purée et saupoudrées de graines de sésame, du poisson pané à la graine de moutarde, des œufs roulés dans le ghee[3] et le gingembre, sans oublier les dizaines de petits pains *luchi*, gonflés et frits, au parfum appétissant.

Lián avait surtout grignoté des *pista paan*[4] aux pétales de rose, un de ses péchés mignons, tout en admirant les toilettes luxueuses des belles dames et les parures des nababs.

Olga, parfaite dans son rôle de maharani qui lui allait comme un gant, avait lancé plus de deux cents invitations, auxquelles le gratin huppé de la province s'était empressé de répondre. Très vite, la salle de bal était devenue une rivière de perles, d'aigrettes serties de diamants, de boas en plumes précieuses d'autruche, de sautoirs d'émeraude, de diadèmes de rubis au milieu des soies rebrodées d'or et d'argent, aux couleurs acidulées comme des loukoums ou, au contraire, douces comme des dragées.

À demi cachée derrière un frangipanier en pot, Lián avait guetté les annonces du chambellan que ponctuait à chaque fois un coup de gong. Les invités se succédaient à un rythme soutenu. Elle avait tour à tour reconnu le gouverneur et son épouse, les hauts fonctionnaires les plus en vue, les nababs du Bengale et les sultans venus du nord, ainsi qu'une bonne partie de l'aristocratie anglaise, marchands parmi les plus influents, industriels à la pointe de la technologie, artistes et philosophes bengalis.

Au début, elle fut heureuse de participer à la liesse générale. Comme tout le monde, elle s'était réjouie du retour des deux princes, qui étaient aussi ses cousins. Elle les avait découverts gais et charmants, et joueurs invétérés de polo, ce qui avait représenté à ses yeux un atout primordial. Dans le grand palais figé par des habitudes ancestrales, cette jeunesse avait amené un vent frais qui lui avait fait du bien. Elle s'était très vite entendue avec eux.

---

1. Plat de légumes extrêmement rafraîchissant dont le goût du melon amer est tempéré par du lait de coco.
2. Grosses crevettes.
3. Beurre clarifié.
4. Dessert à base de pistaches.

Ce soir, elle avait donc dansé, ri et même bu un peu de champagne. Ses deux cousins étaient de joyeux lurons, la musique était gaie et elle se sentait particulièrement jolie dans ses soies vaporeuses qui tournoyaient doucement autour d'elle. Surtout, elle était encore pleine d'espoir. Olga avait juré qu'elle avait invité Milo McCorball. Il allait venir. Il ne pouvait se permettre de mépriser une invitation officielle lancée par le maharaja de Mahavir en personne. Cela aurait frisé l'incident diplomatique.

Elle y avait cru jusqu'à ce qu'Olga vienne anéantir ses dernières espérances.

La duchesse russe était royale dans un caftan oriental rouge sang agrémenté de passementeries et d'un jupon de dessous en soie violette. Chacun de ses mouvements libérait dans l'air les merveilleux effluves du parfum *Shalimar* de Guerlain dont elle raffolait.

Venant à sa rencontre, elle s'était haussée pour chuchoter à son oreille.

— Ma pauvre petite chérie, je suis tellement désolée. Je crains d'avoir perdu mon pari. J'étais persuadée que notre beau capitaine n'oserait pas décliner mon invitation, mais le colonel Ferguson vient de me certifier qu'il est d'astreinte toute la nuit au fort William et qu'il ne peut s'échapper. Quelle malchance incroyable, n'est-ce pas ?

Lián avait accusé le coup en serrant les dents.

— Oh, ne lui trouvez pas constamment une excuse, avait-elle répliqué d'un ton aussi chagrin qu'agacé. S'il me fallait une seule preuve de son indifférence, je l'aurais à l'instant ! N'aurait-il pas pu nommer un subalterne pour le remplacer, ou demander à un camarade ?... Non, vraiment, la vie de soldat n'excuse pas tout. Je suis lasse de courir après une chimère.

— Lián..., avait chuchoté Olga, en la serrant sur son cœur. Ma petite Lián chérie... Je ne sais quelle mouche pique ce garçon mais, ce soir, avouons tout de même qu'il est excusé par le colonel Ferguson en personne... Je t'en prie, faisons encore preuve d'un peu de patience.

La jeune fille avait eu un mouvement d'humeur.

— De ma vie, je ne serai jamais une Pénélope accrochée à sa tapisserie tandis que son Ulysse voyage au loin !

Avec un sourire aigre, elle avait accepté une invitation à danser arrivée bien à-propos. Le bellâtre dont elle n'avait même pas retenu le nom, smoking noir, bouche en cul-de-poule, fine moustache rousse, n'avait rien de séduisant, mais il dansait convenablement le boogie. Elle l'avait autorisée à enchaîner avec un *lindy hop*.

Il parlait. Elle ne répondait rien. Elle ne l'entendait même pas. Elle avait fini par prétexter avoir besoin de se repoudrer le nez pour le planter là. Dans la salle de bal, l'air brassé par les antiques *punkahs* avait une moiteur de bain de vapeur. Elle s'était glissée dans la nuit à la recherche d'un peu de fraîcheur. La brise lui hérissait les bras d'une fine chair de poule. Elle marcha sans penser à rien, jusqu'à arriver au réservoir.

Maintenant, couchée sur la pierre encore tiède du soleil de la journée, elle regardait les étoiles en écoutant les oiseaux de la nuit concurrencer les échos de l'orchestre. L'eau clapotait mollement contre la berge cimentée. Elle soupira. Tout était calme et voluptueux, bien différent du plein jour, lorsque le ponton résonnait du balai des serviteurs et du vol des pigeons que les porte-étendards chassaient quotidiennement pour éviter que leurs fientes ne souillent les bas-reliefs.

Oubliés, le pas lourd des éléphants venant au bain et leurs barrissements aigus qui répondaient aux cris joyeux des cornacs les éclaboussant. Effacé, le bruissement des pieds nus des petits ramasseurs de crottins, qui couraient partout avec leur pelle et leur panier.

Oui, la nuit apportait une douce torpeur qui donnait à son corps une somnolence bienfaisante. S'endormit-elle en rêvant à ce passé fait de balades à dos d'éléphant, de baisers moelleux, de caresses en suspens ? Sans doute, car elle sursauta lorsqu'un cheval approcha.

Surprise, elle se redressa, remit de l'ordre dans sa jupe. Son cœur avait bondi d'espoir, il retomba, profondément déçu. Ce n'était pas Milo. Ce n'était que son oncle.

— Olga m'a assuré que je te trouverais ici, au bord du réservoir. Comment fait-elle pour toujours avoir raison ?

— Elle sait mieux que personne écouter les gens. De toute façon, ajouta-t-elle d'un ton léger, si cela ne suffisait pas, elle s'arrangerait pour tordre la réalité à sa convenance. Elle a ce don admirable.

Omja Singh était vêtu d'un smoking blanc qui tranchait dans la nuit. Coiffé d'un turban orné d'un aigle en pierres précieuses, le fameux « *Saphed Bazz*[1] » réalisé par le joaillier Cartier, il tenait à la longe une magnifique jument perlino ambrée. La robe de l'animal était tellement lustrée qu'elle prenait dans la clarté des torches d'incroyables reflets or.

Il s'assit à côté d'elle. Son sourire éblouissant semblait suspendu dans la nuit comme celui du malicieux chat d'Alice[2].

— N'ai-je pas quelques excuses à l'aimer ? reprit-il doucement.

Elle contra avec mélancolie.

— Faut-il des excuses pour aimer ?

— Parfois, oui, des excuses sont nécessaires lorsqu'on s'acharne dans une voie que la société réprouve. J'ai imposé Olga à ma famille, qui n'a guère apprécié mon choix. Pour mes tantes et mes cousines, Olga est beaucoup trop russe pour faire une épouse convenable. Trop occidentale aussi, car trop libre pour rester enfermée dans un sérail. C'est là tout mon paradoxe, avoir été séduit par sa liberté naturelle, par cette façon qu'elle a de n'avoir besoin de personne. Elle me fait penser à ces torches qui nous entourent. Leur flamme brille si fort que les papillons viennent s'y brûler. Je suis le papillon d'Olga.

Lián ne put s'empêcher de rire.

— Je ne vous imaginais pas en papillon, plutôt en lion vindicatif !

— Que voilà un compliment curieusement tourné, ma princesse, mais j'imagine que je l'ai mérité. Savais-tu que notre famille descend justement du lion ? Notre patronyme, Singh, signifie lion.

Avisant ses pieds nus dans l'eau, il l'imita en retroussant sans façon le bas de son pantalon après avoir ôté chaussures et chaussettes.

— Mmm, dit-il en fermant les yeux de bien-être. C'est stupide, mais je n'arrive pas à me souvenir de la dernière fois

1. Se traduit par « Faucon Blanc ».
2. Dans *Alice au pays des merveilles*.

où j'ai nagé dans ce réservoir. Décidément, vieillir, ce n'est qu'oublier de vivre.

Elle ne répondit rien, laissant le silence s'installer entre eux. Elle était à la fois gênée de sa présence et amusée par son attitude qui tranchait avec sa sévérité ordinaire. Elle se rendait compte qu'elle le connaissait mal, et que c'était sa faute. Elle avait toujours refusé de découvrir qui il était.

Lui non plus ne disait rien. Peut-être pensait-il comme elle ? Depuis qu'elle logeait au Sun Mahal, il n'avait pas vraiment cherché à se rapprocher d'elle. Sauf peut-être en cet instant, avec ses pieds nus qui s'agitaient dans l'eau noire comme ceux d'un petit garçon !

Pour cacher un fou rire naissant, elle se tourna vers le cheval. Ses oreilles étaient en forme de croissant de lune. À ce détail, elle reconnut cette race marwari que son père avait importée de Jodhpur pour améliorer son propre élevage.

— Cette perlino est superbe, dit-elle pour dire quelque chose.

— J'ai attendu longtemps avant de la trouver. Je tenais à une couleur spéciale, un ton très rare qui ne correspond pas aux standards habituels. Elle s'appelle Motee. Cela signifie Perle. Elle est à toi. Je souhaite que ce soir tu sois autant la reine de la fête que mes fils en sont les rois.

Lián ne parvenait pas à y croire.

— À moi ? Vraiment à moi ? Vous me l'offrez ?

— Je l'ai fait dresser pour jouer au polo. Je pense qu'elle n'y sera pas mauvaise. Que penses-tu d'elle ?

Elle se leva pour caresser la belle encolure arquée. La jument perlino resplendissait comme une statue de marbre. Omja Singh eut un soupir heureux. Il avait vu juste. Ce cheval rachèterait peut-être toutes les maladresses passées.

— La première fois que je t'ai vue, tu avais trois ans, tu donnais à boire à une jument aussi pâle qu'un croissant de lune. Sur le moment, ce fut pour moi la plus belle chose que je contemplais, ce magnifique cheval blanc et toi, toute petite devant lui, mais tellement remplie d'assurance. Toi, la fille unique de mon frère, un véritable miracle. Voilà pourquoi je tenais à t'offrir une jument avec cette robe de perle, bien que ce ton clair ne soit pas usuel chez la race marwari.

La confidence la toucha tellement qu'elle ne sut que dire, alors il continua doucement :

— J'étais persuadé que ta mère t'avait parlé de son passé, qui incluait notre famille. Je suis désolé que tu aies appris tes origines de cette façon brutale, ce n'était bien évidemment ni à moi ni à Olga de le faire... Lorsque tu es arrivée d'Argentine, j'étais si fier, si heureux de te recevoir. Je croyais que tu venais pour nous connaître. Pour découvrir ton second pays. Je voulais te donner une juste place dans ce palais, parmi les tiens. Tu es la fille de mon cher frère trop tôt disparu. Lorsque j'ai compris que ta mère ne t'avait pas parlé de lui, cela m'a autant attristé que fâché. La place d'un Indien dans l'Empire britannique, fut-il maharaja, n'est pas simple. Il ne suffit pas d'être à la tête d'un royaume riche et prospère et d'être parfaitement au courant des us et coutumes britanniques pour être respecté. Je t'ai vue comme une Anglaise arrogante. J'ai eu l'impression qu'on assassinait mon frère une seconde fois.

Elle se tourna vers la jument pour appuyer son front contre son encolure. En même temps, elle continuait à l'écouter, alors il poursuivit :

— J'ai mis longtemps à comprendre ce que ressentait ton cœur. Tu es née de deux pays. C'est souvent une déchirure. On croit que cela nous rend riche de deux mondes. En réalité, cela nous sort de chacun d'entre eux. Pourtant, ni toi ni moi n'y pouvons rien. Devons-nous alors nous faire la guerre ? Je ne le souhaite pas. Ce cheval est là pour te souhaiter la bienvenue. J'espère qu'il réussira à t'apprivoiser et t'aidera à te faire découvrir l'Inde de tes ancêtres. Je te laisse maintenant avec lui, ajouta-t-il en lui tendant la longe. Il est temps que je rejoigne mes invités.

Elle le rattrapa en le retenant par la main.

— Racontez-moi, lui dit-elle.

Il ne comprit pas. Elle insista.

— Vos invités n'ont pas besoin de vous. Ils dansent, chantent et rient, ne les entendez-vous pas ? Restez encore un peu avec moi. Ce soir, j'ai besoin de mon oncle des Indes.

Il demanda pour la forme :

— Quelle Inde veux-tu que je te raconte ?

— Je veux que vous me parliez de votre frère. Celui qui est mon père. Je suis prête maintenant à écouter son histoire.

Lorsqu'ils revinrent à la fête, il était tard, mais l'orchestre continuait à jouer des morceaux entraînants. Olga guettait leur retour. Dès qu'elle les vit, elle se précipita vers eux dans un tourbillon de jupes colorées. Son beau visage avait perdu son impassibilité de princesse orientale pour afficher une folle inquiétude. Trois officiers britanniques en grand uniforme la suivaient de près. Ils étaient comme elle, raides et soucieux.

— Ah, mon chéri ! s'exclama-t-elle en s'appuyant au bras du maharaja dès qu'elle le put. Ces messieurs te cherchent depuis un certain temps. Il semblerait qu'il soit arrivé quelque chose de terrible dont ils doivent t'informer au plus vite.

Elle s'agitait en tous sens et Omja dut lui prendre les mains pour ramener au fond de ses yeux d'or un peu de calme. Lián fut étonnée de la voir dans cet état. D'ordinaire, Olga était une personne forte, capable d'affronter n'importe quelle situation. La nouvelle apportée par les trois officiers britanniques était-elle donc si terrible ?

Essayant de deviner de quoi il s'agissait, elle se tourna vers les militaires. Elle reconnut en premier le colonel Ferguson, qui tirebouchonnait d'une main nerveuse sa moustache démodée. Il était accompagné par le général Loth-Andrews, aux gros sourcils broussailleux et aux joues rubicondes. Le troisième officier…

Son cœur manqua un battement. Milo était devant elle, grand et superbe dans son uniforme de la Royal Air Force. Tandis qu'il la saluait d'une brève inclinaison de la tête, elle retrouva en quelques secondes tout ce qui la séduisait en lui : sa haute taille, son allure élancée, ses épaules larges, ses cheveux blonds, son visage hâlé et, surtout, l'extrême douceur de ses yeux bleus lorsqu'ils rencontrèrent les siens.

Mon Dieu, pensa-t-elle en serrant ses mains l'une contre l'autre pour maîtriser leur tremblement. Je l'aime toujours autant ! Je l'aime. Je l'aime. Je l'aime.

Ils se tinrent l'un en face de l'autre, immobiles et gauches, et pourtant portés par un élan incroyable que le temps ne semblait jamais pouvoir défaire. Ils ne s'étaient pas vus depuis des mois. Ils avaient cru cesser d'exister l'un pour l'autre. Ils s'étaient presque habitués à une vie en solitaire. Puis, sans crier gare, l'amour revenait les gifler au point de les faire vaciller.

Elle se retint à grand-peine de se jeter contre sa poitrine. Elle aurait tant voulu que ses bras se referment sur elle, que ses lèvres se posent sur les siennes.

À la place, elle vit comme dans un mauvais rêve le colonel Ferguson se tourner vers son oncle et annoncer d'un ton lugubre :

— Nous avons appris à l'instant un terrible événement, Votre Altesse. Le capitaine McCorball vient de nous apporter cette dépêche prioritaire : la base militaire américaine de Pearl Harbor a été attaquée par les Japonais il y a tout juste quelques heures !

*

Dans la vaste salle de réception brillant de mille feux, la terrible nouvelle commençait à se propager. L'attaque de l'empire du Japon avait eu lieu sur l'île d'Oahu, à Hawaï, où les Américains basaient l'une de leur principale flotte militaire. En quelques heures, l'armée du Levant avait coulé dans la baie des Perles huit cuirassiers sur douze et détruit quatre destroyers ainsi que cent quatre-vingt-huit avions. Elle avait aussi endommagé trois croiseurs, quatre navires auxiliaires, un navire et un mouilleur de mines, et cent cinquante-neuf avions. Les pertes humaines étaient énormes. Les chiffres n'étaient pas encore définitifs, mais les Américains avançaient plus de deux mille morts, y compris parmi les civils. Il s'y ajoutait au moins autant de blessés.

L'objectif des Japonais était clair : empêcher les États-Unis de s'opposer militairement à leur politique impérialiste en Asie. L'attaque était également une réponse éloquente aux sanctions économiques que Washington avait prises en juillet après l'invasion de la Chine et de l'Indochine française.

Passé le premier moment de stupeur, la salle de réception devint le théâtre d'un beau désordre. L'orchestre, vaillant au milieu du naufrage, continua à lancer quelques airs enjoués mais rien n'y fit, les esprits n'étaient plus à la danse. Avec un mouvement irrésistible, de nombreux invités se précipitèrent vers leur hôte, soit pour avoir confirmation de la nouvelle, soit pour prendre congé. Lián dut reculer pour ne pas se retrouver prise dans cette bousculade.

Elle était en train de lutter pour s'extraire de la foule lorsqu'on la saisit par le coude. Se retournant, elle croisa les yeux bleus de glace de Milo. Le cœur bouleversé, elle le laissa l'entraîner à l'écart.

Ils fendirent la cohue jusqu'à une alcôve masquée par une tenture. À l'intérieur, sur un autel encombré d'offrandes de fleurs et de fruits, un bon gros dieu débonnaire, Ganesh le sage, les regardait de ses yeux de lapis-lazuli à peine éclairés par une lampe à huile.

Lián avança à pas menus dans cette semi-pénombre. Ses pieds foulèrent un tapis de pétales en amenant dans l'air une douce odeur de rose. Elle respira avec une lenteur mesurée qui ne correspondait en rien à la tempête qui agitait son corps.

Presque aussitôt, elle fut saisie aux épaules par deux mains impérieuses, fortes et brûlantes. Prise de vertige, elle dut appuyer sa joue contre un mur. Il l'enveloppa tout entière dans ses bras, s'appuya contre elle de toute sa force, de toute sa taille. Il s'imposait à elle d'une manière exigeante et presque autoritaire. Elle vacilla. Elle serait tombée toute molle sur le carreau s'il ne l'avait retenue.

— Lián, chuchota-t-il d'une voix rauque du sentiment qui gonflait son cœur, qu'il ne pouvait taire plus longtemps, ma belle fleur de lotus, ma chérie, mon amour.

Sa main creusait son ventre d'une caresse hardie qui la troublait délicieusement. Elle se renversa pour le regarder. Ils étaient si proches que leurs souffles se mélangeaient, glissaient sur leurs visages, caressaient leurs joues, leurs paupières, leurs lèvres.

— Lián, répéta-t-il en avançant sur sa bouche un bécot presque interrogatif.

Elle ne résista pas. Elle entrouvrit les lèvres, et le baiser devint une possession exigeante. Elle s'y soumit en perdant ce qui lui restait de souffle. Son cœur cognait en de gros battements sourds, violents, douloureux. Son corps était une vague. Tous les sens exacerbés, elle crut tomber dans une houle de ravissement comme au fond d'un gouffre, pour une noyade qui n'était qu'un délice.

Il était là. Chaud comme un incendie. Vivant et présent. Enfin.

Elle l'avait attendu durant des semaines, des mois, avec une patience qui l'étonnait et dont elle ne s'était pas crue capable. Tout ce temps, elle avait été persuadée qu'il ne pouvait que lui revenir, elle comprenait maintenant pourquoi. Sa chair avait su la vérité avant son esprit : il était l'autre partie d'elle-même, une évidence qui l'empoignait à bras-le-corps pour lui crier « nous sommes nés pour être deux ».

Il n'y avait rien d'autre à comprendre. Il était son homme, elle était sa femme, avec le corps soumis à un désir fou qui battait jusqu'à ses tempes d'un rythme violent et impatient.

Au bout du baiser, elle rejeta la tête vers l'arrière avec un abandon si charmant qu'il ne put que la serrer plus fort contre lui. Il enfouit son visage dans son cou, sa gorge, sa poitrine doucement renflée. Il s'enivrait de la douceur de sa peau, de son parfum entêtant de femme désirable, de ses seins qui palpitaient sous une divine soie mousseline bordée de dentelle. Elle gémissait, éperdue sous le joug de sa joue rêche. Lui offrait sa bouche pour être embrassée encore et encore.

Il s'écarta d'un brusque sursaut lucide.

Leurs yeux se croisèrent.

Elle sut avant de comprendre. Il devait partir. Il devait la laisser encore. Elle l'enlaça de ses bras, de ses jambes, avec l'énergie du désespoir.

— Ne me quitte pas !

Il dénoua ses bras. Il fut fort à sa place. Elle en fut tellement fâchée qu'elle lui martela la poitrine de ses poings rageurs.

— Ne me laisse pas, supplia-t-elle une dernière fois, sachant pourtant qu'il ne pouvait en être autrement.

Ils n'avaient fait que voler quelques secondes au destin.

Un instant supplémentaire, il la dévisagea tout empli de fièvre. Il s'efforçait de marquer dans sa mémoire tous les détails qu'il devait abandonner aujourd'hui, qui lui serviraient de guide plus tard, lorsqu'il faudrait peut-être se rappeler pourquoi il fallait vivre.

Il s'attarda sur son teint de caramel tendre. Sur ses yeux en amande plus sombres que des émeraudes, et pourtant ruisselants de lumière. Sur sa bouche à la forme voluptueuse, nacrée comme un coquillage. Sur la souplesse de sa taille, la musculature fine de son dos, de ses épaules. Sur ses gestes de danseuse. La chaleur de son ventre. La rondeur de ses seins. Il soupira tout en l'éloignant, alors qu'il ne parvenait pas à se détacher d'elle.

Encore, il l'embrassa. Leur baiser avait la saveur salée des larmes d'adieu.

— Il faut que je retourne au fort William, dit-il finalement.

Elle hocha la tête. Elle savait. Elle ne pouvait lutter contre une guerre à elle toute seule. Pleine de désespoir, elle ouvrit les bras comme on ouvre la cage d'un oiseau, pour le laisser libre de voler, et peut-être de mourir à sa guise.

— Il faudra me revenir, chuchota-t-elle comme une mendiante. Je t'en prie, cette fois-ci, reviens-moi.

Il l'enveloppa d'un long regard perdu. Il n'oubliait pas qu'il avait passé un marché avec le maharaja de Mahavir et que, surtout, il s'était fait à lui-même un serment.

— Je suis lié par une promesse, lâcha-t-il, comme si cela excusait tout.

— Ce n'est pas à moi que tu l'as faite, elle ne compte pas ! rétorqua-t-elle.

Il s'arracha à son étreinte. Recula d'un pas. Soudain, elle se rendit compte qu'elle fixait une tenture qui se remettait lentement à sa place. Elle était seule à côté du bon gros Ganesh, au milieu des offrandes inutiles, du parfum d'encens et des lumignons allumés. Elle tremblait de froid, de chagrin, de peur. Elle craignait de ne plus jamais le revoir. Il partait pour la guerre.

L'invraisemblance de la situation la pénétra et elle refusa d'en accepter davantage. Écartant à son tour le rideau, elle se précipita à corps perdu dans la salle de bal. Une foule nerveuse continuait à s'agiter, lui barrant le chemin. Une excitation palpable se propageait d'un convive à l'autre, portée par des exclamations étouffées et des gestes véhéments. Elle se faufila de son mieux, jusqu'à l'apercevoir enfin.

Il se hâtait vers la sortie, en repoussant les gens pour permettre aux officiers qu'il escortait d'avancer. Elle s'élança vers lui sans réfléchir. Courut aussi vite que le lui permettaient ses sandales dorées. Elle jaillit dans la nuit brune et fraîche. Trébucha dans le sable de l'esplanade, s'accrocha des deux mains à la balustrade de marbre pour se pencher vers le parvis.

— Milo ! cria-t-elle. Milo !

Le bas de l'escalier était encombré par une multitude d'automobiles sur le départ. Des domestiques dépassés par les événements tentaient de maintenir un semblant d'ordre mais l'évacuation était chaotique. Milo appela d'un geste un véhicule militaire orné d'un fanion britannique. Les deux officiers supérieurs s'y engouffrèrent.

— Milo ! cria-t-elle à nouveau.

Entendit-il son cri au milieu de cette cohue ? Il leva la tête, l'aperçut tout là-haut, si petite sur son rempart de pierre, irrésistible princesse drapée dans ses mousselines vaporeuses qui la faisaient ressembler à une fleur de lotus.

L'espace de quelques secondes, leurs regards se rencontrèrent malgré la distance. Il eut un élan imperceptible. Articula un « Je t'aime » silencieux, puis s'arracha à la vision ensorcelante pour se jeter dans l'automobile qui démarra aussitôt.

Lián crut défaillir. Une lave brûlante de chagrin remonta de son cœur à sa gorge. Elle s'appuya de toutes ses forces contre la balustrade. Elle devait se ressaisir. Il lui reviendrait. Il ne pourrait s'en empêcher. Il lui appartenait, comme elle lui appartenait.

— Milo, chuchota-t-elle dans une incantation païenne destinée à le protéger de tous les aléas. Milo, Milo, Milo.

— Miss Lukas-Tyler ?

Elle sursauta, se retourna. Une grande et belle femme venait de la rejoindre. Elle reconnut Amity, l'épouse du colonel Ferguson. Elle l'avait rencontrée quelques semaines auparavant lors d'une tombola organisée au profit des enfants orphelins de l'armée. Elle lui avait acheté un carnet de dix tickets qui lui avait permis de gagner une pendule franc-comtoise dont elle n'avait su que faire.

— Oh, madame Ferguson… Je… Je…

— Vous regardiez nos héros qui partent à la guerre, la coupa Amity en plantant ses yeux perspicaces dans les siens. Je sais.

C'était une femme de grande taille, à la poitrine opulente et au chignon modeste, avec des traits sculpturaux dont on n'arrivait pas bien à déterminer s'ils étaient beaux ou non.

Lián essaya de reprendre la maîtrise de la situation.

— Le colonel vous a-t-il oubliée ? Je viens de le voir partir. Je vais vous faire appeler une voiture qui vous ramènera au fort.

— Non, non, répondit doucement Mrs Ferguson. N'en faites rien, je demanderai un rickshaw un peu plus tard. Le général ne m'a pas vraiment oubliée. Il était pressé, et moi, je l'étais moins. Je n'ai aucune hâte à me retrouver seule pour le reste de la soirée. D'ailleurs, j'étais avec la maharani qui m'envoie vous parler.

En pareil moment, Lián n'avait pas le cœur à soutenir une conversation mondaine. À deux doigts d'une crise de larmes, elle rassembla ses jupes pour tourner les talons. Amity la retint.

— Je sais que l'instant n'est pas bien choisi, à moins que, justement, il ne le soit plus que de nécessaire… Voyez-vous, très chère, je cherche à recruter des âmes de bonne volonté. Votre tante pense que cela pourrait vous intéresser. Lorsqu'on a du vague à l'âme, cela peut aider, d'occuper ses mains ou son esprit en soulageant la peine des autres.

— Je ne suis pas sûre de comprendre ce que vous dites, soupira Lián, qui commençait à se résigner à écouter la femme du colonel jusqu'au bout.

— Ignorez-vous que je suis bénévole à la Croix-Rouge ? Je donne de mon temps pour les nécessiteux de Calcutta. Je m'occupe également des orphelins de notre grande armée. Nous avons organisé une caisse de solidarité que nous alimentons avec des événements caritatifs. Ma très chère amie Olga, votre tante, est l'une de nos plus généreuses donatrices. L'argent est toujours un problème, bien sûr, mais nous avons aussi besoin d'une aide plus matérielle, de bénévoles et de personnels soignants.

— Je vais y réfléchir, bredouilla Lián. Pour l'instant, je suis fatiguée et…

— Nous avons besoin de personnalités fortes et débrouillardes, insista Mrs Ferguson. Pourquoi ne viendriez-vous pas me rendre visite un de ces après-midi ? Je vous montrerai notre dispensaire et vous pourrez vous familiariser avec notre rôle auprès des orphelins et des indigents. Venez, je vous en prie, ajouta-t-elle en sortant de sa pochette gansée de strass une petite boîte de nacre qui contenait des cartes de visite. Nous prendrons le thé, cela ne vous engagera à rien. Les femmes doivent s'investir dans les grandes décisions du monde. Ne le croyez-vous pas ?

Lián prit machinalement sa carte.

— Je vous promets d'y réfléchir.

Amity lui jeta un dernier regard, avant d'ajouter d'un ton avisé :

— Croyez-en ma longue expérience de femme de soldat, mademoiselle. Avoir une occupation caritative empêche souvent de broyer du noir. Il faut toujours choisir la vie, quoi qu'il arrive. Promettez-moi de venir nous voir.

Lián avait hâte de clore cette conversation. Elle voulut bien promettre.

Après tout, cela ne l'engageait en rien.

23

1er février 1942
Calcutta – Bengale-Occidental – Inde

Milo frappa sur l'huis puis entra dans le bureau de son officier supérieur. Comme d'habitude, il remarqua en premier l'imposante carte de l'Asie du Sud-Est accrochée au mur. Des graphiques l'encadraient, tandis que des bouts de papier annotés d'une écriture illisible y étaient punaisés. Sur le pourtour de la Malaisie, de grosses flèches rouges découpées dans du carton étaient fixées pour indiquer les manœuvres de l'ennemi.

Le colonel Ferguson était assis derrière une table parsemée de feuillets épars. Un cadre contenant la photographie d'un jeune homme en maillot de sport aux couleurs du club d'aviron de Cambridge y était entouré d'un tulle noir. Il s'agissait du portrait du fils unique de l'officier, décédé quatre mois plus tôt dans un bombardement en Angleterre.

Milo referma la porte derrière lui et le brouhaha constant des salles de travail de l'état-major s'estompa enfin. Le colonel leva à peine les yeux. Physiquement, il ressemblait à une musaraigne. Même silhouette ténue, même ossature trop fine, même regard noir perçant au milieu d'un visage pointu, et jusqu'à cette moustache qu'il tripotait par habitude…

— Vous avez demandé à me voir, capitaine McCorball ? Asseyez-vous, je vous prie.

Milo obtempéra en sortant de sa mallette de cuir une chemise cartonnée fermée d'une sangle, qu'il posa sur ses genoux.

— Effectivement, j'aimerais vous montrer quelque chose, colonel.

Ferguson continua à signer ses documents. Il désigna une Thermos posée en bout de table.

— Servez-vous un peu de thé, capitaine. Je termine ceci et je suis à vous.

Milo sirota à petites lampées prudentes un thé noir bouillant tandis que l'officier venait à bout de ses papiers. De la fenêtre entrouverte parvenait un air empli d'une bonne odeur d'herbe tondue. Les jardiniers profitaient de la fraîcheur matinale pour s'activer dans la rue. Il n'était pas sept heures.

Enfin, le colonel posa son stylo-plume et s'adossa à son fauteuil.

— Êtes-vous au courant des dernières nouvelles qui nous viennent de Malaisie ? grinça-t-il en se frottant les tempes avec de longs doigts qui, dans une autre vie, auraient pu être ceux d'un pianiste. Dieu qu'elles sont mauvaises ! Percival[1] ne fait que reculer. Je viens d'apprendre qu'il s'est retranché à Singapour avec l'intention de détruire le pont qui relie l'île au continent.

— Le pont de Johor a été dynamité il y a quelques heures, confirma Milo. J'ai lu à l'instant la dépêche qui l'annonçait.

— Quelle déveine ! grommela Ferguson.

Depuis l'attaque traîtresse de Pearl Harbor, les Japonais ne cessaient d'infliger de cuisantes défaites à l'armée alliée. Ils avaient frappé les Américains aux Philippines, puis engagé les hostilités avec les Britanniques en envahissant Hong Kong et la Malaisie.

Hong Kong avait capitulé en espérant éviter une boucherie, ce qui n'avait pas empêché les Japonais de fêter leur victoire en massacrant la soixantaine de blessés réfugiés dans l'hôpital de fortune installé dans le St Stephen's College. Ils avaient aussi violé des milliers de femmes et fusillé des centaines d'hommes en les accusant d'être des résistants.

En Malaisie, plusieurs régiments indiens avaient passé la frontière thaïlandaise pour barrer la route à l'empire du Soleil-Levant, mais l'aviation nippone, largement supérieure, avait détruit le support aérien britannique et coulé la plupart des croiseurs et cuirassés au large des côtes. Lors des combats, les Japonais avaient utilisé des tanks. Les troupes indiennes n'en avaient jamais vu. Les défaites s'étaient accumulées. Le

1. Arthur Ernest Percival, le commandant des troupes britanniques en Malaisie.

17 décembre, les forces britanniques avaient dû faire évacuer une partie des civils européens de l'île de Penang par crainte des exactions japonaises. Dans l'élan, elles avaient abandonné Kuala Lumpur et la Malaisie centrale. Finalement, Percival s'était replié à Singapour en sachant qu'il ne pourrait tenir longtemps cet ultime bastion.

— Il va manquer d'eau et de munitions, commenta Ferguson en observant avec inquiétude la grande carte murale où toutes les flèches rouges convergeaient vers le même point. Sa reddition n'est qu'une question de jours, n'en déplaise à nos dirigeants. Il faut croire que nous ne valons pas mieux que les Américains, qui péchaient par orgueil en croyant que les Japonais ne s'attaqueraient jamais à Hawaï.

— Notre force aérienne en Malaisie n'était hélas pas au niveau, remarqua Milo. De plus, la préférence stratégique du haut commandement a toujours été donnée au front du Moyen-Orient et à celui de l'Union soviétique. Il y a là-bas des ressources naturelles que l'Asie du Sud-Est n'a pas.

— C'est juste, grommela Ferguson, en serrant les poings. Mais quel gâchis tout de même… Si Singapour tombe, l'Inde risque d'être fichtrement exposée. Hey ! Dites donc, regardez-moi ça !

Il désigna un singe qui venait de se faufiler par la fenêtre entrouverte. Il s'agissait d'une femelle de langur sacré dont le nouveau-né à la fourrure plus sombre était accroché à la mamelle. Elle s'accroupit effrontément sur une commode. Dans la rue, les membres de sa tribu avaient investi un muret pour quémander de la nourriture auprès des passants. Elle les imita en tendant la main vers le colonel.

Ferguson lui jeta un reste de sandwich, non sans exaspération. Elle s'en empara puis repartit par la fenêtre. Dehors, la rue s'emplit de grognements et de hurlements stridents lorsqu'un congénère remarqua son butin. La poursuite dégénéra. Les jardiniers s'en mêlèrent à coups de balais et une bonne vingtaine de singes reflua par-dessus les murs pour se réfugier dans un jaquier.

— Ces singes sont insupportables, pesta l'officier en fermant la fenêtre d'un geste brusque. Avez-vous entendu parler de ce bébé indigène que des macaques ont dérobé à sa mère pour l'écarteler et lui dévorer la cervelle ? Il paraît que cela arrive plus souvent qu'on ne le croie. Le gouverneur prétend lutter contre ce fléau en favorisant les langurs, qui sont les concurrents directs des macaques rhésus, ces derniers étant nettement plus agressifs. On ne compte plus les griffures et les morsures, sans parler des accidents de vélos ou même de voitures. L'idée est peut-être bonne, mais je ne suis pas convaincu de l'argument. Tout ce que nous parvenons à faire, c'est dresser ces foutus singes à venir mendier jusque dans nos maisons !

Il revint s'asseoir à son bureau avec humeur, ouvrit un tiroir pour sortir une flasque d'un vieux rhum importé de Jamaïque dont il versa d'office deux gobelets.

— Il est tôt, mais à la guerre comme à la guerre… Que vouliez-vous me dire, capitaine McCorball ? Je vous écoute.

Il avala d'un coup sa gorgée de rhum, tandis que Milo extirpait de la chemise cartonnée quelques feuilles retenues par un trombone.

— Voici une série de messages radio que nos services ont interceptés au cours de la semaine dernière, expliqua-t-il.

Il étala les feuilles devant lui. Ferguson se pencha sur l'alignement en fronçant les sourcils.

— Oui ? Que suis-je censé voir ?

— Ces messages émanent des Japonais. Ils concernent tous quelque chose ou quelqu'un nommé « Tora ». Ce mot signifie « tigre » en japonais. Or, je viens de recevoir une dépêche de nos services de renseignement birmans. Une trentaine d'hommes sont en train de traverser le delta de l'Irrawaddy. Comme ils remontent vers le nord, nos contacts souhaitent avoir confirmation de leur appartenance aux Tigres volants[1].

Le colonel Ferguson commençait à s'impatienter.

— Quel est le problème ? Ce n'est pas la première fois que les recrues de Claire Lee Chennault traversent la Birmanie. N'avons-nous pas organisé leur passage dans ce but ?

— J'ai pensé la même chose, acquiesça Milo. Puis je me suis souvenu que pour aider les Américains de l'US Navy à rejoindre la Chine, nous utilisons un protocole bien rodé. Depuis

1. Les Tigres volants est le surnom donné à une escadrille de pilotes américains basée en Chine durant la Seconde Guerre mondiale.

l'été 1941, les recrues débarquent à Calcutta, partent pour la Birmanie suivant notre filière, avant de passer en Chine grâce aux hydravions que nous avons basés sur le lac Kamal Beel. Dans tous les cas, ces recrues ne passent jamais par le delta de l'Irrawaddy. J'ai voulu en avoir le cœur net. J'ai demandé à notre unité radars de tracer tous les messages contenant le mot « Tora ». Nos opérateurs m'ont vite confirmé qu'ils étaient tous émis d'un navire qui ne participait à aucune manœuvre de guerre. Hier soir, la chance m'a souri. Un bâtiment de petite taille s'est détaché de la flotte japonaise qui assiège la Malaisie. Je pense à un sous-marin.

— Vous avez établi sa trajectoire ?

— Il a fait route vers Rangoon, dans le delta de l'Irrawaddy.

— Nom de Dieu ! jura Ferguson. Êtes-vous certain de vos sources ? Vous savez que les Japonais pratiquent la désinformation à outrance…

— Il y a toujours un risque, colonel. Néanmoins, j'estime assez faible la probabilité qu'un bâtiment japonais puisse faire route vers un port birman alors que l'attention de toute la flotte nippone est portée sur la bataille de Singapour.

— Et bien sûr, vous avez une théorie…

Milo hocha la tête.

— Pour moi, « Tora » désigne un homme. Un chef de commando, mercenaire ou espion. J'imagine qu'il tente de localiser la route que nous faisons prendre aux pilotes américains que nous convoyons vers la Chine en se faisant passer pour l'un d'eux.

— Un espion européen travaillant pour les Japonais ?

— Le Japon n'est-il pas entré dans l'Axe aux côtés de l'Italie et de l'Allemagne ?

Ferguson se leva pour se poster devant la carte murale, les mains croisées dans le dos.

— Ce que vous m'annoncez confirmerait la thèse d'une invasion imminente de la Birmanie par les Japonais. Il faut en savoir plus. Vous allez partir pour Rangoon le plus rapidement possible. Ce « Tora » mérite d'être surveillé de plus près. Je vous accorde quarante-huit heures pour recueillir toutes les informations possibles, puis vous reviendrez me rendre compte en personne dans ce bureau. Une fois que nous en saurons plus, j'en référerai éventuellement au général Loth-Andrews et nous nous organiserons pour protéger le sous-continent indien de ces fichus Nippons. En tout cas, félicitations, capitaine, ajouta-t-il avec une poignée de main cordiale. Vous avez fait du très bon travail.

Milo sortit du bureau de son supérieur et alla récupérer auprès du secrétariat ses ordres de mission. Il vérifia qu'un vol était bien disponible dans l'après-midi et organisa son départ en fonction de l'horaire qu'on lui communiqua. Après s'être rendu au service d'intendance où il passa en revue le matériel mis à sa disposition, il prévint ses contacts birmans de sa prochaine arrivée à l'aéroport de Rangoon.

Lorsque tout fut en règle, il lui restait du temps et il demanda à l'opératrice téléphonique de lui composer le numéro du palais du maharaja de Mahavir. Il n'avait pas revu Lián depuis la fameuse nuit de Pearl Harbor et ce baiser passionné qu'ils avaient échangé. Il espérait l'inviter à déjeuner avant de décoller pour la Birmanie. Si elle acceptait, ils pourraient au moins s'asseoir l'un en face de l'autre et se regarder, se parler, s'embrasser. Emmagasiner du courage pour tenir jusqu'à la prochaine fois qu'ils se verraient.

Un majordome lui répondit, puis une voix féminine qui roulait les « r » à la manière russe.

— Ici Olga Obolenski. Est-ce vous, capitaine McCorball ? Je suppose que vous vouliez parler à notre chère petite Lián ? Je suis désolée, elle n'est pas au palais. Non, j'ignore où elle se trouve. Elle est partie très tôt ce matin. Cette petite ne tient pas en place. Toujours par monts et par vaux ! Avez-vous essayé de téléphoner à votre père ? Il semblerait qu'ils aient quelques passions communes, ajouta-t-elle avec un grand éclat de rire entendu. D'accord, je vous le promets, je lui dirai que vous avez appelé. Bonne journée, cher ami.

Il raccrocha, dépité d'avoir manqué la jeune fille mais rassuré de savoir qu'elle avait maintes occupations. Au moins, elle n'était pas en train de se morfondre en pensant à lui. C'était mieux ainsi.

Il termina son bagage et rejoignit le tarmac de l'aéroport.

24

2 février 1942
Calcutta – Bengale-Occidental – Inde

Un éclair blond et trois sauts de cabri.

La fillette jaillit de nulle part et bondit telle une bête affolée juste devant la Delage. Lián freina de tout son poids en donnant un brusque coup de volant vers la gauche. Derrière, sur la banquette arrière, ses deux gardes du corps valsèrent en s'accrochant où ils purent tout en poussant des cris gutturaux. La voiture cala sur le bas-côté. Ils jaillirent comme des diables d'une boîte et observèrent les alentours en tirant leur sabre au clair, croyant sans doute qu'on les attaquait.

Un attroupement se forma, mais Lián se précipitait déjà vers la chaussée. Un petit corps était étendu sur la poussière dans une pagaille de boucles blondes. Lián sentit son cœur manquer un battement. Elle se crispa tout entière, mais elle n'eut pas le temps de s'affoler davantage. Déjà, la fillette se relevait puis recommençait à courir. Lián la poursuivit, la rattrapa en lui tenant le bras. La fillette se débattit un instant, leva de grands yeux liquides aussi bleu que la mer puis lui tomba dans les bras en sanglotant. Lián s'accroupit au bord du fossé pour examiner ses bras, ses jambes, sa tête. L'enfant n'avait d'autre blessure qu'une écorchure au genou. Un véritable miracle.

— Dieu merci, vous l'avez rattrapée, lança une voix féminine en approchant.

Lián tourna les yeux vers la nouvelle venue, tout en continuant à serrer le petit corps animé de soubresauts convulsifs qui s'accrochait à elle comme un petit singe terrorisé. Une religieuse en cornette la dévisagea, une femme dont l'âge oscillait entre cinquante et soixante ans. Elle était engoncée dans des jupes épaisses raides d'amidon, qui lui tombaient aux chevilles et la rendaient plus large qu'elle ne l'était en réalité. Un voile gris et blanc, aux plis tout aussi raides, sinuait derrière elle tandis qu'un gros crucifix en bois d'ébène accroché à un collier de graines de Zanzibar tressautait sur sa poitrine plate. L'écusson de la Croix-Rouge était cousu sur son bras.

Elle était essoufflée d'avoir couru après l'enfant qui lui avait visiblement échappé. Un peu de sueur perlait à ses tempes. Pour le reste, son visage avait le calme de ces personnes qui, quelles que soient les circonstances, possédaient un cœur capable uniquement de battre à la même allure.

— Je suis sœur Anne-Carole, des Dames de Saint-Vaillant de Singapour.

Elle s'exprimait dans un anglais parfait quoique coloré de cet accent haché et maladroit qui fait souvent le charme des Français usant de la langue de Shakespeare. Au milieu de ses traits simples et ordinaires, ses yeux attiraient. Ils avaient une belle couleur noisette emplie de chaleur. L'âge ne se voyait que dans les commissures des lèvres et en bordure des paupières. Sa peau était halée.

— Je suis médecin, continua-t-elle en se présentant d'une poignée de main énergique. J'avais l'intention d'ausculter cette enfant mais courir après ces petites jambes n'est apparemment plus dans mes cordes.

Elle remercia Lián de s'être occupée de la fillette et voulut prendre cette dernière dans ses bras pour la ramener au camp des réfugiés, mais la petite ne l'entendait pas ainsi. Elle s'accrocha de plus belle à celle qui l'avait ramassée tout en poussant de longs cris aigus entrecoupés de sanglots. La religieuse lui caressa les cheveux d'une main douce, en femme qui en avait vu d'autres.

— Eh bien, je crois que cette petite vous a adoptée. Cela arrive parfois, que ces enfants bouleversés par des drames insupportables se raccrochent de tout leur cœur à un parent de substitution. Cela vous dérangerait-il de m'accompagner vers la tente médicale, là-bas ? Pendant que vous la tiendrez dans vos bras, je pourrai vérifier qu'elle n'est pas blessée ni ne souffre d'aucune maladie. Votre présence la rassurera.

Lián hésita. Elle se rendait au club de tir, mais elle n'y était pas attendue. La journée s'annonçait morne, comme toutes les autres, alors, pourquoi ne pas rendre ce service à cette religieuse ?

— Je vous suis, dit-elle finalement.

Elle prit juste le temps de vérifier que la voiture était suffisamment garée sur le bas-côté pour ne pas gêner la circulation et que les deux Sikhs ne s'en éloigneraient pas. Sœur Anne-Carole avait déjà traversé la route jusqu'au camp de réfugiés, que les autorités avaient récemment installé sur un terrain vague coincé entre deux hangars désaffectés.

Lián la rattrapa en continuant à serrer la fillette contre elle. La petite n'était pas bien lourde. Elle n'avait que huit ans et n'avait pas dû beaucoup manger ces derniers temps. Ses petits bras maigres se nouaient autour du cou de la jeune fille, et elle cachait son visage dans son épaule. Elle s'était un peu calmée, quoiqu'elle hoquetât encore. Lián sentait ses larmes mouiller son léger corsage. Elle la berça en lui chuchotant des mots réconfortants.

— Ne pleure plus, ma petite chérie, je vais rester avec toi un certain temps. Ne pleure plus, ça va aller. Je te promets, je ne te laisserai pas seule.

Sœur Anne-Carole l'attendait à l'entrée du camp. De hauts grillages surmontés de barbelés délimitaient un vaste espace rectangulaire recouvert d'un amoncellement de planches et de tôles, de bâches huilées et de tentes militaires montées à la va-vite. Des soldats britanniques surveillaient l'unique issue. Les réfugiés, bien qu'ici tous européens, étaient parqués comme des prisonniers. On ignorait si leurs rangs pouvaient contenir des espions. Les identités étaient en cours de vérification. Tout prenait un temps fou.

Après la défaite de la Malaisie, les civils avaient cherché à fuir l'occupation japonaise en embarquant sur n'importe quel navire dans le plus grand désordre. La grande armée britannique était en déroute. Dans cette débâcle, les familles avaient été séparées, les parents avaient perdu leurs enfants, des dizaines et des dizaines de personnes avaient été tuées, mitraillées par les chasseurs japonais. Parmi les survivants, rares étaient ceux qui avaient réussi à emmener des papiers d'identité, des actes de propriété ou même de l'argent. Les orphelins les plus jeunes ignoraient jusqu'à leur nom de famille. Les blessés étaient innombrables. On les avait installés sous des tentes médicalisées montées dans la partie centrale du camp. Plus loin, de l'autre côté d'une voie de chemin de fer d'où montait l'odeur nauséabonde des latrines, les réfugiés non européens avaient été parqués, ces Malais, Chinois et Asiatiques de toute origine dont on se méfiait à cause de leur faciès. Enfermés derrière d'autres barbelés, ils se résignaient à attendre, couchés sur des sacs de jute dans des abris sommaires faits de tissus tendus entre des piquets.

— Il nous en arrive tous les jours, dit sœur Anne-Carole de sa belle voix calme et douce. Ceux que vous voyez là ont débarqué de bateaux. Ce sont les plus chanceux. D'autres essaient encore de venir à pied en traversant la Thaïlande. La plupart ne réussiront jamais à nous rejoindre. La guerre les rattrapera, Dieu seul sait ce qu'il adviendra d'eux alors. J'ai cru comprendre que les Japonais les capturaient au fur et à mesure pour les envoyer dans des camps de travail. Dieu ait pitié de leurs âmes.

Elle souleva une toile qui servait de porte à un dispensaire de fortune et la tint en hauteur le temps que Lián se faufile à l'intérieur. La jeune fille se retrouva dans une activité de ruche attaquée par des frelons. Partout, des femmes vêtues de blanc avec de grandes croix rouges sur la poitrine, les cheveux attachés sous des bandeaux, couraient avec une agitation effarée. La plupart accusaient une évidente fatigue. Au fond, derrière un mur de rideaux montés sur des tringles, on apercevait des lits de camp chargés de blessés.

Des hommes souvent jeunes, estropiés plus ou moins gravement, étaient étendus jusqu'à trois sur la même paillasse. Recouverts de bandages que le sang traversait encore, ils dormaient en geignant, vaincus par l'opium et la morphine. De temps en temps, une plainte terrible sortait d'une poitrine creuse, un cri ou un râle, qui stagnait dans l'air jusqu'à ce qu'une infirmière se précipitât pour apaiser, rassurer, poser simplement sa main fraîche sur un front suant de mauvaise fièvre.

— Les hôpitaux de la ville sont saturés, il y a trop de blessés, chuchota la religieuse. Nous soignons ici les blessures considérées comme les moins graves, mais avec une telle promiscuité qu'il est difficile d'échapper aux infections, à la gangrène. Nous amputons beaucoup.

Lián la regarda avec horreur.

— Et vous vous étonnez que cette petite ait voulu se sauver ! C'est un spectacle impressionnant pour n'importe quel adulte, alors, comment le rendre supportable pour une enfant de cet âge ?

Cette pénombre, ces blessés en train de gémir, cette odeur d'éther et de médicaments qui masque à peine les relents de sang…

La religieuse eut un mouvement d'épaules fataliste.

— Nous en sommes bien conscients, mademoiselle. Mais avons-nous le choix ? Nous manquons cruellement de personnel soignant, de médecins, d'infirmières, de nurses. La moindre aide serait la bienvenue.

Elle regardait sans aucun jugement la silhouette élégante de Lián, joliment vêtue d'un corsage de soie sauvage à cravate dénouée et d'une jupe évasée sur un jupon plus long en dentelle de Chantilly, avec des gants en peau de chevreau assortis.

La jeune fille rougit violemment, comprenant le message implicite. La religieuse avait raison. Qui était-elle, pour arriver en critiquant, alors qu'elle n'avait fait que ramasser une enfant qui avait failli se jeter sous les roues de sa voiture ?

— Je suis désolée, dit-elle. Ma remarque était déplacée en regard des circonstances.

Sœur Anne-Carole eut un vague sourire.

— Vous avez accepté de consacrer un peu de votre temps à cette petite. C'est déjà beaucoup. Venez par ici. Nous avons aménagé un coin pour les enfants. La spécialité de la mission religieuse que je dirigeais à Singapour, qui est patronnée par les Dames de Saint-Vaillant, était de s'occuper des enfants, des femmes enceintes et nouvellement accouchées. Cette tâche nous a suivies, nous recueillons ici tous les orphelins, nous les soignons et les nourrissons, nous essayons de les placer le plus rapidement possible dans des familles d'accueil ou d'adoption.

Elle désigna un lit sur lequel Lián put s'asseoir. La petite blondinette continuait à s'accrocher à elle, refusant de la lâcher. Elle avait néanmoins cessé de pleurer, même si sa poitrine continuait à être secouée par un gros sanglot sec.

Soudain, elle se mit à geindre.

— Où est mon bébé ? Je veux mon bébé !

Sœur Anne-Carole expliqua que le bébé en question était son jeune frère, un beau poupon de deux ans dont elle s'était occupée comme une petite mère tout au long du voyage depuis la Malaisie. Il avait été quasi impossible de les séparer.

— Le petit était malade, il avait de la fièvre. Nous l'avons placé en isolement, nous pensions qu'il avait la diphtérie. Durant le voyage, ces pauvres bambins étaient nourris n'importe comment avec les ressources du bord. Le lait insuffisamment bouilli est souvent infecté. Depuis ce matin, le chérubin va beaucoup mieux. Écoute, dit-elle en s'adressant à la fillette, ton frère va bientôt te rejoindre. Nous irons le chercher ensemble, d'accord ? Il a été très sage pendant que je vérifiais s'il était malade. Maintenant, il dort. Tu sais qu'il est encore tout petit et qu'il a besoin de faire une sieste, n'est-ce pas ? On ne va donc pas le réveiller tout de suite.

Le ton raisonnable et lénifiant de la religieuse eut raison des dernières réticences de l'enfant. Elle accepta de lâcher Lián pour s'asseoir à côté d'elle, pourvu que cette dernière continuât à lui donner la main. Son air buté transparaissait encore au travers de ses cheveux ébouriffés, mais ses cris s'étaient calmés.

— Je crois que j'avais le même sale caractère que toi, la réconforta gentiment Lián. Veux-tu que je te coiffe et que je te mette un ruban comme les miens, pendant que sœur Anne-Carole vérifie que tu n'es pas malade ? Regarde, j'ai une brosse dans mon sac.

Tandis que la religieuse l'auscultait, désinfectait quelques coupures et mettait un pansement sur l'écorchure du genou, Lián s'amusa à la coiffer d'une grosse natte agrémentée d'un ruban. Lorsqu'elle lui montra son reflet dans un minuscule miroir de poche, la fillette eut enfin un sourire. Le nœud de satin rose lui plaisait beaucoup.

Les soins étaient finis. Sœur Anne-Carole appela une nurse qui vint chercher la petite. Cette fois-ci, elle se laissa faire avec beaucoup de bonne volonté : on lui avait promis qu'elle rejoindrait son frère. Au moment de se séparer de Lián, elle lui accrocha tout de même la main et l'embrassa ardemment. La jeune fille la prit spontanément dans ses bras, lui promettant qu'elle reviendrait le lendemain pour prendre de ses nouvelles.

À cet instant, une grande femme plutôt mince, serrée dans un tablier dont la bavette était ornée de la fameuse croix rouge, s'exclama en passant :

— Oh, mais quelle surprise ! Je ne m'attendais pas à vous voir ici. Me reconnaissez-vous ? Je suis Amity Ferguson, nous nous sommes parlé lors de cette grande soirée, il y a quelques semaines, au Sun Mahal. Vous rappelez-vous ? C'était le terrible soir où nous avons appris, pour Pearl Harbor.

Lián songea qu'il était impossible d'oublier ces traits sculpturaux qui faisaient un drôle de pendant au chignon clairsemé.

— Je m'en souviens, madame Ferguson. Comment allez-vous ?

— Disons que je vais aussi bien que possible en ces moments difficiles, ma chère miss Lukas-Tyler ! J'espère que vous venez nous donner un coup de main. Nous avons tellement besoin d'aide. Il y a là des dizaines d'enfants. Tous sont sous-alimentés et vraiment éprouvés par ce qu'ils ont vu. Certains sont gravement malades et d'autres ont de terribles blessures. Les bombes, voyez-vous...

Lián se frotta nerveusement les mains l'une contre l'autre. Elle n'était pas venue pour s'engager à la Croix-Rouge et elle ne sut comment le dire sans paraître grossière. Sœur Anne-Carole vint involontairement à son secours en s'étonnant de son nom de famille :

— Ai-je bien entendu ? Votre nom est Lukas-Tyler, mademoiselle ?

— C'est effectivement mon nom.

La religieuse la dévisagea avec une intensité presque impolie.

— Miss Lukas-Tyler..., répéta-t-elle par-devers elle. Est-il possible de vivre une telle coïncidence ? Ah, mademoiselle, je vous en prie, dites-moi si Tyler était bien le nom de votre mère ? S'appelait-elle Jezebel Tyler comme je le crois ? Lady Jezebel Ann-Rose Tyler ?

Lián ouvrit de grands yeux stupéfaits.

— Comment le savez-vous ? La connaîtriez-vous ?

La religieuse éclata d'un beau rire empli d'une grande joie.

— Mais oui, je la connais, tout comme je vous connais, vous, ma très chère enfant ! Vous êtes la petite Mary-Leela. J'aurais dû reconnaître vos yeux, dont la couleur est inoubliable, mais tant d'années se sont écoulées et je n'imaginais pas, non, vraiment pas... La dernière fois que je vous aie vue, vous étiez une petite fille de deux ou trois ans, or vous voilà devenue une ravissante jeune femme. Ô Dieu ! Comme je suis heureuse de vous revoir ! Amity, vous ne m'en voudrez pas si nous vous laissons quelques instants ? Je crois que mademoiselle et moi avons beaucoup de choses à nous dire.

Elles sortirent du dispensaire, passèrent devant les gros chaudrons de fer-blanc de la cantine d'où s'échappaient déjà les odeurs du bouillon qui serait distribué à midi. En s'éloignant, elles marchaient côte à côte comme des amies de longue date. Lián attendait la suite de la conversation avec curiosité. Elle avait beau chercher, elle n'avait aucun souvenir de la religieuse. En revanche, sœur Anne-Carole semblait en avoir pour deux. Elle ne cessait d'énumérer tout un tas d'anecdotes.

Finalement, elles s'arrêtèrent à l'autre bout du camp, près d'un hangar désaffecté dont les cloisons tombaient presque en ruine. Là, elles s'assirent à l'ombre sur de vieilles caisses vides, au milieu des herbes folles et des lianes qui rampaient sur le sol. Le soleil était à son zénith. L'Hooghly se laissait deviner entre les interstices d'un rideau de bambous. Lián regretta durant quelques instants d'avoir laissé sa capeline sur le siège de la Delage, puis cela lui parut sans importance. La religieuse lui avait pris la main tout en l'étudiant d'un œil noisette tendre et amusé.

— Je me souviens qu'on vous surnommait Liánhuā. Fleur de lotus. Votre nourrice chinoise vous appelait ainsi, et ce nom vous allait à ravir. Dites-moi, comment va votre mère ? Nous nous sommes écrit au début, et puis, vous savez… le temps qui passe, la vie qui avance, le travail qui ne faiblit pas… J'espère de tout mon cœur qu'elle a enfin réussi à connaître une vie apaisée.

Elles parlèrent de Jezebel, qui allait bien, qui vivait loin à l'autre bout du monde, en Argentine, sur les rives du Rio de la Plata, qui était heureuse avec l'homme qu'elle aimait et dont elle avait eu un fils, Zachary.

— Elle a une vie sereine et pleine de joie, précisa Lián, volubile. Elle passe ses journées à monter à cheval et à peindre. Elle expose parfois ses toiles à New York. Et puis, elle nous fait des gâteaux et d'affreux tricots qu'elle nous offre à Noël, et nous en sommes ravis car, en Argentine, les saisons sont inversées et à Noël, il fait chaud, alors nous avons une excuse pour ne jamais les mettre !

La religieuse se mit à rire.

— Quelle belle petite famille a-t-elle là ! Je suis tellement heureuse pour elle… Savez-vous que c'est moi qui vous ai mise au monde, chère petite fleur de lotus ? Plus je vous regarde, et plus je vous trouve une certaine ressemblance avec elle. Non, non, ne le niez pas ! Elle est blonde, et vous très brune, j'en suis tout à fait consciente, mais la flamme dans vos yeux, ces étoiles qui montent au ciel et qui disent « Je veux tout ! », elle était ainsi. Pleine de courage et de persévérance. Il faut du courage, pour accepter de vivre une histoire d'amour. Moi, je n'ai jamais osé, j'ai eu peur de trop sacrifier, ajouta-t-elle avec un regard voilé de regret. Je n'avais pas compris que l'amour peut aussi, et même doit, transcender notre vie.

Elles parlèrent encore longuement. La religieuse semblait intarissable.

— Savez-vous que votre maman était une de mes meilleures infirmières ?

— Maintenant, elle soigne nos chevaux, répondit Lián en riant. Elle m'a appris beaucoup de choses. Je suis la reine des pansements !

— Oh, vraiment ? s'exclama sœur Anne-Carole avec un clin d'œil facétieux. Il faudra vraiment me montrer cela.

Lián comprit le message, elle revint le lendemain. Tout n'était pas encore bien clair dans sa tête, elle se disait qu'elle voulait juste ramener quelques friandises aux enfants et, de fait, elle apportait un panier rempli de gâteaux et de bonbons.

De loin, une petite tornade blonde courut se jeter dans ses bras. Un gros bébé joufflu la suivait en faisant des bulles avec sa bouche. Elle les serra tous les deux sur son cœur. Plus tard, la fillette, qui se prénommait Lily, lui montra un carton à chaussures qui contenait tous ses trésors.

— Maman me l'a donnée, répéta-t-elle à plusieurs reprises. Maman va bientôt revenir.

Avec une mine trop grave pour son jeune âge, elle faisait l'inventaire d'une barrette en écaille, d'une fleur fanée, de trois billes d'agate qu'elle prêtait parfois à son petit frère avant de, bien vite, les lui reprendre de peur qu'il ne les égare.

— Je les lui prêterai plus longtemps lorsqu'il sera plus grand. Maman me les a données pour lui mais il ne doit pas les perdre, n'est-ce pas ?

Personne n'osait lui rappeler que sa maman était morte d'une balle perdue. La fillette l'avait vu mais, comme souvent lorsqu'un enfant est témoin de l'indicible, elle refusait de s'en souvenir. Depuis, elle continuait à parler à sa mère comme si cette dernière se tenait encore à côté d'elle. Le médecin militaire avait diagnostiqué des hallucinations compensatoires et avait voulu l'envoyer chez les fous. Sœur Anne-Carole s'y était opposée. Elle avait simplement dit : « Attendons ». Elle avait l'expérience des traumatismes chez les tout-petits. Elle savait que le temps, très long parfois, pouvait guérir de tout.

De toute manière, des enfants comme Lily, on pouvait les compter par dizaines. Les orphelinats ne parvenaient même plus à tous les accueillir. Chaque jour, il fallait en envoyer dans d'autres villes, mendier auprès des missions religieuses pour qu'elles poussent les murs de leurs dortoirs et aussi prier pour que des parents de fortune acceptent d'en prendre quelques-uns à leur charge, au moins jusqu'à ce qu'une place se libère quelque part.

Lián prit l'habitude de venir tous les matins. Elle amenait des fruits frais, du sucre et des bonbons, des crayons de couleurs et des livres d'images. Elle s'installait dans un coin, souvent à l'écart près des hangars désaffectés, là où il y avait un peu d'ombre et plus de calme qu'ailleurs. Elle prenait la petite Lily et son frère sur les genoux, se tournait vers les autres bambins qui s'asseyaient sur des cageots ou dans l'herbe folle, et leur racontait des histoires. Elle mimait une chèvre, une princesse, la baleine de Jonas et Croc-Blanc. Elle lançait en l'air des haricots magiques et imitait la voix caverneuse du géant[1]. Les plus petiots s'accrochaient à ses bras et à ses jambes en levant vers elle leurs visages usés avant l'heure, leurs yeux trop grands d'avoir trop vu, leurs frimousses de chiots perdus et sans but. Chaque jour, il en venait d'autres. Tous écoutaient dans un silence grave, trop calmes et trop silencieux. Le moindre bruit les faisait sursauter.

Un jour, elle réussit à les faire rire. Ce fut comme une cascade d'eau fraîche après une marche dans le désert. Trop émue, elle dut retenir ses larmes.

Plus tard, lorsque sœur Anne-Carole lui apprit que Lily, son petit frère George et quatre autres enfants seraient finalement recueillis par la mission jésuite de Tajpur, au bord de l'océan Indien, elle se porta volontaire pour les y amener. Elle s'était tellement attachée à la fillette qu'elle pensa qu'il serait plus facile de lui dire au revoir de cette manière-là.

1. Références à *Jack et le haricot magique*, qui est un conte populaire anglais.

25

3 au 5 février 1942
Rangoon – Birmanie

La route à Rangoon n'était qu'une succession de bosses. Les racines des manguiers et des arbres à sucre[1] soulevaient indifféremment la terre ou les pavés, et même le récent bitume sur les plus grandes avenues. Dès son débarquement de l'hydravion, Milo avait été récupéré en pousse-pousse par un jeune Birman vêtu d'un *longyi*[2] traditionnel plus ou moins blanc. L'homme avait dit s'appeler Aye Saw. Il affichait une mine maussade, des sourcils constamment froncés, de hautes pommettes proéminentes et une natte luisante qui tressautait à chacune de ses foulées. Pour le reste, il était torse nu, maigre et sec, et d'une vigueur étonnante. Il enlevait son véhicule au pas de course sans sembler accuser la moindre fatigue, au point de ne pas même ralentir dans les croisements.

Il conduisit d'abord son passager au Strand Hotel sur Lewis Street, où une chambre avait été réservée au nom d'Arthur Smith, négociant en arachides. Milo, alias Arthur Smith, signa donc le registre à l'accueil puis fit monter son bagage dans une chambre agréable donnant sur la Yagoon River. Là, il changea son costume de lin blanc pour une tenue plus discrète, camoufla son revolver Webley Mk VI sous sa chemise puis rejoignit le tireur de pousse-pousse.

La ville saturée d'humidité était pleine d'odeurs plus ou moins agréables. D'abord celle de la mer, puis celle du port, partagée entre poisson et goudron. Il y avait aussi la cuisine de

1. Le *tan bin*, palmier aussi appelé borasse dont on tire du sucre de la sève et des fruits.
2. Vêtement traditionnel formé d'une étoffe nouée autour des reins comme une jupe, qu'on appelle aussi sarong.

rue, les fritures bon marché, les currys odorants, les canards et les anguilles séchés, accrochés sur des présentoirs, les poubelles débordantes et, par-dessus, le parfum enivrant du jasmin.

Milo n'était pas dépaysé. Rangoon avait, comme Calcutta, cette odeur d'épices typique des grandes villes asiatiques, mélangée d'urine et d'excréments, qu'exacerbaient la chaleur et l'humidité. Les grands boulevards faisaient illusion, mais les façades dans les rues transversales étaient vétustes, attaquées par le sel de la mer toute proche au point d'en avoir les couleurs délavées. Partout, la décrépitude s'étalait telle une gangrène. Elle dévorait le ciment et les briques, les marbres et les stucs. Des plantes s'imposaient dans les moindres fissures. Elles donnaient un air de jungle à certains quartiers.

— Je vous conduis au théâtre de marionnettes, haleta Aye Saw en se faufilant à toute vitesse sur un rond-point garni d'une superbe pagode octogonale à la coupole dorée. Celui qui vous attend s'appelle U Kyee. C'est mon oncle.

En Birmanie, les marionnettes étaient un art ancestral et subversif. Créé des centaines d'années auparavant pour critiquer les abus de la royauté, le *yoké thé* éduquait l'homme de la rue. Il lui transmettait des valeurs tout en servant de satire sociale.

L'oncle en question était aussi maigre que son neveu, mais sa natte était blanche. Son teint avait l'aspect d'un cuir de buffle trop tanné. Sur scène, il racontait des blagues en se moquant des Anglais, utilisant à cet usage une bonne vingtaine de poupées qu'il avait lui-même sculptées dans du bois et que son épouse habillait de soie et de broderies d'or.

Milo fut installé dans le fond de la salle, dans un coin ombreux où il attendit patiemment la fin du spectacle. Un orchestre accompagné de chanteurs assurait l'ambiance. Aye Saw avait rangé son pousse-pousse dans une remise et l'avait rejoint. Il lui traduisit certains passages de l'histoire, lui montrant le ministre au caractère vil, le sage ermite, l'ogre des villes à la vilaine figure noire qui enlevait les jeunes filles et le prince un peu sot. Un parfum d'encens s'élevait des coulisses. Parfois, un gong retentissait, réveillant l'assistance dans un grand sursaut.

— *Aasopar Ogre mainnsamee pyanpayyswal*[1], chuchota le Birman. La princesse est la prisonnière de l'ogre des villes. Elle attend que le prince vienne la délivrer. Elle aime le prince et elle patiente, car elle est belle mais aussi très sage, elle sait que le prince est encore un peu lâche. Il craint d'affronter l'ogre. Il ignore que l'amour vaut tous les sacrifices. L'ogre est là pour le lui apprendre. L'ogre est la métaphore de la vie.

En Orient, le temps ne défilait pas de la même façon. Milo patientait en écoutant cette histoire destinée aux gens simples de la rue, pour la plupart illettrés.

C'était un conte semblable à ceux que lui racontait sa mère lorsqu'il était tout petit. L'ogre s'agitait sur la scène pleine d'ombres et son visage grimaçant avançait jusqu'aux premiers rangs en amenant parmi les spectateurs des soupirs effrayés. Les fumées lascives de l'encens lui montaient à la tête, à moins que ce ne fût le parfum du jasmin. Il pensait à Lián, sa belle princesse lointaine. N'était-il pas comme ce prince indécis qui craignait d'affronter la vie ? Lui aussi attendait, reculait, ne s'engageait pas. De quoi avait-il peur ? La guerre était-elle son seul ogre ?

Le spectacle prit fin dans un joyeux brouhaha et Aye Saw en profita pour le guider discrètement de l'autre côté d'une tenture. Les spectateurs se dispersèrent. L'oncle était là, occupé à surveiller ses aides qui rangeaient les précieuses marionnettes dans de grands coffres de palissandre. Il convia Milo dans une pièce si exiguë qu'elle ressemblait à un placard. Les parois constituées de planches étaient entièrement tapissées de soie et de coussins. Au centre, un plateau de cuivre servait de table.

L'oncle U Kyee y fit servir du *htan yay*.

— Jus de *toddy tree*[2] ! expliqua-t-il en tendant un verre rempli à ras bord.

Milo avait déjà bu du vin de palme issu de la fermentation de la sève des palmiers à sucre, une boisson d'ailleurs plus proche du cidre que du vin. Il ne détestait pas le jus frais, qui était blanc et doux, mais la boisson trop fermentée devenait

1. « L'ogre a enlevé la princesse », en birman.
2. Vin de palme birman, obtenu après fermentation et distillation de la sève du palmier « toddy ».

âpre et n'avait pas une grande saveur. Malgré cela, il se força à imiter son hôte en l'avalant cul sec. Ce dernier claqua la langue pour marquer sa considération.

Ils échangèrent quelques paroles prudentes, davantage destinées à se jauger qu'autre chose. Aye Saw traduisait au fur et à mesure.

Dès les premiers mots, l'oncle marqua un étonnement rusé :

— Je suis flatté qu'un Britannique juge utile de se déplacer en personne pour me rencontrer. Les renseignements que j'ai envoyés me paraissaient anodins.

— Ces renseignements nécessitent une vérification minutieuse.

La phrase une fois traduite souleva des exclamations outragées. L'oncle et le neveu toisèrent leur invité sans aménité.

— Vous ne croyez pas en l'exactitude de nos renseignements ?

Milo les rassura d'un sourire.

— C'est tout le contraire, ce qui explique ma venue. J'ai besoin de détails supplémentaires qu'il serait imprudent d'envoyer par message radio. Racontez-moi tout ce que vous savez.

L'oncle le toisa un moment, comme s'il étudiait ses intentions secrètes, puis il se leva et lui fit signe de le suivre. Il le conduisit jusqu'à un autre réduit qui, cette fois-ci, ressemblait à une cuisine. Une vieille femme coiffée d'un turban et vêtue d'un *htamain*, ce sarong uniquement porté par les femmes, tournait sur un maigre foyer une mixture qui sentait la noix de coco. L'oncle la chassa ; elle protesta d'une voix aiguë mais finit par s'éloigner en emmenant sa marmite. Le marionnettiste extirpa alors d'une boîte des postiches et des fards.

— Déshabillez-vous, ordonna le neveu Aye Saw. Je vais vous prêter un *paso*[1].

— Est-ce vraiment nécessaire ? s'étonna Milo. À Rangoon, personne ne me connaît.

— Là où nous vous emmenons, un Britannique risquerait de prendre un mauvais coup de couteau. Vos cheveux sont trop blonds, trop courts, et vos yeux trop clairs. Il faut changer cela autant que possible. Déshabillez-vous.

1. Sorte de *longyi* ou sarong uniquement porté par les hommes.

Milo acquiesça. On le vêtit d'une pièce de tissu tubulaire en coton, savamment nouée autour des hanches. Comme il était maintenant torse nu, il se retrouva avec son revolver Webley dans les mains, ne sachant qu'en faire. L'oncle lui tendit un rectangle de tissu qui fit office de ceinture, dans laquelle il put cacher son arme, ses papiers et son argent. Il lui prêta ensuite une tunique légère. Les vêtements n'étaient pas propres. Il s'en dégageait une odeur de sueur et de poisson.

— Quand vous marcherez, le *longyi* se déferra. Il faudra le renouer de temps en temps. Tous les Birmans font comme ça, expliqua Aye Saw en lui montrant comment refaire le nœud.

Pendant ce temps, l'oncle avait préparé une mixture brune, qu'il avait fait fondre sur le feu avec de l'huile. Lorsque le mélange lui parut prêt, il en recouvrit avec soin le visage et les bras de Milo. Ça sentait la graisse rance et le jeune Britannique mit un certain temps à s'y habituer.

L'oncle termina son chef-d'œuvre par un petit turban enroulé à la manière d'un calot, un *gaung baung* traditionnel aussi crasseux que le reste, avant de juger du résultat en claquant à nouveau la langue.

— Très bien, dit-il dans son anglais laborieux. Ce soir nuit sombre, ça suffisant.

Ils partirent dans le dédale obscur des vieilles ruelles de Downtown, en direction du quartier chinois. Il était encore tôt, malgré la nuit tombée, et lorsqu'ils traversèrent le marché de Bogyoke, chaque échoppe, chaque stand, chaque cuisine étaient éclairés par des lanternes à huile. Les visages des cuisiniers luisaient de jaune et d'orange, au milieu des canards laqués suspendus, des chapelets de petites saucisses pimentées et des paniers plats remplis de poissons frais sortis de la rivière.

L'oncle obliqua dans une série de rues moins commerçantes, où les façades des maisons à trois étages étaient rongées par l'humidité. La nuit parut plus fraîche. Une brusque « pluie de mangues » les surprit. Les Birmans appelaient ainsi ces petites averses épisodiques qui annonçaient la mousson à venir et abreuvaient les manguiers en attendant les pluies torrentielles, et la récolte des fruits mûrs.

Les rares passants encore présents dans les rues se mirent à courir en ouvrant de grands parapluies. L'oncle s'enfonça dans une venelle noire comme un four. Milo se calqua à sa suite. Il ignorait où ses informateurs le conduisaient. Il n'avait pas posé de question. Il attendait, sachant qu'arrivé à destination, tout s'éclaircirait.

Les ruelles se succédaient, ourlées de cabanes misérables. Ici, pas de belles demeures coloniales réservées aux grandes avenues. Tout devenait sordide. L'endroit était ce qu'il paraissait être, un repaire où séchaient des peaux de chiens et de veaux, une cachette de chiffonniers et de mendiants vautrés dans des relents de pourriture. Certains dormaient dans la fange, à peine abrités de la pluie sous de maigres cageots. Leurs yeux luisants regardaient un instant le trio passer, avant de retomber dans l'indifférence après avoir jugé que pareille proie ne valait pas la peine de se lever.

Au fond d'une impasse, entre des huttes et des madriers, l'oncle insista pour qu'ils se hâtent. Un bref éclat de lumière, une porte entrouverte et déjà refermée sur un couloir obscur, la traversée d'une cour à ciel ouvert guidés par un vieillard muni d'une lanterne, les pavés brillants de pluie puis, à nouveau, un couloir parsemé de tentures. Les unes après les autres, il fallait les écarter, se courber pour pénétrer dans la strate suivante comme dans un jeu de piste lugubre. Les odeurs semblaient retenues par ces couches de tissu, imprégnées de sueur et de fièvre, de corps mal lavés avec, par-dessus tout, le miasme caractéristique de l'opium, fort et nauséabond, âcre et amer.

La fumerie était vaste et commune. Au sol, un parquet aussi vieux que sale était maculé de dizaines de taches suspectes qui pouvaient tout aussi bien être du vomi que du sang. Partout, des petites lampes en bordure de nattes, ces veilleuses des fumeurs d'opium avec leur réservoir métallique rempli d'huile et une mèche minuscule pour produire une toute petite flamme. Étendus dans des postures alanguies, des hommes débraillés tétaient leur pipe de bambou au fourneau de terre cuite. La plupart étaient des coolies chinois encore en vêtement de travail. L'odeur était si âpre, si inconfortable, que Milo ne put retenir une quinte de toux. Aucun des fumeurs ne réagit. Ils étaient déjà tous au pays des songes.

Le vieillard qui les avait fait entrer était un Chinois tellement voûté qu'il n'arrivait à Milo qu'au plexus. D'un bras maigre, il leva plus haut sa lanterne pour les guider vers une alcôve privée, fermée par un autre rideau. Là, il désigna trois paillasses alignées où les trois visiteurs durent s'étendre. La couche était meilleure que dans la salle commune, mais elle demeurait peu confortable. Ce n'était qu'une planche recouverte d'une natte crasseuse à peine rembourrée de paille, et d'un oreiller taillé dans un morceau de bois. L'éternelle veilleuse était là, ainsi que les pipes et des tasses remplies d'eau destinées à rafraîchir le tuyau lorsqu'il serait trop échauffé.

Une femme entra d'un pas discret. Elle était toute menue dans son sarong de coton, qu'elle ajustait de temps à autre d'un geste gracieux. Son jeune visage triangulaire, au museau de petit chat, était pâli par cette pâte de beauté en vogue chez les Birmanes, qu'on appelait *thanaka*.

Elle s'agenouilla devant la veilleuse et aligna les ustensiles nécessaires à la préparation de l'opium. Pendant toute l'opération, elle garda les yeux pudiquement baissés, mais elle avait reconnu l'oncle et son neveu, et, depuis, ses mains tremblaient un peu.

— Voici Cho, qui a vu l'homme qui se fait appeler Tora.

La jeune Birmane demeura concentrée sur sa tâche. Elle venait de saisir une aiguille avec laquelle elle préleva une boulette de *chandoo*. L'opium sous cette forme était trop liquide pour être introduit dans la pipe, il fallait donc l'assécher au-dessus de la petite flamme. Avec la chaleur, l'opium boursoufflait comme un caramel. Il s'amollissait et pouvait être façonné. La jeune femme l'introduisit alors dans la pipe. Aye Saw ne cessait de lui parler. On aurait pu croire qu'elle ne l'écoutait pas, elle répondit cependant, et le Birman traduisit ses paroles au fur et à mesure.

— Cet homme… Je l'ai remarqué, car il est tatoué sur tout le visage. C'est un drôle de tatouage, on dirait du sang qui coule. Dans l'ombre, cela fait comme les rayures d'un tigre. Voilà pourquoi il s'appelle Tora. Il avait remarqué que je le regardais, et il m'a dit cela. Tora signifie « tigre » en japonais. Dans la pénombre de la pièce, son visage était effrayant. Il a surveillé la préparation de l'opium. Il avait l'habitude, je l'ai vu. Il a fumé puis dormi jusqu'à ce que ses hommes viennent le chercher. Ceux-là, ils étaient durs et méchants. Quand ils ont vu les femmes qui préparaient les boules d'opium, ils ont eu un rire mauvais. Il y avait ma petite sœur. Ils ne cessaient de la regarder. Ma petite sœur est très fine, très jolie. Ils voulaient des servantes pour la nourriture. Ils ont sorti de l'argent. Ma petite sœur ne voulait pas partir, mais ils l'ont forcée à les suivre. Elle criait et se débattait, un homme l'a jetée sur son épaule. Je me suis précipitée mais ils m'ont frappée. Lorsque je me suis relevée, ils étaient déjà au bout de la rue. Je les ai suivis, longtemps, j'avais mal aux pieds. Ils n'allaient pas très vite car l'homme, le Tigre, ne parvenait pas encore à marcher. Les autres devaient le porter. Puis ils sont arrivés près de deux camions. Ils y sont montés et là, je n'ai plus pu les suivre. Je les ai regardés sortir de la ville. Ils sont partis vers le nord avec ma petite sœur et une autre fille. Depuis, je n'ai plus de nouvelles.

D'un geste délicat, elle passa la main sur sa joue pour essuyer ses larmes qui coulaient. Milo se pencha vers elle.

— Aye Saw, demande-lui de décrire un peu mieux cet homme, ce Tora. Était-ce un Japonais ?

La jeune femme secoua la tête.

— Non, pas un Japonais, ni un Birman, ni un Chinois. Un homme blanc, grand, fort. Le crâne rasé, plus aucun cheveu. La peau pâle, et ce tatouage… ce tatouage, il descend sur le front, puis il contourne les yeux et s'étend sur ses joues. On croirait vraiment un tigre.

Milo apprit encore que les hommes du Tora étaient des Japonais, sauf une dizaine d'entre eux, qui étaient européens. Leur description lui confirma qu'il s'agissait de mercenaires.

En partant, Milo laissa de l'argent, mais la jeune femme se précipita derrière lui pour le lui rendre. Elle leva vers lui ses beaux yeux obliques, brillants de larmes.

— Il faut retrouver ma sœur, dit-elle dans un anglais hésitant. Pas besoin d'argent. Juste ma sœur. Je vous en prie, sir. Ramenez-moi ma sœur.

Il posa une main sur la sienne mais déjà Aye Saw l'entraînait dans la rue.

*

Dans les heures qui suivirent, Milo lança ses indics sur la piste du Tora et de ses hommes. Il eut confirmation que le groupe avait bien remonté le delta de l'Irrawaddy jusqu'à Mandalay. Là, il crut que les mercenaires obliqueraient à l'est à la recherche du Burma Road. Il avait même pensé qu'ils tenteraient d'en saboter l'une ou l'autre structure. Il s'était trompé.

Le Tora fila au contraire vers l'ouest, en direction de l'Inde. Avant d'atteindre Katha, son commando se fondit dans la jungle qui tapissait les escarpements rocheux de cette région montagneuse et disparut. Il avait dû bénéficier d'une complicité locale. Une partie de la population birmane ne montrait aucune hostilité envers les Japonais, qu'ils voyaient plutôt comme des libérateurs de l'empire colonial britannique.

Milo revint à Calcutta faire son rapport à son supérieur. Dès que le colonel Ferguson eut connaissance des derniers éléments, il se montra suffisamment intrigué par l'affaire pour en discuter avec le général Flot-Edwards. Puis il convoqua le jeune officier pour lui donner de nouveaux ordres.

Milo le trouva dans son bureau, en train de fixer la grande carte murale, qu'il venait de mettre à jour. De petits drapeaux japonais étaient maintenant épinglés sur Hong Kong, les Philippines et sur toute la Malaisie. Seule Singapour tenait encore le coup, mais pour combien de jours ?

— Vous avez fait du bon boulot, capitaine, déclara d'emblée le colonel à son subalterne. Quel coup de veine d'avoir repéré ces salopards ! Avec le général, nous sommes certains que ce Tora, puisque c'est ainsi qu'il se fait appeler, est en train d'effectuer une reconnaissance de terrain qui permettra aux Japonais de préparer leur prochaine invasion. Il va falloir que nous la jouions fine, en surveillant à la fois nos frontières du nord tout en continuant à assurer la sécurité de notre route d'approvisionnement vers la Chine. Je viens de faire envoyer une note d'intention à destination de nos garnisons de l'Assam et du Nord-Birman.

— Et pour le Tora ? demanda Milo, qui n'aimait pas l'idée de ce mercenaire à la solde japonaise se baladant impunément sur leur territoire.

Ferguson ricana.

— Ne vous inquiétez pas, on ne va pas le laisser nous damner le pion aussi facilement ! Je viens d'autoriser une équipe médicale de la Croix-Rouge à se rendre dans notre base du

Meghalaya pour y établir un hôpital de campagne. Prenez avec vous quelques hommes et escortez les toubibs. Une fois installé sur le lac Kamal Beel, vous pourrez rayonner dans la région jusqu'à localiser cet enfoiré de Tora. Lorsque ce sera fait, neutralisez-le.

— Ne vaudrait-il pas mieux remonter sa piste depuis Mandalay ? Il a pu partir plus au nord, et même faire une boucle pour revenir vers l'est, histoire de nous piéger.

— Je ne crois pas, trancha Ferguson. Je suis persuadé que son avancée vers l'Inde ne doit rien au hasard. De toute façon, d'ici à ce que vous arriviez sur place, la piste depuis Mandalay aura été éventée. Nos services de météorologie ont annoncé un typhon qui touchera la côte dans les prochaines vingt-quatre heures. Avec le chaos qui s'ensuivra, vous n'arriverez jamais à pister le Tora. Mieux vaut vous installer près de la frontière et activer un réseau d'informateurs. Si, comme je le crois, l'Inde est l'objectif du Tora, il sera obligé de traverser la jungle du Meghalaya. Organisez votre départ pour dans trois ou quatre jours, lorsque la tempête sera passée. Vous lui couperez la route. Je vais prévenir le Dr Attornoy qui supervise l'équipe médicale. Il sera sous vos ordres.

— Bien, mon colonel.

— En attendant, capitaine, prenez donc quelques jours de congés. Je vous accorde une permission.

— Merci, mon colonel.

— Tâchez d'en profiter au mieux, glissa encore Ferguson en pensant à son fils disparu prématurément. Vous êtes jeune. Donnez-vous du bon temps malgré la guerre, ou justement à cause d'elle. Vivez, mon vieux, vivez tout ce que vous pouvez. Tenez, si vous avez une petite amie, allez la retrouver, regardez-la droit dans les yeux et dites-lui que vous tenez à elle. Ces mots-là, nous ne nous les disons pas assez.

Milo salua puis sortit du bureau. En revenant de Rangoon, il avait longuement réfléchi à Lián, à leur avenir, et les recommandations de son supérieur ne firent que le conforter dans sa décision. Il se rendit directement au Palais d'Or, un sourire aux lèvres.

Olga Marushka le reçut dans la volière qu'elle était en train d'aménager. Elle était escortée par les deux lévriers russes qui ne la quittaient jamais et par toute une flopée de maçons à qui elle s'efforçait d'expliquer ce qu'elle désirait. Voyant le jeune officier venir vers elle, elle congédia les ouvriers et s'approcha en lui tendant les mains, somptueuse dans une tenue indienne rebrodée d'immenses orchidées pourpres. Elle semblait vraiment heureuse de le voir.

— Mon cher Milo, quel dommage, vous avez raté notre petite Lián de très peu. Car j'imagine que vous venez pour elle, n'est-ce pas ? ajouta-t-elle avec un clin d'œil qui se voulait complice.

Il acquiesça. Elle l'invita à s'asseoir sur un banc placé à l'ombre d'un dais frangé d'or et frappa dans les mains pour faire venir des rafraîchissements. Une domestique aux yeux de gazelle amena un plateau d'argent. Il accepta un peu d'eau citronnée. Il ne voulait pas s'attarder. Il voulait la voir, *elle*.

— Savez-vous où je puis la trouver ? demanda-t-il après avoir avalé d'un trait sa citronnade. J'aimerais lui parler.

Olga l'observa entre ses longs cils recourbés. Elle penchait la tête d'un air moqueur. Oui, elle savait où sa filleule était allée, mais n'avaient-ils pas tout leur temps ? Qu'il goûte d'abord ces petits *naans* arrosés d'huile de pistache et de miel.

Milo refusa tout net. Il n'en pouvait plus d'impatience et se sentait au bord de l'explosion. La Russe jouait distraitement avec une poignée de pistaches qu'elle brassait entre ses doigts, en véritable odalisque égayée du tintement des coquilles sèches les unes contre les autres.

— Vous me paraissez pressé…

— Je le suis.

Elle se mit à rire, d'un rire un peu mordant.

— Cela vous va bien, mon cher, de faire l'impatient alors qu'elle ne vous a pas vu depuis des semaines ! Savez-vous au moins qu'elle s'est engagée auprès de la Croix-Rouge pour venir en aide aux réfugiés évacués de Malaisie ? Je vois à votre mine que non, vous n'en savez rien. Vous ne vous occupez que de votre guerre, sans vous souciez de ce qu'elle peut ressentir, des angoisses qu'elle peut avoir. Bon, j'imagine que cela ne me regarde pas, mais tout de même, je l'aime, cette petite.

— Moi aussi, souffla-t-il par-devers lui.

Elle haussa un sourcil.

— Oh, vraiment ? Vous l'aimez ? En la laissant se morfondre sans jamais lui donner de vos nouvelles ? Quelle sorte d'amour est-ce là ? Heureusement que d'autres personnes lui témoignent un peu plus d'intérêt que vous ne le faites. Tenez, c'est l'aimable épouse de votre colonel, Mrs Amity Ferguson, qui a réussi à la convaincre de faire du bénévolat. Grâce à elle, Lián s'occupe des orphelins. Cela lui permet de se sentir utile. Il faut dire que, mon Dieu, ces pauvres enfants… Tout ce qu'ils ont vu. Tout ce qu'ils ont vécu. Toutes ces choses abominables qu'aucun enfant ne devrait jamais voir… Ces pauvrets sont si nombreux que l'orphelinat de Calcutta ne peut tous les accueillir. La Croix-Rouge organise leur répartition où elle peut, dans des missions, des couvents, et même auprès de familles d'accueil qui se sont portées volontaires. Lián s'est proposé d'en conduire quelques-uns vers le sud, chez les pères missionnaires jésuites. Elle est partie ce matin. Elle y passera probablement la nuit, le temps que les petits se sentent rassurés dans leur nouvelle maison. Le sort de ces enfants l'inquiète énormément.

Milo se leva. Il était devenu livide :

— Venez-vous de dire qu'elle est partie dans le sud ?

— Eh bien, oui, répondit Olga, tout de même interloquée par sa véhémence.

— Où ça, dans le sud ?

— Attendez, je crois que c'est Tijpar, ou plutôt Partaj… Non, non, je me souviens maintenant, c'est Tajpur.

— Tajpur, au bord de la mer ?

— Oui, c'est ça. Tajpur, répéta Olga avec un grand sourire. Lián était si heureuse d'y aller. La mission qui accueillera ces enfants est au bord de la plage. Je sais qu'elle a prévu un pique-nique et des jeux.

Milo la dévisagea d'un œil atterré.

— Vous l'avez laissée partir ! Ignorez-vous qu'on annonce l'arrivée imminente d'un typhon ? D'ici quelques heures, il balaiera la côte.

— Je n'étais pas au courant ! s'écria Olga maintenant saisie d'angoisse. Êtes-vous certain de ce que vous avancez ? Risque-t-il d'y avoir un quelconque danger ?

Milo s'éloignait déjà.

— Bien sûr qu'il y a danger ! Un typhon fait monter le niveau de la mer. Si Lián est à la plage avec des enfants, ils risquent tous de se noyer.

26

5 février 1942
Tajpur – Bengale-Occidental – Inde

Lián conduisait en se cramponnant au volant. La route – quelle route ? – était une ornière géante à elle toute seule. La Delage avançait vaillamment sur un chemin qui semblait fendre en deux une jungle touffue dont la seule caractéristique était le vert dense qui avançait ses palmes jusqu'au milieu de la chaussée.

La jeune fille suivait à la lettre les instructions notées par sœur Anne-Carole sur une carte routière qu'elle avait pliée et coincée sur ses genoux. Elle craignait de se perdre. Elle n'était jamais venue sur ces terres d'alluvions qui s'étendaient du sud de Calcutta jusqu'à l'océan.

Les villages qu'elle traversait avaient tous la même allure brune, avec leurs murs de pisé, une place centrale maigrement ombragée par un banyan et, surtout, ce soleil écrasant omniprésent qui endormait les chiens et les chèvres au milieu de nulle part. Les cabanons étaient déserts. Les paysans étaient déjà aux champs, occupés à sarcler, repiquer, nettoyer, houspiller les clans de singes qui entendaient leur voler leurs récoltes. Partout, des bosquets de bambous hachuraient la lumière. Les feuilles vernissées des manguiers s'agitaient dans la brise venant du sud en mille échardes brillantes. Sur les murs des granges, les fleurs des hibiscus formaient des flaques rouges et roses.

Il y avait aussi ces éternelles vaches blanches avec leurs veaux, arrêtés dans chaque tournant au risque de provoquer un accident. Et bien sûr la poussière soulevée par les roues, pulvérulente et sempiternelle, impossible à oublier, qui pénétrait par tous les interstices jusqu'à se poser en masque jaunâtre sur les mains et le visage.

Au début, elle l'essuyait avec son mouchoir, puis elle avait renoncé à lutter. Elle se disait qu'elle se rafraîchirait dans l'océan. Elle avait emmené un maillot de bain. La meilleure récompense.

En attendant, elle traversait l'Inde des campagnes, une Inde calme et simple, dont elle ne connaissait pas grand-chose. Le paysage était plat à perte de vue, tellement comprimé sous un ciel torride que l'horizon disparaissait derrière les arbres. Les couleurs elles-mêmes devenaient plates et mornes au fur et à mesure que le soleil approchait du zénith. À dix heures, déjà, le vert des marécages se fondait dans celui des rizières en un coloris délétère surmonté d'une brume ondulante de chaleur. La terre brune et rouge surchauffait, se craquelait à fendre l'âme, devenait une tombée de poussière qui s'installait sur la route en conquérante.

La vieille sœur Justine avait été désignée pour l'accompagner. Depuis leur sortie de Calcutta, elle dormait malgré les cahots, la bouche ouverte sur un ronflement sonore qui aurait dû faire rire les enfants entassés sur la banquette arrière. De là, cependant, rien ne venait. Les petiots étaient anormalement sages. *Traumatisés*, pensa Lián avec un serrement de cœur.

Inquiète de ne pas les entendre, elle se retournait sans cesse pour vérifier qu'ils étaient bien là. Leur silence lui faisait presque croire qu'un soubresaut plus fort que les autres aurait pu les éjecter de la voiture. Évidemment, c'était impossible. La vitre arrière ne coulissait pas. Quant au toit ouvrant qui amenait un peu d'air, il était placé trop haut pour qu'ils songent seulement à s'y hisser…

Il n'empêche, elle n'était rassurée qu'en croisant leurs yeux grands ouverts qui brillaient dans la pénombre du hayon arrière. Ils ne dormaient pas. Accrochés les uns aux autres avec un instinct grégaire, leurs petites jambes recouvertes d'une culotte courte ou d'une jupe à plis, ils avaient l'air pantelant de victimes offertes à un cauchemar sans fin.

Lián essayait de les rassurer d'un sourire. Ils lui faisaient pitié, tandis qu'elle devinait ce qu'ils pensaient. À peine avaient-ils commencé à s'habituer à la routine du camp, loin de leurs parents et de leurs maisons, que déjà on les en délogeait. Vraiment pas de chance.

— Vous verrez, maintenant, vous allez être heureux, répétait-elle comme une prière.

Au début du voyage, elle avait cherché à imposer un semblant de bonne humeur. Elle avait chanté à tue-tête les comptines qu'elle se rappelait de son enfance : *Twinkle, twinkle, little star* et *Rain, Rain, go away*, mais les petiots prétendaient ne pas en connaître les paroles.

Au bout du compte, la route était devenue une ligne ocre creusée de méchantes ornières et Lián avait cessé de chanter pour mieux se concentrer sur sa conduite. Des daims avaient brusquement traversé devant son pare-chocs, l'obligeant à freiner brusquement. Elle en avait eu le cœur battant durant de longues minutes. Que se passerait-il si la voiture subissait une avarie, si elle quittait le chemin ou si elle versait dans le fossé ? Elle avait respiré un grand coup puis était repartie de plus belle.

Depuis, elle slalomait constamment entre des trous, quitte à mordre sur le bas-côté pour passer. Plus loin, dans une partie boisée encore plus sauvage que le reste, embroussaillée d'herbes hautes et de buissons épineux, elle roula au pas un long moment, hallucinée de voir une panthère marcher devant elle en se croyant seule au monde.

Soudain, la bête se retourna pour poser son regard d'or sur la voiture et Lián en eut des sueurs froides parce que le toit était ouvert.

Heureusement, le fauve préféra se fondre dans la végétation d'un bond élégant. Sœur Justine continuait à dormir à poings fermés. Les enfants n'avaient pas bronché. Avaient-ils seulement remarqué quelque chose ? Lián regretta de ne pouvoir partager avec quiconque cette nouvelle aventure.

La mer changea la donne.

Lorsqu'elle apparut, ligne brillante inondée de soleil, il y eut cette fois-ci des « oh » et des « ah » emplis d'émerveillement. Les petiots étaient enfin redevenus des enfants. À croire que la mer lavait tout, toujours. Même les plus grands chagrins.

Lián arrêta la voiture et ouvrit la portière. Ils s'égaillèrent tous les cinq dans le sable mouillé comme une volée de moineaux. Elle courut avec eux en riant, en ôtant ses chaussures pour enfoncer ses orteils dans le sable. Un vent puissant soufflait du large, décoiffant ses cheveux retenus en chignon. Ses lèvres avaient déjà pris le goût du sel. Elle leva les bras au ciel et cria comme une sauvage. Les gamins s'arrêtèrent pour la regarder, puis ils l'imitèrent en hurlant comme de jeunes louveteaux. Lián rit de plus belle. Sœur Justine, réveillée par ce tapage, sortit à son tour de la Delage. Percluse de rhumatismes mais l'esprit vaillant malgré ses soixante ans, elle avait à son tour tressauté dans le sable quelque danse païenne qu'un évêque aurait pointé du doigt en vociférant « sorcière ! ».

La localité s'appelait Tajpur. Le village était plus haut dans les terres, près d'une falaise criblée de temples troglodytes. La mission des pères jésuites était de l'autre côté d'un ruisseau se jetant dans l'océan. On y allait à pied, en passant sur un pont étroit fait de planches vermoulues.

Lián laissa la voiture près d'une touffe d'iris, à l'ombre d'un bosquet de palétuviers. Ils iraient plus tard à la mission, après le pique-nique qu'elle voulait offrir aux gamins pour leur laisser au moins cela, quelques souvenirs d'enfants de leur âge jouant dans les vagues.

Le front de mer n'était qu'une plage, immense. Sur le sable scintillant dans la marée basse, l'ondulation laissée par les vagues convergeait vers une barque isolée, ancrée à une simple racine au milieu de nulle part. Un chien tacheté était assis à côté. Dans le lointain de l'océan éclatant, des pêcheurs avançaient à pied en tendant des filets sur des piquets. Les plus jeunes suivaient en jetant au fur et à mesure leurs prises dans des paniers en équilibre sur leurs épaules. De l'autre côté, au loin, deux vaches se tenaient debout dans un reste de vague. Que venaient-elles faire là ? Il n'y avait rien à brouter. La scène avait néanmoins une beauté intemporelle qui réjouissait le cœur.

La jungle formait tout le long de la côte une sorte de falaise verdoyante, haute du tronc des cocotiers et des autres palmiers. On devinait à la ligne de sable sec que la mer à marée haute venait lécher cette frange végétale, quitte à s'y perdre le temps d'une vague plus aventureuse.

Tandis que les petiots redevenaient des enfants en courant, criant, sautant dans les flaques, attrapant des crabes et des crevettes, hurlant du plaisir de creuser des trous, de construire des châteaux et de poursuivre un mulet échappé au ressac, Lián se tint debout face à la mer. Elle respirait à plein nez l'iode puissant mêlé du parfum des algues. Elle vacillait presque dans ce souffle qui la heurtait en pleine poitrine. Le vent venu du large n'avait rien de sage, il était même fort, à la limite de l'agréable. Au loin, il moutonnait de blanc toute une série de vagues alors que l'océan, quelques instants auparavant, avait encore paru si doux, si calme.

Une étrange lumière dorée de fin du monde nimbait maintenant la plage. Lián y prêta une attention soudaine, instinctivement troublée, croyant reconnaître dans cette atmosphère les signes avant-coureurs des tempêtes qui balayaient le Rio de la Plata. Puis sœur Justine vint vers elle en sautillant comme une adolescente. Elle traînait le panier de pique-nique en criant joyeusement qu'il était l'heure de déjeuner. Lián sortit du coffre les bouteilles de limonade.

Les deux femmes choisirent un coin de sable sec à l'abri de quelques palmiers. Des iguanes paressaient au soleil, les observant d'un œil impavide. Elles ne réussirent pas à poser la nappe blanche qu'elles avaient amenée : cette dernière ne faisait que s'envoler. Après quelques essais infructueux, elles firent asseoir la petite tribu sur les troncs penchés de quelques cocotiers alanguis.

Ils déjeunèrent de sandwichs au poulet et au concombre, d'une omelette aux épices et d'une salade de homard. Lián coupait des ananas en tranches et les posait sur une feuille de bananier lorsque la petite Lily vint lui tirer la jambe.

— Regarde ! dit la fillette en tendant le bras vers l'horizon, loin au-dessus de la plage.

Un étrange ronronnement planait dans le vent. Lián crut à un orage, mais ce bruit prenait au fur et à mesure de l'ampleur. Dans la direction désignée par la fillette, un gros insecte bourdonnant devint en quelques secondes un oiseau géant puis, clairement, un avion.

— Oh, s'exclama-t-elle.

Lily avait pâli, en proie à de mauvais souvenirs. Elle se précipita auprès de son frère qu'elle prit dans les bras pour le traîner vers l'abri de la forêt toute proche.

— Les Japonais, gémit-elle à chaque pas laborieux. Les Japonais !

Lián courut lui prendre le bébé des bras. Elle retint la gamine par la main.

— Mais non, ma chérie ! Regarde, il ne faut pas avoir peur, c'est un avion anglais. Je te promets, c'est un de nos avions.

La fillette traumatisée rechigna, mais Lián la serra contre elle en lui chuchotant des mots d'apaisement.

L'appareil passa à une altitude si basse que tout le monde put voir le pilote et son passager agiter les mains. Il s'agissait d'un Avro Anson bimoteur dont la couleur grise se confondait avec les nuages sombres au-dessus de l'océan. Le jeune Peter, un des cinq orphelins, expliqua avec fierté que la Royal Air Force utilisait ce type d'appareil pour des missions de reconnaissance ou d'entraînement.

Tous les enfants s'étaient rapprochés de Lián en cherchant d'instinct une protection. Les plus jeunes s'accrochaient à ses vêtements avec des mines effrayées, mais une sorte d'exaltation fiévreuse les agitait tous.

L'avion fila vers l'ouest parallèlement à la plage, puis revint en prenant de la hauteur. Lorsqu'il ne fut plus qu'à quelques centaines de yards des enfants, quelque chose sembla s'en détacher, qui chuta à toute vitesse vers l'océan.

— C'est un parachutiste ! hurla Peter qui, décidément, s'y connaissait.

Effectivement, un parachute s'ouvrit en une fleur élégante balancée dans le vent. L'avion obliqua alors vers l'intérieur des terres, où il disparut en quelques secondes, avalé par l'horizon.

Les regards revinrent vers le parachutiste qui, là-bas, descendait droit sur la ligne des vagues. Le vent continuait à forcir, secouant méchamment la silhouette minuscule. On commençait à distinguer ses vêtements, qui étaient militaires, et son casque recouvert d'un treillis. Quelques secondes plus tard, le soldat atterrit dans une grande éclaboussure. Emporté par l'élan, il courut sur plusieurs pas. Sa voile s'écroula sur le sable détrempé. Pour éviter d'être entraîné, il défit les boucles et laissa le parachute s'envoler.

Lián le reconnut à cet instant.

— Milo ! cria-t-elle.

Émerveillée par ce miracle, elle s'élança en laissant les enfants sous la garde de sœur Justine. Il la rejoignit à grandes enjambées rapides. Elle remarqua en riant son battle-dress militaire, sa vareuse kaki et ses gros brodequins qui montaient au-dessus de ses chevilles. Elle le voyait dans cette tenue pour la première fois.

— Milo ! cria-t-elle encore, et elle se jeta dans ses bras.

Il l'embrassa follement. Ses lèvres avaient un goût de sel et une exigence d'affamé. Elle serait tombée à la renverse s'il ne l'avait tenue contre lui.

— Oh, soupira-t-elle, éblouie.

Il éclata de rire puis il la prit par la main pour l'entraîner loin des vagues qui montaient. Sœur Justine et les enfants les regardèrent venir vers eux, médusés.

— Il faut faire vite, leur dit-il en les entraînant tous vers le sable sec. Où avez-vous laissé la voiture ?

Lián le retint. Elle ne comprenait rien à ce qu'il racontait. Elle le regardait comme si elle ne l'avait pas vu depuis mille ans, en buvant son visage, la forme de sa mâchoire, sa carrure, son expression tendue, presque sévère. Jamais il ne lui avait paru plus beau !

— Mon Dieu, Milo, est-ce un rêve ?

Il la secoua pour lui faire entendre raison. Ses yeux bleus de glace la transpercèrent, maintenant durs et insistants.

— Lián ! Tu m'entends ? Réveille-toi ! Où est ta voiture ? Tu es bien venue en voiture, n'est-ce pas ? Il faut nous dépêcher. Tout va venir trop vite.

Elle recula d'un pas incertain. Décidément, elle ne comprenait rien à ses propos, mais elle tendit tout de même la main pour désigner le pont qui enjambait le ruisseau.

— La voiture est garée là-bas, près de la mangrove. Vas-tu me dire ce qu'il se passe ? Pourquoi es-tu venu ? Et de cette manière si… si…

Elle bafouillait face à la situation invraisemblable. Il ne lui répondit pas. À la place, il continua à avancer d'un pas rapide pour attraper au passage la petite Lily qui avait voulu s'échapper. Il la jeta sur un bras.

Lián voulut encore lui parler. Cette fois-ci, il la saisit par le poignet pour l'entraîner et harangua le reste de la troupe d'un ton autoritaire :

— Allez, les mioches ! Hop, hop, on se met tous à courir jusqu'à la voiture !

Il n'eut pas besoin d'élever la voix. Tout naturellement, les petits obéirent, et même sœur Justine se plia à la discipline générale en prenant par la main deux bambins qui trottinaient sur leurs jambes potelées.

— Allez les enfants, on obéit au capitaine et on court aussi vite que possible !

Les petits galopèrent dans le sable mouillé, poussés par le vent qui venait du large. La marée montait. Des vagues les rattrapaient, commençaient à leur lécher les pieds. Lián ne comprenait pas.

— Milo ! cria-t-elle encore. Dis-moi ce qu'il se passe !

Il la poussa dans le dos pour la contraindre à courir avec lui. En même temps, il lui montra d'un coup de menton l'horizon noirci au-dessus de la mer.

Elle ne vit d'abord que les vagues. Moutonnées, agitées, de plus en plus blanches, de plus en plus hautes au point d'en devenir déraisonnables. Puis soudain, sous un ciel encore bleu, les premiers murs d'écume arrivèrent. Ils se fracassèrent sur la plage, inversant le ciel et la mer. La lumière prit une tonalité particulière, extraordinaire et effrayante. Oppressante. Toutes les couleurs qui restaient se fondirent en un noir d'apocalypse traversé par des éclairs.

— Un typhon, hurla Milo pour se faire entendre dans le vacarme du vent et de l'océan déchaîné. Ne vois-tu pas qu'un typhon est en train d'arriver ?

Prise d'effroi, elle comprit enfin et elle recommença à courir, attrapant au passage le petit Peter pour le prendre dans ses bras.

*

Un pont précaire passait sur le ruisseau qui se jetait dans la mer. Juste une simple palissade de planches mal clouées qu'une main laborieuse avait un jour renversée sur de maigres pilotis. L'ensemble devait tanguer dès qu'on y marchait. Sur l'autre rive, on distinguait un chemin de terre rouge serpentant dans la brousse. Deux Jésuites en soutane approchaient, semblables à des bonzes sous leurs parapluies.

Il fallut cette scène pour que Lián enregistre qu'il pleuvait. Elle leva le nez. De gros nuages tortueux lâchaient effectivement une pluie encore dispersée et molle. Le temps de traverser la plage, le bleu du ciel s'était fait avaler par un couvercle noirâtre et tourmenté.

Les deux moines les hélèrent de loin. Ils expliquèrent qu'ils venaient de la mission, qui était nichée dans la végétation. Avec l'approche de la tempête, ils s'étaient inquiétés pour les enfants et venaient aux nouvelles.

— Rejoignez-nous ! crièrent-ils avec de grands gestes d'accueil pour inciter les enfants à s'engager sur le pont. Venez vite, il faut nous mettre à l'abri le plus rapidement possible.

Sur la droite, la mer semblait s'être rapprochée. Elle ressemblait à un mur liquide. Des vagues furieuses s'engouffraient déjà dans le ruisseau pour se fracasser sur le pont. À chaque coup de heurtoir, elles rendaient les planches glissantes tout en les tordant de plus en plus. Malgré le fracas de l'eau, on entendait des craquements sinistres.

Milo comprit le danger. Il voulut retenir tout le monde, mais les gamins étaient déjà partis. Les pères jésuites les récupérèrent puis incitèrent les retardataires à les rejoindre.

Sœur Justine s'élança en serrant le petit George dans ses bras. Le poupon ne voulait pas être séparé de sa sœur. Il hurla et se débattit. La religieuse n'était plus toute jeune. Elle chancela. Les vagues la giflaient si fort qu'elle ne voyait pas où elle posait les pieds. Ses jupes alourdies par la pluie se plaquaient contre elle, entravant ses mouvements. Lorsque le vent menaça de faire s'envoler son voile, elle le retint d'une main, tandis que de l'autre elle plaquait contre sa poitrine le bambin affolé. Au bout de trois pas, elle perdit l'équilibre. Elle tenta de se rattraper à la balustrade, mais les perches qui la constituaient étaient trop fines, elles ployèrent sous son poids.

Milo posa la petite Lily à terre pour haranguer la religieuse.

— Ne restez pas là ! cria-t-il. Revenez !

Sœur Justine n'entendit rien dans le fracas du vent et de la pluie. Les vagues gonflaient, d'une agressivité mordante. Maintenant, le ressac remontait le ruisseau et noyait le pont dont l'assise tremblait.

Lián voulut à son tour prêter main forte à la religieuse. Milo la retint. Elle ne comprit pas et se débattit, furieuse. Il la ceintura d'un bras. De l'autre, il maintenait la petite Lily qui peinait à rester debout dans le vent et la pluie.

Sur le pont bancal, sœur Justine était en totale apnée au milieu du déluge. Elle comprit soudain le danger et se tourna brusquement vers eux.

Elle n'eut pas le temps de rebrousser chemin.

Une vague monstrueuse monta à l'assaut du pont qui se disloqua sous ce flot déchaîné. Les planches mal clouées s'écartelèrent, les pilotis trop faibles ployèrent. Tous les morceaux de bois se désarticulèrent. Avec un hurlement d'effroi, sœur Justine glissa dans la rivière. Au dernier moment, tandis qu'elle continuait à maintenir contre elle le petit George tétanisé, elle accrocha de sa main libre un morceau de ponton. Des esquilles de bois transpercèrent sa paume, mais elle tint bon. À force de se battre dans l'eau en furie, ses jambes empêtrées dans ses jupes réussirent tout de même à se hisser sur un reste d'échafaudage. Elle tenta de s'extraire du courant, en vain. Des trombes d'eau la submergeaient. La tête du petit George ballottait comme s'il était noyé.

Lián ne faisait que crier, les jambes coupées par l'effroi. Le typhon était sorti de l'océan. Il amenait une nuit dense, hachurée de pluie et de vent. Un hurlement constant s'élevait, celui des rafales tonitruantes aussi violentes que des coups de poing.

Ce n'était qu'un début.

Sur l'autre rive, les religieux emmenèrent les trois enfants qu'ils avaient récupérés. Avant de partir, ils crièrent quelque chose que personne ne réussit à comprendre. Milo suivit du regard la direction qu'ils montraient, et opina. Là-bas, au-dessus de la jungle, un temple était accroché à une falaise. Le seul abri possible. Il fallait faire vite.

Laissant la petite Lily près de Lián, le jeune homme s'aventura sur les débris du pont. À force de ramper sur les planches disjointes, il parvint à suffisamment approcher la religieuse et le bambin qu'elle s'efforçait de maintenir hors de l'eau. D'un geste, il attrapa le petiot par ses vêtements et le souleva comme un jeune chat.

Lián l'avait suivi au mépris de toute prudence. Il voulut lui tendre le poupon, mais entre-temps, elle avait saisi la main de sœur Justine, qui se cramponna à elle avec l'énergie du désespoir. Leurs doigts s'entrelaçaient si fort qu'ils en blanchissaient. À chaque vague, l'eau tourbillonnante les submergeait. Le peu qui restait du pont craquait, continuait à se disloquer. Milo retourna pour mettre le petit George à l'abri.

Lián hurla de panique. Elle sentait qu'elle ne tiendrait pas longtemps. Sœur Justine avait perdu l'appui pour ses pieds et, à bout de forces, elle était ballottée comme un ballon dans les flots. Ses jupons alourdis l'entraînaient vers le fond. Lián craignait tellement de la lâcher qu'elle enfonçait ses ongles dans sa main comme une serre. La vieille religieuse ne sentait même plus la douleur. À demi noyée, elle perdait à chaque vague un peu plus de sa résistance.

Brusquement, Lián lut dans ses yeux sa résignation.

— Non ! cria-t-elle, affolée.

Milo venait de mettre les deux bambins à l'abri des eaux sur un monticule où ils se cramponnèrent tant bien que mal. Il se hâta de revenir sur le pont tandis que Lián s'efforçait de hisser la vieille femme vers elle. Elle n'y arrivait pas. Ses doigts mouillés glissaient, l'empêchant d'assurer sa prise. L'effort qu'elle produisait lui coupait la respiration. Elle sanglotait de rage et d'effroi, de douleur, de frustration. Sœur Justine ne luttait plus. Au contraire, elle la dévisageait avec des traits transfigurés par le martyre.

Lián vociféra de plus belle. Elle ne se résignait pas.

— Non ! Je vous tiens ! Je vous en prie. Ne lâchez pas !

Milo s'approcha en rampant. Lián serra les dents. Son bras distendu par le poids de la vieille femme lui faisait mal à hurler. Soudain, sœur Justine s'enfonça sous la surface. Lián crut que sa main était arrachée. Elle s'époumona encore pour se donner la rage de tenir.

— Tiens bon, je suis là, entendit-elle à son oreille, tandis que ses narines et ses yeux se remplissaient d'eau.

Milo chercha à saisir le corps sans force de la vieille religieuse. Sœur Justine était à bout. Depuis trop longtemps, elle ne respirait que de l'eau. Sa main glissa, glissa… Lián s'y accrocha jusqu'au bout des doigts, mais la vieille femme la lâcha. Milo se jeta vers l'avant. Il n'attrapa que du vide. Le corps fut emporté par les eaux où il disparut presque aussitôt.

Lián s'époumona. Milo la tira en arrière. Elle se rebella tout entière. Lutta contre lui, hystérique. Il l'empoigna par son corsage et la contraignit à reculer.

— C'est trop tard, hurla-t-il dans la tempête, la voix avalée par le vent. Nous ne pouvons plus rien pour elle.

Sur la rive, la Delage avait disparu, emportée par la marée. Lián se figea sur place, incrédule devant cet autre coup du sort.

— Avance, la malmena Milo. Occupons-nous des enfants.

Il récupéra le petit George qu'il lui mit dans les bras et chargea Lily sur son dos. Les gamins étaient trempés et hagards. Ils se pendirent au cou des deux jeunes gens comme des naufragés. Milo attrapa Lián par le poignet. Il la força à avancer dans les vagues devenues des murs d'eau. La belle plage dorée, si plate et si douce, avait disparu sous une écume grise qui noircissait le monde jusqu'à la jungle. Dans ce maelstrom, on distinguait à peine les arbres. Tout était englouti dans des trombes verticales.

On va tous mourir, pensa Lián, en apercevant avec terreur des vagues encore plus grandes venir de l'horizon, monter, rouler, gonfler, gonfler encore. *On va tous mourir comme la pauvre sœur Justine.*

Milo l'entraînait sans pitié. À force, elle parvint à se ressaisir. Ce n'était pas le moment de s'avouer vaincue.

Ils atteignirent le bois par ils ne surent quel miracle. Au-dessus de leurs têtes, les palmes étaient tendues comme des drapeaux. Milo força tout le monde à continuer. Il fallait avancer, s'éloigner de la côte. Chaque pas était un calvaire. L'eau montait sans cesse. Des vagues gigantesques se jetaient sur eux en menaçant de les emporter, reculaient puis revenaient à la charge avec une force de géant. Les noix de coco que les vents avaient arrachées étaient de véritables projectiles.

— Il faut aller vers la falaise, cria Milo.

Elle n'entendait rien. Ils allaient d'arbre en arbre, en s'y agrippant pour ne pas être emportés par le reflux. Lián s'accrochait à Milo comme à une ancre. Il la tirait. Il la poussait vers l'avant, pouce après pouce, pied après pied. Il semblait la disputer à la mer.

Parfois, ils tombaient. Ils roulaient alors dans une eau salée qui leur montait aux genoux, se relevaient à bout de souffle. Il fallait tout recommencer. Un nouveau pas, puis un autre. Échapper à la vague éternelle qui, tel un monstre sorti de l'océan, les poursuivait en folle camarde.

Milo trouva une pente qui s'élevait dans la jungle. Il y jeta Lián, qui dut grimper au milieu des fougères en s'aidant de tout son corps. Au-dessus de sa tête, les arbres se courbaient et se tordaient, se dénudaient et se brisaient en un combat titanesque contre le typhon. À force de les regarder, on avait le vertige.

Ils débouchèrent au milieu d'un village. Les cahutes misérables étaient déjà presque toutes écroulées. Y avait-il seulement des survivants parmi ces décombres ? Le typhon balayait tout. Il s'acharnait jusqu'à ce qu'il ne reste plus rien à abattre.

Lián continua à courir mécaniquement, talonnée par Milo. Elle avait peur, mais une peur étrange, qui ne la concernait pas vraiment. Elle ne pensait pas à sa propre mort. Elle craignait en revanche de voir mourir son compagnon ou les enfants. Elle se disait que si cela devait arriver, elle n'y survivrait pas. Elle ne pourrait pas continuer. Tout serait fini. Elle n'aurait plus la force de rien.

— Ne réfléchis pas ! s'époumonait Milo. Continue d'avancer !

Au sortir du village, la route avait disparu. Elle s'était brisée, soulevée. Elle avait été emportée sur plusieurs dizaines de pieds par une coulée de boue, pour finalement devenir un mur infranchissable, dressé à la verticale.

Ils s'arrêtèrent, découragés. Tout s'obscurcissait. Une nuit d'apocalypse engloutissait les arbres dans une ambiance de fin du monde. Cette fois-ci, ce fut Lián qui poussa Milo à repartir. Elle venait d'apercevoir au milieu des remous la silhouette fantomatique d'une pagode.

L'édifice était accolé à une falaise, dominé par un temple creusé dans la roche. Les toits paraissaient déchiquetés, mais les grottes demeuraient intactes, en abris béants.

Milo eut un cri de joie. Le pas rasséréné, il fit grimper Lián et les enfants vers un monde improbable de dieux et de déesses lascives sculptés à même la pierre.

*

Au début, il fut aisé de suivre l'escalier taillé dans la roche. Cela ne dura pas. Très vite, le passage s'avéra glissant. Les marches étaient polies par l'usage. À maints endroits, elles étaient recouvertes d'une mousse gorgée de pluie. Une cascade les longeait, devenue avec le typhon violente et d'une couleur boueuse. Les vents croissaient encore en puissance. Les deux jeunes gens devaient avancer en se plaquant contre la paroi sous peine d'être déséquilibrés. Leurs doigts cherchaient les moindres aspérités, s'y cramponnaient comme des serres. Chaque faux pas menaçait de les basculer dans le vide.

Lián réussissait pourtant à soutenir le rythme qu'imposait Milo. L'urgence l'empêchait d'avoir peur. Elle avait bien compris que l'ouragan, s'il forcissait, les balaierait comme des fétus de paille. Il n'était plus temps d'avoir des hésitations. Il fallait avancer ou mourir.

De toute façon, elle ne pouvait ni s'arrêter ni ralentir. Dès qu'un passage plus difficile que les autres la mettait en difficulté, Milo l'agrippait par les vêtements et, la traînant et la poussant, la forçait à surmonter l'obstacle. Sa volonté inépuisable la galvanisait.

Chaque pas était cependant une agonie. Ses forces s'amenuisaient. Ses jambes tremblaient de fatigue, ses doigts étaient gourds de toujours serrer, agripper, accrocher. Jusqu'au petit George, véritable poids mort, qui semblait peser plus de cent livres !

Elle n'en pouvait plus. Elle trébuchait à chaque marche et commençait à croire qu'ils ne survivraient pas. Le cyclone les harcelait sans pitié. Dans son immense fatigue, elle n'avait pas remarqué que l'escalier tournait autour de la falaise et que, maintenant, ils étaient protégés du front de mer par la roche. Sans cette chance, le typhon les aurait balayés depuis longtemps.

Milo ne la lâchait plus. Il avançait, infatigable, l'empêchant de s'arrêter, l'empêchant de tomber. Il était son roc. Sa montagne.

Puis les marches s'interrompirent. Le jeune homme buta, médusé, contre un mur infranchissable. Il avait cru que l'escalier les mènerait à l'intérieur du temple, qui les aurait abrités. Il n'en était rien. Ils avaient grimpé pour rien.

Lián s'immobilisa près de lui, pliée en deux pour résister à la tourmente. Comme lui, incrédule, elle regarda la haute paroi sculptée de bas-reliefs monumentaux qui semblait monter jusqu'au ciel.

C'était un cul-de-sac.

Il n'y avait aucun passage, juste des sculptures accumulées les unes sur les autres, rondes et girondes, des dieux et des déesses enlacés en train de s'embrasser, de se caresser et de beaucoup plus… Elle tomba à genoux, accablée, incapable de comprendre qu'elle était devant l'un de ces murs d'amour destinés à protéger les temples hindous du mauvais œil. Sidérée, elle fixait ces bras, ces seins, ces cuisses nues, si proche du vertige qu'elle mit quelques instants à se rendre compte qu'une échelle de bambou était en train de descendre du sommet.

Elle leva le nez dans la pluie diluvienne. Malgré la violence des gouttes, elle distinguait maintenant des visages qui se penchaient, des mains brunes qui les appelaient.

Ils grimpèrent. Les bambous ployaient sous leur poids. Le vent hululait à leurs oreilles. Au sommet, les mains les hissèrent à l'abri sur une corniche de marbre rose, puis les villageois les dévisagèrent avec des airs sombres, sérieux. Ils les entraînèrent vers un porche monumental. La pluie les accompagnait en crépitant.

Au-delà, des salles étaient creusées dans la falaise. D'innombrables passages cheminaient vers le cœur du sanctuaire pour former un *garbha griha* typique des temples hindous. Après le chaos de l'extérieur, Lián eut l'impression de pénétrer dans un havre de paix.

— *Aao, yahan aao*[1] *!* appelèrent les villageois.

Elle reconnut les pêcheurs aperçus auparavant sur la plage. Ils leurs demandèrent de se déchausser. Une lumière grise tombait de lucarnes creusées dans la roche. La pluie torrentielle s'y infiltrait pour dégouliner sur des décorations dantesques en stuc.

On les emmena dans une pièce éclairée par des lanternes à huile. Le sol était recouvert d'un sable sec et doux qui coulait

1. « Venez, venez ici ! », en hindi.

entre leurs orteils avec une fraîcheur étonnante. Des nattes étaient déroulées dans un angle. Plus loin, des paniers s'accumulaient, emplis de poissons. Plusieurs jeunes hommes s'étendirent, tandis que d'autres s'accroupissaient pour discuter entre eux. Un homme plus âgé que les autres s'inclina devant Milo avec bienveillance.

Son visage était strié de rides. Ses yeux cerclés de jaune. Il portait une longue barbe grise et un turban orange. Plusieurs colliers de graines s'enroulaient autour de sa poitrine ascétique. Des bagues en argent ornaient chacun de ses doigts.

Après lui avoir parlé dans cet hindoustani qu'il pratiquait depuis l'enfance, Milo emmena Lián et les enfants dans une salle adjacente, elle aussi éclairée de quelques lumignons. Un feu s'agitait dans les courants d'air. Quelques poulets étaient parqués dans des cages en osier, des porcelets dormaient dans un panier, deux chèvres qu'on avait dû hisser ici avec des cordes étaient attachées à une colonne de marbre sculpté, devant une poignée de foin. Des femmes cuisaient des chapatis sur une pierre plate, près du feu. Les galettes boursoufflaient avec une bonne odeur de pain beurré. Dans une marmite mijotait un curry. Les épices embaumaient. Lián faillit s'effondrer en sanglotant, tant la scène paraissait incroyable après l'extrême violence des dernières minutes.

— Ça va aller, lui chuchota Milo.

Elle acquiesça. C'était bête de pleurer maintenant, alors qu'ils étaient à l'abri. Elle essuya ses joues d'un geste rageur.

Sur un signe du patriarche, plusieurs femmes vinrent s'occuper de la petite Lily et de son frère. Elles leur ôtèrent leurs vêtements trempés et les frictionnèrent avec de l'huile tiède.

Lián hésita sur le pas de la « porte ». Le feu la tentait, elle venait de se rendre compte qu'elle était frigorifiée. Milo la prit par les épaules. Elle leva ses yeux vers lui en se disait qu'il était d'une beauté indestructible, avec son torse musculeux moulé par ses vêtements mouillés, sa carrure puissante, cet angle émouvant de la mâchoire au-dessus de son cou, là où la peau paraissait fine et douce… Il semblait taillé dans du roc de la plus solide espèce, un granit puissant qui ne s'ébréchait jamais. Un granit écossais. Elle se mit à pouffer nerveusement.

Il sourit.

— Bon, je préfère ça aux larmes. Tout va bien. Nous allons attendre ici la fin du typhon. Nous sommes à l'abri. Nous n'avons pas de souci à nous faire. Ce temple résiste depuis des centaines d'années à toutes les tempêtes. Les villageois ont l'habitude de s'y réfugier. Je leur ai dit que tu étais la princesse de Mahavir. Tu seras bien traitée. Je ne peux pas rester ici, avec les femmes. Je dois aller dans la salle réservée aux hommes, c'est l'usage. Toi, tu vas demeurer ici avec les deux enfants. Il faut que tu ôtes tes vêtements mouillés et que tu les fasses sécher près du feu. Les femmes te prêteront un sari et vous donneront à manger. Ma montre s'est arrêtée, ajouta-t-il en secouant son poignet. J'ai un peu perdu la notion du temps, mais j'imagine qu'il est seize ou dix-sept heures.

Il serra son épaule d'une délicate pression puis, après une brève hésitation, se pencha pour déposer sur ses lèvres un léger bécot.

Elle eut un élan de tout son corps. Il la sentit se presser vers lui, quémander davantage. Il se fit violence pour la maintenir à distance.

— Nous nous verrons plus tard, chuchota-t-il avec un sourire à la fois ému et grave. La nuit va être longue. Il faut te reposer.

Il s'écarta, disparut dans l'obscurité. Elle faillit crier, s'élancer derrière lui, mais une femme s'était approchée dans le silence cliquetant de ses pieds nus ornés de bracelets. Elle s'inclina en l'incitant à la suivre. Lián obéit, transie de froid.

Lily et son petit frère avaient fini par s'endormir dans les bras l'un de l'autre, sur une vieille natte posée près du feu. Leurs visages paraissaient s'apaiser dans le sommeil, mais ils conservaient tout de même cette contracture entre les sourcils, qui révélait les cauchemars qui les agitaient.

Lián s'accroupit pour leur caresser le front. Ils étaient sains et saufs, ainsi que Milo. N'était-ce pas le principal ? Elle en ressentit une joie si violente que son cœur parut gonfler jusqu'au bord de ses lèvres. Était-ce mal, que d'être heureux d'être en vie, alors que la malheureuse sœur Justine n'avait pas eu cette chance ?

Les femmes la déshabillèrent en gloussant. La villageoise la plus âgée était la plus grasse, avec une peau luisante de ghee.

La plus jeune n'avait pas quatorze ans, un minois inachevé et sur la hanche un bébé presque aussi grand qu'elle. Son front était orné du bindi rouge des femmes mariées. Toutes étaient drapées dans des saris de la couleur bleue des *Shûdras*, la caste des agriculteurs et des artisans, à laquelle appartenaient aussi leurs maris pêcheurs.

Elles touchèrent sa peau plus claire que la leur avec admiration.

— *Raaja-kumaaree*, répétèrent-elles à plusieurs reprises, avec beaucoup de respect.

Elles s'amusaient de la ligne bronzée qui délimitait le décolleté et les épaules, du ton plus pâle de sa poitrine.

— *Rati-putri*[1] *!* chuchotèrent-elles.

La beauté de la jeune fille les rendait admiratives, tout comme ses yeux verts les impressionnaient. Lián s'offrit à leurs mains caressantes avec la mollesse d'une odalisque. Entièrement nue, elle fut frictionnée à l'huile de jasmin. Une douce chaleur prit possession de son corps. Dans une demi-somnolence, elle rêva que d'autres mains, plus grandes, plus fortes, survolaient son corps, touchaient ses cuisses, malaxaient son ventre, ses seins.

On la vêtit par la suite d'un jupon noué à la taille, d'un *choli*[2] sans manches qui laissait impudiquement voir son nombril et d'une étoffe de coton rouge savamment plissée autour de la taille. Un pan retomba sur son épaule comme une écharpe. Lorsqu'elle leur demanda pourquoi elle n'avait pas droit à la couleur bleue qu'elles portaient toutes, elles se récrièrent haut et fort : le travail de la teinture d'indigo était un travail impur ! Aucune femme de haute caste ne pouvait s'en vêtir. Or, n'était-elle pas une princesse ?

De fait, ces femmes n'étaient pas riches. Elles avaient emmené avec elle toutes leurs maigres possessions : quelques jarres de grain, des paniers de légumes et les animaux qu'elles élevaient. La plus aisée possédait en plus une boîte d'onguents et de parfums, qu'elle fut fière de sortir d'un pli de son sari pour la montrer à leur invitée.

---

1. « Fille de Rati », en hindi. Rati est la déesse de l'amour dans le panthéon des dieux hindous.
2. Sorte de chemisier porté en Inde avec un sari.

Lorsqu'elles lui demandèrent son nom, elles comprirent Leela, et Lián en fut surprise, car il s'agissait bien du nom indien que sa mère lui avait donné : Leela, petite « reine de beauté », Leela, fille du fils d'un maharaja.

Elle ne les détrompa pas. Pour la première fois de sa vie, elle comprenait pourquoi sa mère l'avait appelée ainsi et cela ne lui parut plus une hérésie. Ce nom était son trait d'union avec l'Inde, aujourd'hui plus que jamais, tandis qu'elle était assise dans ce sanctuaire des dieux, vêtue d'un sari rouge, ses cheveux tordus en un épais chignon et ses yeux noircis de fard.

Elle aurait voulu pouvoir se regarder dans un miroir. Quelle apparence avait-elle dans ce vêtement qui révélait ses courbes et la grâce de ses gestes ? Était-elle devenue différente ? Plus féminine, plus sensuelle ? Plus indienne ?

Elle voulut remercier ces femmes de leur gentillesse et leur proposa de les aider en cuisine. Au moins, elle pouvait nettoyer les gombos ou piler les épices…

Mais toutes les villageoises se récrièrent en même temps :

— *Nahin, nahin, raaja-kumaaree*[1] !

Elles lui désignèrent la natte où elle devait s'étendre. Elle voulut refuser, elle ne tenait pas à ne rien faire, mais dans la bonne grosse chaleur du foyer, maintenant qu'elle n'avait plus froid, ses paupières commençaient à s'alourdir. Elle somnola à demi, en pensant à cette main qu'elle avait lâchée. Le drame était encore si vif dans son esprit qu'elle avait l'impression de sentir les ongles de sœur Justine labourer sa chair, et ses doigts glisser, glisser inexorablement.

Elle commença à pleurer. Une petite main fraîche effleura sa joue pour essuyer ses larmes. Elle leva les yeux. Lily s'était réveillée. Laissant son frère dormir, elle s'était faufilée jusqu'à elle et, maintenant, elle la dévisageait gravement. Les enfants qui ont vécu quelque chose de tragique ont toujours au fond de leurs yeux cette sagesse d'un autre âge. Lily était ainsi, seulement huit ans, mais un regard qui avait déjà tout vu.

Elles s'observèrent, toutes deux murées dans leur chagrin respectif, puis Lián eut un brusque élan et lui ouvrit ses bras. La fillette s'y nicha tout naturellement, comme un petit chat

1. « Non, non, princesse ! », en hindi.

au milieu d'un nid. Et, tel ce chaton qui cherche le réconfort, elle frotta sa joue amaigrie contre celle de Lián, en un mouvement caressant qui les consola l'une et l'autre.

De l'extérieur venaient toujours les hurlements du typhon. Le vent était si fort, si bruyant, qu'il semblait secouer la falaise. À grands coups de heurtoir, il cognait contre la roche, jusqu'à parvenir à s'insinuer dans les fissures.

Elles l'écoutèrent un moment, immobiles dans cette nuit sonore. Le chant qui montait de la terre leur paraissait terrible, barbare et brutal, composé du choc des palmiers cognant contre le granit et des chutes d'arbres, tout près.

Elles s'endormirent ainsi, sans même s'en apercevoir, dans ce tumulte tonitruant de fin du monde.

27

6 février 1942
Bengale-Occidental – Inde

Lián se réveilla en sursaut. Elle sonda aussitôt les ténèbres, saisie par les ombres denses que le feu réduit à l'état de braises ne parvenait pas à chasser. Son instinct l'avait alertée elle ne savait de quoi, tout semblait pourtant calme et silencieux. Les femmes et les enfants dormaient, et même les poules et les deux chèvres. Alentour, elle n'entendait que des respirations paisibles.

En partie rassurée, elle tenta de retrouver le sommeil. Qu'aurait-elle pu faire d'autre, dans cette étrange nuit de tempête ? Fermant à nouveau les yeux, elle essaya de se détendre. Rien n'y fit. Au bout d'un moment, elle n'y tint plus. Elle se détacha précautionneusement des bras de la petite Lily pour se mettre debout. Elle avait besoin d'aller aux toilettes.

Dès le premier pas, son corps lui sembla ankylosé comme après une formidable chute à cheval. Elle pivota sur elle-même en se demandant où aller. Un œil éveillé croisa le sien et une femme, comprenant sans doute son besoin, lui indiqua un passage qui ouvrait sur la droite.

Lián alluma un lumignon avec les braises. Précédée de cet éclat tremblotant, elle avança dans l'obscurité. Une odeur d'ammoniaque lui confirma vite que l'endroit servait effectivement de latrines.

Quand elle se fut soulagée, elle hésita. La sagesse lui intimait de retourner se coucher, sauf qu'elle n'avait plus sommeil. Depuis un moment, elle pressentait que quelque chose avait changé dans l'air. Elle décida de marcher un peu. Elle suivit un corridor délimité par des colonnes ventrues. Au bout, elle déboucha dans une sorte d'antichambre où les fidèles, lors des cultes, devaient patienter avant d'être introduits dans le saint des saints pour prier la divinité. Un courant d'air frais passa sur son visage, éteignant son lumignon. Elle pesta, furieuse de s'être laissé surprendre. Maintenant, elle était dans un noir total.

À tâtons, elle réussit tout de même à avancer jusqu'à l'ouverture où elle appuya son front contre un linteau. L'air qui venait de l'extérieur avait une odeur de sel, de végétaux broyés et de terre détrempée. Elle la respira avec délice. Elle se sentait terriblement vivante, elle en avait honte mais ne parvenait pas à s'en défendre.

Peu à peu, ses yeux s'accoutumèrent à la nuit et distinguèrent les lointaines cimes des cocotiers. Au-delà, l'océan était une ligne d'ébène ourlée d'ivoire. Des éclairs illuminaient le paysage de manière sporadique. Il pleuvait encore. Une pluie fine, presque inexistante.

Dans son dos, une soudaine lumière se réfléchit sur les parois, la faisant sursauter. Elle se retourna. Milo se courbait pour passer sous le porche. Il tenait à bout de bras une torche dont les lueurs vacillantes dessinaient des ombres géantes.

— Je te cherchais, dit-il simplement.

Il ficha la torche dans le sable, avança vers elle.

— Je regardais la mer, répondit-elle en se tournant vers la fenêtre pour contenir sa joie de le voir la rejoindre.

Il se posta dans son dos, lui enlaça la taille tout en posant délicatement son menton sur le sommet de sa tête, en un geste doux et familier qui la troubla plus encore.

— Entends-tu ? lui chuchota-t-il, et son souffle descendit dans ses cheveux.

— Non, je n'entends rien, murmura-t-elle en retour, car elle ne percevait que les battements fous de son cœur emballé.

Il sourit.

— C'est cela qu'il faut entendre, ce silence. Écoute, il n'y a plus aucun bruit, hormis la houle au loin. Regarde ces bandes claires, c'est le ciel à travers les nuages. Et là, ces lumières, ce sont les étoiles…

Elle se méprit, eut un élan heureux.

— Mon Dieu, c'est ce silence qui m'a réveillée ! Le typhon est-il donc fini ?

Il l'enlaça plus étroitement. Ses mains trouvèrent la peau nue de son ventre, entre le *choli* et le jupon. Ses pouces la caressèrent voluptueusement. Elle en eut le souffle coupé.

Il lui répondit d'une voix grave qui amena des frémissements dans tout son corps.

— Non, le typhon n'est pas terminé. Ce silence, c'est juste son œil. Une pause entre deux murs de tempêtes.

Il expliqua que les typhons étaient des sortes de tourbillons géants dont l'intérieur, qu'on appelait œil, était calme et dénué de vent.

— Ces éclairs que tu voies se trouvent sur le pourtour de l'œil, là où l'orage est le plus fort. En mer, l'œil est considéré comme particulièrement dangereux pour les navires, car les vagues s'y croisent, ce qui rend les crêtes encore plus hautes. On les appelle alors des vagues scélérates.

Elle l'écoutait de toute son âme.

— En Argentine, je pensais que la terre australe était difficile, brute et trop sauvage. Balayée constamment par des vents qui n'y rencontrent jamais aucun obstacle. Mais l'Inde ! L'Inde n'a-t-elle pas quelque chose d'abominable ?

— N'aimes-tu pas ce pays ? l'interrogea-t-il avec une brusque âpreté, parce que lui aimait le sous-continent d'un amour inconditionnel et qu'il était inquiet de sa réponse.

— Oh, si, balbutia-t-elle avec une fougue merveilleuse. Je m'en aperçois maintenant, j'aime ce pays alors même que je le connais si mal. N'est-ce pas paradoxal ? Je me prenais pour une étrangère, je ne pensais qu'à partir. Je trouvais cette terre trop chaude, trop sèche puis trop humide, bouleversée par trop d'inondations, avec des plantes monstrueuses et des animaux dangereux. Je n'avais pas compris que l'Inde était dans mon cœur, depuis bien longtemps.

Elle s'appuya contre sa poitrine aussi dure qu'un roc. Entre eux, le silence était devenu une connivence. Lorsqu'elle reprit, sa voix avait des accents de sirène.

— Regarde ce paysage, déclara-t-elle en tendant la main vers le moutonnement irrégulier inondé d'une lumière spectrale. J'aime ce soleil qui ressemble à de l'or, ces couleurs chaudes de début du monde. J'aime les oiseaux à l'aube, et ceux qui chantent la nuit. J'aime les paons, les chauves-souris et les singes, et même les cobras qui habitent les jardins. J'aime les saris, les bracelets qui tintent, les parfums épicés, la cannelle et la cardamone, et la racine de curcuma qui teinte les doigts d'orange.

Il eut un rire enjôleur :

— Et moi, j'aime par-dessus tout la candeur d'une charmante fleur de lotus…

Ils se regardèrent. Elle sentait ses doigts brûlants sur sa taille nue, et l'espèce de tremblement fébrile qui les agitait. Au-dessus d'elle, son souffle puissant l'enveloppait, maintenant précipité.

Elle leva une main, caressa son visage. L'abrupt de ses mâchoires était recouvert d'une barbe de la veille, assez rêche. Elle continua sur la joue, descendit sur la douceur de ses lèvres. Il lui attrapa la main, lui embrassa la saignée du poignet. Elle ferma à demi les yeux.

— Nous ne devrions pas, dit-il d'une voix plus rauque que la normale.

— Nous sommes en vie, répondit-elle doucement. N'est-ce pas le signe que nous avons le droit de nous aimer ?

Elle attendait elle ne savait quoi, les yeux tellement baissés qu'il ne voyait plus que l'ombre démesurée de ses cils étendue sur sa joue. Il jura sourdement. Se pencha pour frôler cette pommette de velours qu'une fièvre soudaine rosissait. Glissa les lèvres le long de son cou de cygne, lentement, suavement, jusqu'à la naissance de l'épaule et ce creux sensuel où se devinait une touchante démarcation de bronzage.

— Ma belle princesse d'Orient, chuchota-t-il en ponctuant chaque compliment d'un minuscule baiser. Ma petite fleur de lotus… Ma liane exotique…

Elle lui tendit les bras. Il l'enlaça comme un objet précieux, lui prit les lèvres avec tant de douceur qu'elle se surprit à gémir. Ses grandes mains d'homme tâtonnèrent sur le sari, déroulèrent les plis, dégrafèrent le *choli*, prirent dans leurs paumes une rondeur qui s'y nichait parfaitement.

Il l'avait aimée androgyne, pour son courage et son impétuosité. Il l'avait adorée danseuse, élégante et racée, sensuelle à en mourir d'amour. Il l'avait imaginée en princesse inaccessible, il la découvrait offerte et lascive, vestale ondulante devant laquelle il tomba à genoux comme devant l'idole qui les couvait de son regard de pierre.

Les lèvres pressées sur son ventre de velours, il défit le cordon qui fermait le dernier jupon, laissa l'étoffe glisser le long de ses jambes jusqu'à former autour de ses chevilles un petit tas froissé. Elle tremblait d'amour entre ses bras. Il prit le temps d'admirer sa beauté parfaite. Les épaules fines, les seins menus et haut perchés, et cependant ronds et attirants, dont la forme semblait parfaitement ajustée à ses mains. Sa taille svelte, son ventre plat, la cambrure de ses reins, la finesse de ses hanches, l'éclair fuselé de ses jambes musclées.

Avec un sourire, il ôta d'un geste ample la tunique de coton et le *dhotî* que les villageois lui avaient prêtés. Elle rougit délicieusement devant la carrure de ses épaules, la perfection de son torse, les muscles durs de son ventre qui descendaient en vagues jusqu'à la preuve tendue de son désir.

— Oh, s'exclama-t-elle, charmante, et il l'enleva dans ses bras en riant de bonheur.

Il la déposa comme une relique délicate sur le sable recouvert de mille fleurs. Un doux parfum de pétales froissés monta de ce tapis merveilleux. Elle s'étira en chatte voluptueuse. Il la couvrit de baisers. Sa bouche s'enfiévrait à force d'embrasser sa poitrine tendue, son ventre frémissant et, plus bas encore, sa toison brune, chaude et odorante, offerte comme un calice.

Elle aimait l'amour et lui n'avait que l'envie de la contenter.

Longtemps, il caressa son corps splendide de ses cuisses à son visage. Il plongea dans la profondeur mystérieuse de ses yeux en claire-voie afin de s'abreuver à son abandon empli de soupirs. Il se pencha à maintes reprises sur ses lèvres entrouvertes pour s'enivrer de son souffle accéléré.

Avec une attention presque angoissée, il scruta ses traits abandonnés, offerts, perdus, lorsqu'il l'envahit tout entière avec une lenteur précautionneuse. Son baiser voluptueux mangea son petit cri étonné, mais déjà, elle venait à sa rencontre, l'enserrait de ses cuisses de cavalière, brûlantes comme une flamme.

Il l'emmena doucement vers la volupté. Elle s'accrochait à ses épaules en renversant sa gorge. Ses cheveux défaits croulaient en boucles folles sur ses épaules, sur ses seins. Un doux râle de plaisir envahit soudain sa bouche, alors il s'abattit sur elle avec sa propre jouissance, et il demeura là, appesanti sur sa poitrine palpitante, heureux à en pleurer de cette fusion enivrante qu'il n'avait jamais connue avant elle.

*

Ils firent l'amour à plusieurs reprises, incapables de se rassasier l'un de l'autre. Ils s'endormaient, enlacés, se réveillaient pour se caresser dans la chaude clarté des lanternes à huile. La déesse de granit étendait sur eux l'ombre douce de son regard, comme une bénédiction millénaire à leur amour. Autour d'eux, le typhon hululait en fantôme jaloux. Les rafales avaient recommencé à siffler et à cogner. Leurs hurlements d'apocalypse berçaient leurs étreintes de leurs démesures infernales.

Après plusieurs heures, une pâle lueur laiteuse sembla filtrer des porches les plus proches. Un jour vague apparaissait, à peine plus gris que la nuit. Un silence nouveau l'accompagnait.

— Le typhon est fini, dit Milo en se levant pour enfiler son *dhotî*.

Lián le suivit des yeux, admirant son corps à contre-jour et le mouvement soyeux de sa peau roulant sur ses muscles. Elle avait froid depuis qu'il s'était éloigné d'elle. Se redressant, elle attrapa son sari pour s'y envelopper. Elle s'énerva sur les nœuds et les plis. Le jeune homme vit son expression chiffonnée et, s'accroupissant devant elle, il lui releva le menton pour accrocher ses yeux qui maintenant le fuyaient.

— Regrettes-tu… ? demanda-t-il d'un ton presque rogue.

Elle plongea dans ses bras en balbutiant :

— Oh, non, non ! Comment peux-tu dire cela ? N'as-tu pas senti à quel point j'étais heureuse ? J'ai juste peur de découvrir ce qui nous attend maintenant.

En disant cela, elle se raidissait en affichant cet air farouche et déterminé qu'il lui avait toujours connu, et dont il était tombé éperdument amoureux. Il la serra dans ses bras à l'étouffer. Il craignait déjà de la perdre. Il aurait voulu la garder câline et abandonnée, avec ce visage transfiguré par la passion, mais il savait de longue date qu'elle était de la même trempe rétive que ces *criollos* argentins qui n'acceptent la main de l'homme que le temps d'un jeu.

Avec une mine impassible, il l'aida à s'habiller. Elle ne parlait plus. Elle se laissait vêtir comme une statue immobile, et il ne put s'empêcher de trouver une ressemblance entre sa lèvre charnue et celle de la déesse Rati qui les dominait de son ombre sensuelle.

— Tu es belle, chuchota-t-il en l'embrassant.

— Et toi, tu es une parfaite chambrière, jeta-t-elle d'un ton faussement léger, tandis qu'il achevait d'arranger le pli du sari sur son épaule.

Il éclata de rire, l'enlaça de ses larges mains d'homme amoureux.

— Dois-je y entendre un reproche ? Je ne suis pas un ange, je n'ai jamais prétendu l'être, mais toi, je t'aime comme je n'imaginais pas qu'il soit possible d'aimer.

Elle s'accrocha à lui avec ses bras, ses jambes, en sirène voluptueuse.

— Alors, c'est décidé, je ne te quitte plus.

Il lui embrassa les paupières et le bout du nez avant de la détacher de lui.

— C'est impossible. Dès que nous serons de retour à Calcutta, il faudra que je me présente au fort William auprès de mes supérieurs.

— Dans ce cas, ne retournons pas à Calcutta ! plaisanta-t-elle à demi, en cherchant à l'enlacer encore.

Il s'éloigna pour ramasser aux pieds de la déesse Rati un bol destiné aux offrandes, qu'il ramena vers elle. Il la fit s'asseoir sur les fleurs, s'accroupit devant elle en trempant le doigt dans une mixture pâteuse de couleur rouge.

— Le bindi symbolise l'amour. Je veux t'en mettre un.

— Je pensais que le bindi ne concernait que les femmes mariées, lança-t-elle d'un ton assourdi.

Il lui apposa la petite marque rouge sur son front, au milieu des sourcils.

— C'est aussi un porte-bonheur. Je te le mets pour te porter chance.

— Et donc ? chuchota-t-elle avec un soupçon d'ironie. Quel est ce bonheur que tu me souhaites ? L'amour ? La bienvenue dans ton lit ?

— Je ne t'ai pas forcée, lui répondit-il gravement. Tu es venue entre mes bras, tu t'es abandonnée, je ne suis pas un pantin de bois. Je t'ai prise, je te garde. Le bindi sert aussi à cela, dire qu'une femme n'est plus libre.

— Oh, rougit-elle.

Il continua son explication d'une voix empreinte d'excuse, mais aussi d'amusement.

— En fait, je n'ai que ça à te proposer. Je n'ai pas de bague sur moi.

— Une bague ? répéta-t-elle étonnée, et son premier élan fut une joie immense dans laquelle elle finit par se raidir. Tu ne comprends pas, ajouta-t-elle en le nimbant de son regard sombre. Je me moque de ce bindi comme de n'importe quelle bague ! Ce que je veux, c'est toi.

Il se sentit heureux comme un adolescent. L'enlaça pour chuchoter contre sa tempe.

— Je t'aime et je suis à toi.

— Mais tu vas partir.

— C'est la guerre et je suis un soldat. Demain ou après-demain, je partirai pour le nord. J'ai un nouvel ordre de mission. Il y en aura d'autres. Dieu m'est témoin que je n'ai pas voulu t'imposer cela. J'ai cherché à garder mes distances, mais la vie semble en avoir décidé autrement.

Elle acquiesça d'un air buté. Elle savait qu'il avait raison. Ils n'avaient jamais pu faire autrement. Depuis le début, un élan irrésistible les poussait l'un vers l'autre.

— Vas-tu dans le nord pour te battre ? demanda-t-elle bravement, alors qu'au fond d'elle-même, elle était tétanisée par l'effroi. Si tu devais mourir… si tu devais… je…

Il la prit par les épaules, les broya au point de la meurtrir.

— Je refuse que tu te mettes de telles idées en tête ! Je ne pars pas pour me battre. Je travaille pour le renseignement.

— En quoi serait-ce moins dangereux ? s'écria-t-elle en levant ses yeux trop liquides. Que se passera-t-il si tu es arrêté par des ennemis ? Te feront-ils des courbettes en t'invitant à prendre le thé et t'offriront-ils des gâteaux avec de la confiture en te demandant si les coussins sont assez confortables ?

Un silence pesant accueillit sa remarque acerbe. Il la saisit par la nuque et se pencha jusqu'à appuyer son front contre le sien.

— Si je suis pris, je serai sans doute torturé et fusillé, articula-t-il d'un ton qu'il voulut léger, mais qu'elle ne prit pas à la plaisanterie.

Au contraire, elle poussa un cri déchirant en lui martelant la poitrine de ses poings.

— Tu en parles comme si c'était un jeu ! La guerre n'est pas un jeu ! Des hommes meurent !

Il lui emprisonna les poignets et elle s'écroula contre lui, à bout de résistance nerveuse. Il l'enlaça pour calmer ses tremblements, la berça et la caressa.

— Je te le promets, Liánhuā, là où je vais, il n'y a pas de combat. Je ne fais qu'escorter une équipe médicale de la Croix-Rouge. Un toubib, des infirmières, quelques soldats, des sacs de farine et des bidons d'essence, rien d'autre.

Il ne disait pas tout, bien sûr. Elle n'était pas naïve au point de croire que sa mission se résumait à escorter un médecin à l'autre bout de la jungle. Mais tout de même, cela la rasséréna. Elle venait d'avoir une idée et, bien que cette dernière fût encore vague et informulée, elle savait déjà qu'elle l'exploiterait dès qu'elle serait rentrée à Calcutta.

Il la vit sourire et crut l'avoir convaincue.

— Viens, lui dit-il en l'aidant à se lever. Retournons auprès des pêcheurs.

Elle le retint le temps d'allumer un lumignon devant la déesse Rati.

— Elle le mérite, n'est-ce pas ? déclara-t-elle en revenant vers lui. Après tout, elle nous a offert une belle nuit.

Il la prit par la taille, l'embrassa avec ferveur, puis ils retournèrent vers les villageois qui les avaient accueillis. Une petite tornade blonde se jeta aussitôt dans leurs jambes. Milo souleva en riant la petite Lily qui leur jetait des regards noirs.

— Où étiez-vous ? Que faisiez-vous ? J'ai cru que vous étiez partis sans nous ! Vous savez, je ne vous l'aurais jamais pardonné !

Lián lui caressa les cheveux.

— Nous n'aurions jamais fait ça, ma chérie.

Ils emmenèrent les enfants avec eux à l'extérieur. Il pleuvait encore mais le ciel était étrangement bleu. L'air exhalait une odeur de mouillé. Le soleil perçait un reste de nuages, amenant des vapeurs blanches au-dessus de la végétation. Tout était gai, et pourtant la terre était ravagée, malaxée, noyée dans un reste de flaques où flottaient des poissons crevés, des rats le ventre à l'air, des fruits arrachés et des palmes effeuillées.

Ils suivirent les villageois armés de parapluies jusqu'à leurs maisons, du moins ce qu'il en restait. Le ciel souriant ne suffisait pas à masquer l'apocalypse. Les cabanons étaient en loques, les palissades éventrées, les marmites et les ustensiles éparpillés. Des chèvres et des mules gisaient au fond d'un ruisseau, noyées. Partout, les murs étaient écroulés. Les chemins n'étaient plus que des torrents de boue jaune qui rebondissaient vers l'océan.

Soudain, un cri s'éleva, et une mère se jeta sur la dépouille désarticulée de son enfant, toute recouverte de boue. On la retint, on dégagea le petit corps pitoyable.

Lián se mit à vomir.

Toute la beauté de la nuit venait de s'effacer dans une réalité atroce.

28

10 février 1942
Calcutta – Bengale-Occidental – Inde

Le typhon avait touché Calcutta, balayant dans une même idée de justice les tas d'immondices, les planches qui servaient d'abris à toute une population misérable et les hangars à marchandises sur les docks. Sifflant comme un monstre diabolique, il avait assaini les caniveaux où se soulageaient indifféremment les hommes et les animaux, et inondé les nombreuses usines dont les bâtiments étaient trop proches de l'Hooghly.

Emporté par son élan, il avait aussi fait des dégâts sur le toit de la cathédrale Saint-Paul et démoli quelques balustrades sur plusieurs bâtiments officiels. Les journaux avaient rapporté que des corps gonflés avaient été trouvés jusque dans les branches basses des arbres du Jardin botanique. Depuis la catastrophe, les chiens sauvages ratissaient en meute les berges boueuses où ils défendaient leur part de cadavre avec des jappements sinistres. Les rats revendiquaient le même territoire. La vermine avait, comme toujours, survécu.

Lián accompagna Milo jusque devant le fort William. Ils revenaient à l'instant de Tajpur, rapatriés en convoi sanitaire. Le voyage avait été épique : les routes étaient dans un tel état qu'il avait fallu trois jours pour couvrir une distance qui ne nécessitait habituellement que trois heures. Tout du long, des centaines d'ouvriers s'activaient sous les ordres des ingénieurs pour rétablir le passage. Les arbres abattus en travers de la chaussée étaient tronçonnés, les branches élaguées et les débris évacués à grand renfort de pelles, de râteaux et de balais.

Les deux jeunes gens se firent leurs adieux dans le va-et-vient constant de la circulation qui tournait autour du fort.

Ils s'étaient placés sur le côté de la chaussée mais devaient tout de même faire attention aux vélos qui passaient à toute vitesse, aux coolies qui galopaient avec de gros ballots sur la tête et à la kyrielle de véhicules militaires de toutes sortes, dont l'échantillonnage allait de la motocyclette avec side-car au camion bâché.

Tous les soldats saluaient Milo avec insistance, curieux de la demoiselle dont la jupe à mi-mollet et le corsage sévère orné du macaron de la Croix-Rouge ne cachaient rien de la silhouette avenante. Gênée, Lián redressait furieusement le menton. Pour la soustraire aux regards, Milo l'attira à l'ombre d'un arbre *ashoka*[1] de l'autre côté de la rue, dont les fleurs avaient survécu à l'ouragan. Lorsqu'ils se faufilèrent près du tronc, une pluie de pétales orangés leur tomba dessus.

Lián ne se dérida pas. Depuis quelques instants, elle remarquait des détails inquiétants, en particulier ces tourelles de sacs de sable placées au milieu de la cour, qui protégeaient les canons antiaériens. Des fantassins-mitrailleurs étaient à l'exercice. Un sergent aboyait un ordre et les recrues pivotaient leurs canons en tous sens. À la fin, ils les pointèrent presque à la verticale, droit vers le ciel, comme s'ils attendaient l'arrivée imminente d'un avion ennemi. Elle en eut un nœud à l'estomac et, très vite, elle se tourna vers Milo pour se rassurer de sa vie pleine de force, de son sourire irrésistible, de ses traits qu'elle trouvait les plus séduisants du monde. Elle l'entendit lui promettre un retour de mission aussi rapide que possible. Elle avait envie de lui dire « tais-toi et serre-moi juste dans tes bras ».

Il fallut se séparer. Milo traversa la chaussée, se retourna une dernière fois. Il attendait des larmes, il vit à la place un mouchoir s'agiter. Certes, elle avait les dents serrées, mais son visage reflétait la même détermination que lorsqu'elle jouait au polo. Il lui envoya un baiser de la main. Sa force et son courage le désarmaient toujours. Il savait qu'il ne l'en aimait que davantage.

— Je reviendrai vite, mentit-il par-dessus la route.

1. *Saraca asoca*, arbre tropical de forme pyramidale, à feuillage dense, pouvant atteindre dix mètres.

Il voulait la rassurer. Il ignorait le temps qu'il lui serait nécessaire pour localiser son objectif et le mettre hors d'état de nuire. Cela pouvait durer des semaines, voire des mois.

Elle feignit de le croire, agita son mouchoir de plus belle.

— Je suis sûre que nous nous reverrons plus vite que tu ne le penses, lança-t-elle en retour avec un petit sourire certes tremblé, mais qui avait aussi quelque chose d'espiègle.

Qu'avait-elle encore inventé ? Il faillit revenir sur ses pas pour le lui demander, mais d'autres officiers venaient de le rejoindre et il n'eut d'autre choix que de se mêler à leur bande. Il ne réussit à lui jeter qu'un regard perplexe. Elle agita son mouchoir une nouvelle fois. Lorsqu'il disparut à l'intérieur du fort, elle s'ébroua comme au sortir d'un mauvais rêve. Elle courut alors vers la Rolls-Royce de son oncle qui l'attendait avec son chauffeur et tout le tralala habituel. Olga, qui avait été prévenue par téléphone, avait fait les choses en grand : fanion officiel sur le capot, carrosserie briquée au miroir et, bien sûr, les deux gardes du corps, Kunwar et Tushar, somptueusement vêtus de blanc et de jaune, avec leur poignard traditionnel en travers de la poitrine. Sur la banquette arrière attendaient sagement Lily et le petit George, assez impressionnés par les deux grands Sikhs qui les encadraient. La fillette, surtout, ne pipait mot. Lián les étreignit de toutes ses forces.

— Ne vous inquiétez pas mes chéris, nous reverrons bientôt notre beau capitaine. En attendant, je vais vous emmener chez moi. J'habite dans un palais merveilleux. Je vous le promets, à partir de maintenant, vous allez être heureux !

Olga entendit crisser les roues de la Rolls sur le gravier de l'allée. Elle dévala le grand escalier dans le flottement irréel de sa longue écharpe.

— Mon Dieu, s'exclama-t-elle haut et fort, mon Dieu ! J'ai eu tellement peur… j'ai tellement cru que…

Elle malaxa Lián dans ses bras comme si cette dernière n'était qu'une poupée de chiffon puis, avisant les enfants, elle leva les bras au ciel.

— Mais qu'est-ce donc que cela ? D'où sortent-ils, ces tout-petits ?

— Je te présente Lily et George. Je n'ai pas eu le cœur de les laisser à Tajpur.

La fillette se tenait raide et renfrognée, les sourcils froncés sous sa frange décoiffée. Son petit frère lui donnait la main, trop mignon dans ses culottes courtes.

Olga les enroba de son regard d'or en s'écriant d'un ton dubitatif :

— Quoi ? Tu les as ramenés ? Mais que vas-tu en faire ?

Lián prit le garçonnet dans ses bras et la sœur par la main.

— C'est fort simple, je vais d'abord leur donner un bon goûter. Je sais, ne me regarde pas avec ces yeux ronds, ce n'est pas l'heure, mais moi, j'ai une faim de loup et je suis sûr qu'eux aussi. N'est-ce pas, les enfants, que vous avez très faim ? On n'a quasiment rien mangé sur la route du retour.

Tout en se dirigeant vers la porte latérale qui menait aux appartements privés, elle raconta le trajet depuis Tajpur, ce périple de trois jours durant lequel ils n'avaient pas avalé grand-chose en dehors de quelques bols de riz trop cuit arrosé d'un curry de légumes clairet.

— *O svyataya Bohomater*[1] *!* déclama Olga avec emphase. Tu ne vas quand même pas garder ces bambins ici ! N'ont-ils pas une famille ? Un oncle ? Une tante ? Un cousin même très éloigné ?

Lián haussa les épaules. Depuis qu'elle séjournait au Sun Mahal, elle avait eu le temps de s'habituer aux objections fracassantes de sa marraine, dont le tempérament russe ne s'exprimait jamais mieux que dans la faconde et la grandiloquence.

— Pour l'instant, ils n'ont plus que moi. Ce qui reste de leur famille est en Angleterre et ils ne pourront la rejoindre avant des mois, à cause de cette fichue guerre qui rend tous les voyages compliqués et périlleux. Je ne peux quand même pas les mettre à la rue en attendant !

— Est-ce vraiment à toi de t'en occuper ? Ne devais-tu pas justement les laisser chez les pères jésuites de Tajpur ? N'y auraient-ils pas été bien, au bord de la mer, avec la plage et le soleil, à pêcher des crevettes à marée basse ?

Lián lui coula un regard torve.

— Oui, bien à se noyer dès le premier cyclone venu ! Si tu n'as jamais vécu de typhon en bord de mer, tu ne sais pas de quoi tu parles. Je refuse qu'ils revivent un jour un tel drame !

1. « Ô Sainte Vierge ! », en russe.

Olga soupira.

— Ce n'est pas ce que je voulais dire. Je constatais juste que toi et ta mère, vous êtes bien les mêmes. Qu'ai-je fait au bon Dieu pour vous rencontrer toutes les deux et subir vos caprices ? Vous avez la même inconséquence, la même…

Lián lui envoya un sourire flamboyant qui aurait apprivoisé un dragon.

— Humanité, peut-être ?

— La même folie, oui, bougonna Olga qui, cependant, s'amollit.

Lián lui porta l'estocade finale.

— Ces enfants ont besoin de nous. Regarde comme ils sont petits et fragiles. Regarde comme ils ont faim.

Elle les avait installés devant un plateau de sucreries posé sur un tréteau, au milieu des coussins de soie, et les petits s'en donnaient effectivement à cœur joie, fourrant tout ce qui était à leur disposition dans leurs bouches. Olga se planta devant eux dans un tourbillon d'écharpe. Elle posa les mains sur ses hanches d'une manière véhémente :

— Mais c'est vrai ! Ces pauvres *malyshi*[1] sont vraiment affamés. À croire qu'ils n'ont rien mangé depuis des siècles.

— Puisque je m'évertue à te le dire ! s'exclama Lián victorieuse, tandis que la Russe tapait dans ses mains pour réclamer encore plus de victuailles.

Un ballet de serviteurs amena aussitôt des coupes remplies de *rasgulla* et des pyramides de *chômchôm*[2] de toutes sortes.

Lián s'assit à côté de ses protégés. Elle attrapa des scones tièdes qu'elle beurra généreusement avant de les distribuer, mordit à pleines dents dans un *naan* tartiné d'une marmelade de papaye puis avala d'un trait un lassi à la rose, qui était son parfum préféré. Les petits mangeaient encore lorsqu'elle se leva et les embrassa.

— Où vas-tu ? demanda Lily en levant vers elle des joues poisseuses de sirop.

— Ne t'inquiète pas, je reviendrai vite. Je dois faire une course importante, je vous laisse ici avec mon amie Olga. Tu

1. « Bambins », en russe.
2. Sortes de bonbons bengalis, disponibles en différentes couleurs et souvent recouverts de noix de coco.

vas voir, vous allez l'adorer. Elle parle et bouge beaucoup, mais elle est très gentille. Elle vous montrera votre chambre et, si vous êtes sages, elle vous emmènera dans le jardin pour admirer les tigres et les lions. Il y a aussi une volière et des paons en liberté. Le premier qui trouve une plume aura le droit de la garder, on dit qu'elles portent bonheur. Et puis, vous savez, il y a aussi la salle de jeux de mes cousins quand ils étaient petits. Dedans, il y a plein de jouets, et même un train électrique.

— Un train électrique ? répéta Lily les yeux brillants.

Lián la serra sur son cœur, cajola son petit frère occupé à tripatouiller des bonbons dans un bol puis jeta un ultime regard à Olga.

— Je te les confie, lui dit-elle. Ne sois pas trop sévère, ils ont beaucoup souffert.

Olga leva les yeux au ciel.

— Pour qui me prends-tu ? Suis-je donc devenue une Baba Yaga ?

Lián l'étreignit avec force.

— Non, bien sûr que non ! Tu as de grands airs caustiques mais le cœur sur la main, je le sais bien. À propos, me prêtes-tu la Rolls et le chauffeur ? Cela ne te dérange pas, n'est-ce pas ?

Olga bougonna. Avait-elle le choix ?

— Dis-moi au moins où tu vas ! Es-tu obligée de partir aussi vite ? Ne vas-tu pas au moins te changer ?

Lián lissa un instant l'épaisse robe de coton ornée d'une croix rouge que l'organisme humanitaire lui avait donnée pour remplacer le sari qu'elle avait rendu à sa propriétaire. Cette tenue était parfaite pour servir son plan.

— Non, je me changerai plus tard. Pour l'instant, je suis pressée, lança-t-elle d'un ton léger en s'élançant vers la porte.

Olga fronça le nez. Elle commençait à supputer quelque chose et aurait bien voulu en savoir plus.

— Tu sais, remarqua-t-elle l'air de rien, nous avons vraiment eu peur pour toi, ton oncle et moi. Je pensais que cet après-midi, nous aurions pu discuter un peu. Tu as certainement beaucoup de choses à me raconter, ne serait-ce qu'au sujet de ce beau capitaine McCorball qui était venu te chercher ici avec beaucoup de détermination.

Lián revint sur ses pas.

— Milo était venu au palais ?

Olga glissa d'un petit ton ironique :

— Comment crois-tu qu'il ait réussi à te trouver ?

— C'est toi qui lui as dit où j'étais ?

— *Da*, ma petite colombe, c'est moi. Il est venu ici, il voulait te voir. J'ai deviné son impatience, je l'ai donc renseigné. Aurais-je dû m'abstenir ? ajouta-t-elle avec un clin d'œil appuyé.

Lián lui offrit un grand sourire.

— Bien sûr que non ! Tu as très bien fait. Au moins, il a pu me rejoindre en avion et sauter en parachute pour nous sauver la vie, à moi et aux enfants !

— Extraordinaire ! gloussa Olga. Je regrette de ne pas avoir été là pour voir ça ! Mais ne me dis pas qu'il n'a fait que te sauver la vie ? Moi qui imaginais une histoire un peu plus romantique… Suis-je en train de me tromper, ma jolie petite colombe ? N'y a-t-il rien d'autre entre vous, que ce magnifique saut en parachute ?

Olga avait toujours été fine mouche pour deviner les histoires d'amour. Lián rougit mais ne se déroba pas. Elle regarda sa marraine droit dans les yeux.

— Il me rend heureuse, *tetushka*. Tu ne peux pas savoir à quel point il me rend heureuse.

Émue par la confidence, Olga la chassa d'un petit mouvement de la main.

— Ah, ça, s'il te rend heureuse… Cours vite faire ce que tu dois faire. Et ne sois pas inquiète, si ton oncle m'interroge, je lui dirai que je ne suis au courant de rien.

Lián s'échappa en lui envoyant mille baisers. Olga répondit d'une grimace. Elle n'était pas certaine d'avoir fait le bon choix, mais à Dieu va. Elle comprenait sa filleule : lorsque le bonheur est en jeu, ne fallait-il pas tout faire pour le garder ?

— Tu sais, vint lui dire la petite Lily d'un air perspicace, en glissant sa main pleine de confiture dans la sienne, je crois qu'elle veut rester avec le capitaine Milo. Elle l'aime beaucoup mais je ne sais pas si elle a le droit d'aller chez les soldats. Sur le bateau, c'était interdit.

Olga serra doucement les petits doigts poisseux.

— Tu as raison. Elle va certainement faire une grosse bêtise.

— Et tu ne la grondes pas ? s'étonna la fillette.

— Bah, parfois, c'est mieux de faire des bêtises.

— Ah bon ? s'exclama la petite Lily avec un éclair intéressé au fond des yeux.

Olga sursauta et se rattrapa comme elle put :

— Uniquement quand on est une grande personne, ma petite colombe. Uniquement.

Quatrième partie

Le combat des tigres

1942
Meghalaya – Inde

29

11 février 1942
Bengale-Occidental / Meghalaya – Inde

Son regard bleu de glace se posa sur Lián, et la surprise qu'il reflétait de prime abord devint rapidement une colère froide. La jeune fille s'affola. Elle n'avait jamais vu Milo avec ce visage contracté, farouche, cette rage intérieure qui tendait ses mâchoires et semblait donner à ses yeux la faculté de la foudroyer sur place. Elle ne s'était pas du tout attendue à une telle réaction !

Toute sa joie de le revoir s'effondra. Elle se força à avancer d'un pas. Le ponton flottant tanguait. Après une dernière hésitation, elle leva le menton de manière bravache.

— Que fais-tu ici ? siffla Milo entre ses dents serrées, en un murmure qui était en vérité une gifle monumentale.

— Je fais partie de l'équipe médicale, répondit-elle sur le même ton.

— Je fais partie de l'équipe médicale, CA-PI-TAI-NE ! vitupéra-t-il.

Elle déglutit, haussa l'épaule pour désigner l'écusson qu'elle avait cousu le matin même sur son blouson.

— Croix-Rouge, mon ca-pi-tai-ne ! répéta-t-elle avec insolence.

Milo enveloppa d'un œil plissé de hargne sa tenue de bon petit soldat : chemise masculine et pantalon multipoche qui gommaient ses formes féminines, brodequins de cuir, veste aviateur de toile kaki effectivement marquée du sigle de l'association humanitaire, gourde et havresac réglementaire, sacs et paquetages divers accrochés en bandoulière et sur le dos. Elle était chargée comme un baudet et son casque de parachutiste en métal recouvert d'un treillis était évidemment trop grand pour elle. Il lui tombait presque sur les yeux, malgré la jugulaire de cuir qui l'ajustait. En d'autres circonstances, il l'aurait trouvée adorable. Il avait toujours aimé le contraste formé par sa féminité dans des vêtements d'homme. En cet instant, néanmoins, il avait surtout envie de la saisir par le col et de la secouer.

— Un problème ? demanda le médecin-chef Wallace Attornoy, qui suivait Lián de près avec le reste des membres de son équipe de la Croix-Rouge.

Milo répliqua d'un ton rogue.

— Cette infirmière n'est pas sur la liste du personnel embarquant.

Il affichait déjà un air triomphant ; elle s'empressa de sortir de sa poche le précieux sésame de papier bleu.

— Sans doute parce que j'effectue un remplacement de dernière minute. Mon ca-pi-tai-ne.

Il le lui arracha presque des mains. Visiblement, il se retenait de la gifler. Elle lui coula un grand regard innocent.

— N'est-ce pas le papier dont vous avez besoin, ca-pi-tai-ne ?

Il prit son temps pour vérifier la signature et le tampon officiel tout en lorgnant sa stature fermement campée, son menton vibrant de colère. Qu'avait-elle donc en tête ? Croyait-elle qu'ils se rendaient à une garden-party dans les jardins du gouverneur ? Ils allaient dans la jungle du Meghalaya, nom de Dieu ! Il résista à l'envie de la saisir par le paletot pour la rejeter sur le quai.

Le médecin-chef Attornoy profila sa longue carcasse au-dessus du document avec impatience.

— Tout est en règle, n'est-ce pas, capitaine ? Le colonel Ferguson a signé l'ordre de mission en personne…

Milo ne put qu'acquiescer. Il rendit le document comme s'il lui brûlait les doigts.

— Tout est en règle, doc. Miss, embarquez et trouvez-vous une place sur le pont supérieur.

Elle lui jeta un ultime coup d'œil. Elle aurait voulu se jeter dans ses bras et mendier d'une toute petite voix : « Ne m'aimes-tu plus ? Ne vois-tu pas ce que je viens de faire pour être avec toi ? » Mais il lui tournait déjà le dos pour s'occuper d'Attornoy et des deux autres infirmières. Elle avança comme un automate vers l'hydravion.

Le Short S.26 Sunderland était un appareil nettement plus petit que le Clipper géant qu'elle avait pris pour traverser l'Atlantique en venant d'Argentine. Il était arrimé comme un bateau contre des bouées qui le préservaient des mouvements du fleuve. Sa coque était d'un blanc sale, avec une ligne bleu-gris sur le dessus. Un petit drapeau britannique était peint sur la queue. Le cockpit placé tout en haut dominait un poste d'artillerie.

Pour y entrer, l'équipage et les passagers passaient par une porte latérale qui était suffisamment large pour permettre le chargement d'une cargaison. Deux ponts séparaient l'intérieur. Au bout d'une échelle de coupée, Lián aperçut une soute avec tout un lot de caisses de munitions, de fusils mitrailleurs, de sacs de riz et de lentilles, et les ballots bâchés estampillés Croix-Rouge qui contenaient sans doute le matériel médical dont son équipe disposerait à destination. Les places destinées aux passagers étaient sur le pont supérieur, au même niveau que le cockpit. Il ne s'agissait que de simples strapontins alignés le long de la coque en métal. La plupart étaient déjà occupés par des soldats, assis avec tout leur équipement et un fusil sur les genoux. Lián eut une pensée pour son propre Lee-Enfield qu'elle avait rangé en pièces détachées dans son paquetage sur l'insistance du colonel Ferguson.

Un des sept membres d'équipage lui désigna une place près d'un hublot. Elle se laissa tomber plus qu'elle ne s'assit, elle était déjà fatiguée, ça promettait. Lorsqu'elle voulut ôter son casque et son havresac pour être plus à l'aise, un steward en uniforme lui offrit un sourire contrit au milieu d'un nuage de taches de rousseur.

— Désolé, miss. Vous devez garder votre équipement au cas où il y aurait un crash.

Elle sursauta. Décidément, ce n'était pas les retrouvailles qu'elle avait imaginées ! Elle qui était si fière de s'être démenée comme une diablesse pour parvenir à ses fins en moins de vingt-quatre heures, elle commençait à relativiser son exploit…

Pourtant, rien n'avait été simple. Tout du long, il lui avait fallu aplanir les difficultés en déployant une diplomatie de haut vol. Activer son réseau d'amis et toutes ses connaissances, frapper à maintes portes. Elle avait même usé d'une prudence de conspiratrice en ne disant rien à Lily ni à Olga, de peur que l'une ou l'autre n'essaie de la retenir. À la place, elle s'était contentée de laisser ce matin un mot qui expliquait son départ, que sa marraine trouverait parmi le courrier du jour. La veille, lorsque Milo avait téléphoné et qu'il avait avoué au bout du fil avoir besoin d'entendre encore sa voix avant de partir, elle avait failli lui dire « à demain ! ».

Malgré tout, elle s'était démenée et avait réussi l'impensable. Maintenant elle était là, dans cet hydravion qui allait partir dans le nord de l'Inde, au pied du gigantesque Himalaya. Elle minimisa le souffle de l'aventure pour s'avachir sur son siège, la mine sombre. Les autres infirmières s'installèrent près d'elle. La première s'appelait Beth. Elle était grande et blonde avec un sourire orné de fossettes. La seconde était leur supérieur hiérarchique, Mrs Susan. Celle-là n'avait pas été ravie de s'encombrer d'une novice. Juste avant le départ, elle lui avait fait passer un test à coups de seringues et de sparadraps, puis elle était devenue presque aimable lorsqu'elle avait constaté que Lián connaissait les manipulations d'usage.

— Premier voyage dans les airs ? lui demanda-t-elle en remarquant son visage de cendre.

Lián la détrompa en secouant négativement la tête, et son casque lui descendit encore plus bas sur les yeux.

— Bah, moi non plus, je n'aime pas voler, lui confia l'infirmière en chef. Je n'ai jamais compris ces gamins qui frétillent comme des gardons à l'idée d'être enfermés dans une boîte à sardines à plus de cinq cents pieds d'altitude. Qui plus est dans un hydravion, alors que la plupart ne savent même pas nager ! C'est quand même pousser le vice un peu loin...

Au moment où le Short Sunderland décolla, Lián se renfonça sur son strapontin en se disant qu'elle avait exactement la même opinion. Léonard de Vinci et consorts auraient mieux fait de s'abstenir d'inventer des machines volantes. Au moins, les guerres ne seraient pas devenues mondiales.

Dès le départ, l'appareil tressauta et sa carlingue métallique gémit effroyablement. La jeune fille regarda par le hublot les toits innombrables de Calcutta, le long ruban de l'Hooghly parsemé de bateaux blancs et les bâtiments officiels qui émergeaient d'une forêt de cheminées d'usines. En quelques minutes, le paysage urbain devint un patchwork de cultures vivrières vertes, jaunes et brunes. Elle aperçut le Sun Mahal dans un jaillissement blanc et or, puis l'hydravion survola une brousse desséchée parsemée d'arbres rabougris. Il prit de l'altitude et ses tressautements intempestifs semblèrent s'atténuer.

Lián ferma les yeux. Elle voulait échapper aux questions que ses compagnes ne cessaient de lui poser. Surtout, elle était en manque de sommeil. Elle n'avait pas réussi à dormir de la nuit. Trop énervée, trop excitée. Sauf que maintenant, avec le stress du départ enfin passé, elle accusait le coup de la veille passée à courir dans tous les sens.

Sa première visite avait été pour sœur Anne-Carole. Elle lui avait présenté ses condoléances pour sœur Justine. Après un moment terrible passé à raconter les événements et à beaucoup pleurer, elles avaient fait ensemble la tournée des malades. À ce moment-là, Lián avait déjà son idée en tête mais elle ne savait comment la mettre en œuvre. Le sort avait décidé pour elle.

Sœur Anne-Carole l'amena au chevet d'une patiente qui l'inquiétait. La malheureuse avait été admise le matin même pour une sévère dysenterie. Or, il s'avérait que cette dernière était infirmière. Elle devait partir le lendemain avec le médecin-chef Wallace Attornoy pour le nord du pays, dans une région encaissée appelée la jungle des Nuages. Lián n'osa croire à sa chance : le doc ne lui avait pas encore trouvé de remplaçante.

D'une voix ferme, elle s'était aussitôt portée volontaire pour remplacer l'infortunée infirmière.

Sœur Anne-Carole n'avait pas sauté d'enthousiasme. Au contraire, elle avait émis nombre d'objections : Lián venait à peine d'être recrutée, elle n'avait aucune expérience et encore moins de compétence médicale.

Sur ce dernier point, la jeune fille s'était fait un plaisir de la détromper. Sa mère avait travaillé à l'hôpital de Singapour dans le service d'obstétrique. Elle lui avait enseigné tout ce qu'elle savait. Lorsqu'on vit dans une *estancia* aux confins de la pampa, il valait mieux avoir quelques notions de secours d'urgence !

— Pour votre mère, je le sais très bien, je n'ai pas oublié, avait rétorqué sœur Anne-Carole, pince-sans-rire. C'est moi qui l'ai formée !

Lián avait répliqué avec malice :

— Dans ce cas, on peut dire que vous m'avez moi aussi formée !

La religieuse l'avait dévisagée avec sévérité.

— Ce n'est pas suffisant, Mary-Leela. Soigner des soldats qui reviennent du combat signifie recoudre des plaies impensables, enrayer de graves hémorragies ou des infections terribles, trancher au scalpel dans des chairs putréfiées et, trop souvent, devoir amputer des membres.

— Êtes-vous en train de me dire que les médecins organisent des séances d'amputation pour former les infirmières novices à la façon de se comporter dès qu'elles seront sur le terrain ? Il me semblait qu'on apprenait sur le tas.

Face à cette insolence, sœur Anne-Carole avait eu un regard agacé.

— Dites donc, jeune fille, pourquoi voulez-vous partir à tout prix ? Si c'est pour être utile, je vous signale que vous le serez beaucoup plus avec moi, ici, dans ce service, que là-bas dans une jungle où vous risquerez la mort à chaque pas.

Lián s'était butée mais n'avait su quoi répondre. Sœur Anne-Carole en avait profité pour lancer, avec beaucoup de perspicacité :

— Si c'est à cause d'un homme, je vous le dis tout de suite, c'est une très mauvaise raison. Les hommes sont toujours les mauvaises raisons des femmes. Nous passons notre vie à l'apprendre, et lorsque nous le savons enfin, c'est évidemment trop tard, nous sommes vieilles.

Lián s'était enfoncée dans son silence. Sœur Anne-Carole avait laissé passer quelques minutes, puis avait soupiré.

— De toute façon, ce n'est pas moi qui décide.

Elle l'avait envoyée auprès d'Amity Ferguson, qui administrait l'antenne de la Croix-Rouge de Calcutta. La femme du colonel était responsable des recrutements et des plannings. Elle assurait le lien entre les équipes médicales et les officiers militaires, autant dire qu'elle faisait la pluie et le beau temps dans la répartition des effectifs.

Dès que le problème lui fut exposé, elle se montra intéressée. Elle manquait cruellement de personnel soignant. Cependant, elle fut honnête : elle commença par dépeindre un tableau volontairement noirci.

— Cette mission ne sera pas de tout repos, ma petite. Certes, vous ne serez pas dans une zone de combat, Dieu merci, mais le camp est encore en cours d'installation et manque singulièrement de confort. Vous ne trouverez sur place que des tentes sommaires ou des bâches imperméabilisées tendues entre des poteaux. Vous serez au milieu de la jungle, avec toutes les bestioles que cela suppose, moustiques, serpents et tout le tintouin. Il faudra respecter rigoureusement toutes les mesures d'hygiène concernant l'eau, les aliments et les médicaments. De plus, vous devrez compter avec des hommes jeunes qui sont coincés là-bas depuis plusieurs semaines et qui sont loin de leurs fiancées. Vous comprenez bien qu'il ne peut y avoir aucun relâchement de discipline. Vous voyez ce que je veux dire ?

Lián avait très bien compris le sous-entendu, et Amity Ferguson, satisfaite, avait accepté de la conduire auprès du médecin-chef Wallace Attornoy. Ce dernier était chargé de monter un hôpital de campagne destiné, à terme, à prendre en charge les troupes que l'état-major commençait à envoyer entre Imphal et Mandalay. Les Japonais étaient en train de masser leurs bâtiments devant Rangoon dans l'intention d'envahir la Birmanie. Leur objectif était très clair : bloquer la voie de ravitaillement de la Chine qui permettait à la résistance chinoise de demeurer en état de combattre.

L'heure était grave. Si les troupes japonaises réussissaient, l'Inde serait débordée par sa frontière nord-est. Attornoy avait donc jeté un œil inquisiteur sur l'éventuelle recrue, puis avait émis un verdict radical : trop jeune, trop inexpérimentée, trop jolie aussi.

Lián avait grincé :

— Et donc, lorsqu'on a la chance d'être gâtée par la nature, on doit se contenter d'organiser des réceptions dans de jolies maisons et ne jamais pouvoir être utile à sa patrie ?

— Vous pouvez continuer à faire des pansements si cela vous chante, mais ce ne sera pas en mission sur le terrain.

Elle était sortie du bureau avec autant de colère que d'amertume. Amity l'attendait dans le couloir en discutant avec un homme grisonnant au physique amaigri. Son visage pointu avait quelque chose de la musaraigne, même si l'œil noir semblable à un bouton concentrait une autorité implacable.

— Mon mari, le colonel Ferguson, présenta Amity avec une grande fierté. Mon chéri, te rappelles-tu miss Lukas-Tyler, la jeune fille dont je t'ai parlé ? Elle vient d'intégrer les rangs de la Croix-Rouge et nous rend déjà de fiers services.

Le militaire avait longuement détaillé la jeune fille.

— Dites-moi, mon petit, ne seriez-vous pas cette miss Lukas-Tyler qui rafle régulièrement toutes les médailles au tir de précision dans les concours ? Nous nous sommes déjà rencontrés au club de tir, où il me semble que vous étiez parrainée par Jim McCorball. Ce vieux rusé a toujours l'œil pour repérer les bons tireurs. Vous avez un coup de fusil admirable. Je vous félicite pour votre adresse.

Lián avait été tellement surprise qu'elle n'avait réussi à répondre qu'un simple « merci ». Le colonel avait continué.

— J'imagine que ce vieux Jim vous emmène souvent chasser. Qu'avez-vous déjà tiré ? Des buffles ? Des léopards ? Des rhinocéros ? Des tigres ? Racontez-moi un peu votre tableau de chasse.

Sans trop savoir pourquoi, elle avait évoqué le tigre qu'elle avait tué à onze ans avant de préciser qu'elle n'appréciait pas la chasse.

Ferguson lui avait coulé un regard pointu.

— Un tigre à onze ans. Belle performance... Savez-vous que je recrute les bons tireurs, hommes ou femmes, pour des tirs embusqués à longue distance ? Avez-vous entendu parler de l'Armée rouge russe qui vient de monter une unité de snipers uniquement féminins, comme Lioudmila Pavlitchenko, par exemple ? Ou Roza Shanina ? Ce sont d'excellentes tireuses d'élite. Elles servent leur patrie de façon remarquable.

Lián avait reculé d'un pas.

— J'ai déjà du mal avec la chasse. Je ne veux pas tuer d'êtres humains.

Ferguson avait continué à la jauger d'un visage sévère, puis il avait embrassé la main de son épouse pour prendre congé. Avant de s'éloigner, il avait encore toisé Lián.

— Lorsque vous partirez demain pour la jungle du Meghalaya sous les ordres du capitaine McCorball et du médecin-chef Attornoy, je vous serais gré d'emmener votre propre fusil, mademoiselle Lukas-Tyler.

Elle avait haussé une épaule agacée.

— Avec ou sans fusil, je crains de vous décevoir. Le Dr Attornoy ne valide pas ma candidature.

— Ne vous inquiétez pas, Attornoy se rendra à mes arguments. Considérez que vous êtes d'ores et déjà sur le départ. Amity va vous donner vos instructions et vous aider à préparer votre paquetage.

Lián ne fut pas certaine de devoir se réjouir.

— Si je comprends bien, vous ne m'auriez pas donné cette autorisation si je n'étais pas un crack au tir ?

— C'est exact, mademoiselle Lukas-Tyler. Dans tous les cas, je préfèrerai toujours envoyer dans la jungle une infirmière qui ne sait pas faire des piqûres mais qui sait tirer au fusil plutôt que le contraire. Bonne chance, mon petit.

— Et pourtant, je sais aussi faire les piqûres ! avait-elle riposté un peu sottement, mais le colonel était déjà loin et Amity l'avait conduite à la réserve pour récupérer un havresac.

Maintenant, elle était là, en train de regarder l'ombre de l'hydravion défiler sur un paysage jaune assez caillouteux. Le pilote suivait scrupuleusement la vallée du Gange dont elle apercevait les méandres brillants de soleil. L'aube éclatait en rose, caressant de mille lueurs chaudes les villages disséminés sur les rives du fleuve.

Deux officiers sortirent du cockpit en s'accrochant aux mains courantes. Lián se raidit en reconnaissant Milo. Son second était un lieutenant qui avait des lèvres minces et des oreilles légèrement décollées, dénommé Alan Scott.

Le Dr Attornoy arrêta les deux hommes d'une plaisanterie.

— Maintenant que cet avion est sans pilote, cela me rassurerait si vous vérifiiez le harnais de mon parachute. Je ne suis pas certain de l'avoir correctement sanglé.

Les infirmières minaudèrent à leur tour et le lieutenant Scott se dévoua avec amabilité. Lián détourna le visage pour se plonger à nouveau vers le paysage, mais un reflet sur la vitre du hublot se superposa au sien.

— Je dois vérifier votre parachute, mademoiselle.

Le ton ressemblait à un ordre. De plus, il la vouvoyait. Elle trouva cela affreux.

Elle se leva lentement. L'avion sautait et se cabrait. Il ne semblait pas apprécier le pilotage automatique. Elle perdit l'équilibre, Milo la rattrapa d'une main ferme. Son visage était de bois, ses yeux des couteaux qui la découpaient en menus morceaux. Elle en eut la bouche sèche. Allait-il lui faire la tête de cette façon durant tout le voyage ? Sans rien dire, il se pencha pour ajuster une courroie de cuir, défit une boucle, passa une sangle dans une autre.

Elle chuchota très vite :

— Je n'ai jamais sauté en parachute.

— Le contraire aurait été étonnant, persifla-t-il. Heureusement, cela n'a rien de compliqué. Lorsque vous sauterez, vous aurez juste à compter jusqu'à dix puis à tirer de toutes vos forces sur cette boucle-ci. Il n'y a rien d'autre à faire. Cette boucle commande au parachute de s'ouvrir.

Elle acquiesça. Elle était visiblement morte de trouille. Il regarda son petit menton trembler, il aurait voulu s'en réjouir, en réalité, il la trouvait touchante.

— Sacrée caboche tête de bois, souffla-t-il près de son oreille. Il est bien temps de te rendre compte qu'on ne part pas pour un pique-nique !

Elle leva vers lui de grands yeux innocents.

— Je t'ai cru, lorsque tu m'as dit qu'il n'y aurait pas de danger.

Mouché, il la repoussa sur son siège, tourna les talons et retourna s'enfermer dans le cockpit. Son second, le lieutenant Scott, avait observé la scène avec un certain amusement.

— Vous connaissez donc le capitaine, mademoiselle ?

Elle haussa les épaules.

— Je connais surtout son père. D'ailleurs, ce dernier est nettement plus aimable que le fils.

L'hydravion se cabra une fois de plus, et le lieutenant en profita pour se pencher vers elle et lui faire un clin d'œil appuyé.

— Je connais bien le capitaine. Il ne le montre pas trop, mais je suis certain qu'il est heureux de vous avoir à bord. En tout cas, mademoiselle, ne doutez pas que moi je le sois.

Elle l'écoutait distraitement. À travers le hublot, elle venait de remarquer une lointaine ligne blanche qui barrait l'horizon. Elle pensa d'abord à des nuages, puis elle comprit.

Émerveillée, elle s'approcha de la vitre jusqu'à y cogner son casque. L'Himalaya venait de sortir de la terre brune et verte, dressé dans la splendeur de ses neiges éternelles. À son pied s'écoulait dans des ravines une jungle d'émeraude, moutonnée comme une fourrure.

L'hydravion vira sur son aile et pointa vers l'est. Il quitta le Gange pour suivre la brillance du soleil se reflétant en mille diamants colorés sur le cours majestueux du Brahmapoutre.

*

Le vert. Partout du vert.

Du vert incroyable, tellement coloré, tellement différent dans ses tons qu'on pouvait le définir comme du vert-rouge, du vert-blanc, du vert-noir.

Du vert qui existait aussi par sa forme : d'abord celle des rizières et des plantations de thé en bordure du Brahmapoutre, puis celles des escarpements plus sauvages de la jungle, avec ces cimes rondes d'arbres gigantesques, *sal*[1], teck, santal, *sisoo*[2], palmiers déployés comme des ailes, qui se côtoyaient les uns les autres dans un escarpement de plus en plus rocheux.

Au-delà du Brahmapoutre, les collines étaient devenues plus rêches, plus raides, et l'on distinguait maintenant des gorges profondes noyées de brume et des falaises de roches grises qui couronnaient le fatras végétal. Des cascades zébraient d'écume bondissante la moindre pente, si nombreuses qu'il fut rapidement impossible de les compter. La forêt gorgée d'eau étincelait comme un diamant sous les rais de soleil qui tombaient en éventail des nuages. Au loin, des averses

1. Grand arbre d'Asie du Sud-Est dont la sève est utilisée comme encens durant les cérémonies religieuses hindoues, dont le nom scientifique est *Shorea robusta*.
2. Arbre d'ébénisterie aussi appelé *sesham*, dont le nom scientifique est *Dalbergia sissoo*.

localisées formaient des rideaux de pluie parsemés d'arc-en-ciel.

Lián regardait le monde d'en bas avec une fascination d'enfant. Des souvenirs lui revenaient. Malgré le point de vue différent, malgré la distance due à la hauteur, elle reconnaissait sans peine l'énorme mur végétal infranchissable qu'elle avait contemplé enfant. Impossible d'en douter, c'était bien le même enchevêtrement inaccessible, cette sorte de monstre tentaculaire aux élancements volubiles qu'elle avait déjà traversé lorsqu'elle était toute petite[1].

Fascinée, elle regarda avec plus d'attention le tapis vert d'où émergeait de temps à autre un arbre plus haut que les autres. La végétation était saturée de palmiers dont les palmes étoilaient la canopée au voisinage de cassiers à la floraison jaune d'or. Ce paysage s'étendait jusqu'aux confins de l'Himalaya, à la fois répétitif et changeant, et presque hypnotique.

— Nous arrivons bientôt, lança quelqu'un assis vers l'avant, sans doute l'un des jeunes soldats qui tuaient le temps en jouant aux cartes.

Lián continua à observer la canopée. Une rivière mince venait d'apparaître, coincée entre deux falaises. Son lit tailladait la forêt comme une cicatrice faite au couteau.

La jeune fille retint son souffle. Décidément, oui, elle ne se trompait pas, elle avait déjà vu ce paysage. Elle reconnaissait la blancheur violente du torrent, ses rives vertigineuses semblables à des murailles, qui étaient tellement escarpées que seuls des bouquetins pouvaient les gravir. Tout autour, les collines se succédaient d'une manière abrupte, en se chevauchant les unes les autres.

L'hydravion baissa d'altitude et elle distingua bientôt un pont, ou plutôt des branches qui se rejoignaient au-dessus de la rivière, formant une structure végétale vivante soigneusement tissée par la population indigène depuis des centaines d'années.

Ce pont lui parut lui aussi familier. Elle se leva, saisie de fièvre, et tangua jusqu'à un hublot placé sur la droite. Là, elle sonda l'autre versant de la jungle.

L'infirmière Beth la vit passer et, remarquant son expression fiévreuse, lui demanda si elle était souffrante. Lián répondit à

1. Voir *La Cité du lotus rose*, chez le même éditeur.

peine. Elle était obnubilée par la forêt épaisse, morne, dense, presque plus brune que verte tant elle était noyée dans une brume déliquescente.

Le pays des Nuages.

Pourquoi n'avait-elle pas fait le rapprochement plus tôt ? Elle était déjà venue ici ! Elle reconnaissait le méandre de la rivière en forme de croissant de lune et la montagne au sommet pelé. La fameuse cité oubliée devait être là, quelque part, cachée dans ce velours vert. Elle regarda encore et encore, jusqu'à avoir un imperceptible soupir.

Là.

Elle appuya son casque contre le hublot. Elle avait soudain besoin de cette dureté de verre pour croire ce qu'elle voyait.

Les *stupas*[1] émergeaient des collines. Au total, une bonne douzaine de toits en vieille pierre plus hauts que la jungle, qui dominaient l'immense mer verte comme des phares surveillant l'océan.

— Qu'est-ce que c'est ? demanda-t-elle en pointant le doigt.

— Oh, juste des ruines, lui répondit Beth d'un ton affable quoique étonnée de son intérêt. Il en existe des centaines de ce genre dans toutes les jungles indiennes. Personne ne sait d'où elles viennent, ni qui y vivaient. Rien de bien intéressant.

De simples ruines, donc, mais dont la couleur rouge et la forme de la coupole étagée terminée par une pointe étaient des plus caractéristiques. Tout comme l'était ce scintillement qui révélait sur les dômes un enduit en or à moitié effacé par le temps.

L'hydravion passa juste au-dessus et Lián put distinguer des détails supplémentaires. D'abord les statues gigantesques, à demi recouvertes par des lianes et des mousses. Puis une vaste esplanade d'herbe sèche où paissaient des daims mêlés à des singes, dont les silhouettes s'égaillèrent en tous sens au bruit du quadrimoteur. Au-delà, une route pavée filait en ligne droite jusqu'à un étang. L'eau rutilait comme un joyau au milieu de milliers de fleurs de lotus.

— Mon Dieu, chuchota-t-elle.

1. Structure architecturale que l'on retrouve dans tout le sous-continent indien et même en Asie.

Elle recula, blanche comme la craie. La peur la saisit, une peur étrange, presque superstitieuse, une peur de croyances primitives totalement irrationnelle contre laquelle il lui était impossible de lutter. Par un terrible coup du sort, elle était revenue au-dessus des ruines de Pachamashutra, la Cité du lotus rose qui avait hanté toute son enfance.

Elle retourna s'asseoir en vacillant. Un filet de sueur glacée coulait entre ses omoplates. Tout ce qu'elle avait vécu petite lui sautait au visage. Elle pensa à sa mère. La sentit debout derrière elle, calme et mince, forte cependant, avec une main sur son épaule qui la maintenait contre ses jupes tandis qu'un homme, en face, les détaillait de ses yeux jaunes de cobra.

Elle eut peur comme jamais. Une terreur de petite fille devant l'ogre qui hante les nuits, se tapit dans les endroits sombres, peuple les cauchemars les plus visqueux.

— Il est mort, chuchota-t-elle. Il est mort.

Elle grelotta malgré son uniforme de toile épaisse. Le monstre était peut-être mort, mais la cité demeurait, immortelle, tapie comme un kraken sournois au fond de son océan d'émeraude.

Beth se pencha vers elle avec sollicitude.

— Ça va ? lui demanda-t-elle dans un sourire réconfortant. Voulez-vous un morceau de sucre ? J'emmène toujours un peu de candi, cela aide contre le mal de l'air.

— Je veux voir le capitaine, exigea Lián. Où est le capitaine McCorball ?

Une voix lui parvint de l'avant.

— Il faut attendre, mademoiselle. Le capitaine est dans le cockpit avec le lieutenant. Ils pilotent notre Shorty. Vous les verrez dès qu'on se sera posé.

Elle eut un hoquet. Bien sûr. Milo était le pilote de l'hydravion. Comment avait-elle pu l'oublier ? Elle se renfonça dans son siège avec une honte qui colora ses joues. Beth lui prit la main pour l'encourager.

— Ne craquez pas maintenant, nous sommes presque arrivés, lui chuchota-t-elle en coulant un regard vers le sévère Dr Attornoy qui grommelait dans son coin. Ce n'est pas le moment de donner raison aux grincheux. Lui, il n'attend qu'une faiblesse de notre part pour nous clouer au pilori. L'éternel refrain de la femme qui ne maîtrise pas ses nerfs. Si on l'écoutait, nous ne serions bonnes qu'à faire la cuisine, et encore, j'imagine que sa conception de la femme est plutôt dans un lit, les jambes écartées.

Lián hocha la tête. Beth continua en grimaçant.

— C'est l'angoisse qui vous met dans cet état-là. Cela m'a fait exactement la même chose lors de ma première mission sur le terrain. Personnellement, j'ai été prise d'une telle insomnie que je n'ai pas fermé l'œil de la nuit. On réfléchit, on extrapole, on s'inquiète pour un rien. Si ça peut vous rassurer, vous verrez, vous allez vous y habituer. Je ne sais pas si c'est triste ou heureux, mais l'être humain est fait de telle façon qu'il s'habitue à tout.

Lián acquiesça en s'efforçant de lui sourire.

— Vous avez raison, donnez-moi donc ce morceau de sucre, cela ne peut pas faire de mal.

Elle suçota son éclat de candi le temps de se calmer. Beth avait raison. Il était trop tard pour craquer. Elle avait voulu venir. Tant pis si ses raisons lui paraissaient à présent stupides.

— Ça va mieux ? s'enquit Beth.

Elle acquiesça. Oui, ça allait mieux. Elle recommençait à prendre pied avec la réalité.

— Un simple coup de fatigue, dit-elle en redressant la tête. Je n'ai pas dormi de la nuit, moi non plus.

Beth lui pressa l'épaule d'une main amicale.

— Vous allez voir, nous allons bien nous entendre.

Le Short Sunderland arrivait au bout de son voyage. Déjà, à travers le hublot, l'habituelle jungle avait cédé la place à un plateau recouvert d'une végétation herbeuse parsemée de quelques bosquets d'acacias. L'hydravion traversa des nuages clairsemés en amorçant sa descente. Soudain, la rivière encaissée qu'ils survolaient depuis quelques instants s'élargit en un lac recouvert d'une brume fantomatique.

Les soldats interpellèrent gaiement les infirmières.

— Regardez, les miss, on arrive. On arrive !

Le lac Kamal Beel était gigantesque au point d'occuper une bonne portion du paysage. Ses rives les plus proches paraissaient tourmentées et irrégulières. Elles disparaissaient sous un réseau d'herbes aquatiques d'un vert fluorescent qui les rendaient marécageuses. Plus au centre, des dizaines d'îles émaillaient une eau brillante comme un miroir. Le soleil s'y reflétait en éblouissant les yeux. Lián mit sa main en visière pour regarder les oiseaux s'envoler au fur et à mesure du passage de l'hydravion.

À cet instant, le Short Sunderland vira sur son aile pour changer son angle d'approche. Il cherchait à avoir le soleil dans le dos pour éviter une réverbération gênante. Lián eut le temps d'apercevoir quelques filets de fumée monter à la verticale dans l'air immobile. Tout semblait figé, même les hautes palmes des cocotiers. Sur la rive, des cabanons en bois et des tentes aussi vertes que la végétation étaient installés en bordure d'un terrain d'atterrissage en cours de construction.

— C'est notre camp, crièrent les soldats avec excitation.

— Eh bien, dit Beth en se penchant par-dessus sa jeune voisine pour détailler leur futur lieu de vie. Je me doutais que ce ne serait pas terrible, mais là, ça me coupe quand même bien la chique.

*

Milo termina son passage de reconnaissance par une volte impeccable. Tout était en ordre. Le vent était faible. La pluie s'était arrêtée. Une brume éparse s'effilochait au-dessus de l'eau, masquant légèrement les perspectives, mais les conditions générales demeuraient bonnes. Il ramena le Short Sunderland vers le lac puis stabilisa les ailes parallèlement à la surface pour entamer la descente. Il surveillait l'altimètre tout en appuyant régulièrement sur le manche.

L'hydravion se posa dans une parfaite stabilité. La coque louvoya quelques instants mais Milo corrigea la trajectoire avec aisance. Il maintint le cap le temps de la décélération. Le lieutenant Scott, son copilote, le congratula d'une tape sur l'épaule.

— Nos gars vont être heureux de nous voir. On amène leur courrier. Deux mois sans nouvelles de leurs fiancées, ils vont nous sauter au cou !

Il glousse d'un air grivois mais l'instinct de Milo passa brusquement au rouge.

— Nos gars ? s'exclama-t-il en détaillant la rive déserte. Nom de Dieu, Scotty, où sont nos gars ? Relance les moteurs, on remonte tout de suite !

Avec un réflexe insensé, il remit les gaz tandis que le copilote actionnait frénétiquement la manivelle pour rabattre les volets de freins. Le Short Sunderland gémit, craqua, protesta du traitement. Il tangua de droite à gauche mais parvint tout de même à s'élever au-dessus de l'eau. Au même instant, une explosion de mortier l'atteignit sur l'arrière. Déséquilibré par la déflagration, il piqua violemment du nez.

Milo s'arc-bouta pour redresser la trajectoire. Une salve de mitrailleuse toucha l'hydravion sur toute la longueur. Le jeune homme s'écrasa sur son siège pour éviter les éclats du cockpit fracassé. Durant la manœuvre, l'assise de l'hydravion fut désaxée. L'aile droite plongea dans l'eau et se brisa net. Emporté par l'inertie, le Short Sunderland retomba lourdement sur le lac où il rebondit comme ces galets qu'on lance sur les plages pour faire des ricochets.

Milo hurla à s'en briser les cordes vocales :

— On nous tire dessus, couchez-vous !

De l'arrière lui parvinrent des cris et des râles. Il se démena pour détacher sa ceinture de sécurité. Il ne pouvait plus rien faire, l'hydravion continua sa course folle en basculant violemment sur la droite, là où l'aile s'était rompue. Une nouvelle salve de mitrailleuse impacta la carlingue. Milo entendit d'autres hurlements, dont ceux d'une femme. Il se dégagea de son siège en perdant l'équilibre. Sa tête heurta une poutre sortie de nulle part. Il tomba à genoux, presque sonné, du sang dans les yeux.

Le Sunderland continua à jouer les montagnes russes dans de grandes vagues sales pleines de débris de roseaux. La coque était déchirée à maints endroits et n'était plus étanche. Milo reçut une trombe d'eau sur la figure, ce qui eut le mérite de le ranimer à moitié. Il s'accrocha à ce qu'il pouvait. Se redressa tant bien que mal. Arracha son casque et ses écouteurs pour se pencher vers son copilote, toujours immobile sur son siège.

— Scotty, il faut évacuer. On va couler. Viens.

L'hydravion semblait ralentir, mais ce fut pour prendre de la gîte. Soudain, il se coucha sur son flanc blessé. L'eau pénétra à gros bouillons par toutes les déchirures de la coque. La mitrailleuse revint dans un boucan d'enfer. Milo secoua son second.

— Dépêche-toi, mon vieux, faut bouger de là.

Le lieutenant bascula sur le côté et Milo recula avec horreur. Le copilote n'avait plus de visage. Une balle avait pénétré par la tempe pour lui arracher toute la figure dans une bouillie de chair et de dents. Un œil crevé pendait.

— Mon Dieu, bafouilla le jeune homme.

Le malheureux était mort. Se ressaisissant, Milo attrapa son sac à dos et son fusil. Il se dirigea vers l'arrière. Le couloir entre les sièges était tellement encombré de débris qu'il rampait plus qu'il ne marchait. La gîte était importante. L'hydravion était en train de sombrer. Une grosse partie de la queue manquait et un trou béait à la place de l'aile arrachée. Le temps était compté avant que l'appareil ne coule entièrement.

— Évacuez ! ordonna Milo dès qu'il vit ses soldats. Prenez nos blessés et emmenez-les dehors.

Une salve de mitrailleuse provoqua une nouvelle panique.

— Je m'en charge, capitaine ! hurla un enragé en galopant sur l'aile intacte pour s'occuper des mitrailleurs ennemis.

Milo arrêta vivement un soldat.

— Hanson, allez donner un coup de main à Picks là-haut et canardez-moi ces salauds le temps qu'on évacue. Avez-vous vu le sergent Furton ?

— Je suis là capitaine !

Le sergent avait le nez cassé et pissait le sang, mais il avait tout de même rassemblé les hommes de son unité.

— OK, sergent, répondit Milo. Couvrez l'évacuation avec vos hommes. Larson, rattrapez ceux qui sont déjà à l'eau et empêchez-les d'aller sur la rive. Ces salopards nous y attendent. Il faut traverser le lac ! Nolan, venez avec moi. L'équipe médicale a besoin d'un coup de main.

La mitrailleuse revint à l'attaque. À l'extérieur, des balles fauchèrent les hommes qui pataugeaient dans les hautes herbes.

— Hanson et Picks ! Vous foutez quoi là-haut ? Débarrassez-nous de cette putain de mitrailleuse !

Sans attendre de réponse, il courut vers le médecin-chef Attornoy et lui accrocha le bras.

— Vite ! hurla-t-il, faut bouger. Où sont les infirmières ?

Le toubib ne broncha pas. Milo aperçut à cet instant la barre de métal qui le clouait à son siège. Il déglutit.

— Doc ? Qu'est-ce que je peux faire pour vous ?

Attornoy lui coula un regard emprunt de souffrance.

— Laissez-moi une arme, répondit-il d'une voix atrocement calme.

Milo lui mit son revolver dans la main en appuyant sur les doigts pour que le moribond sente bien l'arme. Ce dernier eut un vague mouvement des yeux vers la gauche.

— C'est fini pour miss Susan. Elle n'a pas souffert.

Milo se redressa. Trois rangs plus loin, l'infirmière en chef avait effectivement glissé de son strapontin, une balle en plein front. Il avança encore, trouva Lián et Beth sur le plancher, accrochées l'une à l'autre sous un siège. La première était étendue de tout son long en retenant la seconde par les aisselles. L'eau montait. Un bras flottait mollement, tout blanc dans l'eau rougie. Milo sentit son cœur s'arrêter. Il tomba à genoux devant les deux jeunes femmes. Lián le regarda, les yeux un peu trop écarquillés.

— Beth est blessée, dit-elle d'une voix incrédule.

— Donne-moi la main. Il faut partir.

— Non, non, protesta Lián en s'accrochant désespérément au cadavre de l'infirmière blonde. Il faut l'aider.

— Elle est morte, Lián ! ragea Milo. Donne-moi ta main ! C'est un ordre !

— Je sens qu'elle respire. Je ne l'abandonnerai pas. Elle n'est pas morte. Elle ne peut pas être morte. Je ne la laisserai pas comme sœur Justine. Il faut l'aider.

Il l'arracha du corps de l'infirmière en la saisissant violemment par les vêtements. Lorsqu'il réussit à l'extirper de sous le siège, il empoigna son parachute ventral pour mieux la traîner jusqu'à lui.

— Ça va aller. Es-tu blessée ?

— Je ne sais pas.

Il la leva de force. Elle était couverte d'un sang qui ne semblait pas être le sien. Il la secoua durement. Elle dodelinait de la tête en tenant à peine sur ses jambes. Elle était à moitié sonnée. Il la prit par la taille pour la forcer à avancer. La salve de mitrailleuse revint à l'instant où ils atteignaient la déchirure dans la coque. Entraînant la jeune fille, Milo plongea dans le lac pour échapper aux balles. Lián coula à pic. Il l'agrippa, réussit à défaire les boucles du parachute qui l'entraînait vers le fond.

— Tu ne sais pas nager ? cria-t-il lorsqu'il l'eut ramenée à la surface.

— Si, si…, bafouilla-t-elle.

— Alors nage, bon Dieu, nage !

Elle fit quelques mouvements désordonnés. Il la prit par la gorge comme si elle était en train de se noyer. Elle était tellement terrorisée qu'elle claquait des dents. L'eau avait une odeur de vase et de poisson.

— Milo, cria-t-elle en buvant la tasse.

Il continua à la traîner vers le milieu du lac sans tenir compte de ses protestations. Tout en nageant, il s'efforça de rester dans l'axe du Short Sunderland. L'épave avait le mérite de les masquer du feu ennemi. De l'autre côté, la fusillade faisait rage. L'air avait une odeur de feu.

Au bout de plusieurs brasses, Lián fut suffisamment ranimée par l'eau pour se mettre à nager d'elle-même. Ses vêtements gorgés d'eau alourdissaient chacun de ses mouvements. Ses brodequins pesaient du plomb. Dès qu'elle cessait de bouger, elle coulait.

Milo lui fit signe d'aller tout droit sans s'arrêter.

— Il faut traverser, expliqua-t-il simplement.

Elle obéit sans discuter. Il fut soulagé de voir qu'elle était une bonne nageuse. Ils s'enfoncèrent dans une brume qui les isolait de tout en s'efforçant de ne pas faire trop de clapotis. Aucun de leurs compagnons n'était visible. Milo espéra qu'ils avaient déjà atteint la rive opposée sains et saufs.

Au bout d'un certain temps, la fusillade cessa. Un silence terrible les enveloppa. Au milieu du brouillard, leur solitude leur parut encore plus criante. Lián était exténuée.

— Débarrasse-toi de ton sac, ordonna-t-il.

— Non, protesta-t-elle.

Il voulut le lui prendre de force, mais elle s'accrocha aux bretelles comme une fillette à sa poupée.

— J'ai mon fusil dedans ! cria-t-elle. On en aura peut-être besoin.

Il acquiesça. Il avait encore le sien en bandoulière mais elle n'avait pas tort, un fusil de plus n'était pas du luxe. Il voulut tout de même la soulager. Il avait l'habitude des exercices physiques en situation extrême. Il avait été entraîné pour survivre à tout. Pas elle.

— Donne-le moi, lui dit-il. Tu nageras plus facilement.

— Ça va, répliqua-t-elle en évitant de le regarder.

Il comprit qu'elle n'avait pas confiance en lui. Pris d'amertume, il la laissa partir devant et adapta son rythme au sien.

Au bout d'une traversée sans fin, ils s'enlisèrent dans un marécage. De longues herbes filandreuses s'accrochèrent à leurs jambes. Ils se mirent debout et avancèrent en titubant. Quelques soldats vinrent à leur rencontre pour les aider à gagner la rive. Milo vit trop tard leurs uniformes au liseré rouge ainsi que les hommes de sa propre unité agenouillés sur la rive, désarmés et les mains croisées sur la nuque.

Il frappa l'ennemi le plus proche, chercha inutilement le revolver à sa ceinture, se rappela qu'il l'avait laissé à Attornoy quelques minutes auparavant. Dans son élan, il fit glisser son fusil de l'épaule et l'arma en hurlant :

— Lián ! Va-t-en !

Il ne sut pas si elle avait réussi à s'échapper. Il reçut un violent coup de crosse dans la mâchoire qui le fit tomber à la renverse, complètement KO.

*

Lián aperçut les soldats agenouillés dans la boue et comprit tout de suite ce qu'il se passait. Elle voulut tourner des talons mais on la saisit par le bras. Elle résista, se débattit avec rage. On lui donna un coup de poing. La violence du coup la fit tomber à genoux, le souffle court, la lèvre éclatée. Elle resta ainsi un moment, le temps de se débarrasser de son sac à dos en le laissant discrètement glisser sur le sol. Ce n'était pas un geste rationnel, juste une idée dictée par l'espoir insensé de pouvoir, peut-être plus tard, venir récupérer son fusil.

À quelques mètres, Milo était submergé par le nombre. On lui fracassa la tête d'un coup de crosse. Il s'écroula dans la boue. Elle hurla. Voulut s'élancer vers lui. On la retint. On se la passa de main en main en ricanant. Elle se défendit de son mieux, réussit à donner quelques coups, en reçut beaucoup.

En même temps, elle s'efforçait de mémoriser les lieux. Ici, un arbre mort. Là, une crique garnie de gros galets. C'était idiot, car elle n'avait aucun doute sur la situation. Elle venait d'être capturée par l'armée japonaise. Elle allait mourir.

On la jeta à genoux au milieu des autres prisonniers. Sous la menace d'une arme, elle croisa vivement les mains derrière la nuque. Près d'elle, le sergent Furton se révolta du traitement qu'on lui infligeait. Il se leva en vociférant comme un beau diable :

— Bande de salopards, vous ne voyez pas que c'est une infirm…

Une balle en pleine tête le fit taire. Lián manqua d'air. Elle se mit à haleter, la bouche grande ouverte. À côté d'elle, quelqu'un lui souffla d'une voix presque inaudible :

— Baissez les yeux. Ne vous faites pas remarquer.

Elle obéit par réflexe, essaya tout de même de repérer Milo. Où était-il ? Était-il mort ? Lorsque deux Japonais le jetèrent finalement parmi ses hommes, elle remercia follement le ciel. Il était inconscient mais il vivait ! Un silence se fit. Un officier japonais avec un casque terminé par un protège-nuque en tissu brailla en anglais. Il désigna deux Britanniques de son bâton de commandement.

— Vous et vous, porter votre officier ! Vite.

Les deux hommes prirent Milo chacun par un bras et, le soutenant sur leurs épaules, gagnèrent les rangs qui s'organisaient. Les soldats ennemis étaient au moins une cinquantaine, d'abord une vingtaine de Japonais qui donnaient les ordres, puis quelques mercenaires européens, et enfin des Birmans à l'air féroce, dont les poitrines maigres étaient barrées par d'impressionnantes cartouchières.

Tous firent avancer les prisonniers comme des moutons conduits à l'abattoir. Les mains sur la tête, ces derniers trébuchaient dans les hautes herbes et tombaient souvent. Tout du long, les soldats nippons les injuriaient et les cravachaient. Certains n'hésitaient pas à leur donner des coups de crosse lorsqu'ils n'avançaient pas assez vite. Un blessé trop long à se relever fut exécuté d'une balle dans la nuque.

Les prisonniers furent forcés à contourner le lac pour rejoindre le camp de base. À un moment, ils passèrent devant un charnier. Les corps avaient été entassés sous des branchages. Un nuage de mouches s'en élevait tandis qu'une odeur insoutenable se répandait aux alentours.

Lián avança en essayant de ne pas y porter le regard. Il ne pouvait s'agir que des soldats britanniques qui occupaient le camp avant l'arrivée des Japonais. Tous étaient morts. Elle lutta contre une violente nausée. Dans le lac, l'hydravion s'était enfoncé jusqu'à s'échouer sur le fond. Seul le cockpit et les hélices des deux moteurs gauches émergeaient encore. Des larmes coulèrent sur ses joues.

Le camp était plus élaboré qu'elle ne l'avait d'abord cru. Des baraquements en dur formaient le centre, les tentes étaient élevées en périphérie. Les prisonniers furent regroupés au milieu de la place centrale, sous le mât qui servait à hisser les couleurs. On leur arracha leurs insignes, on les débarrassa de leur casque, de leur ceinture. Lorsque les Japonais s'arrêtèrent devant Lián, elle baissa le nez autant que possible, mais l'un des soldats lui ôta son casque d'une gifle monumentale. Elle bascula, se rattrapa sur le coude tandis que ses cheveux se répandaient sur son visage. Il y eut un grand silence, vite entrecoupé de gloussements grivois.

L'officier japonais s'approcha et souleva ses cheveux de son bâton en bambou. Avec une expression mauvaise, il dégagea son visage, descendit le long de la gorge et, d'un geste brutal, déchira les premières boutonnières pour dévoiler sa poitrine. Elle bondit comme une furie, accrocha les joues du Nippon de ses ongles et les griffa jusqu'au sang. Il se plia en deux en braillant comme un porc égorgé. Un fantassin frappa la jeune fille d'un coup de crosse dans le dos. Elle s'écroula.

À quelques pas d'elle, l'officier japonais porta la main à son visage et ramena du sang. Avec une grimace de rage, il gifla deux fois la prisonnière, si fort qu'un goût salé envahit sa bouche. Les soldats britanniques protestèrent, leurs homologues japonais les mirent en joue.

Elle saignait du nez, de la lèvre et même de l'arcade sourcière, mais elle n'était pas calmée. Elle se redressa avec une lueur féroce au fond des yeux et hurla de toutes ses forces :

— Vous n'avez pas le droit de me retenir prisonnière ! Je suis infirmière de la Croix-Rouge. Les conventions de Genève…

Elle montrait le sigle cousu sur son épaule. Le Japonais le lui arracha d'un geste brusque tout en lui jetant un sourire démoniaque. Dans l'élan, il hurla un ordre.

Des soldats la traînèrent jusqu'à une tente obscure, organisée en alcôves. Ils la jetèrent sur une planche, chassèrent trois filles qui observaient la scène de derrière des rideaux. Elles reculèrent dans un silence craintif, tandis que les Japonais liaient les mains de leur prisonnière à des pieux de bambou. Avant de partir, l'un d'entre eux s'immobilisa au-dessus d'elle avec une grimace effroyable. Il tendit la main pour toucher sa poitrine. Elle se tortilla dans tous les sens en essayant de lui échapper. L'autre soldat aboya quelque chose, son camarade haussa d'abord les épaules avant de se résigner. Il s'éloigna, non sans dévisager la prisonnière avec concupiscence.

— *Tonight*..., dit-il en anglais. Ha ha ha, toi moi ce soir...

Il disparut en bombant le torse, le visage fendu par son rire odieux. Lián mit longtemps à se calmer. La panique la faisait respirer de manière hachée. Elle sursautait à chaque bruit.

Au bout d'un certain temps, elle se rendit compte qu'elle était frigorifiée dans ses vêtements trempés. Elle était épuisée, physiquement et nerveusement, mais elle craignait de s'assoupir. Ses membres s'ankylosaient. Elle avait longtemps tiré sur ses liens en espérant les rompre. Ce fut peine perdue. La corde était solide. Elle ne réussit qu'à s'écorcher les poignets jusqu'au sang.

Elle était morte de peur. Qu'allait-il se passer maintenant ? Pourquoi avait-elle été séparée des autres prisonniers ? Était-ce parce qu'elle était une femme ? Dans cette tente, il y en avait d'autres. Elle les entendait chuchoter. Parfois, un rideau s'écartait légèrement et elle devinait une présence. Elle appela. Elle supplia. La présence disparaissait alors.

Lián tomba dans une apathie pleine de fièvre. Elle grelottait. Des hurlements atroces venaient de l'extérieur. Elle tressaillait à chaque fois. Elle savait que c'étaient les cris des soldats qu'on torturait. Elle en pleurait. Elle délirait. À un moment, elle crut même entendre hennir des chevaux. Elle se réveilla en sursaut dans une pénombre de crépuscule. Elle avait faim et soif. Elle avait envie d'aller aux toilettes mais n'osait appeler quiconque. Elle tira sur ses liens pour essayer de s'accroupir. Elle était couchée sur une planche faite de tronçons de bambou liés ensemble. Les rondins étaient durs et lui rentraient dans les reins. Elle avait les bras engourdis à force d'être tendus sans bouger. La corde rugueuse entrait durement dans sa chair. Elle avait des plaies ouvertes tout autour des poignets. Elle gémit sans même s'en apercevoir, au bord de la crise de nerfs.

Une femme entra furtivement, s'arrêta à quelques pas pour la regarder de son immense regard sombre. Lián l'observa à son tour. C'était une femme jeune, à peine plus qu'une adolescente, le corps un peu trop mince, le visage triangulaire, avec des pommettes saillantes et les cheveux soigneusement nattés.

— Aidez-moi, chuchota Lián. Aidez-moi, j'ai soif.

La jeune femme continua à la détailler sans broncher. Sans doute ne la comprenait-elle pas. Elle était de race asiatique, peut-être birmane s'il fallait en juger son sarong sale et déchiré qui, un jour, avait dû être beau et élégant. Son apparence trahissait à la fois une certaine coquetterie et des manières délurées. En revanche, son attitude transpirait une crainte permanente.

Après avoir longuement observé la prisonnière, elle se décida à faire quelques pas supplémentaires. Chacun de ses mouvements la montrait sur le qui-vive, prête à s'envoler à la moindre alerte. Malgré la pénombre, Lián remarqua qu'elle avait des cicatrices semblables aux siennes sur les poignets. On l'avait donc elle aussi attachée jusqu'à ce qu'elle en soit blessée.

Qui était-elle ? Que faisait-elle avec ces soldats au milieu de la jungle ? Était-elle une indigène capturée dans l'une ou l'autre tribu adivasi ? Venait-elle de plus loin encore ?

— Je m'appelle Liánhuā, dit-elle doucement. Comment t'appelles-tu ?

La visiteuse s'approcha lentement, comme un petit animal qu'on essaie d'apprivoiser. Dans son dos, ses deux compagnes repoussèrent le rideau. Elles l'appelèrent à grands gestes inquiets. La première se retourna pour les faire taire, puis se pencha pour dévisager Lián d'un œil ardent.

— Je parle un peu chinois, *missy*. Liánhuā, ça veut dire « fleur de lotus ». Ce n'est pas un nom anglais.

Lián eut un soupir de joie.

— Dieu merci, tu parles anglais !

— Je parle un petit peu beaucoup de langues. Je travaille dans une fumerie d'opium à Rangoon. J'apprends à parler avec les clients. Je m'appelle Nay.

Elle raconta que les Japonais étaient venus dans l'établissement de sa sœur et qu'après s'être amusés toute une nuit en buvant beaucoup d'alcool de riz, ils étaient partis en l'emmenant. Elle avait crié, elle s'était débattue, mais cela n'avait servi à rien. Ils l'avaient tout de même forcée à les suivre. Le jour, elle devait s'occuper de leur servir le thé et de la cuisine. La nuit… Elle n'en dit rien, hormis qu'elle dormait avec les deux autres filles dans cette tente. Elles, elles avaient été enlevées dans un petit village près de Mandalay.

Tout en relatant son histoire, elle aida Lián à s'accroupir et à se soulager au-dessus d'un seau. Les deux autres filles s'étaient approchées et écoutaient la conversation sans paraître la comprendre. Elles étaient nerveuses et effrayées, surtout la plus petite, qui était aussi la plus jeune. Avec son visage aux pommettes rouges éclatantes de santé, elle ne cessait de regarder vers la tenture dans la crainte de la voir s'ouvrir sur l'un de leurs geôliers. Sa crainte était si contagieuse que ses compagnes l'envoyèrent finalement faire le guet.

Lián expliqua qu'elle avait soif. Nay chercha un seau muni d'une louche et une banane qu'elle éplucha. L'eau n'avait certainement pas été bouillie. Elle avait été puisée au lac, elle en avait la même odeur de vase et de poisson. Lián hésita, avant de boire longuement. Tant pis pour la dysenterie. Elle dévora aussi la banane.

Des bruits de bottes approchèrent. Les trois jeunes femmes disparurent comme elles étaient venues, dans le silence feutré du rideau revenant à sa place. Lián tendit l'oreille, follement angoissée. Les pas se précisaient, lourds et pesants. Des voix fortes les accompagnaient, parsemées de rires gras. Elle se raidit. Une main écarta le rideau et un soldat japonais entra. Avec terreur, elle reconnut celui qui lui avait tripoté les seins quelques heures auparavant. Le temps que l'étoffe retombe, elle distingua dans la pénombre d'autres hommes en train de former une file d'attente devant chaque alcôve. Certains se tripotaient déjà dans la culotte.

Lián comprit et blêmit. Elle se débattit comme une folle. Hurla à pleins poumons. Le Japonais ricana en lui donnant un coup de poing qui l'envoya en arrière, étourdie, les poignets cisaillés par les cordes. De grosses mains immondes se posèrent sur elle, la palpèrent dans tous les sens. Elle voulut reculer, mais ses liens l'en empêchaient. Elle rua, se tordit, hurla encore.

Déjà le soldat baissait son pantalon. Dans son dos, les autres attendaient leur tour en l'interpellant et en gloussant. Lián recula autant qu'elle put. Elle ne parvenait plus à penser. Elle se répétait simplement en boucle : « Ce n'est pas à moi que ça arrive, ce n'est pas moi qui est là, ce n'est pas moi… pas moi… pas moi… »

Son agresseur s'accroupit et rampa sur elle. Elle tourna la tête pour ne pas recevoir son souffle sur le visage. Elle ne voulait pas le regarder. Elle refusait de le considérer comme un être humain. Il était un monstre, une entité sans nom qui, dans une autre vie, n'avait pu être un enfant sorti du ventre d'une mère, ni le mari d'une femme, ni le père d'un enfant.

Elle cria de plus belle en se débattant avec une vigueur nerveuse inutile, tandis qu'il cherchait ses seins sous ses vêtements. Il s'impatientait au milieu des tissus raides d'humidité, déchira ce qui restait de boutons pour attraper sa poitrine et la brasser comme de la terre glaise. Il suait à grosses gouttes, l'œil torve. Elle se tortilla de douleur, de dégoût, mais elle n'avait plus de force, elle parvenait à peine à respirer. Il lui avait fourré un tissu dans sa bouche pour ne plus entendre ses cris.

Lorsqu'il attrapa son pantalon pour le descendre sur ses cuisses, elle eut un regain de panique et s'agita autant qu'un vermisseau au bout d'une ligne. Il la cogna à nouveau. Une fois. Deux fois. Trois fois. Un goût de sang inonda sa gorge. Elle eut l'impression d'étouffer.

À quel moment l'esprit s'évade-t-il du corps ? À quel moment se résigne-t-on ? Elle pria pour s'évanouir. Elle n'était que douleur et honte. Elle n'était plus rien.

30

12 février 1942
Jungle du Meghalaya – Inde

Lián désirait mourir.

L'homme l'avait saisie par les genoux pour lui écarter les cuisses. Elle voulait se défendre, sa pensée tout entière se tendait dans ce seul objectif, mais son corps n'y parvenait pas. Elle n'avait plus de force. Les bruits nocturnes de la jungle toute proche lui emplissaient la tête. Des murmures et des gémissements s'échappaient des autres alcôves. Elle avait enfin compris qu'elle était dans un bordel de campagne. Une de ces « maisons de confort » souvent décrites dans la presse, que les Japonais déménageaient jusque sur le front pour donner du courage à leurs soldats.

Un cri de révolte monta à ses lèvres. Un hurlement féroce lui répondit. Les rideaux furent arrachés et l'officier japonais qu'elle avait balafré de ses ongles s'engouffra à son tour dans l'alcôve. Il fit reculer le soldat au pantalon baissé à grands coups de cravache, mais ce dernier ne comprit pas tout de suite à qui il avait affaire. Il refusa d'abandonner la proie qu'il convoitait. Se retournant pour attraper à deux mains le bambou qui s'acharnait sur son dos, il bavait de fureur.

L'officier ne s'embarrassa d'aucun préambule. D'un geste, il ouvrit l'étui revolver qu'il portait à la ceinture et sortit un revolver Nambu 14 reconnaissable à son canon étroit. Froidement, il exécuta le soldat d'une balle en pleine tête. Lián reçut sur le ventre une pluie de sang et de cervelle. Une dégoulinure tiède coula dans son nombril, descendit sur ses cuisses. Elle criait tellement qu'elle s'étouffait dans son bâillon.

Sur un geste de l'officier, un soldat sortit un couteau. Elle hoqueta de terreur, crut qu'il allait l'égorger, mit un certain temps à comprendre qu'il ne faisait que trancher ses liens. Lorsqu'elle fut libre, on lui ajusta sommairement ses vêtements et on la prit sous les bras pour la traîner dehors. Elle avait tellement peur qu'elle n'arrivait plus à marcher. Ils durent à moitié la porter. En passant devant la file d'attente, elle aperçut deux visages européens et réussit à cracher son bâillon.

— Aidez-moi ! cria-t-elle pour attirer leur attention. Je suis infirmière de la Croix-Rouge, aidez-moi !

Ils ne lui accordèrent aucune attention. Elle retomba, épuisée, épouvantée. Se laissa traîner jusqu'à l'extérieur. L'air de la nuit la ranima un peu. Ses geôliers traversèrent le camp à toute allure jusqu'à une tente dont l'auvent était éclairé par de nombreuses torches. Juste devant la porte de toile rabattue, un feu montait haut, sans doute pour éloigner les moustiques.

On la poussa à l'intérieur. Plusieurs lampes-tempête fonctionnant à l'essence étaient accrochées au mât de soutènement. Elle fut jetée dans leur halo de lumière, sur un sol bâché recouvert de nattes en sisal. Elle tenta aussitôt de s'échapper, mais l'officier japonais la suivait de près. Il la ramena brutalement au centre. Il arborait une telle grimace de haine que ses sourcils épais se rejoignaient presque. Dans la lumière, les griffures qu'elle lui avait faites se voyaient nettement.

— Je vous l'ai amenée, Tora, aboya le Nippon dans son anglais au fort accent râpeux.

— *Sou desu*[1], répondit une voix rauque.

Lián se retourna dans un sursaut. Un homme qu'elle n'avait pas encore remarqué était assis en tailleur à même le sol. Il lui tournait le dos, uniquement vêtu d'un pantalon militaire brun. Sur son torse nu où les muscles dessinaient d'imposants reliefs, un curieux tatouage remontait le long de sa colonne vertébrale en imitant les branches d'un arbre mort. Le dessin se rétrécissait sur la nuque pour à nouveau se déployer en éventail sur son crâne entièrement rasé.

Sans plus s'occuper de l'officier japonais et de sa prisonnière, cet homme continua sa méditation. Le Nippon patienta en tapotant nerveusement son bâton contre ses bottes. Il transpirait de haine et de rancune. Dans le temps qui s'écoulait,

1. « Bien », en japonais.

Lián put peu à peu retrouver la maîtrise d'elle-même. Elle réussit même à mettre de l'ordre dans ses vêtements déchirés.

Enfin, au bout d'un temps abominablement long et dans un silence uniquement troublé par le vrombissement d'un papillon de nuit se heurtant aux lanternes, le torse nu se leva d'un geste souple. Il fit signe au Japonais de sortir.

Ce dernier se figea de rancœur.

— Mieux je reste, dit-il sèchement, dans son mauvais anglais.

Un sourire doucereux éclaira le visage de l'autre encore dans l'ombre.

— *Ii ne*[1]. Maintenant, c'est moi qui m'occupe de cette fille.

Avec un coup de cravache furieux, le Japonais se mit au garde-à-vous et sortit. Dehors, il passa ses nerfs en hurlant sur les sentinelles. Lián sursauta à chaque cri.

L'homme tatoué s'approcha d'elle jusqu'à s'immobiliser dans une aura de lumière. Son visage était décoré de la même façon que le reste de son corps avec de longues branches noires et tourmentées qui venaient de l'arrière du crâne pour dégouliner sur son front, ses pommettes, et descendre en balafres irréelles jusqu'à la gorge.

Lián manqua reculer, tant ce dessin était terrible et effrayant. Il caricaturait de manière bestiale le portrait de quelque animal fabuleux, un tigre ou un dragon.

— Je crois savoir que vous êtes infirmière, commença-t-il en baissant les yeux vers elle.

Soudain, il eut un mouvement de surprise, puis il esquissa un étrange sourire emprunt de morgue.

— Ha, ha, ha, mais qui voilà ! railla-t-il, et ce grand rire de fond de gorge ressembla au grondement d'un fauve. Bienvenue dans mon humble caverne, ma chère mademoiselle !

Son anglais à l'accent chantant parut à la jeune fille presque familier. Déconcertée, elle fouilla le visage au-delà du tatouage. Sous la curieuse décoration d'encre noire qui l'enlaidissait, les traits semblaient réguliers et harmonieux. Le Tora n'avait pas les yeux bridés. En réalité, il n'avait rien d'un Japonais. Il n'était même pas asiatique.

1. « C'est bon », en japonais.

Maintenant, il tournait autour d'elle avec une lenteur délibérée, satisfaite. Ses yeux noirs se posaient sur des détails qui l'interpellaient. Il ricana de ses vêtements de soldat, qu'il toucha du bout des doigts tandis qu'elle s'efforçait de ne pas broncher, pour ne pas lui donner la satisfaction de sa peur.

— Toujours aussi arrogante alors qu'on est incapable de se vêtir comme une véritable lady, chuchota-t-il à son oreille dans une voix abjecte de fond de gorge.

Elle sursauta, le détailla de plus belle cependant qu'il reprenait sa marche lente autour d'elle.

— Nous connaissons-nous ? hasarda-t-elle la bouche sèche.

Les tatouages masquaient des sillons de chair rougeâtres et boursoufflés, qui étaient peut-être des cicatrices. Elle crut se souvenir de quelque chose, mais dans sa peur, elle n'arrivait pas à réfléchir.

Elle ne voyait qu'un fauve guettant sa proie. Un tigre mangeur d'hommes.

Elle cessa de respirer lorsqu'il revint dans son dos, et qu'il chuchota de plus belle à son oreille, les mains lourdement posées sur ses épaules :

— *Me llaman el Torá, mi amor, mi Doncella*[1].

Les sonorités espagnoles la firent frissonner. Elle se dégagea, recula.

— Carlos Ramiro, dit-elle en le reconnaissant maintenant.

*

Au plus profond d'elle-même, Lián ne fut pas étonnée de se retrouver face à Carlos. Depuis quelques heures, elle vivait un tel cauchemar que rien ne pouvait plus la surprendre, certainement pas la présence de l'Argentin dans la forêt des Nuages, à seulement quelques miles des mines de rubis qu'il avait toujours convoitées.

De longue date, ce rendez-vous était inéluctable. Elle aurait dû s'y attendre. Elle avait toujours su qu'elle était liée par un étrange maléfice à la Cité du lotus rose. Or, plus elle y réfléchissait, et plus elle se disait que chaque événement de sa vie

1. « On m'appelle le Tora, ma chérie, ma *Doncella* », en espagnol.

n'avait contribué qu'à la rapprocher de ce final rocambolesque, dont l'ombre de Mogül aperçue dans les ruelles de Calcutta était de simples prémices.

Se tenir face à Carlos Ramiro en était l'ultime aboutissement.

Elle fut presque rassurée. Après tout, elle le connaissait. Elle avait grandi avec lui. Elle avait partagé des jeux d'enfants et des goûters d'anniversaire. Quelque temps auparavant, il avait voulu lui imposer le mariage après avoir commis des actes d'une rare violence, mais elle avait réussi à lui damner le pion. Elle pouvait réitérer cet exploit. Elle n'avait pas peur de lui. Du moins, elle avait moins peur de lui que des Japonais.

Elle le dévisagea presque tranquillement. Il avait changé à un point hallucinant, mais elle retrouvait tout de même son œil méchant, sa lèvre cruelle, son attitude doucereuse. Sa silhouette avait gagné en densité. Son corps d'homme fait était taillé dans le muscle comme une statue l'est dans le marbre. En quelques années, il était devenu un combattant entraîné à l'extrême.

— Que fais-tu en Inde ? osa-t-elle questionner. Te voilà bien loin de ton Allemagne, berceau de ta famille… À moins que tu aies aussi du sang japonais dans les veines, pour ainsi te rapprocher d'eux ?

Elle venait de lui dire qu'elle savait qui il était. Il en eut un rire appréciateur.

— Ah, ma belle pouliche rétive, te revoilà à faire la fière au mépris de toute prudence… Sais-tu que nos escarmouches m'ont beaucoup manqué ? Je n'ai jamais pu t'oublier, ma belle *criolla*. Je t'ai même pleurée, lorsque j'ai cru que tu étais morte dans les marais. Tes parents sont d'excellents comédiens. Ils ont poussé le vice jusqu'à organiser une cérémonie d'enterrement. Seul Mogül n'y croyait pas. Sans doute l'instinct du chasseur qui traque depuis longtemps sa proie… Lorsqu'il m'a finalement apporté la preuve que tu étais encore en vie, j'ai commencé à rêver de t'étrangler lentement pour me venger de ta défection.

Brusquement, il illustra ses propos en la saisissant par la gorge et en serrant les doigts sur sa trachée. Il y mit suffisamment de force pour qu'elle comprenne qu'il tenait sa vie entre les mains. Elle paniqua intérieurement, mais elle continua à demeurer droite et ferme, à le regarder dans les yeux. Au bout de quelques secondes, il desserra son étreinte, lui permettant à nouveau d'inspirer l'air à grosses bouffées soulagées.

— Je n'arrive pas à croire que la Sainte Vierge a finalement exaucé mes vœux, reprit-il en lui caressant la joue. Tu sais, j'ai prié pour que ta route recroise la mienne. J'avais même demandé à ce lourdaud de Mogül de t'enlever, mais l'imbécile a été assassiné avant de parvenir à mettre son plan à exécution. Difficile de croire qu'il avait du sang allemand dans les veines ! Ha ha ha, je vois à ton expression que tu ignorais qu'il était le fils naturel du baron von Rosenheim, l'ennemi juré de tes parents ! C'est amusant, n'est-ce pas ? Il n'avait été que le larbin de son géniteur, pourtant, il est venu m'apporter les rubis sur un plateau avec pour seule ambition de venger la mort du baron. Je n'ai jamais vu quelqu'un bouffi d'une telle haine que ce métèque.

— Parce qu'il était encore plus haineux que toi ? persifla-t-elle.

Il eut son éternel petit sourire méchant.

— Tu te trompes, *mi querida*. Mon moteur n'est pas la haine. Moi, ce qui m'intéresse, ce sont les rubis. Tu sais, à Berlin, j'ai été reçu par le Führer en personne. Quel grand homme ! Il m'a écouté avec une bienveillance admirable. Il s'est montré très intéressé par les rubis. Il aime l'idée que l'Allemagne puisse s'en emparer à la barbe de l'Angleterre. Cela l'a fait beaucoup rire. Son soutien m'a ouvert toutes les portes. La guerre a fait le reste jusqu'à ce coup de chance final, toi ici, devant moi, en pleine jungle ! Maintenant, je ne doute plus de réussir ma mission.

— Qui est de faire la guerre aux côtés des Japonais ? rétorqua-t-elle, incapable de se taire.

— La guerre ne m'intéresse pas. Les rubis sont mon seul objectif. Mes soldats sont tous des mercenaires que j'ai moi-même triés sur le volet. Les Japonais ne servent qu'à assurer notre logistique. Ils ont tout de suite compris l'intérêt qu'ils pouvaient retirer de ma petite excursion. L'empereur Hirohito prépare une invasion de la Birmanie, aussi ses sbires glanent-ils toutes les informations possibles. Cela me convient, ils sont d'une efficacité redoutable. Ils ont recruté les rebelles birmans qui nous ont permis de nous rendre maître de cette base britannique en quelques heures à peine.

Lián frissonna d'horreur.

— Le charnier, près du lac, c'est donc toi.

— Ah, tu as vu notre cimetière à ciel ouvert… Les Japonais ne font pas de prisonniers inutiles. Après la bataille, ils ont traîné les corps à l'écart. Les vautours viennent le jour, les dholes terminent le boulot la nuit. En quelques jours, tout est nettoyé, il ne reste plus que les os qui n'attirent que les mouches.

Il s'approcha d'une desserte pour se servir un alcool fort. Elle lorgna du côté de la porte, mais il ne lui laissa le temps de rien. Il revenait déjà avec un verre.

— Schnaps de mirabelle en provenance directe d'Allemagne, expliqua-t-il avec un sourire en coin. L'atout secret de l'entente germano-japonaise sur le terrain. J'ai avec moi trois caisses de douze bouteilles. Les Japonais en sont fous. Dès que le commandant Hito sort de ses gonds, je lui offre une tournée et il se plie très vite à ma volonté.

Il vida son verre d'une traite puis empoigna la jeune fille pour l'amener devant une carte dépliée sur des tréteaux. Juste derrière, exposé comme une idole païenne, elle reconnut la statue du démon Rakshasa qui avait appartenu à ses parents.

— Ainsi, c'est toi qui l'avais volée… Quel geste inutile ! Il ne te permettra pas de retrouver la cité perdue. Son tiroir secret est vide depuis longtemps.

Il rit.

— Qu'importe ! Depuis qu'il est en ma possession, tout me réussit. À l'instant, ne t'a-t-il pas attirée jusqu'à moi ? N'est-ce pas le signe de son pouvoir occulte ? Mais cessons de discuter et approche-toi de cette carte. Dis-moi où se trouve la Cité du lotus rose. J'ai hâte de lancer mes investigations. D'après les indigènes, la région est remplie de ruines. Comme tu peux le voir, j'ai déjà identifié quatre sites possibles en me fondant sur les informations fournies par Mogül.

— Les quatre cercles tracés au crayon bleu…, remarqua-t-elle, malgré elle intéressée.

— Exact. J'étais en train de décider vers lequel porter mes recherches en priorité lorsque le commandant Hito t'a jetée dans ma tente. Quel magnifique coup du sort !

— Je ne t'aiderai en rien ! se récria-t-elle tout de suite.

Il l'attrapa par le poignet, si fort qu'elle en gémit, et la rapprocha tellement de lui qu'elle sentit son haleine lorsqu'il parla.

— Ma pauvre petite chérie, ne te mets pas dans un état pareil. On croirait que je te demande de faire la guerre... Or, tu es une femme, et les femmes ne font pas la guerre. Au mieux, elles servent dans les bordels, ajouta-t-il d'un ton cynique tout en lui soulevant le menton pour la forcer à le regarder dans les yeux. Tu as déjà eu un avant-goût du bordel, n'est-ce pas ? As-tu envie d'y retourner ?

Elle secoua la tête, paniquée. Non, elle ne voulait pas y retourner ! Il lui caressa alors les cheveux avec l'air d'un chat en train de contempler une souris.

— Non, bien sûr que non, reprit-il doucereusement, ce n'est pas ce que tu veux et je peux le comprendre. Les Japonais ne savent pas y faire avec les femmes. Nous autres, Argentins, nous avons un sang de braise et un cœur de velours. Tu seras tellement mieux avec moi. Crois-moi, si tu veux préserver ton petit corps charmant des pattes de la cinquantaine de soldats qui m'entourent, il vaut mieux que tu m'aides à retrouver les mines de rubis.

— Mais j'ignore où elles se trouvent ! s'affola-t-elle.

— Tss, tss. Les femmes sont si spontanées... Essaie de réfléchir avant de parler, ma chérie. Tu sais où elles sont parce que tu les as déjà vues. Approche-toi de la carte et montre-moi où elles se trouvent.

Il la pencha de force vers la carte. Elle protesta.

— J'avais cinq ans la dernière fois que je suis venue ici. Comment veux-tu que je me rappelle ? J'étais une toute petite enfant !

— Je crois que tu ne comprends pas, répliqua-t-il en changeant brusquement de ton.

Il la traîna à l'extérieur. Elle résista, se débattit, mais il avait une force implacable. Il l'amena devant le mât qui servait à hisser les couleurs. Les drapeaux britanniques avaient été arrachés et jetés déchirés dans la poussière. Au pied de l'estrade, cinq prisonniers étaient alignés, les yeux bandés.

Tout fut extrêmement rapide. Carlos hurla un ordre et quelques Japonais arrivèrent au pas de course. Ils mirent leurs fusils en joue. Tirèrent. Les cinq prisonniers s'écroulèrent. Ceux qui ne furent pas tués sur le coup furent achevés d'une balle dans la tête.

Lián cria, hystérique. Carlos la gifla puis la ramena sous la tente. Il l'assit violemment sur une chaise. Choquée par ce qu'elle venait de voir, elle claquait des dents sans parvenir à s'arrêter. Il s'accroupit devant elle. Elle eut un mouvement de recul. Dans la pénombre, son tatouage le faisait plus que jamais ressembler à un tigre mâtiné de dragon.

— Je te le jure, balbutia-t-elle d'une voix hachée, je ne sais pas comment faire pour trouver ces mines.

— Ce n'est pas grave, ma chérie, souffla-t-il. Tu sais, il nous reste quatre prisonniers, avec, parmi eux, un très bel officier. Il paraît qu'il s'agit d'un capitaine anglais, grand, fort, blond... Vois-tu de qui je parle ? Ah, celui-là, quand on le titille, il a de la rage à revendre, ça fait vraiment plaisir.

Elle devint blême. Il lui caressa la joue d'un geste qui la révulsa tout entière.

— Tu as vu, je peux très vite organiser un peloton d'exécution. Veux-tu que je donne des ordres dans ce sens ? Cela m'arrangerait. À quoi bon s'encombrer de prisonniers inutiles alors qu'il nous faudra bientôt avancer avec rapidité...

— Non ! s'écria-t-elle.

Il la dévisagea d'un air diabolique.

— Ah, mais j'y pense... Tu préfères peut-être que je convie cet officier à notre petite conversation ? Oui, c'est ça. Tu meurs d'envie de le voir. Quelle bonne idée !

— Non ! bafouilla-t-elle, mais déjà il claquait des doigts et deux soldats ramenèrent presque aussitôt un homme ligoté, qu'ils jetèrent sur une chaise en face d'elle.

Lián déglutit avec difficulté, tant sa gorge lui parut serrée. Le prisonnier n'était plus vêtu que de son seul battle-dress. Son torse était marqué de blessures de toutes sortes, dont certaines suppuraient déjà. Son visage n'était qu'une vaste plaie, avec un hématome sur le côté de la mâchoire et des croûtes de sang qui sortaient du nez, de la bouche. L'œil droit était fermé, rouge et gonflé.

Elle peina à reconnaître Milo. Se leva dans un hurlement :

— Tu l'as torturé !

Carlos la rassit brutalement. Milo eut un sursaut. Il tira sur ses liens tout en s'efforçant de capter le regard de la jeune fille.

— Ça va aller, princesse, chuinta-t-il.

Sa voix était rauque de souffrance. Lián ne put retenir plus longtemps ses larmes. Elle éclata en sanglots. Carlos gloussa d'un air satisfait.

— Ha ha, il y a toujours ce petit quelque chose entre vous... C'est parfait, nous allons pouvoir avancer dans nos négociations.

Comme dans un cauchemar, Lián vit les soldats basculer en arrière la chaise de Milo. Ils lui jetèrent sur la figure un linge mouillé et l'un d'eux commença à y verser méthodiquement un filet d'eau. Milo suffoqua très vite. Il banda ses muscles dans ses liens, rua de toutes ses forces, mais les soldats le maintenaient solidement.

— Arrête ! cria Lián. Arrête ça tout de suite ! Je vais te conduire aux mines ! Arrête tout de suite.

Elle pleura et supplia, tandis que les soldats continuaient leur petit jeu sadique, puis Carlos au bout d'un temps interminable leur fit un signe et ils retirèrent le linge mouillé.

Milo avala de grosses lampées d'air en toussant et en crachant. Lián fit face à Carlos. Pleine de révolte, elle lui envoya un coup de poing dans le visage. Surpris, l'Argentin fut déséquilibré et elle put se précipiter vers Milo, dont elle saisit le visage entre ses mains. Ils se regardèrent. Il en profita pour lui chuchoter très vite :

— *Thag*... trouve *thag*...

Thag. Le mot hindi pour désigner des Thugs. Elle voulut lui demander des explications, mais déjà les mercenaires la tiraient en arrière.

Milo eut juste le temps de lui jeter :

— *Pachamashutra thag*[1] ! Ils te protègeront, ma princesse !

Elle fut ceinturée par Carlos tandis que ses hommes renversaient la chaise pour frapper Milo de leurs bottes. Chaque coup la fit tressaillir comme si la douleur entrait dans sa propre chair. Carlos l'encerclait de ses bras tout en regardant la scène. En même temps, il lui embrassait ostensiblement les cheveux,

1. « Les Thugs de Pachamashutra », en hindi.

autant par provocation que pour assurer sur elle sa mainmise totale.

Milo, à demi inconscient, trouva encore la force de le menacer.

— Si tu la touches, je te ferai la peau !

Il s'étouffait dans sa colère, rugissait comme un lion, mais il finit tout de même par s'écrouler sous les coups qui pleuvaient. Les soldats le sortirent alors de la tente en le traînant par les pieds. Lián resta seule face à Carlos.

— Très jolie scène…, persifla ce dernier.

Elle lui fit face. Elle respirait par à-coups, presque en apnée, mais quelque chose était en train de monter en elle, une rage, une haine qu'elle n'avait jamais imaginé pouvoir ressentir.

— Très bien, siffla-t-elle. Tu veux négocier ? OK, négocions.

Il perçut le changement en elle et se redressa, hésitant entre la surprise et la satisfaction.

— Je t'écoute.

— Tu as raison, je sais où se trouve la Cité du lotus rose. Les mines sont juste à côté, celui qui trouve la première trouve les suivantes. Je t'y conduirai, mais j'ai mes conditions.

Le Tora ricana.

— Crois-tu être en position de force pour imposer des conditions ?

— Oui, répliqua-t-elle en le regardant droit dans les yeux.

Elle ne savait pas pourquoi, mais elle venait de retrouver tout son sang-froid. Sans doute par nécessité, par simple instinct de survie, mais aussi, peut-être, parce qu'elle venait de comprendre qu'elle possédait quelque chose qu'il convoitait. Quelque chose qui représentait bel et bien une formidable monnaie d'échange.

Il dut le comprendre à son tour, car il l'incita à poursuivre.

— Parle.

— Je te conduirai aux mines de rubis, répéta-t-elle. Mais voici ce que je veux en échange. Premièrement, plus aucune torture sur aucun des prisonniers. Deuxièmement, ils seront nourris correctement. Troisièmement, je veux pouvoir les soigner. Je suis infirmière de la Croix-Rouge. Je veux des pansements et des médicaments à ma disposition.

Il eut un petit sourire glacé. Ces revendications n'étaient pas bien méchantes, il pouvait bien y consentir.

— Si cela peut t'amuser, pourquoi pas ?

— Quatrièmement, je veux pouvoir me déplacer librement dans le camp. Je-ne-suis-pas-ta-prisonnière, martela-t-elle. Est-ce clair ?

Il la dévisagea d'un œil de plus en plus amusé.

— *A sus órdenes señorita*[1]. De toute façon, où pourrais-tu aller si tu essayais de t'enfuir ? Il n'y a que la jungle autour de toi. Tu y mourrais en moins de vingt-quatre heures, dévorée par un tigre ou engluée dans des sables mouvants, ou encore piquée par un serpent, un scorpion, une araignée... D'ailleurs, même si tu en avais tout de même l'idée, sache que je réserverai toujours une balle pour la tête de ton amoureux. Si tu pars, je le tue.

— Cinquièmement, dit-elle sans paraître se démonter, je veux dormir seule dans une tente et j'exige que ni toi, ni tes hommes ni aucun Japonais ne s'avisent jamais de me toucher de quelque manière que ce soit.

— Crois-tu pouvoir m'empêcher de te prendre si je te veux ? lança-t-il d'un regard brillant d'une fièvre mauvaise.

Elle ne recula pas. Siffla entre ses dents serrées.

— Oui. Tu le feras parce que tu préfères les rubis à n'importe quelle femme. S'il le faut, je me suiciderai.

Il éclata d'un rire mauvais qui ressemblait au feulement d'un tigre en colère et aurait pu justifier à lui seul son surnom japonais de « Tora ».

— Je te surveillerai jour et nuit, *mi querida*. Tu n'y arriveras jamais.

Elle le regarda longuement, durement. Elle venait de retrouver tout son ascendant sur lui, grâce aux rubis. Les gemmes représentaient peut-être sa croix, mais aussi sa seule chance de rester en vie.

— Tu as raison, dit-elle d'un ton sec. Je ne me suiciderai pas. Je te perdrai plutôt dans cette jungle que je connais bien mieux que toi. Je suis déjà venue ici, ne l'oublie pas. La Cité du lotus rose est ma véritable maison.

1. « À vos ordres, mademoiselle », en espagnol.

Aussi tranquillement que possible, elle alla se verser un verre de Schnaps et le vida d'un coup sec. Son visage passa par de multiples couleurs, l'alcool était un horrible tord-boyaux plus fort qu'elle ne s'y attendait, mais elle réussit tout de même à s'en sortir honorablement.

— Je n'ai jamais eu peur ni des araignées, ni des serpents, persifla-t-elle tandis qu'il la dévisageait, médusé. Encore moins des tigres. Mon premier « Tora », je l'ai tué quand j'avais onze ans. Tiens-toi-le pour dit.

Il applaudit avec ostentation. Elle comprit que le duel était lancé.

— Que le meilleur gagne, confirma-t-il en levant cette fois-ci la bouteille, pour boire directement au goulot.

31

13 au 18 février 1942
Jungle du Meghalaya – Inde

Des chevaux au bord du lac.

Lián ne parvenait pas à y croire : elle avait devant les yeux d'improbables petits chevaux maigres et bruns alors qu'on était au pays de l'éléphant. Des gamins semblables à des dieux à demi nus les montaient à cru en riant et en agitant des lances de bambou à la pointe acérée.

Elle cherchait un village. Elle avait trouvé des chevaux.

Une image de paradis terrestre…

La cavalcade s'étendait sur l'herbe rase d'un vert éblouissant, juste à côté des eaux calmes du lac, en face de cases lacustres montées sur pilotis. À chaque galop, les sabots s'enfonçaient dans une boue rouge avec un roulement d'orage. De grandes gerbes d'eau brillantes giclaient dans l'air et des éclats rutilants de soleil semblaient retomber sur les crinières sauvages ornées de pompons rouges. Des couronnes de raphia donnaient aux chevaux une allure de lion.

Les jeunes garçons se poursuivaient en rivalisant d'habileté, uniquement vêtus de *longhis* de tissu noir et de turbans blancs soulignés de rouge. Ils cherchaient à se toucher de leur lance, quitte à se blesser jusqu'au sang. L'entreprise était brutale et sauvage, pourtant Lián pressentit qu'il s'agissait d'un rituel ancestral devenu au fil du temps un jeu.

Sans détacher les yeux de ce spectacle grandiose, elle avança prudemment parmi les roseaux. Les deux Japonais chargés de la surveiller lui jetèrent un regard torve. Ils n'appréciaient que modérément sa constante bougeotte et les mille activités qu'elle inventait tout au long de sa journée de captivité.

Elle n'était pas un otage de bonne volonté. Par ils ne savaient quelle manigance, elle avait échappé au bordel. Ils lui en voulaient d'autant plus qu'ils étaient condamnés à la lorgner sans pouvoir jamais la toucher.

— Chasse gardée, avait précisé le Tora en leur confiant leur mission.

Il avait exhibé d'un air arrogant ses tatouages de chef de guerre tout en posant sa main sur l'étui de son Luger. Personne n'avait osé contester ses ordres, pas même le commandant Hito.

Ce dernier, les yeux rétrécis d'une colère rentrée, avait préféré quitter la place pour aller se noyer au fond d'une bouteille de Schnaps, en grommelant au passage :

— *Noroi* ! *Noroi*[1]...

Le premier jour avait été le plus calme. Elle avait dormi tout son soûl, peut-être même avait-elle eu de la fièvre. Les filles du bordel l'avaient nourrie, nettoyée, vêtue de vêtements propres et secs. Le deuxième jour, elle avait ressuscité. Levée à l'aube, elle avait réclamé un bain chaud puis, vêtue d'une chemise propre et d'un pantalon d'homme, elle avait rendu visite aux quatre prisonniers anglais enfermés dans des cages en bambou. Elle avait vérifié qu'ils recevaient de l'eau et de la nourriture en quantité suffisante. Elle avait même piqué une colère et renversé la marmite qui contenait les patates douces qu'on leur destinait sous prétexte qu'elles étaient pourries.

Par la suite, elle avait exigé de les faire sortir de leur prison pour qu'elle puisse panser leurs plaies et vérifier leur état de santé. Le commandant Hito avait refusé en poussant des cris furieux, mais le Tora avait une fois de plus tranché.

— C'est mon deal, avait-il jeté à l'irascible Japonais. N'oubliez pas l'enjeu, commandant Hito. Des rubis. Des rubis pour vous et votre empereur, encore plus beaux que ceux de la vallée de Mogok. Les légendaires rubis de la Vallée du lotus rose !

Ses yeux brillaient de convoitise.

— J'espère que ces rubis ne sont pas un rêve brumeux né du *chandoo*, avait répliqué Hito en faisant allusion à la pipe

1. « Maléfice », en japonais.

que le Tora tétait tous les soirs. Il n'est jamais bon pour un homme de laisser l'opium ou la femme décider.

Son regard rétréci s'était posé avec rancune sur Lián qui attendait la fin de leur conciliabule, les bras croisés. Le Tora l'avait alors entraîné sous sa tente, non sans avoir fait signe à la jeune fille qu'elle pouvait continuer de dispenser ses soins.

— Dites-moi, commandant Hito, avez-vous des nouvelles de votre état-major ? Rangoon est-elle enfin prise ? Je brûle d'impatience à l'idée de partir bientôt en expédition.

— Les autorisations devraient arriver dans la journée, avait précisé le Japonais sans pour autant se départir de sa mine revêche. Nous pourrons bientôt lever le camp.

Lián s'était occupée des prisonniers. L'un d'eux avait une blessure grave à l'épaule, qui s'était infectée. Elle avait dû découper la chair morte avec des ciseaux ébouillantés, nettoyer le pus à l'eau bouillie puis saupoudrer la plaie avec un antiseptique, le tout sans morphine. À la fin de l'opération, le jeune homme était d'une pâleur mortelle. Il venait d'un petit village près de Birmingham et il avait voulu voir du pays. Dans son délire, il l'appelait « maman ».

— Va-t-il s'en sortir ? avait chuchoté Milo lorsque son tour était venu, et qu'elle l'avait fait s'asseoir sur un tabouret pour l'examiner.

— Je ne sais pas. Il a de la fièvre.

Elle avait détaillé d'un air soucieux toutes les écorchures et les bosses qu'il avait sur le corps. Lui aussi était fiévreux, elle n'aimait pas ça. Tandis qu'elle s'activait à tout désinfecter, il l'avait dévisagée avec une froideur qu'elle ne lui connaissait pas. Comprenant qu'il était encore fâché, elle avait évité de lui poser des questions. En fin de compte, il n'avait pas réussi à contenir sa rancune plus longtemps. Avec une lippe méprisante, il avait lâché :

— En tout cas, pour toi, ça a l'air de bien se passer.

Lián avait ouvert des yeux ronds. Ne portait-il pas la rancune un peu loin ? Elle reconnaissait avoir été stupide de se porter volontaire, mais comment aurait-elle pu imaginer qu'elle déboulerait en pleine guerre alors qu'il n'avait cessé de répéter qu'il n'y aurait aucun danger ?

— Je ne comprends pas ton sous-entendu, avait-elle relevé d'un ton sec. Que cherches-tu à me dire ?

— Oh, simplement que tu as toujours su faire la putain avec Carlos !

Elle l'avait giflé. Il lui avait rendue la pareille et ils avaient fini par se battre comme des chiffonniers. Les Japonais s'étaient précipités en hurlant, fusil en avant, mais ils n'avaient pas osé s'en servir et Milo, en la faisant rouler dans la poussière, avait eu le temps de chuchoter contre sa tempe sans que leurs geôliers s'aperçoivent de rien :

— Il y a un village indigène de l'autre côté du lac. Essaie de prendre contact avec les Thugs. Tu es une princesse indienne du Mahavir. Ils te doivent obéissance. Il faut le leur rappeler.

Il s'était tu dans un rugissement de douleur. Les Japonais lui frappaient le dos à coups de bâton. Lián s'était relevée en se mordant la lèvre pour ne pas crier. Une mise en scène ! Il avait orchestré toute cette comédie uniquement pour lui donner un plan à suivre. Elle en avait été bouleversée. Il l'aimait donc toujours !

Le lendemain, sous prétexte de trouver des herbes médicinales, elle avait réussi à récupérer le sac qu'elle avait abandonné sur la rive du lac, peu de temps avant d'avoir été faite prisonnière. Le fusil était toujours là, prêt à être monté, impeccable dans ses protections huilées. Cela l'avait réconfortée.

Deux jours plus tard, elle avait trouvé le village. Carlos et ses hommes s'y rendaient pour y réquisitionner des vivres. Elle en avait profité pour essayer de parler aux villageois, mais ces derniers ne connaissaient pas l'anglais. Le seul qui aurait pu l'aider était le chef, un vieillard aux traits de fouine qui passait son temps à négocier avec les mercenaires, mais elle n'avait pas osé l'aborder.

Puis elle avait vu les chevaux et elle avait été émerveillée.

Les jeunes cavaliers s'affrontaient, indifférents à tout. Deux garçons en particulier se disputaient ardemment, en poussant leurs chevaux l'un vers l'autre. Les crinières mélangées à des tresses de raphia battaient l'air. Les regards sombres se défiaient sous les turbans blancs. Dans ce simulacre de bataille, les croupes se dressaient et les antérieurs se frappaient avec une brutalité de cheval sauvage.

Lián se rapprocha, au grand dam de ses gardiens. Elle était fascinée par la violence du jeu qui lui rappelait le *pato* auquel elle jouait en Argentine.

Les deux protagonistes se poursuivirent jusque dans le lac. Tandis qu'ils tentaient de se balafrer avec la pointe de leur lance, une forme rampa soudain sous l'un des chevaux. Ce dernier se cabra pour échapper au serpent. Son cavalier perdit l'équilibre et sa cheville se coinça dans une sangle. Il tomba à la renverse et fut traîné dans l'eau par sa monture emballée.

Lián s'élança aussitôt. Elle avait l'habitude d'arrêter les jeunes chevaux qui refusaient le mors au moment du débourrage. Elle leva les bras. Le cheval freina dans une giclée d'eau. Il se dressa au-dessus de la jeune fille en hennissant. Elle évita les sabots, réussit à saisir le licol et s'y accrocha de tout son poids pour ralentir le cheval.

Surpris, ce dernier s'immobilisa en frissonnant. Lián lui flatta aussitôt l'encolure pour achever de le calmer. Le jeune garçon en profita pour détacher son pied de la boucle. Son camarade s'approcha. Tous deux regardaient la jeune fille habillée comme un homme en ne sachant trop quoi en penser.

— *Namasté*, dit-elle.

Ils répondirent du bout des lèvres. Ils se méfiaient d'elle. N'était-elle pas venue au village avec le Tora et ses mercenaires ? Malgré cela, elle suivit le conseil de Milo et, se tapant sur la poitrine, elle se présenta :

— *Hum, raaja-kumaaree*[1].

Elle hésitait à chaque mot. Elle ne parlait pas très bien l'hindoustani. Malgré cela, les adolescents durent la comprendre, car ils parurent impressionnés.

— *Raaja-kumaaree ?* demandèrent-ils.

Elle expliqua tant bien que mal qu'elle venait du Mahavir, qu'elle vivait au Sun Mahal près de Calcutta. À la fin, elle demanda à rencontrer des Thugs.

— *Thag*, répéta-t-elle à mainte reprise. *Thag*...

Les gamins regardèrent autour d'eux avec de grands yeux inquiets. Elle devina leur réticence. Officiellement, les Thugs n'existaient plus depuis longtemps. Au siècle dernier, ils étaient

1. « Moi, princesse », en hindi.

des adorateurs de la déesse Kali et pratiquaient en son nom des meurtres rituels. Regroupés en confrérie, ils étaient connus pour étrangler les voyageurs afin de les dévaliser. Les Anglais les avaient déclarés hors la loi et avaient lancé une véritable campagne militaire pour les capturer, les juger et la plupart du temps les exécuter. De rares Thugs s'étaient réfugiés dans des endroits particulièrement sauvages où ils s'étaient fait oublier.

La Cité du lotus rose était l'un de ces bastions secrets. Milo avait pris de grands risques pour lui rappeler que la région était sous leur coupe et qu'en tant que princesse de Mahavir elle avait le droit d'exiger leur aide.

Elle insista donc :

— Je veux rencontrer les Thugs pour protéger les rubis. C'est important, ajouta-t-elle en anglais.

Les deux garçons ne répondirent pas. Ils sautèrent en croupe et lancèrent leurs chevaux au galop. Lián ne chercha pas à les retenir. À quoi bon ? Elle avait vu la peur se refléter dans leurs yeux.

*

Le départ pour la Cité du lotus rose s'organisa. Le camp fourmillait d'une activité que dans un autre contexte on aurait pu qualifier de joyeux tohu-bohu. Le Tora avait décidé d'emmener les deux tiers de ses hommes. Les autres assureraient la garde du camp et resteraient en communication avec l'état-major japonais. Les rebelles indigènes qui les avaient suivis depuis la Birmanie partiraient eux aussi. Ils serviraient de soldats d'appoint, de coolies et de cuisiniers. Des villageois furent embauchés comme guides. Ils proposèrent de prendre des éléphants. Le village en possédait cinq, qui leur permettaient de capturer de jeunes pachydermes sauvages pour les revendre aux *mahouts* des autres villages. Ils avaient donc l'habitude de partir pour de longs périples dans la jungle.

Le commandant Hito estima l'idée digne d'intérêt, mais Carlos refusa. Il n'avait pas l'intention de s'encombrer de pachydermes auxquels il ne connaissait rien et qui n'obéissaient qu'à des cornacs « rastaquouères » en qui il n'avait aucune confiance. Il jugea préférable de réquisitionner des chevaux.

Jusqu'à présent, le chef du village s'était montré coopératif. Mais les chevaux étaient destinés aux fêtes de *pasola*[1], qui permettaient à son peuple de communiquer avec les ancêtres et d'assurer de bonnes récoltes. Les employer à autre chose était à la fois impensable et sacrilège. Il protesta avec virulence. Carlos le fit taire d'une balle en plein cœur. Les villageois s'enfuirent dans la brousse. Les mercenaires mirent le feu aux paillottes.

Lián s'éleva contre cette nouvelle barbarie mais le Tora n'eut cette fois-ci aucune indulgence. La jetant en travers de la monture qu'il venait de réquisitionner de la même façon qu'une captive des Mongols, il revint au camp au grand galop. Là, il la lança à l'un de ses mercenaires, tout en hurlant des ordres. Le commandant Hito accourut en se fendant d'un rictus de jubilation.

— *Hai*[2] !

Lián se figea. Elle venait de comprendre que les minutes suivantes seraient terribles. Prise d'une angoisse qui lui tordit les entrailles, elle regarda les soldats japonais sortir les quatre prisonniers britanniques de leurs cages en bambou pour les pousser au milieu du camp. Là, ils les forcèrent à s'agenouiller.

Carlos passa à cheval devant les prisonniers à plusieurs reprises, en jouissant visiblement du pouvoir qu'il s'octroyait. Au troisième passage, il sortit son Luger et abattit l'un d'eux. Lián eut un cri déchirant. Le mercenaire qui la maintenait dut la jeter à genoux pour la faire tenir tranquille.

Carlos refit un passage. Il tua un deuxième homme, puis le troisième. Lián se débattait tellement qu'il fallut un soldat supplémentaire pour l'immobiliser. Lorsque le cheval s'arrêta devant Milo, qui était l'unique survivant, elle n'avait plus de voix à force de crier.

L'Argentin mit le jeune officier britannique en joue. Milo redressa les épaules. Lián poussa un cri rauque qui n'avait rien d'humain.

1. Le *pasola* est un rituel traditionnel des îles de la Sonde, qui tire ses origines d'un passé guerrier. Le mot dérive du sanskrit « *sula* », qui signifie lance. Les îles de la Sonde sont un peu loin du Meghalaya, mais ce nom a tout de même été repris par l'auteure pour évoquer une cérémonie guerrière, se pratiquant à cheval, destinée à verser le sang sur le sol, afin d'apaiser les esprits et assurer les récoltes à venir.
2. « Oui ! », en japonais.

Carlos fit feu.

Milo tressauta, l'estomac au bord des lèvres. La balle était passée au-dessus de sa tête, si près qu'elle avait coupé une mèche de cheveux. Carlos remit son Luger dans son holster en ricanant. Des soldats se précipitèrent pour attacher les mains du prisonnier au bout d'une longue corde, qu'ils remirent à leur chef.

Lián était à bout de nerfs. Elle s'écroula sur le sol et y resta effondrée jusqu'à croiser le regard de Milo. Il s'efforçait de demeurer stoïque, mais sa mâchoire était agitée d'un spasme nerveux. Il ne cessait de s'humecter les lèvres en respirant trop vite. Lui aussi était à deux doigts de craquer. Elle releva la tête en serrant les poings. Elle n'avait pas le choix. Elle devait être solide pour deux.

— Je t'aime, articula-t-elle en silence.

Carlos arrêta son cheval presque à la toucher. Ses yeux noirs l'enveloppèrent d'une méchanceté qui lui coupa le souffle.

— À partir de maintenant, cet unique prisonnier paiera tous tes écarts de conduite, siffla-t-il. À toi d'être sage et efficace.

— Il était inutile de tous les assassiner !

Sur son ordre, on la mit à cru sur un petit alezan aux sabots surjetés de blanc. Elle n'avait pas l'habitude de monter sans selle, mais elle retrouva tout de même des sensations familières et cela l'aida à recouvrer ses esprits.

Tandis que la colonne s'ébranlait en grand désordre, Carlos la fit venir à côté de lui.

— N'oublie pas que tu es notre guide. Montre-nous maintenant le chemin vers les mines.

Elle hocha la tête, pour lui signifier qu'elle acceptait d'être raisonnable.

*

Lián avait passé une partie de la nuit à étudier la carte de la région. Elle ignorait quelle direction prendre, mais tant que Carlos croyait qu'elle le guidait vers les mines, cela n'avait aucune importance. Elle décida de contourner le lac Makal Beel vers l'ouest jusqu'à déboucher sur la Kali River, qu'il suffirait de remonter vers sa source. D'après ce qu'elle avait vu de l'hydravion, elle estimait que la Cité du lotus rose se trouvait sur la rive gauche. Elle jugea donc plus prudent de rester sur la rive droite, pour éviter qu'un éclaireur ne tombe par hasard sur la cité et ne rende sa présence inutile aux yeux de Carlos.

Le chemin qu'elle avait choisi se montra d'emblée difficile. Très vite, il se rétrécit en une sente étroite à peine visible qui s'enfonça sous une canopée lugubre. Les cavaliers avançaient dans une ombre verte et humide, infestée d'insectes. De hautes fougères se balançaient à hauteur d'hommes. Des lianes pendaient, recouvertes de lichens et de mousses. Par endroits, seules éclaircies, des rideaux de bambous permettaient à un soleil intermittent de se faufiler en taches de lumière.

Les chevaux avançaient en file indienne en s'ébrouant constamment. Un indigène avait été envoyé à l'avant pour tailler à la machette une végétation tellement entrelacée qu'elle fermait presque entièrement le passage. Le sol était constitué d'une terre molle recouverte d'un tapis d'humus sur lequel couraient des blattes elles-mêmes poursuivies par des scorpions. Très vite, les chevaux trébuchèrent sur des pierres à demi ensevelies. Des lézards leur filaient entre les jambes. Le silence était entrecoupé par les claques que les hommes se donnaient pour échapper aux piqûres des insectes.

— Il aurait fallu des éléphants, grommela Lián après que sa monture eut reculé devant une touffe d'herbe suspecte, qui cachait certainement un serpent.

Ils étaient au troisième jour de cette aventure stupide. Depuis le matin, Carlos passait le temps à harceler son prisonnier qu'il faisait marcher à côté de son cheval. Dès qu'il le pouvait, il passait au trot, se réjouissant avec sadisme que Milo n'ait d'autre choix que de courir pour éviter de tomber et d'être traîné sur le sol.

Le jeune homme avait suffisamment de courage et d'orgueil pour tenir la cadence, mais il en bavait. Ses poignets étaient en sang et ses pieds ne valaient guère mieux. Lián gardait sans cesse l'œil sur lui. Elle ne supportait pas de le voir souffrir. Lui la dévisageait en retour, le regard ardent, en articulant en silence des mots qu'elle n'était pas sûre de comprendre, mais qui semblaient lui dire : « Ça va, ne t'inquiète pas, je maîtrise. »

Que pouvait-il maîtriser ? Il n'était qu'un prisonnier pitoyable en butte aux cruautés de ses tortionnaires. La fatigue et la fièvre le faisaient frissonner. Sur son torse nu, sur son dos et ses épaules, sa peau était couverte de plaies et de lacérations. En quelques jours, ses joues s'étaient tellement creusées qu'avec sa barbe il avait pris l'air émacié d'un Christ sur la Croix.

Lián comprit qu'à ce train-là, il ne survivrait pas longtemps. Ce jour-là, elle se mit à la hauteur de Carlos.

— Ça suffit. Donne-lui un cheval.

Le Tora la dévisagea avec son lent sourire cruel. Dans la pénombre glauque de la forêt, son visage singulier ressemblait plus encore à celui de quelque monstre chimérique, assez semblable à ces faces blanches et creusées d'ombres maléfiques qu'arboraient les créatures sorties des films de Murnau.

Comme il ne prenait pas la peine de lui répondre, elle ne put en supporter d'avantage. Une rage terrible monta de son ventre, l'empêchant presque de respirer. Elle se laissa glisser de son cheval pour tomber assise au milieu du sentier.

Carlos s'arrêta net, les yeux exorbités. Elle leva un menton tremblant mais résolu, et lui dit d'une voix métallique qu'elle ne reconnut pas.

— Maintenant, tu lui donnes un cheval ou je n'avance plus.

Milo paniqua. Il s'écria :

— Non ! Non ! Je t'en prie Lián, ne joue pas à ça !

Elle ne broncha pas lorsque Carlos descendit de sa monture pour marcher vers elle, pas plus qu'elle ne bougea en le voyant sortir son Luger de son holster. Lorsqu'il pointa l'arme contre son front, elle sentit le petit rond de métal glacé se coller à sa peau. Elle en fut terrifiée. Elle ne voulait pas mourir. Elle avait vingt ans. Elle avait encore tant de choses à vivre. Courir sur une plage à en perdre le souffle, se jeter dans les vagues de l'océan, rire et chanter, boire et manger, danser un tango à n'en plus finir. Que Milo lui fasse une fois de plus l'amour. Qu'il l'embrasse à l'infini. Qu'elle sente ses mains sur ses épaules, sur sa taille, sur ses seins. Qu'il la pénètre jusqu'à faire monter un râle de plaisir du fond de sa gorge. Elle voulait dormir dans son lit. Vivre dans sa maison. Porter ses fils dans son ventre.

Être heureuse.

La peur lui tordit l'estomac, mais elle leva tout de même vers Carlos Ramiro un visage transfiguré par une immense détermination.

— Tue-moi, dit-elle.

Il appuya plus fort le canon contre son front, et cela parut faire un bruit qui résonna dans sa tête comme un coup de tonnerre. Un filet de sueur coula dans son dos. Elle réussit à ne pas fermer les yeux, pour qu'il puisse voir jusqu'au bout son regard vert refléter les cimes ruisselantes de pluie.

Ils se défièrent en ennemis mortels. Longtemps. Puis Carlos comprit qu'il ne parviendrait pas à la vaincre. Il pouvait la tuer. Il en avait le pouvoir. Mais il continuerait d'avoir devant les yeux ce visage de madone brune, lumineux, éclairé par une paix intérieure qu'il ne connaîtrait jamais.

Une rage née de son impuissance déforma ses lèvres. Il la gifla, mais elle sourit, parce qu'elle avait compris. Elle était la plus forte. Elle avait gagné.

Un rugissement de haine tomba sur elle comme un orage. Le commandant Hito venait lui aussi de comprendre, or il ne pouvait accepter ce qui venait de se passer. Il dégaina lui aussi son revolver.

— Jamais la femme doit commander ! hurla-t-il en armant son Nambu 14.

Le Tora lui fit sauter l'arme des mains. Le Japonais bondit en avant avec la rage d'un taureau. Carlos lui assena un premier coup sur la mâchoire, qui laissa une estafilade de sang, puis un second sur la nuque. Hito s'écroula dans un borborygme. Le Tora s'agenouilla pour le saisir par les cheveux. Il lui postillonna au visage :

— *Baka*[1] ! Elle est la seule à savoir où se trouvent les rubis. Si tu l'approches encore une fois, je te tue.

Il laissa retomber Hito dans la boue. Aucun des soldats japonais ne broncha pour venir en aide à leur supérieur.

— Remettez-le sur son cheval, leur ordonna-t-il. On repart.

Il passa devant Lián, le regard brûlant de haine, avant d'ajouter :

1. « Imbécile ! », en japonais.

— Et mettez le prisonnier sur l'un des chevaux de bât. Qu'il soit solidement attaché aux caisses, pour qu'il ne puisse s'échapper.

Il remonta sur sa monture et prit la tête de la cohorte. Lián fit quelques pas en chancelant. Ses jambes flageolaient. Le contrecoup de la peur. Milo l'invectiva tandis qu'on le traînait vers un cheval.

— Ne refais jamais ça ! Je te l'interdis ! Tu ne dois pas t'occuper de moi. Tu ne dois penser qu'à toi.

Elle serra les dents, furieuse. Ne voyait-il pas qu'elle n'avait agi que pour lui ? Elle eut envie de le gifler, de le marteler de ses poings, de le haïr alors qu'elle l'aimait à en crever.

— Tu as tort, répondit-elle d'un ton qu'elle s'efforça de garder calme. Je le referais s'il le faut, car je n'irai jamais nulle part sans toi.

— Non, Lián ! s'écria-t-il à nouveau, tandis qu'on le jetait sur le cheval et qu'on lui liait les mains dans le dos. Il ne faut pas penser comme ça ! Tu ne peux pas jouer avec ta vie ! Ne refais jamais ça ! J'ai cru mourir de peur…, acheva-t-il avec une voix si rauque qu'elle en fut méconnaissable.

Elle leva la tête pour chercher son beau regard bleu semblable à un glacier en été.

— Ne t'inquiète pas, dit-elle doucement. Maintenant, je sais que nous allons vivre.

Elle se hissa sur son petit alezan et reprit sa place en tête de colonne. La chaleur du cheval montait de ses cuisses à son cœur, et bien que la peur fût toujours là, lovée dans ses entrailles, elle respira plus librement. En elle couvait une force nouvelle, terrible et implacable qui, pour la première fois depuis des jours, lui faisait entrevoir le bout du tunnel.

C'était la force d'une louve qui défend son mâle.

*

Le quatrième jour, la jungle durcit le ton, elle devint un mur. Vert. Opaque. Suintant d'humidité.

D'énormes feuilles s'élevaient vers les cimes, en grosses palmes charnues dures comme de la pierre. Sur la gauche, le vide s'ouvrait avec au fond la rivière grondante, blanche d'écume. Seul répit de couleur, des fleurs écarlates cascadaient entre des lianes hirsutes.

La forêt n'avait jamais davantage mérité sa dénomination de vierge. Trop dense pour se laisser pénétrer sans combattre, elle refusait jusqu'à la lumière pour se tordre entre les rochers dans une pénombre mystérieuse, bruissant d'une vie qu'on ne distinguait pas. À peine y devinait-on les reflets irisés d'un colibri ou les plumes verdoyantes d'une perruche.

L'air avait la texture de l'eau, on le respirait avec le sentiment d'étouffer. Dans cette caverne close, les odeurs s'imposaient. Ici un arrière-goût de champignons. Là, un relent d'œuf pourri typique des fruits du durian. Plus loin, l'effluve tenace d'une fleur-cadavre.

Au crépuscule, lorsque l'ombre commençait à se répandre comme un brouillard, les indigènes montaient rapidement un camp autour d'un immense feu dans lequel venaient se brûler des papillons géants. Des chauves-souris tournoyaient au-dessus des flammes pour attraper les phalènes. Après avoir déchargés les chevaux et les avoir mis à paître, le repas était distribué à tous avec de grandes louches.

Le menu n'était guère sophistiqué : des patates douces cuites dans de grandes marmites d'eau, du riz blanc ou un dhal de lentilles assaisonné à la pâte de curry, parfois agrémenté d'un gibier que les hommes de Carlos avaient réussi à tirer dans la journée. Du singe la plupart du temps, mais il y eut une fois un cochon sauvage et un daim.

Lián n'avait guère d'appétit. Elle se forçait cependant à vider son écuelle, ayant conscience qu'elle devait tout faire pour garder ses forces.

On la servait en même temps que le Tora ou le commandant Hito, ce qui lui permettait d'avoir les meilleurs morceaux. Elle s'arrangeait pour récupérer une gamelle supplémentaire, qu'elle amenait elle-même à Milo avec un gobelet d'eau bouillie. Autant que possible, elle faisait rajouter à la portion trop chiche une patate douce supplémentaire, ainsi que des fruits qu'elle parvenait à cueillir dans la journée, une mangue ou quelques bananes sauvages, toutes petites et remplies de graines dures et anguleuses qu'il fallait recracher.

Milo la guettait, ligoté à un arbre. La première fois, elle l'avait trouvé endormi dans ses liens, la tête gisant sur sa poitrine dans un abandon si terrible qu'elle en avait eu les larmes aux yeux. Elle s'était accroupie près de lui, sous le regard salace de la sentinelle armée d'un fusil. Elle n'avait pas voulu le réveiller, préférant le laisser se reposer, au moins le temps d'observer les détails de son grand corps amaigri lacéré de mille plaies et écorchures. Dans ce moment presque intime, elle s'était souvenue de la douceur de ses bras enveloppants. Du poids de son corps contre le sien. Au-dessus du sien.

L'émotion l'avait saisie, elle s'était brusquement relevée, incapable d'en supporter davantage. Il l'avait retenue d'une main posée sur sa cheville. Elle l'avait dévisagé à travers ses larmes.

— Ne pleure pas, mon ange, lui avait-il dit. Ça va aller. On va s'en sortir.

Le garde avait grommelé, leur faisant signe de s'écarter, alors elle s'était installée quelques pas plus loin et ils s'étaient longuement dévisagés dans une douce caresse. Il venait de remarquer la gamelle qu'elle lui avait ramenée, mais il ne voulait pas donner l'impression de se jeter sur la nourriture comme un animal. Elle en avait à chaque fois un pincement au cœur. Elle voyait bien qu'il crevait de faim.

— J'en ramènerai plus demain, promit-elle ce jour-là.

— Ne prends pas de risque. Cette quantité me suffit.

— Bien sûr que non ! Tu dois te nourrir correctement. Tu dois reprendre des forces.

Il acquiesçait pour lui faire plaisir. En réalité, il avait simplement besoin de la regarder. Sa présence était un baume qui lui permettait de tout supporter durant la journée. Il remarquait avec un serrement de cœur qu'elle avait maigri. Ses joues étaient moins rondes, son visage plus affûté. Des cernes marquaient ses yeux, mais elle continuait à brosser ses cheveux qui coulaient en manne de soie, brillants des reflets du soir.

Ils parlaient un peu.

— Mange, disait-elle.

Il attendait encore, préférant l'interroger sur l'une ou l'autre chose.

— Les Thugs. As-tu réussi à les trouver ?

— Impossible de savoir où ils sont. Je ne suis pas sûre qu'ils existent. Personne ne veut en parler.

— Ils existent, insistait-il avec force. Tu dois les rencontrer. Demande aux indigènes.

— Je l'ai déjà fait. Ils ont peur. Ils refusent de me parler.

— Lián, c'est important. Tu dois encore essayer. Il le faut. Promets-moi que tu leur parleras.

Elle promettait tout ce qu'il voulait. Elle avait les yeux posés sur ses mains écorchées, qui tremblaient tellement en tenant la gamelle sur ses genoux qu'elles manquaient la renverser. Il crevait d'envie de manger, elle le voyait bien, mais il retardait ce moment pour continuer à lui parler. L'angoisse la reprenait. Celle de le voir souffrir de jour en jour jusqu'à l'inéluctable. Celle de le perdre. Alors elle se levait. Elle n'avait pas envie de le laisser, mais il devait se nourrir.

— Il faut que tu manges.

— Rien ne presse. J'ai tout mon temps.

Il s'efforçait de plaisanter parce qu'il voyait la peur dans ses yeux. Parfois, il se mettait à rire :

— Comment trouves-tu mon nouveau parfum ? Irrésistible, n'est-ce pas ? Je crois qu'il s'appelle « Un cochon dans la nuit » de Van Cleef and Arpels.

Elle ne riait pas. Au contraire, elle le regardait avec un sérieux qui était aussi un aveu.

— J'aime le parfum de ta peau nue.

C'était à la fois osé et merveilleux. Il sentait l'émotion étreindre son cœur, et par crainte de craquer devant elle, il agitait la main pour la chasser :

— Va dormir. Tu dois te reposer.

Elle obéissait et s'en allait. Elle n'avait pas besoin de se retourner pour savoir qu'il se jetait alors immédiatement sur la patate douce pour la dévorer sans même prendre la peine de la peler. Elle accélérait le pas pour ne pas se mettre à pleurer.

La plupart du temps, elle courait vers les chevaux. Eux seuls pouvaient la consoler. Elle avait besoin de leur odeur rassurante, du bruit de leurs sabots sur la terre, de la chaleur de leurs grands corps, forts et stables.

Elle passait au milieu d'eux, la main posée sur leur garrot. Elle vérifiait leurs jambes, effleurait leur encolure, caressait les naseaux qui se tendaient vers elle. Leurs souffles brûlants ruisselaient sur son visage. Elle les laissait faire. Elle avait l'impression de s'y purifier.

Plus tard, presque apaisée, elle s'appuyait contre une touffe de *bilwa*[1] le temps d'observer les étoiles. Les indigènes chargés de s'occuper des chevaux dormaient non loin, sur des nattes posées à même le sol herbeux. Ils étaient enroulés dans des étoffes qui ne les protégeaient ni de la pluie ni des insectes. Elle devinait leurs formes brunes et blanches déjà assoupies, tournées vers le feu clairsemé qui grésillait d'humidité.

Elle n'avait pas sommeil. La tension de ces derniers jours nouait ses muscles. Au-dessus de sa tête, de gros fruits ronds répandaient un arôme inconnu. Elle tendit la main, toucha un jus collant comme du miel. Elle crut s'être endormie. À côté d'elle, le bosquet était en train de s'animer.

Un géant sortit de l'écorce comme s'il était l'âme de l'arbre. C'était un colosse d'au moins sept pieds de haut. Immense. Brun. Elle hoqueta de surprise. Une main la bâillonna durement tandis qu'un buste musculeux se penchait vers elle, si grand qu'il l'enveloppait tout entière au point d'occulter les étoiles dans le ciel.

— *Shht* ! souffla-t-il d'un ton impérieux. Chut.

Elle sentit le froid d'un poignard sur sa gorge. Cligna des paupières pour dire qu'elle avait compris. L'arme aurait dû la terrifier, pourtant elle n'avait pas peur. Presque détachée de son corps, elle attendait la suite avec curiosité. Elle respirait à plein nez un parfum extraordinaire. Elle avait d'abord cru que cette fragrance venait des fruits. En réalité, elle venait de lui.

L'effluve était capiteux, sombre, envoûtant et mystérieux. Une senteur de cuir ou de fauve, rêche et cependant voluptueuse. Tout de suite, elle eut l'impression de la reconnaître et elle fut certaine d'avoir déjà été portée par ces bras noueux. Elle avait cinq ans. Elle était dans une maison de pierre envahie par les racines des figuiers étrangleurs. Des branches tordues comme des serpents bouchaient les fenêtres. Elle était avec

1. Arbre fruitier de l'Inde, aussi appelé baël, dont les fruits odorants d'une dizaine de centimètres renferment une pulpe collante qui ressemble à du miel, dont le nom scientifique est *Aegles marmelos*.

sa mère, elles venaient toutes les deux de se réfugier dans les ruines de la Cité du lotus rose. Elles avaient peur et froid, faim et soif. Lui, il était venu. Il l'avait enveloppée dans la rudesse de ses bras. Il avait été protecteur et rassurant.

— *Bas*[1], ordonna-t-il.

Elle acquiesça. Il la saisit à la gorge d'une main large comme un battoir. L'entraîna de l'autre côté des arbres, dans une obscurité végétale que n'éclairait aucun feu. Elle se laissa faire, telle une poupée de chiffon.

— Il paraît que vous me cherchez, chuchota-t-il dans un anglais rocailleux.

— Ça dépend, répondit-elle. Je cherche les Thugs de la Cité du lotus rose.

Il leva ce qu'elle avait d'abord pris pour un poignard, qui était en réalité un *bagh nakh*, une sorte de gant constitué de griffes d'acier semblables à celles d'un tigre, que certains Indiens utilisaient en combat rapproché.

— D'où connais-tu la Cité du lotus rose ?

Malgré le murmure, sa voix grondait comme un tonnerre. Elle lui sourit le plus calmement possible.

— Je te connais, Jangalee Karaaja. J'étais avec ma mère, la première fois que je t'ai vu.

Au travers de la nuit dense qui empêchait de distinguer les détails de leurs visages pourtant proches, elle remarqua ses yeux jaunes aussi brillants que ceux d'un fauve. Elle était stupéfaite d'avoir réussi à se rappeler son nom. Il lui était venu tout naturellement lorsqu'elle avait reconnu son parfum d'*oudh*, cette huile qu'il avait toujours utilisée pour entretenir son imposante musculature après l'effort.

— Je te reconnais, dit-il finalement. Tu as bien grandi, mais tu as toujours les mêmes yeux verts. C'est bien la seule chose que tu as encore en commun avec la fillette que j'ai connue.

— Je suis toujours la princesse Mary-Leela de Mahavir, crut-elle bon de préciser.

Il recula avec raideur.

— Je le sais. Tu es ma *raaja-kumaaree.*

1. « Viens », en hindi.

Un silence s'installa, peuplé du chant de la nuit, des arbres et des oiseaux nocturnes. Tout près, un rongeur grattait le tapis de feuilles mortes. Une brève cavalcade suivie d'un gémissement aigu raconta un drame de vie et de mort. Au-delà du rideau de bambou, le grondement de la Kali River s'élevait des abysses comme d'une bouche de l'enfer.

— Pourquoi as-tu demandé à me rencontrer ?

— Parce que j'ai besoin de ton aide.

32

19 et 20 février 1942
Jungle du Meghalaya – Inde

— Tu dois réussir à immobiliser le convoi, dit le colosse Jangalee à la princesse Lián de Mahavir.

Chaque soir, le chef des Thugs s'arrangeait pour lui parler durant quelques minutes. Cela se passait la plupart du temps près des chevaux, juste à côté des indigènes déjà enroulés dans leur drap pour la nuit, qui fermaient les yeux avec une complaisance visiblement complice. Les sentinelles japonaises ne se rendaient compte rien. Jangalee Karaaja était de la même matière que le tronc des arbres, que la terre humide, que les feuilles dans les cimes. Il était invisible.

Lián n'avait pas tardé à apprécier ces moments où elle n'était plus seule à lutter. Autour d'elle, la jungle grouillait de tout un peuple caché et masqué qui avançait à ses côtés, prêt à se sacrifier pour la défendre, simplement parce qu'elle avait assuré qu'elle était une princesse indienne.

Un pacte tacite existait entre ces brigands et la famille royale de Mahavir depuis longtemps, bien avant l'arrivée des Anglais sur le sous-continent et même avant l'invasion moghole. Le poids de cette tradition était réconfortant. Lián parvenait maintenant à croire que la fin de son cauchemar était proche.

Le colosse venait toujours par surprise, à n'importe quelle heure de la nuit. Elle avait beau l'attendre en surveillant l'obscurité, elle se laissait tout le temps surprendre. En dépit de sa stature de géant, il se déplaçait avec le silence d'un fauve en chasse, invisible jusqu'au moment où il se matérialisait miraculeusement, silhouette sombre dans la nuit opaque. Elle le repérait au dernier moment, à cause de sa silhouette qui, soudain, occultait les étoiles qu'elle apercevait entre les feuilles des arbres.

Durant ces rencontres, le temps leur était compté et Jangalee allait droit à l'essentiel.

— Il faut que le convoi reste sur place au moins une journée. J'ai besoin de ce délai pour organiser l'attaque.

Elle hochait la tête, même si elle trouvait qu'un tel ordre était plus facile à dire qu'à réaliser. Comment arrêter ne fût-ce que quelques heures l'implacable marche en avant du Tora, alors qu'il n'avait qu'une idée en tête : arriver le plus rapidement possible aux mines de rubis ?

Les rubis, Carlos n'avait que ce mot à la bouche. Chaque jour, il en parlait avec une obsession de névrosé. Plus le temps passait, plus son impatience le rendait irritable et dangereux. À plusieurs reprises, il avait malmenée la jeune fille pour tenter de savoir si, au moins, ils étaient en train de s'en approcher.

Chaque fois, elle lui avait menti avec un aplomb éhonté, le temps de le calmer. Elle ne pouvait quand même pas lui avouer qu'elle n'en savait fichtre rien ! Il était impossible de juger des distances dans cette jungle nuageuse, faite d'alternance de creux et de bosses, où les collines étaient des falaises vertigineuses et les vallées des précipices encaissés noyés de pluie…

— Je vais réfléchir, répondit-elle au chef des Thugs. Je trouverai bien un moyen.

Jangalee l'avait regardée de ses yeux jaunes de tigre.

— C'est nécessaire. J'ai besoin d'une nuit pour poser les charges de dynamite sur le pont et d'une demi-journée supplémentaire pour rassembler mes hommes. Pour le reste, ce sera à toi de jouer.

Il faisait allusion au sac qui contenait le fusil en pièces détachées qu'elle lui avait confié. Il l'avait caché à un endroit qu'il lui avait longuement décrit, sur l'autre rive.

— N'oublie pas, c'est toi qui feras exploser la dynamite dès que tu seras passée de l'autre côté du pont. Il te faudra une avance suffisante pour te donner le temps de viser. Les charges seront indiquées par des étoffes rouges. Tant que tu n'auras pas tiré, il n'y aura pas d'explosion et tu ne seras pas à l'abri de tes ennemis. Le pont est le seul moyen de passer la rivière sur une trentaine de miles. Es-tu sûre que tu parviendras à monter le fusil assez rapidement ?

— Oui, j'en suis sûre. Je me suis beaucoup entraînée.

— Très bien.

Il lui faisait confiance, cela la galvanisait. Dès qu'il ouvrait la bouche, tout paraissait simple et logique. Il avait l'habitude des affrontements et des traques. Pour l'aider à se repérer, il traça même sur la terre une carte sommaire : ici la rivière, là le pont, là la Cité du lotus rose, et là, la limite à ne pas franchir pour réussir leur coup.

— Demain, le convoi se trouvera ici, continua le colosse.

Il marqua l'endroit d'une croix en expliquant que le pont ne serait qu'à un mile de distance, caché dans une végétation dense. Le convoi ne devait pas s'en approcher afin que personne n'en soupçonne l'existence avant l'assaut.

— Si le Tora décide d'envoyer un de ses hommes en éclaireur, nous sommes fichus. Ils ont des fusils semi-automatiques alors que nous n'avons que des couteaux et des cordons de soie. Ils transportent même une mitrailleuse. Nous ne pourrons les vaincre que si nous les prenons par surprise.

Lián avait promis de trouver une idée pour retarder le convoi.

— Tout repose sur toi, conclut le Thug avant de disparaître dans la nuit.

Elle eut de la chance. L'avant-veille, elle avait soigné un Japonais qui présentait une blessure aussi curieuse que douloureuse, dont la teneur avait fait s'esclaffer tous ses camarades. L'homme s'était isolé dans la jungle pour se soulager et, comme d'habitude, s'était nettoyé avec des feuilles à portée de main. Tout le monde agissait de cette manière, il n'y avait donc là rien que de très ordinaire, sauf qu'il avait eu la malchance de tomber sur une plante urticante très virulente[1]. Il s'était tout de suite mis à brailler comme un veau, saisi par une atroce douleur au mauvais endroit. La honte avait été à son comble lorsque le commandant Hito avait ordonné qu'il se fasse

1. Une telle plante existe réellement. Elle s'appelle Gympie-Gympie en Australie et elle pousse dans les jungles tropicales jusqu'en Indonésie. L'auteur s'en est inspirée sans vraiment la nommer, car dans la réalité, son poison est très virulent et peut même provoquer la mort de chiens ou de chevaux, ce qu'elle ne souhaitait pas pour cette histoire.

examiner le postérieur par l'unique femme du convoi. Rouge du déshonneur, il en avait braillé de plus belle.

Lián ne connaissait pas cette plante. Elle n'avait pas su comment soulager le blessé. En revanche, elle avait mémorisé sa forme arbustive et ses belles feuilles en forme de cœur, qui avaient la traîtrise de paraître douces comme du velours. Une idée venait de germer dans son esprit. Le soir même, elle s'était renseignée auprès de Jangalee. Ce dernier avait eu un rictus de satisfaction.

— Excellent ! Je connais cette herbe. Elle n'est pas dangereuse, mais elle provoque des ampoules désagréables durant un ou deux jours. Tu as raison. Les chevaux n'apprécieront pas.

Elle fut donc soulagée de repérer un plant dès le lendemain, lors de la pause de midi. L'arbuste croissait au milieu d'une clairière. Elle s'aida d'une étoffe pour cueillir plusieurs feuilles qu'elle cacha dans sa valise médicale. Le soir, en inspectant comme d'habitude les chevaux, dont elle soignait les diverses écorchures, elle frotta des brisures de feuilles sur le dos de plusieurs montures. Les pauvres bêtes n'apprécièrent guère l'opération. Elles s'agitèrent tant et tant qu'une sentinelle s'en alerta.

Lián se supposa découverte, mais les coolies crièrent en montrant la jungle :

— *Bagha ! Bagha*[1] !

Le soldat les crut de suite. La nuit dernière, un fauve avait rôdé au milieu des tentes sans que personne ne l'aperçoive. De grosses empreintes rondes avaient été trouvées au matin et les restes d'un gibier abattu dans la journée avaient disparu.

Fort de ce souvenir, le garde avait braqué son fusil vers la forêt sombre avec une mine déformée par la terreur. Mis au courant de l'incident, le commandant Hito fit doubler la garde. Lián n'y attacha pas d'importance : elle avait eu le temps de frotter la croupe de six chevaux de selle et de l'ensemble des chevaux de bât. À voir la réaction des pauvres bêtes, elle se disait que ce serait suffisant pour provoquer une belle pagaille le lendemain.

Les événements dépassèrent largement ses attentes. À l'aube, lorsque les coolies commencèrent à fixer les bagages sur les

1. « Panthère ! », en hindi.

poneys de faix, ces derniers furent pris de folie. Les poils urticants de la plante avaient provoqué ce que des cavaliers aguerris connaissent sous le nom de « gonfle », une sorte d'affection de la peau souvent bénigne mais extrêmement douloureuse. Dans ce cas précis, le suc vénéneux de la plante avait formé des vésicules emplies de pus. L'épiderme des chevaux était devenu si sensible qu'ils refusèrent d'être chargés et montés.

En quelques minutes, le convoi fut sens dessus dessous. Les caisses que les coolies n'avaient pas eu le temps de sangler tombèrent et se brisèrent. Les sacs de riz ou de lentilles se répandirent dans la boue. Les rares cavaliers parvenus à se mettre en selle furent aussitôt désarçonnés, et l'un d'eux se cassa même le poignet.

Lián observa ce chaos d'un œil impavide, secrètement heureuse du désastre. Le convoi ne partirait pas tout de suite. Il faudrait des heures pour tout remettre en état.

Peut-être laissa-t-elle échapper un vague sourire. En tout cas, Carlos arriva au grand galop, arrêta son cheval si près d'elle que ses bottes se heurtèrent contre ses jambes. Son visage tatoué se pencha vers elle, en proie à une fureur sans nom.

— Toi ! hurla-t-il en la saisissant par le bras.

Elle tenta de se défendre en lui griffant le bras, mais il serra sa gorge si fort qu'elle commença à suffoquer. Alors il lui siffla à l'oreille :

— Je sais que tu t'y connais en chevaux. Si je découvre que tu as manigancé quelque chose…

Il la relâcha si durement qu'elle manqua être désarçonnée. Accrochée à la crinière de son petit alezan, elle mit quelques minutes à reprendre son souffle. Son cœur battait comme un fou. Une fois de plus, elle avait cru qu'il allait l'étrangler.

Mais Carlos n'en avait pas fini avec elle. Revenant à la charge, il l'obligea à descendre de son cheval puis, la saisissant par le coude, il la traîna jusqu'aux chevaux blessés qui ruaient encore.

— Soigne-les ! Qu'ils soient prêts à repartir dans moins d'une heure !

— Ce n'est pas possible ! protesta-t-elle. Tu vois bien qu'ils ont dû se vautrer dans quelque chose de vénéneux. Peut-être des fourmis, ajouta-t-elle pour donner le change. Il vaut mieux attendre que le poison se dissipe.

Il la gifla à toute volée, à lui décrocher la tête.

— Tu as une heure, ou je te fais abattre !

— Tue-moi tout de suite, s'écria-t-elle en tenant sa joue brûlante. Je t'ai dit que je ne pouvais rien faire ! Je ne suis pas médecin.

Elle le défiait de tout son être, en se haussant pour paraître plus grande alors qu'elle ne lui arrivait pas aux épaules et qu'elle claquait misérablement des dents. Lorsqu'elle avait crié, sa voix s'était éraillée de peur. Sa joue la cuisait atrocement, mais elle réussit à se persuader que c'était un moindre mal. Elle devait à tout prix gagner du temps. Empêcher l'expédition d'avancer comme Jangalee l'avait exigé. Éviter que Carlos et ces foutus Japonais trouvent le pont trop tôt.

Elle lâcha son seul va-tout.

— Ça suffit, je refuse de te guider. Débrouille-toi ! Tue-moi. Tu ne sauras jamais où se trouvent les rubis. Tu crois peut-être que nous sommes suffisamment proches de cet endroit pour que tu puisses te passer de mes services ? À ta guise, ricana-t-elle en ouvrant le bras vers la jungle enchevêtrée, qui ressemblait comme jamais à une muraille impénétrable. Va donc chercher tout seul tes pierres de sang et bon courage ! Tu auras plus de chance de trouver une aiguille dans une botte de foin qu'une seule pierre précieuse dans toute cette forêt vierge !

Elle tourna les talons et remonta sur son cheval. Elle ne savait pas trop ce qu'elle faisait, elle agissait à l'instinct. Elle s'élança au grand galop, s'attendant à tout instant à recevoir une balle dans le dos.

Il allait la tirer comme un lapin. Elle sentirait d'abord le choc violent de la balle qui la ferait tomber et rouler dans la boue. Peut-être arriverait-elle encore à lever les yeux vers le ciel, pour voir les cimes vertes se mélanger au bleu du firmament, puis tout cesserait d'exister.

Un galop résonna dans son dos. Elle se retourna. Il la poursuivait. Dans la pénombre de la forêt, son visage tatoué avait une allure de spectre. Elle se pencha sur l'encolure de son alezan, ouvrit les rênes pour obliquer dans une mêlée de fougères aussi hautes que des hommes. Des débris de feuilles jaillirent.

Elle bondit à toute vitesse dans la lumière incandescente d'une vaste clairière. S'arrêta net et attendit en regardant autour d'elle avec l'impression de voir le monde pour la première fois.

Elle avait débouché sur une esplanade recouverte d'une belle herbe drue, taillée court comme un gazon anglais. Elle crut d'abord à un trou créé par la chute d'un arbre et vite recouvert par un peuple de ronces, mais il s'agissait bel et bien d'une construction humaine, une place en rectangle parfait, long comme un terrain de polo. Elle lui trouva quelque chose de merveilleux et de mystique. Comme si elle se trouvait au cœur d'un sanctuaire.

Carlos la rattrapa et saisit son cheval par la bride pour l'empêcher de s'enfuir. Les cicatrices sur son visage avaient pris une vilaine carnation lie-de-vin.

— Je ne sais pas ce qui me retient de t'abattre comme une chienne ! vociféra-t-il en dégainant son Luger et en le pointant sur elle.

Elle haussa les épaules.

— Tu sais très bien que tu ne me feras rien tant que tu n'auras pas les rubis.

Il éclata d'un rire féroce.

— Cet imbécile de Hito a raison, tu as trop d'emprise sur moi !

— Ce n'est pas moi qui ai une emprise sur toi, ce sont les rubis que tu désires par-dessus tout.

— Peut-être devrais-je vraiment te tirer une balle entre les deux yeux pour cesser ce sortilège.

— Tu as raison, chuchota-t-elle en le dévisageant presque sereinement. De toute façon, je suis lasse de ce jeu.

Il devint hystérique.

— Dans ce cas, pourquoi ne pas en inventer un autre ? Jouons donc à la roulette russe !

Il rengaina son Luger automatique pour saisir à la place un minuscule Smith et Wesson qu'il cachait dans sa botte droite. Avec un geste d'habitué, il retira quatre balles du barillet, qu'il fit rouler contre sa paume. Puis il enclencha le chien et pointa le canon sur sa propre tempe. Ses yeux se révulsèrent et il appuya sur la détente dans le même élan, en poussant un hurlement d'animal atteint de la rage.

Elle sursauta. Il n'y eut qu'un simple clic. Il vociféra comme un fou.

— J'ai gagné ! À toi ! Si tu gagnes, je te rendrai ta liberté.

Elle ne prit pas l'arme qu'il lui tendait. À la place, elle se tourna vers la belle esplanade d'herbe verte si semblable à un terrain de polo. L'occasion était improbable et à ce titre prédestinée, elle ne pouvait pas la laisser passer.

— Je ne jouerai pas à ton jeu de hasard imbécile. Regarde cet endroit. Ne te rappelle-t-il pas nos terrains de polo argentins ? Mesurons-nous dans nos compétences. Jouons un *pato* demain matin. Rien que toi et moi. Si je gagne, je gagne ma liberté et celle de Milo McCorball.

Les yeux de Carlos s'emplirent de fièvre.

— Tu en es toujours à vouloir le défendre alors qu'il ne fait rien pour toi ! Qui te protège ? Ne voies-tu pas que personne ne te touchera tant que je serai là, pas même Hito qui t'exècre ? Je les mate pour toi. Pourquoi ne veux-tu pas le comprendre ? Est-ce à cause de mes cicatrices ? Te font-elles horreur à ce point ? As-tu oublié comme j'étais beau avant qu'un ivrogne ne me frappe lâchement dans le dos ?

Elle ne répondit rien à sa diatribe, qu'aurait-elle pu dire ? Elle se contenta de le regarder le plus calmement possible.

— Acceptes-tu mon défi ?

— Qu'y gagnerais-je ?

— Je continue à te guider vers les rubis. Tu vois cet endroit, cette place soigneusement entretenue ? C'est le signe que nous approchons des ruines. Peut-être quatre ou cinq jours de cheval. C'est tout.

Il examina l'idée un instant, les yeux rétrécis, puis il remit son pistolet miniature dans sa botte.

— Très bien. Mais corsons tout de même l'affaire !

La saisissant par la chemise, il la rapprocha jusqu'à ce que sa bouche se colle à la sienne. Prise d'horreur, elle sentit sa grosse langue se faufiler entre ses dents, labourer son palais. Elle recula avec effroi, mais il la retint le temps de lui jeter à la face :

— Écoute-moi bien, *mi corazón*[1]. D'accord pour jouer à ton *pato*, mais voici ce que je réclame comme enjeu : si tu

1. « Mon cœur », en espagnol.

perds, tu m'appartiens. Même pas besoin d'un prêtre, tu viendras à moi de ton plein gré, avec la soumission d'une chienne en chaleur. Et pour que ce soit plus drôle, on fera cette petite affaire devant ton beau capitaine anglais. Ah, comme cela me fera plaisir, de voir sa petite gueule d'amour se révulser d'une rage impuissante, lorsqu'il comprendra que tu es à moi.

— Tu es une ordure ! cracha-t-elle.

— Ma petite tigresse, ma panthère de Patagonie, je te promets, je ne serai pas méchant longtemps. À l'aube, je me montrerai magnanime. J'abrègerai les souffrances de ton amoureux en l'envoyant devant un peloton d'exécution.

— Salaud ! siffla-t-elle, raide de rage et de panique. Je refuse cet enjeu !

— Ha ha, tu as donc peur de perdre ?

— Non ! hurla-t-elle. Tu sais bien que je suis meilleure que toi.

— Dans ce cas, prouve-le. Notre *pato* a besoin d'un enjeu digne d'être couru. Sans cela, pourquoi jouerais-je ? Ne puis-je pas t'avoir dans mon lit quand je le souhaite ?

Il lui caressa une mèche de cheveux, elle recula comme s'il l'avait brûlée.

— Je ne serai jamais à toi !

— Voilà bien la saveur d'un pari : proposer quelque chose qu'on n'a pas envie de perdre... Mais cessons-là cette conversation stérile. Je savais que tu te dégonflerais. Les petites filles de ton genre veulent toujours ressembler aux hommes mais elles refusent de perdre leurs privilèges. Or, ce n'est pas ainsi que va le monde. Tôt ou tard, parce que tu es femme et que moi je suis homme, tu m'appartiendras. Tu peux continuer à résister, je t'avoue que ça m'amuse de te voir te débattre dans une situation sans issue. Un jour, il te faudra succomber. Tu es ma prise de guerre. Les esclaves finissent toujours par tomber dans le lit de leur vainqueur.

— Sauf si je gagne ce *pato* ! jeta-t-elle. Je ne me dégonfle pas ! Tu n'es pas encore vainqueur. J'accepte ton défi, Tora. Demain, on jouera tous les deux, sans aucune triche. J'ai toujours été plus habile que toi à n'importe quel jeu de cheval. Je vais gagner, et nous serons libres, moi et mon amoureux. Et comme je ne suis pas née de la dernière pluie, tu vas me signer un papier où ce sera écrit noir sur blanc, et tu vas même le faire signer par ton Japonais, le commandant Hito, parce qu'on dit que les Japonais placent leur honneur par-dessus tout.

Carlos la toisa d'un regard brillant, en bombant le torse. Ce fut une image qu'elle trouva effrayante, celle de ce corps à demi nu, tatoué partout au point de ressembler à un animal tapi dans une forêt. Même les yeux demeuraient fixes et froids, emprunts d'une démesure de psychopathe.

— Je vais gagner, lança-t-elle encore, plus pour se donner du courage que pour vraiment le défier, puis elle tourna la bride et talonna furieusement son alezan.

Elle galopa jusqu'au camp, sauta en marche et avança vers Milo, ligoté à un arbre.

— Que se passe-t-il ? interrogea-t-il dès qu'il la vit approcher. Y a-t-il du nouveau ?

Elle passa devant lui sans s'arrêter, en prenant juste la peine de lâcher au passage, dans un chuchotis à peine audible :

— *Kal subah*[1]. Tiens-toi prêt.

Il ne comprit pas ce que cela signifiait. Il aurait voulu lui poser mille questions, mais elle s'éloignait déjà de son pas nerveux.

Il eut peur comme jamais, non pas pour lui, mais pour elle, de ce qu'elle avait inventé, de ce qu'elle allait risquer pour les sauver tous les deux.

Il tira sur ses liens avec une rage folle, en vain. Ces derniers étaient solides. À bout de nerfs, il se résigna à attendre.

Il ne pouvait rien faire d'autre.

1. « Demain matin », en hindi.

33

21 février 1942
Jungle du Meghalaya – Inde

Le jeu commença sous une pluie diluvienne, dans une aube glacée par une brume grise. L'ambiance collait parfaitement à l'idée qu'on se faisait d'un duel dans un roman de cape et d'épée. Sauf que la réalité était infiniment moins romanesque. En quelques secondes, les deux participants furent tellement trempés qu'ils dégoulinaient. Carlos s'en sortait mieux. Il était torse nu pour exhiber ses tatouages. Le déluge en avivait l'encre au point de rendre encore plus terribles les arabesques qui enserraient ses épaules et ses pectoraux, et remontaient sur son visage. Ainsi peint dans le brouillard, il perdait toute apparence humaine pour ne plus demeurer qu'une créature étrange à mi-chemin entre l'animal et quelque esprit maléfique de la forêt.

Tandis qu'ils attendaient le signal du départ, et que le Tora la toisait de toute sa malveillance, Lián tremblait de froid et d'angoisse dans sa chemise détrempée. De minute en minute, elle devenait si nerveuse que sa tension se communiquait à son alezan, qui bronchait et piétinait sur place. Pour se rassurer, elle répétait en boucle les gestes qu'elle avait décidé de faire. Elle n'était ni sereine, ni sûre d'elle ; son plan reposait trop sur la chance. Sa seule réalité tangible était le poignard *katar* que le chef thug lui avait donné la veille. Elle l'avait caché dans sa manche gauche, attaché de manière à pouvoir être dégainé presque sans effort. Pour se rassurer, elle ne cessait de vérifier sa présence, au risque de se faire repérer. Lorsqu'elle en aurait besoin, elle devrait attraper la poignée horizontale, qui assurait une prise facile et une force d'estoc non négligeable. Elle s'était entraînée durant la nuit autant que possible. De toute façon, il était trop tard pour reculer.

À quelques pieds de distance, le *pato* attendait dans un cercle délimité par des petites pierres. Il avait été fabriqué à partir d'un sac à dos militaire, qu'un petit malin avait lesté de deux serpents vivants. Bien que la toile détrempée fût raide, on voyait le sac bouger comme s'il était animé d'une respiration irréelle.

Lián n'avait pas goûté l'initiative mais n'avait rien pu dire. Le moment était mal choisi pour arguer d'une sensiblerie féminine. Déjà, les soldats la regardaient en s'esclaffant et en claquant leurs grosses mains sur leurs cuisses à l'idée de cette bonne blague : Quoi ? Quelqu'un avait osé défier leur chef de guerre, le Tora indestructible protégé des dieux, et ce quelqu'un était une femme ?

Des paris étaient ouverts. Les billets passaient de main en main, juste pour rigoler. Personne n'imaginait le Tora perdre.

Elle embrassa l'esplanade d'un regard anxieux. Des cordes avaient été tendues pour délimiter le pourtour du terrain. Deux poteaux indiquaient la limite à atteindre. Le commandant Hito serait l'arbitre. Il désignerait le vainqueur.

Lián tremblait tellement que les rênes affolaient la bouche de son cheval. Il se secoua, caracola sur place. Elle s'efforça de se détendre mais trop de questions demeuraient en suspend. Son petit alezan aurait-il les qualités requises pour ce qu'elle allait exiger de lui ? Serait-il assez vaillant ? Assez vif ? Et même, pourquoi pas, plus rapide que la monture du Tora ?

Tout reposait sur une chance crasse, mais elle n'avait pas le choix. *À Dieu va !* pensa-t-elle en regardant une dernière fois vers l'angle de terrain où se tenait Milo, surveillé par ses gardiens. Elle avait exigé qu'il soit présent et Carlos avait consenti en ricanant. Il trouvait savoureux que l'officier britannique assiste à la défaite qui lui coûterait la vie.

Le prisonnier avait les mains attachées à un jeune arbre. Les Japonais qui l'entouraient le frappaient et le bousculaient sans arrêt. La tête rentrée dans les épaules, il subissait tout avec stoïcisme. Lui aussi attendait le début de la course.

Voyant qu'elle le dévisageait à travers le terrain, il hurla à tue-tête :

— Je t'aime, Lián !

Les soldats le firent taire à coups de crosse. Le commandant Hito pointa son revolver vers le ciel. Carlos en profita pour saisir Lián par le bras et l'embrasser de force. Les dents serrées, elle le cravacha pour l'obliger à la lâcher. Hito appuya sur la détente. Dans l'élan, elle talonna son alezan comme une furie, droit vers la *pelota.*

Carlos avait lui aussi un plan. Au lieu de galoper à bride abattue vers le sac, il lança son cheval contre l'alezan pour le percuter violemment.

— Tous les coups sont permis, hurla-t-il d'une voix exultant lorsque Lián lui coula un regard haineux.

Il prit la tête de la course. Lián se lança à sa poursuite. Les soldats rugirent devant le duel qui s'annonçait. Milo tira avec nervosité sur ses liens. Son œil de cavalier avait remarqué que la jeune fille retenait discrètement son cheval au lieu de le jeter à fond dans la bataille. Intrigué, il se demanda pourquoi elle voulait que Carlos s'empare du *pato* en premier.

Largement en tête, le Tora ramassa le sac avec un hululement de joie. Il lança aussitôt son cheval au galop vers les poteaux en bout de terrain. Lián affecta de lui couper la trajectoire. Elle s'arrangea pour rater son geste et émit un juron pour bien donner le change.

Carlos cravacha de plus belle son cheval. Il jubilait. Lián le laissa prendre du champ durant quelques secondes, puis changea brusquement de direction.

Elle poussa son cheval à pleine vitesse vers la limite du terrain. Les spectateurs crurent d'abord à une tactique mais lorsqu'elle jeta l'alezan par-dessus la corde, ce fut la débandade générale. Les soldats s'égaillèrent en tous sens pour éviter d'être renversés. À l'autre bout du terrain, Carlos n'avait rien remarqué. Il continuait sa course en solitaire, persuadé d'aller vers une victoire écrasante.

Lián se fraya un chemin sans pitié, cravachant violemment tous ceux qui s'approchaient d'elle. Devant Milo, elle lâcha les rênes le temps de dégainer son poignard *katar.*

Le jeune homme comprit tout de suite. Il tendit les mains pour qu'elle tranche ses liens. La lame affûtée passa avec aisance entre ses poignets.

— Saute ! cria Lián en lui attrapant un bras.

Il se mit en croupe. Elle galvanisa son cheval d'un violent coup de talon. L'alezan se débarrassa de quelques soldats japonais en ruant puis s'envola vers la jungle à un train d'enfer.

*

Tout de suite, Milo enlaça la cavalière pour coller au mieux à ses mouvements. Ils manquèrent être désarçonnés dans un virage boueux où le cheval dérapa. Des branches fouettèrent leurs visages. Plusieurs coups de feu claquèrent, mais la végétation exubérante les masquait déjà et les soldats les manquèrent.

L'alezan fonça dans un champ de fougères arborescentes. Des lianes les lacérèrent de leurs épines. Lián dut jouer du couteau. La pluie continuait à tomber à verse, noyant leurs yeux d'images vertes et grises. Un lointain tumulte leur apprit que Carlos entrait dans la course. Ils se retournèrent mais ne parvinrent pas à le repérer. La jungle était si dense qu'ils n'entendaient les clameurs des soldats que d'une manière assourdie. Avec la pluie, ils avaient l'impression d'avancer dans un crépitement continu.

Une futaie de bambous leur barra le passage. Le cheval s'y jeta d'instinct. Milo enveloppa sa compagne dans ses bras pour la protéger des chaumes qui les cinglaient. Elle s'abandonna un instant contre lui. Il faillit hurler d'une joie primale.

Les derniers jours avaient été atroces. Il avait cru mourir plus de cent fois, il avait enduré une souffrance sans nom, il avait été torturé à tant de reprises qu'il n'avait pas réussi à en tenir le compte. À chaque fois, il voyait son espoir s'amenuiser, au point de désirer que tout s'arrête, mourir avant de souffrir plus encore, parce qu'il n'y avait aucune autre issue possible.

Et voilà qu'ils étaient libres et vivants ! Surtout, il la tenait contre lui, il la touchait, il la caressait.

Elle tourna la tête et, malgré le galop, ils s'embrassèrent comme des fous. Leur passion était exacerbée par tout ce qu'ils avaient enduré, pourtant ce baiser ne pouvait durer. Très vite, Lián força le petit alezan vers un sentier presque invisible. Ils longèrent une falaise ouverte au-dessus de la rivière avant de galoper sur une terre ferme parsemée de graminées.

À présent, ils traversaient une savane jaune où les grands arbres de la jungle étaient suffisamment clairsemés pour laisser la place à des bosquets de *shisham*[1]. L'alezan sauta courageusement par-dessus un tronc abattu avant de retrouver le sentier. Derrière eux, les clameurs perduraient. Carlos et ses soldats n'abandonnaient pas la poursuite.

Lián poussa de plus belle sa monture, qui allongea le pas avec courage. Le premier tournant ramena une végétation d'un vert éblouissant. Au-dessus de l'abîme, des orchidées cascadaient en taches rouges, roses, violettes, tandis que des perruches, effrayées par le galop, s'enfuyaient en piaillant.

— Tu ne m'as pas dit, hurla soudain Milo pour couvrir le bruit du torrent. C'est quoi, le plan ?

— Passer le pont ! répondit-elle.

— Le pont ? Quel pont ?

— Celui-là !

Elle arrêta brusquement son cheval. Le chemin s'interrompait ici, devant une sorte de passerelle qui venait de se matérialiser comme par magie devant eux. L'étrange construction faisait tellement partie de la végétation qu'il était impossible d'en deviner l'existence avant d'avoir le nez dessus.

— Ah, lâcha Lián, subitement découragée.

Elle s'était attendue à un vrai pont, quelque chose de construit avec des pierres ou des briques, à tout le moins quelques planches tenues par des cordes comme c'était souvent l'usage dans les régions de l'Himalaya. L'agglomérat de branches et de feuilles entrelacées qu'elle avait devant les yeux la déroutait.

— C'est un pont végétal construit par les peuples indigènes, lui indiqua Milo. Au fur et à mesure de la croissance des arbres, ils tissent les troncs et les branches pour former un passage au-dessus de l'eau. Les ponts ainsi obtenus sont extrêmement solides et résistent à toutes les crues. Ils peuvent parfois tenir une centaine d'années.

— Le cheval ne peut s'y hasarder, remarqua-t-elle en étudiant les troncs tressés qui formaient une surface inégale sous une voûte verte hachurée de lumière et de clair-obscur. Il va se briser une jambe.

1. Également appelé bois de palissandre, nom scientifique *Dalbergia sissoo*.

Un coup de feu les fit sursauter. Sur la crête qu'ils venaient de quitter, un cavalier se profilait. Ils reconnurent Carlos Ramiro malgré la distance.

Il était encore trop loin pour ajuster son tir, mais il allait se rapprocher et il fallait prendre une décision.

— On n'a pas le choix ! cria Milo en talonnant l'alezan à la place de sa compagne.

La brave monture s'élança au-dessus de l'abîme. Ses sabots dérapèrent tout de suite sur la structure enchevêtrée, mais le petit cheval avait du courage à revendre. Il était né dans cette jungle. Il avait l'habitude des branches, de la pluie, du grondement des torrents. Son pied fut suffisamment sûr pour leur permettre de passer sans se rompre le cou. Un vrai miracle.

Sur l'autre rive, ni Carlos, ni les Japonais n'étaient encore arrivés. Elle sauta de cheval pour battre les hautes herbes avec un bâton. Le temps pressait.

Milo la rejoignit.

— Si tu cherches un sac, il est là.

Elle se jeta sur la besace qu'il lui tendait avec une hâte fébrile et courut vers le bord du précipice. Là, elle s'appuya contre un arbre le temps d'englober du regard le pont en son entier. Très vite, elle repéra les taches rouges dont lui avait parlé Jangalee. Les deux charges d'explosifs avaient bien été installées.

Milo ne comprenait pas ce qu'elle faisait. Il l'exhorta à partir. Les clameurs se rapprochaient. De fait, en se haussant pardessus les herbes folles, ils purent voir une horde de soldats débouler vers le pont.

Ils se regardèrent avec angoisse.

— S'ils nous rattrapent, nous serons massacrés, déclara-t-elle avec lucidité. Ils n'ont plus besoin de nous. Dès qu'ils découvriront le pont, ils comprendront qu'il mène à la Cité du lotus rose.

Milo la prit aussitôt par le coude.

— Nous pouvons encore les semer. Notre cheval n'est pas au bout de ses forces et eux, ils sont à pied.

Elle se dégagea et s'accroupit pour ouvrir son sac.

— Lián, insista Milo, que cette attitude déroutait. Ne m'as-tu pas entendu ? Nous pouvons encore nous échapper.

Elle ne lui répondit pas, tant elle était concentrée sur ce qu'elle faisait. La voyant étaler les pièces détachées sur l'herbe, parmi lesquelles une crosse en bois, il comprit brusquement.

— Petite futée ! s'exclama-t-il avec une réelle admiration. Tu as donc effectivement un plan ?

Il s'assit à côté d'elle tandis qu'elle commençait à monter son fusil longue portée. Elle s'était soigneusement entraînée, mais l'angoisse la faisait hésiter. Elle n'y arrivait pas. Les beuglements des poursuivants la déconcentraient. Elle se trompa à plusieurs reprises. Or, plus elle perdait du temps, plus elle paniquait. Finalement, il lui prit doucement les pièces des mains.

— Je vais le faire, Lián. J'ai l'habitude.

Il avait raison. En quelques secondes, toutes les pièces s'ajustèrent les unes aux autres avec un petit clic parfait. Dans l'élan, il chargea l'arme et s'allongea sur le sol pour pointer vers le pont.

— Quelle est la cible ? demanda-t-il, l'œil rivé à la lunette de visée.

— Les deux points rouges, à chaque extrémité, dans la charpente du bas. Ce sont des charges de dynamite.

Il sifflota le temps de repérer les tissus rouges, commença à régler le viseur pour l'adapter à la distance. Lián s'était allongée à côté de lui pour regarder le pont avec le même angle de vision. Les Japonais s'y ruaient en vissant leurs baïonnettes sur leurs fusils.

— Mon Dieu, chuchota-t-elle. Ils traversent déjà.

Milo allait tirer, mais sa main tremblait de fatigue, de faiblesse, aussi se ravisa-t-il soudain. Il tendit l'arme à sa compagne.

— C'est toi qui dois tirer. Mon père assure que tu es meilleure que moi au tir de précision.

— Non, non, s'affola-t-elle.

— Fais-le, dit-il sans lui laisser le choix.

Elle prit le fusil en levant vers lui ses grands yeux vert sombre.

— J'ai peur, avoua-t-elle.

Il lui serra l'épaule comme à un camarade de combat.

— Non, Lián, tu ne peux pas avoir peur après ce que tu viens de faire. Tu as permis qu'on s'évade. Tu m'as sauvé la vie. Maintenant, tu vas faire sauter ce pont.

— Et si je rate ma cible ? balbutia-t-elle.

— Tu ne vas pas la rater. C'est ton karma. Vas-y, concentre-toi. Fais-moi sauter ce putain de pont.

La première balle ricocha trop à gauche. La détonation claqua dans la gorge comme un coup de tonnerre. Les Japonais se couchèrent aussitôt sur le sol. Lián gémit, au bord de la panique.

— Ce n'est pas grave, recommence, lui assura Milo d'une voix calme. Rectifie légèrement sur la droite. Ne panique pas, tu as tout le temps nécessaire.

Elle ajusta la lunette de visée, respira, bloqua sa respiration, appuya sur la détente.

Le coup de feu fut tout de suite noyé dans une violente déflagration. Le pont parut se soulever comme une vague avant de retomber à demi brisé. Des débris giclèrent dans tous les sens.

Quelques Japonais périrent dans l'explosion, d'autres tombèrent par-dessus bord, mais la plupart refluèrent, totalement paniqués lorsqu'ils se rendirent compte que le pont ne tenait plus qu'à un fil.

Milo jubila.

— C'est bien ! Occupe-toi de la seconde cible.

Cette dernière était plus éloignée que la première. Lián prit son temps. Elle avait les mains moites. Elle les essuya à plusieurs reprises dans l'herbe avant de viser le dernier bout d'étoffe rouge.

Enfin, elle tira.

Cette fois, le pont s'écroula dans une tempête de morceaux de bois et de feuilles carbonisées. De nombreux Japonais chutèrent au milieu des décombres tels des pantins désarticulés avant de disparaître dans les eaux écumantes de la Kali River. D'autres étaient parvenus à se réfugier sur la rive qu'ils venaient de quitter, mais ils durent faire face à une soudaine attaque. De partout, des silhouettes brunes sortaient des futaies et les poursuivaient. En quelques minutes, tout fut réglé. Les dernières fumées se dissipèrent et les deux jeunes gens ne virent plus que des corps étendus sur lesquels se penchaient des turbans blancs dont les bras étaient prolongés de couteaux. Il n'y aurait pas de survivants.

Milo se leva en hurlant de joie. Il souleva Lián, esquissa avec elle quelques pas d'une danse complètement follette. Elle se laissa faire, elle ne réalisait pas encore.

— Tout va bien ! s'exclama Milo. Tout est fini. Tu as réussi ! Tu es une sniper extraordinaire !

Elle s'abandonna contre sa poitrine. Il repoussa ses cheveux sombres qui s'obstinaient à tomber sur son visage pour mieux lui embrasser le front, les joues, le bout du nez.

— Mon Dieu, Lián. Tu nous as sauvé la vie. Tu as réussi. Nous sommes libres et vivants. Vivants !

Elle se pendit à son cou, pleurant et riant à la fois. Il avait raison. Le cauchemar était terminé. Ils étaient en vie. Elle avait tellement bataillé. Tellement supporté.

— C'est fini, n'est-ce pas ? demanda-t-elle en levant vers lui son visage en pleurs.

Il essuya les larmes qui coulaient. Se pencha pour embrasser le goût salé de ses lèvres. Elle s'ouvrit sans retenue. Il plongea alors dans un tourbillon de sensations, ivre du bonheur de se savoir en vie et terriblement amoureux.

— Quelle scène touchante ! ricana une voix dans leur dos.

Tout parut se figer. Ils se retournèrent, le cœur glacé.

Carlos Ramiro se tenait sur son cheval, son Luger à la main. Il avait réussi à passer le pont avant l'explosion et, maintenant, il les visait.

*

Lián tenait toujours son fusil. Sans réfléchir, elle le leva et fit feu. Elle ne toucha rien ni personne, elle avait tiré au jugé, mais la détonation fut suffisante pour effrayer le cheval.

Carlos fut désarçonné tandis que sa monture s'échappait au grand galop. Milo se jeta sur lui avant qu'il ne reprenne totalement ses esprits. Il lui décocha un premier coup de poing. L'Argentin leva le revolver qu'il avait réussi à ne pas lâcher dans sa chute. Milo lui bloqua le bras.

Les deux hommes roulèrent au corps-à-corps en se disputant la même arme. Furieux et sauvages, ils s'arc-boutaient l'un contre l'autre en jouant de leurs poings, de leurs pieds et de leurs genoux. L'air était empli de leurs souffles ahanant et de leurs cris de fureur.

Lián tournait autour d'eux en ne sachant que faire, folle d'angoisse. Carlos avait plus de force. Il était bien nourri, bien entraîné. Il n'avait pas passé les derniers jours emprisonné dans une cage de bambous ou ligoté à un arbre. Il n'avait été ni torturé, ni blessé physiquement ou moralement. Milo continuait à se battre comme un beau diable, mais il perdait du terrain.

Cependant, il réussit à faire valdinguer le Luger avec son genou. En réponse, il reçut une grêle de coups au visage qui le sonnèrent. Carlos profita de son avantage pour s'agenouiller sur lui et le prendre à la gorge.

Milo se débattit en vain. Presque inconscient, il luttait pour ne pas s'évanouir. Déjà, un voile de sang lui tombait devant les yeux. Ses poings frappèrent en aveugle sans toucher son adversaire. Pendant ce temps, Lián tenta de viser l'Argentin, cependant elle n'osait tirer, elle craignait de toucher Milo.

Le jeune homme était en train de suffoquer. Il usa de ses dernières forces pour tenter d'arracher les doigts de sa gorge, mais son rival avait une force décuplée par l'approche de la victoire. Lián, folle d'angoisse, ne put rester plus longtemps sans rien faire. S'armant de courage, elle se précipita soudain en brandissant son fusil comme une massue, pour en frapper l'Argentin.

Carlos perçut son mouvement du coin de l'œil et se retourna. Leurs regards se croisèrent. Avec une brusque intuition, elle vit qu'il avait compris ce qui s'était passé à Buenos Aires une certaine nuit, quelques années auparavant. Elle se souvint de la bouteille qu'elle écrasait sur son crâne, des tessons qui ruisselaient sur son visage en le lacérant au passage. Elle recula d'un pas horrifiée. Il rugit comme une bête.

— Toi ! vociféra-t-il. C'est toi qui m'as fait ces cicatrices, sale petite putain !

Oubliant Milo à demi-inconscient, il se rua sur la jeune fille. Lián recula d'autant, hypnotisée par son regard haineux.

Dans sa rage de l'atteindre, il trébuchait dans les hautes herbes mais continuait tout de même à avancer.

— Je vais t'étrangler ! hurla-t-il comme un forcené. Je vais attraper ton petit cou et le serrer jusqu'à sentir tes os craquer.

Il ponctuait chaque phrase d'un coup de poing, sauf qu'elle s'esquivait à chaque fois, portée par une grâce incroyable.

Ils avancèrent ainsi en un ballet irréel, jusqu'à ce qu'il butte sur son Luger. Lián vit le revolver au même moment. Calcula ses chances de s'en emparer en premier. Sut qu'elle n'y arriverait pas.

Elle se figea, vaincue par la peur. Tout était fini. Il allait ramasser l'arme et la tuer. Elle avait lutté en vain.

À quelques pas, Milo revint à lui. Il jaugea la scène. Ramassa à tâtons une pierre puis bondit avec une détente désespérée. De toutes ses forces, il frappa le visage de son ennemi. Le Tora bascula à la renverse. Dans le même élan, le jeune Britannique saisit Lián par la main et la poussa vers le bord de la falaise.

— Non ! cria-t-elle lorsqu'elle comprit son intention. Non !

Il l'enveloppa d'un bref regard lumineux, puis l'entraîna avec lui dans le vide, droit vers les eaux en furie de la Kali River.

34

22 février 1942
Cité de Pachamashutra – Jungle du Meghalaya – Inde

L'eau glacée fut plus violente qu'un coup de poing. Lián s'y enfonça en hurlant de terreur, le cœur étreint de panique. Presque aussitôt, un déluge s'engouffra dans sa bouche et ses narines, la faisant suffoquer. Milo la retint par ses vêtements. Ils furent projetés l'un contre l'autre comme dans une tempête. Le courant les emporta. Une écume tumultueuse les submergeait. Attirés vers le fond, ils roulaient en même temps que des galets qui heurtaient leurs jambes. Impossible de nager. Ils n'avaient aucune force, aucune volonté propre. Ils étaient devenus des pierres ballottées de droite à gauche, traînées dans le lit de la rivière jusqu'à rebondir contre des rocs incroyables qui leur arrachaient à chaque fois de grands cris de peur.

Au début, elle songea que c'était idiot d'avoir survécu à un typhon pour mourir quelques jours plus tard, noyés dans la Kali River. Ensuite, elle ne pensa plus à rien. Elle s'efforçait juste de sortir la tête des vagues le temps de respirer, avant d'être à nouveau aspirée dans un tourbillon invraisemblable.

C'était son unique volonté. Respirer.

Elle ne vivait plus que pour cette seule respiration.

La lutte fut infinie, brutale, impossible. Puis soudain, la rivière forma un méandre et ils furent charriés vers une grève où les flots écumants les déposèrent comme un déchet. Ils mirent longtemps à recouvrer leurs esprits. Ils n'en pouvaient plus, ils étaient presque noyés, avec de l'eau qui sortait encore de leurs poumons par leur nez, leur bouche.

Au bout d'un certain temps, ils réussirent enfin à se redresser et, regardant autour d'eux, ils virent qu'ils n'avaient parcouru qu'une ou deux centaines de yards. Lián roula sur le dos en gémissant. Elle regarda le ciel gris qui continuait à dégouliner de pluie. Son corps était tellement moulu qu'elle ne parvenait plus à bouger.

— Il faut partir, dit Milo en se penchant vers elle.

Elle le contempla avec un mélange de crainte et d'admiration. Était-il indestructible ? Elle croyait le voir mourir et, la seconde suivante, il renaissait de ses cendres comme un légendaire phénix.

— Mon amour…, balbutia-t-elle.

Il l'embrassa rapidement, la força à se lever en la soulevant presque. Elle eut beaucoup de difficultés rien que pour se mettre à genoux.

— Je n'en peux plus, geignit-elle. Laisse-moi me reposer.

— Non, pas encore. Carlos risque de nous retrouver très vite. Nous ne sommes pas assez éloignés de lui.

La crique où ils s'étaient échoués ressemblait à un cul-de-sac. La seule issue était la falaise qui se dressait tel un mur infranchissable. Elle se dit qu'il avait raison. Si Carlos était là-haut, il n'aurait aucune peine à les tuer. Il suffisait de leur tirer dessus. Sauf qu'elle était à bout de forces.

— Tiens-toi à moi, lui recommanda-t-il en passant son bras sous ses aisselles.

Ils avancèrent en s'appuyant l'un sur l'autre. Ils trébuchaient à chaque galet. Plus loin, Milo s'accroupit près d'un tronc échoué. Lián mit plusieurs secondes à comprendre qu'il s'agissait en réalité d'un corps humain, les bras et les jambes disloquées. Ils en trouvèrent trois autres, tous échoués sur la plage dans un carcan de boue, la bouche ouverte remplie d'eau, les yeux écarquillés vers un ciel qu'ils ne pouvaient plus voir.

Elle ne put en supporter davantage. Elle se mit à sangloter comme une enfant.

— C'est moi qui les ai tués.

Il la secoua pour lui faire entendre raison.

— Lián, nous n'avions pas le choix. Ils nous auraient massacrés ! Tu nous as sauvés.

Il ramassa autant d'armes qu'il put trouver. Elle attendit en tremblant de tous ses membres, secouée de nausées.

Un sentier certainement tracé par des éléphants sauvages partait à l'assaut de la falaise. Ils passèrent au milieu d'une végétation de fougères et d'hedychiums dont les fleurs jaunes exhalaient un lourd parfum de gardénia. Sans les énormes crottins constellés de bousiers, ils auraient pu se croire dans un jardin.

Ils cheminèrent prudemment. Le moindre bruit les faisait sursauter. Des petits singes les suivirent un instant en leur jetant des baies et des bouts de bois. Au sommet, ils dérangèrent des chauves-souris accrochées sous un surplomb, qui s'envolèrent par centaines. Leurs ailes obscurcirent le ciel brusquement.

Après une dernière futaie de bambous rouges, le paysage s'ouvrit et ils s'immobilisèrent, saisis d'émerveillement. Un lac s'étendait devant eux, immense, entièrement couvert par les énormes feuilles rondes des lotus. Par endroits, de gros calices roses s'élevaient au-dessus de l'onde pour s'épanouir avec une délicatesse d'aquarelle. Un parfum délicieux, à la fois frais et fleuri, embaumait les alentours.

Lián tomba en arrêt devant le magnifique panorama.

— Mon Dieu, je reconnais cet endroit. Je reconnais tout.

Des années auparavant, elle était sortie de la même manière de cette jungle épaisse, rocheuse, à demi masquée par les bambous. Elle tenait alors sa mère par la main. Comme aujourd'hui, elle avait marché vers la gauche, vers cette sublime vue dégagée jusqu'aux lointains sommets himalayens tout couronnés de neige éternelle. De la même façon, elle avait longé l'étang qui s'écoulait vers la Kali River par une cataracte d'au moins quarante pieds de haut. Et tout pareillement, elle avait passé le cours d'eau en sautant de rocher en rocher, pour déboucher sur une chaussée de géant bordée de statues gigantesques, qui menait le visiteur jusqu'aux ruines de la Cité du lotus rose.

Les lions attendaient toujours, impassibles dans leur rêve de pierre. Elle trouva cela grandiose et impressionnant.

Comme une somnambule, elle s'apprêtait à avancer dans cette direction lorsque Milo la retint. Il lui désigna la cascade en contrebas.

— Je ne sais pas toi, mais moi, j'ai assez envie de me laver avant d'aller faire un tour en ville.

Il souriait, en tendant le bras vers un minuscule sentier qui longeait le vide avant de s'élargir sur une plate-forme recouverte d'herbes douces. La chute d'eau formait à cet endroit un merveilleux rideau coloré d'un arc-en-ciel et ourlé de dizaines d'orchidées.

C'était magnifique.

Milo se débarrassa avec une joie tangible de son pantalon et de ses godillots avant de plonger dans un bassin rempli d'une eau translucide. Lián hésita, saisie d'une gêne soudaine. Elle le voyait nu pour la première fois en plein jour. Elle s'assit sur une roche plate en ceignant ses genoux de ses bras et affecta de se plonger dans la contemplation du paysage. En réalité, ses yeux revenaient constamment sur le grand corps blond qui fendait l'eau avec un plaisir ineffable, long comme une lame, puissant comme un rêve. Il avait maigri, mais il gardait cette forme harmonieuse des membres, et cette discrète musculature qui en faisait une statue de dieu grec. Lorsqu'il s'ébroua tel un jeune chien avant de se dresser dans un ruissellement de gouttelettes, elle aperçut une toison blonde courir au-delà de l'aine et, cette fois-ci rougissant, elle se détourna.

— Viens ma chérie, c'est merveilleux ! On se sent revivre.

Elle ne répondit pas. Elle regardait vers le tapis de jungle verdoyant qui courait à ses pieds en velours d'émeraude. Ses joues étaient prises par une fièvre folle. Tout comme son ventre, parcouru de vagues brûlantes.

Lorsqu'une ombre occulta le soleil et que des gouttes d'eau tombèrent en pluie sur son visage, elle se retourna. Elle ne l'avait pas entendu venir. Il la fit se lever. L'enferma dans ses bras mouillés. Il était frais et cependant il la brûlait tout entière. Sans mot dire, il lui déboutonna sa chemise. S'agenouilla devant elle pour délacer ses chaussures et les ôter. Lentement, il remonta le long de son corps en serpent tentateur jusqu'à ce que ses mains suivent la courbe de ses épaules pour faire tomber ses derniers vêtements un à un. Elle se retrouva devant lui aussi nue qu'Ève devant Adam.

Avec un rire, il la souleva dans ses bras pour l'amener sous la cascade. L'eau vive avait la même couleur de glace que ses yeux. Elle était tellement froide qu'elle brûlait la peau.

Il se pencha sur sa poitrine durcie, embrassa un téton rose, puis l'autre, avant de la renverser dans ce rideau transparent qui les fouettait. Il la pénétra avec une lenteur jouissive. Elle gémissait déjà, emportée par les vagues de l'amour.

*

La chaussée était large comme une avenue, pavée de pierres plates d'entre lesquelles jaillissaient de fines herbes vertes et des fleurs multicolores. Des dizaines de papillons voletaient jusque sur les bas-côtés, où courait un alignement d'immenses statues. Elles représentaient des fauves, des tigres ou des lions, peut-être les deux. Il était difficile d'être précis, leurs mufles ressemblaient plus à des masques de cauchemar, avec des yeux cruels et des gueules garnies de dents.

— Ce sont des démons Rakshasa, dit Lián en les désignant, les gardiens de la cité Pachamashutra.

Ils marchaient main dans la main et parfois ils s'arrêtaient pour s'embrasser. Ils n'étaient pas rassasiés l'un de l'autre, ils ne le seraient sans doute jamais. Ils avaient lavé leurs vêtements avant de les remettre et avaient fait sécher leurs godillots. Ils s'étaient ébroués de tous les miasmes morbides qui les poursuivaient depuis des jours. Maintenant, ils avançaient au milieu des géants de pierre, vers la cité qui les appelait, avec l'impression de revivre.

La première esplanade avait en son milieu un serpent géant en grès sur lequel de petits singes s'étaient réfugiés le temps d'éplucher des fruits. Lián reconnut tout de suite la même scène déjà vue des années auparavant : les apercevant, les langurs piaillèrent avant de se répandre en une marée grise jusqu'à la lisière de la jungle, où ils effrayèrent les *chitals*. Les cerfs bondirent dans les fourrés avec une telle vivacité qu'ils semblèrent laisser dans l'air le souvenir de leurs taches blanches.

La Cité du lotus rose était entièrement enfouie sous des figuiers centenaires. Leurs racines s'élevaient parmi les pierres, en se faufilant par les portes et les fenêtres. Tous ces troncs tortueux à l'écorce brune se confondaient avec le granite moussu, donnant à la ville oubliée une apparence de construction fantôme.

La lumière avait changé. Ils crurent d'abord qu'il s'agissait de la pénombre de la jungle qui mangeait les ruines d'un clair-obscur de velours, puis ils comprirent que le soir arrivait. Au-dessus des cimes dansant dans la brise, des coulures d'incarnat annonçaient le crépuscule.

— On ne peut pas aller plus loin aujourd'hui, commenta Milo. Nous devons nous installer pour la nuit.

Ils ramassèrent des fruits, de petites bananes sauvages qui ne plaisaient qu'aux éléphants et de gros durians à la carapace épineuse, dont l'odeur abominable masquait une chair crémeuse et douce, agréable sur la langue. Ils trouvèrent aussi des longanes juteux, qu'ils sucèrent comme des bonbons.

Par précaution, ils choisirent une habitation disposant de deux ouvertures et creusèrent le sol pour installer un feu souterrain, une technique de commando qui évitait que les flammes ne soient repérées par leur ennemi. Ils craignaient toujours que Carlos ne les retrouve.

Après leur repas frugal, ils firent à nouveau l'amour, dans l'éclat orange du foyer qui rendait leurs peaux luisantes comme des marbres polis. Au-dessus d'eux, une grande statue de Kali tirait la langue en étendant sur leurs têtes la protection de ses bras dansants. Ils s'endormirent enchevêtrés. La jungle toute proche les berçait de mille bruits, ceux de la pluie tambourinant sur les feuilles déployées comme des éventails, ceux des hiboux et des centaines d'oiseaux, sans oublier l'incessant coassement des grenouilles venu de l'étang tout proche.

Un matin gris et brumeux les réveilla en sursaut. Le feu s'était éteint et ils s'étaient laissé surprendre. Des hommes les encerclaient. Milo se jeta sur son pistolet mais Lián le retint. Les silhouettes qui les entouraient étaient minces et brunes, uniquement vêtues de *dhotîs* à l'étoffe sombre. Coiffées d'imposants turbans, elles tenaient à la main des lances et des *katars*, des épées courtes ou longues, et des dizaines de sortes d'autres couteaux, dont les formes extravagantes leur étaient pour la plupart inconnues.

La jeune fille s'agenouilla, les mains jointes.

— *Namasté*, dit-elle.

Un long silence lui répondit, lourd de regards noirs et hostiles. Puis un mouvement se forma devant la porte, qui laissa passer une silhouette de géant.

Jangalee vint jusqu'à elle.

— Ne te prosterne pas devant moi, lui dit-il avec révérence. Tu es ma princesse, ma souveraine, l'incarnation de Kali la Noire, la seule que je vénère. Je suis né pour te protéger. Voici le tribut que j'offre à ta gloire. Longue vie à ta descendance.

Il jeta à ses pieds deux objets puis, sur un signe, tous les Thugs disparurent comme par enchantement, aussi silencieux qu'ils étaient venus. Dans l'air demeura juste un reste d'effluve d'*oudh* qui témoignait qu'il ne s'était pas agi d'un rêve.

Troublée, Lián baissa les yeux vers ce que Jangalee avait jeté.

Elle retint un cri d'effroi.

À ses pieds, les têtes de Carlos et du commandant Hito la regardaient de leurs yeux à jamais dénués de vie.

Épilogue

15 décembre 1945
Domaine du Lotus Rose – Jungle du Meghalaya –
Inde

Devant ses yeux s'étendait d'abord une terre jaune, couverte de hautes graminées qui montaient à l'assaut de quelques acacias rabougris, sur laquelle était nichée une belle maison ornée d'une varangue et de grandes dépendances. On devinait des enclos avec des chevaux et, plus loin, un endroit qui servait d'infirmerie à la propriété joliment baptisée Le Lotus Rose, qu'une circulaire ministérielle signée par sir Winston Churchill en personne avait depuis peu agréée en sanctuaire pour la préservation de la faune et de la flore du Meghalaya.

Au-delà, après un dénivelé couvert d'une savane d'herbes à éléphant, la Kali River faisait une cicatrice rocheuse qui marquait la limite d'une jungle si verte qu'on en avait presque mal aux yeux.

Là-bas s'étendait un monde de ravines et de collines et de stupas rouges au-dessus de la canopée, qui accrochait les nuages pour en faire des écharpes de brume. Des cascades dessinaient des hachures blanches d'écume au-dessus desquelles planaient les cris aigus des aigles. Le soir, des tigres rugissaient et, le matin, il n'était pas rare d'apercevoir une troupe d'éléphants sauvages ou une mère rhinocéros avec son petit.

Un appel tout proche lui fit baisser les yeux. Un homme gravissait la pente de l'observatoire où elle s'était réfugiée. Comme au premier jour, elle eut en le voyant un coup au cœur et une moiteur humidifia ses mains. Il était blond, grand, large d'épaules, les manches de sa chemise retroussées sur ses bras musclés et bronzés. Il était aussi particulièrement élégant avec ses bretelles en cuir sur un jodhpur blanc, et ses hautes bottes cavalières soigneusement cirées. Il portait sur ses épaules un bambin dont les boucles brunes volaient au vent. Le gamin avait treize mois et il riait si fort qu'elle entendait sa voix monter jusqu'à elle.

— Maman ! Maman !

Elle sourit, agita la main.

— Ils arrivent, lui dit Milo lorsqu'il fut devant elle.

Elle hocha la tête, se leva. Machinalement, elle ôta les brins d'herbe sèche qui s'étaient accrochés à la dentelle blanche de sa robe de mariée. Sa marraine Olga Marushka, en voyant le désastre, allait encore pousser des cris d'orfraie. C'était bien le moment de salir sa robe, alors que la cérémonie était prévue dans moins d'une heure, que les invités étaient presque tous installés dans le jardin, à l'ombre des grands parasols, devant des citronnades et des lassis à la rose, et que les derniers qu'on attendait, sa famille venue d'Argentine, son père, sa mère, son frère, seraient là d'une minute à l'autre, conduits dans la Rolls-Royce du maharaja de Mahavir garnie de rubans de satin !

— Viens, ajouta Milo en arrondissant son bras pour qu'elle s'y appuie. Je crois qu'il est temps de cesser de vivre dans le péché.

Elle leva vers lui ses grands yeux en amande, de ce vert sombre qui ressemblait aux lointaines forêts de sapinettes que l'on voyait sur les pentes de l'Himalaya les jours de beau temps. Son visage s'offrait tout entier, avec sa peau lumineuse et sa bouche entrouverte, tandis qu'elle cambrait la taille avec insolence, dans sa robe qui aurait dû la faire paraître virginale, mais qui soulignait d'une façon presque irrévérencieuse la promesse sensuelle d'un corps magnifique.

Milo plissa des yeux brumeux de désir. Elle souffla d'une voix très basse, tentatrice jusqu'au bout :

— Non. S'il te plaît, ne cessons jamais de vivre dans le péché.

Avec un sourire éblouissant, il ouvrit les bras pour qu'elle puisse se nicher contre sa poitrine, de ce geste qui était déjà une habitude et qui annonçait tout un monde de caresses.

— D'accord, répondit-il, et il ferma sur son corps de liane la force de ses bras, la certitude de son amour.

Remerciements

Au cours de l'écriture de ce roman, j'ai sollicité de nombreuses personnes, qui m'ont épaulée avec une incroyable gentillesse. Je tiens à leur exprimer ici toute ma gratitude pour leur disponibilité, leur patience, et la rapidité de leurs réponses ! Vous êtes tous formidables.

Je remercie en premier ma chère amie Sabine Cristini, à chaque roman ma première lectrice, dont le soutien m'est primordial. Outre ses avis éclairés et son œil de lynx, elle me conseille aussi sur la transcription du chinois, de l'anglais et de l'allemand. Je l'avoue, que de bons moments passés ensemble, à relire de concert le récit et à nous interroger sur la tournure d'une phrase ou l'emploi d'un mot de vocabulaire !

Je remercie ensuite chaleureusement Pascal Renauldon, du Polo Club de Chantilly et journaliste, dont la parfaite connaissance du monde équestre m'accompagne depuis le premier tome. Grâce à lui et à ses amis Tete Storni, joueur argentin de pato handicap 8 et de polo handicap 5, et Sofie Adrover, photographe à Cordoba, le polo, le *pato* et tout ce qui touche le cheval, ainsi que l'espagnol, n'ont (presque) plus de secrets pour moi !

Je suis également très reconnaissante à Rohit Agarwal, qui corrige avec beaucoup d'efficacité et de gentillesse ma transcription de l'hindi tout au long de cette saga. Grâce à lui et à son épouse Nikita, je fais des progrès foudroyants en… anglais ! *Dear Rohit and Nikita, you are amazing!*

Je remercie aussi de tout cœur mes amis qui ont tout de suite répondus présents : Manuel Essard pour son aide sur l'aviation d'époque, ses suggestions et ses bonnes idées ; Taïssia Lelekov-Boissard pour son aimable vérification de mes quelques mots russes ; Bruno Pochesci, qui a accepté de corriger mes quelques phrases en italien ; Cécile D., pour son aide à propos des quelques mots de japonais…

Je remercie Patricia Gemelli pour son aide concernant la gastronomie argentine ; la Croix-Rouge française, dont le service documentation est au top ; les bibliothécaires du musée de l'Armée de Paris, dont la sélection d'ouvrages a été particulièrement précieuse ; le Jardin botanique de Lyon et ses grandes serres tropicales ; Pauline, qui se reconnaîtra et qui connaît bien le tango ; Cécile Michel, ma correctrice ; et, de manière générale, toute l'équipe des Éditions de l'Archipel.

Bien sûr, je n'oublie pas mes proches, même si je sais qu'ils savent déjà à quel point ils sont dans mon cœur.

Kate McAlistair

Table

Cet ouvrage a été composé
par Facompo (Lisieux)

Impression réalisée par

NORMANDIE ROTO IMPRESSION S.A.S.
à Lonrai (Orne)

en septembre 2020
pour le compte des éditions de l'Archipel,
département éditorial
de la S.A.S. Écriture-Communication

Imprimé en France
N° d'impression : 2003240
Dépôt légal : octobre 2020